हिन्द पॉकेट बुक्स

# तंत्र–सूत्र

# हृदय–सूत्र

ओशो, जिन्हें भगवान श्री रजनीश, ओशो रजनीश, या केवल रजनीश के नाम से भी जाना जाता है, एक भारतीय विचारक, धर्मगुरु और रजनीश आंदोलन के प्रणेता-नेता थे। उनका असली नाम चंद्र मोहन जैन था, लेकिन लोगों ने उन्हें 'ओशो' बना दिया। यह शब्द लैटिन भाषा के 'ओशनिक' शब्द से लिया गया है जिसका अर्थ है सागर में विलीन हो जाना।

अपने संपूर्ण जीवनकाल में आचार्य रजनीश को एक रहस्यदर्शी, गुरु और आध्यात्मिक शिक्षक के रूप में देखा गया। वे धार्मिक रूढ़िवादिता के बहुत कठोर आलोचक थे। 1960 के दशक में उन्होंने पूरे भारत में एक सार्वजनिक वक्ता के रूप में यात्रा की और वे समाजवाद, महात्मा गाँधी और हिंदू धार्मिक रूढ़िवाद के प्रखर आलोचक रहे। उन्होंने मानव कामुकता के प्रति ज्यादा खुले रवैये की वकालत की, जिसके कारण वे भारत तथा पश्चिमी देशों में भी आलोचना के पात्र रहे, हालाँकि बाद में उनका यह दृष्टिकोण अधिक स्वीकार्य हो गया।

# तंत्र–सूत्र

# हृदय–सूत्र

## हृदय–शांति व समस्त जगत के हृदय से एक हो जाने की विधियाँ

विज्ञान भैरव तंत्र / भाग पाँच

ओशो द्वारा भगवान शिव के विज्ञान भैरव तंत्र पर दिए गए

80 प्रवचनों में से प्रथम 65 से 80 प्रवचनों का संकलन।

**ओशो**

हिन्द पॉकेट बुक्स

पेंगुइन रैंडम हाउस इम्प्रिंट

**हिन्द पॉकेट बुक्स**

यूएसए | कनाडा | यूके | आयरलैंड | ऑस्ट्रेलिया | सिंगापुर
न्यू ज़ीलैंड | भारत | दक्षिण अफ्रीका | चीन

हिन्द पॉकेट बुक्स, पेंगुइन रैंडम हाउस ग्रुप ऑफ़ कम्पनीज़ का हिस्सा है,
जिसका पता global.penguinrandomhouse.com पर मिलेगा

पेंगुइन रैंडम हाउस इंडिया प्रा.लि.,
चौथी मंजिल, कैपिटल टावर 1, एमजी रोड,
गुरुग्राम 122002, हरियाणा, भारत

पेंगुइन
रैंडम हाउस
इंडिया

प्रथम हिन्दी संस्करण हिन्द पॉकेट बुक्स द्वारा 2009 में प्रकाशित
यह हिन्दी संस्करण हिन्द पॉकेट बुक्स में पेंगुइन रैंडम हाउस द्वारा 2022 में प्रकाशित



10 9 8 7 6 5 4 3 2

इस पुस्तक में व्यक्त विचार लेखक के अपने हैं, जिनका यथासंभव तथ्यात्मक सत्यापन किया गया है, और इस संबंध में प्रकाशक एवं सहयोगी प्रकाशक किसी भी रूप में उत्तरदायी नहीं हैं।

ISBN 9788121620734

मुद्रक : मणिपाल टेक्नॉलजीस् लिमिटेड, भारत



www.penguin.co.in

FSC
www.fsc.org
MIX
Paper | Supporting responsible forestry
FSC® C043100

This is a legitimate digitally printed version of the book and therefore might not have certain extra finishing on the cover.

# भूमिका

# परिधि से केन्द्र की ओर

जीवन बाहर से एक झंझावात है–एक अनवरत द्वंद्व, एक उपद्रव, एक संघर्ष। लेकिन ऐसा केवल सतह पर है। जैसे सागर के ऊपर उन्मत्त और सतत संघर्षरत लहरें होती हैं। लेकिन यही सारा जीवन नहीं है। गहरे में एक केन्द्र भी है – मौन शांत, न कोई द्वंद्व, न कोई संघर्ष। केंद्र में जीवन एक मौन और शांत प्रवाह है, जैसे कोई सरिता बिना संघर्ष, बिना कलह बिना शोरगुल के बस रही हो। उस अंतस केंद्र की ही खोज है। तुम सतह के साथ, बाह्य के साथ तादात्म्य बना सकते हो। फिर संताप और विषाद घिर आते हैं। यही है जो सबके साथ हुआ है; हमने सतह के साथ और उस पर चलने वाले कलह के साथ तादात्म्य बना लिया है।

सतह तो अशांत होगी ही, उसमें कुछ भी गलत नहीं है। और यदि तुम केंद्र में अपनी जड़े जमा सको तो परिधि की अशांति भी सुंदर हो जाएगी, उसका अपना ही सौंदर्य होगा। यदि तुम भीतर से मौन हो सको तो बाहर की सब ध्वनियां संगीतमय हो जाती हैं। सब कुछ भी गलत नहीं रहता है; बस एक खेल रह जाता है। लेकिन यदि तुम आंतरिक केंद्र को, मौन केंद्र को नहीं जानते, यदि तुम परिधि के साथ ही एकात्म हो तो तुम विक्षिप्त हो जाओगे। और सभी करीब-करीब विक्षिप्त हैं।

सभी धार्मिक विधियां, योग की विधियां, ध्यान, झेन सभी मूलतः तुम्हें पुनः उस केंद्र के संपर्क में ले आने के लिए हैं; ये विधियां भीतर मुड़ने के लिए परिधि को भूल जाने के लिए, कुछ समय के लिए परिधि को छोड़ कर अपने अंतस में इतना गहन विश्राम करने के लिए हैं कि बाह्य बिलकुल मिट जाए और केवल अंतस ही बचे। एक बार तुम जान जाओ कि कैसे पीछे मुड़ना है, कैसे स्वयं में उतरना है, तो कुछ भी कठिन नहीं रह जाता है। फिर सब कुछ एकदम सरल हो जाता है। लेकिन यदि तुम्हें पता न हो, तुम्हें यदि केवल परिधि के साथ मन के तादात्म्य का ही पता हो, तो बहुत कठिन है। स्वयं में विश्राम करना कठिन नहीं है, परिधि से तादात्म्य तोड़ना कठिन है।

मैंने एक सूफी कहानी सुनी है। एक बार एक सूफी फकीर कहीं जा रहा था। अंधेरी रात थी और वह रास्ता भटक गया। इतना अंधेरा था कि उसे रास्ता भी नजर नहीं आता था। अचानक वह एक खाई में गिर गया। वह डरा। अंधेरे में उसे कुछ पता नहीं चल रहा था कि खाई कितनी गहरी है और नीचे क्या है। उसने एक वृक्ष की टहनी पकड़ ली और प्रार्थना करने लगा। रात सर्द थी। वह चिल्ला रहा था, लेकिन कोई सुनने वाला न था, बस उसकी अपनी आवाज गूंज रही थी। और सर्दी इतनी थी कि उसके हाथ जमे जा रहे थे और लग

रहा था कि जल्दी ही टहनी उसके हाथ से छूट जाएगी। उसे पकड़े रहना मुश्किल हो रहा था, उसके हाथ इतने जम गए थे कि टहनी से छूटने लगे। मौत बिलकुल करीब थी, किसी भी पल वह गिरकर मर सकता था।

और फिर अंतिम क्षण आ गया। तुम समझ सकते हो कि वह कितना भयभीत रहा होगा। प्रतिपल वह मर रहा था, और फिर अंतिम क्षण आ गया जब उसने अपने हाथों से टहनी छूटते हुए देखा। उसके हाथ इतने जम चुके थे कि लटके रहने का कोई उपाय ही न था, तो वह गिर पड़ा।

लेकिन जिस क्षण वह गिरा, वह नाचने लगा–वहां कोई खाई थी ही नहीं, वह समतल जमीन पर ही था। और सारी रात उसने कष्ट भोगा...।

यही स्थिति है। तुम सतह से ही चिपके चले जाते हो, इस भय से कि तुमने अगर सतह को छोड़ दिया तो खो जाओगे। असल में, इस तरह से चिपकने के कारण ही तुम खो गए हो। लेकिन भीतर गहरे में अंधकार है, इसलिए तुम आधार को नहीं देख पाते; तुम सतह के अलावा और कुछ भी नहीं देख पाते।

ये सब विधियां तुम्हें साहसी और मजबूत और हिम्मतवर बनाने के लिए हैं, ताकि तुम अपनी पकड़ को छोड़ कर स्वयं के भीतर गिर सको। जो अंधेरी, अंतहीन खाई की तरह दिखाई पड़ती है, वही तुम्हारे प्राणों की धरती है। एक बार तुम बाहर की परिधि को छोड़ दो तो तुम केंद्रित हो जाओगे।

**ओशो**

# अनुक्रम

65

# जीवन एक रहस्य है।

# सूत्र

९२. चित्त को ऐसी अव्याख्य सूक्ष्मता में अपने हृदय के ऊपर, नीचे और भीतर रखो।

९३. अपने वर्तमान रूप का कोई भी अंग असीमित रूप से विस्तृत जानो।

# 5

▲

**जीवन** कोई समस्या नहीं वरन एक रहस्य है। विज्ञान के लिए जीवन एक समस्या है, लेकिन धर्म के लिए यह एक रहस्य है। समस्या का समाधान हो सकता है, रहस्य का नहीं–उसे जीया जा सकता है, सुलझाया नहीं जा सकता। धर्म कोई समाधान नहीं देता, कोई उत्तर नहीं देता। विज्ञान के पास उत्तर हैं, धर्म के पास कोई उत्तर नहीं हैं।

यह मौलिक भेद है और इससे पहले कि तुम धर्म को समझने का कोई भी प्रयास करो, धार्मिक मन और वैज्ञानिक मन के दृष्टिकोण के बीच इस मौलिक भेद को गहराई से समझ लेना जरूरी है।

जब मैं कहता हूं कि विज्ञान जीवन को एक पहेली की तरह देखता है, जिसे सुलझाया जा सकता है, तो पूरा दृष्टिकोण बौद्धिक हो जाता है। फिर उसमें बुद्धि समाविष्ट होती है, तुम नहीं। तुम उससे बाहर रह जाते हो। मन ही व्याख्या करता है, मन ही सब संभालता है; मन ही निरीक्षण, विश्लेषण करता है। मन विवाद करता है, संदेह उठाता है, प्रयोग करता है, पर तुम्हारी समग्रता इससे बाहर ही रहती है।

इसीलिए यह बड़ी हैरानी की घटना घटती है : हो सकता है एक वैज्ञानिक—जहां तक उसके शोध-विभाग का प्रश्न है-बहुत विद्वान हो, परंतु आम जीवन में वह सबकी तरह सामान्य मनुष्य होगा-कोई विशेष नहीं—बस सामान्य। अपने ज्ञान की शाखा में वह एक प्रतिभावान व्यक्ति हो सकता है, लेकिन जीवन में वह बस सामान्य है।

विज्ञान केवल तुम्हारी बुद्धि को सम्मिलित करता है, तुम्हारी समग्रता को नहीं। बुद्धि के पास हिंसा है, बुद्धि आक्रामक होती है। यही कारण है कि बहुत कम स्त्रियां वैज्ञानिक हो पाती हैं—आक्रामकता उनके लिए स्वाभाविक नहीं है। बुद्धि पुरुषोचित होती है, आक्रामक होती है; यही कारण है कि पुरुष अधिक वैज्ञानिक और स्त्रियां अधिक धार्मिक होती हैं। बुद्धि काटने का, विभाजित करने का, विश्लेषण करने का प्रयास करती है।

और जब तुम किसी जीवित चीज को काटते हो तो उसमें से जीवन विदा हो जाता है,

केवल मुर्दा अंग तुम्हारे हाथों में रह जाते हैं।

इसीलिए विज्ञान कभी जीवन को नहीं छू पाता। वस्तुतः जो कुछ भी वह छूता है मृत हो जाता है। जब विज्ञान कहता है कि कोई आत्मा नहीं है या कोई परमात्मा नहीं है तो यह अर्थपूर्ण है, इसलिए नहीं कि आत्मा या परमात्मा नहीं है, बल्कि इसलिए कि उससे पता चलता है कि वैज्ञानिक दृष्टिकोण ऐसा है कि वह कहीं भी जीवन को नहीं छू सकता। जहां भी विज्ञान छूता है, मृत्यु घट जाती है। विभाजन, विश्लेषण, विच्छेदन की विधि से ही, दृष्टिकोण से ही जीवन बाहर छूट जाता है।

एक बात : बुद्धि हिंसक और आक्रामक है, इसलिए बुद्धि के द्वारा अंतिम परिणाम मृत्यु ही हो सकती है, जीवन नहीं। बुद्धि आंशिक है, समग्र नहीं। जीवन एक इकाई है। तुम इसे संश्लेषण से जान सकते हो, विश्लेषण से नहीं। जितना ही उच्चतर संश्लेषण होगा, उतने ही उच्चतर जीवन का विकास होता है। परमात्मा परम संश्लेषण है, परिपूर्ण इकाई है, अस्तित्व की पूर्णता है। परमात्मा कोई पहेली नहीं वरन अस्तित्व का परम संश्लेषण है—और पदार्थ अस्तित्व का परम विश्लेषण।

तो विज्ञान अंततः आणविक भौतिकता पर पहुंच जाता है और धर्म ब्रह्मांडीय चेतना पर; विज्ञान अंतिम, निम्नतम तल की ओर गति करता है और धर्म उच्चतम तल की ओर उठता है। दोनों विपरीत आयामों में गति करते हैं। तो विज्ञान हर चीज को समस्या में बदल लेता है, क्योंकि यदि वैज्ञानिक तरीके से कुछ सुलझाना हो तो पहले यह निश्चित करना पड़ता है कि वह समस्या भी है या नहीं।

धर्म रहस्य को आधार बनाता है। कहीं कोई समस्या नहीं है, जीवन कोई समस्या नहीं है। इसका अर्थ यह हुआ कि इसे सुलझाया नहीं जा सकता। समस्या का अर्थ है जिसे सुलझाया जा सके, जिसे जाना जा सके, जो अभी अज्ञात है, पर अज्ञेय नहीं है—किसी भी क्षण वह अज्ञात से ज्ञात में बदल सकती है।

तो वास्तव में, धर्म इस तरह का प्रश्न नहीं पूछ सकता कि 'जीवन क्या है?' यह बेकार की बात है। धर्म ऐसा प्रश्न नहीं पूछ सकता कि 'परमात्मा क्या है?' यह बेवकूफी है। धर्म का ढंग ही समस्याएं खड़ी करने का नहीं है। धर्म यह पूछ सकता है कि कैसे और जीवंत हुआ जाए, कैसे जीवन के प्रवाह में बहा जाए, कैसे समग्रता से जीया जाए; धर्म पूछ सकता है कि परमात्मा कैसे हुआ जाए—लेकिन यह नहीं पूछ सकता कि परमात्मा क्या है।

रहस्यों को हम जी सकते हैं, उनके साथ हम एक हो सकते हैं, हम स्वयं को उनमें खो दे सकते हैं, हम एक बिलकुल अलग अस्तित्व प्राप्त कर सकते हैं, उससे सारा गुण बदल जाता है—लेकिन कुछ सुलझता नहीं, क्योंकि कुछ भी सुलझाया नहीं जा सकता। और जो कुछ भी ऐसा लगता है कि सुलझाया जा सकता है या जाना जा सकता है, वह केवल इसीलिए लगता है क्योंकि हम उसे टुकड़ों में देख रहे हैं। यदि हम पूर्ण को देखें तो कुछ भी जाना नहीं जा सकता है, हम केवल रहस्य को पीछे ढकेलते रहते हैं।

हमारे सभी उत्तर कामचलाऊ हैं। वे केवल आलसी चित्त के लोगों को उत्तर मालूम पड़ते हैं। यदि तुम्हारे पास खोजी चित्त है तो तुम वापस उसी रहस्य पर पहुंच जाओगे, तुम पाओगे कि वह प्रश्न केवल एक कदम पीछे हट गया। उत्तरों के ठीक पीछे प्रश्न छिपा है।

तुमने केवल उत्तर का मुखौटा बना लिया है, रहस्य पर एक पर्दा डाल लिया है।

यदि तुम इस भेद को अनुभव कर सको तो शुरू से ही धर्म एक दूसरा रूप, एक दूसरा रंग, एक दूसरा दृष्टिकोण ले लेता है। सारा का सारा परिप्रेक्ष्य बदल जाता है। ये विधियां जिनकी हम चर्चा कर रहे हैं किसी चीज को सुलझाने के लिए नहीं हैं—ये विधियां जीवन को समस्या की तरह नहीं देखतीं। जीवन तो बस है। यह सदा एक रहस्य रहा है और सदा रहस्य रहेगा। हम कुछ भी करें इसके रहस्य को मिटा नहीं सकते, क्योंकि रहस्यमय होना ही इसका गुण है। जीवन का रहस्यमय होना कोई ऊपरी घटना नहीं है, रहस्य कुछ ऐसा नहीं है जिसे जीवन से अलग किया जा सके—यह तो स्वयं जीवन है।

तो मेरे देखे, जितने ही तुम इस रहस्य में, इस रहस्यमयता में प्रवेश करते हो, उतने ही तुम धार्मिक होते हो। एक वास्तविक धार्मिक व्यक्ति यह नहीं कहेगा कि वह परमात्मा में विश्वास करता है। वह यह नहीं कहेगा कि परमात्मा है। ये चीजें बहुत उथली मालूम पड़ती हैं, ऐसे लगती हैं जैसे कि कुछ विशेष प्रश्नों के उत्तर दिए गए हों। एक धार्मिक व्यक्ति ऐसी भौतिक भाषा नहीं बोल सकता कि परमात्मा है। यह तो इतनी गहरी बात है, इतनी रहस्यपूर्ण बात है कि इस बारे में कुछ भी कहना पाप होगा।

इसीलिए जब भी कोई बुद्ध से पूछता था कि परमात्मा है या नहीं, तो वे मौन रह जाते थे। तुम ऐसी बात पूछ रहे हो जिसका उत्तर नहीं दिया जा सकता। ऐसा नहीं है कि परमात्मा नहीं है, लेकिन ऐसी चीज के बारे में कुछ भी कहना उसे उत्तर देने योग्य बना देगा। तब जीवन एक समस्या बन जाएगा जिसका उत्तर दिया जा सकता है। फिर रहस्य विदा हो जाता है। इसीलिए बुद्ध कहते थे, मुझसे कोई आध्यात्मिक प्रश्न मत पूछो।

प्रश्न केवल भौतिक हो सकते हैं। भौतिक-शास्त्र उनका उत्तर दे सकता है। प्रश्न आध्यात्मिक नहीं होते, हो नहीं सकते, क्योंकि अध्यात्म का अर्थ ही रहस्य है।

ये विधियां तुम्हें ज्ञान में नहीं, रहस्य में और गहरे ले चलने के लिए हैं।

या तुम इसे दूसरी तरह से देख सकते हो : ये विधियां तुम्हें तुम्हारे ज्ञान से निर्भार करने के लिए हैं। ये तुम्हारा ज्ञान बढ़ाने के लिए नहीं हैं। क्योंकि ज्ञान ही बाधा है, उससे रहस्य का द्वार बंद हो जाता है। जितना तुम अधिक जानते हो, उतने ही तुम जीवन गें गहरे प्रवेश करने के कम योग्य हो जाते हो।

मौलिक आश्चर्य-भाव को पुनः प्राप्त कर लेना अत्यंत जरूरी है। क्योंकि बच्चों जैसे आश्चर्य के भाव में कुछ ज्ञात नहीं रह जाता और सब कुछ रहस्य बन जाता है। और यदि तुम रहस्य में उतरो तो जितने गहरे उतरोगे, रहस्य उतना ही गहन होता जाएगा। और एक क्षण आता है जब तुम कह सकते हो कि तुम कुछ नहीं जानते। वही सम्यक क्षण है।

अब तुम ध्यानपूर्ण हुए। जब तुम एक गहन अज्ञान अनुभव कर सकते हो, जब तुम इस बात के प्रति सजग होते हो कि तुम कुछ नहीं जानते, तो तुम उस संतुलित बिंदु पर पहुंच जाते हो जहां से रहस्य का द्वार खुल सकता है। यदि तुम ज्ञानी हो तो द्वार बंद रहता है; यदि तुम अज्ञानी हो और पूरी तरह सचेत हो कि तुम कुछ नहीं जानते, अचानक द्वार खुल जाता है। तुम्हारे कुछ न जानने का भाव ही द्वार खोल देता है।

तो इन विधियों को ज्ञान की तरह मत लेना, बल्कि तुम्हें और निर्दोष बनाने में मदद की

तरह लेना। अज्ञान निर्दोषिता है, ज्ञान सदा ही एक तरह की धूर्तता और चालाकी है। यदि तुम अपने ज्ञान का उपयोग पुनः अज्ञानी होने के लिए कर लो तो तुमने उसका ठीक उपयोग किया। सभी शास्त्रों का, सारे ज्ञान का, सारे वेदों का यही एकमात्र उपयोग है—तुम फिर से बच्चों जैसे हो जाओ।

अब पहली विधिः

*चित्त को ऐसी अव्याख्य सूक्ष्मता में अपने हृदय के ऊपर, नीचे और भीतर रखो।*

तीन बातें। पहली, यदि ज्ञान महत्वपूर्ण है तो मस्तिष्क केंद्र होगा; यदि बच्चों जैसी निर्दोषता महत्वपूर्ण है तो हृदय केंद्र होगा। बच्चा हृदय में जीता है, हम मस्तिष्क में जीते हैं। बच्चा अनुभव करता है, हम विचार करते हैं। जब हम कहते हैं कि हम अनुभव कर रहे हैं, तब भी हम विचार करते हैं कि अनुभव कर रहे हैं। सोचना हमारे लिए महत्वपूर्ण हो जाता है! और अनुभव गौण हो जाता है। विचार विज्ञान का ढंग है और अनुभव धर्म का।

तुम्हें फिर से अनुभव करना शुरू करना चाहिए। और दोनों ही आयाम बिलकुल अलग हैं। जब तुम विचार करते हो, तुम अलग बने रहते हो। जब तुम अनुभव करते हो, तुम पिघलते हो।

एक गुलाब के फूल के बारे में सोचो। जब तुम सोच रहे हो तो तुम अलग हो; दोनों के बीच एक दूरी है। सोचने के लिए दूरी की जरूरत है; विचारों को गति करने के लिए दूरी चाहिए। फूल को अनुभव करो और अलगाव समाप्त हो जाता है, दूरी विदा हो जाती है। क्योंकि भाव के लिए दूरी बाधा है। जितने ही तुम किसी चीज के निकट आते हो, उतना ही अधिक उसे अनुभव कर सकते हो। एक क्षण आता है जब निकटता भी एक तरह की दूरी लगती है—और तब तुम पिघलते हो। तब तुम अपनी और फूल की सीमाओं को अनुभव नहीं कर सकते, तुम नहीं कह सकते कि तुम कहां समाप्त होते हो और फूल कहां शुरू होता है। तब सीमाएं एक-दूसरे में विलीन हो जाती हैं। फूल एक तरह से तुम में प्रवेश कर जाता है और तुम एक तरह से फूल में प्रवेश कर जाते हो।

भाव है सीमाओं का खो जाना; विचार है सीमाओं का बनना। यही कारण है कि विचार सदा परिभाषाएं मांगता है, क्योंकि परिभाषाओं के बिना तुम सीमाएं नहीं खड़ी कर सकते। विचार कहता है पहले परिभाषा कर लो; और भाव कहता है परिभाषा मत करो। यदि तुम परिभाषा करते हो तो भाव समाप्त हो जाता है।

बच्चा अनुभव करता है; हम विचार करते हैं। बच्चा अस्तित्व के निकट आता है, वह पिघलता है और अस्तित्व को स्वयं में पिघलने देता है। हम अकेले, अपने मस्तिष्क में बंद हैं। हम ऐसे हैं जैसे द्वीप।

यह सूत्र कहता है कि हृदय के केंद्र पर लौट आओ। चीजों को अनुभव करना शुरू करो। यदि तुम अनुभव करना शुरू करो तो अदभुत अनुभव होगा। जो भी कुछ तुम करो अपना थोड़ा समय और थोड़ी ऊर्जा भाव को दो। तुम यहां बैठे हो, तुम मुझे सुन सकते हो—लेकिन वह सोच-विचार का हिस्सा होगा। तुम मुझे यहां महसूस भी कर सकते हो, लेकिन वह सोच-विचार का हिस्सा नहीं होगा। यदि तुम मेरी उपस्थिति को महसूस कर सको

तो परिभाषाएं खो जाती हैं। तब वास्तव में, यदि तुम भाव की सम्यक स्थिति में पहुंच जाओ तो तुम्हें पता नहीं रहता कि कौन बोल रहा है और कौन सुन रहा है। तब वक्ता श्रोता बन जाता है, श्रोता वक्ता बन जाता है। तब वास्तव में वे दो नहीं रहते। बल्कि एक ही घटना के दो ध्रुव हो जाते हैं : एक ध्रुव पर वक्ता होता है और दूसरे ध्रुव पर श्रोता। लेकिन दोनों ही बस ध्रुव हैं, अलग-अलग। वास्तविक चीज तो दोनों के मध्य में है—जो कि जीवन है, प्रवाह है।

जब भी तुम अनुभव करते हो तो तुम्हारे अहंकार के अतिरिक्त कुछ और महत्वपूर्ण हो जाता है। विषय और विषयी अपनी परिभाषाएं खो देते हैं। एक प्रवाह, एक तरंग बचती है—एक ओर वक्ता और दूसरी ओर श्रोता, लेकिन मध्य में जीवन की धारा।

मस्तिष्क तुम्हें व्याख्या देता है और इस व्याख्या के कारण बहुत भ्रांति पैदा हुई है। क्योंकि मस्तिष्क साफ-साफ परिभाषा करता है, सीमा बांधता है, नक्शे बनाता है। तर्क से सब सुस्पष्ट हो जाता है; किसी प्रकार की अनिश्चितता, किसी रहस्य की कोई संभावना नहीं रह जाती। हर अनिश्चितता अस्वीकृत हो जाती है, केवल जो स्पष्ट है वही वास्तविक है। तर्क तुम्हें एक स्पष्टता देता है और इस स्पष्टता के कारण भ्रम पैदा होता है।

वास्तविकता का स्पष्टता से लेना-देना नहीं है। सत्य सदा बेबूझ है। धारणाएं सुस्पष्ट होती हैं, सत्य रहस्यमय होता है; धारणाएं संगत होती हैं, सत्य असंगत होता है।

शब्द स्पष्ट होते हैं, तर्क स्पष्ट होता है, परंतु जीवन अनिश्चित रहता है। हृदय तुम्हें एक तरल अनिश्चितता देता है। हृदय सत्य के अधिक निकट पहुंचता है, परंतु तर्क की सुस्पष्टता नहीं होती। और क्योंकि हमने सुस्पष्टता को लक्ष्य बना लिया है इसलिए हम सत्य को चूकते चले जाते हैं। सत्य में दोबारा प्रवेश करने के लिए तुम्हें तरल आंखें चाहिए। तुम्हें तरल होना चाहिए, तुम्हें धारणा-शून्य, अतर्क्य विस्मयकारी और जीवंत सत्य में प्रवेश करने के लिए तैयार रहना चाहिए।

सुस्पष्टता तो मृत है। उसमें बदलाहट नहीं है, बहाव नहीं है। जीवन एक बहाव है, उसमें कुछ भी ठहरा हुआ नहीं है, अगले क्षण कुछ भी वैसा नहीं रहता। तो जीवन के प्रति तुम कैसे सुस्पष्ट हो सकते हो ? यदि तुम सुस्पष्टता का अधिक ही आग्रह करोगे तो जीवन से तुम्हारा संबंध टूट जाएगा। यही हुआ है।

यह सूत्र कहता है कि पहली बात है, अपने हृदय के केंद्र पर वापस लौट आओ। लेकिन वापस कैसे लौटें?

'चित्त को ऐसी अव्याख्य सूक्ष्मता में अपने हृदय के ऊपर, नीचे और भीतर रखो।'

मन का अर्थ है मानसिक प्रक्रिया, सोच-विचार। और चित्त का अर्थ है वह पृष्ठभूमि जिस पर विचार तैरते हैं—ऐसे ही जैसे आकाश में बादल तैरते हैं। बादल हैं विचार और आकाश है वह पृष्ठभूमि जिस पर वे तैरते हैं। उस आकाश, उस चेतना को चित्त कहा गया है। तुम्हारा मन विचार-शून्य हो सकता है; तब वह चित्त है, तब वह शुद्ध मन है। जब विचार होते हैं तो मन अशुद्ध होता है।

विचार-शून्य मन अस्तित्व की सूक्ष्मतम घटना है। इससे अधिक सूक्ष्म संभावना की तुम कल्पना भी नहीं कर सकते। चेतना अस्तित्व की सबसे सूक्ष्म घटना है। तो जब मन में कोई विचार नहीं होते तब तुम्हारा मन शुद्ध होता है। शुद्ध मन हृदय की ओर गति कर सकता है, अशुद्ध मन नहीं कर सकता। अशुद्धता से मेरा अर्थ मन में अशुद्ध विचारों का होना नहीं है,

अशुद्धता से मेरा अर्थ है सारे विचार—विचार मात्र ही अशुद्धि है।

यदि तुम परमात्मा के बारे में सोच रहे हो तो भी यह अशुद्धता है, क्योंकि बादल तो तैर ही रहा है। बादल बहुत शुभ्र है, लेकिन फिर भी है और आकाश निर्मल नहीं है। आकाश निरभ्र नहीं है। बादल काला हो सकता है—मन में कोई कामुक विचार गुजर जाए; या बादल सफेद हो सकता है—मन में कोई सुंदर प्रार्थना गुजर सकती है, लेकिन दोनों ही स्थितियों में मन शुद्ध नहीं है। मन अशुद्ध है, बादलों से घिरा है। और मन यदि बादलों से घिरा हो तो तुम हृदय की ओर नहीं बढ़ सकते।

यह समझ लेने जैसा है, क्योंकि विचारों के रहते तुम मस्तिष्क से जुड़े रहते हो। विचार जड़े हैं, और जब तक तुम उन जड़ों को ही न काट डालो तुम वापस हृदय पर नहीं लौट सकते। बच्चा उस क्षण तक हृदय में रहता है जिस क्षण तक विचार उसके मन में पैदा होने शुरू नहीं होते। फिर वे जड़े जमाते हैं; फिर शिक्षा, संस्कृति और सभ्यता से विचार जमते हैं; फिर धीरे-धीरे चेतना हृदय से मस्तिष्क की ओर मुड़ने लगती है। चेतना मस्तिष्क में केवल तभी रह सकती है जब विचार हों। यही आधार है। जब विचार नहीं होते तो चेतना तत्क्षण हृदय में अपनी वास्तविक निर्दोषिता पर वापस लौट आती है।

इसीलिए ध्यान पर, निर्विचार अवस्था पर, विचार-शून्य सजगता पर, चुनाव-रहित बोध पर इतना जोर दिया गया है, या बुद्ध के 'सम्यक चित्त' पर इतना जोर दिया गया है, जिसका अर्थ है विचार-शून्य चित्त का होना, केवल होशपूर्ण होना। तब क्या होता है? एक अदभुत घटना घटती है, क्योंकि जब जड़ें कट जाती हैं तो चेतना तत्क्षण हृदय पर, अपने मूल स्रोत पर लौट आती है। तुम फिर बच्चे बन जाते हो।

जीसस कहते हैं, 'केवल वे ही मेरे प्रभु के राज्य में प्रवेश कर पाएंगे जो बच्चों जैसे हैं।'

वह ऐसे ही लोगों की बात कर रहे हैं जिनकी चेतना अपने हृदय पर लौट आई है; जो निर्दोष हो गए हैं, बच्चों जैसे हो गए हैं। लेकिन पहली आवश्यकता है चित्त को अव्याख्य सूक्ष्मता में ले जाना।

विचारों को अभिव्यक्त किया जा सकता है। ऐसा कोई भी विचार नहीं है जिसे अभिव्यक्त न किया जा सके। यदि उसे अभिव्यक्त न किया जा सके तो तुम उसे सोच भी नहीं सकते। यदि तुम उसे सोच सकते हो तो उसे अभिव्यक्त भी कर सकते हो। ऐसा एक भी विचार नहीं है जिसे तुम अनिर्वचनीय कह सको। जिस क्षण तुमने उसे सोचा, वह वचनीय हो गया—तुमने उसे अपने से तो कह ही दिया।

चेतना, शुद्ध चैतन्य, अव्याख्य है। इसीलिए तो संत कहते हैं कि वे जो जानते हैं उसे अभिव्यक्त नहीं कर सकते। तार्किक सदा यह प्रश्न उठाते हैं कि अगर तुम जानते हो तो कह क्यों नहीं सकते? और उनके तर्क में अर्थ है, बल है। अगर तुम सच में कहते हो कि तुम जानते हो तो तुम अभिव्यक्त क्यों नहीं कर सकते?

तार्किक के लिए ज्ञान व्याख्य होना चाहिए—जिसे जाना जा सकता है, उसे दूसरों को जनाया भी जा सकता है, उसमें कोई समस्या नहीं है। यदि तुमने जान ही लिया है तो फिर क्या समस्या है? तुम उसे दूसरों को भी जना सकते हो। लेकिन संत का ज्ञान विचारों का नहीं होता। उसने विचार की भांति नहीं जाना है, एक अनुभूति की भांति जाना है। तो वास्तव में यह कहना

ठीक नहीं है, 'मैं परमात्मा को जानता हूं।' यह कहना बेहतर है, 'मैं अनुभव करता हूं।' यह कहना ठीक नहीं है, 'मैंने परमात्मा को जाना है।' यह कहना अच्छा है, 'मैंने उसका अनुभव किया है।' यह उस घटना की ज्यादा उचित अभिव्यक्ति है, क्योंकि ज्ञान हृदय के द्वारा होता है, वह अनुभूति की तरह है, जानने की तरह नहीं।

'चित्त को ऐसी अव्याख्य सूक्ष्मता में रखो...।'

चित्त अव्याख्य है। यदि कोई विचार चल रहा हो तो वह व्याख्य है। इसलिए मन को ऐसी अव्याख्य सूक्ष्मता में रखने का अर्थ है ऐसी स्थिति में पहुंच जाना जहां तुम चैतन्य तो हो, पर किन्हीं विचारों के प्रति नहीं; तुम पूरी तरह सजग तो हो, पर तुम्हारे मन में कोई विचार नहीं चल रहे। यह बहुत सूक्ष्म और बहुत कठिन बात है—तुम आसानी से इसे चूक सकते हो।

हम मन की दो अवस्थाओं को जानते हैं। एक अवस्था तो वह जब विचार होते हैं। जब विचार होते हैं तो तुम हृदय की ओर नहीं जा सकते। फिर हम मन की एक दूसरी अवस्था जानते हैं—जब विचार नहीं होते। जब विचार नहीं होते, तुम सो जाते हो। हर रात कुछ क्षणों, कुछ घंटों के लिए तुम विचार से बाहर हो जाते हो। विचार खो जाते हैं, पर तुम हृदय तक नहीं पहुंचते क्योंकि तुम अचेतन हो। तो एक बड़े सूक्ष्म संतुलन की जरूरत है। विचार ऐसे ही खो जाने चाहिए जैसे वे गहरी नींद में खो जाते हैं जब कोई सपने नहीं चलते—और तुम्हें उतना सजग होना चाहिए जितने तुम जागते हुए होते हो। मन उतना विचार-रहित होना चाहिए जितना गहरी नींद में होता है, लेकिन तुम्हें सोया हुआ नहीं होना चाहिए, तुम्हें पूरी तरह जाग्रत, होशपूर्ण होना चाहिए।

जब जागरण और इस विचार-शून्यता का मिलन होता है तो ध्यान घटित होता है। इसीलिए पतंजलि कहते हैं कि समाधि सुषुप्ति की तरह है। परम आनंद गहनतम नींद की तरह है, बस एक ही भेद है : इसमें तुम सोए नहीं होते। लेकिन गुण वही है—विचार-शून्य, स्वप्न-शून्य, शांत, कोई तरंग नहीं, एकदम शांत और मौन, लेकिन जागरूक।

जब तुम होश में होते हो और कोई विचार नहीं होता तो तुम अपनी चेतना में अचानक एक रूपांतरण अनुभव करते हो। केंद्र बदल जाता है। तुम वापस फेंक दिए जाते हो। तुम हृदय पर वापस फेंक दिए जाते हो। और हृदय से जब तुम संसार को देखते हो तो संसार नहीं होता, बस परमात्मा होता है। बुद्धि से जब तुम अस्तित्व को देखते हो तो परमात्मा नहीं होता, बस भौतिक अस्तित्व होता है।

पदार्थ, भौतिक अस्तित्व, संसार और परमात्मा दो चीजें नहीं हैं, देखने के दो ढंग हैं, दो परिप्रेक्ष्य हैं। वे एक ही अस्तित्व को दो अलग-अलग केंद्रों से देखी गई घटनाएं हैं।

'चित्त को ऐसी अव्याख्य सूक्ष्मता में अपने हृदय के ऊपर, नीचे और भीतर रखो।'

पूरी तरह से उसमें डूब जाओ, विलीन हो जाओ। हृदय के ऊपर, नीचे और भीतर एक चैतन्य मात्र रह जाए—पूरा हृदय बस एक चेतना से घिर जाए, किसी बारे में भी मत सोचो, बस सजग रहो, बिना किसी शब्द के, बिना किसी विचार के, बस होओ।

चित्त को हृदय के ऊपर, नीचे और भीतर रखो और तुम्हारे लिए सब कुछ संभव हो जाएगा। देखने के सब द्वार स्वच्छ हो जाएंगे और रहस्यों के सब द्वार खुल जाएंगे। अचानक कोई समस्या न रहेगी, अचानक कोई दुख न रहेगा—जैसे अंधकार पूरी तरह मिट गया हो।

एक बार तुम इसे जान लो तो तुम वापस बुद्धि पर जा सकते हो, पर तुम अब वही नहीं होओगे। अब तुम बुद्धि का एक यंत्र की तरह उपयोग कर सकते हो, उससे काम ले सकते हो, पर तुम उसके साथ तादात्म्य नहीं बनाओगे। उससे काम लेते समय भी जब तुम संसार को देखोगे तो तुम्हें पता होगा कि जो भी तुम देख रहे हो वह बुद्धि के कारण है। अब तुम एक उच्चतर अवस्था, एक गहनतर दृष्टिकोण से परिचित हो—और जिस क्षण तुम चाहो तुम वापस लौट सकते हो।

एक बार तुम्हें मार्ग का पता लग जाए और खयाल आ जाए कि कैसे चेतना वापस लौटती है, कैसे तुम्हारी आयु, तुम्हारा अतीत, तुम्हारी स्मृति और तुम्हारा ज्ञान समाप्त हो जाता है और तुम दोबारा एक नवजात शिशु हो जाते हो—एक बार तुम्हें इस रहस्य का पता चल जाए—तो तुम जब चाहे केंद्र की यात्रा कर सकते हो और पुनः जीवंत, ताजे, प्राणवान हो सकते हो। यदि तुम्हें फिर बुद्धि में लौटना पड़े तो तुम उसका उपयोग कर सकते हो, तुम सामान्य संसार में जा सकते हो—तुम उसमें कार्य करोगे पर उससे तादात्म्य नहीं करोगे, क्योंकि गहरे में तुम जानते हो कि बुद्धि के द्वारा जो भी जाना जाता है वह आंशिक है, वह पूर्ण सत्य नहीं है। और आंशिक सत्य झूठ से भी खतरनाक होता है, क्योंकि वह सत्य जैसा प्रतीत होता है और तुम उससे धोखा खा सकते हो।

कुछ और बातें। जब तुम हृदय पर लौटते हो तो तुम अस्तित्व को एक पूर्ण इकाई की तरह देखते हो। हृदय विभाजित अंग नहीं है, हृदय तुम्हारा एक हिस्सा नहीं है, हृदय का अर्थ है तुम्हारी संपूर्ण समग्रता। मन एक हिस्सा है, हाथ एक हिस्सा है, पांव एक हिस्सा है, पेट एक हिस्सा है, परे शरीर को अगर हम अलग-अलग लें तो वह हिस्सों में बंट जाता है। पर हृदय एक हिस्सा नहीं है। यही कारण है कि अगर मेरा हाथ काट दिया जाए तो भी मैं जीवित रहूंगा। मेरा मस्तिष्क भी निकाल दिया जाए तो भी मैं जीवित रहुंगा, लेकिन मेरा हृदय गया कि मैं भी गया।

वास्तव में मेरा पूरा शरीर अलग किया जा सकता है, लेकिन अगर मेरा हृदय धड़क रहा है तो मैं जीवित हूं। हृदय का अर्थ है तुम्हारी पूर्णता। तो जब तुम्हारा हृदय बंद होता है, तुम नहीं रहते। और दूसरी सब चीजें बस हिस्से हैं, दूसरी लगाई जा सकती हैं। यदि हृदय धड़क रहा है तो तुम सुरक्षित होगे। हृदय का केंद्र तुम्हारे अस्तित्व का अंतरतम बिंदु है।

मैं अपने हाथ से तुम्हें छू सकता हूं। वह स्पर्श मुझे तुम्हारे बारे में एक जानकारी देगा, तुम्हारी त्वचा के बारे में जानकारी देगा कि वह चिकनी है या नहीं। हाथ मुझे कुछ जानकारी देगा, लेकिन वह जानकारी बस आंशिक होगी क्योंकि हाथ मेरी समग्रता नहीं है। मैं तुम्हें देख सकता हूं। मेरी आंखें तुम्हारे बारे में एक अलग जानकारी देंगी, लेकिन वह भी पूरी नहीं होगी। मैं तुम्हारे बारे में सोच सकता हूं—फिर वही बात। लेकिन मैं तुम्हें हिस्सों में महसूस नहीं कर सकता। यदि मैं तुम्हें महसूस करता हूं तो तुम्हारी पूरी समग्रता में ही महसूस करता हूं। यही कारण है कि जब तक तुम प्रेम के द्वारा न जानो, तुम किसी व्यक्ति को उसकी संपूर्णता में नहीं जान सकते। केवल प्रेम से ही पूर्ण व्यक्तित्व, समग्र अस्तित्व तुम्हारे सामने प्रकट होता है। क्योंकि प्रेम का अर्थ है हृदय से जानना, हृदय से अनुभव करना। तो मेरे देखे अनुभव करना और जानना, तुम्हारे अस्तित्व के दो हिस्से नहीं हैं। अनुभव है तुम्हारी पूर्णता और जानकारी

बस उसका एक हिस्सा है।

धर्म के लिए प्रेम परम ज्ञान है। इसीलिए धर्म की अभिव्यक्ति वैज्ञानिक ढंग के बजाय काव्यात्मक शैली में अधिक हुई है। वैज्ञानिक भाषा का उपयोग नहीं हो सकता, क्योंकि उसका संबंध जानकारी के जगत से है। काव्य का उपयोग हो सकता है। और जो प्रेम के द्वारा सत्य तक पहुंचे हैं, वे जो भी कहते हैं काव्य हो जाता है। उपनिषद, वेद, जीसस या बुद्ध या कृष्ण के वचन, ये सब काव्यात्मक वक्तव्य हैं।

यह संयोग ही नहीं है कि पुराने सभी धर्म-ग्रंथ काव्य में लिखे गए हैं। इसमें बड़ा अर्थ है। इससे पता चलता है कि कवि के जगत में और ऋषि के जगत में एक तरह की समानुभूति है। ऋषि भी हृदय की भाषा का उपयोग करता है।

कवि केवल कुछ क्षणों की उड़ान में ऋषि बन जाता है, ऐसे ही जैसे जब तुम कूदते हो तो पृथ्वी के गुरुत्वाकर्षण से दूर हो जाते हो, लेकिन फिर वापस लौट आते हो। कवि का अर्थ है जो कुछ क्षणों के लिए संतों के जगत में उड़ान भर आया हो। उसे कुछ झलकें मिली हैं। संत वह है जो गुरुत्वाकर्षण के बिलकुल पार चला गया है, जो प्रेम के संसार में जीता है, जो हृदय से जीता है। हृदय जिसका निवास बन गया है। कवि के लिए तो यह बस एक झलक भर है : कभी-कभी वह बुद्धि से हृदय में उतर आता है। लेकिन ऐसा बस कुछ क्षणों के लिए घटता है—वह फिर बुद्धि में वापस लौट जाता है।

तो अगर तुम कोई सुंदर कविता देखो तो उस कवि से मिलने मत चले जाना जिसने उसे लिखा है, क्योंकि तुम उसी व्यक्ति से नहीं मिलोगे। तुम बहुत निराश होओगे, क्योंकि तुम्हारा एक बहुत साधारण आदमी से मिलना होगा। उसे एक झलक मिली है; कुछ क्षणों के लिए सत्य उस पर प्रकट हुआ और वह हृदय पर उतर आया। लेकिन उसे मार्ग का पता नहीं है। वह उसका मालिक नहीं है। यह तो बस एक आकस्मिक घटना है और वह अपनी मर्जी से इस आयाम में गति नहीं कर सकता।

जब कूलरिज मरा तो चालीस हजार अधूरी कविताएं छोड़कर मरा। उसने अपने पूरे जीवन में बस सात ही कविताएं पूरी कीं। वह महान कवि था, संसार के महानतम कवियों में से एक था, लेकिन कई बार उससे पूछा गया, 'तुम अधूरी कविताओं का ढेर क्यों लगाते रहते हो। और तुम उन्हें कब पूरा करोगे?' वह कहता, 'मैं कुछ नहीं कर सकता। कभी-कभी कुछ पंक्तियां मुझे उतरती हैं और फिर वे रुक जाती हैं। तो मैं उन्हें कैसे पूरा कर सकता हूं? मैं प्रतीक्षा करूंगा। मुझे प्रतीक्षा करनी ही होगी। यदि दोबारा मुझे झलक मिलती है और दोबारा अस्तित्व मुझ पर सत्य को प्रकट करता है, तो फिर मैं उसे पूरा करूंगा। लेकिन अपने आप तो मैं कुछ भी नहीं कर सकता।'

वह बड़ा ईमानदार कवि रहा होगा। इतने ईमानदार कवि खोज पाना कठिन है, क्योंकि मन की प्रवृत्ति है पूर्ति करना। यदि तीन पंक्तियां उतरती हैं तो तुम चौथी जोड़ लोगे; और वह चौथी बाकी तीन की भी हत्या कर देगी, क्योंकि वह मन की बड़ी निम्न अवस्था से आएगी—जब तुम पृथ्वी पर वापस लौट चुके होओगे।

जब तुम उछले तो कुछ क्षणों के लिए तुम गुरुत्वाकर्षण से मुक्त हो गए, तुम अस्तित्व के एक अलग ही आयाम में चले गए। कवि धरती पर रहता है पर कभी-कभी ऊंची छलांग लेता

है। उस छलांग में उसे झलकें मिलती हैं। संत हृदय में रहता है। वह धरती पर नहीं चलता, हृदय उसका निवास बन गया होता है। तो वास्तव में वह कविता रचता नहीं, लेकिन वह जो भी कहता है, कविता बन जाता है। वास्तव में संत गद्य का प्रयोग ही नहीं करता, क्योंकि उसका गद्य भी कविता है, वह उसके हृदय से आ रहा है, उसके प्रेम से आ रहा है।

'चित्त को ऐसी अव्याख्य सूक्ष्मता में अपने हृदय के ऊपर, नीचे और भीतर रखो।'

हृदय तुम्हारा संपूर्ण अस्तित्व है। और जब तुम समग्र हो केवल तभी तुम समग्र को जान सकते हो—इसे याद रखना। केवल समान ही समान को जान सकता है। जब तुम आंशिक हो तो समग्र को नहीं जान सकते। जैसा भीतर होता है वैसा ही बाहर होता है। यदि भीतर तुम समग्र हो तो बाहर की समग्र वास्तविकता तुम पर प्रकट होगी, तुम उसे जानने में सक्षम हो गए, तुमने उसे जानने की पात्रता अर्जित कर ली। जब तुम भीतर बंटे होते हो तो बाहर सत्य भी बंटा दिखता है। तो जो भी तुम भीतर हो वही तुम्हारे लिए बाहर का जगत होगा।

हृदय की गहराइयों में पूरा संसार भिन्न है, एक अलग ही गेस्टाल्ट है। मैं तुम्हें देख रहा हूं। यदि मैं तुम्हें मस्तिष्क से देखूं, बुद्धि से देखूं, जानने के अपने एक हिस्से से देखूं, तो यहां कुछ मित्र हैं, व्यक्ति हैं, अहंकार हैं—अलग-अलग।

लेकिन यदि मैं तुम्हें हृदय से देखूं तो यहां व्यक्ति नहीं होंगे। फिर तो बस यहां एक सागरीय चेतना है और व्यक्ति बस उसकी लहरें हैं। यदि मैं तुम्हें हृदय से देखूं तो तुम और तुम्हारा पड़ोसी दो नहीं होंगे; तब तुम्हारे और तुम्हारे पड़ोसी के बीच सत्य है। तुम बस दो ध्रुव हो और बीच में सत्य है। तो फिर यहां चेतना का एक सागर है जिसमें तुम लहरों की तरह हो। लेकिन लहरें अलग-अलग नहीं हैं, वे एक साथ जुड़ी हुई हैं। और तुम हर क्षण एक-दूसरे में मिल रहे हो, चाहे तुम्हें इसका पता हो या न पता हो।

जो श्वास कुछ क्षण पहले तुममें थी अब तुमसे निकल चुकी है—अब तुम्हारे पड़ोसी में प्रवेश कर रही है। कुछ ही क्षण पहले यह तुम्हारा जीवन थी और इसके बिना तुम मर गए होते, और अब यह तुम्हारे पड़ोसी में जा रही है। अब यह उसका जीवन है। तुम्हारा शरीर लगातार कंपन विकीरित कर रहा है, तुम एक रेडिएटर हो, तुम्हारी जीवन-ऊर्जा सतत तुम्हारे पड़ोसी में प्रवेश कर रही है और उसकी जीवन-ऊर्जा तुममें प्रवेश कर रही है।

यदि मैं तुम्हें अपने हृदय से देखूं, यदि मैं तुम्हें प्रेमपूर्ण आंखों से देखूं, यदि मैं तुम्हें समग्रता से देखूं, तो तुम सब ऊर्जा के पुंज हो, ऊर्जा के सघन बिंदु हो और जीवन सतत तुमसे दूसरों में और दूसरों से तुममें गति कर रहा है...।

और इस कमरे में ही नहीं, यह पूरा जगत जीवन-ऊर्जा का सतत प्रवाह है। यह सतत गतिमान है। यहां कोई वैयक्तिक इकाइयां नहीं हैं, यह एक ब्रह्मांडीय समग्रता है। लेकिन बुद्धि के द्वारा अखंड ब्रह्मांड कभी प्रकट नहीं होता, केवल हिस्से, आणविक हिस्से ही दिखाई पड़ते हैं। और यह कोई प्रश्न नहीं है जिसे बुद्धि से समझा जा सके। यदि तुम इसे बुद्धि से समझने का प्रयास करते हो तो इसे समझना असंभव ही होगा। यह अस्तित्व के एक बिलकुल अलग बिंदु से देखा गया, एक बिलकुल भिन्न दृष्टिकोण है।

अगर तुम भीतर समग्र हो तो बाहर की समग्रता तुम पर प्रकट हो जाती है। किसी ने उसे परमात्मा का साक्षात्कार कहा है, किसी ने उसे मोक्ष कहा है, किसी ने उसे निर्वाण कहा

है। अलग-अलग शब्द हैं, बिलकुल भिन्न शब्द हैं, लेकिन वे एक ही अनुभव, एक ही सत्य को दर्शाते हैं। एक बात उन सभी अभिव्यक्तियों में आधारभूत है—कि व्यक्ति मिट जाता है। तुम इसे परमात्मा का साक्षात्कार कह सकते हो, तब तुम व्यक्ति की तरह न रह जाओगे; तुम इसे मोक्ष कह सकते हो, फिर तुम एक स्व की भांति नहीं रह जाओगे; तुम इसे निर्वाण कह सकते हो—जैसे बुद्ध ने कहा है—कि जैसे दीए की ज्योति बुझ जाती है, खो जाती है, तुम दोबारा उसे कहीं खोज नहीं सकते, पा नहीं सकते, वह अनस्तित्व में चली गई, ऐसे ही व्यक्ति समाप्त हो जाता है।

लेकिन यह बात सोचने जैसी है। सभी धर्म यह क्यों कहते हैं कि जब तुम सत्य का साक्षात्कार करते हो तो व्यक्ति, स्व, अहंकार मिट जाता है? यदि सभी धर्म इस पर जोर देते हैं तो इसका अर्थ है कि यह स्व जरूर मिथ्या होगा—वरना तो वह मिट कैसे सकता है? यह विरोधाभासी लग सकता है लेकिन ऐसा ही है, जो नहीं है केवल वही मिट सकता है; जो है वह तो अस्तित्व में रहेगा ही, वह मिट नहीं सकता।

मस्तिष्क के कारण एक झूठी इकाई का आभास होता है—व्यक्ति। यदि तुम हृदय में उतर जाओ तो झूठी इकाई खो जाती है। वह बुद्धि की रचना थी। हृदय में तो बस ब्रह्मांड रह जाता है, व्यक्ति नहीं; पूर्ण रह जाता है, अंश नहीं। और स्मरण रहे, जब तुम नहीं हो तो तुम नर्क निर्मित नहीं कर सकते, जब तुम नहीं हो तो तुम दुख में नहीं हो सकते, जब तुम नहीं हो तो कोई पीड़ा नहीं हो सकती। सब संताप, सब पीड़ाएं तुम्हारे कारण हैं—छाया की भी छाया। स्व झूठ है और उस झूठे स्व के कारण बहुत सी झूठी छायाएं निर्मित हो गई हैं। वे तुम्हारा पीछा करती हैं, तुम उनके साथ लड़ते रहते हो। लेकिन तुम कभी जीत न पाओगे, क्योंकि उनका आधार तो तुम्हीं में छिपा रहता है।

स्वामी रामतीर्थ ने कहीं कहा है कि वह एक गरीब ग्रामीण के घर में ठहरे हुए थे। उस ग्रामीण का छोटा बच्चा झोपड़े के सामने खेल रहा था, और सूरज उग रहा था और बच्चे को अपनी छाया दिखाई दी। वह उसे पकड़ने की कोशिश करने लगा। लेकिन जितना वह बढ़ता, छाया उतनी ही आगे बढ़ जाती। बच्चा रोने लगा। असफलता उसके हाथ लगी थी। उसने हर तरह से पकड़ने की कोशिश की, पर पकड़ पाना असंभव था।

छाया को पकड़ना असंभव है—इसलिए नहीं कि छाया को पकड़ना बड़ा कठिन है, यह असंभव इसलिए है क्योंकि बच्चा उसे पकड़ने की लिए दौड़ रहा था। जब वह दौड़ रहा था तो छाया भी दौड़ रही थी। तुम छाया को नहीं पकड़ सकते, क्योंकि छाया में कोई सार नहीं है; और सार को ही पकड़ा जा सकता है।

रामतीर्थ वहां बैठे हुए थे, वह हंस रहे थे और बच्चा रो रहा था और मां हैरान थी कि क्या करे। बच्चे को कैसे सांत्वना दे? तो उसने रामतीर्थ से पूछा, 'स्वामी जी, क्या आप कुछ मदद कर सकते हैं?' रामतीर्थ बच्चे के पास गए, बच्चे का हाथ पकड़ा और उसके सिर पर रख दिया—छाया पकड़ी गई। अब जब बच्चे ने अपने ही सिर पर हाथ रख दिया तो छाया पकड़ में आ गई। बच्चा हंसने लगा। अब वह देख सकता था कि उसके हाथ ने छाया को पकड़ लिया है।

तुम छाया को तो नहीं पकड़ सकते पर स्वयं को पकड़ सकते हो। और जिस क्षण तुम स्वयं

को पकड़ लेते हो, छाया पकड़ में आ जाती है।

पीड़ा अहंकार की ही छाया है। हम सब उस बच्चे की तरह पीड़ा, संताप और विषाद के साथ लड़ रहे हैं और उन्हें मिटाने का प्रयास कर रहे हैं। हम इसमें कभी जीत नहीं सकते। यह कोई ताकत का प्रश्न नहीं है—सारा प्रयास ही व्यर्थ है, असंभव है। तुम्हें स्वयं को, अहंकार को पकड़ना चाहिए; और जैसे ही तुम इसे पकड़ लेते हो, सारी पीड़ा मिट जाती है। वह बस छाया थी।

ऐसे लोग हैं जो स्वयं से लड़ने लगते हैं। यह सिखाया गया है, 'स्व को मिटा दो, अहंकार-शून्य हो जाओ, और तुम आनंदित हो जाओगे, तो वे स्व से, अहंकार से लड़ने लगते हैं। लेकिन यदि तुम लड़ रहे हो तो इतना तो तुम मान ही रहे हो कि स्व है। तुम्हारी लड़ाई उसके लिए भोजन बन जाएगी, उसके लिए ऊर्जा का एक स्रोत बन जाएगी, तुम उसका पोषण करने लगोगे।

यह विधि कहती है कि अहंकार के बारे में सोचो मत, बस बुद्धि से हृदय पर उतर आओ और अहंकार मिट जाएगा। अहंकार बुद्धि का प्रक्षेपण है। उससे लड़ो मत। तुम जन्मों-जन्मों तक उससे लड़ते रह सकते हो, पर यदि बुद्धि में ही बने रहे तो उसे जीत नहीं सकते।

अपने दृष्टिकोण को बदल डालो, बुद्धि से उतर कर एक दूसरे तल पर, अस्तित्व के एक गहरे तल पर उतर आओ। और सब कुछ बदल जाता है, क्योंकि अब तुम एक अलग दृष्टिकोण से देख सकते हो। हृदय से कोई अहंकार नहीं पैदा होता। इसी कारण हम हृदय से भयभीत हो गए हैं। हम कभी उसे अपने आप नहीं चलने देते, उसमें सदा हस्तक्षेप करते रहते हैं, सदा मन को बीच में ले आते हैं। हम हृदय को मन से नियंत्रित करने का प्रयास करते हैं, क्योंकि हम भयभीत हो गए हैं—यदि तुम हृदय की ओर गए तो स्वयं को खो दोगे। और यह खोना बिलकुल मृत्यु जैसा लगता है।

इसीलिए प्रेम कठिन लगता है, इसीलिए प्रेम में पड़ने में भय लगता है। क्योंकि तुम स्वयं को खो देते हो, तुम नियंत्रण में नहीं रहते। कोई तुमसे बड़ी चीज तुम्हें अपने प्रभाव में, पकड़ में ले लेती है और तुम्हें वशीभूत कर लेती है। फिर तुम्हें कुछ निश्चित नहीं रहता और कुछ पता नहीं होता कि तुम कहां जा रहे हो। तो बुद्धि कहती है, 'मूर्ख मत बनो, समझ से काम लो। पागल मत बनो।'

जब भी कोई प्रेम में होता है तो सब सोचते हैं कि वह पागल है। वह स्वयं ही समझता है कि वह पागल हो गया है, 'मैं अपने होश में नहीं हूं।' ऐसा क्यों होता है? क्योंकि अब कोई नियंत्रण न रहा। कुछ ऐसा हो रहा है जिसे वह नियंत्रित नहीं कर सकता, जिसे वह चला नहीं सकता, वश में नहीं कर सकता। बल्कि कुछ और उसे चला रहा है, एक बड़ी शक्ति ने उसे बस में कर लिया है। वह वशीभूत है...।

लेकिन जब तक तुम वशीभूत होने के लिए तैयार नहीं हो, तब तक तुम्हारे लिए कोई परमात्मा नहीं है। जब तक तुम वशीभूत होने के लिए राजी नहीं हो, तब तक तुम्हारे लिए कोई रहस्य, कोई आनंद, कोई अहोभाव नहीं है। जो प्रेम से, प्रार्थना से, विराट से वशीभूत होने को राजी है, उसका मतलब है कि वह अहंकार की तरह मरने के लिए राजी है। केवल वही जान सकता है कि वास्तव में जीवन क्या है, कि जीवन के पास देने के लिए क्या संपदा है। जो

संभव है वह तत्क्षण साकार हो जाता है, लेकिन तुम्हें स्वयं को दांव पर लगाना होगा।

यह विधि सुंदर है। यह तुम्हारे अहंकार के बारे में कुछ नहीं कहती। यह उस संबंध में कुछ कहती ही नहीं। यह बस तुम्हें एक विधि देती है और यदि तुम विधि का अनुसरण करो, अहंकार समाप्त हो जाएगा।

दूसरा सूत्रः

*अपने वर्तमान रूप का कोई भी अंग असीमित रूप से विस्तृत जानो।*

एक दूसरे द्वार से यह वही विधि है। मौलिक सार तो वही है कि सीमाओं को गिरा दो। मन सीमाएं खड़ी करता है। यदि तुम सोचो मत तो तुम असीम में गति कर जाते हो। या, एक दूसरे द्वार से, तुम असीम के साथ प्रयोग कर सकते हो और मन के पार हो जाओगे। मन असीम के साथ, अपरिभाषित, अनादि, अनंत के साथ नहीं रह सकता। इसलिए यदि तुम सीमा-रहित के साथ कोई प्रयोग करो तो मन मिट जाएगा।

यह विधि कहती है, 'अपने वर्तमान रूप का कोई भी अंग असीमित रूप से विस्तृत जानो।'

कोई भी अंग। तुम बस अपनी आंखें बंद कर ले सकते हो और सोच सकते हो कि तुम्हारा सिर असीम हो गया है। अब उसकी कोई सीमाएं न रहीं। वह बढ़ता चला जा रहा है और उसकी कोई सीमाएं न रहीं। तुम्हारा सिर पूरा ब्रह्मांड बन गया है, सीमाहीन।

यदि तुम इसकी कल्पना कर सको तो विचार अचानक रुक जाएंगे। यदि तुम अपने सिर की असीम रूप में कल्पना कर सको तो विचार नहीं रहेंगे। विचार केवल एक बहुत संकीर्ण मन में हो सकते हैं। मन जितना संकीर्ण हो, उतना ही विचार करने के लिए बेहतर है। जितना ही विशाल मन हो, उतने ही कम विचार होते हैं; जब मन पूर्ण आकाश बन जाता है तो विचार बिलकुल नहीं रहते।

बुद्ध अपने बोधिवृक्ष के नीचे बैठे हुए हैं। क्या तुम कल्पना कर सकते हो कि वे क्या सोच रहे हैं? वे कुछ भी सोच नहीं रहे। उनका सिर पूरा ब्रह्मांड है। वे विस्तृत हो गए हैं, अनंत रूप से विस्तृत हो गए हैं।

यह विधि उन्हीं के लिए अच्छी है जो कल्पना कर सकते हैं, सब के लिए यह ठीक नहीं रहेगी। जो कल्पना कर सकते हैं और जिनकी कल्पना इतनी वास्तविक हो जाती है कि यह भी नहीं कह सकते कि यह कल्पना है या वास्तविकता है, उनके लिए यह विधि बहुत उपयोगी होगी। वरना यह अधिक उपयोगी नहीं होगी। लेकिन डरो मत, क्योंकि कम से कम तीस प्रतिशत लोग इस तरह की कल्पना करने में सक्षम हैं। ऐसे लोग बहुत शक्तिशाली होते हैं।

यदि तुम्हारा मन बहुत शिक्षित नहीं है तो तुम्हारे लिए कल्पना करना बड़ा सरल होगा। यदि मन शिक्षित है तो सृजनात्मकता खो जाती है, तब तुम्हारा मन बस एक तिजोरी, एक बैंक बन जाता है। और पूरी शिक्षा व्यवस्था एक बैंकिंग व्यवस्था है। वे तुममें चीजें डालते जाते हैं, ठूंसते जाते हैं। उन्हें जो भी तुममें ठूंसने जैसा लगता है, ठूंस देते हैं। वे तुम्हारे मन का उपयोग स्टोर की तरह करते हैं। फिर तुम कल्पना नहीं कर सकते। फिर तुम जो भी करते हो वह बस उसकी पुनरावृत्ति होती है, जो तुम्हें सिखाया गया है।

तो जो लोग अशिक्षित हैं, वे इस विधि का बड़ी सरलता से उपयोग कर सकते हैं। और जो लोग युनिवर्सिटी से बिना विकृत हुए वापस आ गए हैं, वे भी इसे कर सकते हैं। जो वास्तव में अभी भी जीवित हैं, इतनी शिक्षा के बाद भी जीवित हैं, वे इसे कर सकते हैं। स्त्रियां इसे पुरुषों की अपेक्षा अधिक सरलता से कर सकती हैं। जो लोग भी कल्पनाशील हैं, स्वप्न-द्रष्टा हैं, वे लोग इसे बहुत आसानी से कर सकते हैं।

लेकिन यह कैसे पता चले कि तुम इसे कर सकते हो या नहीं?

तो इसमें प्रवेश करने से पहले तुम एक छोटा सा प्रयोग कर सकते हो। अपने दोनों हाथों को एक-दूसरे में फंसा लो और आंखें बंद कर लो। किसी भी समय, पांच मिनट के लिए किसी कुर्सी पर आराम से बैठ जाओ, दोनों हाथों को आपस में फंसा लो और कल्पना करो कि हाथ इतने जुड़ गए हैं कि तुम कोशिश भी करो तो उन्हें नहीं खोल सकते।

यह बड़ी बेतुकी बात लगेगी क्योंकि वे जुड़े हुए नहीं हैं, लेकिन तुम सोचते रहो कि वे जुड़े हुए हैं। पांच मिनट तक ऐसे सोचते रहो और फिर तीन बार अपने मन में कहो, 'अब मैं अपने हाथ खोलने की कोशिश करूंगा। लेकिन मैं जानता हूं कि यह असंभव है। ये जुड़ गए हैं और मैं इन्हें खोल नहीं सकता।'

फिर उन्हें खोलने की कोशिश करो। तुममें से तीस प्रतिशत लोग हाथ नहीं खोल पाएंगे। वे सच में जुड़ जाएंगे और जितनी तुम खोलने की कोशिश करोगे उतना ही तुम्हें लगेगा कि यह असंभव है। तुम्हें पसीना आने लगेगा—फिर भी अपने हाथ नहीं खोल पाओगे। तो यह विधि तुम्हारे लिए है। तब तुम इस विधि का उपयोग कर सकते हो।

यदि तुम आसानी से अपने हाथ खोल सको और कुछ भी न हो तो यह विधि तुम्हारे लिए नहीं है। तुम इसे न कर पाओगे। लेकिन अगर तुम्हारे हाथ न खुलें तो डरो मत और ज्यादा प्रयास मत करो, क्योंकि जितना ही तुम प्रयास करोगे, उतना ही कठिन होता जाएगा। बस फिर से अपनी आंखें बंद कर लो और सोचो कि तुम्हारे हाथ अब खुल गए हैं। तुम्हें फिर से सोचने के लिए पांच मिनट लगेंगे कि अब जब तुम हाथों को खोलोगे तो वे खुल जाएंगे—और वे एकदम से खुल जाएंगे।

जैसे तुमने उन्हें कल्पना द्वारा बंद किया था, वैसे ही खोलो। और यदि यह संभव है कि तुम्हारे हाथ बस कल्पना द्वारा जुड़ जाते हैं और तुम उन्हें खोल नहीं सकते तो यह विधि तुम पर चमत्कारिक रूप से कार्य करेगी। और इन एक सौ बारह विधियों में कई विधियां हैं जो कल्पना पर कार्य करती हैं। उन सब विधियों के लिए यह हाथ बांधने वाली विधि अच्छी रहेगी। बस इतना याद रखो, पहले प्रयोग करके देख लो कि यह विधि तुम्हारे लिए है या नहीं।

'अपने वर्तमान रूप का कोई भी अंग असीमित रूप से विस्तृत जानो।'

कोई भी अंग...तुम पूरे शरीर की कल्पना भी कर सकते हो। अपनी आंखें बंद कर लो और कल्पना करो कि तुम्हारा पूरा शरीर फैल रहा है, फैल रहा है, फैल रहा है, और सब सीमाएं खो गईं। शरीर असीमित हो गया। तो क्या होगा? क्या होगा इसकी तुम कल्पना भी नहीं कर सकते। यदि तुम इसकी कल्पना कर सको कि तुम ब्रह्मांड हो गए हो—असीमित का यही अर्थ है—तो जो कुछ भी तुम्हारे अहंकार के साथ जुड़ा है, खो जाएगा। तुम्हारा नाम, तुम्हारा परिचय—सब खो जाएंगे। तुम्हारी अमीरी या गरीबी, तुम्हारा स्वास्थ्य या बीमारी,

तुम्हारे दुख—सब खो जाएंगे, क्योंकि वे तुम्हारे सीमित शरीर के अंग हैं। असीमित शरीर के साथ वे नहीं रह सकते। और एक बार तुम्हें यह पता लग जाए तो अपने सीमित शरीर में लौट आओ। लेकिन अब तुम हंस सकते हो। और सीमित में भी तुम असीमित का स्वाद ले सकते हो। तब तुम इस झलक को साथ लिए चल सकते हो।

इसे अनुभव करके देखो। और अच्छा होगा कि पहले तुम सिर से शुरू करके देखो, क्योंकि वही सब बीमारियों की जड़ है। अपनी आंखें बंद कर लो, जमीन पर लेट जाओ या किसी कुर्सी पर आराम से बैठ जाओ, और सिर के भीतर देखो। सिर की दीवारों को फैलते, विस्तृत होते अनुभव करो। यदि घबड़ाहट मालूम हो तो धीरे-धीरे करो। पहले सोचो कि तुम्हारा सिर पूरे कमरे में फैल गया है। तुम्हें सच में लगेगा कि तुम्हारा सिर दीवारों को छू रहा है। अगर तुम अपने हाथों को बांध सकते हो तो ऐसा स्पष्ट अनुभव होगा। तुम्हें दीवारों की शीतलता महसूस होगी, जिन्हें तुम्हारी त्वचा छू रही है। तुम्हें दबाव महसूस होगा।

बढ़ते जाओ। तुम्हारा सिर पार चला गया है—अब घर सिर के भीतर समा गया है, फिर पूरा शहर सिर में समा गया है। फैलते चले जाओ। तीन महीने के भीतर-भीतर, धीरे-धीरे तुम ऐसी स्थिति पर पहुंच जाओगे जहां सूर्य तुम्हारे सिर में उदित होगा, तुम्हारे भीतर ही चक्कर लगाएगा। तुम्हारा सिर अनंत हो गया। इससे तुम्हें इतनी स्वतंत्रता मिलेगी जितनी तुमने पहले कभी नहीं जानी। और सब दुख जो इस संकीर्ण मन से संबंधित हैं, समाप्त हो जाएंगे। ऐसी स्थिति में ही उपनिषद के ऋषियों ने कहा होगा, 'अहं ब्रह्मास्मि—मैं ब्रह्म हूं।' ऐसे ही आनंद के क्षण में अनलहक की उदघोषणा हुई होगी।

मंसूर परम आनंद से चिल्लाया, 'अनलहक, अनलहक—मैं परमात्मा हूं।' मुसलमान उसे समझ नहीं पाए। असल में कोई भी परंपरावादी ऐसी चीजें नहीं समझ पाएगा। उन्होंने सोचा कि वह पागल हो गया है, लेकिन वह पागल नहीं था, वह तो परम स्वस्थ आदमी था। उन्होंने सोचा कि वह अहंकारी हो गया, वह कहता है, 'मैं परमात्मा हूं।' तो उन्होंने उसे मार डाला। जब उसे मारा जा रहा था और उसके हाथ-पांव काटे जा रहे थे, तब वह हंस रहा था और कह रहा था, 'अनलहक, अहं ब्रह्मास्मि—मैं परमात्मा हूं। किसी ने पूछा, 'मंसूर, तू हंस क्यों रहा है? तेरी तो हत्या हो रही है। वह बोला, 'तुम मुझे नहीं मार सकते। मैं तो संपूर्ण हूं।'

तुम बस एक हिस्से को मार सकते हो। संपूर्ण को तो तुम कैसे मार सकते हो? तुम उसके साथ कुछ भी करो, उससे कोई अंतर नहीं पड़ने वाला।

कहते हैं कि मंसूर ने कहा, 'यदि तुम मुझे मारना चाहते थे तो तुम्हें कम से कम दस साल पहले आना चाहिए था। तब मैं था, तब तुम मुझे मार सकते थे। लेकिन अब तुम मुझे नहीं मार सकते, क्योंकि अब मैं नहीं हूं। मैंने स्वयं ही उस अहंकार को मार दिया है जिसे तुम मार सकते हो।'

मंसूर कुछ इसी तरह की सूफी विधियों का अभ्यास कर रहा था जिसमें व्यक्ति तब तक फैलता चला जाता है जब तक कि विस्तार इतना असीम न हो जाए कि व्यक्ति रहे ही न। बस पूर्ण ही रहता है, व्यक्ति नहीं।

इन पिछले दो-तीन दशकों में पश्चिम में नशीली दवाएं बहुत प्रचलित हो गई हैं। और उनका आकर्षण विस्तार का आकर्षण ही है, क्योंकि उन दवाओं के असर में तुम्हारी संकीर्णता,

तुम्हारी सीमाएं खो जाती हैं। लेकिन यह बस एक रासायनिक परिवर्तन है, इससे कुछ आध्यात्मिक रूपांतरण नहीं हो पाता। यह व्यवस्था पर लादी गई एक हिंसा है—तुम व्यवस्था को टूटने के लिए बाध्य करते हो।

इससे तुम्हें शायद एक झलक मिले कि तुम अब सीमित न रहे, कि तुम असीम हो गए, मुक्त हो गए। लेकिन यह रासायनिक दबाव के कारण है। एक बार वापस लौटे कि फिर से तुम संकीर्ण शरीर में पहुंच जाओगे, और अब शरीर पहले से भी ज्यादा संकीर्ण लगेगा। तुम फिर से उसी कारागृह में कैद हो जाओगे, लेकिन अब कारागृह और असह्य हो जाएगा, क्योंकि तुम्हें एक झलक मिल चुकी है। और क्योंकि वह झलक रसायन के द्वारा मिली थी इसलिए तुम उसके मालिक नहीं हो, तुम गुलाम हो जाओगे, तुम आदी हो जाओगे। अब तुम्हें उसकी और-और जरूरत पड़ेगी।

यह विधि एक आध्यात्मिक मस्ती है। यदि तुम इसका अभ्यास करो तो एक आध्यात्मिक रूपांतरण होगा जो रासायनिक नहीं होगा और जिसके तुम मालिक होओगे।

इसे कसौटी समझोः यदि तुम मालिक हो तो वह चीज आध्यात्मिक है। अगर तुम गुलाम हो तो सावधान—भले ही वह दिखाई आध्यात्मिक पड़े, लेकिन हो नहीं सकती। जो भी चीज तुम्हें आदी करने वाली, शक्तिशाली, गुलाम बनाने वाली, बंधन बन जाए, वह तुम्हें और गुलामी और परतंलता की ओर ले जा रही है—दिखाई वह कुछ भी पड़े।

तो इसे एक कसौटी समझना कि तुम जो भी करो, उससे तुम्हारी मालकियत बढ़नी चाहिए। तुम्हें और-और उसका मालिक बनना चाहिए। ऐसा कहा गया है और मैं इसे बार-बार दोहराता हूं कि जब ध्यान तुम्हें वास्तव में घटित होगा तो तुम्हें उसे करने की जरूरत नहीं पड़ेगी। यदि अभी भी तुम्हें करना पड़ता है तो ध्यान अभी हुआ ही नहीं है, क्योंकि वह भी एक गुलामी बन गई है। ध्यान को भी जाना चाहिए। एक ऐसा क्षण आना चाहिए जब तुम्हें कुछ भी करना न पड़े। तब तुम जैसे हो दिव्य हो; तुम जैसे हो, तुम आनंद हो, परमानंद हो।

लेकिन यह विधि विस्तार के लिए, चेतना के विस्तार के लिए अच्छी है। लेकिन इसे करने से पहले हाथ बांधने वाला प्रयोग करो, ताकि तुम अनुभव कर सको। यदि तुम्हारे हाथ बंध जाते हैं तो तुम्हारी कल्पना बहुत सृजनात्मक है, नपुंसक नहीं है। फिर तुम इस विधि से चमत्कार घटा सकते हो।

आज इतना ही।

66

# अंतस का आकाश और रहस्य

# प्रश्न-सार

१. आप किसे रहस्य कहते हैं?
२. मैं अपने को सामान्य अनुभव करता हूं,
लेकिन कोई रूपांतरण नहीं देखता।
३. क्या अच्छे और बुरे जैसा कुछ होता है?
४. क्या कल्पना का उपयोग असीम के अनुभव
के लिए किया जा सकता है?

**पहला प्रश्नः**

**कल रात आपने कहा कि जब मन में कोई विचार नहीं रहते तो मन शून्य आकाश बन जाता है और सब रहस्यों के द्वार खुल जाते हैं। मैं इस आंतरिक आकाश को स्पष्ट और गहरे से अनुभव करता हूं, पर इसमें कुछ ऐसा विशेष नहीं है जिसे मैं रहस्य कह सकूं। क्या आप बताएंगे कि रहस्य आप किसे कहते हैं और उसे कैसे अनुभव किया जाता है?**

आंतरिक शून्य स्वयं में ही एक रहस्य है। न तुम उसे अनुभव कर सकते हो और न जान सकते हो। तुम वह हो सकते हो। और वह तुम हो ही। जब आंतरिक शून्यता होती है तो तुम नहीं होते। तुम उसे देख नहीं सकते। यदि तुम उसे देख सको तो आंतरिक शून्य अभी पैदा ही नहीं हुआ। कौन उसे देखेगा? यदि तुम उसे देख सकते हो तो तुम उससे भिन्न हो, इसलिए वह आंतरिक नहीं हुआ, वह बाह्य हुआ। वह तुमसे बाहर है। अंतस अभी शून्य नहीं हुआ, भरा ही हुआ है। द्रष्टा या साक्षी बनकर अहंकार बड़े सूक्ष्म रूप में वहां बैठा है। अंतस अभी शून्य नहीं हुआ, क्योंकि जब अंतस शून्य हो जाता है तो तुम नहीं रहते।

तो पहली बात तो स्मरण रखने की यह है कि तुम रहस्य के साक्षी नहीं हो सकते, तुम रहस्य हो सकते हो। तुम उसे देख नहीं पाओगे, क्योंकि तुम उससे अलग नहीं हो सकते, कोई द्वैत नहीं हो सकता।

पहली बात, जब अंतस वास्तव में शून्य होता है तो तुम नहीं होते, क्योंकि तुम्हीं से तो अंतस भरा हुआ है। तुम्हारे ही कारण वह शून्य नहीं है; तुम्हारे ही कारण सब भरा हुआ है। जब तुम मिटते हो, विदा हो जाते हो, तभी अंतस शून्य होता है। तो तुम रहस्य के साक्षी नहीं हो सकते। जब तक तुम हो, रहस्य प्रकट नहीं होगा। जब तुम नहीं हो, रहस्य प्रकट होगा।

तो जब तुम कहते हो कि तुम आंतरिक शून्य को अनुभव कर रहे हो तो इसका अर्थ हुआ कि तुम शून्य नहीं हो; शून्य तुम्हें, तुम्हारे चारों ओर घटित हो रहा है, लेकिन तुम शून्य नहीं हो। तो असल में यह शून्य केवल शून्य का विचार है—तभी तो तुम कह सकते हो कि अब तुम्हारा अंतराकाश शून्य हो गया है। यह एक विचार है। यह शून्य वास्तविक नहीं है, मन का ही एक खेल है। जब द्रष्टा है तो दृश्य भी होना चाहिए। तुम शून्य को भी एक वस्तु, एक विचार बना ले सकते हो।

ऐसा कहा जाता है कि एक बार बोकोजू इसी तरह शून्य हो गया। इसी तरह की शून्यता उसे घटित हुई होगी। वह अपने गुरु के पास आया और बोला, 'अब तो कुछ भी नहीं बचा, मैं

तो शून्य हो गया।' गुरु ने कहा, 'बाहर जाओ और इस शून्य को भी फेंक आओ। यह शून्य भी कुछ तो है ही, इसे क्यों ढो रहे हो? यदि तुम सच में ही शून्य हो गए तो कहेगा कौन? फिर कौन उसे ढोएगा? कौन उसकी उपलब्धि को महसूस करेगा?' गुरु ने बोकोजू को कहा, 'तुमने अच्छा किया कि तुम शून्य हो गए, अब जाओ और इस शून्य को भी फेंक आओ।'

तुम शून्य से भी भर सकते हो—यही समस्या है। और यदि तुम शून्य से भरे हुए हो तो तुम शून्य नहीं हो।

दूसरी बात, रहस्य का मेरा अर्थ क्या है? जो तुम समझते हो, मेरा वह अर्थ नहीं है, क्योंकि तुम सोचते हो कि रहस्य बड़ा आश्चर्यजनक, चौंका देने वाला, हतप्रभ कर देने वाला होगा, कि तुम्हारे पांवों के नीचे से जमीन खिसक जाएगी। वह बात ही नहीं है। रहस्य तो शुद्ध अस्तित्व है, जिसमें न कुछ आश्चर्यजनक है, न कुछ चौंकाने वाला है। न तो तुम ठगे से रह जाओगे, न चौंकोगे, न हैरान होओगे। रहस्य वास्तव में बिलकुल रहस्यमय नहीं है। यह साधारण सा अस्तित्व—इसे बिना कोई समस्या खड़ी किए ऐसा का ऐसा स्वीकार करो।

जब तुम कोई समस्या खड़ी नहीं करते तो यह अस्तित्व एक रहस्य हो जाता है; जब तुम समस्या खड़ी करते हो तो रहस्य को नष्ट कर देते हो। अब तुम किसी समाधान, किसी उत्तर की तलाश में हो। फिर वही मन चलता चला जाता है। जब तुम मुझे रहस्य की बात करते सुनते हो तो सोचते हो कि वह कोई बड़ी विशेष चीज होगी। इस अस्तित्व में कुछ भी विशेष नहीं है। केवल अहंकार के लिए ही विशेष शब्द का अस्तित्व है।

कहा जाता है कि जब लिंची को ज्ञान हुआ तो वह हंसा। उसके शिष्यों ने पूछा, 'आप हंस क्यों रहे हैं?' उसने कहा, 'मैं इसलिए हंस रहा हूं कि इसे मैं हजारों-हजारों जन्मों से खोज रहा था—और यह इतना साधारण है!'

यही है रहस्य—कुछ भी विशेष नहीं है।

एक दूसरे झेन गुरु डोजेन के बारे में कहा जाता है कि जब उसे ज्ञान हुआ तो उसके शिष्यों ने उससे पूछा, 'बुद्धत्व के बाद सबसे पहले आपने क्या करना चाहा ?' कहते हैं कि डोजेन ने कहा, 'मैंने एक कप चाय पीनी चाही।'

इतनी साधारण बात थी। लेकिन अहंकार को ये बातें आकर्षक नहीं लगतीं। यदि मैं तुमसे कहूं कि बुद्धत्व इतनी साधारण घटना है कि उसके बाद तुम एक कप चाय पीना चाहोगे तो तुम्हें लगेगा कि यह तो बिलकुल बेकार है—क्यों इसे खोजना? फिर अहंकार शुरू हो जाता है। अहंकार को विशेष चीज की तलाश होती है, कुछ ऐसा जो बस अपवाद हो, जो साधारणतया न होता हो, कुछ ऐसा जो बस तुम्हें ही हुआ हो, जो और किसी को भी न हुआ हो—अहंकार को किसी विशेष, किसी असाधारण चीज की तलाश होती है।

सत्य असाधारण नहीं है; सभी ओर घट रहा है। और यदि यह तुम्हें घटित नहीं हुआ है। तो विशेष बात है! क्योंकि सत्य तो सदा मौजूद है। एक क्षण को भी वह अनुपस्थित नहीं होता। बुद्धत्व तो सदा घटित हो रहा है, यह तो अस्तित्व की धड़कन है—तुम बहरे और अंधे हो। इसमें कुछ विशेष नहीं है।

बुद्ध होना, जाग्रत होना तो सबसे साधारण घटना है। जब मैं कहता हूं 'साधारण' तो मेरा अर्थ है: इसे ऐसा होना चाहिए। यदि यह असाधारण दिखाई पड़ता है तो तुम्हारे कारण,

क्योंकि तुम इतनी बाधाएं खड़ी करते हो—और फिर उन्हें पार करने की चेष्टा करते हो। और फिर तुम गौरवान्वित अनुभव करते हो। पहली बात, कोई बाधा है ही नहीं। लेकिन तुम्हारे अहंकार को अच्छा नहीं लगेगा—तुम निकटतम और अंतरंग बिंदु पर पहुंचने के लिए लंबा मार्ग बनाओगे। और उससे दूर कभी तुम गए भी न थे!

तो किसी रहस्यमय चीज की खोज मत करो। बस साधारण और निर्दोष रहो, फिर सारा अस्तित्व तुम्हारे लिए खुल जाता है। तुम पागल नहीं हो जाओगे, तुम तो बस इस बात की व्यर्थता पर मुस्कुरा दोगे कि जो इतने पास था उसे ही तुम चूक रहे थे। और बीच में कोई बाधा भी नहीं थी। एक तरह से यह तुममें ही था। यह चमत्कार ही था कि तुम कैसे उसे चूकते रहे।

यदि शून्य सच्चा है तो पूरी वास्तविकता, जो है, तुम्हारे सामने प्रकट हो जाएगी। ऐसा नहीं है कि अभी वह ढंकी है, वह तो अभी भी प्रकट है। तुम बंद हो। तुम्हारा मन भरा हुआ है। जब तुम्हारा मन शून्य हो जाता है, खाली हो जाता है, तब तुम सत्य के प्रति खुल जाते हो और मिलन हो जाता है। और तब सब कुछ अपनी पूर्ण साधारणता में सुंदर हो जाता है।

इसीलिए कहा जाता है कि जो जानता है वह बिलकुल साधारण हो जाता है। वह सत्य के साथ एक हो जाता है। विशेष की कामना करना अहंकार का मार्ग है, और अहंकार के संब मार्ग तुम्हारे और सत्य के बीच दूरी पैदा करते हैं। शून्य हो जाओ, और तुम्हें सब कुछ उपलब्ध हो जाएगा।

ऐसा नहीं है कि तुम्हारे पास कहने को बहुत कुछ होगा—कहने को कुछ भी नहीं है। ऐसा समझा जाता है कि कृष्ण या बुद्ध, या जिन्होंने भी उस परम को जाना है, वे इसलिए उसकी व्याख्या नहीं कर सकते क्योंकि वह बहुत जटिल है। नहीं, उसकी व्याख्या वे इसलिए नहीं कर सकते क्योंकि वह बहुत सरल है। जटिल की व्याख्या हो सकती है, स्मरण रखना, सरल की व्याख्या नहीं की जा सकती। जितनी ही जटिल कोई चीज होती है, उतनी ही सरल उसकी व्याख्या हो जाती है। क्योंकि जटिलता में तुम विभाजन कर सकते हो, तुलना कर सकते हो। सरल के साथ तुम कुछ भी नहीं कर सकते।

उदाहरण के लिए, यदि मैं तुमसे पूछूं, 'पीला क्या है?' तो तुम क्या कहोगे? अब पीला इतनी सरल बात है, उसमें जटिलता ही नहीं है। यदि मैं तुमसे पूछूं, 'पानी क्या है?' तुम कह सकते हो, 'एच टू ओ।' यह थोड़ा जटिल है। उसमें हाइड्रोजन है, आक्सीजन है, तो तुम उसकी परिभाषा कर सकते हो। लेकिन यदि मैं तुमसे पूछता हूं, 'पीला क्या है?' तो अधिक से अधिक तुम यही कह सकते हो कि पीला पीला है। लेकिन वह तो पुनरुक्ति है, उससे कोई अर्थ नहीं निकलता। यदि मैं पूछूं, 'पीला क्या है?' तो तुम क्या करोगे? तुम किसी पीले फूल की ओर इशारा कर सकते हो, तुम सूर्योदय के पीले रंग की ओर इशारा कर सकते हो, लेकिन तुम कुछ कह नहीं रहे, सिर्फ इशारा कर रहे हो।

सरल की ओर केवल इशारा किया जा सकता है; जटिल की परिभाषा हो सकती है, व्याख्या हो सकती है। बुद्ध पुरुष मौन रह जाते हैं, इसलिए नहीं कि उन्होंने किसी बहुत जटिल सत्य का साक्षात किया है, बल्कि उस सरल घटना के कारण वे मौन रह जाते हैं जिसकी परिभाषा नहीं हो सकती, बस इशारा ही किया जा सकता है। वे तुम्हें उस तक ले तो जा सकते हैं, परंतु उसके बारे में कुछ कह नहीं सकते।

रहस्य कोई जटिल चीज नहीं है, वह तो बहुत सरल है, सरलतम है, लेकिन तुम्हारा उससे तभी मिलना हो सकता है जब तुम भी सरल हो जाओ। यदि तुम जटिल हो तो तुम उससे नहीं मिल सकते, कोई मिलने का आधार ही नहीं है। जब तुम एकदम सरल, निर्दोष और शून्य हो जाते हो, केवल तभी सत्य का और तुम्हारा मिलन होता है। तब तुममें सत्य प्रतिबिंबित होता है, तुममें उसकी प्रतिध्वनि उठती है, वह तुममें प्रवेश कर जाता है।

लेकिन किसी विशेष चीज की प्रतीक्षा मत करो। निर्वाण कोई विशेष चीज नहीं है। जब मैं यह कहता हूं तो तुम्हारे मन में क्या होता है? जब मैं कहता हूं कि निर्वाण कोई विशेष चीज नहीं है तो तुम्हें क्या लगता है? कैसा लगता है? तुम्हें थोड़ी निराशा होती है। मन में यह प्रश्न जरूर उठ रहा होगा—फिर मेहनत ही क्यों करें? फिर कोई प्रयास ही क्यों करें? फिर ध्यान क्यों करें? फिर ये विधियां किस लिए हैं?

इस मन को देखो, यह मन ही समस्या है। मन विशेष की आकांक्षा करता है। और उस आकांक्षा के कारण मन विशेष चीजों का निर्माण करता चला जाता है। अस्तित्व में कुछ भी विशेष नहीं है: या तो पूरा अस्तित्व ही विशेष है या कुछ भी विशेष नहीं है।

इस आकांक्षा के कारण ही मन ने स्वर्ग पैदा किए हैं। और मन एक से संतुष्ट नहीं होता, इसलिए कई स्वर्ग पैदा कर लिए हैं। ईसाइयों के पास एक स्वर्ग है, हिंदुओं के पास सात हैं—क्योंकि इतने सारे भले लोग हैं, उनमें जरूर श्रेणियां होनी चाहिए। कुछ लोग बहुत ज्यादा भले हैं, वे कहां जाएं? इसका कोई अंत नहीं है। बुद्ध के समय में एक संप्रदाय था जो सात सौ स्वर्गों में विश्वास करता था। तुम्हें अहंकारों को स्थान देना पड़ता है : उच्चतम अहंकार को उच्चतम स्वर्ग में जाना चाहिए।

मैं राधास्वामियों की एक किताब देख रहा था। वे कहते हैं चौदह स्वर्ग हैं। केवल उनके गुरु ही अंतिम में पहुंच पाए हैं। बुद्ध सातवें में हैं, कृष्ण पांचवें में हैं और मोहम्मद तीसरे में कहीं हैं। केवल उनके गुरु ही चौदहवें में पहुंच पाए हैं। और हर किसी को श्रेणीबद्ध स्थान दिया गया है। केवल उनके गुरु ही विशेष हैं। यह विशेष होने की आकांक्षा है। और हर कोई उसी आकांक्षा के अनुसार है।

मैंने एक कहानी सुनी है। एक पादरी रविवार के दिन पड़ोस के छोटे-छोटे बच्चों को धार्मिक पाठ पढ़ा रहा था। वह बता रहा था कि अच्छे लोगों को क्या मिलता है—शोहरत के ताज और स्वर्ग। जो लोग अच्छे हैं, स्वर्ग में उनके सिर पर ताज रखा जाएगा। फिर अंत में उसने पूछा, 'सबसे बड़ा ताज किसे मिलेगा ?' कुछ देर के लिए तो वहां सन्नाटा रहा, फिर टोपी बनाने वाले का छोटा सा लड़का खड़ा हुआ और बोला, 'जिसका सिर सबसे बड़ा होगा।'

हम सब यही कर रहे हैं। सबसे बड़े सिर की हमारी परिभाषाएं अलग हो सकती हैं, लेकिन हम सब के पास अंततः कुछ न कुछ विशेष होने की धारणा है और उस विशेष के कारण ही हम आगे बढ़ते रहते हैं। लेकिन स्मरण रखो, उस विशेष के कारण तुम कहीं भी नहीं बढ़ रहे हो, बस कामनाओं में भटक रहे हो। और कामनाओं में भटकना कोई विकास नहीं है, केवल चक्कर काटने जैसा है।

यदि तुम अभी भी ध्यान कर सको—भलीभांति जानते हुए कि कोई विशेष घटना नहीं घटने वाली है, बस तुम अपनी साधारण वास्तविकता से एक हो जाओगे, कि तुम अपनी

साधारण वास्तविकता के साथ लयबद्ध हो जाओगे—यदि ऐसे मन के साथ तुम ध्यान कर सको तो बुद्धत्व इसी क्षण संभव है। लेकिन ऐसे मन के साथ तुम्हें ध्यान करने जैसा ही नहीं लगेगा—तुम कहोगे, 'यदि कोई विशेष घटना नहीं घटने वाली है तो सब कुछ छोड़ ही दो।'

मेरे पास लोग आते हैं और पूछते हैं, 'मैं तीन महीने से ध्यान कर रहा हूं और अभी तक कुछ भी नहीं हुआ।' एक कामना है, और वह कामना ही बाधा है। यदि कामना न हो तो वह इसी क्षण हो जाए।

तो रहस्यमयता की कामना मत करो। असल में, किसी चीज की भी कामना मत करो। बस सत्य जैसा है वैसे ही उसके साथ सहज हो रहो। साधारण हो रहो—साधारण होना सुंदर है। क्योंकि तब न कोई तनाव होता है, न कोई संताप। साधारण हो रहना बहुत रहस्यपूर्ण है, क्योंकि वह एकदम सरल है। मेरे देखे, ध्यान एक खेल है, एक क्रीड़ा है; ध्यान कोई कार्य नहीं है। लेकिन तुम्हें यह कार्य जैसा ही लगता है। तुम इसे कार्य की तरह ही लेते हो।

कार्य और खेल के बीच अंतर को समझ लेना अच्छा है। कार्य परिणाम-उन्मुख होता है, स्वयं में ही पर्याप्त नहीं होता। उसका लक्ष्य कहीं और होता है, किसी सुख, किसी परिणाम में होता है। कार्य एक सेतु है, साधन है। अपने आप में वह अर्थहीन है। उसका अर्थ लक्ष्य में है।

खेल बिलकुल भिन्न बात है। उसका कोई लक्ष्य नहीं है, या वह स्वयं ही लक्ष्य है। सुख उसके पार, उसके बाहर नहीं है; उसमें होना ही सुख है। तुम्हें उसके बाहर कोई सुख, उसके पार कोई अर्थ मिलने वाला नहीं है—जो कुछ है वह उसमें ही अंतर्निहित है। तुम किसी लक्ष्य से नहीं खेलते, बस अभी उसमें आनंदित होते हो। वह निरुद्देश्य है।

यही कारण है कि केवल बच्चे ही खेल सकते हैं; जैसे-जैसे तुम बड़े होते जाते हो वैसे-वैसे खेलने में तुम कम सक्षम होते जाते हो। लक्ष्य महत्वपूर्ण होता चला जाता है और तुम पूछने लगते हो, 'क्यों, मैं क्यों खेलू? तुम अधिक परिणाम-उन्मुख होते चले जाते हो : इससे कुछ मिलना चाहिए, खेल अपने आप में पर्याप्त नहीं है। अंतर्निहित मूल्य तुम्हारे लिए अर्थ खो देता है। केवल बच्चे ही खेल पाते हैं, क्योंकि वे भविष्य की नहीं सोचते। वे समय की धारणा से मुक्त, अभी और यहीं हो सकते हैं।

कार्य है समय; खेल है समय-शून्यता। ध्यान खेल की तरह ही होना चाहिए, परिणाम-उन्मुख नहीं। किसी उपलब्धि के लिए ध्यान नहीं करना है, क्योंकि उसमें सारी बात ही खो जाती है। यदि तुम किसी उपलब्धि के लिए ध्यान कर रहे हो तो तुम ध्यान कर ही नहीं सकते। तुम ध्यान केवल तभी कर सकते हो जब तुम उसके साथ खेल रहे हो, उसका आनंद ले रहे हो, जब उससे कुछ पाना न हो बल्कि वह स्वयं में ही सुंदर हो। ध्यान के लिए ही ध्यान—तब वह समय-शुन्य हो जाता है। और तब अहंकार नहीं उठ सकता।

कामना के बिना तुम स्वयं को भविष्य में प्रक्षेपित नहीं कर सकते, कामना के बिना तुम आशाएं नहीं कर सकते, और कामना के बिना तुम कभी निराश नहीं होगे। कामना के अभाव में, समय वास्तव में समाप्त हो जाता है : तुम शाश्वत के एक क्षण से शाश्वत के दूसरे क्षण में गति करने लगते हो। उसमें कोई श्रृंखला नहीं होती। और तब तुम कभी नहीं पूछोगे कि कुछ विशेष क्यों नहीं हो रहा।

जहां तक मेरा संबंध है, मैं तो अभी तक रहस्य को नहीं जान पाया। यह खेल ही रहस्य

है; समय-शून्य होना, कामना-मुक्त होना ही रहस्य है। और साधारण होना ही लक्ष्य है—यदि यह शब्द प्रयोग करने की आज्ञा मुझे दो तो—साधारण होना ही लक्ष्य है। यदि तुम साधारण हो सको तो तुम मुक्त हो जाते हो, तब तुम्हारे लिए कोई संसार नहीं है।

यह पूरा संसार असाधारण होने का एक संघर्ष है। कुछ लोग राजनीति में इसका प्रयास करते हैं, कुछ धन में करते हैं और कुछ धर्म में करते हैं, लेकिन वासना तो वही रहती है।

**दूसरा प्रश्नः**

**केवल ध्यान में ही नहीं वरन दैनंदिन जीवन में भी मैं अस्तित्व के साथ एकरसता, अहंकार-शून्यता और समय-शून्यता सतत अनुभव करता हूं। फिर भी मैं स्वयं को साधारण पाता हूं। और मैं अपने भीतर उस आमूल रूपांतरण को नहीं देखता जिसकी आप अक्सर चर्चा करते रहते हैं।**

यह शुभ है। यही लक्ष्य है। इससे कोई समस्या खड़ी मत करो। मजे से साधारण रहो।

लेकिन तुम ऐसा क्यों अनुभव करते हो? तुम्हें ऐसा क्यों लगता है कि तुम साधारण के साधारण हो? कहीं न कहीं जरूर असाधारण होने की कामना होगी। केवल उसकी तुलना में ही तुम साधारण अनुभव करते हो, और फिर एक तरह की उदासी घेरेगी ही। लेकिन साधारण होने में दिक्कत क्या है? जब मैं कहता हूं कि साधारण हो जाओ तो मेरा क्या अर्थ है? मेरा अर्थ है कि तुम जो भी हो—वही हो रहो।

कुछ ही दिन पहले एक युवक मेरे पास आया और बोला, 'मैं अहंकारी हूं और जब भी मैं आपको सुनता हूं तो मुझे लगता है कि मैं गलत हूं। तो मैं अहंकार से मुक्त कैसे होऊं?' मैंने उसे कहा, 'तुम बस अहंकारी रहो और इस तथ्य को स्वीकार करो कि तुम ऐसे हो और कोई द्वंद्व निर्मित मत करो। निरंकारी होने का कोई प्रयास मत करो। तुम अहंकारी हो तो इसे अनुभव करो और अहंकारी रहो।'

उसे बहुत निराशा हुई, क्योंकि वास्तव में वह अहंकार के लिए नया मार्ग खोज रहा था। वह अहंकार-शून्यता की तलाश में था। और मैंने कहा, 'तुम जो हो वही होओ, ताकि कामना गिर जाए और अहंकार गति न कर सके।' मैंने उसे कहा, 'तीन महीने तक न तो मेरे पास आओ और न ही अहंकार से लड़ो—वह है, उसे स्वीकार कर लो। वह तुम्हारा हिस्सा है, ऐसे तुम हो। उससे लड़ो मत और उससे विपरीत की भाषा में मत सोचो कि कैसे निरहंकारी हुआ जाए, क्योंकि यह अहंकार का ही मार्ग है। उसे स्वीकार कर लो। स्वीकृति उसकी मृत्यु है।'

लेकिन उस युवक ने कहा, 'परंतु हर धर्म निरहुंकारी होने को कहता है और मैं निरहंकारी होना चाहता हूं।'

यह 'मैं' कौन है जो निरहंकारी होना चाहता है? अहंकार के उपाय बहुत सूक्ष्म हैं। जब मैं उससे बात कर रहा था तो मुझे लग रहा था कि वह मुझे नहीं सुन रहा है। यदि मैं उसे निरहंकारी होने के लिए कुछ विधियां देता तो वह स्वीकार करने को, ग्रहण करने को तैयार होता, क्योंकि तब अहंकार अपना काम शुरू कर सकता था।

लेकिन मैं कह रहा था, 'निरहंकारिता की बात ही मत करो, बस जो हो वही होओ।

और तीन महीने संघर्ष मत करो, फिर मेरे पास आना।'

उसने प्रयास किया। तीन महीने बाद वह फिर आया और मुझसे बोला, 'यह स्वीकार बहुत कठिन था, लेकिन आपने कहा था तो मैंने प्रयास किया। अब इस अहंकार से पार जाने के लिए कोई विधि, कोई कुंजी दे दें।' उसका सारा प्रयास ही झूठा था, क्योंकि यदि तुम स्वीकार ही कर लो तो पार जाने की कोई कामना ही नहीं रह जाती।

जब भी तुम स्वयं को साधारण अनुभव करते हो तो किसी न किसी तरह से असाधारण होने की कोशिश करते हो। लेकिन हर कोई साधारण है! साधारण होना ही वास्तविक होना है। ऐसा हो सकता है कि कोई तुम्हें असाधारण लगता हो, क्योंकि उसकी तुलना तुम अपने साथ करते हो, लेकिन कोई महाविद्वान भी अपने आप में उतना ही साधारण है जितना कि कोई और; और वह स्वयं को साधारण ही महसूस करता है।

गुलाब का फूल भी साधारण है और कमल का फूल भी साधारण है, लेकिन गुलाब यदि तुलना करने लगे और सोचने लगे कि कैसे वह कमल हो जाए तो समस्या खड़ी हो जाएगी। और यदि कमल गुलाब से उठने वाली मधुर गंध के बारे में सोचने लगे तो गुलाब असाधारण हो जाएगा।

जब तुम तुलना करते हो तो उस तुलना से ही असाधारणता पैदा होती है—वरना तो सब कुछ साधारण है। अपने आप में हर चीज बस जैसी है वैसी है। न तो तुलना करो, न कामना करो। यदि तुम कामना करते हो तो ध्यान तुम्हें निराश करेगा, क्योंकि ध्यान तुम्हें ऐसी स्थिति में ले आएगा जहां तुम अपनी परिपूर्ण साधारणता को अनुभव करोगे।

इसके प्रति खुलो, इसका स्वागत करो। यह शुभ है। इससे पता लगता है कि ध्यान बढ़ रहा है, गहरा हो रहा है। लेकिन कहीं न कहीं असाधारण होने की कामना अभी भी है और वही बाधा बन रही है।

यदि वह कामना चली जाए तो तुम साधारण नहीं अनुभव करोगे। तुम बस होओगे। तुम कैसे अनुभव कर सकते हो कि तुम साधारण हो? तुम बस होओगे, और मात्र होना, मात्र इस तरह होना कि तुम्हें यह भी पता न चले कि तुम साधारण हो या असाधारण—उपलब्ध हो जाना है।

यह शुभ है, इससे निराश मत होओ। यदि तुम निराश होते हो तो याद रखो कि तुम एक कामना को ढो रहे हो और वह कामना ही जहर पैदा कर रही है। यह पागलपन क्यों है? ऐसा हर किसी के साथ क्यों होता है? यह सारा संसार पागल है इस कारण से; हर कोई कुछ होना चाहता है, कुछ विशेष होना चाहता है।

जीवन तुम्हें केवल तभी घटित होता है जब तुम ना-कुछ हो जाते हो। जब तुम इतने खाली हो जाते हो कि भीतर कोई नहीं बचता, तो सारा जीवन बिना किसी बाधा, बिना किसी रुकावट के तुममें से बहने लगता है। तब बहाव पूर्ण और समग्र होता है।

जब तुम कुछ होते हो तो तुम चट्टान जैसे हो जाते हो और बहाव में बाधा डालते हो—जीवन तुममें से गति नहीं कर सकता। तुममें संघर्ष है, प्रतिरोध है, और स्वभावतः तुम बड़ा शोर करते हो। और तुम सोच सकते हो कि इतना शोर कर रहे हो तो शायद तुम बड़े असाधारण व्यक्ति हो।

एक खाली मार्ग हो जाओ, कोई प्रतिरोध न करो, ताकि जीवन तुममें से बह सके, सरलता से बह सके। फिर कोई शोर नहीं होगा। हो सकता है तुम्हें अपने होने का पता भी न चले, क्योंकि जब तुम संघर्ष करते हो तभी तुम्हें पता चलता है कि तुम हो। जितना तुम संघर्ष करते हो उतना ही तुम्हें तुम्हारा होना महसूस होता है।

जीवन इतनी शांति से तुममें से बहता है कि तुम अपना होना ही भूल जाते हो। न कोई बाधा है, न प्रतिरोध, न अस्वीकार, न निषेध। और तुम इतने स्वागत से भरे होते हो कि तुम यह भी भूल जाते हो कि तुम हो भी।

एक झेन गुरु के बारे में कहते हैं कि वह अपना ही नाम दिन में कई बार पुकारता था। सुबह वह कहता, 'बोकोजू?' और फिर कहता, 'जी हां, मैं यहीं हूं।' बोकोजू उसका ही नाम था। और उसके शिष्य उससे पूछते कि वह ऐसा क्यों करता है। वह कहता कि मैं भूल जाता हूं। मैं इतना शांत हो गया हूं कि मुझे खुद को ही याद दिलाना पड़ता है, 'बोकोजू ?' और फिर मैं कहता हूं, 'जी हां, मैं यहीं हूं।'

जीवन इतना शांत बहाव, इतनी शांत धारा हो सकता है कि कोई शोरगुल नहीं होता। लेकिन यदि तुम कुछ होने, असाधारण होने, विशेष होने पर ही अड़े रहो, तो जीवन तुममें से नहीं बह सकता। तब तुम्हारे और जीवन के बीच, तुम्हारे क्षुद्र अहंकार और ब्रह्मांड के बीच संघर्ष खड़ा हो जाता है।

इसी से विक्षिप्तता पैदा हो रही है। पूरी पृथ्वी एक विक्षिप्त ग्रह बन गई है। और इस विक्षिप्तता का निदान किसी उपचार, किसी मनोचिकित्सा से नहीं हो सकता, क्योंकि यह जीवन की इतनी मौलिक शैली बन गई है। यह कोई बीमारी नहीं है, ऐसे ही हम जी रहे हैं। हमारे जीने का पूरा ढंग ही विक्षिप्त है।

तो तुम्हारा उपचार किन्हीं चिकित्सा-पद्धतियों से नहीं हो सकता जब तक कि पूरी जीवन शैली ही न बदली जाए। और केवल दो ही तरह की जीवन शैलियां हैं: अहंकार-उन्मुख और निरहंकार-उन्मुख। तुम्हें कुछ होना है, यह जीवन का एक ढंग है। तब विक्षिप्तता उसका परिणाम होगी। असल में, विक्षिप्त व्यक्ति सबसे असाधारण व्यक्ति है। उसने असाधारणता उपलब्ध कर ली है, क्योंकि अब वह वास्तविकता से बिलकुल उखड़ गया है, यथार्थ से उसका कोई संबंध ही नहीं है। अब वह अपने आप में ही जीता है, उसने अपना निजी संसार निर्मित कर लिया है। अब स्वप्न वास्तविक हो गया है और वास्तविक बस स्वप्न मात्र रह गया है। सब कुछ गड्ड-मड्ड हो गया है।

तुम किसी पागल को राजी नहीं कर सकते कि वह गलत है, क्योंकि वह बहुत तर्क-संगत होता है। पागल बहुत तर्क-संगत और विचारयुक्त होते हैं।

एक पागल हर रोज सुबह-सुबह अपने घर से बाहर आकर कुछ मंत्रों का जाप करता और कुछ मुद्राएं बनाता। तो स्वभावतः जो भी उधर से गुजरता वही पूछता कि वह क्या कर रहा है। और वह पागल कहता, 'मैं इस मोहल्ले की भूतों से रक्षा कर रहा हूं।'

तो वह राहगीर कहता, लेकिन यहां तो कोई भूत हैं ही नहीं।'

और वह पागल कहता, 'देखा, मेरे मंत्र जपने से यहां कोई भूत नहीं है।'

वह एकदम तर्कयुक्त है, तुम उसे समझा नहीं सकते—उसके मंत्र जाप के कारण भूत

नहीं हैं। लेकिन अब वह अपने ही आंतरिक स्वप्न-जगत में जीता है और तुम उसे बाहर नहीं खींच सकते।

यदि तुम अपने को कुछ समझते हो—कोई भी कुछ नहीं हो सकता, यह तुम्हारा स्वभाव ही नहीं है—लेकिन तुम अपने को यदि कुछ समझते हो तो तुम्हारा एक हिस्सा विक्षिप्त हो गया है। यह कुछ होना ही तुम्हारी विक्षिप्तता है। और जितना कुछ होने का यह कैंसर बढ़ता जाएगा उतने ही तुम वास्तविकता से कटते जाओगे।

एक बुद्ध पुरुष ना-कुछ होता है। उसके सब द्वार खुले हैं। हवा आती है और चली जाती है, वर्षा आती है और बरस जाती है, सूर्य की किरणें आती हैं और गुजर जाती हैं, जीवन बहता चला जाता है, लेकिन वह वहां नहीं होता। जब मैं कहता हूं कि तुम्हें ध्यान घटित हुआ है तो मेरा यही अर्थ है। और यह बहुत साधारण, स्वाभाविक और वास्तविक है।

**तीसरा प्रश्नः**

**आप अक्सर कहते हैं कि यह अच्छा है या बुरा है, यह गलत है या सही है। क्या यह भाषा आप हम लोगों के लिए ही प्रयोग करते हैं, क्योंकि हम हर चीज की अखंडता को नहीं देख पाते, या कि अच्छे-बुरे जैसा कुछ होता है?**

नहीं, यह तो केवल भाषा है। मेरे लिए तो न कुछ अच्छा है न बुरा। लेकिन तुम्हारे लिए यह बहुत खतरनाक होगा। सत्य खतरनाक हो सकता है। असल में, केवल सत्य ही खतरनाक हो सकता है—झूठ कभी इतने खतरनाक नहीं होते, क्योंकि उनमें कोई ताकत नहीं होती, उनमें कोई बल नहीं होता।

सत्य बहुत घबड़ाने वाला हो सकता है। यह सत्य है कि न कुछ अच्छा है न बुरा, न कुछ सही है न गलत; सब कुछ जैसा है बस वैसा है; सारी निंदा और सारे विभाजन व्यर्थ हैं। लेकिन तुम्हारे लिए यह खतरनाक होगा। तुम्हारे लिए यह बहुत ज्यादा हो जाएगा और तुम इसे गलत समझ लोगे। तुम इसे समझ नहीं सकते; जब न कुछ अच्छा है न बुरा तो तुम समझ नहीं पाओगे और तुम अपने हिसाब से उसकी व्याख्या कर लोगे।

यदि मैं कहता हूं कि न कुछ अच्छा है न बुरा तो तुम सोचोगे कि अब तक जिस चीज को तुम बुरा समझते रहे हो, उसे अब बुरा समझने की कोई जरूरत नहीं है। तो तुम्हारे लिए यह उच्छृखलता हो जाएगी और तुम दोहरी मानसिकता में पड़ जाओगे। तुम सोचोगे कि तुम्हारे लिए न कुछ अच्छा है न कुछ बुरा है, लेकिन दूसरों को तुम इसकी इजाजत न दोगे। यदि तुम दूसरों को भी इसकी इजाजत दे सको तभी तुमने समझा; तब यह उच्छंखलता न रही, मुक्ति हो गई। लेकिन मापदंड एक होना चाहिए, दोहरे मापदंड नहीं होने चाहिए।

मैं क्यों कहता हूं कि न कुछ अच्छा है न कुछ बुरा? क्योंकि अच्छाई और बुराई तो व्याख्याएं हैं, वास्तविकता नहीं हैं।

यदि बाहर बगीचे में कोई फूल खिला है तो तुम उसे सुंदर कह सकते हो और कोई दूसरा उसे कुरूप कह सकता है। फूल न सुंदर है न कुरूप। फूल अपनी वास्तविकता में जैसा है वैसा है। और उसे तुम्हारी व्याख्याओं की परवाह नहीं है। लेकिन तुम्हारे लिए वह या तो

सुंदर है या नहीं है। वह सुंदरता और कुरूपता एक व्याख्या है, वास्तविकता नहीं। यह तुम्हारा मन है जो कहता है कि यह सुंदर है या कुरूप है। फूल को तो इससे कोई अंतर नहीं पड़ेगा, लेकिन तुम्हें अंतर पड़ेगा। यदि तुम उसे सुंदर कहते हो तो तुम्हारा आचरण एक तरह का होगा; यदि तुम उसे कुरूप कहते हो तो तुम्हारा आचरण अलग होगा। तुम अपनी व्याख्या से प्रभावित होओगे।

और मैं तुमसे बात कर रहा हूं तो मुझे सतत स्मरण रखना पड़ता है कि मैं जो भी कहूंगा, उससे तुम्हारा आचरण प्रभावित होगा। और जब तक तुम ऐसी स्थिति पर न पहुंच जाओ जहाँ सारा जोर करने से होने में बदल जाए, जब तुम कुछ करने में नहीं बस मात्र होने में ही उत्सुक रह जाओ, तब तक तुम नहीं समझ सकते कि जब मैं कहता हूं कि न कुछ अच्छा है। न बुरा है तो उसका क्या तात्पर्य है। चीजें तो बस जैसी हैं वैसी हैं।

लेकिन यह समझना केवल तभी संभव है जब तुम अपने अंतस में गहरे केंद्रित हो जाओ। और यदि तुम अपने अंतस में केंद्रित हो तो तुम जो भी करोगे अच्छा ही होगा, तब कोई खतरा नहीं है। लेकिन अभी तुम अपने अंतस में केंद्रित नहीं हो, तुम अभी परिधि पर हो। तुम लगातार चुनाव कर रहे हो कि क्या करना है और क्या नहीं करना है।

असल में, तुमने कभी यह प्रश्न ही नहीं पूछा है, 'क्या होना है?' तुम सदा यही पूछते रहे हो, 'क्या करना है और क्या नहीं करना है, और यह ठीक होगा या नहीं?' तुमने कभी यह नहीं पूछा है, 'क्या होना है?' और जब तक होना करने से अधिक महत्वपूर्ण न हो जाए, तब तक अच्छा भी है और बुरा भी है—तुम्हारे लिए। तब तक कुछ ऐसा है जो करना है और कुछ ऐसा है जो नहीं करना है।

यह अंतर मैं कैसे करता हूं और क्यों करता हूं? यदि वास्तव में न कुछ अच्छा है और न कुछ बुरा है, तो यह अंतर क्यों और कैसे बन पाता है?

यह अंतर भी मैं तुम्हारे लिए ही करता हूं : मैं उस चीज को अच्छा कहता हूं जो तुम्हें तुम्हारे अंतस की ओर ले जाए, जहां सब कुछ अच्छा ही होता है, और उस चीज को मैं बुरा कहता हूं जो तुम्हें तुम्हारे अंतस से दूर ले जाए। यदि तुम स्वयं से दूर होते चले जाओ तो सब कुछ गलत हो जाएगा।

तुम्हें तुम तक, तुम्हारे घर तक लौटा लाने में मदद करने के लिए मैं किसी चीज को अच्छा या बुरा और ठीक या गलत कहता हूं। 'अच्छा या बुरा' शब्दों से 'ठीक या गलत' शब्दों का प्रयोग करना बेहतर है, क्योंकि तुम्हें तुम्हारे अंतस तक लौटा लाने की विधियों में मेरा अधिक रस है। तो वह विधि ठीक हो सकती है जो तुम्हें तुम्हारे अंतस पर ले जाए; और वह विधि गलत हो सकती है जो तुम्हें अंतस पर न पहुंचाए, या बाधा बन जाए और तुम्हें इधर-उधर के रास्तों पर भटकाती रहे, जो तुम्हें कहीं पहुंचाने की बजाय गोल-गोल घुमाती रहे।

लेकिन यदि तुम मुझसे पूछो तो अंततः न कुछ अच्छा है न बुरा, न ठीक है न गलत। और यदि तुम इसे अभी समझ सकते हो तो ऐसे जीना शुरू कर दो जहां न कुछ सही है न गलत। और जहां तक तुम दूसरों से संबंधित हो वहां तो यह बात है ही, दूसरे भी जहां तक तुमसे संबंधित हैं, यही बात है।

जीसस कहते हैं, 'दूसरों के साथ वही करो जो तुम चाहते हो कि दूसरे तुम्हारे साथ करें।'

▲

यह एक मापदंड का मूल नियम है। और यही उन सब का संदेश है जो तुम्हें तुम तक लौटा लाने में मदद करना चाहते हैं—बस एक ही मापदंड है जहां न कुछ अच्छा है न बुरा है, न केवल तुम्हारे लिए बल्कि सब के लिए।

यदि तुम चोरी कर रहे हो तो यह कहना सरल है कि चोरी करना बुरा नहीं है, लेकिन यदि कोई और तुम्हारी कोई चीज चुरा रहा हो तो यह कहना कठिन हो जाता है कि चोरी करना बुरा नहीं है।

मैंने एक चोर के बारे में सुना है। जब चौथी बार वह पकड़ा गया तो जज ने उससे पूछा, 'तुम बार-बार पकड़े जाते हो, क्या बात है? यदि तुम इतने कुशल नहीं हो तो चोरी क्यों करते हो?' चोर ने कहा, 'कुशलता की बात ही नहीं है। मैं अकेला हूं और काम बहुत ज्यादा है। तो जज ने कहा, 'फिर तुम कोई सहयोगी, कोई साथी क्यों नहीं ढूंढ लेते ?' चोर ने उत्तर दिया, 'लोगों के चरित्र इतने गिर गए हैं कि किसी साथी पर भरोसा नहीं किया जा सकता।

एक चोर भी दूसरों के लिए चरित्र की भाषा में सोचता है—'चरित्र इतने गिर गए हैं कि किसी साथी पर भरोसा नहीं किया जा सकता। इसलिए मुझे सारा काम अकेले करना पड़ता है। और काम बहुत ज्यादा है।'

सब जानने वालों का यही गहनतम संदेश है। चुनाव करने को कुछ भी नहीं है। सब कुछ स्वीकृत है। यदि तुम इसे समग्रता से स्वीकार कर पाओ तो तुम रूपांतरित हो गए। लेकिन यदि तुम चालाक हो और स्वयं को धोखा देना चाहते हो तो यह समग्र स्वीकृति खतरनाक हो जाएगी।

तो मैं बहुत सी चीजें केवल तुम्हारे कारण ही कहता हूं। और बीच-बीच में मैं वे बातें भी कहता जाता हूं जो मैं वास्तव में तुमसे कहना चाहता हूं। लेकिन यह बड़े अपरोक्ष ढंग से ही दिया जा सकता है। तुम इतने खतरनाक हो, इतने आत्मघाती हो, कि तुम कुछ भी कर सकते हो जो तुम्हारे लिए हानिकारक हो सकता है।

मैं एक उच्चतर सत्य के बारे में बोल रहा हूं—न केवल उच्चतर सत्य, बल्कि परम सत्य। नरोपा अपने एक गीत में कहता है कि नर्क और स्वर्ग के बीच में केवल एक इंच का अंतर है। अच्छे और बुरे के बीच एक इंच का अंतर स्वर्ग और नर्क को अलग-अलग करता है।

और तुम्हें विषाद में रहना पड़ेगा, क्योंकि तुमने विभाजन खड़ा किया है। सारे विभाजनों को निकट से निकट लाते जाओ और उन्हें एक-दूसरे में विलीन हो जाने दो। अच्छे और बुरे को, अंधकार और प्रकाश को, जीवन और मृत्यु को एक-दूसरे में विलीन हो जाने दो। तब अद्वैत घटित होता है, तब एकरूपता घटती है। वह एकरूपता ही मुक्ति लाती है, रूपांतरण लाती है।

**चौथा प्रश्नः**

**आत्म-सम्मोहन के द्वारा हमारी कल्पना ने ही हमको सीमा के जगत में, नाम और रूप के जगत में, सुख और दुख के जगत में प्रतिष्ठित किया है। क्या यही कुंजी असीम, परम् और आनंद के जगत तक पहुंचने के लिए भी प्रयोग की जा सकती है? क्या उसी कुंजी का विपरीत दिशा में भी उपयोग किया जा सकता है?**

तुम इस घर तक आए हो, जल्दी ही तुम वापस जाओगे, और फिर उसी रास्ते का उपयोग करोगे—लेकिन विपरीत दिशा में। जब तुम यहां आ रहे थे तो तुम्हारा चेहरा मेरी ओर था, जब तुम वापस जाओगे तो तुम्हारी पीठ मेरी ओर होगी। लेकिन मार्ग वही होगा। घर जाने के लिए किसी और मार्ग की जरूरत नहीं है। केवल दिशा बदल जाती है।

जो मार्ग तुमने अंधकार में आने के लिए तय किया है मार्ग तो वही होगा—वही एकमात्र मार्ग है—तुम्हें उसी मार्ग से वापस यात्रा करनी पड़ेगी। जो मार्ग तुम्हें दुख और विषाद में ले आया है, वही मार्ग तुम्हें आनंद और सुख में ले जाएगा। कोई और मार्ग ही नहीं है, न उसकी कोई जरूरत है। और स्मरण रहे, किसी और मार्ग पर जाना भी मत, नहीं तो कभी घर नहीं पहुंच सकोगे।

उसी मार्ग पर दोबारा चलने में तुम्हें थोड़ा जागरूक होना पड़ेगा। परिवर्तन केवल दिशा में होगा—बस पीछे मुड़ना है। सम्मोहन, आत्म-सम्मोहन इस संसार का निर्माण करते हैं। निर्सम्मोहन, निरात्म-सम्मोहन तुम्हें वापस यथार्थ तक पहुंचा देंगे। सीमित संसार तो कहीं है ही नहीं, केवल असीम ही है। यह तो तुम्हारी धारणा है, तुम्हारा सम्मोहन है, जो इसे सीमित बना देता है। अपना सम्मोहन हटा लो और संसार असीम हो जाता है। यह तो सदा से ही असीम है।

ध्यान की सारी विधियां सम्मोहन जैसी हैं। इससे समस्या खड़ी होती है। इससे समस्या खड़ी होती है जब लोग ध्यान और सम्मोहन के बीच अंतर पूछते हैं। कोई अंतर नहीं है। मार्ग वही है, बस दिशा विपरीत है।

सम्मोहन में तुम और नींद में चले जाते हो, और मूर्च्छित हो जाते हो; ध्यान में तुम नींद से बाहर आते हो, होश बढ़ता जाता है। मार्ग वही है। सम्मोहन में तुम स्वयं को धारणाओं में ढाल रहे हो और ध्यान में तुम स्वयं को धारणाओं से मुक्त कर रहे हो—लेकिन प्रक्रिया वही है। ध्यान विपरीत सम्मोहन है। तो जो भी तुमने किया है उसे अनकिया करना है। बस इतना ही है।

एक सरल सा प्रयोग करके देखो जिससे तुम्हें पता चलेगा कि तुम स्वयं को सम्मोहित कर सकते हो। अपना कमरा बंद कर लो और बिलकुल अंधेरा कर दो। एक छोटी सी मोमबत्ती ठीक अपने सामने रख लो। आंखें बिना झपकाए लौ की ओर देखते रहो और सोचते रहो कि तुम्हें नींद आ रही है, तुम्हें नींद आ रही है। गहरी निद्रा तुम पर छा रही है—इस विचार को भीतर बहने दो। मोमबत्ती की लौ को देखते रहो और इस विचार को बादल की तरह अपने ऊपर मंडराने दो-तुम सो रहे हो, सो रहे हो। जब तुम इसे करो तो तुम्हें कहना है, मैं सो रहा हूं, मुझे नींद आ रही है, मेरा अंग-अंग शिथिल हो रहा है।

अचानक तुम्हें एक सूक्ष्म परिवर्तन महसूस होगा और तीन मिनट में ही तुम्हें लगने लगेगा कि तुम्हारा शरीर भारी हो गया है। किसी भी क्षण तुम गिर सकते हो। आंखों की पलकें भारी हो गई हैं और अब लौ की ओर देखते रहना संभव नहीं है। आंखें बंद होना चाहती हैं। सब कुछ शिथिल हो गया है।

अब तुम महसूस कर सकते हो कि सम्मोहन क्या है : और अधिक सो जाना, तंद्रा में डूब जाना, बेहोश हो जाना। इस अनुभव को महसूस करो कि क्या हो रहा है, कैसे तुम्हारा

मन आच्छादित हो रहा है। स्पष्टता चली गई, जीवंतता चली गई, तुम जड़ हो रहे हो, तुम्हारा शरीर अधिक बोझिल हो गया है। इस प्रयोग से तुम्हें पता चलेगा कि कैसे तुम्हारी चेतना अचेतन हो जाती है।

सात दिन तक इस प्रयोग को करो, ताकि तुम पूरी तरह से महसूस कर सको कि यह क्या है और कैसे तुम अंधेरे कुएं में उतरते चले जाते हो। बढ़ते हुए अंधकार, बढ़ती हुई नींद और बेहोशी के साथ एक ऐसा क्षण आएगा जब न तुम रहोगे और न लौ रहेगी। तुम गहन निद्रा में चले जाओगे। तुम कब्र का अनुभव कर सकोगे।

फिर सात दिन बाद दूसरा प्रयोग करो। वही कमरा हो, वही लौ हो और उसी तरह से उसको देखो, लेकिन मन में दूसरा विचार करो : 'मैं अधिक जागरूक हो रहा हूं, अधिक जीवंत हो रहा हूं, अधिक सजग हो रहा हूं, शरीर हलका होता जा रहा है।' इस विचार को भीतर चलने दो और लौ की ओर देखते रहो—तुम अचानक जीवन, होश और चेतना का अनुभव करोगे। सात दिन के भीतर तुम ऐसी स्थिति पर पहुंच जाओगे जहां तुम इतने जागरूक होओगे कि तुम्हें लगेगा जैसे शरीर है ही नहीं।

एक ध्रुव पर तो केवल गहन निद्रा है, जहां तुम स्वयं को पूरी तरह भूल जाते हो; दूसरे ध्रुव पर गहन जागरण है, जहां सब कुछ भूल जाता है, केवल तुम स्वयं को याद रखते हो। फिर बीच की कई स्थितियां हैं। जिस स्थिति में हम हैं वह बीच की है—आधे सोए हुए, आधे जागे हुए। तो जो भी तुम कर रहे हो वह आधे सोए हुए और आधे जागे हुए कर रहे हो। दोनों प्रक्रियाएं एक समान हैं।

सघन विचार वास्तविकता बन जाता है; विचार घनीभूत होकर वस्तु बन जाता है। एक विचार यदि सतत तुम्हारी चेतना में चलता रहे तो तुम्हें रूपांतरित कर देता है, बीज बन जाता है। तो यदि तुम स्वयं को जागरूक बनाने के लिए संघर्ष कर रहे हो तो स्वयं को धारणाओं से मुक्त कर रहे हो और विपरीत दिशा में जा रहे हो।

गुरजिएफ इसे आत्म-स्मरण कहता है। वह कहता है, 'स्वयं को सतत स्मरण रखो।'

बुद्ध कहते हैं, 'तुम जो भी कर रहे हो, स्वयं को मत भूलो; लगातार स्मरण करते रहो कि तुम यह कर रहे हो।' और इस बात पर उनका इतना आग्रह है कि वे अपने भिक्षुओं से कहते हैं, जब तुम चलो और तुम्हारा बायां पांव ऊपर उठे, तो स्मरण रखो कि तुम्हारा बायां पांव उठ रहा है, अब पांव नीचे जा रहा है, अब दायां पांव उठ रहा है, अब दायां पांव नीचे जा रहा है। स्मरण रखो कि श्वास भीतर आ रही है, श्वास बाहर जा रही है। जो भी हो रहा है उसे सतत स्मरण रखो और हर घटना का स्मरण के लिए एक परिस्थिति की भांति उपयोग कर लो। कुछ भी बेहोशी की, निद्रा की अवस्था में मत करो।'

और बुद्ध कहते हैं कि इतना ही पर्याप्त है। यदि तुम चौबीस घंटे इसी तरह से कार्य कर सको तो देर-अबेर तुम स्वयं ही सम्मोहन से मुक्त हो जाओगे। तुम होश से भर उठोगे।

तो सम्मोहन और ध्यान एक ही प्रक्रिया की दो विपरीत दिशाएं हैं। तुम सम्मोहन का प्रयोग स्वयं के जागरण के लिए कर सकते हो; तुम सम्मोहन का प्रयोग गहरी नींद में जाने के लिए भी कर सकते हो। और यदि तुम सम्मोहन की कला के स्वामी हो जाओ तो जीवन के सभी द्वार खोलने की कुंजी तुम्हारे हाथ लग जाती है।

यदि तुम सम्मोहन की कला के स्वामी नहीं हो तो तुम बहुत सी चीजों के शिकार होते हो। यह समझने जैसा है: यदि तुम्हें यह नहीं पता कि सम्मोहन क्या है तो तुम एक शिकार हो। हर कोई तुम्हें सम्मोहित करने की कोशिश कर रहा है—मैं कहता हूं हर कोई! हो सकता है वे जान-बूझ कर न कर रहे हों, लेकिन सभी कोशिश कर रहे हैं। अलग-अलग ढंग हैं, अलग-अलग उपाय हैं।

पूरा संसार सम्मोहन की चालबाजियों से भरा है : वही विज्ञापन होते हैं अखबार में, वही टेलीविजन पर, वही रेडियो पर। इससे चोट पड़ती चली जाती है और सम्मोहन बन जाता है। तुम मन में दोहराते रहते हो, 'लक्स सर्वोत्तम साबुन है।' तुम दोहराए चले जाते हो। तुम जहां भी जाते हो, दीवारों पर यही लिखा है, फिल्मों में तुम यही देखते हो, टेलीविजन की स्क्रीन पर यही है, रेडियो पर यही है, पत्र-पत्रिकाओं में, कहीं भी देखोः लक्स टायलेट सोप। यह चलता रहता है। तुम इससे सम्मोहित हो जाते हो। फिर तुम दुकान पर जाते हो और दुकानदार तुमसे पूछता है, 'कौन सा साबुन चाहिए?' तो तुम कहते हो, 'लक्स टायलेट सोप।'

तुम सोए हुए हो। तुम यह जागे हुए नहीं कह रहे; बार-बार तुम्हें यह बताया गया है। और अब यह तुम्हारे भीतर घर कर गया है। तुम्हें सम्मोहित करने के लिए करोड़ों रुपए विज्ञापनों पर खर्च किए जाते हैं। उन विज्ञापनों को लगातार दोहराना पड़ता है। दोहराना ही ढंग है। फिर उसकी छाप पड़ जाती है, और तुम उसे बिलकुल भूल जाते हो; फिर अचानक तुम्हारे मुंह से निकलता है, 'लक्स टायलेट सोप।' और तुम सोचते हो कि तुम चुनाव कर रहे हो। तुम चुनाव करने वाले नहीं हो।

पूरी शिक्षा प्रणाली एक सम्मोहन है। इसीलिए शिक्षक को ऊंची जगह पर बिठाना पड़ता है। इसे वैज्ञानिक ढंग से नापना चाहिए, क्योंकि एक विशेष स्थिति होती है—जिस तरह से मैं यहां बैठा हूं वह गलत है, वह ठीक नहीं है। तुम्हारी आंखें मुझे देखते समय तनाव में होनी चाहिए, विश्रांत नहीं—तब तुम सरलता से सम्मोहित हो सकते हो।

हिटलर ने हर अनुपात का प्रयोग किया। उसके पास एक विशेषज्ञ कमेटी थी जो निर्धारित करती थी कि श्रोताओं से कितनी दूरी होनी चाहिए और कितनी ऊंचाई होनी चाहिए जिससे कि आंखें ठीक इतने तनाव से भर जाएं कि उन्हें सम्मोहित किया जा सके और सुलाया जा सके। फिर सब बत्तियां बुझा दी जाती थीं—हिटलर जहां भाषण देता था वहां सारा प्रकाश हिटलर पर ही होता था। कोई कहीं और नहीं देख पाता था, तो हिटलर की ओर ही देखना पड़ता था। एक खास परिस्थिति में एक खास तनाव पैदा किया जाता था। इस तनाव की स्थिति में वह थोड़ी देर तक कुछ-कुछ कहता रहता। जो चीजें उसे तुम्हारे दिमाग में डालनी होतीं वे बातें बाद में वह तब कहता जब श्रोता सोए-सोए से हो जाते। तब शब्द सीधे अचेतन में उतर जाते और कार्य करने लगते।

अब तो फिल्मों में त्वरित विज्ञापनों का उपयोग करने लगे हैं। जब तुम फिल्म देख रहे हो तो दो दृश्यों के बीच, केवल एक क्षण के छोटे से हिस्से के लिए विज्ञापन निकल जाता है। तुम उसे पढ़ भी नहीं पाओगे, तुम्हें पता भी नहीं लगेगा कि क्या हुआ। फिल्म देखते हुए अचानक कुछ क्षण के लिए विज्ञापन आएगा—लेकिन तुम्हें सचेतन रूप से उसका कुछ भी पता न चलेगा।

▲

सौ में से केवल दो लोग महसूस कर सकते हैं कि कुछ हुआ है। जिनके पास बहुत सतर्क आंखें हैं केवल उन्हें लगेगा कि बीच में कुछ था। अट्ठानबे प्रतिशत को तो पता भी न चल पाएगा, लेकिन अचेतन में वे भी पढ़ लेंगे। वह तुम्हारे भीतर पहुंच जाएगा।

अमेरिकी फिल्मों में इसका एक प्रयोग किया गया। शीतल पेय के एक विशेष ब्रांड का विज्ञापन इसी तरह उन्होंने स्क्रीन पर चलाया—एक नया प्रयोग। केवल दो प्रतिशत लोगों को पता चल पाया कि कोई विज्ञापन था, अट्ठानबे प्रतिशत लोग पूरी तरह बेखबर थे, फिर भी इंटरवल में कई लोग बाहर गए और उसी शीतल पेय की मांग करने लगे। उन्हें पता नहीं था कि कोई विज्ञापन भी आया, क्योंकि वह बहुत त्वरित था।

तो चारों ओर सम्मोहन है। शिक्षा उसका उपयोग करती है, राजनीति उसका उपयोग करती है, बाजार उसका उपयोग करता है, सभी उसका उपयोग करते हैं। और यदि तुम सचेत नहीं हो तो तुम उसके शिकार हो। जागो।

यदि तुम जाग जाओ तो उसका उपयोग कर सकते हो—दूसरों को सम्मोहित करने के लिए नहीं, बल्कि स्वयं को सम्मोहन से मुक्त करने के लिए। और यदि तुम पूरी तरह से सम्मोहन से निकल सको तो तुम स्वतंत्र हो गए, मुक्त हो गए।

और ध्यान तथा सम्मोहन में कोई विरोध नहीं है। विरोध है दिशा में, प्रक्रिया वही है।

आज इतना ही।

67

# मन और पदार्थ के पार

# सूत्र

९४. अपने शरीर, अस्थियों, मांस और रक्त को
ब्रह्मांडीय सार से भरा हुआ अनुभव करो।
९५. अनुभव करो कि सृजन के शुद्ध गुण तुम्हारे स्तनों
में प्रवेश करके सूक्ष्म रूप धारण कर रहे हैं।

सदियों से विश्वभर के दार्शनिकों में यह विवाद रहा है कि क्या है वह मूल तत्व जिससे यह जगत निर्मित हुआ है?

ऐसे सिद्धांत हैं, दर्शन की ऐसी व्यवस्थाएं हैं जो कहती हैं कि पदार्थ मूल सत्य है और मन बस उसका ही विकास है, पदार्थ मूल है और मन उसी का परिणाम मात्र है, मन भी पदार्थ ही है, बस जरा सूक्ष्म रूप में है। भारत में चार्वाक ने, ग्रीस में इपिकुरस ने यह धारणा दी। और आज भी मार्क्सवादी तथा दूसरे भौतिकवादी पदार्थ की भाषा में ही बात करते हैं।

इसके ठीक विपरीत एक दुसरी विचारधारा है, जो कहती है कि पदार्थ की अपेक्षा मन मूल तत्व है और पदार्थ मन का ही एक रूप है। वेदांत तथा अन्य आदर्शवादी दार्शनिकों ने सब कुछ मन तक ही सीमित कर दिया।

इस सदी के आरंभ में ऐसा सोचा जाता था कि भौतिकवादी जीत गए हैं, क्योंकि विज्ञान की खोजें सिद्ध कर रही थीं—या सिद्ध करती प्रतीत होती थीं —कि पदार्थ ही मूल तत्व है। लेकिन इन पिछले दो या तीन दशकों में सारी बात ही बदल गई। इस सदी के एक महान वैज्ञानिक एडिंगटन ने कहा है, 'अब हम कह सकते हैं कि यह संसार पदार्थ की भांति कम और एक विचार की भांति अधिक प्रतीत होता है।' और मैक्स प्लांक तथा आइंस्टीन जैसे भौतिकविदों ने गहन शोध में पाया कि जैसे-जैसे हम पदार्थ में गहरे प्रवेश करते जाते हैं उतना ही पदार्थ समाप्त होता जाता है, वहां पदार्थ से कुछ अधिक, पदार्थ के पार कुछ प्रतीत होता है। तुम उसे पदार्थ की बजाय मन अधिक सरलता से कह सकते हो, क्योंकि वह ऊर्जा का एक रूप है। एक बात निश्चित है : पुराने अर्थों में यह पदार्थ नहीं रहा।

तंत्र के लिए, योग के लिए तो कोई चुनाव ही नहीं है। तंत्र तो कभी नहीं कहता है कि पदार्थ मूल तत्व है, या मन मूल तत्व है। तंत्र का तीसरा मत है, और मेरी दृष्टि में अंततः यही मत जीतेगा। तंत्र की मान्यता है कि पदार्थ और मन दोनों एक तीसरी वस्तु के ही दो रूप हैं। जिसे हम 'एक्स' कह सकते हैं। न तो मन असली चीज है न पदार्थ, बल्कि एक तीसरी ही सत्ता

है जो दोनों में मौजूद है, परंतु किसी में सीमित नहीं, दोनों ही उसकी अभिव्यक्तियां हैं। पदार्थ और मन वास्तविक नहीं हैं, बल्कि दोनों ही एक तीसरी मूलभूत सत्ता की अभिव्यक्तियां हैं, जो छिपी रहती है। जब भी वह स्वयं को प्रकट करती है तो या तो पदार्थ के रूप में प्रकट करती है। या मन के।

तो पदार्थ और मन तथा उनके अनुयायियों के बीच सारा विवाद व्यर्थ है, क्योंकि भौतिकी को अब जिस परम तत्व का पता लगा है वह न तो पदार्थ जैसा है, न मन जैसा है। सारा विभाजन समाप्त हो गया, द्वैत विदा हो गया। इस मूल तत्व का व्यवहार बहुत बेबूझ है : कभी तो वह पदार्थ की भांति व्यवहार करता है, कभी मन की भांति।

तुम जानकर हैरान होओगे कि विज्ञान अलग-अलग अणुओं के बारे में कुछ भी नहीं कह सकता—मनुष्य की भांति उनका व्यवहार भी अनिश्चित है। किसी स्वतंत्र अणु के बारे में यह नहीं कहा जा सकता कि वह कैसा व्यवहार करेगा। ऐसा लगता है जैसे उसे पूरी स्वतंत्रता है, कोई कार्य-कारण उसके व्यवहार को निश्चित नहीं कर सकता। हम समूह के व्यवहार की तो पहले से भविष्यवाणी कर सकते हैं, लेकिन एक अणु के व्यवहार की नहीं। कभी तो वह पदार्थ की भांति कार्य-कारण की भाषा में व्यवहार करता है और कभी मन की तरह व्यवहार करने लगता है, जैसे कि उसकी मर्जी हो, जैसे कि उसे चुनाव करने की स्वतंत्रता हो।

तंत्र के साथ विज्ञान की यह अंतर्दृष्टि पूरी तरह से मेल खाती है। लेकिन तंत्र ऐसा क्यों कहता है कि मूल सत्य तीसरी अज्ञात सत्ता एक्स है? इसलिए नहीं कि तंत्र सत्य के बारे में कोई सिद्धांत प्रतिपादित करना चाहता है। नहीं, यह तो केवल साधना में, आध्यात्मिक विकास में सहयोग के लिए कहा गया है।

सत्य यदि तीसरा ही है, मन और पदार्थ केवल उसकी दो अभिव्यक्तियां ही हैं—तो तुम सत्य में दो द्वारों से प्रवेश कर सकते हो : चाहे पदार्थ से, चाहे मन से। यदि तुम पदार्थ के द्वार से प्रवेश करना चाहो तो कुछ भिन्न विधियां हैं। पदार्थ से, शरीर से प्रवेश करने की एक विधि हठयोग है। उसमें तुम्हें शरीर को रूपांतरित करना पड़ेगा, शरीर के कुछ विशेष रासायनिक तत्वों को निखारना पड़ेगा, तब तुम सत्य में प्रवेश करोगे। या, तुम सीधे मन से ही प्रवेश कर सकते हो। राजयोग और दुसरी विधियां मन से प्रवेश करने के उपाय हैं। और तंत्र के लिए दोनों ही सही हैं।

तंत्र से तुम यह नहीं कह सकते कि शरीर की कोई खास मुद्रा सत्य में प्रवेश करने में कैसे सहायक हो सकती है? तंत्र कहता है, मुद्राएं सहायक हो सकती हैं। शरीर की मुद्रा मात्र शरीर की ही मुद्रा नहीं है, क्योंकि शरीर वस्तुतः सत्य का ही एक रूप है। तो जब तुम शरीर को कोई विशेष मुद्रा दे रहे हो, तब तुम सत्य को भी एक रूप दे रहे हो।

और ऐसे आसन हैं, जिनसे तुम सरलता से अपने भीतर प्रवेश कर सकते हो। कोई विशेष प्रकार का भोजन भी इसमें सहायक हो सकता है। श्वास की कोई विशेष प्रक्रिया भी तुम्हें सहयोग दे सकती है। भोजन, श्वास, शरीर, ये सब भौतिक चीजें हैं। परंतु तुम इनके द्वारा सत्य में प्रवेश कर सकते हो।

और मन के साथ भी ऐसा ही है—केवल मन पर कार्य करके भी तुम सत्य में प्रवेश कर सकते हो। कई बार तुम्हारे मन में प्रश्न उठा होगा कि शिव पार्वती को कुछ ऐसी विधियां

बता रहे हैं जो कल्पनायुक्त हैं। यह प्रश्न उठना अनिवार्य ही है कि कल्पना किस प्रकार सहयोगी हो सकती है?

कल्पना भी सत्य का ही एक रूप है, क्योंकि मन भी सत्य का ही एक रूप है। और जब तुम मन में कल्पना को बदलते हो तो तुम सत्य के रूप में परिवर्तन कर रहे हो। तंत्र के लिए कुछ भी असत्य नहीं है। यहां तक कि स्वप्न की भी अपनी वास्तविकता है और वह तुम्हें प्रभावित करती है। तो एक स्वप्न भी मात्र स्वप्न ही नहीं है। स्वप्न भी उतना ही सत्य है जितनी कि कोई और चीज, क्योंकि वह भी तुम्हें प्रभावित करता है, तुम्हें बदलता है। उस स्वप्न के कारण तुम वही नहीं रह जाते जो पहले थे और कभी वही नहीं रह पाओगे।

अगर तुम सपने में चोर हो तो सुबह उठकर तुम कहोगे कि इससे कोई अंतर नहीं पड़ता, यह तो केवल एक स्वप्न ही था। लेकिन तंत्र ऐसा नहीं कहता। चोरी के सपने ने तुम्हें बदल दिया। सुबह तुम्हारी वास्तविकता कुछ और ही होगी, तुम वही नहीं रह सकते। चाहे तुम इसे पहचानो या न पहचानो, उस सपने ने तुम्हें प्रभावित किया। वह तुम्हारे व्यवहार, तुम्हारे भविष्य पर प्रभाव डालेगा, वह एक बीज बन गया।

सपना भी असंगत नहीं है। और तुम सोचते हो कि सपने तो बस सपने हैं। ऐसा नहीं है, क्योंकि तुम होशपूर्वक किसी सपने का निर्माण नहीं कर सकते, तुम कोई सपना चुन नहीं सकते। तुमको वह ऐसे ही आता है जैसे और चीजें आती हैं। क्या तुम किसी सपने का चुनाव कर सकते हो? क्या तुम तय कर सकते हो कि आज रात तुम फलां सपना देखोगे? क्या तुम किसी सपने की इच्छा कर सकते हो? तुम सपने की इच्छा नहीं कर सकते, क्योंकि उसके लिए तुम्हारी वास्तविकता में परिवर्तन की जरूरत होती है। तभी कोई सपना आता है।

सपना तो एक फूल की भांति है। गुलाब का फूल गुलाब की झाड़ी पर ही लगता है, और फूल को तुम तब तक नहीं बदल सकते, जब तक कि तुम बीज से लेकर आगे की सारी की सारी प्रक्रिया ही न बदल डालो। तुम अकेले फूल को नहीं बदल सकते। सपना फूल की तरह ही है। यदि तुम सपने को बदल सकते हो तो सत्य को भी बदल सकते हो।

तो कई बार कई विधियां कल्पनायुक्त लगेंगी। लेकिन वे भी वास्तविक हैं। तंत्र तुम्हारी कल्पना को बदलने की चेष्टा कर रहा है। अगर कल्पना को बदला जा सके तो उसके पीछे छिपा हुआ सत्य स्वतः ही बदल जाएगा।

जिन विधियों की आज हम चर्चा करेंगे वे तुम्हारी कल्पना, तुम्हारे स्वप्न, तुम्हारे मन से शुरू होती हैं। तीन बातें स्मरण रखने जैसी हैं। एकः तुम्हारे मन में जो भी होता है वह ऊपर-ऊपर नहीं है, वह तुम्हारे कारण हो रहा है। वह इसलिए हो रहा है क्योंकि तुम एक खास परिस्थिति में हो। तो दो चीजें की जा सकती हैं : या तो परिस्थिति को बदलो, तब तुम्हें शरीर से शुरू करना पड़ेगा, क्योंकि शरीर है परिस्थिति; या परिस्थिति की बजाय परिणाम को बदल डालो। यह जरा कठिन होगा, उसे बदलना सरल नहीं होगा। लेकिन यदि तुम प्रयास करो और करते ही चले जाओ तो तुम्हारा प्रयास उसे बदल देगा।

एक बात निश्चित है : चाहे तुम उस लक्ष्य को न पा सको, जिसके बाबत तुम सोच रहे थे, पर यह तथ्य कि तुमने प्रयास किया, तुम्हें बदल देगा। चाहे तुम सफल हो या असफल, लेकिन तुम बदल जाओगे। तुम्हारा प्रयास करना ही तुम्हें बदल देगा।

तीसरे, यह मत सोचो कि मन केवल मन है और स्वप्न केवल स्वप्न है। यदि तुम अपने सपने को दिशा दे सको—और पश्चिम में दिशामान स्वप्न नाम की चिकित्सा पद्धति प्रारंभ हो भी गई है—यदि तुम अपने सपने को दिशा दे सको तो तुम स्वयं को दिशा दे रहे हो। तब बहुत सी बातें बदल जाएंगी।

एक प्राचीन तिब्बती विधि है : सिंह गर्जना। यदि तुम क्रोध में हो या कामवासना से, घृणा से, द्वेष से भरे हो तो तिब्बती गुरु तुम्हें यह विधि देगा—सिंह गर्जना। तुम्हें दर्पण के सामने बैठकर यह कल्पना करनी होती है कि तुम मनुष्य नहीं सिंह हो। तुम्हें सिंह की तरह से चेहरा बनाना होता है, जीभ बाहर लटका कर गर्जना करनी होती है। और इसका इतना अभ्यास करना होता है कि तुम भूल ही जाओगे कि तुम आदमी हो और सिंह होने की कल्पना कर रहे हो, यह एकदम सत्य प्रतीत होने लगेगा। और एक क्षण आता है जब तुम अपनी ही कल्पना के शिकार हो जाते हो और सिंह बन जाते हो। अचानक तुमसे एक गर्जना उठती है और तुम रूपांतरित हो जाते हो। उस गर्जना में सब काम, क्रोध और घृणा समाप्त हो जाती है। उसके साथ ही तुम ऐसे गहन मौन का अनुभव करते हो जो अपूर्व है।

प्राचीन तिब्बती मठों में विशेष कक्ष होते थे जिनमें दर्पण ही दर्पण लगे होते थे। जब भी कोई क्रोध, घृणा या द्वेष जैसे किसी मनोवेग से पीड़ित होता तो उसे तब तक के लिए उस कक्ष में भेज दिया जाता, जब तक कि वह चरम सीमा तक न पहुंच जाए। और जब वह चरम सीमा पर पहुंच जाता तो पूरे मठ को पता लग जाता, क्योंकि भीतर से भयंकर सिंह-गर्जना उठती। तब सारा मठ इकट्ठा होकर उस व्यक्ति का स्वागत करता और वह व्यक्ति दूसरा ही होकर बाहर आता।

इसमें तीन दिन भी लग सकते हैं, सात दिन भी लग सकते हैं। भोजन उसे पहुंचा दिया जाता था, मगर उसे बाहर नहीं आने दिया जाता था। उसे तब तक सिंह होने की कल्पना पर दृढ़ रहना पड़ता जब तक कि अचेतन के गहनतम तल से गर्जना न उठे। उस गर्जना में पूरा शरीर भाग लेता, उसकी एक-एक कोशिका, शरीर का एक-एक कोष्ठ गरजता। और उस गर्जना में सब कुछ बाहर फिंक जाता है।

यह गहनतम रेचन है। इसके बाद वह व्यक्ति कभी क्रोधित नहीं होगा, क्योंकि अब वह विष ही उसमें नहीं है, पहली बार उसका चेहरा मानवीय होगा।

तुम्हारा चेहरा मानवीय नहीं हो सकता, क्योंकि बहुत कुछ तुममें दबा हुआ है। द्वेष, घृणा, क्रोध, जो भी तुमने दबाया है सब वहां छिपा पड़ा है। चमड़ी के नीचे पर्त दर पर्त दबी हुई हैं। उन सब से तुम्हारे चेहरे का निर्माण हो रहा है। यदि उन सबको बाहर निकाला जाए... । और यह मात्र दिवास्वप्न है, एक दिशामान दिवास्वप्न!

पश्चिम में अब एक और चिकित्सा पद्धति प्रचलित हो रही है जिसे वे कहते हैं, साइकोड्रामा। वह प्राचीनतम बौद्ध विधियों में से एक है—कि तुम नाटक के हिस्से बन जाओ, इतनी समग्रता से इसे करो कि तुम भूल जाओ कि तुम केवल अभिनय कर रहे हो। अभिनय तब कृत्य बन जाता है और तुम कर्ता बन जाते हो। यही तुम्हें रूपांतरित कर देता है।

तंत्र कहता है कि यदि तुम अपने स्वप्न को, अपनी कल्पना को, अपने मन को बदल सको तो उसके पीछे छिपा सत्य भी बदल जाएगा। मन क्योंकि सत्य से गहरा जुड़ा हुआ है।

इसलिए तुम उससे शुरू कर सकते हो। ये विधियां उस ढंग और शैली को बदलने के लिए हैं जिसमें तुम्हारा मन अब तक कार्य करता रहा है।

पहली विधिः

*अपने शरीर, अस्थियों, मांस और रक्त को ब्रह्मांडीय सार से भरा हुआ अनुभव करो।*

सरल प्रयोगों से शुरू करके देखो। सात दिन के लिए एक सरल सा प्रयोग करो अपने खून, अपनी हड्डियों, अपने मांस, अपने शरीर को उदासी से भरा अनुभव करो। तुम्हारे शरीर का रोआं-रोआं उदास हो जाए, एक काली रात तुम्हारे चारों ओर छा जाए, बोझिल और विषादयुक्त हो जाओ, जैसे कि प्रकाश की एक किरण भी दिखाई न पड़ती हो, कोई आशा न बचे, घनी उदासी हो, जैसे कि तुम मरने वाले हो। तुममें जीवन नहीं धड़क रहा, तुम बस मरने की प्रतीक्षा कर रहे हो, जैसे कि मृत्यु आ ही गई है या धीरे-धीरे आ रही है।

सात दिन तक भाव करते रहो कि मृत्यु पूरे शरीर में हड्डी-मांस-मज्जा तक प्रवेश कर गई है। बिना इस भाव को तोड़े, इसी तरह सोचते चले जाओ। फिर सात दिन के बाद देखो कि तुम कैसा अनुभव करते हो।

तुम केवल एक मृत बोझ रह जाओगे। सब संवेदनाएं समाप्त हो जाएंगी, शरीर में कोई जीवन अनुभव नहीं होगा। और तुमने किया क्या है? तुमने खाना भी खाया और तुमने वह सब भी किया जो तुम हमेशा से करते रहे हो, एकमात्र अंतर वह कल्पना ही थी—तुम्हारे चारों ओर कल्पना की एक नई शैली खड़ी हो गई।

यदि तुम इसमें सफल हो जाओ...और तुम सफल हो जाओगे। असल में तुम इसमें सफल हो ही चुके हो, तुम ऐसा कर ही रहे हो, अनजाने ही तुम इसे करने में निष्णात हो। इसीलिए मैं कहता हूं कि निराशा से शुरू करो। यदि मैं कहूं कि आनंद से भर जाओ तो वह बहुत कठिन हो जाएगा। तुम ऐसा सोच भी नहीं सकते। लेकिन यदि निराशा के साथ तुम यह प्रयोग करते हो तो तुम्हें पता लगने लगेगा कि इस तरह यदि निराशा आ सकती है तो सुख क्यों नहीं आ सकता? यदि तुम अपने चारों ओर एक निराशापूर्ण मंडल तैयार करके एक मृत वस्तु बन सकते हो तो तुम एक जीवंत मंडल तैयार करके जीवंत और नृत्यपूर्ण क्यों नहीं हो सकते।

दूसरे, तुम्हें इस बात का पता चलेगा कि जो दुख तुम भोग रहे थे वह वास्तविक नहीं था। तुमने उसे पैदा किया था, रचा था; अनजाने में तुम उसे पैदा कर रहे थे। इस पर विश्वास करना बड़ा कठिन लगता है कि तुम्हारा दुख तुम्हारी ही कल्पना है, क्योंकि उससे सारा उत्तरदायित्व तुम पर ही आ जाता है, तब दूसरा कोई उत्तरदायी नहीं रह जाता। और तुम कोई उत्तरदायित्व किसी परमात्मा पर, भाग्य पर, लोगों पर, समाज पर, पत्नी पर या पति पर नहीं फेंक सकते; किसी अन्य पर उत्तरदायित्व नहीं लाद सकते। तुम ही निर्माता हो, जो कुछ भी तुम्हारे साथ हो रहा है वह तुम्हारा ही निर्माण है।

तो सात दिन के लिए सजगता से इसका प्रयोग करो। और मैं कहता हूं, उसके बाद तुम कभी भी दुखी नहीं होओगे, क्योंकि तुम्हें तरकीब का पता लग जाएगा।

फिर सात दिन के लिए आनंद की धारा में होने का प्रयास करो, उसमें बहो, अनुभव करो कि हर श्वास तुम्हें आनंद-विभोर कर रही है। सात दिन के लिए दुख से शुरू करो और

फिर सात दिन के लिए उसके विपरीत चले जाओ। और जब तुम बिलकुल विपरीत ध्रुव पर प्रयोग करोगे तो तुम उसे बेहतर अनुभव करोगे, क्योंकि उसमें स्पष्ट अंतर नजर आएगा। उसके बाद ही तुम यह प्रयोग कर सकते हो, क्योंकि यह सुख से भी गहन है। दुख परिधि है, सुख मध्य में है और यह अंतिम तत्व है, अंतरतम बिंदु है—ब्रह्मांडीय सार।

'अपने शरीर, अस्थियों, मांस और रक्त को ब्रह्मांडीय सार से भरा हुआ अनुभव करो।'

शाश्वत जीवन, दिव्य ऊर्जा, ब्रह्मांडीय सार से भरा हुआ अनुभव करो। लेकिन इसे सीधे ही मत शुरू करो, नहीं तो तुम इतने गहरे स्पर्श न कर पाओगे। दुख से शुरू करो, फिर सुख पर आओ, उसके बाद ही जीवन के स्रोत, ब्रह्मांडीय सार, पर जाओ। और स्वयं को उससे भरा हुआ अनुभव करो।

शुरू में तो बार-बार तुम्हें लगेगा कि तुम केवल कल्पना कर रहे हो, लेकिन रुको नहीं। कल्पना करना भी अच्छा है। यदि तुम किसी मूल्यवान बात की कल्पना भी कर सको तो अच्छा है। तुम कल्पना कर रहे हो और कल्पना करने से ही तुम बदलने लगते हो। तुम ही तो कल्पना कर रहे हो! कल्पना करते रहो; और धीरे-धीरे तुम भूल जाओगे कि तुम इसकी कल्पना कर रहे हो, यह एक वास्तविकता बन जाएगी।

बौद्ध ग्रंथ लंकावतार सूत्र महानतम ग्रंथों में एक है। बार-बार बुद्ध अपने शिष्य महामती से कहते हैं, वे कहे चले जाते हैं: 'महामती, यह केवल मन है। नर्क भी मन है और स्वर्ग भी मन है। संसार मन है, बुद्धत्व मन है।' महामती बार-बार पूछता है, 'मन है? केवल मन है? यहां तक कि निर्वाण, जागरण, केवल मन?' और बुद्ध कहते हैं, 'केवल मन, महामती।'

और जब तुम समझते हो कि सब कुछ मन ही है, तुम मुक्त हो जाते हो। तब कोई बंधन नहीं, तब कोई कामना नहीं। लंकावतार सूत्र में बुद्ध कहते हैं कि पूरा संसार गंधर्व-नगरी है, जादू-नगरी है, जैसे किसी जादूगर ने एक संसार रचा हो। हर चीज ऐसे भासती है कि है, लेकिन वह विचार के कारण ही है।

लेकिन बाह्य सत्य से प्रारंभ मत करो, वह बहुत दूर है। वह भी मन है, लेकिन बहुत दूर है। बहुत पास से, अपनी ही भावदशा से शुरू करो। और यदि तुम देख लो, जान लो कि वे तुम्हारा ही निर्माण हैं तो तुम उनके मालिक हो गए।

जब भी तुम दुख की भाषा में सोचने लगते हो, तुम दुखी हो जाते हो और अपने चारों ओर के दुख के प्रति ग्रहणशील हो जाते हो। फिर हर कोई तुम्हें दुखी होने में सहयोग देने लगता है। हर कोई सहयोग देता है, पूरा संसार तुम्हें सहयोग देने को तैयार रहता है, तुम चाहे जो भी करो। जब तुम दुखी होना चाहते हो तो पूरा संसार दुखी होने में तुम्हारी मदद करता है, सहयोग करता है। तुम सब ओर से दुख ग्रहण करने लगते हो। असल में तुम ऐसी भाव देशा में पहुंच जाते हो जहां केवल दुख ही ग्रहण किया जा सकता है।

तो यदि कोई तुम्हें प्रसन्न करने के लिए भी आता है, वह तुम्हें और दुखी कर जाएगा। वह तुम्हें मित्रवत नहीं दिखाई पड़ेगा, समझदार नहीं लगेगा, तुम्हें लगेगा कि वह तुम्हारा अपमान कर रहा है क्योंकि तुम दुखी हो और वह तुम्हें प्रसन्न करने की कोशिश कर रहा है। वह सोच रहा है कि तुम्हारा दुख व्यर्थ है। वह तुम्हें गंभीरता से नहीं ले रहा है।

और जब तुम सुखी होने को तैयार होते हो तो तुम एक अलग भाव-दशा में पहुंच जाते हो। अब तुम सारे सुख के प्रति खुल जाते हो जो संसार दे सकता है, हर ओर फूल खिलने लगते हैं, हर ध्वनि, हर कोलाहल संगीतमय हो जाता है—और हुआ कुछ भी नहीं है। पूरा संसार वही है, पर तुम बदल गए। तुम्हारा देखने का ढंग, तुम्हारा दृष्टिकोण, तुम्हारा नजरिया अलग हो गया; उस दृष्टिकोण से एक अलग ही संसार तुम्हारे सामने प्रकट होता है।

लेकिन दुख से शुरू करो, क्योंकि उसमें तुम निष्णात हो। मैं एक प्राचीन हसीद संत का एक वाक्य पढ़ रहा था, मुझे वह बहुत अच्छा लगा। वह कहता है कि ऐसे लोग होते हैं, जिनका पूरा जीवन भी अगर फूलों की सेज हो जाए तो वे तब तक खुश नहीं होंगे जब तक कि उन्हें फूलों से कोई पीड़ा न होने लगे। गुलाब उन्हें खुश नहीं कर सकते जब तक उन्हें उनसे एलर्जी न हो जाए। अगर उनसे कोई पीड़ा होने लगे केवल तभी वे जीवित अनुभव करेंगे। वे केवल दुख, पीड़ा और रोग ही ग्रहण कर सकते हैं, कुछ और नहीं। वे दुख ही खोजते रहते हैं। वे कोई गलती, कोई दुख, कोई विषाद या अंधकार ही खोजने में लगे रहते हैं। वे मृत्यु-उन्मुख होते हैं।

मैं सैकड़ों-सैकड़ों लोगों से बहुत गहराई से, बहुत आत्मीयता से, बहुत निकट से मिला हूं। जब वे अपने दुख के बारे में बताने लगते हैं तो मुझे गंभीर होना पड़ता है, नहीं तो उन्हें लगेगा कि मैं सहानुभूतिपूर्ण नहीं हूं, यह उन्हें अच्छा नहीं लगेगा। फिर वे लौटकर मेरे पास न आएंगे। मुझे उनके दुख के साथ दुखी और उनकी गंभीरता के साथ गंभीर होना पड़ता है, ताकि वे उससे बाहर निकल सकें। और यह सब उनका ही निर्माण है, उसे निर्मित करने के लिए वे हर संभव प्रयास कर रहे हैं। और जब मैं उन्हें दुख से बाहर निकालने की कोशिश करता हूं तो वे हर तरह की बाधा खड़ी करते हैं। निश्चित ही, वे नहीं जानते कि बाधा खड़ी कर रहे हैं, जान-बूझकर तो कोई भी ऐसा नहीं करेगा।

इसे ही उपनिषद अज्ञान कहते हैं। अनजाने ही तुम अपने जीवन को अस्तव्यस्त किए। जाते हो, समस्याएं और संताप खड़े करते जाते हो, चाहे कुछ भी हो जाए उससे तुममें कोई अंतर नहीं पड़ता, क्योंकि तुम्हारा एक ढर्रा बन गया है। मेरे पास लोग आते हैं, कहते हैं, 'हम अकेले हैं।' इसलिए वे दुखी हैं। अगले ही क्षण कोई और आता है और कहता है कि उसे ऐसी जगह नहीं मिल रही जहां वह अकेले हो सके, इसलिए वह दुखी है। फिर कुछ ऐसे लोग हैं जो इस बात से दुखी हैं कि उनके सिर पर काम का बहुत बोझ है। और कुछ लोग हैं जो इस बात से दुखी हैं कि उनके पास करने को कुछ नहीं है। कोई विवाह करके दुखी है तो कोई विवाह न होने से दुखी है। ऐसा लगता है कि मनुष्य के लिए सुखी होना असंभव ही है।

इसीलिए मैं कहता हूं कि तुम दुखी होने के उपाय खोजने में निष्णात हो। और हमेशा तुम सफल होते हो। तो दुख से शुरू करो और सात दिन के लिए पहली बार पूरी सजगता से दुखी हो जाओ। यह प्रयोग तुम्हें पूर्णतया रूपांतरित कर देगा। एक बार तुम जान जाओ कि होशपूर्वक तुम दुखी हो सकते हो तो जब भी तुम दुखी होओगे तभी तुम जाग जाओगे। फिर तुम्हें पता होगा कि तुम क्या कर रहे हो। यह तुम्हारा ही कृत्य है। और यदि तुम अपनी मर्जी से दुखी हो सकते हो तो सुखी क्यों नहीं हो सकते ? उसमें कोई अंतर नहीं है, विधि तो वही है। फिर तुम इस विधि का प्रयोग करो।

'अपने शरीर, अस्थियों, मांस और रक्त को ब्रह्मांडीय सार से भरा हुआ अनुभव करो।'

ऐसे अनुभव करो जैसे कि परमात्मा तुम में बह रहा होः तुम नहीं हो, बल्कि ब्रह्मांडीय तत्व तुममें भरा है, परमात्मा तुममें विराजमान है। जब तुम्हें भूख लगती है तो उसे भूख लगती है—फिर शरीर को भोजन देना पूजा बन जाता है। जब तुम्हें प्यास लगती है तो तुममें विराजमान ब्रह्मांडीय तत्व को प्यास लगती है। जब तुम्हें नींद आती है तो उसे नींद आती है, वह सोना, आराम करना चाहता है। जब तुम युवा हो तो तुममें वही युवा है। जब तुम प्रेम में पड़ते हो तो वही प्रेम में पड़ता है।

उससे भरो और पूरी तरह उससे भर जाओ। कोई भेद न करो। अच्छा या बुरा, जो भी हो रहा है वह उसे ही हो रहा है। तुम तो बस एक ओर हट जाओ, अब तुम नहीं हो, वही है। तो अच्छा या बुरा, स्वर्ग या नर्क, जो भी होता है उसको ही होता है। सारा उत्तरदायित्व उस पर आ गया, तुम तो रहे ही नहीं। यह तुम्हारा न होना, धर्म की परम अनुभूति है।

यह विधि तुम्हें पहुंचा सकती है, लेकिन तुम्हें उससे बिलकुल भर जाना होगा। और तुम्हें तो किसी प्रकार भरने का पता ही नहीं है, तुम्हें लगता ही नहीं कि तुम्हारे शरीर में खुले हुए श्वास छिद्र हैं और महान जीवन-ऊर्जा तुम्हारे शरीर में बह रही है। तुम्हें तो लगता है कि तुम ठोस हो, बंद हो।

जीवन केवल तभी घटित हो सकता है जब तुम बंद नहीं हो, बल्कि खुले और संवेदनशील हो। जीवन-ऊर्जा तुमसे बहती है, और जो भी होता है वह जीवन-ऊर्जा के साथ ही होता है, तुम्हारे साथ नहीं—तुम तो बस एक अंश हो। और जो भी सीमाएं तुमने अपने चारों ओर बना ली हैं वे वास्तविक नहीं हैं, झूठी हैं।

तुम अकेले जीवित नहीं रह सकते। यदि तुम पृथ्वी पर अकेले हो जाओ तो क्या तुम जी सकोगे? तुम अकेले नहीं जी सकते। तुम तारों के बिना नहीं जी सकते। एडिंगटन ने कहीं कहा है कि पूरा अस्तित्व मकड़ी के जाले की तरह है। मकड़ी के जाले को तुम कहीं से भी छुओ तो सारा जाला हिलता है। अस्तित्व को तुम कहीं से भी छुओ, पूरा अस्तित्व तरंगायत होता है। पूरा अस्तित्व एक है। अगर तुमने एक फूल को छुआ तो तुमने सारे ब्रह्मांड को छु लिया। तुमने अपने पड़ोसी की आंखों में झांका तो तुमने ब्रह्मांड में झांक लिया, क्योंकि पूरा अस्तित्व एक है। तुम पूर्ण को छुए बिना अंश को नहीं छू सकते और अंश पूर्ण के बिना नहीं हो सकता।

जब तुम्हें यह अनुभव होने लगेगा तो अहंकार समाप्त हो जाएगा। अहंकार तभी पैदा होता है जब तुम अंश को पूर्ण की तरह लेते हो। जब तुम्हें ठीक-ठीक पता लगना शुरू होता है कि अंश अंश है और पूर्ण पूर्ण है तो अहंकार गिर जाता है। अहंकार केवल एक नासमझी है।

और स्वयं को ब्रह्मांडीय तत्व से भरा हुआ अनुभव करने की यह विधि तो बहुत अदभुत है। सुबह से ही, जब तुम्हें लगे कि जीवन जाग रहा है, नींद समाप्त हो चुकी है, तो यह पहला विचार होना चाहिए कि तुम नहीं परमात्मा जाग रहा है, परमात्मा नींद से वापस आ रहा है।

इसीलिए तो हिंदू जो कि संसार में धर्म के आयाम में सर्वाधिक गहरे उतरने वाली जाति रही है, सुबह अपनी पहली श्वास परमात्मा के नाम के साथ लेते हैं। अब तो यह मात्र एक

औपचारिकता रह गई है और असली बात खो गई है, लेकिन इसका मूल भाव यही था कि सुबह जिस क्षण तुम जागो तो स्वयं को नहीं परमात्मा को स्मरण करो। परमात्मा तुम्हारा पहला स्मरण बन जाए, और रात जब सोने लगो तो तुम्हारा अंतिम स्मरण भी वही हो। परमात्मा का स्मरण बना रहे : वही पहला हो और वही अंतिम। और यदि सच में ही वह सुबह सबसे पहले और रात सबसे अंतिम स्मरण हो तो दिनभर भी वह तुम्हारे साथ होगा।

रात सोते समय तुम्हें उसी से भरे हुए सोना चाहिए। तुम हैरान होओगे कि तुम्हारी नींद का गुणधर्म ही बदल गया। आज रात सोते हुए कृपया स्वयं मत सोओ, परमात्मा को ही सोने दो। जब बिस्तर बिछाओ तो परमात्मा के लिए ही बिछाओ, अतिथि आ रहा है। और जब बिस्तर में लेटो तो तुम मत लेटो, उसी को लेटने दो—अपना अतिथि की तरह सत्कार करो। और नींद आते-आते यही अनुभव करते रहो कि परमात्मा ही है, हर श्वास उससे भरी हुई है, वही हृदय में धड़क रहा है। अब वह पूरे दिन काम करके थक गया है और सोना चाहता है।

और सुबह तुम अनुभव करोगे कि रात तुम अलग ही ढंग से सोए हो। नींद का पूरा गुणधर्म ही ब्रह्मांडीय हो जाएगा, क्योंकि उससे गहरे तल पर मिलन होगा।

जब तुम स्वयं को दिव्य अनुभव करते हो तो तुम अतल गहराइयों में डूब जाते हो, क्योंकि तब कोई भय नहीं रहता। वरना तो रात जब तुम सो भी रहे होते हो तब भी गहरे जाने से डरते हो। कई लोग अनिद्रा से पीड़ित हैं। इसलिए नहीं कि उन्हें कोई तनाव है, बल्कि इसलिए कि वे सोने से भयभीत हैं, क्योंकि नींद उन्हें गहरी खाई की तरह प्रतीत होती है, जिसकी कोई थाह नहीं दिखती। मैं ऐसे लोगों को जानता हूं जो सोने से डरते हैं।

एक वृद्ध मेरे पास आए और कहने लगे कि वे भय के कारण सो नहीं सकते। मैंने पूछा, 'आप डरते क्यों हैं?'

तो वे बोले, 'मुझे डर है कि कहीं मैं सोते हुए ही मर गया तो मुझे तो पता ही न चलेगा। और मैं नींद में मरना नहीं चाहता। कम से कम मुझे होश तो रहे कि क्या हो रहा है।'

तुम कुछ पकड़े रहते हो जिसके कारण तुम सो नहीं सकते, लेकिन जब तुम्हें लगता है कि अब तो परमात्मा ही है तो तुम स्वीकार कर लेते हो। फिर तो अतल गहराइयां भी दिव्य हैं, फिर तुम अपनी आत्मा के मूल स्रोत में गहरे उतर जाते हो और सारा गुणधर्म बदल जाता है। और जब तुम सुबह उठते हो और तुम्हें लगता है कि नींद जा रही है तो स्मरण रखो कि परमात्मा ही उठ रहा है। तुम्हारा पूरा दिन भी बदल जाएगा।

और पूरी तरह उसी से भरे रहो। जो भी तुम करो, या न करो, परमात्मा को ही करने दो। जो हो बस उसे होने दो। खाओ, सोओ, काम करो, लेकिन सब परमात्मा को ही करने दो। केवल तभी तुम पूरी तरह उससे भर सकते हो, उससे एक हो सकते हो। और एक बार तुम्हें अनुभव हो जाए एक क्षण के लिए भी—मैं कहता हूं एक क्षण के लिए भी—कि ऐसा शिखर का क्षण आ गया कि तुम न बचे, दिव्य ने तुम्हें पूरी तरह से भर दिया, तभी तुम बुद्ध हो जाते हो। उस एक समयातीत क्षण में तुम्हें जीवन के रहस्य का ज्ञान हो जाएगा। फिर न तो कोई भय है, न कोई मृत्यु। अब तुम स्वयं जीवन ही हो गए। फिर यह एक अनंत प्रवाह है, न इसका कोई अंत है, न आदि। तब जीवन परम आनंद हो जाता है।

मोक्ष और स्वर्ग की धारणाएं तो एकदम बचकानी हैं, क्योंकि वे कोई भौगोलिक स्थान

नहीं हैं। वे तो उस अवस्था के लिए प्रतीक हैं जब व्यक्ति ब्रह्मांड में डूब जाता है अथवा ब्रह्मांड को स्वयं में डूब जाने देता है; जब दो एक हो जाते हैं, जब मन और पदार्थ दोनों ही अभिव्यक्तियां तीसरे पर, मूल स्रोत पर लौट आती हैं। सारी खोज ही उसके लिए है। यही एकमात्र खोज है, और जब तक तुम इसको न पा लो, तृप्त नहीं होओगे। इसका कोई विकल्प नहीं हो सकता। चाहे जन्मों-जन्मों तक तुम भटकते रहो, पर जब तक यह न पा लो, तुम्हारी खोज पूरी नहीं होगी। तुम विश्राम नहीं कर सकते।

यह विधि बहुत सहयोगी हो सकती है। और इसमें कोई खतरा नहीं है, इसको तुम बिना किसी गुरु के कर सकते हो। इसे स्मरण रखोः वे सब विधियां जो शरीर से शुरू होती हैं, बिना गुरु के खतरनाक हो सकती हैं। क्योंकि शरीर बहुत-बहुत जटिल संरचना है। शरीर एक जटिल यंत्र है और इसके साथ कुछ भी शुरू करना खतरनाक हो सकता है, जब तक कि कोई ऐसा व्यक्ति न हो जो कि जानता हो कि क्या हो रहा है। हो सकता है तुम यंत्र को खराब कर दो और उसे ठीक करना कठिन हो जाए।

वे सब विधियां जो सीधे मन से शुरू होती हैं, कल्पना पर आधारित होती हैं और खतरनाक नहीं होतीं, क्योंकि उनमें शरीर का बिलकुल भी सहयोग नहीं होता। वे बिना किसी सदगुरु के भी की जा सकती हैं। निश्चित ही, यह थोड़ा कठिन होगा, क्योंकि तुममें आत्मविश्वास नहीं है। सदगुरु कुछ करता नहीं, लेकिन एक उत्प्रेरक माध्यम, कैटालिस्ट बन जाता है। वह कुछ भी नहीं करता—और सच में तो कुछ किया भी नहीं जा सकता—लेकिन मात्र उसकी उपस्थिति से ही तुम्हारा आत्मविश्वास और श्रद्धा जग जाती है। और इससे मदद मिलती है। केवल इस भाव से ही कि गुरु साथ है, तुममें भरोसा आ जाता है। क्योंकि वह साथ है तो तुम अज्ञात में प्रवेश कर सकते हो।

लेकिन शारीरिक विधियों में गुरु नितांत आवश्यक है, क्योंकि शरीर एक यंत्र है और उसके साथ तुम ऐसा कुछ कर ले सकते हो जिसे अनकिया नहीं किया जा सकता। तुम स्वयं को नुकसान पहुंचा सकते हो।

मेरे पास एक युवक आया, वह शीर्षासन कर रहा था, घंटों अपने सिर पर खड़ा रहता था। शुरू-शुरू में तो सब बिलकुल ठीक था और सारे दिन वह विश्रांति और शीतलता अनुभव करता था। लेकिन फिर मुसीबत होने लगी, क्योंकि जब शीतलता समाप्त होती तो सारे शरीर में गर्मी लगने लगती, जो उसे बेचैन कर देती। वह करीब-करीब पागल सा हो गया। और फिर उसने सोचा कि शीर्षासन से शुरू-शुरू में उसे इतनी शीतलता, इतनी शांति, इतना आराम मिला था तो वह और शीर्षासन करने लगा। उसने सोचा कि और शीर्षासन से उसे मदद मिलेगी, जब कि शीर्षासन ही बीमारी की जड़ थी।

मस्तिष्क के यंत्र में केवल एक निश्चित मात्रा में ही रक्त-संचार की जरूरत होती है। यदि रक्त-संचार कम हो तो तुम्हें कठिनाई होगी, यदि रक्त-संचार अधिक हो तो कठिनाई होगी। और हर एक व्यक्ति के लिए यह मात्रा अलग होती है। यह व्यक्ति-व्यक्ति पर निर्भर करता है। इसीलिए तो तुम तकिए के बिना नहीं सो सकते। यदि तुम तकिए के बिना सोने की कोशिश करो तो या तो सो ही नहीं पाओगे या कम सो पाओगे, क्योंकि सिर की ओर अधिक रक्त दौड़ेगा। तकिए तुम्हें मदद देते हैं। तुम्हारा सिर ऊंचा हो जाता है, इसलिए कम रक्त सिर

की ओर दौड़ता है, इससे नींद आ जाती है। यदि अधिक रक्त दौड़ता है तो मस्तिष्क जागा रहता है, विश्राम नहीं कर पाता।

यदि तुम बहुत अधिक शीर्षासन करो तो हो सकता है कि तुम्हारी नींद पूरी तरह उड़ जाए, हो सकता है कि तुम बिलकुल भी सो न पाओ। फिर और भी खतरे हैं। अभी खोजों से पता लगा है कि अधिक से अधिक सात दिन तक तुम बिना सोए रह सकते हो। सात दिन के बाद तुम पागल हो जाओगे, क्योंकि मस्तिष्क की बहुत सूक्ष्म कोशिकाएं हैं, जो कि टूट जाएंगी, फिर आसानी से वे जुड़ नहीं सकतीं। जब तुम शीर्षासन में सिर के बल खड़े होते हो तो सारा का सारा रक्त सिर की ओर दौड़ने लगता है। मैंने ऐसा एक भी शीर्षासन करने वाला नहीं देखा जो किसी भी तरह से प्रतिभाशाली हो। यदि कोई व्यक्ति बहुत शीर्षासन करता है तो वह जड़बुद्धि हो जाएगा, क्योंकि मस्तिष्क की सूक्ष्म कोशिकाएं नष्ट हो जाएंगी। अत्यधिक रक्त-संचार के कारण वे कोमल कोशिकाएं नहीं बच सकतीं।

तो यह सब एक गुरु ही निर्धारित कर सकता है, जो जानता है कि कौन सी विधि कितना समय तुम्हारे लिए सहयोगी होगी, कुछ सेकेंड या कुछ मिनट। और यह तो केवल एक उदाहरण है। सारी शारीरिक मुद्राएं, आसन, विधियां, गुरु की देख-रेख में ही करनी चाहिए। कभी भी उन्हें अकेले नहीं करना चाहिए, क्योंकि तुम अपने शरीर को नहीं जानते। तुम्हारा शरीर इतनी बड़ी घटना है कि तुम उसकी कल्पना भी नहीं कर सकते। तुम्हारे छोटे से मस्तिष्क में सात करोड़ तंतु हैं। वे सब तंतु आपस में एक-दूसरे से संबंधित हैं, जुड़े हुए हैं। वैज्ञानिक कहते हैं कि उनका आपसी संबंध इस ब्रह्मांड जितना ही जटिल है।

प्राचीन हिंदू ऋषियों ने कहा है कि पूरा ब्रह्मांड लघु रूप से मस्तिष्क में विराजमान है। जगत की सारी जटिलता लघु रूप से मस्तिष्क में है। यदि इन सारे तंतुओं का संबंध तुम्हें समझ आ जाए तो पूरे जगत की जटिलता समझ में आ जाए। न तो तुम्हें किन्हीं तंतुओं का पता है, न ही उनके किसी आपसी संबंधों का। और अच्छा है कि तुम्हें पता नहीं है, नहीं तो इतने महत कार्य को चलते देख तुम तो पागल ही हो जाओ। यह सब केवल बिना पता लगे ही हो सकता है।

रक्त दौड़ता रहता है, लेकिन तुम्हें पता नहीं लगता। केवल तीन शताब्दी पहले ही यह पता चल पाया कि शरीर में रक्त दौड़ता है। इससे पहले ऐसा माना जाता था कि रक्त दौड़ता नहीं, भरा हुआ है। रक्त-संचार तो बहुत नई धारणा है। और लाखों वर्षों से मनुष्य है, लेकिन किसी को नहीं लगा कि रक्त दौड़ता है। तुम इसे महसूस नहीं कर सकते। भीतर बहुत गति से बहुत सा काम चल रहा है। तुम्हारा शरीर एक बहुत बड़ी और बहुत नाजुक फैक्ट्री है। शरीर हर समय स्वयं को ताजा और नया करने में लगा है। यदि तुम कोई उपद्रव न खड़ा करो तो सत्तर वर्ष तक यह आराम से चलेगा। अभी तक हम कोई ऐसा यंत्र नहीं बना पाए हैं जो सत्तर वर्ष तक अपनी देख-भाल कर सके।

तो जब भी तुम अपने शरीर पर कोई कार्य शुरू करो तो इस बात का स्मरण रखो कि ऐसे गुरु के पास होना जरूरी है जो जानता हो कि वह तुम्हें क्या करवा रहा है। वरना कुछ मत करो। लेकिन कल्पना में तो कोई कठिनाई नहीं है। यह बड़ी सरल बात है। इसे तुम शुरू कर सकते हो।

दूसरी विधिः

*अनुभव करो कि सृजन के शुद्ध गुण तुम्हारे स्तनों में प्रवेश करके सूक्ष्म रूप धारण कर रहे हैं।*

इससे पहले कि मैं इस विधि में प्रवेश करूं, कुछ महत्वपूर्ण बातें।

शिव पार्वती से, देवी से, अपनी संगिनी से बात कर रहे हैं, इसलिए यह विधि विशेषतः स्त्रियों के लिए है। कछ बातें समझने जैसी हैं। एकः परुष देह और स्त्री देह एक जैसी हैं, लेकिन फिर भी उनमें कई भेद हैं। और उनका भेद एक-दूसरे का परिपूरक है। पुरुष देह में जो नकारात्मक है, स्त्री देह में वही सकारात्मक होगा; और स्त्री देह में जो सकारात्मक है, वह पुरुष देह में नकारात्मक होगा।

यही कारण है कि जब वे दोनों गहन संभोग में मिलते हैं तो एक इकाई बन जाते हैं। ऋणात्मक धनात्मक से मिलता है, धनात्मक ऋणात्मक से मिलता है, और दोनों एक हो जाते हैं, एक विद्युत वर्तुल बन जाते हैं। इसीलिए तो यौन में इतना आकर्षण है। यह आकर्षण इसलिए नहीं है कि मनुष्य पापी है, कि आधुनिक मनुष्य बहुत स्वच्छंद हो गया है, कि अश्लील फिल्में और साहित्य इसका कारण हैं। इसका कारण बहुत गहरा है, जागतिक है।

यह आकर्षण इसलिए है क्योंकि पुरुष और स्त्री दोनों ही अधूरे हैं, और जो भी अधूरा है उसके पार जाना, पूर्ण होना अस्तित्व की स्वाभाविक प्रवृत्ति है। पूर्णता की ओर गति करने की प्रवृत्ति परम नियमों में से एक है। जहां भी तुम्हें लगता है कि कुछ कमी है, तुम उसे भरना चाहते हो, पूरा करना चाहते हो। प्रकृति किसी भी तरह के अधूरेपन को नहीं पसंद करती। पुरुष भी अधूरा है, स्त्री भी अधूरी है। और वे पूर्णता का केवल एक ही क्षण पा सकते हैं जब उनका विद्युत वर्तुल एक हो जाए, जब दोनों विलीन हो जाएं।

इसीलिए तो सभी भाषाओं में प्रेम और प्रार्थना दोनों बड़े महत्वपूर्ण शब्द हैं। प्रेम में तुम किसी व्यक्ति के साथ एक हो जाते हो और प्रार्थना में तुम समष्टि के साथ एक हो जाते हो। जहां तक आंतरिक प्रक्रिया का सवाल है, प्रेम और प्रार्थना समान हैं।

पुरुष और स्त्री देह समान हैं, लेकिन उनके ऋणात्मक और धनात्मक ध्रुव भिन्न हैं। जब बच्चा मां के गर्भ में होता है तो मैं सोचता हूं, कम से कम छः सप्ताह के लिए वह मध्य स्थिति में रहता है—न तो वह पुरुष होता है, न स्त्री होता है। उसका एक ओर झुकाव जरूर होता है, लेकिन फिर भी शरीर अभी मध्य में ही होता है। फिर छः सप्ताह बाद शरीर या तो स्त्री का हो जाता है या पुरुष का। यदि शरीर स्त्री का है तो काम-ऊर्जा का ध्रुव स्तनों के निकट होगा, वह उसका धनात्मक ध्रुव होगा, क्योंकि स्त्री की योनि ऋणात्मक ध्रुव है। यदि बच्चा नर है तो काम-केंद्र, शिश्न, उसका धनात्मक ध्रुव होगा और स्तन ऋणात्मक ध्रुव होंगे। पुरुष के शरीर में भी स्तन होते हैं—सारा का सारा यंत्र वही है-लेकिन उसके स्तन ऋणात्मक होते हैं। स्त्री के शरीर में शिश्न का प्रतिरूप क्लिटोरिस होता है, लेकिन वह निष्क्रिय है। पुरुष के स्तनों की भांति ही स्त्री का क्लिटोरिस भी निष्क्रिय है।

शरीर-शास्त्री यह प्रश्न उठाते रहे हैं कि पुरुष के शरीर में स्तन क्यों होते हैं, जब कि उनकी कोई आवश्यकता नहीं दिखाई पड़ती? क्योंकि पुरुष को बच्चे को दूध तो पिलाना नहीं है, फिर उनकी क्या आवश्यकता है? वे ऋणात्मक ध्रुव हैं। इसीलिए तो पुरुष के मन में स्त्री के

स्तनों की ओर इतना आकर्षण है, वे धनात्मक ध्रुव हैं। इतने काव्य, साहित्य, चित्र, मूर्तियां, सब कुछ स्त्री के स्तनों से जुड़े हैं। ऐसा लगता है जैसे पुरुष को स्त्री के पूरे शरीर की अपेक्षा उसके स्तनों में अधिक रस है। और यह कोई नई बात नहीं है। गुफाओं में मिले प्राचीनतम चित्र भी स्तनों के ही हैं, स्तन उनमें महत्वपूर्ण हैं, बाकी का सारा शरीर ऐसा मालूम पड़ता है कि जैसे स्तनों के चारों ओर बनाया गया हो। स्तन आधारभूत हैं।

यह विधि स्त्रियों के लिए है। क्योंकि स्तन उनके धनात्मक ध्रुव हैं, और जहां तक योनि का प्रश्न है वह करीब-करीब संवेदनरहित है। स्तन उनके सबसे संवेदनशील अंग हैं। और स्त्री देह की सारी सृजन क्षमता स्तनों के आस-पास ही है।

यही कारण है कि हिंदू कहते रहे हैं कि जब तक स्त्री मां नहीं बन जाती, वह तृप्त नहीं होती। पुरुष के लिए यह बात सत्य नहीं है, कोई नहीं कहेगा कि पुरुष जब तक पिता न बन जाए तृप्त नहीं होगा। पिता होना तो मात्र एक संयोग है। कोई पिता हो भी सकता है, नहीं भी हो सकता। यह कोई बहुत आधारभूत सवाल नहीं है, एक पुरुष बिना पिता बने रह सकता है। और उसका कुछ नहीं खोएगा। लेकिन बिना मां बने स्त्री कुछ खो देगी, क्योंकि उसकी पूरी सृजनात्मकता, उसकी पूरी प्रक्रिया तभी जगती है जब वह मां बन जाती है। जब उसके स्तन उसके अस्तित्व के केंद्र बन जाते हैं तब वह पूर्ण होती है। और वह स्तनों तक नहीं पहुंच सकती यदि उसे पुकारने वाला कोई बच्चा न हो।

तो पुरुष स्त्रियों से विवाह करते हैं ताकि उन्हें पत्नियां मिल सकें और स्त्रियां पुरुषों से विवाह करती हैं ताकि वे मां बन सकें, इसलिए नहीं कि उन्हें पति मिल सकें। उनका पूरा का पूरा मौलिक रुझान ही एक बच्चा पाने में है जो उनके स्त्रीत्व को पुकारे।

तो वास्तव में सभी पति भयभीत रहते हैं, क्योंकि जैसे ही बच्चा पैदा होता है वे स्त्री के आकर्षण की परिधि पर आ जाते हैं, बच्चा केंद्र हो जाता है। इसलिए पिता हमेशा ईर्ष्या करते हैं, क्योंकि बच्चा बीच में आ जाता है। और स्त्री अब बच्चे के पिता की अपेक्षा बच्चे में अधिक उत्सुक हो जाती है। पुरुष गौण हो जाता है—जीने के लिए उपयोगी, परंतु अनावश्यक। अब मूलभूत आवश्यकता पूर्ण हो गई।

पश्चिम में बच्चों को सीधे स्तन से दूध न पिलाने का फैशन हो गया है। यह बहुत खतरनाक है, क्योंकि इसका अर्थ यह हुआ कि स्त्री कभी अपनी सृजनात्मकता के केंद्र पर नहीं पहुंच सकेगी। जब एक पुरुष किसी स्त्री से प्रेम करता है तो वह उसके स्तनों को प्रेम कर सकता है, लेकिन उन्हें मां नहीं कह सकता। केवल एक छोटा बच्चा ही उन्हें मां कह सकता है। या फिर प्रेम इतना गहन हो कि पति भी बच्चे की तरह हो जाए तो यह संभव हो सकता है। तब स्त्री पूरी तरह भूल जाती है कि वह केवल एक संगिनी है, वह अपने प्रेमी की मां बन जाती है। तब बच्चे की आवश्यकता नहीं रह जाती, तब वह मां बन सकती है और स्तनों के निकट उसके अस्तित्व का केंद्र सक्रिय हो सकता है।

यह विधि कहती है : 'अनुभव करो कि सृजन के शुद्ध गुण तुम्हारे स्तनों में प्रवेश करके सूक्ष्म रूप धारण कर रहे हैं।'

स्त्रैण अस्तित्व की पूरी सृजनात्मकता मातृत्व पर ही आधारित है। इसीलिए तो स्त्रियां अन्य किसी तरह के सृजन में इतनी उत्सुक नहीं होतीं। पुरुष सर्जक हैं, स्त्रियां सर्जक नहीं हैं।

न उसने चित्र बनाए हैं, न महान काव्य रचे हैं, न कोई बड़ा ग्रंथ लिखा है, न कोई बड़े धर्म बनाए हैं, वास्तव में उसने कुछ नहीं किया है। लेकिन पुरुष सृजन किए चला जाता है, वह पागल है। वह आविष्कार कर रहा है, सृजन कर रहा है, भवन निर्माण कर रहा है।

तंत्र कहता है, ऐसा इसलिए है क्योंकि पुरुष नैसर्गिक रूप से सर्जक नहीं है, इसलिए वह अतृप्त और तनाव में रहता है। वह मां बनना चाहता है, वह सर्जक बनना चाहता है। तो वह काव्य का सृजन करता है, वह पुस्तकों का सृजन करता है, वह कई चीजों का सृजन करता है, एक तरह से वह उनकी 'मां' हो जाएगा। लेकिन स्त्री तनाव-रहित होती है। यदि वह मां बन सके तो तृप्त हो जाती है, फिर किसी और चीज में उत्सुक नहीं रहती।

स्त्री कुछ और करने की तभी सोचती है यदि वह मां न बन सके, प्रेम न कर सके, अपनी सृजनात्मकता के शिखर पर न पहुंच पाए। तो वास्तव में असृजनात्मक स्त्रियां बन जाती हैं कवि-चित्रकार, लेकिन वे सदा दूसरे दर्जे की रहेंगी, कभी प्रथम कोटि की नहीं हो पाएंगी। स्त्रियों के लिए काव्य और चित्रों का सृजन उतना ही असंभव है जितना पुरुष के लिए बच्चे का सृजन है। वह मां नहीं बन सकता, यह जैविकीय तल पर असंभव है। और इस कमी को वह अनुभव करता है। इस कमी को पूरा करने के लिए वह कई कार्य करता है। लेकिन कभी भी कोई महान से महान सर्जक भी इतना परितृप्त नहीं हो पाया, या कभी कोई विरला ही इतना परितृप्त हो सकता है, जितना कि एक स्त्री मां बनकर हो जाती है।

एक बुद्ध पुरुष परितृप्त होता है, क्योंकि वह अपना ही सृजन कर लेता है। वह द्विज हो जाता है, वह स्वयं को दूसरा जन्म दे देता है, नया मनुष्य हो जाता है। अब वह अपनी मां भी हो जाता है, पिता भी हो जाता है। वह पूर्णतया परितृप्त अनुभव करता है।

एक स्त्री अधिक सरलता से तृप्ति अनुभव कर सकती है। उसकी सृजनात्मकता स्तनों के आस-पास ही होती है। इसीलिए तो विश्वभर में स्त्रियां अपने स्तनों के बारे में इतनी चिंतित रहती हैं जैसे कि उनका पूरा अस्तित्व ही वहीं केंद्रित हो। वे सदा अपने स्तनों के बारे में इतनी सजग होती हैं; दिखाएं चाहें उघाड़ें, पर उनके विषय में चिंतित रहती हैं। स्तन उनके सबसे गुप्त अंग हैं, उनका खजाना हैं, उनके अस्तित्व के, मातृत्व के, सृजनात्मकता के केंद्र हैं।

शिव कहते हैं: 'अनुभव करो कि सृजन के शुद्ध गुण तुम्हारे स्तनों में प्रवेश करके सूक्ष्म रूप धारण कर रहे हैं।'

स्तनों पर अवधान को एकाग्र करो, उन्हीं के साथ एक हो जाओ, बाकी सारे शरीर को भूल जाओ। अपनी पूरी चेतना को स्तनों पर ले जाओ। और कई घटनाएं तुम्हारे साथ घटेंगी। यदि तुम ऐसा कर सको, यदि पूरी तरह से स्तनों पर अपने अवधान को केंद्रित कर सको, तो सारा शरीर भार-मुक्त हो जाएगा और एक गहन माधुर्य तुम्हें घेर लेगा। माधुर्य की एक गहन अनुभूति तुम्हारे भीतर-बाहर, चारों ओर धड़केगी।

जो भी विधियां विकसित की गई हैं वे करीब-करीब सब पुरुष द्वारा ही विकसित की गई हैं। तो उनमें ऐसे ही केंद्रों का उल्लेख होता है जो पुरुष के लिए सरल होते हैं। जहां तक मैं जानता हूं, केवल शिव ने ही कुछ ऐसी विधियां दी हैं जो मौलिक रूप से स्त्रियों के लिए हैं। कोई पुरुष इस विधि को नहीं कर सकता। वास्तव में यदि कोई पुरुष अपने स्तनों पर अवधान को केंद्रित करने लगे तो उलझन में पड़ जाएगा।

करके देखो। पांच मिनट में ही तुम्हारा पसीना बहने लगेगा और तुम तनाव से भर जाओगे, क्योंकि पुरुष के स्तन ऋणात्मक हैं, वे तुम्हें नकारात्मकता ही देंगे। तुम्हें कुछ गड़बड़, कुछ अटपटापन महसूस होगा, जैसे शरीर में कोई गड़बड़ हो गई हो।

लेकिन स्त्री के स्तन धनात्मक हैं। यदि स्त्रियां स्तनों के पास अवधान केंद्रित करें तो बहुत आनंदित अनुभव करेंगी, एक माधुर्य उनके प्राणों पर छा जाएगा और उनका शरीर गुरुत्वाकर्षण से मुक्त हो जाएगा। उन्हें इतना हलकापन महसूस होगा जैसे कि वे उड़ सकती हों। और इस एकाग्रता से बहुत से परिवर्तन होंगेः तुम अधिक मातृत्व-भाव अनुभव करोगी। चाहे तुम मां न बनो, फिर भी मातृत्वमय बन जाओगी। हर किसी से तुम्हारा संबंध ममतामय हो जाएगा, अधिक करुणा, अधिक प्रेम तुमसे बहेगा।

लेकिन स्तनों पर अवधान की यह एकाग्रता बहुत विश्रांत होकर करनी चाहिए, तनाव से भरकर नहीं। यदि तुम तनाव से भर गईं तो तुम्हारे और स्तनों के बीच एक विभाजन हो जाएगा। तो विश्रांत होकर उन्हीं में घुल जाओ और अनुभव करो कि तुम नहीं केवल स्तन ही बचे हैं।

यदि पुरुष को यही करना हो तो स्तनों के साथ नहीं काम-केंद्र के साथ करना पड़ेगा। इसीलिए हर कुंडलिनी योग में पहले चक्र का महत्व है। पुरुष को अपना अवधान जननेंद्रिय की जड़ पर केंद्रित करना होता है, उसकी सृजनात्मकता, उसकी विधायकता वहां पर है। और इसे सदा स्मरण रखोः कभी भी किसी नकारात्मक चीज पर अवधान को केंद्रित मत करो, क्योंकि सभी नकारात्मक चीजें उसके साथ चली आती हैं। ऐसे ही विधायक के साथ सभी कुछ विधायक चला आता है।

जब स्त्री और पुरुष के दो ध्रुव मिलते हैं तो पुरुष का ऊपर का भाग ऋणात्मक और नीचे का भाग धनात्मक होता है, जब कि स्त्री में नीचे का भाग ऋणात्मक और ऊपर का भाग धनात्मक होता है। ऋणात्मक और धनात्मक के ये दो ध्रुव मिलते हैं तो एक वर्तुल निर्मित हो जाता है। वह वर्तुल बहुत आनंदपूर्ण है, परंतु यह कोई साधारण घटना नहीं है। साधारणतया काम-कृत्य में यह वर्तुल नहीं बनता। इसीलिए तो तुम काम के प्रति जितने आकर्षित होते हो, उतने ही उससे विकर्षित भी होते हो। उसके लिए तुम कितनी कामना करते हो, कितनी तुम्हें उसकी तलाश होती है, पर जब तुम्हें मिलता है तो तुम निराश हो जाते हो, कुछ भी होता नहीं।

यह वर्तुल केवल तभी संभव है जब दोनों शरीर शांत हों और बिना किसी भय या प्रतिरोध के एक-दूसरे के लिए खुले हों। तब मिलन इतना पूर्ण होता है कि विद्युत धाराएं एक-दूसरे में मिलकर एक वर्तुल बन सकती हैं।

फिर एक बड़ी अदभुत घटना घटती है—तंत्र में इसका उल्लेख है, लेकिन तुमने शायद इसके बारे में सुना भी न हो—यह घटना बड़ी अदभुत है। जब दो प्रेमी वास्तव में मिलते हैं और एक वर्तुल बन जाते हैं तो एक बिजली की कौंध जैसी घटना घटती है। एक क्षण के लिए प्रेमी प्रेयसी बन जाता है और प्रेयसी प्रेमी बन जाती है—और अगले ही क्षण प्रेमी फिर प्रेमी बन जाता है और प्रेयसी फिर प्रेयसी बन जाती है। एक क्षण के लिए पुरुष स्त्री हो जाता है और स्त्री पुरुष हो जाती है, क्योंकि ऊर्जा गति कर रही है और एक वर्तुल बन गया है।

तो ऐसा होगा कि कुछ मिनट के लिए पुरुष सक्रिय होगा, और फिर वह विश्राम करेगा

और स्त्री सक्रिय हो जाएगी। इसका अर्थ है कि अब पुरुष ऊर्जा स्त्री के शरीर में चली गई, और जब स्त्री सक्रिय होगी तो पुरुष निष्क्रिय रहेगा। और ऐसा चलता रहेगा। साधारणतया तुम स्त्री और पुरुष हो। गहन प्रेम में, गहन संभोग में कुछ क्षण के लिए पुरुष स्त्री हो जाएगा और स्त्री पुरुष हो जाएगी। और यह अनुभव होगा, निश्चित ही अनुभव होगा कि निष्क्रियता बदल रही है।

जीवन में एक लय है, हर चीज में एक लय है। जब तुम श्वास लेते हो तो श्वास भीतर जाती है, फिर कुछ क्षणों के लिए रुक जाती है, उसमें कोई गति नहीं होती। फिर चलती है, बाहर आती है, और फिर रुक जाती है, एक अंतराल पैदा होता है। गति, रुकाव, गति। जब तुम्हारा हृदय धड़कता है तो एक धड़कन होती है, फिर अंतराल है, फिर धड़कता है, फिर अंतराल है। धड़कन का अर्थ है सक्रियता, अंतराल का अर्थ है निष्क्रियता। धड़कन का अर्थ है पुरुष, अंतराल का अर्थ है स्त्री।

जीवन एक लय है। जब पुरुष और स्त्री मिलते हैं तो एक वर्तुल बन जाता है दोनों के लिए ही अंतराल होंगे। तुम एक स्त्री हो तो अचानक एक अंतराल होगा और तुम स्त्री नहीं रहोगी पुरुष बन जाओगी। तुम स्त्री से पुरुष और पुरुष से स्त्री बनती रहोगी।

जब यह अंतराल तुम्हें महसूस होगा तो तुम्हें पता चलेगा कि तुम एक वर्तुल बन गए हो। शिवलिंग में इसी वर्तुल को दिखाया गया है। यह वर्तुल देवी की योनि और शिव के लिंग से दिखाया गया है। यह एक वर्तुल है। यह दो उच्च तल पर ऊर्जाओं के मिलन की शिखर घटना है।

यह विधि अच्छी रहेगी: 'अनुभव करो कि सृजन के शुद्ध गुण तुम्हारे स्तनों में प्रवेश , करके सूक्ष्म रूप धारण कर रहे हैं।'

विश्रामपूर्ण हो जाओ। स्तनों में प्रवेश करो और अपने स्तनों को ही अपना पूरा अस्तित्व हो जाने दो। पूरे शरीर को स्तनों के होने के लिए मात्र एक परिस्थिति बन जाने दो, तुम्हारा पूरा शरीर गौण हो जाए, स्तन महत्वपूर्ण हो जाएं। और तुम उनमें ही विश्राम करो, प्रवेश करो। तब तुम्हारी सृजनात्मकता जगेगी। स्त्रैण सृजनात्मकता तभी जगती है जब स्तन सक्रिय हो जाते हैं। स्तनों में डूब जाओ, और तुम्हें अनुभव होगा कि तुम्हारी सृजनात्मकता जाग रही है।

सृजनात्मकता के जागने का क्या अर्थ है? तुम्हें बहुत कुछ दिखने लगेगा। बुद्ध और महावीर ने अपने पूर्व जन्मों में कहा था कि जब वे पैदा होंगे तो उनकी माताओं को कुछ विशेष दृश्य, कुछ विशेष स्वप्न दिखाई पड़ेंगे। उन कुछ विशेष स्वप्नों के कारण ही बताया जा सकता था कि बुद्ध पैदा होने वाले हैं। सोलह स्वप्न एक-दूसरे का अनुसरण करते हुए आएंगे।

इस पर मैं प्रयोग करता रहा हूं। यदि कोई स्त्री वास्तव में ही अपने स्तनों में विलीन हो जाती है तो एक विशेष क्रम में कुछ विशेष दृश्य दिखाई देंगे। कुछ चीजें उसे दिखाई पड़ने लगेंगी। अलग-अलग स्त्रियों के लिए अलग-अलग चीजें होंगी, लेकिन कुछ मैं तुम्हें बताता हूं।

एक तो कोई आकृति, मानव आकृति दिखाई पड़ेगी। और यदि स्त्री बच्चे को जन्म देने वाली है तो बच्चे की आकृति नजर आएगी। यदि स्तनों में स्त्री पूरी तरह विलीन हो गई है तो

उसे यह भी दिखाई देगा कि किस तरह के बच्चे को वह जन्म देने वाली है। उसकी आकृति नजर आएगी। यदि वह गर्भवती है तो आकृति और भी स्पष्ट होगी। यदि अभी वह मां नहीं बनने वाली है और गर्भवती नहीं है, तो उसके आस-पास कोई अज्ञात सुगंध छाने लगेगी। स्तन ऐसी मधुर सुगंधों के स्रोत बन सकते हैं जो कि इस संसार की नहीं हैं, जो रसायन से नहीं बनाई जा सकतीं। मधुर स्वर, लयबद्ध ध्वनियां सुनाई देंगी। सृजन के सारे आयाम बहुत से नए रूपों में प्रकट हो सकते हैं। महान कवियों और चित्रकारों को जो घटित हुआ है वह उस स्त्री को हो सकता है, यदि वह अपने स्तनों में डूब जाए।

और यह इतना वास्तविक होगा कि उसके पूरे व्यक्तित्व को बदल देगा। वह स्त्री और ही हो जाएगी। और यदि ये अनुभव उसे होते रहते हैं तो धीरे-धीरे वे खो जाएंगे और एक क्षण आएगा जब शून्यता घटित होगी। यह शून्यता ध्यान की परम स्थिति है।

तो इसको स्मरण रखोः यदि तुम स्त्री हो तो अपने शिव-नेत्र पर एकाग्रता मत करो। तुम्हारे लिए स्तनों पर, ठीक दोनों स्तनों के चुचुओं पर अवधान को केंद्रित करना बेहतर रहेगा। और दूसरी बात : एक ही स्तन पर अवधान केंद्रित मत करो, एक साथ दोनों स्तनों पर करो। यदि तुम एक ही स्तन पर अवधान केंद्रित करोगी तो तत्क्षण तुम्हारा शरीर व्यथित हो जाएगा। एक ही स्तन पर एकाग्रता होने पर पक्षाघात भी हो सकता है।

तो दोनों पर एक साथ ही अवधान को केंद्रित करो, उनमें विलीन हो जाओ; और जो हो, उसे होने दो। बस साक्षी बनी रहो और किसी भी लय से मत जुड़ो, क्योंकि हर लय बड़ी सुंदर, स्वर्गतुल्य मालूम होगी। उनसे मत जुड़ो। उनको देखती रहो और साक्षी बनी रहो। एक क्षण आएगा जब वे समाप्त होने लगेंगी और एक शून्यता घटित होती है, कुछ नहीं बचता। बस खुला आकाश रह जाता है और स्तन खो जाते हैं। तब तुम बोधिवृक्ष के नीचे हो।

आज इतना ही।

68

# लक्ष्य की धारणा ही बंधन है।

# प्रश्न-सार

१. क्या कल्पना भी कामना नहीं है?

२. कल आपने कहा कि मन सत्य है, लेकिन फिर सभी गुरु मन को बाधा क्यों कहते हैं?

३. केंद्र के रूपांतरण पर इतना जोर क्यों है?

४. स्त्री और पुरुष के लिए अलग-अलग विधियां क्यों हैं?

**पहला प्रश्नः**

***ऐसा कहा गया है कि कोई भी कामना, चाहे सांसारिक हो अथवा धार्मिक, मुक्ति की ओर नहीं ले जा सकती। लेकिन सुख और आनंद की विधायक कल्पना भी तो एक तरह की कामना ही है। इसलिए क्या यह सत्य नहीं है कि कल्पना भी कामना है अतः तनाव पैदा करती है?***

**कल्पना** कामना नहीं है, मात्र एक खेल है। कामना तो बिलकुल अलग बात है। लेकिन तुम अपनी कल्पना को कामना पर आधारित कर सकते हो, तुम अपनी कामना को कल्पना द्वारा प्रक्षेपित कर सकते हो, तब वह बंधन हो जाएगी। यदि तुम कल्पना के साथ बिना किसी कामना के खेलते हो—न कहीं पहुंचने के लिए, न कुछ पाने के लिए, बस एक खेल की तरह उसे लेते हो—तब तुम्हारी कल्पना न कामना होती है, न बंधन।

कल्पना की ये विधियां केवल तभी सहयोगी हो सकती हैं यदि तुम उनके साथ खेलो। यदि तुम गंभीर हो गए तो सारी बात ही चूक गए।

लेकिन प्रश्न संगत है। क्योंकि वास्तव में, तुम सोच ही नहीं सकते कि बिना कामना के कुछ किया जा सकता है। तुम तो अगर खेलते भी हो तो कहीं पहुंचने के लिए, कुछ पाने के लिए, जीतने के लिए। यदि भविष्य में कुछ भी मिलने वाला न हो तो तुम्हारा सारा रस खो जाएगा। तुम कहोगे, 'फिर खेलें ही क्यों ?'

हम इतने परिणाम-उन्मुख हैं कि हर चीज को साधन बना लेते हैं। इसे स्मरण रखना चाहिए : ध्यान तो परम लीला है, कुछ पाने के लिए, साधन नहीं है, ध्यान बुद्धत्व पाने के लिए साधन नहीं है। ध्यान से बुद्धत्व घटता है, लेकिन ध्यान उसके लिए साधन नहीं है। न ही ध्यान मोक्ष के लिए साधन है। मोक्ष उससे घटता है, लेकिन ध्यान उस के लिए साधन नहीं है। तुम ध्यान का किसी फल की प्राप्ति के लिए उपयोग नहीं कर सकते।

यह बड़ी हैरानी की बात है कि जिन्होंने भी जाना है, वे सदियों से ध्यान के लिए ही ध्यान करने पर जोर देते रहे हैं। उससे कुछ पाने की कामना मत करो, उसका आनंद लो, उससे बाहर कोई लक्ष्य मत बनाओ और बुद्धत्व उसका परिणाम होगा। स्मरण रखो, परिणाम, फल नहीं। ध्यान कोई कारण नहीं है, लेकिन ध्यान में तुम गहरे डूबते हो तो बुद्धत्व घट जाता है। असल में, इस खेल में गहरे डूब जाना ही बुद्धत्व है।

लेकिन मन हर चीज को कार्य बना लेता है। मन कहता है, कुछ करो क्योंकि उससे

यह लाभ होगा। काल्पनिक या वास्तविक, मन को कुछ चाहिए जिससे सहारा मिल सके, जिसे मन प्रक्षेपित कर सके। केवल तभी मन चल सकता है। मन भविष्य के लिए वर्तमान में काम करता है। भविष्य चाहे काल्पनिक ही हो, चाहे कभी आए ही न, लेकिन मन केवल भविष्य की आशा में ही काम कर सकता है। भविष्य के लिए वर्तमान में काम करने को ही कामना कहते हैं। साधन अभी और यहीं है, साध्य बहुत दूर है। साधन और साध्य का यह विभाजन, यह दूरी ही कामना है।

यदि तुम खेल रहे हो तो वह कोई कामना नहीं है, क्योंकि उसमें साधन भी यहीं है और साध्य भी यहीं है। खेलते समय कोई भविष्य नहीं होता; तुम उसमें इतने लीन हो जाते हो कि भविष्य समाप्त हो जाता है।

खेलते हुए बच्चों को देखो। उनके चेहरों को, उनकी आंखों को देखो। इस समय वे शाश्वत में हैं। वे सुखी हैं, क्योंकि वे खेल रहे हैं। सुख कोई बाद में नहीं आएगा, सुख अभी और यहीं है। क्षण-क्षण वे सुखी हैं। इसलिए नहीं कि बाद में कोई महान घटना घटने वाली है, वह घट ही रही है। इस समय वे शाश्वत में हैं।

लेकिन उनके मन अभी विकसित नहीं हैं। हम उन्हें विकसित होने को बाध्य करेंगे, क्योंकि यह खेल संसार में कोई बहुत सहयोग न दे सकेगा। उन्हें कुछ कार्य सीखना पड़ेगा। उन्हें साधन और साध्य को विभाजित करना पड़ेगा। उन्हें इस क्षण और भविष्य के बीच भेद खड़ा करना पड़ेगा। और हम उन्हें भविष्य के लिए वर्तमान की बलि देना सिखा देंगे, यह मार्ग है संसार का, बाजार का, कामना की। कामना सब कुछ को उपयोगिता में बदल देती है।

ध्यान में तुम पुनः एक बच्चे हो जाओगे—खेलते हुए, भविष्य के किसी विचार के बिना, इसी क्षण में आनंदित होते हुए, कृत्य मात्र का आनंद लेते हुए। फिर कल्पना कामना नहीं रहती। तब तुम कल्पना के साथ खेल सकते हो, तब वह सुंदरतम घटनाओं में से एक हो जाती है। और यह खेल, यह पूरी तन्मयता से इस क्षण में होना ही बुद्धत्व है। जिस क्षण यह घटित होता है तुम रूपांतरित हो जाते हो।

तो बुद्धत्व कभी भविष्य में नहीं होता, सदा वर्तमान में होता है; और वह कोई कार्य नहीं है जिसे करना है, वह तो खेल है जिसे खेलना है।

भारतीय धारणा लीला का यही अर्थ है। परमात्मा खेल रहा है; वह किसी कार्य में नहीं लगा है। यह संसार किसी साध्य के लिए साधन नहीं है, यह तो मात्र ऊर्जा का एक खेल है। ऊर्जा स्वयं से खेलने में आनंदित है; स्वयं को विभाजित करती है और फिर लुका-छिपी का खेल खेलती है।

तो स्वभावतः, भारतीय मनीषियों ने कभी नहीं कहा कि परमात्मा स्रष्टा है, वे कहते हैं। परमात्मा लीलाधर है। क्योंकि सृष्टि शब्द में अपनी एक गंभीरता है, जैसे कि कोई साध्य हो और कुछ करना हो। यह व्यर्थ की बात है कि परमात्मा संसार का सृजन कर रहा है। क्योंकि इसका अर्थ तो यह हुआ कि कोई कमी है और उसे पूरा करने के लिए परमात्मा संसार का सृजन कर रहा है! या इसका अर्थ हुआ कि कोई भविष्य है, तो परमात्मा भी कामना में जीता है।

जैन और बौद्ध, हिंदुओं की लीला की धारणा नहीं समझ पाए, इसलिए उन्होंने परमात्मा को मानने से इनकार कर दिया। क्योंकि यदि परमात्मा संसार को बनाता है तो वह

कामना करता है। जैन और बौद्ध कहते हैं कि अगर परमात्मा कामना करता है तो वह संसार का ही हिस्सा हो गया। वह स्वयं भी स्वतंत्र नहीं है, स्वयं भी मुक्त नहीं है।

तो उन्होंने परमात्मा की धारणा से बिलकुल इनकार कर दिया। क्योंकि वे कहते हैं कि परमात्मा का अर्थ है जो कामना के पार हो। वे कहते हैं कि महावीर भगवान हैं, क्योंकि वे कामना के पार हैं। लेकिन ब्रह्मा भगवान नहीं हैं, क्योंकि वह संसार का सृजन करते हैं, संसार की कामना करते हैं।

वे लीला की अवधारणा को नहीं समझ पाए। लीला की धारणा सृजन की धारणा से बिलकुल भिन्न है। परमात्मा बस खेल रहा है। और तुम यह नहीं पूछ सकते कि क्यों ? क्योंकि खेल में किसी क्यों का उत्तर नहीं होता। यदि बच्चे खेल रहे हों तो क्या तुम पूछ सकते हो कि तुम क्यों खेल रहे हो? वे कहेंगे, 'हम खेल रहे हैं तो बस खेल रहे हैं।' खेल स्वयं में ही पर्याप्त है, ऊर्जा गतिमान हो रही है, प्रचुर ऊर्जा अतिरेक में बह रही है।

जितने तुम बड़े होते जाते हो उतना तुम्हारा खेल कम होता जाता है। क्यों? क्योंकि अब तुम्हारी ऊर्जा इतने अतिरेक में नहीं बह रही। अब तुम कंजूस हो गए हो। अब तुम जानते हो कि तुम्हारे पास ऊर्जा की एक निश्चित मात्रा है और उस ऊर्जा को तुम्हें कार्य में, कुछ प्राप्त करने के लिए लगाना है। बच्चों के पास तो ऊर्जा अतिरेक में है। उनके पास इतनी ऊर्जा है कि उन्हें खेलना पड़ता है। खेल तो बस अतिरेक से बहती हुई ऊर्जा की गति है।

फिर बच्चे उसी क्षण में आनंदित हैं। एक बच्चा कूद रहा है, दौड़ रहा है, लेकिन किसी लक्ष्य तक पहुंचने के लिए नहीं। दौड़ना तो स्वयं में ही एक अनुभव है जीवंत ऊर्जा का, जीवंतता का, जीवित होने का, इतने अतिरेक से भर उठने का कि तुम बिना हिसाब-किताब लगाए ऊर्जा को बाहर फेंक सकते हो।

परमात्मा का अर्थ है पूर्ण ऊर्जा, अनंत ऊर्जा। परमात्मा हिसाबी-किताबी नहीं हो सकता। उसके पास इतना है, अनंत रूप से इतना है कि वह केवल खेल ही सकता है। और यह खेल चलता ही रहता है, कोई इसका अंत नहीं आता। अंत कभी आ भी नहीं सकता, क्योंकि ऊर्जा अनंत है। और तुम यह नहीं पूछ सकते कि क्यों ? ऊर्जा गति करती है, उसके लिए कोई क्यों नहीं है।

यदि परमात्मा ने संसार बनाया होता तो तुम पूछ सकते थे, 'क्यों ? तुमने संसार क्यों बनाया?' लेकिन यदि वह बस खेल रहा है, तो तुम नहीं पूछ सकते, 'क्यों?' जब तुम भी खेल में सम्मिलित हो जाते हो तो तुम दिव्य हो जाते हो। यदि तुम कर्ता हो तो तुम मनुष्य हो; और यदि खेल रहे हो तो तुम दिव्य हो। तब तुम खेल में भागीदार हो।

इसीलिए तो कृष्ण को हमने पूर्णावतार कहा है। हमने राम को पूर्णावतार नहीं कहा, उनको हम अंशावतार कहते हैं, वे दिव्य का एक आंशिक अवतरण हैं। लेकिन कृष्ण को हम पूर्णावतार कहते हैं। अंतर यही है कि राम गंभीर हैं। वे अभी भी उपयोगितावादी हैं, साध्य की ओर उन्मुख हैं, कि यह सही है, वह गलत है। सही और गलत केवल कार्य में ही होते हैं, कि यह करना चाहिए और वह नहीं करना चाहिए, कि यह अच्छा है और वह बुरा है। कृष्ण के लिए सब कुछ खेल बन गया है। तो हर चीज गैर-गंभीर है, बस खेल के अपने नियम हैं।

यदि तुम नियमों का पालन करते हो, यह जानते हुए कि यह खेल है और इसके नियमों

का पालन करना है, तो ठीक है। लेकिन यदि तुम नियमों का पालन नहीं करते हो तो उसमें कोई गलती नहीं है, असल में, तब तुम नियम पालन न करने का विपरीत खेल खेल रहे हो। यदि तुम नियमों का पालन करते हो तो आज्ञाकारिता का खेल खेल रहे हो, और यदि तुम नियमों का पालन नहीं करते तो तुम विद्रोह का खेल खेल रहे हो। लेकिन कुछ भी गलत नहीं है। तुम जो खेल खेलना चाहो, तुम्हारी मर्जी है। और यदि तुम गंभीर नहीं होते, तुम जो भी करते हो उसी में आनंदित होते हो, तो तुम बुद्ध हो।

नियम होते ही इसलिए हैं क्योंकि खेल को दूसरों के साथ खेलना है। यदि तुम अकेले ही खेल रहे हो तो नियमों का कोई प्रश्न ही नहीं है; तब तुम अपने नियम जब चाहे बदल सकते हो। लेकिन क्योंकि तुम दूसरों के साथ खेल रहे हो तो नियमों का पालन करना पड़ेगा, ताकि तुम उनके साथ खेल सको। इसके पीछे और कोई कारण नहीं है। नैतिकता एक नियम है, प्रेम एक नियम है, समाज भी एक नियम मात्र है—नियमों पर सहमति हो गई है कि हम एक खेल खेल रहे हैं तो सहमत हो जाते हैं।

यदि तुम इस खेल को नहीं खेलना चाहते तो विद्रोही हो सकते हो, लेकिन इसके बाबत गंभीर मत हो जाओ। फिर विद्रोही होने का खेल खेलो। और अगर कोई तुम्हें मार देता है, तुम्हारी हत्या कर देता है या सूली पर लटका देता है, तो तुम जानते हो कि तुम विद्रोही नेता का खेल खेल रहे थे, इसीलिए तुम्हें मारा जा रहा है। उसमें कुछ भी निंदनीय नहीं है। तुम प्रतिस्थापित नियमों के साथ नहीं थे इसलिए वे नियम तुम्हारे विरुद्ध थे—बिलकुल ठीक। इसमें कुछ भी गलती नहीं है और न तुम्हें कोई शिकायत करनी है।

एक बार तुम्हें पता लग जाए कि कार्य की, उपयोगिता की, कहीं पहुंचने की, किसी लक्ष्य की धारणा ही बंधन है, तो इसका अर्थ यह नहीं है कि तुम बाजार का खेल बंद कर दोगे, तुम खेल जारी रखोगे। लेकिन तुम यह जानोगे कि यह खेल है। इसका अर्थ यह नहीं है कि तुम अपनी पत्नी को तलाक दे दो। तुम विवाह का खेल खेलते रहो। लेकिन भलीभांति जानते हुए कि यह एक खेल है। इसके प्रति गंभीर मत हो जाओ। और यदि तुम तलाक का खेल खेलना चाहो तो खेल सकते हो, लेकिन स्मरण रखो कि उसके प्रति गंभीर नहीं होना है। तलाक या विवाह, ये सब वैकल्पिक खेल हैं; संसारी होना या संन्यासी बन जाना, सब वैकल्पिक खेल हैं। लेकिन इनके प्रति गंभीर मत होओ। प्रफुल्लित रहो, उत्सवपूर्ण रहो। और जो भी तुम चुनो वह खेल खेल सकते हो; फिर जो भी परिणाम आए, उसका स्वागत करो, क्योंकि उसमें कुछ भी गंभीर बात नहीं है।

एक बार यह बात तुम्हारी चेतना में गहरी उतर जाए—और यदि तुम ध्यान से खेलना शुरू कर दो तो यह बात गहरी उतरती जाएगी, यह ठीक शुरुआत होगी, क्योंकि ध्यान में तुम अकेले ही खेलने वाले हो। इसीलिए यह ठीक शुरुआत हो सकती है, एक उचित प्रारंभ। तुम क्योंकि अकेले खेल रहे हो इसलिए तुम समाज को भूल सकते हो, और समाज तुम्हें बाधा डालने न आएगा। ध्यान अकेले का खेल है। तुम अकेले ही खेलते हो।

तो जो भी तुम खेलना चाहते हो खेलो, लेकिन परिणाम को भूल जाओ। यदि परिणाम आ गया तो तुमने ध्यान को भी कार्य बना लिया। ध्यान को तो बस खेलो, उसका आनंद लो, उससे प्रेम करो। ध्यान अपने आप में ही सुंदर है। इसे सुंदर बनाने के लिए किसी और

परिणाम की आवश्यकता नहीं है।

लोग मेरे पास आते हैं और पूछते हैं, 'हमें ध्यान में बहुत आनंद आ रहा है, लेकिन हमें बताइए कि इससे होगा क्या? अंतिम परिणाम क्या होगा ?' मैं उन्हें कहता हूं, 'यही है। अंतिम परिणाम कि तुम आनंदित हो रहे हो। और आनंद लो!' लेकिन वे कहे चले जाते हैं, 'हमें इसके बारे में कुछ तो बताइए। अंतिम परिणाम क्या होगा? हम पहुंचेंगे कहां?'

उन्हें इससे कुछ लेना-देना नहीं है कि वे कहां हैं। उन्हें सदा इसी बात की चिंता है कि वे कहां पहुंचेंगे। मन वर्तमान में नहीं रह सकता इसीलिए भविष्य में जाने के बहाने ढूंढता रहता है। वे बहाने ही कामनाएं हैं।

तो यदि तुम भगवान होना चाहो, बुद्ध होना चाहो, तो तुम्हारा ध्यान कामना ही है ध्यान नहीं। यदि तुम्हारी कोई कामना न हो, तुम बस होने में आनंदित हो, बस जीवित होने का उत्सव मना सको, यदि अपनी आंतरिक ऊर्जा के खेल का आनंद ले सको–चाहे वह कल्पनाओं के साथ हो, दृश्यों के साथ हो, शून्य के साथ हो—और यदि इस आनंद के क्षण में पूरे हो सको, तभी समझना कि ध्यान हुआ। तब कोई कामना नहीं रहती। और कामना के न रहने पर संसार छूट जाता है। कामना-रहित और खेलपूर्ण मन से तुम ध्यान में प्रवेश कर जाते हो।

तुम उसमें हो ही। लेकिन बार-बार तुम्हें यह समझाना पड़ता है, क्योंकि तुम्हारा मन बड़ा अदभुत है। वह किसी भी चीज को कामना में बदल लेता है—किसी भी चीज को—वह कामना-रहितता को भी कामना में बदल लेता है। लोग मेरे पास आते हैं और पूछते हैं, 'कामना-रहित स्थिति को कोई कैसे प्राप्त करता है? कामना-रहितता को कैसे प्राप्त करें ?' अब यह भी एक कामना बन गई। तुम्हारा मन एक अदभुत यंत्र है : कुछ भी उसमें डालो, कामना बनकर बाहर आ जाता है।

तो इसके प्रति सावधान रहो और वर्तमान क्षण का इतना आनंद लो कि भविष्य में गति करने के लिए कोई ऊर्जा शेष न रहे। तब, किसी भी दिन, किसी भी क्षण तुम्हारा सारा अंधकार मिट जाएगा; अचानक सब बोझ विदा हो जाएगा; अचानक तुम मुक्त हो जाओगे। लेकिन खेल पर, वर्तमान में होने पर, अभी और यहीं होने पर अधिक ध्यान होना चाहिए—भविष्य पर कम से कम।

**दूसरा प्रश्नः**

***कल आपने कहा कि मन और स्वप्न दोनों सत्य हैं। फिर क्यों आप जैसे गुरु यह सिखाने के लिए इतना श्रम करते हैं कि मन ही एकमात्र बाधा है, मन ही एकमात्र रुकावट है?***

गुरु और शिष्य केवल मन का खेल हैं। तुम्हारे मन को गुरुओं की जरूरत है इसीलिए गुरु हैं। तुम्हीं उनका निर्माण करते हो। क्योंकि तुम चाहते हो कि तुम्हें कोई सिखाए, इसीलिए शिक्षक हैं। तुम्हारे कारण उनकी जरूरत है।

यह एक खेल है। जब मैं कहता हूं कि विवाह एक खेल है तो यह मत सोचना कि मैं कहूंगा कि गुरु और शिष्य खेल नहीं है। यह भी खेल है। कुछ लोगों को इसमें मजा आता है

इसलिए खेलते हैं। यदि तुम्हें इसमें मजा आता है तो गहरे से इसे खेलो; और यदि मजा नहीं आता तो इसे भूल ही जाओ। लेकिन यह खेल बड़ा सुंदर है। यह विवाह से भी गहरा जाता है।

यह बड़ा सुंदर, बड़ा परिष्कृत खेल है। और जब कोई संस्कृति शिखर पर पहुंचती है, तभी यह खेल विकसित होता है, उससे पहले नहीं। असल में केवल भारत में ही यह खेल विकसित हुआ। गुरु और शिष्य का यह खेल यहीं पैदा हुआ। अब पहली बार पश्चिम इसकी खोज कर रहा है, क्योंकि अब पश्चिम शिखर पर पहुंच रहा है। यह सबसे ऐश्वर्यपूर्ण खेल है। यह कोई साधारण खेल नहीं है, इसलिए केवल वही लोग इसे खेल सकते हैं जिनमें क्षमता है। और यदि तुम जानते हो कि यह एक सुंदर खेल है और तुम इसका मजा लेते हो तो तुम इसे खेल सकते हो।

लेकिन इसके प्रति गंभीर मत होओ। और यदि शिष्य गंभीर हों तो क्षमा भी किए जा सकते हैं, लेकिन जब शिक्षक गंभीर होते हैं तो बहुत अटपटा लगता है। यदि उन्हें इतना भी पता नहीं है कि यह खेल है तो उन्हें क्षमा नहीं किया जा सकता।

सत्य में सब खेल समाप्त हो जाते हैं, लेकिन मन के लिए तो खेलों का अस्तित्व है। मैं यह नहीं कह रहा हूं कि तुम खेलना छोड़ दो, मैं केवल इतना कह रहा हूं कि तुम्हें पता होना चाहिए कि यह एक खेल है, फिर खेलना जारी रखो यदि तुम्हें मजा आता है। यदि तुम्हें मजा नहीं आ रहा हो तो इसे छोड़ दो।

एक बार तुम्हें पता लग जाए कि इस जीवन में सभी संबंध एक न एक तरह के खेल ही हैं तो तुम मुक्त हो जाते हो, क्योंकि केवल गंभीरता के कारण ही तुम बंधन में हो। तुम बंधन में हो, क्योंकि तुम सोचते हो कि सब कुछ बहुत गंभीर है। कुछ भी गंभीर नहीं है। लेकिन इस संपूर्ण जीवन को खेल समझ पाना बहुत कठिन है।

यह इतना कठिन क्यों है? क्योंकि इससे अहंकार को चोट लगती है। यदि सब कुछ खेल ही है तो अहंकार खड़ा नहीं रह सकता। अहंकार को भोजन की जरूरत है। गंभीरता है। उसका भोजन। अहंकार उसी से पोषित होता है। तो जब तुम शिष्य बनते हो और इसे खेलपूर्ण ढंग से लेते हो तो तुम्हारा अहंकार मजबूत नहीं हो सकता, क्योंकि तुम जानते हो कि यह बस खेल ही है।

इतना अहंकारी होने का क्या प्रयोजन है? लोग सोचने लगते हैं कि वे बड़े महान गुरु के शिष्य हैं। गुरु चाहे महान हो या न हो, उससे कोई अंतर नहीं पड़ता, लेकिन शिष्य सोचता है, मैं महानतम गुरु का शिष्य हूं। यही बात विटामिन बन जाती है और अहंकार इससे पोषित होता है, मजबूत होता है।

इसीलिए तो शिष्य गुरुओं के बारे में लड़ते रहते हैं। कोई भी इस बात पर विश्वास नहीं कर सकता कि उसका गुरु नंबर दो है, वह नंबर एक ही होता है। और असली बात यह नहीं है कि तुम्हारा गुरु नंबर एक है या नहीं—यह बात ही नहीं है—असली बात तो यह है कि तुम नंबर एक केवल तभी हो सकते हो जब तुम्हारा गुरु नंबर एक हो। शिष्य का अहंकार गुरु की ऊंचाई पर निर्भर करता है। यदि कोई तुम्हारे गुरु के विरुद्ध कुछ कहता है तो तुम्हें इतनी चोट क्यों लगती है? चोट तुम्हारे अहंकार को लगती है। तुम्हारे गुरु का अर्थ है, साकार रूप में तुम्हारा अहंकार। और यदि तुम्हारे गुरु के विरुद्ध कोई कुछ कहे तो तुम सहन नहीं कर सकते।

उसे सहन करना असंभव है, क्योंकि वह तुम्हारे अहंकार पर सीधी चोट है।

लेकिन शिष्यों को तो क्षमा किया जा सकता है। वे अज्ञानी हैं और वे जो भी करेंगे गलत ही होगा। वह तो ठीक है। लेकिन तथाकथित गुरु भी खेल को बहुत गंभीरता से ले लेते हैं। वे हंस नहीं सकते; इस पूरे खेल पर हंसना उनके लिए असंभव है।

कोई गुरु वास्तव में केवल तभी गुरु हो सकता है यदि वह जानता हो कि यह एक खेल ही है, कि इस पूरे खेल में वह तुम्हें जागने में सहयोग दे रहा है। और एक क्षण आएगा जब तुम भी हंस सकोगे और पीछे मुड़कर देख सकोगे। और तब तुम अहोभाव से भर जाओगे कि तुम्हारे लिए सब कुछ कितना गंभीर था और गुरु के लिए यह कुछ भी नहीं था। वह तो बस खेल को पूरी ईमानदारी से खेल रहा था और हर तरह से प्रयास कर रहा था, जैसे कि वह तुम्हें कहीं लिए जा रहा हो।

इस 'जैसे कि' को स्मरण रखना, क्योंकि तुम्हें कहीं नहीं ले जाना है। तुम्हें यहीं होना है। तो वे सब प्रयास जो लगते हैं कि तुम्हें कहीं लिए जा रहे हैं, केवल विधियां हैं। तुम्हें कहीं नहीं ले जाया जा सकता। तुम अपने घर में ही हो, घर से बाहर तुम कभी गए नहीं। तुम्हारी जड़े यथार्थ में, सत्य में जमी हुई हैं। तो नेतृत्व के, मार्ग-निर्देश के, गुरु होने के ये सब खेल केवल तुम्हें ऐसी परिस्थितियों में लाने के लिए हैं जहां तुम जाग सको। और तब तुम हंसोगे, क्योंकि तुम पाओगे कि जो भी तुम खोज रहे थे वह तुम्हारे पास ही था।

लेकिन तुम गैर-गंभीरता को नहीं समझ सकते। अहंकार वह भाषा ही नहीं जानता। हर धर्म खेल की तरह पैदा होता है और अंततः एक गंभीर चर्च बन जाता है। हर धर्म एक नृत्य, एक गीत, एक उत्सव की तरह जन्म लेता है और अंततः सब कुछ मुर्दा और गंभीर हो जाता है। वास्तव में धर्म गंभीर हो ही नहीं सकता। धर्म को तो आनंदपूर्ण होना चाहिए, आनंद की परम अवस्था होना चाहिए। वह गंभीर कैसे हो सकता है।

ईसाई मानते हैं कि जीसस कभी नहीं हंसे। कृष्ण को देखो—तुम दोनों के बीच कोई समानता नहीं खोज सकते। ऐसा नहीं है कि जीसस ऐसे थे, लेकिन ईसाइयों ने उन्हें गंभीर बना दिया है, क्योंकि गंभीर जीसस के आस-पास ही गंभीर चर्च संभव है। और फिर पोप का यह गंभीर और बोझिल खेल शुरू होता है। जीसस जरूर एक प्रफुल्लित, हंसते, आनंद मनाते, खाते, पीते, नाचते व्यक्ति रहे होंगे। उन्होंने अवश्य ही जीवन से गहरा प्रेम किया होगा।

यही उनका पाप था। यही कारण था कि उन्हें सूली पर लटकाया गया। जिन्होंने उन्हें सूली पर लटकाया वे बड़े गंभीर लोग थे। वे पुराने स्थापित चर्च थे। असल में उन्होंने जीसस को नहीं, उनके उत्सव को सूली पर लटकाया। और यदि उन्हें सूली पर न लटकाया गया होता तो ईसाइयत पैदा नहीं हो सकती थी, क्योंकि वह तो बड़े आनंदित व्यक्ति थे।

जिस क्षण यहूदियों ने उन्हें सूली पर लटकाया, सब कुछ बहुत गंभीर हो गया। मृत्यु प्रमुख हो उठी। और क्रास पर लटकी हुई आकृति निश्चित ही बहुत गंभीर है, मृत है। और इस लाश व क्रास के आस-पास ईसाइयत खड़ी हो गई। और क्रास उनका प्रतीक बन गया। न तो गांव में हंसते हुए जीसस प्रतीक बन पाए, न किसी पार्टी में शराब पीते हुए, न मित्रों के संग भोजन करते हुए, न वेश्या के घर में ठहरे हुए।

नहीं, ये सब प्रतीक न बन सके। क्रास प्रतीक बन गया, और क्रास के साथ गंभीरता,

मृत गंभीरता प्रतीक बन गई। उस क्रास और क्रास पर लटके हुए जीसस के कारण ईसाइयत जीवन के विरोध में हो गई। सब कुछ जो जीवंत है, पाप हो गया।

लेकिन हर धर्म अपने-अपने तरीके से ऐसा ही कर रहा है। जो लोग बहुत होशियार हैं। वे इस तरह से नहीं करते, वे दूसरा उपाय करते हैं। हमने कृष्ण का स्वरूप नहीं बदला—भारत बड़ी परिष्कृत भूमि है, यह ऐसा नहीं कर सकती—लेकिन कृष्ण को हमने कभी अपने हृदय में स्थान नहीं दिया। वे मात्र एक सुंदर पौराणिक कथानक हैं।

गीता भागवत से अधिक महत्वपूर्ण हो गई। हिंदुओं के लिए कृष्ण का जीवन इतना महत्वपूर्ण नहीं है जितना कि युद्ध-भूमि में दिया गया उनका संदेश महत्वपूर्ण है। क्यों? क्योंकि वह गंभीर बात है। युद्ध-भूमि जीवन की अपेक्षा मृत्यु के अधिक निकट है। कृष्ण का जीवन तो बहुत जीवंत है, लेकिन वह कहानी बन गया है और कोई उसकी फिक्र नहीं करता। युद्ध-भूमि में कहे गए उनके थोड़े से शब्द उनके पूरे जीवन से अधिक महत्वपूर्ण हो गए हैं। और ऐसे पंडित हैं जो समझाते हैं कि उनका जीवन तो केवल प्रतीक मात्र है, वास्तविक नहीं। गोपियों के साथ उनका रास रचाना कोई सच्ची घटना नहीं है, गोपियां तो बस इंद्रियों की प्रतीक हैं। वे मांस-मज्जा वाली वास्तविक नारियां नहीं हैं, बस प्रतीक हैं। और ऐसी चालबाजियां करने में पंडित बहुत होशियार हैं। वे कहते हैं, कृष्ण हैं आत्मा और शरीर की इंद्रियां हैं। गोपियां, इंद्रियां आत्मा के चारों ओर नाच रही हैं।

यह एक परिष्कृत देश है। यहां कृष्ण की हत्या की गई, कृष्ण को सूली पर लटकाया गया, परंतु बड़े सुसंस्कृत तरीके से। उनके उत्सव की हत्या कर दी गई, वह प्रतीक मात्र हो गया और निरर्थक हो गया। उनके पूरे वास्तविक जीवन को एक ओर धकेल दिया गया।

वह सचमुच की स्त्रियों के साथ नाचते थे, लेकिन हमारे लिए यह सोच पाना बहुत कठिन है कि कृष्ण स्त्रियों के साथ नाचते थे। हम उन्हें प्रतीक स्त्रियों के साथ नाचने की आज्ञा तो दे सकते हैं परंतु वास्तविक स्त्रियों के साथ नहीं। उससे हम चौंक जाएंगे। जीवन हमें चौंका देता है। हम इतने मुर्दा हो गए हैं कि कोई भी जीवंत चीज हमें चौंका देती है।

हर धर्म उत्सव में पैदा होता है। और जब उत्सव मर जाए तो जानना कि धर्म मर चुका। जब भी कोई नया धर्म पैदा होता है, पुराने धर्म उसके विरुद्ध हो जाएंगे, क्योंकि उसमें उत्सव है। ऐसे ही जैसे जब कोई बच्चा पैदा होता है तो खेलता हुआ, उत्सव मग्न, जीवंत होता है। वह भविष्य में नहीं, अभी और यहीं जीता है। पूरा समाज उसके विरुद्ध होगा; सारा समाज उसको सही रास्ते पर लगाने का प्रयास करेगा। इससे पहले कि वह भटक जाए उसे सही रास्ते पर लाना ही होगा। ऐसा ही हर नए धर्म के साथ होता है।

तो जब मैं ध्यान को एक नृत्य कहता हूं और संन्यास को मैं एक आंतरिक उत्सव और उल्लास कहता हूं तो स्वभावतः पुराने ढंग के संन्यासी कहेंगे कि यह क्या है? आप इसे संन्यास कहते हैं? और एक तरह से वे सही भी हैं, क्योंकि जिस सब को वे संन्यास मानते रहे। हैं, यह संन्यास वह नहीं है। वे लोग मुर्दा मनुष्य में विश्वास करते रहे हैं। जितना अधिक कोई मुर्दा हो, उतना ही वे कहेंगे कि अब हुआ असली त्याग! जीवन के त्याग को वे संन्यास कहते हैं। लेकिन मैं जीवन को समग्रता में जीने को संन्यास कहता हूं।

लेकिन ऐसा हमेशा ही होगा। जब मैं नहीं रहूंगा तो तुम इस सब को गंभीर बना लोगे,

तुम व्याख्याएं करोगे कि असली अर्थ क्या है। लेकिन असली अर्थ तो सदा स्पष्ट होता है। उसके लिए किसी व्याख्या की जरूरत नहीं होती। हर व्याख्या का मतलब होता है, वह अर्थ देना जो उसके मूल में नहीं था।

गुरु-शिष्य, ज्ञानी-अज्ञानी, यह सब एक विराट खेल है, जागतिक खेल है। अज्ञानियों को ज्ञानियों की आवश्यकता है; ने ही ज्ञानी अकेले खेल सकते हैं, उन्हें अज्ञानियों की आवश्यकता है। पर गुरु जानता है कि यह एक खेल है और वह इसके प्रति गंभीर नहीं होता।

**तीसरा प्रश्नः**

***कल रात आपने कहा कि बाह्य और आंतरिक तथा शारीरिक और मानसिक आयामों में परिवर्तन, चेतना में परिवर्तन ला सकता है। इसका अर्थ हुआ कि परिधि पर हुए परिवर्तन भी चेतना पर प्रभाव डालते हैं, जो कि केंद्र है। लेकिन फिर आप बाह्य परिधि की अपेक्षा केंद्र को बदलने पर क्यों जोर देते हैं?***

यही कठिनाई है, तुम शब्दों को पकड़ लेते हो और अर्थ को चूकते चले जाते हो।

परिधि भी तुम्हारी ही है; केंद्र का ही एक अंग है। परिधि केंद्र का ही अंग है, उसका बाह्य भाग है, लेकिन उससे भिन्न नहीं है। केंद्र के बिना क्या तुम परिधि पैदा कर सकते हो ? या तुम परिधि के बिना केंद्र पैदा कर सकते हो? दोनों एक-दूसरे से अलग नहीं हैं, एक ही हैं। परिधि है बाहर की ओर से देखा गया केंद्र। यदि तुम अपनी परिधि को बदलो तो केंद्र पर भी दो कारणों से प्रभाव पड़ेगा: पहला, परिधि केंद्र का ही अंग है; और दूसरा, परिधि को केंद्र के सिवाय कौन बदल सकता है? परिधि को कौन बदलेगा? परिधि को केंद्र ही बदलेगा।

लेकिन केंद्र से कार्य शुरू करने पर अभी भी मेरा जोर है, क्योंकि यदि परिधि को बदलना शुरू करते हो तो केंद्र तक पहुंचने में थोड़ा अधिक समय लगेगा। जो एक क्षण में हो सकता है उसमें कई जन्म लग सकते हैं, क्योंकि तुम्हें परिधि से केंद्र तक की यात्रा करनी होगी, सतह से गहराई की ओर जाना पड़ेगा। यदि तुम केंद्र से कार्य शुरू करते हो तो परिधि स्वतः ही बदल जाती है। जब केंद्र रूपांतरित होगा तो परिधि उसका अनुसरण करेगी, क्योंकि परिधि तुमसे अन्यथा नहीं जा सकती।

उदाहरण के लिए, मैं तुम्हें परिधि पर अहिंसा साधने को नहीं कहूंगा, यह समय और ऊर्जा का अपव्यय है। हृदय से अहिंसक होओ, हृदय को प्रेम और करुणा से भरो—और परिधि अनुसरण करेगी। परिधि को तो तुम बिलकुल भूल सकते हो, क्योंकि वहां जो भी होता है वह केंद्र से ही आता है। यदि केंद्र करुणा से भरा है तो परिधि उसका अनुसरण करेगी। और यह करुणा बिलकुल भिन्न होगी। क्योंकि परिधि को पता ही नहीं होगा कि यह करुणा है, परिधि इस करुणा के कारण गर्व से न भर जाएगी; वह तो आनंदित होगी और अनभिज्ञ होगी, करुणा छाया की भांति अनुसरण करेगी। यह सरलतम मार्ग है।

मेरा अर्थ यह है कि यदि तुम किसी वृक्ष को बदलना चाहते हो तो उसकी जड़ों को बदल दो। निश्चित ही, वृक्ष की पत्तियां भी वृक्ष हैं और तुम पत्तियों को बदलने का प्रयास भी कर सकते हो। यदि तुम पत्तियों को बदलो तो जड़ों पर भी प्रभाव पड़ेगा, लेकिन यह बहुत

लंबी प्रक्रिया हो जाएगी। क्योंकि ऊर्जा का प्रवाह जड़ों से पत्तियों की ओर है, पत्तियों से जड़ों की ओर नहीं। तुम प्रकृति से विपरीत दिशा की ओर चल रहे हो। यदि तुम पत्तियों को बदलते ही चले जाओ तो जन्मों-जन्मों में हो सकता है तुम वृक्ष को बदल पाओ, परंतु यह व्यर्थ ही इतनी लंबी प्रक्रिया होगी। यदि तुम जड़ों को बदल दो तो वही काम इसी क्षण कर सकते हो। पत्तियां स्वयं ही बदल जाएंगी और भिन्न हो जाएंगी।

तो जब मैं केंद्र पर जोर देता हूं तो मेरा यह अर्थ नहीं है कि केंद्र परिधि से अलग है। और जब मैं केंद्र पर जोर देता हूं तो मेरा मतलब यह नहीं है कि तुम केंद्र को प्रभावित नहीं कर सकते—कर सकते हो, लेकिन यह बहुत लंबा मार्ग है। यदि तुम लंबा मार्ग चुनना चाहते हो तो तुम्हारी मर्जी है। उसमें कुछ भी गलत नहीं है। यदि तुम्हें यात्रा में आनंद आता है तो लंबा मार्ग भी ठीक है। यदि तुम मार्ग के दृश्यों का आनंद लेना चाहते हो तो लंबा मार्ग सही है। वरना केंद्र से ही शुरू करो।

यह ऐसे है, तुम यहां बैठे हो और मुझे सुन रहे हो; तो इस कमरे में एक केंद्र निर्मित हो गया है—तुम परिधि बन गए, मैं केंद्र बन गया। एक समूह-आत्मा बन गई। तुम मेरी ओर केंद्रित हो। यदि कोई इस कमरे को और इस समूह-आत्मा को प्रभावित करना चाहता है तो बेहतर होगा कि वह तुम्हारी अपेक्षा मुझसे शुरू करे। क्योंकि यदि मेरा मन बदलता है तो प्रभाव जल्दी होगा, लेकिन यदि कोई तुमसे आरंभ करे तो बहुत लंबा प्रयास होगा। क्योंकि पहली बात तो यह है कि तुम कई हो और उसे एक-एक करके पहले तुम सबको बदलना पड़ेगा, और फिर वह तुम्हारे द्वारा मुझे बदलने का प्रयास करेगा। यह बहुत लंबा भी हो सकता है और हो सकता है कि कभी सफल भी न हो। दूसरी बात अधिक सरल है। यदि वह मुझे बदल दे और तुम केंद्र की तरह मुझसे जुड़े हो तो तुरंत प्रभाव होने लगेंगे।

तुम्हारे शरीर में, तुम्हारे मूल स्वरूप में भी यही हो रहा है। वहां केंद्र भी है और तुम्हारे जीवन की परिधि भी है। केंद्र पर सीधी चोट पड़ते ही परिधि अनुसरण करेगी, उसे अनुसरण करना ही पड़ेगा और कोई उपाय ही नहीं है। परिधि को बदलना बड़ा फुटकर कार्य है। तुम एक खंड को बदल लेते हो और निन्यानबे खंड पुराने ही रहते हैं; फिर जब तुम दूसरे खंड की ओर बढ़ोगे तो वे निन्यानबे मिलकर पहले को बदल लेंगे, वे उसे फिर पुराने ढर्रे में लौटा लेंगे। सारा ढंग ही उसके विरुद्ध होगा।

मैं तुम्हारी एक आदत को बदल सकता हूं—उसमें भी बहुत प्रयास की जरूरत होगी—लेकिन सारा ढांचा नहीं बदला जा सकता, क्योंकि केंद्र तुम्हारी पुरानी आदतें दिए चला जाता है। मैंने एक आदत बदल भी ली तो और हजारों आदतें हैं। यह बदली हुई आदत केवल ऊपर से थोपी हुई है। जिस क्षण तुम अचेत होते हो दूसरी सब आदतें और सारे ढांचे मिलकर उसे वापस पुराने ढर्रे में लौटा लाएंगे। तो परिधि पर कार्य करने में बहुत सा प्रयास व्यर्थ जाता है।

मैंने ऐसे लोग देखे हैं जो छोटी-छोटी चीजों पर जीवनभर लगे रहते हैं। उदाहरण के लिए, कोई जीवनभर धूम्रपान छोड़ने की कोशिश ही करता रहता है, वही उसका एकमात्र लक्ष्य है, फिर भी वह उसमें सफल नहीं हो पाता। ऐसे लोगों से मैं पूछता हूं कि यदि तुम इसमें सफल भी हो गए तो क्या पाया? पूरा जीवन धूम्रपान छोड़ने में ही व्यर्थ हो गया, इतना तो

उसका मूल्य नहीं। जब तुम उस परम स्रोत, परमात्मा, के पास पहुंचोगे तो केवल यही कह पाओगे कि तुमने धूम्रपान छोड़ दिया है। यह तो कुछ बताने जैसा न होगा। और सारा जीवन तुमने धूम्रपान छोड़ने में बिताया फिर भी छोड़ न पाए।

यह फुटकर कार्य है। और समस्या धूम्रपान की नहीं है। तुम एक छोटी सी लहर को बदलकर पूरी नदी से लड़ रहे हो, और पूरी नदी बहती चली जाती है। यदि तुम एक लहर को बदल भी लो तो पूरी धारा उस लहर को वापस अपने जैसा बना लेगी, क्योंकि एक स्वभावगत ढांचा, एक अंतर्निहित संरचना निरंतर केंद्र से परिधि की ओर प्रवाहित हो रही है। यह अंतर्निहित प्रक्रिया है। परिधि पर जो भी हो रहा है, वह केंद्र पर पहले ही हो चुका है। इसी कारण परिधि पर कुछ हो रहा है। परिधि तक उन चीजों की सूचना पहुंचती है जो बहुत गहरे में घटित हो रही हैं।

तो कारण की तलाश करो और लक्षणों की अधिक चिंता न लो। यह वैज्ञानिक है। केंद्र को बदलो। यह प्रयास मत करो कि धूम्रपान छूट जाए, यह छूट जाए, वह छूट जाए—गहरे में उतरो। धूम्रपान क्यों है? काम के प्रति यह मोह क्यों है? धन के प्रति यह मोह क्यों है? तुम कंजूस क्यों हो? तुम मुर्दा धन से क्यों चिपके हो? तुम उसे दान दे सकते हो, उससे कोई अंतर न पड़ेगा। दान देने से कुछ हल न होगा। तुम फिर इकट्ठा कर लोगे। और दान देना ही भविष्य के लिए तुम्हारी पूंजी हो जाएगा, तुम्हारे बैंक बैलेंस का हिस्सा हो जाएगा। तुम खेल-खेल में नहीं दे सकते; या कि दे सकते हो? तुम बड़ी गंभीरता से दान दे सकते हो। जब तुम्हें कहा जाए कि दान से तुम्हें स्वर्ग मिलेगा, तब तुम दान दे सकते हो।

मेरे देखे, जो व्यक्ति भविष्य में स्वर्ग पाने की चाह के कारण दान दे रहा है वह उस व्यक्ति से भी अधिक धन से जुड़ा है जो ताश के खेल में अपना भाग्य दांव पर लगा रहा है। वह व्यक्ति कम लालची है। वह धन से खेल सकता है, और उसकी उपलब्धि अधिक गहरी है। हो सकता है वह अनैतिक लगे, क्योंकि नैतिकता तो दानियों ने बनाई है। वे कहेंगे, 'तुम धन व्यर्थ गंवा रहे हो।'

वे कभी धन व्यर्थ नहीं गंवाते, वे पूंजी में लगाते हैं। और यह व्यक्ति पागल है, पापी है, धने व्यर्थ गंवा रहा है। लेकिन यह व्यक्ति कम लालची है, और यह उस लालची व्यक्ति से अधिक सरलता से गहराई में उतर सकता है जो स्वर्ग पाने के लिए दान दे रहा है।

तो तुम बाहरी चीजें बदल सकते हो, लेकिन उस बदलाव का भी गहराई में ढांचा वही रहेगा। उस ढांचे को ही उखाड़ देना है, रूपांतरित कर देना है। इसीलिए मैं केंद्र से शुरुआत करने पर जोर देता हूं। लेकिन ऐसा मत सोचो कि मेरा यह अर्थ है कि यदि तुम केंद्र से शुरू नहीं कर सकते तो परिधि से भी शुरू मत करो। मेरा यह अर्थ नहीं है। यदि तुम केंद्र से शुरू नहीं कर सकते तो कृपया परिधि से ही शुरू करो। कुछ न करने से तो कुछ करना बेहतर ही है। हालांकि इसमें बहुत समय लगेगा और हो सकता है तुम उसे कभी न कर पाओ, पर प्रयास का अपना ही सौंदर्य है।

मुझे एक घटना का स्मरण आता है। एक हवाई अड्डे के प्रतीक्षालय में एक युवती लगातार रो रही थी। आस-पास के सभी लोग देख रहे थे पर कोई समझ नहीं पा रहा था कि क्या करें। फिर एक आदमी ने साहस किया। वह उस युवती के पास पहुंचा, उसको सांत्वना

देते हुए भली-भली बातें कहने लगा। फिर वह उसके गले में हाथ डालकर बोला, 'तुम्हें चुप कराने के लिए क्या मैं कुछ कर सकता हूं?' लेकिन वह सुनी नहीं, वह रोती रही। उसने थोड़ा और कसकर दबाकर कहा, 'तुम्हारा रोना बंद करने के लिए क्या मैं कुछ कर सकता हूं? अंततः वह युवती बोली, 'मुझे नहीं लगता है कि आप कुछ कर सकते हैं, क्योंकि मुझे जुकाम है। फिर भी कृपया कोशिश करते रहिए।'

यही मैं भी तुमसे कहता हूं। ऊपर से तो कठिन लगेगा, क्योंकि यह भी जुकाम जैसा ही है। चाहे यह करीब-करीब असंभव ही है, लेकिन प्रयास करते रहो। हो सकता है कुछ हो जाए। कौन जानता है? लेकिन यदि तुम सच में ही उत्सुक हो तो केंद्र से शुरू करो।

**चौथा प्रश्न:**
***स्त्रियों और पुरुषों की विधियों में कोई अंतर क्यों होना चाहिए?***

क्योंकि वे दोनों भिन्न हैं। दोनों पूरी तरह भिन्न हैं। विपरीत ध्रुव हैं। असल में, अधिक सही प्रश्न तो यह होगा : स्त्रियों और पुरुषों के लिए एक सी विधियां क्यों हैं?

ऐसी विधियां हैं जो स्त्री और पुरुष दोनों उपयोग करते हैं, इसलिए नहीं क्योंकि वे स्त्रियों के अनुकूल हैं, बल्कि इसलिए कि उनके लिए कोई विशेष विधियां विकसित ही नहीं हुईं। वे सदा से मनुष्यता का उपेक्षित अंग रही हैं। सब विधियां पुरुषों द्वारा विकसित हुई थीं। मूलतः पुरुष अपने ऊपर ही प्रयोग कर रहा था : वह अपनी ऊर्जा के प्रारूप, ऊर्जा-पथ के विषय में जानता था। उस पर उसने कार्य किया। और फिर वह दूसरे पुरुषों से बोल रहा था। तो सारी विधियां पुरुषों द्वारा ही विकसित की गई, स्त्रियों के बाबत कभी नहीं सोचा गया।

स्त्रियां मस्जिद में प्रवेश नहीं कर सकतीं। असल में वे इस्लाम का हिस्सा ही नहीं हैं : मस्जिद पुरुषों के लिए है। कई वर्षों तक बुद्ध आग्रहपूर्वक स्त्रियों को दीक्षित करने से मना करते रहे। महावीर ने कई स्त्रियों को दीक्षित किया, उन्होंने कभी दीक्षा देने से इनकार तो नहीं किया, पर स्त्रियों के लिए अलग से कोई विधि विकसित नहीं की। सभी विधियां पुरुषों के लिए थीं। स्त्रियां उन्हीं से प्रयोग करती रहीं। इसीलिए तो उनके कभी चमत्कारिक प्रभाव नहीं हुए। बस जैसे-तैसे ही, ऐसा तो होना ही था।

असल में तीन सौ धर्मों की इस संसार में कोई जरूरत नहीं है, केवल दो धर्मों की जरूरत है : एक पुरुषों के लिए और एक स्त्रियों के लिए। और इन दोनों धर्मों में आपस में किसी संघर्ष की कोई आवश्यकता नहीं है, दोनों का आपस में परिणय हो सकता है। वे दोनों एक हो जाएंगे, संघर्ष की कोई जरूरत ही नहीं है। जब स्त्री और पुरुष प्रेम में पड़कर एक इकाई की तरह जी सकते हैं तो ये दोनों धर्म भी प्रेम में पड़ सकते हैं—पड़ना ही चाहिए।

स्त्रैण चेतना की सारी तहें, सारा मनोविज्ञान, सारी मानसिकता पुरुष से भिन्न है; भिन्न ही नहीं, बल्कि विपरीत है। उदाहरण के लिए, कुंडलिनी योग। यह स्त्रियों के लिए बिलकुल नहीं है। लेकिन जब मैं यह कहूंगा तो बहुत लोग चौंकेंगे। और खासकर तो स्त्रियां चौंकेंगी। वे सोचेंगी उनके हाथ से जैसे कुछ छिन गया। कुंडलिनी योग स्त्रियों के लिए नहीं है, क्योंकि वह पुरुष के धनात्मक केंद्र पर आधारित है। वह केंद्र शिश्न के ठीक नीचे है। यह पुरुषों के लिए

है, स्त्रियों के लिए नहीं। स्त्रियों के लिए तो वह केंद्र ऋणात्मक है और ऋणात्मक केंद्र से ऊर्जा का ऊर्ध्वगमन नहीं होता, ऋणात्मक केंद्र से ऊर्जा नहीं उठ सकती।

तो करीब-करीब हमेशा ही ऐसा होता है—ऐसा मेरा अनुभव है—कि जब भी स्त्रियां कहती हैं कि वे कुंडलिनी को उठता हुआ अनुभव कर रही हैं तो वे केवल कल्पना कर रही होती हैं। ऐसा हो तो नहीं सकता, लेकिन वे बहुत कल्पनाशील होती हैं, पुरुषों से अधिक कल्पनाशील होती हैं। तो यदि मैं दस स्त्रियों और दस पुरुषों के साथ प्रयोग करूं तो नौ स्त्रियों को ऊर्जा उठती हुई अनुभव होगी, जब कि केवल एक ही पुरुष को यह अनुभव होगा। यह चमत्कार है, क्योंकि ऐसा हो नहीं सकता! मेरे पास वे आ जाती हैं और मैं कहता हूं, 'ठीक है, हो रहा है। क्या कर सकते हैं? यह असंभव है, वैज्ञानिक रूप से असंभव है, क्योंकि ऊर्जा धनात्मक ध्रुव से ही गति करती है।

तो बिलकुल भिन्न विधियां विकसित होनी चाहिए, बिलकुल भिन्न! लेकिन पुरुष और स्त्रियां इतने पास-पास रहते हैं कि वे भूल जाते हैं कि वे भिन्न हैं। दोनों में कुछ भी समान नहीं है। और अच्छा है कि कुछ भी समान नहीं है, इसी कारण तो वे ऊर्जा का एक वर्तुल बन पाते हैं, दोनों एक-दूसरे के परिपूरक हैं, एक-दूसरे में समा जाते हैं। लेकिन इस समा जाने का अर्थ यह नहीं है कि वे समान हैं, वे इसीलिए समा पाते हैं क्योंकि वे समान नहीं हैं।

और जब भी दो समान तरह के शरीर और मन एक-दूसरे में समाने का प्रयास करते हैं तो वह विकृति हो जाती है। इसीलिए मैं समलैंगिकता को विकृति कहता हूं। पश्चिम में अब यह बहुत प्रचलित हो गई है। अब समलैंगिक स्वयं को बड़े विकासशील समझते हैं : उनके अपने क्लब हैं, पार्टियां हैं, संस्थान हैं, पत्रिकाएं हैं, प्रचार इत्यादि के साधन हैं। और उनकी संख्या बढ़ती जा रही है। कई देशों में तो उनकी संख्या चालीस प्रतिशत तक हो गई है। देर-अबेर समलैंगिकता सभी जगह एक आम बात हो जाएगी, सामान्य जीवन-शैली हो जाएगी।

अब तो अमेरिका के कई राज्यों में समलैंगिक विवाहों को मान्यता भी मिलने लगी है। यदि लोग आग्रह करें तो सरकार को स्वीकार करना ही पड़ेगा, क्योंकि उसे तो लोगों की सेवा करनी है। यदि दो पुरुष आपस में विवाह करना चाहते हैं तो किसी को व्यवधान डालने की क्या पड़ी है! ठीक है। यदि दो स्त्रियां विवाह करके एक साथ रहना चाहती हैं तो किसी को क्या पड़ी है! उनकी अपनी बात है।

लेकिन मूलतः यह बात अवैज्ञानिक है। उनकी अपनी बात है, पर अवैज्ञानिक है। यह उनकी अपनी बात है और किसी को हस्तक्षेप करने की जरूरत भी नहीं है, परंतु वे मानव ऊर्जा और उसकी गति के मौलिक प्रारूप से अनजान हैं। समलैंगिक कभी आध्यात्मिक विकास नहीं कर सकते। यह बहुत कठिन है। उनकी ऊर्जा-प्रवाह की पूरी संरचना ही बिगड़ गई है, पूरी प्रक्रिया विकृत हो गई है। और अब यदि संसार में समलैंगिकता अधिक बढ़ती है तो उन्हें ध्यान की ओर ले जाने के लिए ऐसी विधियां विकसित करनी पड़ेगी जैसी पहले कभी नहीं थीं।

जब मैं कहता हूं कि पुरुष और स्त्री एक पूर्ण के दो विपरीत अंग हैं तो मेरा यह अभिप्राय है कि वे दोनों एक-दूसरे के परिपूरक हैं। और उनका परिपूरक होना केवल तभी संभव है जब उनके विपरीत ध्रुव मिलें। इसको इस तरह देखोः स्त्री के शरीर में योनि ऋणात्मक ध्रुव है और स्तन धनात्मक ध्रुव हैं। यह एक चुंबक है : स्तनों के निकट धनात्मक

ध्रुव और योनि के निकट ऋणात्मक ध्रुव। पुरुष के लिए ऋणात्मक ध्रुव स्तनों पर होता है और जननेंद्रिय पर विधायक ध्रुव होता है। तो जब पुरुष और स्त्री के स्तन मिलते हैं तो ऋणात्मक और धनात्मक ध्रुवों का मिलन होता है; और जब काम-केंद्रों का संभोग में मिलन होता है तो भी ऋणात्मक और धनात्मक ध्रुवों का मिलन होता है। अब दोनों चुंबक अपने विपरीत ध्रुवों पर मिल रहे हैं, अब वर्तुल बन गया—ऊर्जा बह सकती है, गति कर सकती है।

लेकिन यह वर्तुल केवल तभी बन पाएगा जब स्त्री और पुरुष प्रेम में हैं। यदि वे प्रेम में नहीं हैं तो केवल उनके काम-केंद्रों का मिलन होगा, एक धनात्मक ध्रुव दुसरे ऋणात्मक ध्रुव से मिलेगा। ऊर्जा का आदान-प्रदान तो होगा, परंतु वह रेखाबद्ध होगा, वर्तुल नहीं बन पाएगा।

यही कारण है कि प्रेम के बिना तुम कभी तृप्त नहीं हो पाते। बिना प्रेम के संभोग केवल व्यर्थ का खेल रह जाता है। कोई गहरी गति नहीं हो पाती। ऊर्जा गति करती है, लेकिन एक सीधी रेखा में—ऊर्जा का वर्तुल नहीं बनता। और जब तक वर्तुल न बने तुम एक नहीं हो सकते। जब तुम गहन प्रेम में डूबकर संभोग में उतरते हो तो स्तनों का भी मिलन होता है, अन्यथा नहीं।

इसलिए संभोग तो बहुत सरल है, लेकिन प्रेम जरा कठिन बात है। संभोग तो बस शारीरिक है, दो ऊर्जाएं मिलती हैं और शक्ति का अपव्यय होता है। इसलिए यदि केवल काम-वासना हो तो देर-अबेर तुम ऊब जाओगेः बस शक्ति व्यर्थ जाती है और मिलता कुछ भी नहीं। मिलता तो कुछ तभी है जब वर्तुल बनता है। यदि परिपूर्ण वर्तुल बन जाए तो दोनों प्रेमी संभोग के बाद अधिक ऊर्जावान, अधिक जीवंत और अधिक शक्ति-पूरित हो जाएंगे। यदि केवल संभोग ही हो तो दोनों ही स्खलित और क्षीण अनुभव करेंगे। उनकी ऊर्जा नष्ट हुई है। उनको नींद आ जाएगी, क्योंकि वे कमजोरी महसूस करेंगे।

इस एक ध्रुवीय मिलन में पुरुषों को स्त्रियों से अधिक नुकसान होता है। इसी कारण तो स्त्रियां वेश्याएं बन सकती हैं, क्योंकि पुरुष धनात्मक ध्रुव है और स्त्री ऋणात्मक ध्रुव है। ऊर्जा पुरुष से स्त्री की ओर बहती है, स्त्री से पुरुष की ओर नहीं। तो एक स्त्री एक रात में बीस से तीस बार संभोग में उतर सकती है, पुरुष नहीं, पुरुष तो दो बार भी नहीं उतर सकता। यह उम्र पर निर्भर करता है कि कैसे उसकी ऊर्जा बह रही है, क्योंकि मिल तो कुछ भी नहीं रहा।

तो मेरे देखे यदि वेश्यावृत्ति बुरी है तो वेश्यावृत्ति के कारण नहीं, बल्कि इसलिए बुरी है कि उसमें वर्तुल नहीं बन पाता। तुम ऊर्जा से नहीं भर पाते। तुम्हारी शक्ति का ह्रास होता है। यदि प्रेम है तो पुरुष और स्त्री दो ध्रुवों पर मिलते हैं। पुरुष स्त्री को देता है और स्त्री पुरुष को वापस लौटा देती है। यह पारस्परिक आदान-प्रदान है।

स्त्रियों के लिए वह ध्यान अच्छा होगा जो स्तनों से शुरू हो, वह उनका धनात्मक ध्रुव है। इसके कारण बहुत कुछ अदभुत एवं असंभावित घटित होता है। पुरुष सदा एकदम से स्त्री में प्रवेश करना चाहता है। वह पूर्व-क्रीड़ा में, फोर-प्ले में उत्सुक नहीं होता, क्योंकि उसका धनात्मक ध्रुव सदा तैयार रहता है। और स्त्रियां सदा ही बिना किसी पूर्व-क्रीड़ा के संभोग में उतरने से झिझकती हैं, क्योंकि उनका ऋणात्मक ध्रुव तैयार नहीं होता। और वह तैयार हो भी नहीं सकता। जब तक पुरुष स्त्री के स्तनों से प्रेम करना शुरू नहीं करता, ऋणात्मक ध्रुव तैयार नहीं होगा। वे राजी तो हो जाती हैं, लेकिन उसका सुख नहीं ले पातीं।

और पुरुष सोचता है कि संभोग का कृत्य, रतिक्रिया बड़ी सरल है। समय क्यों व्यर्थ करना? स्त्री में एकदम से प्रवेश करके कुछ ही पलों में वह स्खलित हो जाता है। लेकिन उसमें स्त्री सम्मिलित न हो सकी, वह तैयार ही नहीं थी।

इसीलिए तो स्त्रियों को चाह होती है कि उनके प्रेमी उनके स्तनों को स्पर्श करें। यह एक गहन चाह है। जब उनके स्तन ऊर्जा से भर उठते हैं, केवल तभी उनके चुंबकीय दंड का दूसरा ध्रुव जो कि धनात्मक है, प्रतिसंवेदित होता है। तब वे इसमें जीवंत हो सकती हैं, भाग ले सकती हैं, तब संप्रेषण हो सकता है—और तब दोनों विलीन हो सकते हैं। पूर्व-क्रीड़ा अत्यंत आवश्यक है।

विवाह रसहीन हो जाते हैं, क्योंकि शुरू-शुरू में तो जब तुम एक नई स्त्री से मिलते हो तो पहले उसके शरीर के साथ खेलते हो, तुम्हें पक्का नहीं होता कि वह सीधे ही तुम्हें प्रवेश करने देगी या नहीं, इसलिए तुम खेलते हो। तुम केवल उसे तैयार करने के लिए भूमिका बनाते हो। लेकिन जब वह तुम्हारी पत्नी हो जाती है तो तुम समझने लगते हो कि वह तो सदा ही उपलब्ध है, पूर्व-क्रीड़ा की कोई जरूरत नहीं है। पत्नियां अपने पतियों से इतनी अतृप्त इसलिए नहीं होतीं क्योंकि वे उन्हें प्रेम नहीं करते, बल्कि इसलिए होती हैं क्योंकि वे उन्हें गलत तरीके से प्रेम करते हैं। वे यह नहीं सोचते कि स्त्री बिलकुल अलग ढंग से जीती है, उसका शरीर उनसे बिलकुल भिन्न, उनसे बिलकुल विपरीत ढंग से व्यवहार करता है।

स्तनों पर यह अवधान, उनमें विलीन हो जाना, स्त्री को ध्यान में नया अनुभव देगा, अपने शरीर के प्रति एक नया अनुभव होगा, क्योंकि अब वह उस केंद्र से पूरे शरीर को स्पंदित होता हुआ अनुभव कर सकेगी। केवल स्त्री के स्तनों को प्रेम करके ही उसे एक गहन आर्गाज्म, सुख के शिखर अनुभव पर लाया जा सकता है, क्योंकि ऋणात्मक ध्रुव स्वतः प्रतिसंवेदित हो जाता है।

और भी कई बातें हैं। यदि तुम स्तनों पर ध्यान एकाग्र करना शुरू करो तो उस मार्ग का अनुसरण मत करो जो तुमने किताबों में पढ़ा है, क्योंकि वह पुरुषों के लिए है। किसी नक्शे का अनुसरण मत करो, ऊर्जा को स्वयं ही गति करने दो। यह इस प्रकार घटित होगाः केवल थोड़े से सुझाव से ही तुम्हारे स्तन ऊर्जा से भर उठेंगे, ऊर्जा संप्रेषित करने लगेंगे, ऊष्ण हो जाएंगे और तत्क्षण तुम्हारी योनि प्रतिसंवेदित होगी। और तुम्हारी योनि के प्रतिसंवेदना से स्पंदित होने के बाद ही तुम्हारी कुंडलिनी कार्य करना शुरू करेगी। मार्ग अलग होगा और कुंडलिनी अलग तरह से जगेगी।

पुरुष में कुंडलिनी बडे सक्रिय रूप से, बलपर्वक जागती है। इसी कारण तो वे इसे सर्प का जागना कहते हैं। बलपूर्वक अचानक एक झटके से सर्प अपनी कुंडली खोल लेता है और कई बिंदुओं पर इसका अनुभव होता है। उन बिंदुओं को चक्र कहते हैं। जब भी कहीं प्रतिरोध होता है तो सर्प बलपूर्वक अपना मार्ग बनाता है। जैसे शिश्न योनि में प्रवेश करता है, वैसा ही मार्ग पुरुष के भीतर है। जब ऊर्जा उठती है तो वह ऐसी है मानो शिश्न भीतर गति कर रहा है।

और सर्प लिंग का प्रतीक है। वास्तव में, सीधे-सीधे इसे पुरुष जननेंद्रिय न बोलना पड़े, इसलिए उन्होंने इसे सर्प कहा है। तुमने कहानी सुनी होगी कि अदन के बगीचे में सर्प ने ईव को ज्ञान का फल खाने के लिए फुसलाया था। अब अनुसंधानकर्ता इस बात पर खोज कर

रहे हैं कि वह सर्प भी बस जननेंद्रिय का ही प्रतीक है, जिसका उपयोग केवल इसलिए किया गया है कि सीधा-सीधा न कहना पड़े। तो असल में यह ज्ञान का फल खाने का सवाल नहीं है; यह कामुकता का प्रश्न है।

यही प्रतीक भारत में प्रयोग हुआ है : सर्प ऐसे जगता है जैसे जननेंद्रिय जाग्रत होती है, झटके से, और भीतर गति करती है।

स्त्री को ऐसा अनुभव नहीं होगा। उसका अनुभव बिलकुल विपरीत होगा, उसे ऐसा अनुभव होगा जैसा उसे पुरुष जननेंद्रिय के योनि में प्रवेश करने पर होता है—विलीन होने की अनुभूति, स्वागत का भाव, योनि खुलती हुई, स्पंदित होती, माधुर्य, ग्राहकता और प्रेमपूर्ण स्वागत—ऐसी ही घटना भीतर घटेगी। जब ऊर्जा जगती है तो वह ग्रहणशील और विश्रांत होगी, जैसे कि कोई मार्ग खुल रहा हो—वह सर्प के जागने जैसी घटना नहीं होगी, बल्कि एक मार्ग, एक द्वार के खुलने और मार्ग देने जैसी घटना होगी। यह पैसिव और निगेटिव घटना होगी। पुरुषों के साथ ऐसा होता है जैसे कुछ प्रवेश कर रहा हो; स्त्रियों के साथ ऐसा नहीं होता जैसे कि कुछ प्रवेश कर रहा हो, बल्कि ऐसा होता है जैसे कि कुछ खुल रहा हो।

लेकिन पहले किसी ने इस पर कार्य नहीं किया, क्योंकि किसी ने स्त्रियों को कोई महत्व ही नहीं दिया। लेकिन भविष्य के लिए, मैं सोचता हूं कि अब यह अत्यंत आवश्यक है। कि स्त्री के शरीर की उपेक्षा नहीं होनी चाहिए, बहुत कार्य और शोध की जरूरत है, लेकिन नैतिकतावादी और आदर्शवादी बकवासों के कारण वह कार्य कठिन है। स्त्रैण शरीर इस घटना में किस प्रकार प्रतिसंवेदित होगा, इस पर कार्य करना और इसकी एक रूप-रेखा तैयार करना बड़ा दुरूह कार्य है।

लेकिन मैं सोचता हूं कि ऐसा ही यह होगा: सब कुछ बिलकुल विपरीत होगा। ऐसा ही होना चाहिए। एक समान तो हो ही नहीं सकता। लेकिन आत्यंतिक घटना एक ही होगी।

आज इतना ही।

# 69

## एकांत दर्पण बन जाता है।

# सूत्र

१६. किसी ऐसे स्थान पर वास करो जो अंतहीन रूप से विस्तीर्ण हो, वृक्षों, पहाड़ियों, प्राणियों से रहित हो । तब मन के भारों का अंत हो जाता है।

१७. अंतरिक्ष को अपना ही आनंद-शरीर मानो।

▲

**मनुष्य** अकेला पैदा होता है और अकेला ही मरता है, लेकिन इन दोनों बिंदुओं के बीच वह समाज में, दूसरों के साथ रहता है। एकांत उसका मूल सत्य है; समाज केवल एक संयोग है। और जब तक मनुष्य अकेला न जी सके, जब तक अपने एकांत को उसकी पूरी गहराई से न जान ले, तब तक वह स्वयं से परिचित नहीं हो सकता। समाज में जो कुछ भी होता है वह बाहरी है, वह तुम नहीं हो, वह दूसरों के साथ तुम्हारे संबंध हैं। तुम तो अज्ञात ही रह जाते हो, बाहर से तुम प्रकट नहीं हो सकते।

लेकिन हम दूसरों के साथ रहते हैं, इसलिए आत्मज्ञान बिलकुल भूल गया है। तुम अपने बारे में जो जानते हो वह दूसरों ने तुम्हें बताया है। कितनी अजीब, बेतुकी बात है कि दूसरे तुम्हें तुम्हारे बारे में बताएं। जो भी तुम्हारा परिचय है वह दूसरों ने तुम्हें दिया है; वह परिचय वास्तविक नहीं है, केवल एक लेबल है।

तुम्हें एक नाम दे दिया गया है। वह नाम तुम्हें एक लेबल की तरह दे दिया गया है, क्योंकि समाज के लिए एक अनाम व्यक्ति से संबंध बनाना बहुत कठिन होगा। न केवल तुम्हारा नाम दूसरों का दिया हुआ है, बल्कि जो तुम सोचते हो कि तुम्हारा व्यक्तित्व है वह भी दूसरों का ही दिया हुआ है—कि तुम अच्छे हो, बुरे हो, सुंदर हो, प्रतिभाशाली हो, नैतिक हो, संत हो, या कुछ भी हो—वह व्यक्तित्व भी तुम्हें दूसरों के द्वारा ही दिया गया है। और तुम नहीं जानते कि तुम कौन हो, न तो तुम्हारा नाम ही कुछ प्रकट करता है और न दूसरों द्वारा दिया गया तुम्हारा व्यक्तित्व ही कुछ प्रकट करता है, तुम स्वयं से अपरिचित ही रह जाते हो।

यही तो मूल व्यथा है। तुम हो, लेकिन स्वयं से अनजान हो। स्वयं से परिचय की यह कमी ही अज्ञान है और यह अज्ञान किसी ऐसे ज्ञान से नष्ट नहीं हो सकता जो दूसरे तुम्हें दे सकते हैं। वे कह सकते हैं कि तुम न तो यह नाम हो, न यह व्यक्तित्व, तुम शाश्वत आत्मा हो, लेकिन वह भी दूसरे ही तुम्हें कह रहे हैं, वह भी तुम्हारा अपना नहीं है। जब तक तुम सीधे ही अपना साक्षात्कार नहीं करते, तुम अज्ञान में ही रहोगे; और अज्ञान विषाद पैदा करता है।

तुम दूसरों से ही भयभीत नहीं हो, स्वयं से भी भयभीत हो। क्योंकि तुम नहीं जानते कि तुम कौन हो और क्या तुममें छिपा है। तुम्हारी क्या संभावना है, अगले ही क्षण क्या तुमसे प्रकट हो जाएगा, तुम नहीं जानते। तुम कंपते रहते हो और जीवन एक गहन संताप बन जाता है। कई समस्याएं हैं जो संताप पैदा करती हैं, लेकिन वे सब गौण हैं। यदि तुम गहरे जाओ तो हर समस्या से यही स्पष्ट होगा कि मूल संताप, मूल वेदना यही है कि तुम स्वयं से अनभिज्ञ हो—उस स्रोत से जहां से तुम आए हो, उस गंतव्य से जहां तुम जा रहे हो, उस सत्ता से जो तुम अभी हो।

इसीलिए हर धर्म कहता है कि निर्जन में, एकांत में जाओ, ताकि कुछ समय के लिए समाज और उसका दिया हुआ सब कुछ पीछे छोड़कर अपना साक्षात्कार कर सको।

महावीर बारह वर्ष तक जंगल में अकेले रहे। इस दौरान उन्होंने एक भी शब्द नहीं बोला, क्योंकि जिस क्षण तुम बोलते हो तुम समाज के हिस्से हो जाते हो। भाषा समाज है। वह बिलकुल मौन रहे, बोले ही नहीं, मूल सेतु ही काट दिया, ताकि वह अकेले हो सकें। जब तुम नहीं बोलते तो तुम अकेले हो जाते हो, गहन रूप से अकेले हो जाते हो, दूसरे से संपर्क करने का उपाय ही नहीं रहता।

बारह वर्ष तक अकेले, बिना बोले, वह क्या कर रहे थे? वह यह जानने का प्रयास कर रहे थे कि वह कौन हैं। यह अच्छा है कि तुम सारे लेबल उतार फेंको, दूसरों से दूर हो जाओ, ताकि किसी सामाजिक छवि की जरूरत न पड़े। महावीर अपनी सामाजिक छवि को नष्ट कर रहे थे। वह उस सब कचरे को फेंक रहे थे जो समाज ने दिया है; वह बिना किसी नाम के, बिना किसी विशेषण के पूर्णतया नग्न होने की चेष्टा कर रहे थे।

महावीर की नग्नता का यही अर्थ है। यह मात्र कपड़ों का गिरा देना भर नहीं था, उनकी नग्नता गहरी थी। वह पूर्णतया एकाकी हो जाने की नग्नता थी। तुम समाज के लिए कपड़े पहनते हो, कपडे तुम्हारे शरीर को छिपाने के लिए या दूसरों की आंखों से तुम्हें ढांकने के लिए। हैं, क्योंकि समाज तुम्हारे पूरे शरीर से सहमत नहीं है। तो समाज जिस भी चीज से सहमत नहीं होता, तुम्हें वह छिपानी पड़ती है। शरीर के केवल कुछ अंग ही खुले रह सकते हैं। समाज तुम्हें हिस्सों में चुनता है, तुम्हारी पूर्णता स्वीकृत नहीं है।

शरीर के साथ ही नहीं, मन के साथ भी यही हो रहा है। तुम्हारा चेहरा स्वीकृत है, तुम्हारे हाथ स्वीकृत हैं, लेकिन तुम्हारा पूरा शरीर स्वीकृत नहीं है। विशेषतः वे अंग जो तुम्हें यौन का विचार दे सकते हैं अस्वीकृत हैं। इसीलिए कपड़ों का महत्व है। और मन के साथ भी ऐसा ही किया जा रहा है। तुम्हारा पूरा मन नहीं, केवल उसके कुछ अंश ही स्वीकृत हैं।

इसलिए तुम्हें अपने मन को छिपाना और दबाना पड़ता है। तुम अपने मन को खोल नहीं सकते, अपने गहरे से गहरे मित्र के सामने भी अपने मन को खोल नहीं सकते, क्योंकि वह भी तुम्हारे बारे में निर्णय करने लगेगा। वह कहेगा, 'अच्छा तो तुम यही सोचते रहते हो? यही तुम्हारे दिमाग में चलता रहता है?' तो तुम उसको केवल वही थोड़ी सी बातें बताते हो जो स्वीकृत हैं, बाकी सब कुछ तुम्हें अपने भीतर ही छिपाना पड़ता है। वह छिपा हुआ हिस्सा कई बीमारियां पैदा करता है।

फ्रायड का पूरा मनोवैज्ञानिक विश्लेषण छिपे हुए मनोभावों को बाहर लाने से संबंधित

है। इससे व्यक्ति के ठीक होने में वर्षों लगते हैं। लेकिन मनोवैज्ञानिक कुछ करता नहीं है, वह तो बस तुम्हारे दमित हिस्से को बाहर निकाल देता है। और वह बाहर निकालना ही उपचार की शक्ति बन जाता है।

इसका क्या अर्थ है? इसका अर्थ है कि दमन बीमारी है, एक भारी बोझ है। तुम किसी को बताना चाहते थे, किसी को कहना चाहते थे; तुम चाहते थे कि कोई तुम्हें पूरा का पूरा स्वीकार कर ले।

यही तो प्रेम का अर्थ है कि तुम अस्वीकृत नहीं होओगे। तुम जो भी हो—अच्छे, बुरे, पापी, पुण्यात्मा—कोई तुम्हें तुम्हारी पूर्णता में स्वीकार कर लेगा, तुम्हारे किसी हिस्से को भी अस्वीकृत नहीं करेगा। इसीलिए तो प्रेम महानतम निदान है। प्रेम पुराने से पुराना मनोविश्लेषण है। जब तुम किसी व्यक्ति को प्रेम करते हो तो तुम उसके प्रति खुल जाते हो। और खुलने मात्र से ही तुम्हारे टूटे हुए और विभाजित अंग जुड़ने लगते हैं, तुम एक हो जाते हो।

लेकिन प्रेम भी असंभव हो गया है। अपनी पत्नी से भी तुम सच नहीं कह सकते, अपने प्रेमी के साथ भी तुम पूरी तरह प्रामाणिक नहीं हो सकते। क्योंकि उसकी आंखें भी निर्णय करने में लगी रहती हैं, वह भी चाहता है कि तुम एक प्रतिमा का अनुसरण करो। तुम्हारी वास्तविकता महत्वपूर्ण नहीं है, आदर्श अधिक महत्वपूर्ण है। तुम जानते हो कि तुमने स्वयं को पूरी तरह अभिव्यक्त किया तो तुम अस्वीकृत हो जाओगे, तुम्हें प्रेम नहीं मिलेगा। तुम डरते हो, और इस डर के कारण प्रेम असंभव हो जाता है।

मनोवैज्ञानिक छिपे हुए भावों को बाहर निकालता है। लेकिन वह कुछ करता नहीं है, वह बस बैठकर तुमको सुनता है। ऐसा लगता है कोई तुम्हारी बात नहीं सुनता, इसीलिए तुम्हें सुनने वाले व्यवसायिक व्यक्ति की मदद चाहिए। कोई तुम्हें सुनने को तैयार नहीं है, किसी के पास समय ही नहीं है। किसी को तुममें उत्सुकता नहीं है। इसीलिए व्यवसायिक आवश्यकता पैदा हो रही है, तुम अपनी बात सुनाने के लिए किसी को पैसे देते हो। फिर वर्षों तक रोज या सप्ताह में दो-तीन बार वह तुम्हारी बातें सुनता है और तुम ठीक हो जाते हो।

यह तो चमत्कार है! बात सुनाने भर से ही क्यों तुम ठीक हो जाते हो? ऐसा इसलिए होता है क्योंकि कोई तुम्हारे बारे में बिना कोई निर्णय लिए तुम पर ध्यान देता है और उसको तुम अपनी सब बातें कह सकते हो। और बताने भर से ही बात ऊपर आ जाती है और तुम्हारे चेतन मन का हिस्सा हो जाती है। जब तुम किसी बात को अस्वीकार करते हो, प्रतिबंधित करते हो, दबाते हो, तो तुम चेतन और अचेतन के बीच, स्वीकृत और अस्वीकृत के बीच विभाजन खड़ा कर लेते हो। इस विभाजन को दूर करना है।

महावीर इसीलिए एकांत में चले गए, ताकि वे ऐसे रह सकें जैसे किसी का भय न हो। क्योंकि उन्हें किसी को भी अपना चेहरा नहीं दिखाना था, इसलिए वे सारे मुखौटे उतारकर फेंक सके। तब वह अकेले हो सके, पूरी तरह नग्न हो सके, जैसे कि तारों के नीचे, नदी के किनारे, वन में वह अकेले हों। वहां किसी ने एतराज न किया होगा, वहां किसी ने न कहा होगा कि ऐसे होने की तुम्हें आज्ञा नहीं है, अपने को सुधारो, ऐसे बनो। समाज को छोड़ने का अर्थ है उस परिस्थिति को छोड़ना जहां दमन अनिवार्य हो गया है।

तो नग्नता का अर्थ है जैसे हो वैसे ही हो जाना—बिना किसी बाधा के, बिना किसी

दमन के। महावीर मौन में, एकांत में चले गए। उन्होंने कहा, 'जब तक मैं स्वयं को न जान लूं, मैं समाज में वापस नहीं लौटुंगा। मैं उस व्यक्तित्व को जानना नहीं चाहता जो दूसरों ने मुझे दिया है, वह तो झूठा है। लेकिन जिस स्व को मैं लेकर पैदा हुआ हूं, मैं उसे जानना चाहता हूं। जब तक मैं अपनी वास्तविकता का साक्षात्कार न कर लूं, जब तक मैं अपने मूल तत्व को न जान लूं, मैं बोलूंगा नहीं, क्योंकि बोलना व्यर्थ है।'

तुम सांयोगिक हो; जो कुछ भी तुम सोचते हो कि तुम हो, संयोग मात्र है। जैसे, तुम भारत में पैदा हुए हो। तुम इंग्लैंड में, या फ्रांस में, या जापान में भी पैदा हो सकते थे। यह केवल संयोग है। लेकिन भारत में पैदा होने से तुम्हारी अलग पहचान है, तुम हिंदू हो, तुम स्वयं को हिंदू समझते हो। लेकिन जापान में तुम अपने को बौद्ध समझते, इंग्लैंड में ईसाई समझते और रूस में कम्युनिस्ट समझते। हिंदू होने के लिए तुमने कुछ किया नहीं है, वह बस संयोग है। तुम जहां भी होते परिस्थिति से स्वयं को जोड़ लेते। तुम खुद को धार्मिक समझते हो, लेकिन तुम्हारा धर्म संयोग मात्र है। यदि तुम किसी कम्युनिस्ट देश में पैदा हुए होते तो वहां उतने ही अधार्मिक होते, जितने यहां धार्मिक हो।

तुम जैन परिवार में पैदा हुए हो तो मानते हो कि परमात्मा नहीं है—बिना इस बात की खोज किए कि परमात्मा नहीं है। लेकिन तुम्हारे घर के पास ही दूसरा बच्चा पैदा होता है और वह हिंदू हो जाता है, वह परमात्मा में विश्वास करता है और तुम नहीं करते। यह सब संयोग है, वास्तविकता नहीं। यह सब परिस्थिति पर निर्भर करता है। तुम हिंदी बोलते हो, कोई गुजराती बोलता है, कोई फ्रेंच बोलता है—यह सब संयोग है। भाषा संयोग है, मौन है। वास्तविकता। भाषा तो संयोग ही है। तुम्हारी आत्मा वास्तविक है, तुम्हारा मन संयोग है। और वास्तविक को खोजना ही एकमात्र खोज है।

वास्तविक को कैसे खोजें ? बुद्ध छः वर्ष के लिए मौन में चले गए। जीसस भी एक सघन वन में चले गए। उनके शिष्य उनके साथ जाना चाहते थे, वे जीसस के पीछे चलते रहे। और एक क्षण आया जब जीसस ने कहा, 'रुक जाओ। तुम्हें मेरे साथ नहीं आना चाहिए। अब मुझे अपने प्रभु के साथ अकेला होना है।' वह निर्जन एकांत में चले गए। जब वह वापस आए तो वह दूसरे ही व्यक्ति थे; वह स्वयं को जान चुके थे।

एकांत दर्पण बन जाता है, समाज भ्रम में रखता है। इसीलिए तुम अकेले होने से डरते हो। क्योंकि तब तुम्हें स्वयं को जानना पड़ेगा, स्वयं को अपनी पूरी नग्नता में जानना पड़ेगा। तुम डरते हो। अकेले होना कठिन है। जब भी तुम अकेले होते हो तो कुछ न कुछ करने लगते हो, ताकि अकेले न रहो—या तो अखबार पढ़ने लग जाओगे, या टेलीविजन चला लोगे, या दोस्तों से मिलने किसी क्लब में या किसी के घर चले जाओगे—कुछ न कुछ जरूर करोगे। क्यों? क्योंकि जब भी तुम अकेले होते हो तो तुम्हारी पहचान मिटने लगती है, अपने बारे में तुम जो भी जानते हो वह झूठ हो जाता है और वास्तविकता उभरने लगती है।

सब धर्म कहते हैं कि स्वयं को जानने के लिए मनुष्य को एकांत में चले जाना चाहिए। वहां हमेशा रहने की जरूरत नहीं है, वह व्यर्थ है, लेकिन थोड़े समय के लिए तो एकांत में जाना ही होगा। और कितना समय उचित होगा, यह अलग-अलग व्यक्तियों पर निर्भर करेगा। मोहम्मद, जीसस, महावीर, बुद्ध, सभी एकांत में थे। मोहम्मद कुछ महीनों के लिए एकांत में

रहे; जीसस कुछ दिन ही रहे; महावीर बारह वर्ष और बुद्ध छः वर्ष रहे। यह निर्भर करता है, लेकिन एकांत में जाना नितांत आवश्यक है, जब तक कि तुम यह न कह सको कि मैं मूल तत्व को जान गया।

यह विधि एकांत से संबंधित है :

*किसी ऐसे स्थान पर वास करो जो अंतहीन रूप से विस्तीर्ण हो, वृक्षों, पहाड़ियों, प्राणियों से रहित हो। तब मन के भारों का अंत हो जाता है।*

इससे पहले कि हम इस विधि में प्रवेश करें, एकांत के विषय में कुछ बातें समझ लेने जैसी हैं। एकः अकेले होना मौलिक है, आधारभूत है। तुम्हारे अस्तित्व का यही स्वभाव है। मां के गर्भ में तुम अकेले थे, पूरी तरह अकेले थे।

और मनोवैज्ञानिक कहते हैं कि निर्वाण की, बुद्धत्व की, मुक्ति की या स्वर्ग की आकांक्षा मां के गर्भ की गहन स्मृति के कारण ही है। पूर्ण एकांत को और उसके आनंद को तुमने जाना है। तुम अकेले थे, तुम परमात्मा थे, वहां और कोई न था। न कोई तुमको परेशान कर रहा था, न कोई बाधा डाल रहा था। अकेले तुम ही मालिक थे, कोई संघर्ष नहीं था, पूर्ण शांति थी, मौन था, कोई भाषा नहीं थी। तुम अपने अंतरतम में थे। तुम्हें पता नहीं है, लेकिन वह स्मृति तुम्हारे गहन में, तुम्हारे अचेतन में अंकित है।

मनोवैज्ञानिक कहते हैं, इसीलिए सब सोचते हैं कि बचपन बहुत सुंदर था। हर देश और हर जाति यह सोचती है कि अतीत में कभी स्वर्ण-युग था, जीवन सुंदर था। हिंदू उसे सतयुग कहते हैं। अतीत में, बहुत पहले, इतिहास के भी शुरू होने से पूर्व सब कुछ सुंदर और आनंदपूर्ण था। न कोई झगड़ा था, न कोई फसाद, न कोई हिंसा, केवल प्रेम ही प्रेम था। वह स्वर्ण-युग था। ईसाई कहते हैं, 'आदम और ईव अदन के बगीचे में बड़ी निर्दोषता और आनंद से रहते थे, फिर पतन हुआ।' तो स्वर्ण-युग उस पतन से पहले था। हर देश, हर जाति, हर धर्म यह सोचता है कि स्वर्ण-युग कहीं अतीत में था। और बड़ी अजीब बात यह है कि तुम अतीत में कितने ही पीछे चले जाओ, हमेशा ऐसा ही सोचा जाता था।

मैसोपोटामिया में एक शिला मिली है जो छः हजार वर्ष पुरानी है। उस पर एक लेख खुदा हुआ है। उसे यदि तुम पढ़ो तो तुम्हें लगेगा कि तुम आज के किसी अखबार का संपादकीय पढ़ रहे हो। वह शिलालेख कहता है कि यह युग पाप का युग है। सब कुछ गलत हो गया है। बेटे बाप की नहीं मानते, पत्नी पति में विश्वास नहीं करती, अंधकार छा गया है। अतीत के वे स्वर्णिम दिन कहां गए? यह शिलालेख छः हजार वर्ष पुराना है।

लाओत्से कहता है कि अतीत में, पूर्वजों के जमाने में सब ठीक था; तब ताओ का साम्राज्य था, तब कोई गलती न थी। और क्योंकि कोई कमी न थी इसलिए कोई सिखाने वाला न था; कोई कमी न थी जिसे सुधारना पड़े, इसलिए कोई पंडित, कोई शिक्षक, कोई धर्मगुरु न था। लाओत्से कहता है कि उन दिनों में, उन पुराने दिनों में कोई धर्म न था। उसकी कोई जरूरत न थी, क्योंकि ताओ का साम्राज्य था और सभी इतने धार्मिक थे कि किसी धर्म की जरूरत न थी। उस समय कोई संत न था, क्योंकि पापी नहीं थे, हर कोई इतना संत था कि किसी को खबर ही नहीं थी कि कौन संत है और कौन पापी।

मनोवैज्ञानिक कहते हैं कि यह अतीत कभी नहीं था। यह अतीत तो हर व्यक्ति के गहन में छिपी हुई गर्भ की स्मृति है। वह अतीत असल में गर्भ में था। ताओ गर्भ में था और वहां सब कुछ ठीक था, सुंदर था। संसार से पूर्णतया अनजान, बच्चा आनंद में तैर रहा था।

गर्भ में बच्चा ऐसे ही था जैसे शेषनाग पर लेटे विष्णु। हिंदू मानते हैं कि विष्णु अपनी नाग-शय्या पर लेटे हुए आनंद के सागर में तैर रहे हैं। गर्भ में बच्चा ऐसे ही होता है। बच्चा भी तैरता है। मां का गर्भ भी सागर के जैसा है। और तुम हैरान होओगे कि मां के गर्भ में बच्चा जिस जल में तैरता है उसके सभी लवण वही होते हैं जो सागर के जल में होते हैं—वही लवण, वही अनुपात। वह सागर का ही सुखद जल होता है।

और गर्भ में सदा बच्चे के लिए उचित तापमान रहता है। मां चाहे सर्दी से कंप रही हो, उससे कोई फर्क नहीं पड़ता, बच्चे के लिए गर्भ में सदा एक सा तापमान रहता है, वह ऊष्ण रहता है, आनंद से तैरता है, कोई चिंता, कोई दुख उसे नहीं होता, कोई उत्तरदायित्व उस पर नहीं होता, वह अकेला होता है। उसे मां का भी पता नहीं होता, मां उसके लिए जैसे होती ही नहीं।

यह संस्कार, यह छाप तुम्हारे साथ रहती है। यही मूल सत्य है, समाज में प्रवेश करने से पहले तुम ऐसे ही थे। और मरकर जब तुम समाज से बाहर जाओगे तब भी यही सत्य होगा, तुम फिर अकेले हो जाओगे। और एकाकीपन के इन दो छोरों के बीच तुम्हारा जीवन तमाम घटनाओं से भरा होता है। लेकिन वे सब घटनाएं सांयोगिक हैं, गहरे में तुम अकेले ही रहते हो क्योंकि वही मूल सत्य है। उस एकांत के चारों तरफ बहुत कुछ घटता है। तुम्हारा विवाह होता है, तुम दो हो जाते हो, फिर तुम्हारे बच्चे हो जाते हैं और तुम कई हो जाते हो। सब कुछ होता रहता है, लेकिन केवल परिधि पर, गहन अंतरतम अकेला ही रहता है। वह तुम्हारी वास्तविकता है। तुम उसे अपनी आत्मा कह सकते हो, अपना सार कह सकते हो।

गहन एकांत में इस सार को दोबारा प्राप्त कर लेना है। तो जब बुद्ध कहते हैं कि उन्हें निर्वाण उपलब्ध हो गया है, तो असल में उन्हें यह एकांत, यह आधारभूत सत्य उपलब्ध हो गया है। महावीर कहते हैं कि उन्हें कैवल्य उपलब्ध हो गया है। कैवल्य का अर्थ ही है एकांत, एकाकीपन। घटनाओं के झंझावात के नीचे ही यह एकांत मौजूद है।

यह एकांत तुम में ऐसे ही है जैसे माला में धागा। मनके दिखाई पड़ते हैं, धागा नहीं दिखाई पड़ता, लेकिन मनके धागे से ही सम्हले हुए हैं। मनके तो अनेक हैं लेकिन धागा एक ही है। वास्तव में माला इस सत्य का प्रतीक है—धागा है सत्य और मनके हैं घटनाएं जो उसमें पिरोई हुई हैं। और जब तक तुम भीतर प्रवेश करके इस मूलभूत सूत्र तक नहीं पहुंच जाओ, तुम संताप में ही रहोगे, विषाद में ही रहोगे।

तुम्हारा एक इतिहास है, संयोगों का इतिहास, और तुम्हारा एक स्वभाव है जो गैर-ऐतिहासिक है। तुम किसी तारीख को, किसी स्थान पर, किसी समाज में, किस युग में पैदा हुए। तुम्हें एक ढंग से पढ़ाया गया, तुमने कोई व्यवसाय किया, किसी स्त्री के प्रेम में पड़े, बच्चे हुए—ये सब नाटक के मनके हैं, इतिहास हैं। लेकिन गहरे में तुम हमेशा अकेले ही हो। और यदि तुम इन घटनाओं में स्वयं को भूल गए तो तुम यहां होने के अपने लक्ष्य से ही चूक गए। तब तुमने स्वयं को इस नाटक में खो दिया और उस अभिनेता को भूल गए जो इस नाटक का हिस्सा नहीं था केवल अभिनय कर रहा था—यह सब अभिनय है।

इसी कारण हमने इतिहास नहीं लिखा। असल में यह निश्चित कर पाना बड़ा कठिन है कि कृष्ण कब पैदा हुए और कब मरे; राम कब पैदा हुए, कब मरे; या वे कभी पैदा हुए भी कि नहीं, कि केवल काल्पनिक कथाएं हैं। हमने इतिहास नहीं लिखा और कारण यह है कि हम धागे में उत्सुक हैं, मनकों में नहीं। वास्तव में, धर्म के जगत में जीसस पहले ऐतिहासिक व्यक्ति हैं। लेकिन वह अगर भारत में पैदा हुए होते तो ऐतिहासिक न होते। भारत में हम सदा धागे की खोज करते रहे हैं, मनकों को हमने कोई खास महत्व नहीं दिया। लेकिन पश्चिम शाश्वत की अपेक्षा घटनाओं में, तथ्यों में, क्षणभंगुर में अधिक उत्सुक है।

इतिहास तो नाटक है। भारत में हम कहते हैं कि राम और कृष्ण हर युग में होते हैं बहुत बार वे हो चुके हैं और आगे भी बहुत बार वे होंगे, इसलिए उनके इतिहास को ढोने की जरूरत नहीं है। वे कब पैदा हुए इसका कोई महत्व नहीं है, यह अप्रासंगिक है। उनका अंतरतम केंद्र क्या है, वह धागा क्या है, यह बात अर्थपूर्ण है। तो हमें इस बात में रस नहीं है कि वे ऐतिहासिक थे या नहीं, कि उनके साथ क्या-क्या घटनाएं घटीं। हमारा रस तो उनके प्राणों के केंद्र में है कि वहां क्या घटा।

जब तुम एकांत में जाते हो तो तुम धागे की ओर जा रहे हो; जब तुम एकांत में जाते हो तो तुम प्रकृति में जा रहे हो। जब तुम वास्तव में ही अकेले हो, दूसरों के बारे में सोच भी नहीं रहे, तो पहली बार तुम्हें अपने चारों ओर प्रकृति के जगत का बोध होता है, तुम उसके साथ जुड़ जाते हो। अभी तो तुम समाज से जुड़े हुए हो। यदि तुम समाज के बंधन से छूट जाओ तो प्रकृति से जुड़ जाओगे। जब वर्षा होती है—वर्षा तो सदा से हो रही है, लेकिन तुम उसकी भाषा को नहीं समझ सकते—तुम उसे नहीं सुन पाते, तुम्हारे लिए उसका कोई अर्थ नहीं है। अधिक से अधिक तुम केवल उसके जल के उपयोग के बारे में सोच पाते हो। तो उपयोग तो हो जाता है, लेकिन कोई संवाद नहीं हो पाता। तुम वर्षा की भाषा को नहीं समझ पाते, तुम्हारे लिए वर्षा का कोई व्यक्तित्व नहीं है।

लेकिन कुछ समय के लिए यदि तुम समाज को छोड़ दो और अकेले हो जाओ तो तुम्हें नई अनुभूति होने लगेगी। वर्षा आएगी तो तुम से गुनगुनाएगी, तब तुम उसके भावों को समझने लगोगे। किसी दिन वर्षा बहुत गुस्से में होगी और किसी दिन बहुत सुखद और प्रेमपूर्ण होगी; किसी दिन पूरा आकाश उदास है और किसी दिन नाच रहा है; किसी दिन सूर्य ऐसे उगता है जैसे बिना इच्छा के, जबरदस्ती उग रहा हो; और किसी दिन सूर्य ऐसे उगता है जैसे खेल रहा हो। तुम अपने चारों ओर सभी भावदशाएं अनुभव करोगे। प्रकृति की अपनी भाषा है, लेकिन वह मौन है और जब तक तुम मौन नहीं हो जाते, उसे नहीं समझ सकते।

लयबद्धता की पहली सतह समाज से जुड़ी है, दूसरी प्रकृति के साथ, और तीसरी गहनतम सतह ताओ या धर्म के साथ। वह शुद्ध अस्तित्व है। फिर वृक्ष और वर्षा और मेघ भी पीछे छूट जाते हैं, तब केवल अस्तित्व बचता है। अस्तित्व में भाव की कोई तरंगें नहीं हैं, अस्तित्व सदा एक सा रहता है—सदा उत्सव में लीन, ऊर्जा से प्रस्फुटित।

लेकिन पहले समाज से प्रकृति की ओर मुड़ना होगा, फिर प्रकृति से अस्तित्व की ओर। जब तुम अस्तित्व से जुड़ जाते हो तो बिलकुल अकेले होते हो, लेकिन वह एकांत गर्भ के बच्चे के एकांत से भिन्न होता है। बच्चा अकेला होता है, लेकिन वास्तव में वह अकेला

नहीं होता, उसे तो किसी और की खबर ही नहीं होती। वह अंधकार से ढंका होता है, इसलिए अकेला अनुभव करता है। सारा संसार उसके चारों ओर होता है, लेकिन उसे खबर नहीं होती। उसका एकांत तो अज्ञान के कारण है। जब तुम चैतन्य होकर मौन होते हो, अस्तित्व के साथ एक होते हो, तो तुम्हारा एकांत अंधकार से नहीं प्रकाश से घिरा होता है।

गर्भ में बच्चे के लिए संसार नहीं होता, क्योंकि उसे उसकी खबर नहीं होती; और तुम्हारे लिए संसार नहीं होगा, क्योंकि तुम संसार के साथ एक हो जाओगे। जब तुम गहनतम अस्तित्व में प्रवेश करते हो तो अकेले हो जाते हो, क्योंकि अहंकार समाप्त हो जाता है। अहंकार समाज द्वारा दिया गया है। जब तुम प्रकृति से जुड़ते हो तो भी अहंकार थोड़ा-बहुत रह सकता है, लेकिन उतना नहीं जितना समाज में होता है। जब तुम अकेले होते हो तो अहंकार मिटने लगता है, क्योंकि वह सदा संबंधों से ही पैदा होता है।

इस पर थोड़ा विचार करो, हर व्यक्ति के साथ तुम्हारा अहंकार बदल जाता है। जब तुम अपने नौकर से बात कर रहे हो तो भीतर अपने अहंकार को देखो कि कैसे काम कर रहा है, यदि अपने मित्र से बात कर रहे हो तो भीतर देखो कि अहंकार कैसा है, जब अपनी प्रेमिका से बात कर रहे हो तो देखो कि अहंकार है भी या नहीं। और जब तुम एक मासूम बच्चे से बात कर रहे हो तो भीतर झांको, तब अहंकार नहीं होगा, क्योंकि छोटे बच्चे के सामने अहंकार दिखाना मूढ़ता होगी। तुम्हें पता है कि यह बात मूढ़ता की हो जाएगी, इसलिए छोटे बच्चे के साथ खेलते हुए तुम बच्चे ही बन जाते हो। बच्चा अहंकार की भाषा नहीं जानता। और बच्चे के सामने अहंकार दिखाकर तुम बिलकुल मूढ़ लगोगे।

तो जब तुम बच्चों के साथ खेलते हो, वे तुम्हें तुम्हारे बचपन में लौटा लाते हैं। जब तुम एक कुत्ते से बात करते हो, खेलते हो, तो समाज ने जो अहंकार तुम्हें दिया है वह विदा हो जाता है। क्योंकि एक कुत्ते के साथ अहंकार का प्रश्न ही नहीं उठता।

लेकिन अगर तुम बड़े सुंदर और कीमती कुत्ते के साथ टहल रहे हो और कोई तुम्हारे पास से सड़क पार कर जाता है तो कुत्ता भी तुम्हारा अहंकार जगा देता है। लेकिन तुम्हारा अहंकार कुत्ते ने नहीं उस आदमी ने जगाया है। तुम तनकर चलने लगते हो, तुम्हें गर्व महसूस होने लगता है कि तुम्हारे पास इतना सुंदर कुत्ता है और वह आदमी ईर्ष्या करता दिखाई पड़ता है।

तो अहंकार है। परंतु जब तुम वन में चले जाते हो तो अहंकार मिटने लगता है। इसीलिए तो सभी धर्मों का जोर है कि चाहे थोड़े समय के लिए ही सही, प्रकृति के जगत में चले जाओ।

यह सूत्र सरल है : 'किसी ऐसे स्थान पर वास करो जो अंतहीन रूप से विस्तीर्ण हो।'

किसी पहाड़ी पर चले जाओ जहां से तुम अंतहीन दूरी तक देख सको। यदि तुम अंतहीन रूप से देख सको, तुम्हारी दृष्टि कहीं रुके नहीं, तो अहंकार मिट जाता है। अहंकार के लिए सीमाओं की जरूरत होती है। सीमाएं जितनी सुनिश्चित हों, अहंकार के लिए उतना ही सरल हो जाता है।

'किसी ऐसे स्थान पर वास करो जो अंतहीन रूप से विस्तीर्ण हो, वृक्षों, पहाड़ियों, प्राणियों से रहित हो। तब मन के भारों का अंत हो जाता है।

मन बहुत सूक्ष्म है। तुम एक पहाड़ी पर हो जहां और कोई नहीं है, लेकिन नीचे कहीं तुम्हें कोई झोपड़ी दिखाई दे जाए तो तुम उस झोपड़ी से बातें करने लगोगे, उससे संबंध जोड़ लोगे—समाज आ गया। तुम नहीं जानते कि वहां कौन रहता है, लेकिन कोई रहता है, और वही सीमा बन जाती है। तुम सोचने लगोगे कि कौन वहां रहता है। रोज तुम्हारी नजरें उसे खोजने लगेंगी। झोपड़ी मनुष्यता की प्रतीक बन जाएगी।

तो सूत्र कहता है, 'प्राणियों से रहित हो।'

वृक्ष भी न हों, क्योंकि जो लोग अकेले होते हैं वे वृक्षों से बोलना शुरू कर देते हैं, उनसे मित्रता कर लेते हैं, बात-चीत करने लगते हैं। तुम उस व्यक्ति की कठिनाई को नहीं समझ सकते जो अकेला होने के लिए चला गया है। वह चाहता है कि कोई उसके पास हो। तो वह वृक्षों को ही नमस्ते और आप कैसे हैं कहना शुरू कर देगा। और वृक्ष भी प्राणी हैं। यदि तुम ईमानदार हो तो वे भी जवाब देना शुरू कर देंगे, वहां प्रतिसंवेदन होगा। तो तुम समाज खड़ा कर सकते हो।

तो इस सूत्र का अर्थ यह हुआ कि किसी स्थान पर रहो और सचेत रहो कि कोई दोबारा समाज न खड़ा कर लो। तुम एक वृक्ष से भी प्रेम करना शुरू कर सकते हो। तुम्हें लग सकता है कि वृक्ष प्यासा है तो कुछ पानी ले आऊं—तुमने संबंध बनाना शुरू कर दिया। और संबंध बनाते ही तुम अकेले नहीं रह जाते। इसीलिए इस बात पर जोर है कि ऐसे स्थान पर चले जाओ, लेकिन यह बात याद रखो कि तुम कोई संबंध नहीं बनाओगे। संबंध और संबंधों के संसार को पीछे छोड़ जाओ और अकेले ही वहां जाओ।

शुरू-शुरू में तो यह बहुत कठिन होगा, क्योंकि तुम्हारा मन समाज द्वारा निर्मित है। तुम समाज को तो छोड़ सकते हो लेकिन मन को कहां छोड़ोगे? मन छाया की तरह तुम्हारा पीछा करेगा। मन तुम्हें डराएगा, मन तुम्हें सताएगा, तुम्हारे सपनों में ऐसे चेहरे आएंगे, जो तुम्हें खींचने का प्रयास करेंगे। तुम ध्यान करने का प्रयास करोगे लेकिन विचार बंद नहीं होंगे। तुम अपने घर की, अपनी पत्नी की, अपने बच्चों की सोचने लगोगे।

यह मानवीय है। और ऐसा केवल तुम्हें ही नहीं होता, ऐसा बुद्ध और महावीर को भी हुआ, ऐसा हर किसी को हुआ है। एकांत के छः लंबे वर्षों में बुद्ध भी यशोधरा के बारे गें सोचेंगे ही। शुरू-शुरू में, जब मन उनका पीछा कर रहा था, तब वह यदि किसी वृक्ष के नीचे ध्यान करने बैठते होंगे तो यशोधरा पीछा करती होगी। उस स्त्री से वह प्रेम करते थे और उन्हें जरूर ग्लानि हुई होगी कि बिना कुछ बताए उसे वे पीछे छोड़ आए थे।

इसका कहीं उल्लेख नहीं है कि कभी यशोधरा के बारे में उन्होंने सोचा, लेकिन मैं कहता हूं कि उसके बारे में उन्होंने निश्चित ही सोचा होगा। यह तो बिलकुल मानवीय, बिलकुल स्वाभाविक बात है। यह सोचना बहुत अमानवीय होगा कि यशोधरा की याद उन्हें फिर कभी नहीं आई, और यह बुद्ध के लिए उचित भी न होगा। धीरे-धीरे, बड़े संघर्ष के बाद ही वह मन को समाप्त कर पाए होंगे।

लेकिन मन चलता ही रहता है, क्योंकि मन और कुछ नहीं समाज ही है, आंतरिक समाज है। समाज जो तुम में प्रवेश कर गया है, तुम्हारा मन है। तुम बाह्य समाज, बाह्य वास्तविकता से भाग सकते हो, लेकिन आंतरिक समाज तुम्हारा पीछा करेगा।

तो कई बार बुद्ध यशोधरा से बात किए होंगे, अपने पिता से बात किए होंगे, अपने बच्चे से बात किए होंगे जिसे पीछे छोड़ आए थे। उस बच्चे का चेहरा उनका पीछा करता होगा। जब वह घर छोड़कर आए थे तो वह उनके मन में ही था। जिस रात उन्होंने घर छोड़ा, वे उस बच्चे को देखने के लिए ही यशोधरा के कमरे में गए थे। बच्चा केवल एक ही दिन का था। यशोधरा सो रही थी और बच्चा उसकी छाती से लगा हुआ था। उन्होंने बच्चे की ओर देखा, वह बच्चे को गोद में लेना चाहते थे, क्योंकि यह अंतिम अवसर था। अभी तक उस बच्चे को उन्होंने छुआ भी नहीं था, और हो सकता था कि वह कभी वापस न लौटें और कभी उससे मिलना न हो। वह संसार छोड़ रहे थे।

तो वह बच्चे को छूना और चूमना चाहते थे। लेकिन फिर वह डर गए, क्योंकि यदि वह उसे गोद में लेते तो यशोधरा जाग सकती थी। और तब उनके लिए जाना बहुत कठिन हो जाता, क्योंकि पता नहीं वह रोना-चिल्लाना शुरू कर देती! उनके पास एक मानवीय हृदय था। यह बहुत सुंदर है कि उन्होंने यह बात सोची कि यदि वह रोने लगी तो उनके लिए जाना कठिन हो जाएगा। तब जो भी उनके मन में था कि संसार व्यर्थ है, सब समाप्त हो जाता। वह यशोधरा को रोते हुए न देख पाते, वह उस स्त्री को प्रेम करते थे। तो वह बिना कोई आवाज किए कमरे से बाहर आ गए।

अब यह व्यक्ति सरलता से यशोधरा और बच्चे को नहीं छोड़ सका था, कोई भी न छोड़ पाता। तो जब वह भिक्षा मांगते थे तो उनके मन में अपने महल और साम्राज्य का विचार उठता ही होगा। वह अपनी मर्जी से भिखारी थे। अतीत जोर मारता होगा, चोट करता होगा कि वापस आ जाओ। कई बार वह सोचते होंगे, मैंने भूल की है। ऐसा होना निश्चित ही है। कहीं इस बात का उल्लेख नहीं है और कई बार मैं सोचता हूं कि एक डायरी बनाई जाए कि उन छः वर्षों में बुद्ध के मन को क्या हुआ, उनके मन में क्या चलता रहा।

तुम कहीं भी जाओ, मन छाया की तरह पीछा करेगा। तो यह सरल नहीं होगा, यह किसी के लिए सरल नहीं रहा। अपने को सचेत रखने के लिए बड़ा संघर्ष करना पड़ेगा; बार-बार संघर्ष करना पड़ेगा; ताकि मन के शिकार न हो जाओ। और मन अंत तक पीछा करता है, जब तक तुम हार ही न जाओ, तुम्हारे लिए कोई उपाय ही न बचे, कुछ भी कर न सको; मन तुम्हारा पीछा करता ही रहेगा। मन रोज प्रयास करेगा, कल्पनाएं और स्वप्न खड़े करेगा; सब तरह के लोभ और भ्रम पैदा करेगा।

सब संतों की कथाओं में उल्लेख है कि शैतान उन्हें भरमाने के लिए आया। कोई और नहीं आता, केवल तुम्हारा मन ही आता है। तुम्हारा मन ही शैतान है, कोई और नहीं। वह रोज प्रयास करेगा। वह तुमसे कहेगा, 'मैं तुम्हें सारा संसार दे दूंगा, तुम वापस आ जाओ।' तुम्हें निराश करेगाः 'तुम मूर्ख हो, सारा संसार मजा ले रहा है और तुम यहां इस पहाड़ी पर आ गए हो, पागल हो! यह धर्म-वर्म सब बेकार की बातें हैं, वापस लौट आओ। देखो, सारा संसार पागल नहीं है जो मजा कर रहा है।' और तुम्हारा मन उन लोगों के सुंदर-सुंदर चित्र बनाएगा जो मजा कर रहे हैं, और सारा संसार पहले से कहीं अधिक आकर्षक लगने लगेगा। जो भी तुम पीछे छोड़ आए हो, तुम्हें खींचेगा।

यही मूल संघर्ष है। यह संघर्ष इसलिए है कि तुम्हारा मन आदतों का और पुनरावृत्ति का यंत्र है। पहाड़ी पर तुम्हारे मन को नर्क जैसा लगेगा, कुछ भी अच्छा नहीं लगेगा, सब गलत

ही लगेगा। मन तुम्हारे चारों ओर नकारात्मकता पैदा कर देगा: 'तुम यहां कर क्या रहे हो? पागल हो गए हो?' जिस संसार को तुम छोड़ आए हो वह तुम्हारे लिए और सुंदर हो उठेगा और जिस स्थान पर तुम हो एकदम बेकार लगने लगेगा।

लेकिन यदि तुम दृढ़ रहो और सचेत रहो कि मन यह सब कर रहा है, कि मन यह सब करेगा ही; और यदि तुम मन के साथ तादात्म्य न बनाओ तो एक क्षण आता है कि मन तुम्हें छोड़ देता है। और उसके साथ ही सारे भार खो जाते हैं। जब मन तुम्हें छोड़ देता है, तुम बोझ से मुक्त हो जाते हो, क्योंकि मन ही एकमात्र बोझ है। तब कोई चिंता, कोई विचार, कोई संताप नहीं रहता, तुम अस्तित्व के गर्भ में प्रवेश कर जाते हो। निश्चिंत होकर तुम बहते हो। तुम्हारे भीतर एक गहन मौन प्रस्फुटित होता है।

यह सूत्र कहता है: 'तब मन के भारों का अंत हो जाता है।

उस निर्जन में, उस एकांत में एक बात और स्मरण रखने जैसी है : भीड़ तुम पर एक गहरा दबाव डालती है, चाहे तुम्हें पता हो या न पता हो।

अब पशुओं पर कार्य करते हुए वैज्ञानिकों ने एक बड़े आधारभूत नियम की खोज की है। वे कहते हैं कि हर पशु का अपना एक निश्चित क्षेत्र होता है, यदि तुम उस क्षेत्र में प्रवेश करो तो वह पशु तनाव से भर जाएगा और तुम पर आक्रमण करेगा। हर पशु का अपना-अपना क्षेत्र होता है, वह किसी और को उसमें प्रवेश नहीं करने देता। क्योंकि जब कोई दूसरा उसके क्षेत्र में प्रवेश करता है, वह बेचैनी महसूस करने लगता है।

वृक्षों पर तुम कई पक्षियों को गीत गाते हुए सुनते हो, तुम नहीं जानते वे क्या कर रहे हैं। वर्षों के अध्ययन के बाद वैज्ञानिक अब कहते हैं कि जब वृक्ष पर बैठकर कोई पक्षी गा रहा है तो वह कई चीजें कर रहा है। एक तो वह अपनी मादा को बुला रहा है। दूसरे, वह बाकी सब नर प्रतियोगियों को सावधान कर रहा है कि यह मेरा क्षेत्र है, इसमें प्रवेश मत करो। और यदि कोई उस क्षेत्र में आ जाता है तो लड़ाई शुरू हो जाती है। और मादा आराम से बैठकर देखती रहती है कि कौन जीत रहा है, क्योंकि जो भी उस क्षेत्र को जीत लेगा, वह उसे पा लेगा। वह प्रतीक्षा करती है, जो जीत जाएगा वह वहां ठहरेगा और जो हार जाएगा वह चला जाएगा।

हर पशु किसी न किसी तरह से अपना क्षेत्र बना लेता है—आवाज से, गाने से, शरीर की गंध से—उस क्षेत्र में कोई और प्रतियोगी प्रवेश नहीं कर सकता।

तुम ने कुत्तों को हर जगह पेशाब करते देखा होगा। वैज्ञानिक कहते हैं कि कुत्ता पेशाब करके अपना क्षेत्र बना रहा है। कुत्ता एक खंभे पर पेशाब करेगा, दूसरे खंभे पर पेशाब करेगा। वह किसी एक जगह पर पेशाब नहीं करता। क्यों? जब एक जगह पर कर सकते हो तो बेकार में क्यों घूमना? लेकिन वह अपना क्षेत्र बना रहा है। उसके पेशाब में एक गंध होती है जिससे उसका क्षेत्र निर्मित हो जाता है। अब उसमें कोई प्रवेश न करे, यह खतरनाक है। अपने क्षेत्र में वह अकेला मालिक बनकर रहता है।

इस संबंध में कई अध्ययन चल रहे हैं। उन्होंने कई पशुओं को एक ही पिंजरे में रखकर देखा, जहां उनकी सब जरूरतें पूरी की गईं—और जंगलों में वे जैसे अपनी जरूरतें पूरी कर सकते थे, उससे बेहतर ढंग से पूरी की गई—लेकिन वे पागल हो जाते हैं। क्योंकि उनके पास अपना क्षेत्र नहीं होता। जब हमेशा ही कोई न कोई पास होता है तो वे तनाव से भर जाते हैं,

भयभीत, लड़ने को तैयार हो जाते हैं। हर समय लड़ने की तत्परता उन्हें इतने तनाव से भर देती है कि या तो उनकी हृदयगति रुक जाती है या वे पागल हो जाते हैं। कई बार तो पशु आत्महत्या भी कर लेते हैं, क्योंकि उनके मन पर दबाव बहुत बढ़ जाता है। और कई तरह की विकृतियां उनमें पैदा हो जाती हैं जो जंगल में रहने पर नहीं होतीं। जंगल में बंदर बिलकुल भिन्न होते हैं, जब वे चिड़ियाघर के पिंजरे में बंद होते हैं तो बड़ा असामान्य व्यवहार करने लगते हैं।

पहले ऐसा सोचा जाता था कि बंधन के कारण यह समस्या पैदा हो रही है। पर अब पता लगा है कि इसका कारण बंधन नहीं है। यदि तुम पिंजरे में उन्हें उतनी जगह दे दो जितनी उन्हें चाहिए तो वे प्रसन्न रहेंगे, फिर कोई समस्या न होगी। लेकिन खुली जगह उनकी आंतरिक जरूरत है, जब कोई उसमें प्रवेश करता है तो उनके मन पर दबाव पड़ने लगता है। उनका मन तनाव से भर जाता है; न वे ठीक से सो सकते हैं, न खा सकते हैं, न प्रेम कर सकते हैं।

इन सब अध्ययनों के कारण अब वैज्ञानिक कहते हैं कि जनसंख्या में अत्यधिक वृद्धि के कारण मनुष्यता विक्षिप्त हुई जा रही है, दबाव बहुत अधिक हो गया है। तुम कहीं भी अकेले नहीं हो। ट्रेन में, बस में, दफ्तर में, हर जगह भीड़ ही भीड़ है। मनुष्य को भी खुली जगह की जरूरत है, अकेले होने की जरूरत है, लेकिन कहीं कोई जगह ही नहीं है, तुम कभी भी अकेले नहीं हो। जब तुम घर आते हो तो वहां पत्नी है, बच्चे हैं, सगे-संबंधी आते रहते हैं, और अभी भी वे समझते हैं कि अतिथि भगवान का रूप होता है। पहले ही इतने दबाव के कारण तुम विक्षिप्त हो रहे हो। तुम पत्नी को यह नहीं कह सकते, 'मुझे अकेला छोड़ दो।' वह गुस्से से कहेगी, 'क्या मतलब?' वह सारे दिन से तुम्हारी प्रतीक्षा कर रही है।

मन को विश्रांत होने के लिए अवकाश चाहिए।

यह सूत्र बहुत ही सुंदर और वैज्ञानिक है, 'तब मन के भारों का अंत हो जाता है।'

जब तुम अकेले किसी निर्जन पहाड़ी पर चले जाते हो तो तुम्हारे चारों तरफ खुलापन, अनंत विस्तार होता है। भीड़ का, दूसरों का भार तुम पर नहीं रहता। तुम्हें अधिक गहरी नींद आएगी। सुबह तुम्हारे जागने में और ही बात होगी, तुम मुक्त अनुभव करोगे। भीतर से कोई दबाव नहीं होगा। तुम्हें लगेगा जैसे तुम किसी कारागृह से बाहर आ गए, किन्हीं जंजीरों से मुक्त हो गए।

यह अच्छा है। लेकिन हम भीड़ के इतने आदी हो गए हैं कि कुछ ही दिन, तीन या चार दिन तुम्हें अच्छा लगेगा, फिर भीड़ में वापस जाने का मन होने लगेगा। हर छुट्टियों में तुम कहीं जाते हो, और तीन दिन बाद लौटने का मन होने लगता है। आदत के कारण तुम अपने को ही बेकार लगने लगते हो। अकेले तुम्हें बेकार लगता है, तुम कुछ कर नहीं सकते। और यदि तुम कुछ करते भी हो तो किसी को पता नहीं चलेगा, कोई उसकी सराहना नहीं करेगा। अकेले तुम कुछ भी नहीं कर सकते, क्योंकि जीवनभर तुम दूसरों के लिए ही कुछ करते रहे हो। तुम बेकार अनुभव करते हो।

तो याद रखो, यदि तुम कभी भी इस एकाकी पागलपन का प्रयास करो तो उपयोगिता का विचार छोड़ दो, अनुपयोगी हो जाओ, तभी तुम अकेले हो सकते हो। क्योंकि असल में उपयोगिता तो समाज द्वारा तुम्हारे मन पर थोपी गई है। समाज कहता है, 'उपयोगी बनो, अनुपयोगी नहीं।' समाज चाहता है कि तुम एक निपुण आर्थिक इकाई, एक कुशल और उपयोगी

वस्तु बनो। समाज नहीं चाहता कि तुम बस एक फूल बनो। नहीं, तुम अगर एक फूल भी बनते हो तो तुम्हें बिकने योग्य होना चाहिए। संसार तुम्हें बाजार में रखना चाहता है, ताकि कुछ उपयोग हो सके। केवल बाजार में ही तुम उपयोगी हो सकते हो, अन्यथा नहीं। समाज सिखाता है कि उपयोगिता ही जीवन का लक्ष्य, जीवन का उद्देश्य है। यह व्यर्थ की बात है।

मैं यह नहीं कह रहा हूं कि तुम अनुपयोगी हो जाओ। मैं यह कह रहा हूं कि उपयोगी होना लक्ष्य नहीं है। तुम्हें समाज में रहना है, उसके लिए उपयोगी रहना है, लेकिन साथ ही कभी-कभी अनुपयोगी होने के लिए भी तैयार रहना है। वह क्षमता बचाकर रखनी चाहिए, वरना तुम व्यक्ति नहीं वस्तु बन जाते हो। जब तुम एकांत में, निर्जन में जाओगे तो यह समस्या आएगी, तुम बेकार अनुभव करोगे।

मैं कई लोगों के साथ प्रयोग करता रहा हूं। कभी-कभी मैं उन्हें सुझाव देता हूं कि वे तीन सप्ताह के लिए या तीन महीने के लिए एकांत और मौन में चले जाएं। और मैं उन्हें कहता हैं कि सात दिन के बाद वे वापस लौटना चाहेंगे और उनका मन वहां न रहने के सभी कारण खोजेगा ताकि वे वापस आ सकें। मैं उन्हें कहता हूं कि वे उन तर्कों को न सुनें और यह दृढ़ संकल्प कर लें कि जितने दिनों का निर्णय लिया है उससे पहले वापस नहीं आएंगे।

वे मुझसे कहते हैं कि हम अपनी मर्जी से जा रहे हैं तो भला वापस क्यों आएंगे? मैं उनसे कहता हूं कि वे स्वयं को नहीं जानते। तीन से सात दिन के भीतर-भीतर यह मर्जी समाप्त हो जाएगी; उसके बाद वापस आने की इच्छा होगी, क्योंकि समाज तुम्हारा नशा बन गया है। शांत क्षणों में तुम अकेले होने की बात सोच सकते हो, लेकिन जब तुम अकेले होओगे तो सोचने लगोगे, 'मैं क्या कर रहा हूं? यह सब तो व्यर्थ है।' तो मैं उनसे कहता हूं कि अनुपयोगी हो जाओ और उपयोगिता की भाषा भूल जाओ।

कभी-कभी ऐसा होता है कि वे तीन सप्ताह या तीन महीने तक वहां रह जाते हैं तो वे आकर मुझसे कहते हैं, 'बहुत सुंदर अनुभव रहा, मैं बहुत खुश था, लेकिन यह विचार सतत तंग करता रहा कि इसका उपयोग क्या है? मैं सुखी था, शांत था, आनंदित था, लेकिन भीतर ही भीतर यह विचार भी चल रहा था कि इसका उपयोग क्या है? मैं कर क्या रहा हूं?'

स्मरण रखो, उपगोग समाज के लिए है। समाज तुम्हारा उपयोग करता है और तुम समाज का उपयोग करते हो, यह पारस्परिक संबंध है। लेकिन जीवन किसी उपयोग के लिए नहीं है। जीवन निष्प्रयोजन है, उद्देश्य-विहीन है; यह तो एक लीला है, उत्सव है। तो जब इस विधि को करने के लिए तुम एकांत में जाओ तो शुरू से ही अनुपयोगी होने की तैयारी रखो, उसका आनंद लो, उससे दुखी मत होओ।

तुम सोच भी नहीं सकते कि मन कैसे-कैसे तर्क जुटाएगा। मन कहेगा, 'संसार इतनी समस्याओं से घिरा है और तुम यहां मौन बैठे हो! देखो वियतनाम में क्या हो रहा है। और पाकिस्तान में, चीन में क्या हो रहा है! तुम्हारा देश मरा जा रहा है, न भोजन है, न पानी है; यहां बैठे ध्यान करके तुम क्या कर रहे हो? इसका क्या उपयोग है? क्या इससे देश में समाजवाद आ जाएगा?'

मन सुंदर तर्क जुटाएगा; मन बहुत तार्किक है। मन शैतान है; तुम्हें फुसलाने का विश्वास दिलाने का प्रयास करेगा कि तुम समय नष्ट कर रहे हो। लेकिन मन की मत सुनो, शुरू

से ही तैयार रहो कि मैं समय नष्ट करूंगा, मैं तो बस वहां होने का आनंद लूंगा।

और संसार की चिंता न लो, संसार चलता रहता है। यहां सदा ही समस्याएं रहेंगी। यह संसार का ढंग है, तुम कुछ नहीं कर सकते। इसलिए कोई महान विश्व-प्रवर्तक, क्रांतिकारी या मसीहा बनने का प्रयास मत करो। तुम बस स्वयं ही बनो और किसी पत्थर, या नदी, या वृक्ष की तरह अपने एकांत का आनंद लो—अनुपयोगी! अब एक पत्थर का क्या उपयोग है जो वर्षा में, सूर्य की रोशनी में, तारों की छांव में पड़ा है? इस पत्थर का क्या प्रयोजन है? कोई उपयोग नहीं है। पत्थर इसी तरह होने का आनंद लेता है। बस एक पत्थर बन जाओ।

जापान के झेन मठों में पत्थरों के उद्यान होते हैं; वे विशेषकर इसीलिए पत्थरों के बगीचे बनाते हैं। उन बगीचों में कोई वृक्ष नहीं होते, केवल रेत होती है और पत्थर होते हैं। एक अकेला पत्थर है, बस वहां पड़ा रहता है। और गुरु शिष्य से कहता है, 'जाओ और उस पत्थर की तरह हो जाओ, पत्थर ही हो जाओ। संसार की परवाह मत करो। संसार में चाहे जो हो, वह पत्थर ऐसे ही पड़ा रहता है। उसे कोई चिंता नहीं है, वह सदा से ध्यान-मग्न है।'

जब तक तुम सच में अनुपयोगी होने को तैयार न हो जाओ, तुम अकेले नहीं हो सकते, तुम एकांत में नहीं रह सकते। और एक बार तुम इसकी गहराई को जान लो तो तुम वापस समाज में आ सकते हो। फिर तुम्हें लौटना ही चाहिए। क्योंकि एकाकीपन जीवन का ढंग नहीं है, बस एक प्रशिक्षण है। यह जीवन जीने का ढंग नहीं बल्कि परिप्रेक्ष्य बदलने के लिए लिया गया एक गहन विश्राम है। एकांत तो बस समाज से हटने के लिए है, ताकि तुम स्वयं को देख सको कि तुम कौन हो।

तो ऐसा मत सोचो कि यह जीवन-शैली है। कई लोगों ने इसे जीने का ढंग ही बना लिया है। वे गलती कर रहे हैं। उन्होंने औषधि को भोजन बना लिया है। यह जीवन का ढंग नहीं, बस एक औषधि है। कुछ समय के लिए थोड़ा अलग हट जाओ, ताकि एक दूरी से देख सको कि तुम क्या हो और समाज तुम्हारे साथ क्या कर रहा है। समाज से बाहर होकर तुम बेहतर ढंग से देख सकते हो। तुम द्रष्टा हो सकते हो। समाज से बिना जुड़े, बिना उसमें हुए, तुम पर्वत शिखर पर बैठे एक द्रष्टा, एक साक्षी हो सकते हो। तुम इतनी दूर हो—बिना विचलित हुए, पक्षपात-रहित तुम देख सकते हो।

तो यह बात समझ लो कि यह जीवन का ढंग नहीं है। मैं यह नहीं कह रहा हूं कि तुम संसार छोड़ दो और हिमालय में कहीं साधु बनकर बैठ जाओ। नहीं। लेकिन कभी-कभी वहां जाओ, विश्राम करो, पत्थर की तरह निष्प्रयोजन, अकेले हो जाओ। संसार से स्वतंत्र, मुक्त होकर प्रकृति के हिस्से बन जाओ। तुम्हारा कायाकल्प हो जाएगा, तुम पुनरुज्जीवित हो जाओगे। फिर समाज में और भीड़ में वापस लौट आओ और उस सौंदर्य, उस मौन को अपने साथ लाने का प्रयास करो जो तुम्हें एकांत में घटित हुआ था। अब उसे अपने साथ ले लाओ, उससे संबंध मत तोड़ो। भीड़ में गहरे जाओ, लेकिन उसका हिस्सा मत बनो। भीड़ को अपने बाहर ही रहने दो, तुम अकेले रहो।

और जब तुम भीड़ में भी अकेले होने में सक्षम हो जाते हो, तब तुम अपने वास्तविक एकांत को उपलब्ध हो जाते हो। पहाड़ पर अकेले होना तो सरल है, कोई बाधा नहीं होती, सारी प्रकृति तुम्हारी मदद करती है। बाजार में वापस आकर, दुकान में, दफ्तर में, घर में रहकर

अकेले होना, यह एक उपलब्धि है। फिर तुमने उसे उपलब्ध किया, वह मात्र पहाड़ पर होने का संयोग भर न रहा। अब चेतना का गुणधर्म ही बदल गया।

तो भीड़ में अकेले हो रहो। भीड़ तो बाहर रहेगी ही, उसे भीतर मत आने दो। जो भी तुमने उपलब्ध किया है उसे बचाओ, उसकी रक्षा करो, उसे डांवाडोल मत होने दो। और जब भी तुम्हें लगे कि वह अनुभूति थोड़ी क्षीण हो गई है, कि अब तुम उसे चूक रहे हो, कि समाज ने उसे विचलित कर दिया है, कि उस पर धूल जम गई है, कि उसमें ताजगी न रही, वह अनुभव प्रदूषित हो गया, तो दोबारा चले जाओ। उस अनुभव को नया करने के लिए, जीवंत करने के लिए समाज से बाहर हो जाओ।

फिर एक क्षण आएगा कि यह वसंत सदा ताजा रहेगा और कोई भी उसे प्रदूषित नहीं कर पाएगा, संदूषित नहीं कर पाएगा, फिर कहीं जाने की जरूरत नहीं है।

तो यह बस एक विधि है, जीने की शैली नहीं। न तो साधु बन जाओ, न साध्वी बन जाओ, न ही किसी मठ में सदा-सदा के लिए रहने चले जाओ। वह बात ही बकवास है, क्योंकि यदि तुम सदा ही मठ में रहते हो तो तुम कभी नहीं जान पाओगे कि जो तुम्हें मिला है। वह तुम्हारी उपलब्धि है या मठ ने तुम्हें दिया है। हो सकता है वह उपलब्धि वास्तविक न हो, सांयोगिक हो। वास्तविक को कसौटी पर कसना होता है। वास्तविक अनुभव को समाज की कसौटी पर परखना पड़ता है। और जब यह अनुभव कभी न टूटे, तुम उस पर भरोसा कर सको, कुछ भी उसे डांवाडोल न कर सके, तो वह सच्चा है, प्रामाणिक है।

दूसरी विधिः

*अंतरिक्ष को अपना ही आनंद-शरीर मानो।*

यह दूसरी विधि पहली विधि से ही संबंधित है। आकाश को अपना ही आनंद-शरीर समझो। एक पहाड़ी पर बैठकर, जब तुम्हारे चारों ओर अनंत आकाश हो, तुम इसे कर सकते हो। अनुभव करो कि समस्त आकाश तुम्हारे आनंद-शरीर से भर गया है।

सात शरीर होते हैं। आनंद-शरीर अंतिम शरीर है। इसीलिए तो जैसे-जैसे तुम भीतर जाते हो तुम आनंदित अनुभव करते हो। क्योंकि तुम आनंद-शरीर के निकट पहुंच रहे हो, आनंद की पर्त पर पहुंच रहे हो। आनंद-शरीर तुम्हारी आत्मा के चारों ओर है। भीतर से बाहर की तरफ जाते हुए यह पहला और बाहर से भीतर की ओर आते हुए अंतिम शरीर है। तुम्हारी मूल सत्ता, तुम्हारी आत्मा के चारों ओर आनंद की एक पर्त है, इसे आनंद-शरीर कहते हैं।

पर्वत शिखर पर बैठे हुए अनंत आकाश को देखो, अनुभव करो कि सारा आकाश, सारा अंतरिक्ष तुम्हारे आनंद-शरीर से भर गया है। अनुभव करो कि तुम्हारा शरीर आनंद से भर गया है, अनुभव करो कि तुम्हारा आनंद-शरीर फैल गया है और पूरा आकाश उसमें समा गया है।

लेकिन यह तुम कैसे महसूस करोगे? तुम्हें तो पता ही नहीं कि आनंद क्या है तो तुम उसकी कल्पना कैसे करोगे? यह बेहतर होगा कि तुम पहले यह अनुभव करो कि पूरा आकाश मौन से भर गया है, आनंद से नहीं। आकाश को मौन से भरा हुआ अनुभव करो।

और प्रकृति इसमें सहयोग देगी, क्योंकि प्रकृति में ध्वनियां भी मौन ही होती हैं। शहरों में

तो मौन भी शोर से भरा होता है। प्राकृतिक ध्वनियां मौन होती हैं, क्योंकि वे विघ्न नहीं डालतीं, वे लयबद्ध होती हैं। तो ऐसा मत सोचो कि मौन अनिवार्य रूप से ध्वनि का अभाव है। नहीं, एक संगीतमय ध्वनि मौन हो सकती है, क्योंकि वह इतनी लयबद्ध है कि वह तुम्हें विचलित नहीं करती बल्कि वह तुम्हारे मौन को गहराती है।

तो जब तुम प्रकृति में जाते हो तो बहती हुई हवा के झोंके, झरने, नदी या और भी जो ध्वनियां हैं वे लयबद्ध होती हैं, वे एक पूर्ण का निर्माण करती हैं, वे बाधा नहीं डालतीं। उन्हें सुनने से तुम्हारा मौन और गहरा हो सकता है। तो पहले महसूस करो कि सारा आकाश मौन से भर गया है; गहरे से गहरे अनुभव करो कि आकाश और शांत होता जा रहा है, कि आकाश ने मौन बनकर तुम्हें घेर लिया है।

और जब तुम्हें लगे कि आकाश मौन से भर गया है, केवल तभी आनंद से भरने का प्रयास करना चाहिए। जैसे-जैसे मौन गहराएगा तुम्हें आनंद की पहली झलक मिलेगी। जैसे जब तनाव बढ़ता है तो तुम्हें दुख की पहली झलक मिलती है; ऐसे ही जब मौन गहराएगा तो तुम अधिक शांत, विश्रांत और आनंदित अनुभव करोगे। और जब वह झलक मिलती है तो तुम कल्पना कर सकते हो कि अब पूरा आकाश आनंद से भरा हुआ है।

'अंतरिक्ष को अपना ही आनंद-शरीर मानो।'

सारा आकाश तुम्हारा आनंद-शरीर बन जाता है।

तुम इसे अलग से भी कर सकते हो, इसे पहली विधि से जोड़ने की जरूरत नहीं है, लेकिन परिस्थिति वही जरूरी है—अनंत विस्तार, मौन, आस-पास किसी मनुष्य का न होना।

आस-पास किसी मनुष्य के न होने पर इतना जोर क्यों है? क्योंकि जैसे ही तुम किसी मनुष्य को देखोगे तुम पुराने ढंग से प्रतिक्रिया करने लगोगे। तुम बिना प्रतिक्रिया किए किसी मनुष्य को नहीं देख सकते, तत्क्षण तुम्हें कुछ न कुछ होने लगेगा। यह तुम्हें तुम्हारे पुराने ढर्रे पर लौटा लाएगा। यदि तुम्हें आस-पास कोई मनुष्य नजर न आए तो तुम भूल जाते हो कि तुम मनुष्य हो। और यह भूल जाना अच्छा ही है कि तुम मनुष्य हो, समाज के अंग हो। और केवल इतना स्मरण रखना अच्छा है कि तुम बस हो, चाहे यह न भी पता हो कि तुम क्या हो। तुम किसी व्यक्ति से, किसी समाज से, किसी दल से, किसी धर्म से जुड़े हुए नहीं हो। यह न जुड़ना सहयोगी होगा।

तो यह अच्छा होगा कि तुम अकेले कहीं चले जाओ और इस विधि को करो। अकेले इस विधि को करना सहयोगी होगा, लेकिन किसी ऐसी चीज से शुरू करो जो तुम अनुभव कर सकते हो। मैंने लोगों को ऐसी विधियां करते हुए देखा है जिनका वे अनुभव ही नहीं कर सकते। यदि तुम अनुभव ही न कर सको, यदि एक झलक का भी अनुभव न हो, तो सारी बात ही झूठ हो जाती है।

एक मित्र मेरे पास आए और कहने लगे, 'मैं इस बात की साधना कर रहा हूं कि परमात्मा सर्वव्यापी है।'

तो मैंने उनसे पूछा, 'साधना कर कैसे सकते हो? तुम कल्पना क्या करते हो? क्या तुम्हें परमात्मा का कोई स्वाद, कोई अनुभव है? क्योंकि केवल तभी उसकी कल्पना कर पाना संभव होगा। वरना तो तुम बस सोचते रहोगे कि कल्पना कर रहे हो और कुछ भी नहीं होगा।'

तो तुम कोई भी विधि करो, इस बात को स्मरण रखो कि पहले तुम्हें उसी से शुरू करना चाहिए जिससे तुम परिचित हो; हो सकता है तुम्हारा उसके साथ पूरा परिचय न हो परंतु थोड़ी सी झलक जरूर होगी। केवल तभी तुम एक-एक कदम बढ़ सकते हो। लेकिन बिलकुल अनजानी चीज पर मत कूद पड़ो, क्योंकि तब न तो तुम उसको अनुभव कर पाओगे, न उसकी कल्पना कर पाओगे।

इसी कारण से बहुत से गुरुओं ने, विशेषकर बुद्ध ने, परमात्मा शब्द को ही छोड़ दिया। बुद्ध ने कहा, 'उसके साथ तुम साधना शुरू नहीं कर सकते। वह तो परिणाम है और परिणाम को तुम शुरू में नहीं ला सकते। तो प्रारंभ से ही शुरू करो।' उन्होंने कहा, 'परिणाम को भूल जाओ, परिणाम स्वयं ही आ जाएगा।' और अपने शिष्यों को उन्होंने कहा, 'परमात्मा के बारे में मत सोचो, करुणा के बारे में सोचो, प्रेम के बारे में सोचो।'

तो वे यह नहीं कहते कि तुम परमात्मा को हर जगह देखने की कोशिश करो, तुम तो बस सब के प्रति करुणा से भर जाओ—वृक्षों के प्रति, मनुष्यों के प्रति, पशुओं के प्रति। बस करुणा को अनुभव करो, सहानुभूति से भर जाओ, प्रेम को जन्म दो। क्योंकि चाहे थोड़ा सा सही, फिर भी प्रेम को तुम जानते हो। हर किसी के जीवन में प्रेम जैसा कुछ होता है। तुमने किसी से चाहे प्रेम न किया हो, पर तुमसे तो किसी ने प्रेम किया ही होगा, कम से कम तुम्हारी मां ने तो किया ही होगा। उसकी आंखों में तुमने पाया होगा कि वह तुम्हें प्रेम करती है।

बुद्ध कहते हैं, 'अस्तित्व के प्रति मातृत्व से भर जाओ और गहन करुणा अनुभव करो। अनुभव करो कि पूरा जगत करुणा से भर गया है। फिर सब कुछ अपने आप हो जाएगा।'

तो इसे आधारभूत नियम की भांति स्मरण रखोः सदा ऐसी ही चीज से शुरू करो जिसे तुम महसूस कर सकते हो, क्योंकि उसके माध्यम से ही अज्ञात प्रवेश कर सकता है।

आज इतना ही।

# 70

# तपश्चर्या : अकेलेपन से गुजरने का साहस

# प्रश्न-सार

१. अकेलापन बहुत काटता है। क्या करें?
२. एकांत और पूर्णता में सामंजस्य कैसे बिठाएं?
३. संबंधों को बढ़ाएं या घटाएं?
४. यौन का आकर्षण क्या गर्भ में वापस लौटने का आकर्षण है?
५. आपका 'हम' से क्या तात्पर्य है?

**पहला प्रश्नः**

***एकांत में स्वयं का सामना करना बहुत भययुक्त और पीड़ादायीं है। क्या करें?***

यह भययुक्त भी है और पीड़ादायी भी, और व्यक्ति को इसे झेलना ही होता है। इससे बचने के लिए, मन को इससे हटाने के लिए, इससे भागने के लिए कुछ भी नहीं करना चाहिए। इसे झेलना ही पड़ेगा और इससे गुजरना ही पड़ेगा। यह कष्ट, यह पीड़ा तो शुभ लक्षण है कि अब तुम एक नए जन्म के निकट आ रहे हो, क्योंकि हर जन्म पीड़ा के बाद ही होता है। इससे बचा नहीं जा सकता और न ही इससे बचना चाहिए, क्योंकि यह तुम्हारे विकास का एक अंग है। इस पीड़ा और कष्ट को ही तपश्चर्या कहा गया है। तपस का अर्थ ही है: दुष्कर संयम, सघन प्रयास।

लेकिन यह पीड़ा क्यों है? यह समझने जैसा है, क्योंकि समझ तुम्हें इसमें से गुजरने में सहयोग देगी और यदि तुम जानते हुए इसमें से गुजरते हो तो तुम अधिक सरलता और शीघ्रता से इससे बाहर निकल आओगे। ।

जब तुम अकेले होते हो तो पीड़ा क्यों होती है? पहली बात तो यह है कि तुम्हारा अहंकार दिक्कत में पढ़ जाता है। तुम्हारा अहंकार केवल दूसरों के साथ ही रह सकता है। अहंकार संबंधों से ही विकसित हुआ है, अकेले नहीं रह सकता। तो यदि परिस्थिति ऐसी हो जाए जिसमें कि अहंकार बच ही न सके तो उसका दम घुटने लगता है, उसे अपनी मौत नजर आने लगती है। यह सबसे बड़ा कष्ट है। तुम्हें लगता है कि तुम ही मर रहे हो। पर तुम नहीं अहंकार मर रहा है, जिसे तुमने स्वयं समझ लिया है, जिससे तुमने तादात्म्य बना लिया है। अकेले में अहंकार नहीं टिक सकता, क्योंकि वह दूसरों ने तुम्हें दिया है। वह एक दान है। जब तुम दूसरों को छोड़ते हो तो तुम अहंकार को अपने साथ नहीं ले जा सकते।

इसको ऐसे देखो: जब तुम समाज में हो तो लोग सोचते हैं कि तुम बहुत अच्छे आदमी हो। यह अच्छाई अकेले में नहीं टिक सकती, क्योंकि यह तो दूसरे तुम्हारे बारे में सोचते थे। अब वे लोग तो हैं नहीं। तुम्हारी कोई छवि नहीं बन सकती। वह छवि आधारहीन हो गई। धीरे-धीरे वह छवि गिर जाएगी और तुम्हें बहुत बुरा लगेगा, क्योंकि तुम इतने अच्छे व्यक्ति थे और अब तुम नहीं रहे।

और केवल अच्छे लोगों को ही कष्ट नहीं होगा, यदि तुम बुरे हो तो यह खयाल भी तुम्हें दूसरों के द्वारा ही दिया गया है। वह भी ध्यान आकर्षित करने का एक उपाय है। जब कई लोग तुम्हें बुरा कहते हैं तो वे तुम्हारी ओर ध्यान देते हैं। वे तुम्हारे प्रति उदासीन नहीं रह सकते, उन्हें तुम्हारी ओर ध्यान देना ही पड़ेगा। तुम कुछ हो, बुरे आदमी हो, खतरनाक हो। जब तुम एकांत में चले जाते हो तो तुम ना-कुछ हो जाते हो। वह बुरी छवि खो जाएगी। और तुम उसी पर जी रहे थे, तुम्हारा अहंकार उसी से पोषित हो रहा था।

तो अच्छे आदमी और बुरे आदमी मूल रूप से भिन्न नहीं होते, दोनों का अहंकार पोषित हो रहा है। उनके माध्यम अलग हो सकते हैं, लेकिन उनके लक्ष्य तो एक ही हैं। बुरा भी दूसरों पर आश्रित है, अच्छा भी। वे दोनों समाज में रहते हैं। पापी और पुण्यात्मा दोनों समाज में ही होते हैं। अकेले में न तो तुम पापी होते हो न पुण्यात्मा।

तो एकांत में तुम जो भी अपने बारे में जानते हो, सब गिर जाता है; धीरे-धीरे समाप्त हो जाता है। थोड़े समय तक तुम अपने अहंकार को चलाए रख सकते हो—और वह भी तुम्हें कल्पना से करना पड़ेगा—लेकिन यह बहुत समय तक नहीं चल सकता। समाज के बिना तुम उखड़ जाते हो; वह धरती ही नहीं रहती जिससे तुम भोजन प्राप्त करते हो। यही मूल पीड़ा है। तुम्हे अब निश्चित नहीं होता कि तुम कौन हो—तुम एक धुंधला-धुंधला व्यक्तित्व, विलीन होता हुआ व्यक्तित्व रह जाते हो।

लेकिन यह अच्छा है, क्योंकि जब तक यह झूठे तुम समाप्त नहीं होते तब तक वास्तविक का उदय नहीं हो सकता। जब तक तुम पूरी तरह घुलकर मिट न जाओ, वास्तविक प्रकट नहीं हो सकता। यह झूठ सिंहासन पर आसीन है। उसे सिंहासन से उतार फेंकना है।

एकांत में रहने से वह सब, जो झूठ है, समाप्त हो सकता है। और समाज ने जो भी दिया है वह झूठ है, जो तुम्हारे साथ पैदा हुआ है वही वास्तविक है। जो भी तुम्हारे कारण है, किसी और का दिया हुआ नहीं है, वास्तविक है। लेकिन झूठ को तो जाना ही होगा। और झूठ बड़ी संपदा है : तुम्हारे उसमें इतने न्यस्त स्वार्थ हैं, तुमने उसे इतना सम्हाला है। तुम्हारी सारी आशाएं उसमें अटकी हैं। तो जब वह तिरोहित होने लगेगा, तुम्हें भय लगेगा, कंपकंपी होगी: 'मैं अपने साथ क्या कर रहा हूं? मैं अपना पूरा जीवन बरबाद कर रहा हूं, पूरा ढांचा तोड़ रहा हूं!'

तो भय होगा। लेकिन तुम्हें इस भय से गुजरना होगा, केवल तभी तुम अभय हो सकते हो। मैं यह नहीं कहता कि तुम बहादुर हो जाओगे, नहीं। मैं कहता हूं कि तुम अभय हो जाओगे। बहादुरी तो भय का ही हिस्सा है। तुम कितने ही बहादुर क्यों न होओ, भय पीछे छिपा ही हुआ है। मैं कहता हूँ अभय। तुम बहादुर नहीं हो जाओगे; जब भय ही न रह जाए तो बहादुर होने की जरूरत भी नहीं है। बहादुरी और भय दोनों ही असंगत हो जाते हैं। वे एक ही सिक्के के दो पहलू हैं।

तो तुम्हारे बहादुर आदमी और कुछ नहीं बस ऐसे ही हैं जैसे तुम शीर्षासन कर रहे हो। तुम्हारी बहादुरी भीतर छिपी हुई है और भय बाहर है; उनका भय भीतर छिपा हुआ है और बहादुरी बाहर है। तो जब तुम अकेले होते हो तो बड़े बहादुर होते हो, जब तुम किसी चीज के बारे में सोचते हो तो बड़े बहादुर होते हो, लेकिन जब असली परिस्थिति आती है तो तुम

▲

भयभीत हो जाते हो। योद्धाओं, महान योद्धाओं के बारे में कहा जाता है कि युद्ध में जाने से पहले वे उतने ही भयभीत होते हैं जितना कोई और हो सकता है।

भीतर तो कंपन है, लेकिन वे युद्ध में उतर जाएंगे। वे इस भय को भीतर अचेतन में धकेल देंगे; और अंदर जितना ही भय होगा, उतना ही वे बहादुर होने का मुखौटा ओढ़ लेंगे। वे एक कवच पहन लेंगे। तुम उस कवच की ओर देखते हो, वह बहादुर दिखाई पड़ता है, लेकिन गहरे में भय मौजूद है। व्यक्ति केवल तभी अभय हो सकता है यदि वह गहनतम भय से गुजरा हो—अहंकार के, छवि के, व्यक्तित्व के मिटने के भय से गुजरा हो।

यह मृत्यु है, क्योंकि तुम्हें पता नहीं कि इससे नए जीवन का जन्म होगा। इस प्रक्रिया के दौरान तो तुम्हें केवल मृत्यु का ही पता चलेगा। जिस तरह तुम हो, उस झूठी सत्ता के प्रति जब तुम मृत हो जाओगे, केवल तभी तुम्हें पता लगेगा कि यह मृत्यु तो अमरत्व का द्वार थी। वह सब कुछ जिसे तुमने इतना संजोया था, तुमसे छीना जा रहा है—तुम्हारा व्यक्तित्व, तुम्हारे विचार, वह सब कुछ जिसे तुम सुंदर समझते थे।

सब कुछ तुम्हें छोड़ रहा है। तुम्हें उघाड़ा जा रहा है। तुम्हारे सब चोगे-मुखौटे छीने जा रहे हैं। इस प्रक्रिया के दौरान भय होगा। लेकिन यह भय आधारभूत है, आवश्यक है, अपरिहार्य है; उससे गुजरना ही पड़ता है। उसे समझो, उससे बचने की कोशिश मत करो, उससे भागने की कोशिश मत करो। क्योंकि हर पलायन तुम्हें वापस लौटा लाएगा, तुम फिर अपने व्यक्तित्व में प्रवेश कर जाओगे।

जो लोग गहरे मौन और एकांत में जाते हैं, वे हमेशा मुझसे पूछते हैं, 'भय उठेगा तो क्या करें?' मैं उन्हें कुछ करने को नहीं कहता, बस भय को जीने को कहता हूं। यदि कंपकंपी उठती है तो कांपो, उसे रोकते क्यों हो? यदि कोई आंतरिक भय है और तुम उससे कांप रहे हो। तो कांपो। कुछ मत करो। उसे होने दो। वह अपने आप ही चला जाएगा। यदि तुम उससे बचोगे—और तुम बच सकते हो। तुम राम-राम जपना शुरू कर सकते हो; तुम किसी मंत्र को पकड़ सकते हो, ताकि तुम्हारा मन दूसरी ओर चला जाए। तुम्हारा मन दूसरी ओर उलझ जाएगा और भय नहीं होगा। लेकिन तुमने उसे अचेतन में फेंक दिया। भय उठ रहा था—जो कि अच्छा था, तुम उससे मुक्त हो सकते थे—वह तुम्हें छोड़ रहा था।

और जब भय तुम्हें छोड़ता है तब तुम कंपते हो। यह स्वाभाविक है, क्योंकि शरीर की, मन की हर कोशिका में जो ऊर्जा सदा दबी थी, वह बाहर निकल रही है। कंपन होगा, कंपकंपी छूटेगी; एकदम सब भूकंप की तरह हो जाएगा। पूरी आत्मा इससे विचलित हो जाएगी। और उसे हो जाने दो। कुछ भी मत करो।

यह मेरा सुझाव है। राम का नाम भी मत जपो। इस भय के साथ कुछ भी करने का प्रयास मत करो, क्योंकि तुम जो भी करोगे उससे दोबारा दमन हो जाएगा। बस भय को उठने देने से ही भय तुम्हें छोड़ जाएगा।

और जब भय तुम्हें छोड़ेगा तो तुम बिलकुल दूसरे ही आदमी हो जाओगे। झंझावात जा चुका होगा और तुम केंद्रित हो जाओगे। इतने केंद्रित जितने कि तुम पहले कभी भी न थे। और एक बार तुम्हें घटनाओं को होने देने की कला आ जाए तो तुम्हारे हाथ वह कुंजी लग जाएगी जो भीतर के सब द्वार खोल देती है। फिर जो भी हो, उसे होने दो, उससे बचो मत।

यदि बस तीन महीने के लिए तुम पूरी तरह से एकांत और मौन में चले जाओ, किसी चीज से संघर्ष न करो, जो भी हो उसे होने दो, तो तीन महीने के भीतर पुराना सब समाप्त हो जाएगा और नए का आविर्भाव होगा। लेकिन राज है होने देना, चाहे वह अनुभव कितना ही भयावह, कितना ही पीड़ादायी, कितना ही खतरनाक हो, कितना ही मौत जैसा लगे। कई क्षण आएंगे जब तुम्हें लगेगा कि अगर तुमने कुछ न किया तो तुम पागल हो जाओगे। और अनजाने में ही तुम कुछ करने लगोगे। हो सकता है तुम्हें पता हो कि कुछ भी नहीं किया जा सकता, लेकिन तुम नियंत्रण में नहीं होगे और तुम कुछ करने लगोगे।

यह ऐसे ही है जैसे कि तुम आधी रात को किसी अंधेरी सड़क से गुजर रहे हो और तुम्हें भय लगने लगे, क्योंकि आस-पास कोई भी नहीं है और सड़क भी अनजानी है, तो तुम सीटी बजाने लगते हो। सीटी बजाने से क्या होगा? तुम्हें पता है कि इससे कुछ नहीं हो सकता। तुम एक गीत गाने लगते हो। तुम जानते हो कि गीत गाने से कुछ भी नहीं होगा, अंधेरा मिट नहीं सकता, तुम अकेले ही रहोगे, लेकिन फिर भी इससे मन दूसरी ओर चला जाता है। यदि तुम सीटी बजाने लगते हो तो सीटी बजाने से तुम्हें थोड़ी हिम्मत बंधती है और तुम अंधकार को भूल जाते हो। तुम्हारा मन सीटी बजाने में लग जाता है और तुम्हें लगता है। कि सब ठीक है।

कुछ हुआ नहीं। सड़क भी वही है, अंधकार भी वही है, अगर कोई खतरा है तो वह भी वैसा का वैसा है, लेकिन तुम ज्यादा सुरक्षित महसूस करने लगते हो। सब कुछ वैसा ही है, लेकिन अब तुम कुछ कर रहे हो। तुम किसी नाम, किसी मंत्र का जाप करने लग सकते हो, वह भी एक तरह का सीटी बजाना है। उससे तुम्हें बल मिलेगा। लेकिन वह बल खतरनाक है, वह बल भी समस्या बन जाएगा, क्योंकि वह बल तुम्हारा पुराना अहंकार बन जाने वाला है। तुम उसे पुनरुज्जीवित कर रहे हो।

तो द्रष्टा बने रहो और जो भी हो उसे होने दो। भय के पार जाने के लिए उसका साक्षात्कार करना होता है। विषाद से ऊपर उठने के लिए उसे देखना होता है। और वह देखना जितना प्रामाणिक होगा, बिलकुल आमने-सामने, जितना ही तुम चीजों को जैसी हैं वैसी देखना शुरू कर दोगे, उतनी जल्दी ही घटना घटेगी।

समय इसलिए लगता है क्योंकि तुम्हारी प्रामाणिकता सघन नहीं है। तो तुम्हें तीन दिन लग सकते हैं, तीन महीने लग सकते हैं, तीन वर्ष लग सकते हैं या तीन जन्म लग सकते हैं—यह सघनता पर निर्भर करता है। वास्तव में तो तीन मिनट भी पर्याप्त हैं, तीन सेकेंड भी पर्याप्त हैं, लेकिन तब तुम्हें घोर नर्क से गुजरना पड़ेगा। इतनी सघनता को शायद तुम झेल न पाओ, सहन न कर पाओ। यदि कोई उसका साक्षात्कार कर सके जो भीतर छिपा है तो वह समाप्त हो जाता है। और जब वह समाप्त हो जाता है तो तुम दूसरे ही हो जाते हो। क्योंकि जो समाप्त हो गया है वह पहले तुम्हारा हिस्सा था, अब वह तुम्हारा हिस्सा नहीं है।

तो यह मत पूछो कि क्या करें। कुछ भी करने की जरूरत नहीं है। कुछ न करना, साक्षी रहना, बिना प्रयास के जो हो उसे देखना, जरा सा भी प्रयास न करना, बस होने देना...। अकर्मण्य बने रहो और जो हो रहा है उसे गुजर जाने दो। भय सदा गुजर जाता है। जब तुम कुछ करते हो तो वास्तव में सब अनकिया हो जाता है, क्योंकि तुम बाधा डाल रहे हो।

कौन डालेगा बाधा? कौन है भयभीत? वह जो रोग है वही बाधा डालेगा। वह अहंकार जिसे छोड़ना है, बाधा डालेगा।

मैंने तुम्हें कहा कि अहंकार समाज का अंग है। तुमने समाज तो छोड़ दिया पर तुम वह अंग नहीं छोड़ना चाहते जो समाज ने तुम्हें दिया है। समाज में उसकी जड़े हैं; समाज के बिना वह जी नहीं सकता। तो या तो तुम्हें अहंकार छोड़ना पड़ेगा या एक नया समाज खड़ा करना पड़ेगा, जिसमें वह जी सके।

तब तुम एक वैकल्पिक समाज का निर्माण कर ले सकते हो, यह मन की गहरी चाल है। ऐसा सदा हुआ है। तुम एक भिन्न समाज पैदा कर सकते हो। तुम एक आश्रम खड़ा कर सकते हो। बीस लोग जो एकांत में रहना चाहते हों एक मठ बना सकते हैं, तब वह मठ एक वैकल्पिक समाज बन गया। तो वे समाज से हट जाते हैं, परंतु एक दूसरा समाज निर्मित कर लेते हैं। तो मूलतः कुछ बदलता नहीं। वे वैसे ही रहते हैं। बल्कि शायद वे और अहंकारी हो सकते हैं, क्योंकि अब वे चुने हुए लोग हैं। संसार उन्होंने छोड़ दिया है मगर दूसरे समाज का निर्माण कर लिया है, संबंध फिर निर्मित होने लगे। फिर एक मुखिया होगा, फिर शिष्य होंगे, फिर एक गुरु होगा और सारी श्रृंखला एक लघु रूप में फिर आरंभ हो जाती है। और फिर अच्छे शिष्य होते हैं, बुरे शिष्य होते हैं, सफल और असफल होते हैं...सब वही का वही हो जाता है। एक छोटे समूह में सारा समाज वापस आ गया।

उससे कुछ नहीं होगा। अब पश्चिम में ऐसा हो रहा है। बड़ी संख्या में युवा लोग समाज छोड़ रहे हैं, क्योंकि उन्हें लगता है कि समाज सड़-गल गया है, मर रहा है। और उन्हें लगता है कि समाज इतना सड़ गया है कि इसे बदला नहीं जा सकता। यह एक नई घटना है। युवा लोग सदा से सोचते रहे हैं कि समाज सड़ गया है, पर वे सोचते रहे हैं कि इसे बदला जा सकता है, रूपांतरित किया जा सकता है, इसलिए क्रांति की जरूरत है। किसी समाज या सभ्यता की अंतिम अवस्था में ही ऐसा होता है कि लोग सोचना शुरू कर देते हैं कि कुछ भी नहीं किया जा सकता, क्रांति एक बकवास है, समाज इतना मर चुका है कि कोई इसे पुनरुज्जीवित नहीं कर सकता, बदल नहीं सकता। तो तुम बस उससे बाहर निकल आते हो। तुम कुछ नहीं कर सकते, घर में आग लगी है तो तुम बस उससे भाग निकलते हो।

पश्चिम में ऐसा ही हो रहा है : हिप्पी, बीटल, यिप्पी, इस तरह के लोग समाज छोड़ रहे हैं। लेकिन वे एक दूसरा समाज, वैकल्पिक समाज बन गए हैं। आम समाज में यदि तुम लंबे बाल रखते हो तो दूसरे तुम्हारी ओर ऐसे देखेंगे जैसे तुम भटक गए हो, कुछ गलत हो। हिप्पी समाज में यदि तुम्हारे बाल छोटे हैं तो तुम गलत हो! तुममें कोई गलती है।

लेकिन अंतर क्या है? आम समाज में यदि तुम गंदे रहते हो तो तुम गलत हो; तुम असंस्कृत, असभ्य, अनपढ़, अस्वीकार्य हो। लेकिन हिप्पी समाज में यदि तुम साफ रहते हो तो गलत हो। फिर तो तुम अभी पुराने मन के साथ चिपके हुए हो जो कहता है कि परमात्मा के बाद स्वच्छता ही है। परमात्मा तो बहुत पहले मर चुका, अब उसके बाद स्वच्छता भी मर गई है। परमात्मा के बिना वह जिंदा नहीं रह सकती।

लेकिन वही निंदा और वही प्रशंसा वहां भी है। तुम बिलकुल उलटे नियमों को लेकर एक वैकल्पिक समाज बना सकते हो। लेकिन उससे कोई अंतर नहीं पड़ता, तुम्हारे अहंकार

को पुनः पोषित किया जा सकता है। उसे उखाड़कर तुमने दूसरी जगह लगा दिया। नई धरती उसे मिल गई।

एकाकी होने का अर्थ है किसी वैकल्पिक समाज का निर्माण न करना। बस समाज से बाहर निकल जाओ; और तब समाज ने तुम्हें जो भी दिया है, तुम्हें छोड़ जाएगा। वह सब केवल एक वातावरण में, एक सामाजिक वातावरण में जीवित रह सकता है, उसके बाहर नहीं। तुम्हें वह छोड़ना ही पड़ेगा। यह पीड़ादायी तो होगा, क्योंकि तुम उसके साथ इतने व्यवस्थित हो, सब कुछ सुव्यवस्थित है। इस व्यवस्था में रहना तुम्हारे लिए बहुत आरामदायक हो गया है। जब तुम बदलते हो और अकेले हो जाते हो तो तुम सब आराम, सब सुविधाएं और जो कुछ भी समाज तुम्हें दे सकता हैं, छोड़ रहे हो। और जब समाज तुम्हें कुछ देता है तो तुमसे कुछ लेता भी है : तुम्हारी स्वतंत्रता, तुम्हारी आत्मा।

तो यह एक लेन-देन है। और जब तुम अपनी आत्मा को उसकी परिपूर्ण शुद्धता में पाने का प्रयास कर रहे हो तो तुम्हें यह लेन-देन बंद करना होगा। यह पीड़ादायी तो होगा, लेकिन यदि तुम इसमें से गुजर सको तो परम आनंद करीब ही है। समाज इतना दुखदायी नहीं है जितना एकाकीपन; समाज सांत्वना देता है, सुविधाजनक है, सुखद है। लेकिन तुम्हें एक तरह की नींद देता है। यदि तुम उसे छोड़ोगे तो असुविधा तो होगी ही। हर तरह की असुविधा होगी। उन असुविधाओं को इस समझ से झेलना होगा कि वे एकांत का, स्वयं को पुनः प्राप्त करने का अंग हैं। यही तप है, यही साधना है। और इससे तुम नए होकर, एक नई गरिमा और आभा, एक नई शुद्धता और निर्दोषता के साथ बाहर आते हो।

**दूसरा प्रश्नः**

***कल रात आपने कहा कि पूर्ण एकांत मनुष्य का मूल स्वभाव है, मनुष्य की परम दशा है एक दिन आपने यह भी कहा था कि व्यक्तित्व झूठ है और मनुष्य अस्तित्व की संघटित (आर्गेनिक) पूर्णता में तरंग मात्र है। तो एकांत और पूर्णता में सामंजस्य कैसे हो सकता है?***

सामंजस्य की कोई जरूरत नहीं है। एकांत ही पूर्णता है। लेकिन एकाकीपन का अर्थ व्यक्तित्व नहीं है। समाज के कारण ही तुम एक व्यक्ति हो। जब तुम सर्वथा अकेले होओगे तो व्यक्ति नहीं रह जाओगे।

व्यक्ति का अर्थ है समाज का एक हिस्सा, समाज की एक इकाई। जब तुम भीड़ में होते हो तो एक व्यक्ति होते हो; जब तुम भीड़ से बाहर निकल आते हो तो न केवल भीड़ पीछे छूट जाती है वरन व्यक्ति भी पीछे छूट जाता है। वह व्यक्तित्व तुम्हें दिया गया था। व्यक्तित्व और समाज एक ही सिक्के के दो पहलू हैं। अकेले होने पर तुम व्यक्ति नहीं रह जाते। व्यक्ति को समाज के ढांचे में रहना होता है। यह ऐसा ही है जैसे मैंने कहा कि अकेले न तुम अच्छे होते हो न बुरे, न पापी होते हो न पुण्यात्मा, न सुंदर होते हो न कुरूप, न बुद्धिमान होते हो न मूर्ख। दोनों ही द्वैत समाप्त हो जाते हैं। दुई गिर जाती है।

व्यक्ति समाज के कारण है। व्यक्ति समाज की इकाई है। अकेले तुम व्यक्ति नहीं

होते। इसलिए यह मत सोचो कि जब तुम अकेले होओगे तो व्यक्ति रहोगे। नहीं, तुम व्यक्ति नहीं होओगे। यदि कोई समाज न हो तो तुम व्यक्ति कैसे हो सकते हो? तुम बस होओगे, और तुम्हारा एकाकीपन ही पूर्णता होगा। अहंकार गिर जाएगा। और यह अहंकार ही है जो तुम्हें व्यक्तित्व का भाव देता है।

अकेले होने का यह अर्थ नहीं है कि तुम एक व्यक्ति हो, अकेले होने का अर्थ है कि अब समाज और व्यक्ति के बीच का विभाजन न रहा। इससे तुम्हें पूर्णता मिलेगी। अब तुम किसी चीज के हिस्से नहीं हो। तुम पूर्ण हो गए।

इसे अभिव्यक्त करना कठिन है, क्योंकि भाषा में यह बड़ा अजीब लगता है। तुम कल्पना ही नहीं कर सकते कि जब तुम अकेले हो तो व्यक्ति कैसे नहीं होओगे। क्योंकि यदि तुम कल्पना करो कि किसी पहाड़ पर, हिमालय की किसी कंदरा में बैठे हुए हो तो स्वयं को तुम एक व्यक्ति की तरह ही सोचोगे—क्योंकि तुम जानते ही नहीं कि एकांत क्या है। एकांत का अर्थ है कि सब विचार, सारा मन, सारा व्यक्तित्व जो तुम्हें समाज ने दिया था, सब पीछे छूट गया। तुम बस एक रिक्तता, एक शून्य, एक ना-कुछ रह जाओगे। हिमालय की कंदरा में बैठे हुए कोई बैठा नहीं होगा, बस शून्य आकाश होगा।

बुद्ध एक वृक्ष के नीचे ध्यान कर रहे थे। पूर्णिमा की रात थी और कुछ युवक जंगल में आए हुए थे। वे अपने साथ बहुत सी शराब और एक युवा वेश्या को ले आए थे। लेकिन उन्होंने इतनी शराब पी ली और नशे में वे इतने धुत्त हो गए कि वेश्या भाग खड़ी हुई। जब उन्हें पता चला कि युवती उन्हें छोड़कर चली गई है तो वे उसे ढूंढने निकले कि कहां गई?

खोजते-खोजते वे बुद्ध के पास पहुंचे जो वृक्ष के नीचे बैठे ध्यान कर रहे थे। तो उन युवकों ने उनसे पूछा, 'आपने एक सुंदर और नग्न युवती को इधर से गुजरते हुए अवश्य देखा होगा, क्योंकि यही एकमात्र रास्ता है और पूर्णिमा की रात है। तो आपने उस नग्न सुंदरी को गुजरते हुए अवश्य देखा होगा। आपने देखा उसे ?'

बुद्ध ने अपनी आंखें खोली और कहा, 'कोई गुजरा तो अवश्य, लेकिन मैं यह नहीं कह सकता कि वह स्त्री थी या पुरुष था। मैं यह नहीं कह सकता कि जो गुजरा वह सुंदर था या कुरूप। मैं यह भी नहीं कह सकता कि उसने वस्त्र पहने हुए थे या नहीं। कोई गुजरा तो अवश्य, मैंने पदचाप सुनी थी।'

वे तो बड़े चकित हुए और बोले, 'यह तो असंभव है।' बुद्ध ने कहा, 'पहले मैंने भी इस पर विश्वास न किया होता। जब मैं समाज का हिस्सा था तो यह असंभव था, लेकिन अब मैंने समाज को छोड़ दिया है और समाज की सारी धारणाएं भी छोड़ दी हैं। अब मेरे चारों ओर केवल प्रकृति घटित होती है। इसलिए मैंने किसी के गुजरने की आवाज तो सुनी; मेरे आंतरिक शून्य में बस वह आवाज पहुंची, बस इतना ही। कोई गुजरा।'

तुम एक मौन आंतरिक शून्य हो जाते हो। तुम व्यक्ति नहीं होते, क्योंकि तुम मन नहीं रहते। मन को गिराने के लिए एकांत सुझाया गया है। और मन के साथ सब गिर जाता है। एक क्षण आता है जब तुम्हें पता नहीं रहता कि तुम कौन हो; और वही क्षण है जहां से वास्तविक ज्ञान शुरू होगा।

एक क्षण आता है जब तुम बिलकुल भूल जाते हो कि तुम कौन हो; और पहले तुम

जो जानते भी थे वह नहीं रहता, पुरानी सब पत्तियां गिर जाती हैं। यही सबसे कठिन और सबसे महत्वपूर्ण क्षण है और अब कुछ समय के लिए एक अंतराल होगा। यह अंतराल तीव्र व्यथा से भरा होगा, क्योंकि पुराना तो जा चुका और नया अभी आया नहीं है। जब वृक्ष से पुरानी पत्तियां गिरेंगी तो कुछ दिन के लिए वृक्ष नग्न हो जाएगा और बस नई कोंपलों के फूटने की प्रतीक्षा करेगा। नई पत्तियां आ रही हैं, वे रास्ते पर हैं, पुरानी पत्तियों ने जगह खाली कर दी है। अब जगह खाली है तो उस जगह को भरने के लिए नए की यात्रा शुरू हो गई है, देर-अबेर उसका आविर्भाव होगा।

लेकिन तुम्हें प्रतीक्षा करनी होगी। एकांत में ध्यान करते-करते समाज छूट जाएगा, मन छूट जाएगा, अहंकार छूट जाएगा और एक अंतराल पैदा होगा। तुम्हें उस अंतराल से भी गुजरना पड़ेगा। अब वृक्ष नई पत्तियों के आने की बाट जोह रहा है, लेकिन कोई कुछ कर नहीं सकता। वृक्ष क्या कर सकता है? उन्हें जल्दी लाने के लिए कुछ नहीं किया जा सकता, वे अपने ही ढंग से आएंगी।

और यह अच्छा है कि पुराना छूट गया है, क्योंकि अब जगह खाली हो गई। नए के आविर्भाव के लिए जगह बन गई। अब कोई बाधा न होगी।

तो अंतर्मन का भी एक पतझड़ होता है। सारी पत्तियां गिर जाएंगी। एक गहन पीड़ा होगी। तुम उन पुरानी पत्तियों के साथ इतने दिन रहे हो कि तुम्हें लगेगा तुम कुछ खो रहे हो। और फिर प्रतीक्षा का एक शिशिर काल, एक आंतरिक शिशिर काल होगा जब तुम नग्न हो रहोगे—बिना पत्तियों के, आकाश की ओर उन्मुख एक नग्न वृक्ष। और तुम नहीं जानते कि क्या होने वाला है। अब सब कुछ ठहर गया है। अब कोई पक्षी तुम्हारी शाखाओं पर गीत गाने नहीं आते। अब कोई तुम्हारे नीचे, तुम्हारी छाया में बैठने, आराम करने नहीं आता। अब तुम्हें कुछ पता नहीं है कि तुम मर चुके हो या तुम्हारा कोई नया जन्म होने वाला है। यह बीच का अंतराल है।

ईसाई रहस्यदर्शियों ने इसे कहा है : आत्मा की अंधेरी रात—सूर्योदय से पहले। सब कृत्रिम प्रकाश बुझ गए हैं, रात बहुत अंधियारी हो गई है। और सूर्योदय से पहले का क्षण सर्वाधिक अंधकारमय होगा।

तो अंतरात्मा का एक शिशिर काल होता है, जब कोई पत्तियां नहीं होतीं, कोई पक्षी गीत नहीं गाते और कोई तुम्हारे नीचे विश्राम करने नहीं आता। तुम मृतवत अनुभव करते हो। सब कुछ रुक गया। सब गतियां बंद हो गईं। इससे गुजरना होगा—क्योंकि फिर वसंत आएगा, नई पत्तियां उगेंगी, नया जीवन, नए फूल आएंगे। तुम्हारे भीतर एक नया आयाम खुलेगा।

लेकिन पतझड़ को और शिशिर को याद रखो, केवल तभी वसंत संभव है। पतझड़ भी वसंत का हिस्सा है—यदि तुम समझ सको—वह वसंत के आने का ही मार्ग तैयार कर रहा है। तो पतझड़ वसंत के विरुद्ध नहीं है, केवल उसकी शुरुआत है। और वह अंतराल भी जरूरी है, क्योंकि उसमें तुम तैयार होते हो। पुराना जा चुका। अब तुम उससे दबे नहीं हो, उससे बोझिल नहीं हो। तुम गर्भवान हो। लेकिन गर्भ का मतलब है प्रतीक्षा, नया शिशु विकसित हो रहा है। इससे पहले कि वह जन्म ले, इस संसार में प्रकट हो, उसे गहरे अचेतन में छिपे रहना होगा, क्योंकि हर बीज को गहन अंधकार में, भूमि के नीचे छिपे रहना पड़ता है। तभी उसमें

जीवन घटित होता है। यदि तुम बीज को सूर्य के प्रकाश में रख दो तो कुछ भी नहीं होगा। उसे गहन अंधकार की, एक गर्भ की जरूरत है।

तो जब तुम गर्भ से भरे हो तो शिशिर काल होगाः सब गति रुक जाती है, तुम्हें बस गर्भ को सम्हालना होता है—होशपूर्वक, समझपूर्वक, प्रेमपूर्वक, आशा से भरे, प्रार्थनापूर्ण, प्रतीक्षापूर्ण। और फिर वसंत आएगा। ऐसा सदा हुआ है। मनुष्य भी एक वृक्ष है।

और स्मरण रहे, एकांत ही पूर्णता है, वे विरोधाभासी नहीं हैं। अहंकार तो हिस्सा है, एक खंड है। अहंकार समष्टि नहीं हो सकता, वह पूर्ण के विरुद्ध है। एकांत में अहंकार समाप्त हो जाता है। तुम पूर्ण के साथ एक हो जाते हो और सीमा गिर जाती है। जब तुम परिपूर्ण रूप से अकेले हो तो तुम ब्रह्मांड हो, तुम ब्रह्म हो।

**तीसरा प्रश्नः**

***कल रात की पहली विधि में बताया गया कि एकांत में रहना संबंधों को कम से कम करना है। लेकिन पहले कभी आपने कहा था कि अपने संबंधों को असीमित रूप से बढ़ाना चाहिए।***

दोनों में से कुछ भी करो। या तो अपने को इतना फैलाओ कि कुछ भी तुमसे असंबंधित न रह जाए, तब तुम खो जाओगे; या इतने अकेले हो जाओ कि कुछ भी तुमसे संबंधित न रहे, तब भी तुम खो जाओगे।

तुम मध्य में हो, जहां कुछ संबंधित है और कुछ संबंधित नहीं है, जहां कोई मित्र है। और कोई शत्रु है, जहां कोई अपना है और कोई पराया है, जहां चुनाव है। तुम मध्य में हो। किसी भी अति पर चले जाओ। हर किसी से संबंधित हो जाओ, हर चीज से संबंधित हो जाओ—और तुम खो जाओगे। हर चीज से संबंधित हो जाना इतनी विराट घटना है कि तुम नहीं बच सकते, तुम तो डूब जाओगे।

तुम्हारा अहंकार इतना संकरा है कि वह केवल थोड़े से संबंधों में ही जी सकता है। और उनमें भी वह किसी न किसी चीज के विरुद्ध होता है, वरना वह जी ही नहीं सकता। यदि संसार की हर चीज के साथ तुम मैत्रीपूर्ण हो जाओ तो तुम खो जाते हो। यदि तुम अहंकार की तरह रहना चाहते हो तो भी तुम मैत्रीपूर्ण हो सकते हो; लेकिन तब तुम्हें किसी से शत्रुता भी करनी होगी। किसी से तुम्हें प्रेम करना होगा और किसी से घृणा करनी होगी। तब तुम इन दो विरोधाभासों के बीच जी सकते हो, अहंकार बच सकता है।

तो या तो सबको प्रेम करो और तुम समाप्त हो जाओगे, या सबको घृणा करो और तुम समाप्त हो जाओगे। यह विरोधाभासी लगता है, है नहीं। विधि एक ही है। विधि वही है चाहे तुम सबको प्रेम करो, चाहे सबको घृणा करो। हर चीज की घृणा को पूरब में वैराग्य कहते हैं। हर चीज से घृणा में तुम अपना प्रेम पूरी तरह से खींच लेते हो, महसूस करते हो कि सब व्यर्थ है, कोई मूल्य नहीं है।

यदि तुम इतनी समग्रता से घृणा कर सको तो तुम पूर्ण हो जाओगे, तब तुम नहीं रह सकते। तुम केवल तभी हो सकते हो जब दो विरोधाभास हों : प्रेम और घृणा। इन दो के बीच

तुम संतुलित होते हो। यह ऐसे ही है जैसे कोई रस्सी पर चल रहा हो। उसे दाएं और बाएं के बीच संतुलन रखना पड़ता है। यदि वह पूरी तरह बाईं ओर चला जाए तो वह गिर जाएगा; यदि वह पूरी तरह दाईं ओर चला जाए तो भी वह गिर जाएगा। तो चाहे तुम दाईं ओर जाओ कि बाईं ओर, उससे कोई अंतर नहीं पड़ता। कोई एक चुन लो। तुम रस्सी से गिर जाओगे।

यदि तुम रस्सी पर बने रहना चाहते हो तो तुम्हें संतुलन करना पड़ेगा, कभी बाईं ओर, कभी दाईं ओर। और सच में संतुलन एक विज्ञान है। जब तुम बाईं ओर झुकोगे तो तत्क्षण तुम्हें दाईं ओर झुकना पड़ेगा, क्योंकि बायां हिस्सा गिरने की संभावना पैदा कर देगा। उसके विपरीत संतुलन करने के लिए तुम्हें दाईं ओर झुकना पड़ेगा। और जब तुम दाईं ओर झुकोगे तो फिर गिरने की संभावना हो सकती है। तो तुम्हें बाईं ओर झुकना पड़ेगा।

यही कारण है कि तुम प्रेम और घृणा के बीच, मित्र और शत्रु के बीच, इसके और उसके बीच, पसंद और नापसंद, आकर्षण और विकर्षण के बीच गति करते रहते हो। तुम सतत एक रस्सी पर चल रहे हो। यदि तुम इसे न समझो तो तुम्हारा पूरा जीवन एक उलझन ही रहेगा।

मैंने बहुत से लोगों का अध्ययन किया है और यह बुनियादी परेशानियों में से एक है। वे प्रेम करते हैं, फिर घृणा करते हैं; और वे समझ नहीं पाते कि जब वे प्रेम करते हैं तो फिर घृणा क्यों करते हैं। इस तरह वे संतुलन करते हैं। और यह संतुलन तुम्हें अहंकार देता है, तुम्हारा व्यक्तित्व देता है।

यदि तुम सच में अहंकार को छोड़ना चाहते हो तो कोई भी अति चुन लो। बाईं ओर झुक जाओ, प्रेम करो और उसे दाएं से संतुलित मत करो—तुम रस्सी से गिर जाओगे। या दाई ओर झुक जाओ, घृणा करो और पूरी तरह से घृणा करो और बाईं ओर मत जाओ, तुम रस्सी से गिर जाओगे।

महावीर कहते हैं कि हर चीज से विरक्त हो जाओ—यह घृणा है। और कृष्ण कहते हैं। कि प्रेम करो। यही कारण है कि जैन कभी भी कृष्ण का संदेश नहीं समझ सकते। असंभव है। और हिंदुओं ने महावीर की ओर कोई ध्यान नहीं दिया है। उन्होंने अपने शास्त्रों में उनके नाम का कोई उल्लेख भी नहीं किया है। एक भी उल्लेख नहीं है। उन्होंने कोई ध्यान ही नहीं दिया, क्योंकि वह कहते हैं कि हर चीज से इतने विरक्त हो जाओ कि वह घृणा बन जाए। कृष्ण कहते हैं कि प्रेम करो और इतनी पूर्णता से प्रेम करो कि घृणा बिलकुल ही मन से छूट जाए।

दोनों एक ही हैं। तुम्हें विरोधाभासी लगते हैं, हैं नहीं। या तो बाईं ओर झुक जाओ या दाईं ओर, इससे कोई अंतर नहीं पड़ता, तुम जमीन पर ही गिरोगे, रस्सी पर नहीं रह सकते—इतना पक्का है। वह रस्सी अहंकार है, या कहो संसार है, और उस पर तुम अपने को संतुलित कर रहे हो।

बहुत लोग मुझे प्रेम करते हैं, और मुझे पता है कि देर-अबेर वे संतुलन करेंगे और घृणा करने लगेंगे। और जब वे घृणा करते हैं तो व्यथित हो जाते हैं। उन्हें व्यथित नहीं होना चाहिए, क्योंकि ऐसे ही तो वे रस्सी पर बने रह सकते हैं। लेकिन वे ज्यादा देर तक घृणा भी नहीं कर सकते, उन्हें फिर संतुलन करना पड़ेगा।

सुबह तुम प्रेम करते हो और शाम को घृणा करते हो, सुबह तुम फिर प्रेम करने लगते

हो। जब तक तुम अहंकार को छोड़ने को तैयार नहीं हो तब तक यह संतुलन चलता रहेगा। यह अनंत काल तक चल सकता है, रस्सी अंतहीन है। लेकिन एक बार तुम पूरे खेल से ऊब जाओ, एक बार तुम्हें दिख जाए कि यह व्यर्थ है—हर बार घृणा और प्रेम से संतुलन करना और बार-बार विपरीत दिशा में जाना, यह बेकार है—जब तुम किसी एक छोर पर जा सकते हो, चाहे प्रेम चाहे घृणा, और रस्सी से हट सकते हो। और एक बार तुम रस्सी से हटे कि तुम संबुद्ध हो। बीच में बने रहना संसार है।

**चौथा प्रश्नः**

***पुरुष के अंदर गर्भ में प्रवेश करने की एक अंतर्निहित अभीप्सा है। कृपया बताएं कि पुरुष की संभोग के द्वारा स्त्री के भीतर प्रवेश करने की चाह भी क्या गर्भ में लौट जाने की इसी अंतर्निहित अभीप्सा की प्रतीक है?***

हां, यह चाह भी उसी का अंग है। प्रकृति में हर चीज स्रोत पर लौटना चाहती है। यह एक नियम है। बीच में कुछ भी हो, असंगत है। हर वर्तुल पूर्णता पर पहुंच जाता है, आरंभ पर, मूल स्रोत पर पहुंच जाता है।

पुरुष गर्भ से पैदा होता है। जब भी वह क्षोभ या विषाद में होता है, जब भी संसार में बहुत अधिक जिम्मेवारियां होती हैं, बोझ होते हैं, सब कुछ भारी हो जाता है—वह गर्भ में लौटना चाहता है। इसीलिए स्त्री में प्रवेश करने का यह आकर्षण है, यह चाह है। लेकिन तुम प्रवेश नहीं कर सकते, तुम दोबारा बच्चे नहीं बन सकते, तो संभोग एक प्रतीक बन जाता है। वह प्रवेश प्रतीकात्मक हो जाता है। तुम फिर गर्भ में पहुंच जाते हो। इसीलिए संभोग इतना विश्रामदायी, आरामदेह होता है। सब तनाव खो जाते हैं, मन बोझ से मुक्त हो जाता है। कम से कम उस क्षण में तुम आनंदित होते हो। यह एक रेचन है : तुम बहुत सी धूल झाड़ लेते हो।

तो संभोग एक राहत, एक विश्राम बन जाता है। और स्त्री एक गर्भ बन जाती है। यही आकर्षण का हिस्सा है, कामना का हिस्सा है। हो सकता है तुम्हें इसका पता न हो, लेकिन आराम के लिए हमने जो भी बनाया है वह गर्भ जैसा ही है। एक बंद कमरे में, शरीर के तापमान पर, शांत बैठकर तुम आसानी से विश्राम कर सकते हो। और यदि तुम्हारे शयनकक्ष में गर्भाशय के सभी गुण हों तो तुम गहरी नींद सोओगे। एक दीवार घड़ी भी तुम्हें सहयोग देती है। उसकी टिक-टिक, टिक-टिक चलती रहती है। वह मां के हृदय की टिक-टिक, टिक-टिक जैसी ही है, जो गर्भ में बच्चे को सुनाई पड़ती है। वह उसे सुनता रहता है। टिक-टिक की लय सहयोगी है; गद्दा, सिराहना, जो भी चीजें हम प्रयोग करते हैं वे गर्भ जैसी ही हैं। अब तो वैज्ञानिकों का कहना है कि देर-अबेर हम सोने के लिए ठीक गर्भ जैसे चैंबर बना लेंगे, ठीक वैसे ही, क्योंकि वे तुम्हें गहरी से गहरी नींद दे पाएंगे।

निर्वाण की परम धारणा भी गर्भ जैसी है। गर्भ में बच्चा एकदम स्वतंत्र होता है, सब जिम्मेवारियों से मुक्त होता है। उसे किसी चाह का पता नहीं चलता। चाह उठने से पहले ही तृप्त हो जाती है। इसी को हिंदू कल्पवृक्ष कहते हैं। स्वर्ग में ऐसे वृक्ष होते हैं जिनके नीचे तुम बैठो, और जैसे ही तुम्हारे मन में कोई चाह उठती है, तत्क्षण वह पूर्ण हो जाती है। इच्छा, मांग

और आपूर्ति के बीच कोई अंतराल नहीं होता, कोई समय का अंतराल नहीं होता। चाह उठी नहीं कि पूर्ति हो जाती है।

गर्भ में ऐसा ही होता है, वह कल्पवृक्ष है। बच्चे को कभी पता नहीं चलता कि वह भूखा है, इससे पहले कि भूख लगे वह तृप्त हो जाती है। बच्चे को कभी पता नहीं चलता कि वह प्यासा है, इससे पहले कि प्यास लगे, प्यास तृप्त हो जाती है। उसे किसी संघर्ष, किसी तनाव का पता नहीं चलता, उसके सारे काम चुपचाप समष्टि द्वारा कर दिए जाते हैं।

मनोवैज्ञानिक कहते हैं कि यही कारण है कि गर्भ में बच्चा सचेत नहीं हो सकता, क्योंकि चेतना के लिए संघर्ष की, श्रम की जरूरत है। चेतना विकसित ही तब होती है जब पहले मांग उठे, फिर एक अंतराल हो और फिर उसकी पूर्ति हो। वह अंतराल तुम्हें सचेत करता है। यदि कोई अंतराल न हो, तुम जो चाहो वह तत्क्षण पूरा हो जाए तो तुम सो जाओगे।

तो बच्चा नौ महीने तक लगातार सोया रहता है, एक क्षण के लिए भी नहीं जागता। जागने की कोई जरूरत भी नहीं है। सब जरूरतें पूरी हो जाती हैं। कोई पीड़ा नहीं है, कोई कष्ट नहीं है, कोई तनाव नहीं है, तो चैतन्यता संभव नहीं है। वह सोया रहता है।

और जब वह पैदा होता है तो इतना बड़ा धक्का लगता है कि फ्रायड कहता है कि कोई कभी भी उससे उबर नहीं पाता। यह एक चोट है। यह एक घाव की तरह सदा तुम्हारे भीतर रहता है। और मैं सोचता हूं कि वह ठीक है। जब बच्चा पैदा होता है तो उसे एक धक्का लगता है! वह अदन के बगीचे से, स्वर्ग से फेंक दिया जाता है। वहां सब कुछ इतना सुंदर था, इतना सुंदर था कि वह सोया हुआ था। वहां इतना आराम था कि उसे एक क्षण के लिए भी जागने की जरूरत नहीं थी। वह एक स्वप्नलोक में था और अब उसे जबरदस्ती बाहर फेंका जा रहा है।

इस बात की पूरी संभावना है कि बच्चे का अचेतन गर्भ में रहने के लिए संघर्ष करता होगा। कहना कठिन है कि सच में ऐसा है कि नहीं, लेकिन संभावना पूरी है कि बच्चा गर्भ में बने रहने के लिए संघर्ष करता है। वह बाहर आने में हर तरह की कठिनाई खड़ी करता है। इसीलिए पीड़ा और संघर्ष होते हैं। वह बाहर फेंका जा रहा है, बाहर निकाला जा रहा है।

और गर्भ के बाहर पहला क्षण इतनी बड़ी पीड़ा का होगा कि इतनी पीड़ा उस बच्चे को फिर कभी नहीं होगी। मृत्यु भी इतनी कष्टपूर्ण नहीं होगी। क्योंकि पहली बार उसे अपने आप श्वास लेनी पड़ेगी—और संसार अपनी सारी चिंताओं के साथ शुरू हो गया। अब वह केंद्र होगा और उत्तरदायी होगा और उसे अपना बोझ खुद उठाना पड़ेगा। वह मां से बाहर फेंक दिया गया है। अब उसे श्वास लेनी पड़ेगी और भूख लगेगी तो रोना पड़ेगा। और अब कुछ भी पक्का नहीं है कि जब उसे भूख लगेगी तो वह पूरी होगी या नहीं—निश्चित नहीं है। यह निर्भर करेगा, वह आश्रित हो गया। अब अपनी हर जरूरत के लिए उसे संघर्ष करना पड़ेगा।

लेकिन फिर हम अपने बच्चों के लिए हर तरह से हर सुविधा का प्रबंध करते हैं, ताकि चोट बहुत गहरी न जाए। मां उसकी जरूरतों को तत्क्षण पूरा करती रहती है। इस कारण बच्चे को लगने लगता है कि वह संसार का केंद्र है और सारा संसार उसके पीछे चलता है। बस जरा से रोने भर से पूरा संसार उसके चरणों में आ गिरेगा। इससे बड़ी अहंकारपूर्ण शुरुआत होती है।

तो हर बच्चा बड़ा अहंकारी होता है। और फिर पीछे और सदमे भी आएंगे, क्योंकि यह तो बस पहला जन्म था, बहुत से जन्मों की शुरुआत थी। जो लोग मानवीय प्रक्रिया को गहरे से समझते हैं वे कहते हैं कि पूरा जीवन ही एक अनवरत जन्म है। कई जन्म होते हैं। एक दिन आएगा जब मां बच्चे को दूध पिलाना बंद कर देगी। अब उसे भोजन पर निर्भर रहन पड़ेगा। उसे चबाना पड़ेगा। उत्तरदायित्व बढ़ जाता है। अब भोजन चबाना पड़ेगा, पचाना पड़ेगा। दूध की बात कुछ और थी। बच्चा कुछ नहीं कर रहा था, बस चूस रहा था। वह बस चूसने वाला था।

तो रोज-रोज उत्तरदायित्व बढ़ता जाएगा और वह मां से दूर और दूर होता चला जाएगा। और जितना उसे दूर किया जाएगा संसार उसे उतना ही घेरता चला जाएगा। और संसार प्रतिकूल है, गर्भ कभी प्रतिकूल न था, मित्रवत था। संसार मित्रवत नहीं है; वहां प्रतियोगिता है। और सब अपने में उत्सुक हैं, तुम में कोई उत्सुक नहीं है। संसार तुम्हारी मां नहीं है।

जब बच्चा स्कूल जाता है तो वह एक विरोधी संसार में प्रवेश कर रहा है, जहां चोटें हैं, घाव हैं और धक्के हैं। और यह चलता रहता है। और अंतिम विच्छेद तब होता है जब बच्चा किसी स्त्री के प्रेम में पड़ता है। वह बड़ा हो रहा है। यह मां के साथ अंतिम विच्छेद है; अब आखिरी सेतु टूट गया।

लेकिन अभी भी यह पुरुष रूपी बच्चा ऐसे ही व्यवहार करेगा जैसे पत्नी उसकी मां हो। पर वह है नहीं। वह अपने में उत्सुक है और पति अपने में उत्सुक है। दोनों अपने-अपने में उत्सुक हैं, दोनों ही अहंकार हैं। और हर पति प्रयास करता रहता है कि उसकी पत्नी मां की तरह व्यवहार करे। यही संघर्ष है। वह उस तरह व्यवहार कर नहीं सकती, उसकी अपनी पसंद है। मां तो पूरी तरह समर्पित थी।

तो हर पुरुष अपनी पत्नी से निराश होता है, क्योंकि कोई पत्नी मां नहीं बन सकती। इसमें अच्छी या बुरी पत्नियों का सवाल नहीं है, कोई पत्नी मां नहीं हो सकती। तो हर पुरुष निराश है। मैंने अभी तक एक भी पुरुष नहीं देखा जो अपनी पत्नी से निराश न हो। निराश न होना असंभव लगता है, क्योंकि वह चाह ही बिलकुल असंभव है।

लेकिन पुरुष को अच्छा लगता है जब वह स्त्री के भीतर प्रवेश करता है। वह दोबारा गर्भ में पहुंच जाता है। यह प्रतीकात्मक प्रवेश है—उन थोड़े से क्षणों के लिए वह सब चिंताएं, संसार, सब कुछ भूल जाता है। वह फिर बच्चा हो जाता है। किसी पुरुष को अपनी पत्नी या अपनी प्रेमिका के साथ गहन प्रेम में देखो, उसका चेहरा एक बच्चे की तरह नजर आएगा। सब तनाव जा चुके। तो यह सांयोगिक नहीं है कि प्रेम करते समय पत्नी पति को बेबी कहती है।

मैं एक घटना पढ़ रहा था। आधी रात थी और एक घर में आग लग गई थी। अंतिम क्षण में एक स्त्री को बाहर निकाला गया। वह पागलों की तरह रो रही थी, 'मेरा बच्चा अंदर रह गया। और फिर अचानक वह बच्चा निकला—छज्जे पर तीन सौ साठ पौंड का पुरुष खड़ा था—और वह बोला, 'चिंता न करो, मैं जीवित हूं और अभी आ रहा हूं।' और सारी भीड़ हैरान थी कि मामला क्या है। लेकिन वे गहन प्रेम में थे, साथ-साथ सोए हुए थे, और उस क्षण पुरुष बच्चे जैसा हो गया था।

मन हर तरह से गर्भ जैसी स्थिति पुनः पाना चाहता है। लेकिन तुम गर्भ में पुनः प्रवेश

कर नहीं सकते, संभोग में भी नहीं। केवल ऐसा आभास भर होता है। गर्भ में प्रवेश करने की एकमात्र संभावना शारीरिक नहीं, मानसिक है, या गहरे तल पर, आध्यात्मिक है। यदि तुम समष्टि के साथ एक हो सको तो पुनः गर्भ में पहुंच जाओगे, और यह तुमसे छीना भी नहीं जा सकता। तब पूरा अस्तित्व मां बन जाता है।

तो मेरे देखे, वे धर्म अधिक वैज्ञानिक हैं जो कहते हैं कि परमात्मा पिता नहीं, मां है। जिन्होंने परमात्मा को पिता कहा है वे उतने वैज्ञानिक नहीं हैं, क्योंकि पिता कोई बहुत जरूरी नहीं है, केवल सांयोगिक है। पिता शब्द सदा से नहीं था। मां शब्द पिता से बहुत पुराना है। यहां तक कि अंकल शब्द भी पिता से पुराना है। क्योंकि पांच हजार साल पहले कोई विवाह नहीं होते थे, समूह में लोग साथ-साथ रहते थे। बच्चा अपनी मां को जानता था, लेकिन उसे यह नहीं पता होता था कि उसका पिता कौन है। इसलिए समूह के सभी पुरुष उसके अंकल थे। अंकल या चाचा पिता शब्द से पुराना शब्द है। सभी पुरुष चाचा होते थे, क्योंकि यह पक्का नहीं था कि पिता कौन है।

पिता तो बाद में आया। जब एक पुरुष एक स्त्री पर अधिकार करके बाकी सब पुरुषों को धकेलने लगा तो पिता अस्तित्व में आया। और यह भी निश्चित नहीं है कि वह सदा रहेगा, क्योंकि परिवार बिखर रहे हैं। परिवार शाश्वत नहीं है, बस संस्थागत है। लगता है कि पिता विदा हो रहा है; भविष्य में वह बच नहीं सकता। पिता के लिए कोई आशा नहीं है। वह समाप्त हो जाएगा। अंकल फिर से महत्वपूर्ण हो जाएगा।

मां बुनियादी है; पिता सामाजिक है, उसे छोड़ा जा सकता है, यह समाज की मान्यता पर निर्भर करता है। लेकिन मां को नहीं छोड़ा जा सकता। तो जो धर्म परमात्मा को मां की तरह मानते हैं वे वास्तव में अधिक गहरे हैं। जब तुम मातृवत परमात्मा में प्रवेश करते हो, उसके साथ एक हो जाते हो, तो तुम शाश्वत गर्भ में प्रवेश कर गए। अब कोई पीड़ा नहीं होगी, कोई कष्ट नहीं होगा। अब तुम कभी बाहर नहीं फेंके जाओगे।

**अंतिम प्रश्नः**

***आपने कहा कि हम धागे की, मूलभूत की फिक्र करते हैं। लेकिन आपका किस हम से तात्पर्य है? क्योंकि हम तो अभी मनकों से, घटनाओं से हीं उलझे हुए हैं। हम घटनाओं में जीते हैं।***

जब मैं कहता हूं कि हमें धागे से, सारभूत से, मूलभूत से, वास्तविक से मतलब है, तो हम से मेरा अभिप्राय तुमसे नहीं है। जैसे तुम अभी हो उससे नहीं है। लेकिन जो तुम हो सकते हो उससे है। तुम दो हो, और जो तुम अभी हो वह वास्तविक नहीं है, वह बस एक झूठ है, एक प्रतिमा है, जिसे सरलता से छोड़ा जा सकता है। वास्तविक तुम तो वह है, जिसे तभी जाना जा सकता है जब सभी मुखौटे गिर जाएं।

तो जब मैं कहता हूं कि हमें धागे से मतलब है तो मैं तुमको तुम्हारी वास्तविकता के रूप में लेता हूं। अहंकार के रूप में नहीं, आत्मा के रूप में।

तुम दो होः एक तो जैसे तुम दिखाई पड़ते हो और एक जो तुम हो। जैसे तुम दिखाई

पड़ते हो वह तो घटनाओं से, मनकों से, बाह्य से संबंधित है। लेकिन अंतस, जो तुम सच में हो, घटनाओं से संबंधित नहीं है; वह समय से बिलकुल भी संबंधित नहीं है। उसका संबंध शाश्वत से है।

मैं तुम्हें बुद्ध के एक पूर्व-जन्म की कहानी सुनाता हूं, जब वह बुद्ध नहीं हुए थे। उस जन्म में बुद्ध सबकी तरह अज्ञानी थे। उन्होंने एक व्यक्ति के बारे में सुना जो संबुद्ध हो गया था, तो वह उसके चरण छूने और उसके दर्शन करने गए। उन्होंने उस बुद्ध पुरुष के चरण छुए, और जब वह उठ रहे थे तो बड़े हैरान हुए, क्योंकि वह बुद्ध पुरुष उनके चरण छूने लगा। उन्होंने कहा, 'यह आप क्या कर रहे हैं? मैं अज्ञानी हूं, अंधकार में हूं, पापी हूं; और आप बुद्ध पुरुष हैं, शुद्धतम प्रकाश हैं जैसा पहले मैंने कभी देखा नहीं। आप मेरे पांव क्यों छू रहे हैं? मैं आपके चरण छूने आया हूं। आप मेरे पांव क्यों छू रहे हैं?

उस बुद्ध पुरुष ने हंसकर कहा, 'मैं तेरे पांव नहीं छू रहा हूं। मैं उस तत्व के, उस आत्मा के चरण छू रहा हूँ जो तुझमें छिपी हुई है। और वह पहले से ही बुद्ध है। बाद में तुम्हें इसका पता लग सकता है, और जब तुझे पता लगे तो याद रखना। एक दिन तुझे भी उस वास्तविकता का पता लग जाएगा जिसके आगे मैं झुका हूं। अभी तुझे पता नहीं है, तुझे अपने खजाने का ही पता नहीं है, लेकिन मुझे अपने खजाने का पता है। और जिस क्षण मैंने अपने खजाने को जाना, मुझे सबके खजाने का पता चल गया। उस बुद्ध पुरुष ने बुद्ध से कहा, 'जिस क्षण मैं संबुद्ध हुआ मुझे सबकी मूल वास्तविकता का पता चल गया। तू अपने को धोखा दिए जा सकता है, वह तेरे ऊपर निर्भर है, लेकिन मैं तेरे भीतर शुद्धतम प्रकाश देख रहा हूं। जब तुझे भी इसका अनुभव हो तो मुझे याद करना।'

और जब अपने अगले जन्म में बुद्ध ज्ञान को उपलब्ध हुए तो उन्होंने अपने शिष्यों से कहा, 'वह बुद्ध पुरुष क्या कह रहा था मैं समझ नहीं सका था। वह एक रहस्य था। लेकिन अब मैं देख सकता हूं कि उसका क्या अभिप्राय था। अब वह प्रकट हुआ है। और जो मैं अब हूं वह मैं तब भी था। उसने जरूर इसी को प्रणाम किया होगा।'

तो जब मैं कहता हूं 'हम', तो मैं तुम्हारी संभावना को शामिल करता हूं। तुम्हारी आकृति तो बस एक सपना है। लेकिन तुम्हें इसका पता नहीं चल सकता, क्योंकि जब तुम्हें पता चलता है कि तुम सपना देख रहे हो तो सपना टूट जाता है। तुम्हें अपने स्वभाव का बोध नहीं है। यदि तुम्हें पता चल जाए तो प्रतीति समाप्त हो जाएगी। लेकिन मुझे पता है—तो तुम मेरी कठिनाई समझ सकते हो—मैं तुम्हें संबुद्धों की तरह देखता हूं। तुम वही हो। तुम बस अज्ञानी होने का खेल खेल रहे हो, स्वयं को धोखा दे रहे हो। लेकिन तुम कुछ भी करो, उससे मूल स्वभाव को कोई अंतर नहीं पड़ता। वह निर्दोष, शुद्ध, परिशुद्ध रहता है।

तुम यहां हो। यदि मैं तुम्हारे बाह्य रूप को देखूं तो बहुत सी चीजें तुम्हें समझाने को हैं। लेकिन यदि मैं तुम्हारे अंतरतम में झांकूं तो तुम्हें कुछ भी समझाने की जरूरत नहीं है। कुछ करने की जरूरत नहीं है। यही मेरा अभिप्राय है जब मैं कहता हूं, हमें धागे से, मूलभूत से मतलब है; मनकों से, घटनाओं से, बाह्य से नहीं।

इसे याद रखो। किसी दिन जब तुम संबुद्ध होओगे, तुम्हें पता चलेगा कि हम से मेरा क्या तात्पर्य था और कौन उसमें शामिल था। इतना निश्चित है कि जैसे तुम यहां मेरे सामने

हो, जैसे दिखाई पड़ते हो, वैसे तुम उसमें शामिल नहीं हो—लेकिन जैसे तुम सदा थे और जैसे तुम सदा रहोगे, जब यह पर्दा हट जाएगा, जब बादल छंट जाएंगे और सूरज उगेगा। मैं बादलों के पीछे सूर्य को देख सकता हूं।

तुम बादलों से तादात्म्य बनाए हो, तुम मुझ पर विश्वास भी नहीं कर सकते। यदि मैं कहूं कि तुम संबुद्ध ही हो तो तुम कैसे विश्वास कर सकते हो? तुम कहोगे कि मैं जरूर तुम्हें धोखा दे रहा हूं या कोई चाल चल रहा हूं। यह सत्य है, लेकिन सत्य को समझना कठिन है।

और इससे पहले कि तुम स्वयं पर लौटो, तुम्हें लंबी याला करनी है। इससे पहले कि तुम्हें पता चले कि तुम्हारा घर ही लक्ष्य है, कि उस जगह तुम सदा से ही हो जहां तुम पहुंचना चाहते हो, तुम्हें लंबी याला करनी है।

आज इतना ही।

71

# परिधि का विस्मरण

# सूत्र

९८. किसी सरल मुद्रा में दोनों कांखों के मध्य-क्षेत्र (वक्षस्थल) में धीरे-धीरे शांति व्याप्त होने दो।

९९. स्वयं को सभी दिशाओं में परिव्याप्त होता हुआ महसूस करो—सुदूर, समीप ।

# जीवन

बाहर से एक झंझावात है—एक अनवरत द्वंद्व, एक उपद्रव, एक संघर्ष। लेकिन ऐसा केवल सतह पर है। जैसे सागर के ऊपर उन्मत्त और सतत संघर्षरत लहरें होती हैं। लेकिन यही सारा जीवन नहीं है। गहरे में एक केंद्र भी है—मौन, शांत, न कोई द्वंद्व, न कोई संघर्ष। केंद्र में जीवन एक मौन और शांत प्रवाह है, जैसे कोई सरिता बिना संघर्ष, बिना कलह, बिना शोरगुल के बस बह रही हो। उस अंतस केंद्र की ही खोज है। तुम सतह के साथ, बाह्य के साथ तादात्म्य बना सकते हो। फिर संताप और विषाद घिर आते हैं। यही है जो सबके साथ या है; हमने सतह के साथ और उस पर चलने वाले कलह के साथ तादात्म्य बना लिया है।

सतह तो अशांत होगी ही, उसमें कुछ भी गलत नहीं है। और यदि तुम केंद्र में अपनी जड़े जमा सको तो परिधि की अशांति भी सुंदर हो जाएगी, उसका अपना ही सौंदर्य होगा। यदि तुम भीतर से मौन हो सको तो बाहर की सब ध्वनियां संगीतमय हो जाती हैं। तब कुछ भी गलत नहीं रहता है; बस एक खेल रह जाता है। लेकिन यदि तुम आंतरिक केंद्र को, मौन केंद्र को नहीं जानते, यदि तुम परिधि के साथ ही एकात्म हो तो तुम विक्षिप्त हो जाओगे। और सभी करीब-करीब विक्षिप्त हैं।

सभी धार्मिक विधियां, योग की विधियां, ध्यान, झेन सभी मूलतः तुम्हें पुनः उस केंद्र के संपर्क में ले आने के लिए हैं; ये विधियां भीतर मुड़ने के लिए, परिधि को भूल जाने के लिए, कुछ समय के लिए परिधि को छोड़कर अपने अंतस में इतना गहन विश्राम करने के लिए हैं कि बाह्य बिलकुल मिट जाए और केवल अंतस ही बचे। एक बार तुम जान जाओ कि कैसे पीछे मुड़ना है, कैसे स्वयं में उतरना है, तो कुछ भी कठिन नहीं रह जाता है। फिर सब कुछ एकदम सरल हो जाता है। लेकिन यदि तुम्हें पता न हो, तुम्हें यदि केवल परिधि के साथ मन के तादात्म्य का ही पता हो, तो बहुत कठिन है। स्वयं में विश्राम करना कठिन नहीं है, परिधि से तादात्म्य तोड़ना कठिन है।

मैंने एक सूफी कहानी सुनी है। एक बार एक सूफी फकीर कहीं जा रहा था। अंधेरी रात

थी और वह रास्ता भटक गया। इतना अंधेरा था कि उसे रास्ता भी नजर नहीं आता था। अचानक वह एक खाई में गिर गया। वह डरा। अंधेरे में उसे कुछ पता नहीं चल रहा था कि खाई कितनी गहरी है और नीचे क्या है। उसने एक वृक्ष की टहनी पकड़ ली और प्रार्थना करने लगा। रात सर्द थी। वह चिल्ला रहा था, लेकिन कोई सुनने वाला न था, बस उसकी अपनी ही आवाज गूंज रही थी। और सर्दी इतनी थी कि उसके हाथ जमे जा रहे थे और लग रहा था कि जल्दी ही टहनी उसके हाथ से छूट जाएगी। उसे पकड़े रहना मुश्किल हो रहा था, उसके हाथ इतने जम गए थे कि टहनी से छूटने लगे। मौत बिलकुल करीब थी, किसी भी पल वह गिरकर मर सकता था।

और फिर अंतिम क्षण आ गया। तुम समझ सकते हो कि वह कितना भयभीत रहा होगा। प्रतिपल वह मर रहा था, और फिर अंतिम क्षण आ गया जब उसने अपने हाथों से टहनी को छूटते हुए देखा। उसके हाथ इतने जम चुके थे कि लटके रहने का कोई उपाय ही न था, तो वह गिर पड़ा।

लेकिन जिस क्षण वह गिरा, वह नाचने लगा—वहां कोई खाई थी ही नहीं, वह समतल जमीन पर ही था। और सारी रात उसने कष्ट भोगा...।

यही स्थिति है। तुम सतह से ही चिपके चले जाते हो, इस भय से कि तुमने अगर सतह को छोड़ दिया तो खो जाओगे। असल में, इस तरह से चिपकने के कारण ही तुम खो गए हो। लेकिन भीतर गहरे में अंधकार है, इसलिए तुम आधार को नहीं देख पाते; तुम सतह के अलावा और कुछ भी नहीं देख पाते।

ये सब विधियां तुम्हें साहसी और मजबूत और हिम्मतवर बनाने के लिए हैं, ताकि तुम अपनी पकड़ को छोड़कर स्वयं के भीतर गिर सको। जो अंधेरी, अंतहीन खाई की तरह दिखाई पड़ती है, वही तुम्हारे प्राणों की धरती है। एक बार तुम बाहर की परिधि को छोड़ दो तो तुम केंद्रित हो जाओगे।

यह केंद्रीकरण ही गंतव्य है। और एक बार तुम केंद्रित हो जाओ तो फिर तुम बाहर जा सकते हो, पर तुम्हारी चेतना की पूरी गुणवत्ता बदल जाएगी। फिर तुम परिधि पर जाओगे तो भी तुम परिधि नहीं बनोगे, सदा केंद्र पर ही रहोगे। और परिधि पर भी केंद्रित बने रहना बहुत सुंदर है। फिर तुम उसका आनंद ले सकते हो; यह एक सुंदर खेल बन जाएगा। फिर कोई संघर्ष नहीं है; बस एक खेल है। फिर इससे तुम्हारे भीतर कोई तनाव नहीं होगा और न तुम्हारे चारों ओर कोई संताप या विषाद होगा। और जिस भी क्षण परिधि तुम पर भारी पड़ने लगे, तुम मूल स्रोत पर लौट सकते हो, तुम भीतर डुबकी लगा सकते हो। तुम फिर तरो-ताजा और जीवंत होकर परिधि पर लौट सकते हो।

एक बार तुम्हें मार्ग का पता लग जाए...और मार्ग कोई बहुत लंबा नहीं है। तुम और कहीं नहीं बस अपने ही भीतर जा रहे हो, इसलिए मार्ग कोई बहुत लंबा नहीं है। वह पास ही है। बस एक ही बाधा है, और वह है परिधि पर तुम्हारी पकड़, तुम्हारा भय, कि उसे छोड़ते ही तुम खो जाओगे। ऐसा भय पकड़ता है कि तुम मर ही जाओगे। आंतरिक केंद्र की ओर जाना मृत्यु है। मृत्यु इन अर्थों में कि परिधि के साथ तुम्हारे तादात्म्य की मृत्यु हो जाएगी और तुम्हारे अस्तित्व की एक नई आभा, एक नई अनुभूति पैदा होगी।

तो अगर हम थोड़े से शब्दों में कहना चाहें कि तंत्र की विधियां क्या हैं, तो हम कह सकते हैं कि वे अंतरतम में गहन विश्राम की, स्वयं में विश्रांत होने की विधियां हैं।

तुम सदा तनाव से भरे हो, यही पकड़ है, यही बंधन है। तुम कभी विश्रांत नहीं होते, जैसा घटित हो रहा है उसे होने देने की स्थिति में नहीं होते। तुम हमेशा कुछ न कुछ कर रहे हो। यह करना ही समस्या है। तुम कभी अकर्मण्यता की स्थिति में नहीं होते, जब सब कुछ अपने आप होता है और तुम कुछ भी नहीं करते। श्वास भीतर आती है और बाहर जाती है, रक्त संचारित होता है, शरीर जीवित है और धड़कता है, हवा बहती है, सारा संसार-चक्र घूमता रहता है—और तुम कुछ भी नहीं कर रहे, तुम कर्ता नहीं हो। तुम बस शांत हो और सब कुछ हो रहा है। जब सब कुछ होता है और तुम कुछ नहीं करते, तब तुम शांत होते हो। जब तुम सब करते हो और कुछ भी अपने आप नहीं होता, तुम्हें ही करना पड़ता है, तब तुम तनाव-युक्त होते हो।

तुम तभी थोड़े विश्रांत होते हो जब सोए होते हो, लेकिन वह विश्राम पूरा नहीं होता। नींद में भी तुम कुछ न कुछ करते रहते हो। नींद में भी तुम सब कुछ अपने आप नहीं होने देते। किसी व्यक्ति को सोते हुए देखो : तुम पाओगे कि वह बड़ा तनाव से भरा है, उसका पूरा शरीर तनाव में है। किसी छोटे बच्चे को सोते हुए देखो, वह बड़ा विश्रांत है। या किसी जानवर को, किसी बिल्ली को देखो! बिल्ली सदा विश्रांत रहती है।

तुम सोते समय भी विश्रांत नहीं होते: तुम तनाव में होते हो, संघर्ष कर रहे होते हो, हिलते हो, किसी से लड़ रहे होते हो। तुम्हारे चेहरे पर तनाव होता है, शायद सपने में तुम किसी से लड़ रहे हो, अपना बचाव कर रहे हो—वही सब जो तुम जागते में करते हो, उसी को भीतर किसी नाटक में दोहरा रहे हो। तुम विश्रांत नहीं हो; तुम गहन समर्पण में नहीं हो।

इसीलिए नींद कठिन होती जा रही है। और मनोवैज्ञानिक कहते हैं कि यदि ऐसा ही चलता रहा तो जल्दी ही ऐसा होगा कि कोई भी स्वाभाविक रूप से नहीं सो पाएगा। नींद को रासायनिक तरीके से पैदा करना पड़ेगा, क्योंकि कोई भी स्वाभाविक रूप से नहीं सो पाएगा। वह दिन बहुत दूर नहीं है। इस राह पर तो तुम चल ही पड़े हो, क्योंकि अभी भी सोते हुए तुम अधूरे ही सोए होते हो, अधूरे ही विश्रांत होते हो।

ध्यान गहनतम निद्रा है। यह परिपूर्ण विश्राम तो है ही, साथ में कुछ और भी है; तुम पूर्णतः विश्रांत होते हो और फिर भी सजग होते हो, होश बना रहता है। होश के साथ पूर्ण निद्रा ही ध्यान है। तुम पूरी तरह सजग हो, सब कुछ अपने आप हो रहा है, लेकिन तुम कोई प्रतिरोध, कोई संघर्ष, कुछ भी नहीं कर रहे। कर्ता है ही नहीं। कर्ता सो गया है। बस एक साक्षी है, एक होशपूर्ण विश्राम की अवस्था है। फिर कुछ भी बाधा नहीं डाल सकता।

यदि तुम्हें पता चल जाए कि कैसे विश्राम करना है तो कुछ भी तुम्हें विचलित नहीं कर सकता। यदि तुम्हें पता न हो कि विश्रांत कैसे हुआ जाता है तो कुछ भी तुम्हें बाधा डालेगा। मैं कहता हूं, कुछ भी। असल में और कुछ भी तुम्हारी विश्रांति में बाधा नहीं है, हर चीज एक बहाना है। तुम हमेशा ही परेशान होने को तैयार रहते हो। अगर एक चीज तुम्हें परेशान नहीं करेगी तो दूसरी करेगी; तुम परेशान हो जाओगे। तुम तैयार ही हो, परेशान होने की तुम्हारी प्रवृत्ति है।

यदि सब कारण हटा लिए जाएं तो भी तुम परेशान रहोगे। तुम कोई कारण ढूंढ लोगे, कोई कारण निर्मित कर लोगे। यदि बाहर से कुछ नहीं मिलता तो तुम भीतर से कुछ निर्मित कर लोगे—कोई विचार, कोई धारणा—और परेशान हो जाओगे। तुम्हें बहाने चाहिए।

एक बार तुम्हें विश्रांत होने की कला आ जाए तो कुछ भी तुम्हें परेशान नहीं कर सकता। ऐसा नहीं कि संसार बदल जाएगा, कि परिस्थितियां बदल जाएंगी। संसार वैसा ही रहेगा, लेकिन तुममें वह प्रवृत्ति न रही, वह पागलपन न रहा; तुम हमेशा परेशान होने को तैयार नहीं हो। फिर तुम्हारे आस-पास जो भी होगा, विश्रामदायक होगा। यदि तुम विश्रांत हो तो ट्रैफिक का शोर भी विश्रामदायक हो जाएगा, बाजार भी विश्रामदायक हो जाएगा। यह तुम पर निर्भर है। यह तो भीतर का गुण है।

जितना तुम केंद्र की ओर जाओगे उतना ही यह गुण बढ़ेगा, और जितना तुम परिधि की ओर जाओगे उतने ही व्याकुल होओगे। अगर तुम बहुत परेशान हो या परेशान होने को तैयार हो तो इससे बस एक ही बात का पता चलता है कि तुम परिधि पर जी रहे हो, और कुछ भी नहीं। यह संकेत है इस बात का कि तुमने परिधि के आस-पास घर बना लिया है। पर यह झूठा घर है, क्योंकि असली घर तो केंद्र में ही है, तुम्हारे अंतरतम में है।

अब हम विधियों में प्रवेश करेंगे :

*किसी सरल मुद्रा में दोनों कांखों के मध्य-क्षेत्र (वक्षस्थल) में धीरे-धीरे शांति व्याप्त होने दो।*

यह बड़ी सरल विधि है, परंतु चमत्कारिक ढंग से कार्य करती है। इसे करके देखो। और कोई भी इसे कर सकता है, इसमें कोई खतरा नहीं है। पहली बात तो यह है कि किसी भी आरामदेह मुद्रा में बैठ जाओ, जो भी मुद्रा तुम्हारे लिए आसान हो। किसी विशेष मुद्रा या आसन में बैठने की कोशिश मत करो। बुद्ध एक विशेष मुद्रा में बैठते हैं, वह उनके लिए आसान है। वह तुम्हारे लिए भी आसान बन सकती है अगर कुछ समय तुम उसका अभ्यास करो, लेकिन शुरू-शुरू में यह तुम्हारे लिए आसान न होगा। पर इसका अभ्यास करने की कोई जरूरत नहीं है; किसी भी ऐसी मुद्रा से शुरू करो जो अभी तुम्हारे लिए आसान हो। मुद्रा के लिए संघर्ष मत करो। तुम आराम से एक कुर्सी पर बैठ सकते हो। बस एक ही बात का ध्यान रखना है कि तुम्हारा शरीर एक विश्रांत अवस्था में होना चाहिए।

तो बस अपनी आंखें बंद कर लो और सारे शरीर को अनुभव करो। पैरों से शुरू करो, महसूस करो कि उनमें कहीं तनाव तो नहीं है। यदि तुम्हें लगे कि कोई तनाव है तो एक काम करोः उसे और तनाव से भर दो। यदि तुम्हें लगे कि दाहिने पांव में तनाव है तो उस तनाव को जितना सघन कर सको, उतना सघन करो। उसे एक शिखर तक ले आओ, फिर अचानक उसे ढीला छोड़ दो, ताकि तुम यह महसूस कर सको कि कैसे वहां विश्राम उतर रहा है। फिर पूरे शरीर में देखते जाओ कि कहां-कहां तनाव है। जहां भी तुम्हें लगे कि तनाव है उसे और गहराओ, क्योंकि तनाव सघन हो तो विश्राम में जाना सरल है। आधे-अधूरे तो यह बड़ा कठिन है, क्योंकि तुम उसे महसूस ही नहीं कर सकते। एक अति से दूसरी अति पर जाना बहुत सरल है, क्योंकि एक अति स्वयं ही दूसरी अति पर जाने के लिए परिस्थिति पैदा कर देती है।

तो चेहरे पर अगर तुम कोई तनाव महसूस करो तो चेहरे की मांस-पेशियों को जितना खींच सको खींचो, तनाव को एक शिखर पर पहुंचा दो। उसे ऐसे बिंद तक ले आओ जहां और तनाव संभव ही न हो, फिर अचानक ढीला छोड़ दो। इस तरह से देखो कि शरीर के सभी अंग विश्रांत हो जाएं।

और चेहरे की मांस-पेशियों पर विशेष ध्यान दो, क्योंकि वे तुम्हारे नब्बे प्रतिशत तनावों को ढोती हैं, बाकी शरीर में केवल दस प्रतिशत तनाव हैं। सब तनाव तुम्हारे मस्तिष्क में होते हैं, इसलिए तुम्हारा चेहरा उनका भंडार बन जाता है। तो अपने चेहरे पर जितना तनाव डाल सको डालो, शर्माओ मत। चेहरे को पूरी तरह से संतापयुक्त, विषादयुक्त बना डालो, और फिर अचानक ढीला छोड़ दो। पांच मिनट के लिए ऐसा करो, ताकि तुम्हारे शरीर का हर अंग विश्रांत हो जाए। यह तुम्हारे लिए बड़ी सरल मुद्रा है। तुम इसे बैठकर, या बिस्तर में लेटे हुए, या जैसे भी तुम्हें आसान लगे कर सकते हो।

'किसी सरल मुद्रा में दोनों कांखों के मध्य-क्षेत्र (वक्षस्थल) में धीरे-धीरे शांति व्याप्त होने दो।'

दूसरी बातः जब तुम्हें लगे कि शरीर किसी सुखद मुद्रा में पहुंच गया है—इस बात को अधिक तूल मत दो—जब महसूस करो कि शरीर विश्रांत है, फिर शरीर को भूल जाओ। क्योंकि असल में, शरीर को स्मरण रखना एक प्रकार का तनाव है।

इसीलिए मैं कहता हूं कि इस विषय में बहुत झंझट मत करो। शरीर को विश्रांत हो जाने दो और भूल जाओ। भूल जाना ही विश्राम है। जब भी तुम बहुत याद रखते हो तो वह स्मरण ही शरीर को तनाव से भर देता है।

शायद तुमने कभी इस ओर ध्यान न दिया हो, लेकिन इसके लिए एक बड़ा सरल प्रयोग है। अपना हाथ अपनी नाड़ी पर रखो और उसकी धड़कनों को गिनो। फिर अपनी आंखों को बंद कर लो और सारे ध्यान को पांच मिनट के लिए नाड़ी पर ले आओ, फिर उसे गिनो। नाड़ी अब तेज धड़केगी, क्योंकि पांच मिनट के ध्यान ने उसे तनाव दे दिया है।

तो वास्तव में जब भी कोई डाक्टर तुम्हारी धड़कन को मापता है तो वह माप कभी असली नहीं होता, वह माप हमेशा डाक्टर के माप शुरू करने से पहले के माप से अधिक होता है। जब भी डाक्टर तुम्हारा हाथ अपने हाथ में लेता है तो तुम उसके प्रति सजग हो जाते हो। और यदि डाक्टर महिला डाक्टर हो तो तुम और भी सजग हो जाओगे, धड़कन और तेज चलने लगेगी। तो जब भी कोई महिला डाक्टर तुम्हारी धड़कन गिने तो उसमें से दस घटा लेना। तब वह तुम्हारी असली धड़कन होगी, नहीं तो दस धड़कनें प्रति मिनट अधिक रहेंगी।

तो जब भी तुम अपनी चेतना को शरीर के किसी अंग पर ले जाते हो, वह अंग तनाव से भर जाता है। जब कोई तुम्हें घूरता है तो तुम तनाव से भर उठते हो; तुम्हारा सारा शरीर तनाव-युक्त हो जाता है। जब तुम अकेले होते हो तब भिन्न होते हो। जब कोई कमरे में आ जाता है तब तुम वही नहीं रहते। पूरे शरीर की गति तेज हो जाती है, तुम तनाव से भर जाते हो। तो विश्राम को कोई बहुत अधिक महत्व न दो, वरना उसी के साथ अटक जाओगे। पांच मिनट के लिए बस आराम करो और भूल जाओ। तुम्हारा भूलना सहयोगी होगा और शरीर को और गहन विश्राम में ले जाएगा।

'दोनों कांखों के मध्य-क्षेत्र (वक्षस्थल) में धीरे-धीरे शांति व्याप्त होने दो।'

अपनी आंखें बंद कर लो और दोनों कांखों के बीच के स्थान को महसूस करो; हृदय-क्षेत्र को, अपने वक्षस्थल को महसूस करो। पहले केवल दोनों कांखों के बीच अपना पूरा अवधान लाओ, पूरे होश से महसूस करो। पूरे शरीर को भूल जाओ और बस दोनों कांखों के बीच हृदय-क्षेत्र और वक्षस्थल को देखो, और उसे अपार शांति से भरा हुआ महसूस करो।

जिस क्षण तुम्हारा शरीर विश्रांत होता है तुम्हारे हृदय में स्वतः ही शांति उतर आती है। हृदय मौन, विश्रांत और लयबद्ध हो जाता है। और जब तुम अपने सारे शरीर को भूल जाते हो और अवधान को बस वक्षस्थल पर ले आते हो और उसे शांति से भरा हुआ महसूस करते हो तो तत्क्षण अपार शांति घटित होगी।

शरीर में दो ऐसे स्थान हैं, विशेष केंद्र हैं, जहां होशपूर्वक कुछ विशेष अनुभूतियां पैदा की जा सकती हैं। दोनों कांखों के बीच हृदय का केंद्र है, और हृदय का केंद्र तुममें घटित होने वाली सारी शांति का केंद्र है। जब भी तुम शांत होते हो, वह शांति हृदय से आती है। हृदय शांति विकीरित करता है।

इसीलिए तो संसार भर में हर जाति ने, हर वर्ग, धर्म, देश और सभ्यता ने महसूस किया है कि प्रेम कहीं हृदय के पास से उठता है। इसके लिए कोई वैज्ञानिक व्याख्या नहीं है। जब भी तुम प्रेम के संबंध में सोचते हो तुम हृदय के संबंध में सोचते हो। असल में, जब भी तुम प्रेम में होते हो तुम विश्रांत होते हो। और क्योंकि तुम विश्रांत होते हो, तुम एक विशेष शांति से भर जाते हो। वह शांति हृदय से उठती है। इसलिए प्रेम और शांति आपस में जुड़ गए हैं। जब भी तुम प्रेम में होते हो तुम शांत होते हो। जब भी तुम प्रेम में नहीं होते तो परेशान होते हो। शांति के कारण हृदय प्रेम से जुड़ गया है।

तो तुम दो काम कर सकते हो, तुम प्रेम की खोज कर सकते हो : फिर कभी-कभी तुम शांत अनुभव करोगे। लेकिन यह मार्ग खतरनाक है, क्योंकि जिस व्यक्ति को तुम प्रेम करते हो वह तुमसे अधिक महत्वपूर्ण हो गया। और दूसरा तो दूसरा ही है, तुम एक तरह से पराधीन हो गए। तो प्रेम तुम्हें कभी-कभी शांति देगा, पर सदा नहीं। कई व्यवधान आएंगे, संताप और विषाद के कई क्षण आएंगे। क्योंकि दूसरे का प्रवेश हो गया है। जब भी दूसरा प्रवेश कर जाता है तो व्यवधान तो आएंगे ही, क्योंकि दूसरे से तुम केवल परिधि पर ही मिल सकते हो। परिधि विक्षुब्ध हो जाएगी। केवल कभी-कभी, जब तुम दोनों बिना किसी संघर्ष के गहन प्रेम में होओगे, केवल तभी तुम विश्रांत होओगे और तुम्हारा हृदय शांति से भर सकेगा।

तो प्रेम तुम्हें केवल शांति की झलकें दे सकता है, लेकिन कोई स्थाई, गहरी शांति नहीं दे सकता। इससे किसी शाश्वत शांति की संभावना नहीं है, बस झलकों की संभावना है। और दो झलकों के बीच कलह की, हिंसा की, घृणा और क्रोध की गहरी घाटियां होंगी।

शांति को खोजने का दूसरा उपाय है—उसे प्रेम के द्वारा नहीं, सीधे ही खोजना। यदि तुम शांति को सीधे ही पा सको—और उसी की यह विधि है—तो तुम्हारा जीवन प्रेम से भर जाएगा। लेकिन अब प्रेम का गुणधर्म अलग होगा। उसमें मालकियत नहीं होगी; वह किसी एक पर केंद्रित नहीं होगा। न तो वह स्वयं पराधीन होगा, न किसी को अपने आधीन बनाएगा। तुम्हारा प्रेम बस एक भाव, एक करुणा, एक गहन समानुभूति बन जाएगा। और अब कोई भी,

कोई प्रेमी भी, तुम्हें अशांत नहीं कर पाएगा। क्योंकि शांति की जड़ें गहरी हैं और तुम्हारा प्रेम आंतरिक शांति की छाया की भांति है। पूरी बात उलटी हो गई है।

तो बुद्ध भी प्रेमपूर्ण हैं, पर उनका प्रेम एक विषाद नहीं है। यदि तुम प्रेम करो तो कष्ट भोगोगे और प्रेम न करो तो भी कष्ट भोगोगे। यदि तुम प्रेम न करो तो प्रेम की अनुपस्थिति से कष्ट होगा; और प्रेम करो तो प्रेम की उपस्थिति से कष्ट होगा। क्योंकि तुम परिधि पर हो इसलिए तुम कुछ भी करो, वह तुम्हें क्षणिक तृप्ति देगा, फिर अंधेरी घाटियां आ जाएंगी।

पहले अपनी स्वयं की शांति में स्थिर हो जाओ, फिर तुम स्वतंत्र हो, फिर प्रेम तुम्हारी जरूरत नहीं है। फिर तुम जब भी प्रेम में होओगे तो बंधन अनुभव नहीं करोगे; तुम्हें कभी यह नहीं लगेगा कि प्रेम एक तरह की परतंत्रता, एक गुलामी, एक बंधन बन गया है। तब प्रेम बस एक दान होगा। तुम्हारे पास इतनी शांति है कि तुम उसे बांटना चाहते हो। फिर वह बस देना मात्र होगा, जिसमें वापस पाने का कोई विचार नहीं होगा; वह बेशर्त होगा। और यह एक राज है कि जितना तुम देते हो उतना ही तुम्हें मिलता हैं। जितना ही तुम देते हो और बांटते हो उतना ही तुम पर बरस जाता है। जितना तुम इस खजाने में गहरे प्रवेश करते हो, जो कि अनंत है, उतना ही तुम सबको लुटा सकते हो। यह कभी समाप्त नहीं हो सकता।

लेकिन प्रेम आंतरिक शांति की छाया की भांति घटित होना चाहिए। साधारणतः इससे उलटा होता है, शांति तुम्हारे प्रेम की छाया की भांति आती है। प्रेम शांति की छाया होना चाहिए, तब प्रेम सुंदर होता है। वरना तो प्रेम भी कुरूपता निर्मित करता है, एक रोग, एक ज्वर बन जाता है।

'दोनों कांखों के मध्य-क्षेत्र (वक्षस्थल) में धीरे-धीरे शांति व्याप्त होने दो।'

कांखों के मध्य-क्षेत्र के प्रति जागरूक हो जाओ और महसूस करो कि वह अपार शांति से भर रहा है। बस शांति को अनुभव करो और तुम पाओगे कि वह भरी जा रही है। शांति तो सदा से भरी ही है, पर तुम्हें कभी पता नहीं चला। यह केवल तुम्हारे होश को बढ़ाने के लिए, तुम्हें घर की ओर लौटा लाने के लिए है। और जब तुम्हें यह शांति अनुभव होगी, तुम परिधि से हट जाओगे। ऐसा नहीं कि वहां कुछ नहीं होगा, लेकिन जब तुम इस प्रयोग को करोगे और शांति से भरोगे तो तुम्हें एक दूरी महसूस होगी। सड़क से शोर आ रहा है, पर बीच में अब बहुत दूरी है। सब चलता रहता है, पर इससे कोई परेशानी नहीं होती; बल्कि इससे मौन और गहरा होता है।

यही चमत्कार है। बच्चे खेल रहे होंगे, कोई रेडियो सुन रहा होगा, कोई लड़ रहा होगा, और पूरा संसार चलता रहेगा, लेकिन तुम्हें लगेगा कि तुम्हारे और सब चीजों के बीच में एक दूरी आ गई है। यह दूरी इसलिए पैदा हुई है कि तुम परिधि से अलग हो गए हो। परिधि पर घटनाएं होंगी और तुम्हें लगेगा कि वे किसी और के साथ हो रही हैं। तुम सम्मिलित नहीं हो। तुम्हें कुछ परेशान नहीं करता इसलिए तुम सम्मिलित नहीं हो, तुम अतिक्रमण कर गए हो। यही अतिक्रमण है।

और हृदय स्वभावतः शांति का स्रोत है। तुम कुछ भी पैदा नहीं कर रहे। तुम तो बस उस स्रोत पर लौट रहे हो जो सदा से था। यह कल्पना तुम्हें इस बात के प्रति जागने में सहयोगी होगी कि हृदय शांति से भरा हुआ है, ऐसा नहीं है कि यह कल्पना शांति पैदा करेगी।

तंत्र और पाश्चात्य सम्मोहन के दृष्टिकोण में यही अंतर है। सम्मोहनविद सोचते हैं कि वे कल्पना के द्वारा कुछ पैदा कर रहे हैं। पर तंत्र का मानना है कि कल्पना के द्वारा तुम कुछ पैदा नहीं करते, तुम तो बस उस चीज के साथ लयबद्ध हो जाते हो जो पहले से ही है। क्योंकि कल्पना से तुम जो भी पैदा कर सकते हो वह स्थाई नहीं हो सकता : यदि कोई चीज वास्तविक नहीं है तो वह झूठी है, नकली है, तुम बस एक भ्रम निर्मित कर रहे हो।

तो शांति के भ्रम में पड़ने से तो वास्तविक रूप से परेशान होना बेहतर है, क्योंकि वह कोई विकास नहीं है, बस तुमने अपने को उसमें भुला लिया है। देर-अबेर तुम्हें उससे बाहर निकलना पड़ेगा, क्योंकि जल्दी ही वास्तविकता भ्रम को तोड़ देगी। सच्चाई भ्रमों को नष्ट करेगी ही; केवल उच्चतर वास्तविकता को नष्ट नहीं किया जा सकता। उच्चतर वास्तविकता उस यथार्थ को नष्ट कर देगी जो कि परिधि पर है।

इसीलिए शंकर तथा दूसरे कई बुद्ध पुरुष कहते हैं कि संसार माया है। ऐसा नहीं है कि संसार माया है, लेकिन उन्हें एक उच्चतर वास्तविकता का बोध हुआ है। उस ऊंचाई से संसार स्वप्नवत प्रतीत होता है। वह शिखर इतनी दूर है, इतनी अनंत दूरी है कि यह संसार वास्तविक नहीं लग सकता।

तो सड़क से आता हुआ शोर ऐसे लगेगा जैसे तुम उसका सपना देख रहे हो, वह वास्तविक नहीं है। वह कुछ नहीं कर सकता। बस आता है और गुजर जाता है, और तुम अस्पर्शित रह जाते हो। और जब तुम वास्तविक से अस्पर्शित रह जाओ तो तुम्हें कैसे लगेगा कि यह वास्तविक है। वास्तविकता तुम्हें केवल तभी महसूस होती है जब वह तुममें गहरी प्रवेश कर जाए। जितनी गहरी वह प्रविष्ट होगी उतनी ही वास्तविक लगेगी।

शंकर कहते हैं, पूरा संसार मिथ्या है। वह ऐसे बिंदु पर पहुंच गए होंगे जहां से दूरी इतनी बढ़ जाती है कि संसार में जो भी हो रहा है सपना सा ही प्रतीत होता है। उसकी प्रतीति होती है, लेकिन उसके साथ कोई वास्तविकता की प्रतीति नहीं होती, क्योंकि वह भीतर प्रवेश नहीं कर पाती। प्रवेश ही वास्तविकता का अनुपात है। यदि मैं तुम्हें पत्थर मारूं और तुम्हें चोट लगे तो उसकी चोट तुम्हारे भीतर प्रवेश करती है और चोट का प्रवेश करना ही पत्थर को वास्तविक बनाता है। यदि मैं एक पत्थर फेंकें और वह तुम्हें छुए, पर चोट भीतर प्रवेश न करे, तो गहरे में कहीं तुम्हें अपने पर पत्थर गिरने की आवाज सुनाई देगी, पर उससे कोई व्यवधान पैदा नहीं होगा। तुम्हें वह झूठ लगेगा, मिथ्या लगेगा, माया लगेगा।

लेकिन तुम परिधि के इतने करीब हो कि यदि मैं तुम्हें पत्थर मारू तो तुम्हें चोट लगेगी ही। अगर मैं बुद्ध पर पत्थर फेंकू तो उनके शरीर को भी उतनी ही चोट लगेगी जितनी तुम्हारे शरीर को लगेगी, लेकिन बुद्ध परिधि पर नहीं हैं, केंद्र में स्थित हैं। और दूरी इतनी अधिक है। कि उन्हें पत्थर की आवाज तो सुनाई देगी पर चोट नहीं लगेगी। अंतस अस्पर्शित रह जाएगा, उस पर खरोंच भी न आएगी। इस निर्विचार अंतस को लगेगा कि जैसे सपने में कुछ फेंका गया। यह माया है। तो बुद्ध कहते हैं, किसी चीज में कोई सार नहीं है, सब कुछ असार है। संसार असार है। यह वही बात है जैसे शंकर कहते हैं कि संसार माया है।

इसे करके देखो। जब भी तुम्हें अनुभव होगा कि तुम्हारी दोनों कांखों के बीच, तुम्हारे हृदय के केंद्र पर शांति व्याप्त हो रही है तो संसार तुम्हें भ्रामक प्रतीत होगा। यह इस बात का

संकेत है कि तुम ध्यान में प्रवेश कर गए—जब संसार माया लगने लगे। ऐसा सोचो मत कि संसार माया है, ऐसा सोचने की कोई जरूरत नहीं है, तुम्हें ऐसा महसूस होगा। अचानक तुम्हारे मन में आएगा, 'संसार को क्या हो गया है?' अचानक संसार स्वप्नवत हो गया है। एक स्वप्न की तरह से सारहीन हो गया है। बस इतना ही वास्तविक प्रतीत होता है जैसे पर्दे पर फिल्म। भले ही थ्री-डायमेंशनल हो, पर ऐसा लगता है जैसे कोई प्रक्षेपण हो। हालांकि संसार प्रक्षेपण नहीं है, संसार वास्तव में माया नहीं है। नहीं, संसार तो वास्तविक है, लेकिन तुम दूरी पैदा कर लेते हो। और दूरी बढ़ती ही जाती है। और दूरी बढ़ रही है या नहीं, यह तुम इस बात से पता लगा सकते हो कि संसार अब तुम्हें कैसा लगता है।

यही कसौटी है। यह एक ध्यान की कसौटी है। यह सच नहीं है कि संसार मिथ्या है, पर यदि संसार मिथ्या लगने लगे तो तुम अंतरतम में केंद्रित हो गए। अब तुममें और परिधि में इतनी दूरी है कि तुम उसे अपने से अलग एक वस्तु की तरह देख सकते हो। तुम्हारा उससे तादात्म्य नहीं है।

यह विधि बहुत सरल है और यदि तुम इसे करो तो बहुत समय नहीं लगेगा। इस विधि के साथ तो कई बार ऐसा होता है कि पहले ही प्रयास में तुम इसके सौंदर्य और चमत्कार को अनुभव करोगे। तो इसे करके देखो। लेकिन पहले प्रयास में अगर तुम्हें कुछ अनुभव न हो तो निराश मत होओ। प्रतीक्षा करो, और करते रहो। और यह इतनी सरल विधि है कि तुम किसी भी समय इसे कर सकते हो। रात अपने बिस्तर पर लेटे-लेटे कर सकते हो; सुबह जब तुम्हें लगे कि तुम्हारी नींद खुल गई है, उस समय तुम इसे कर सकते हो। पहले इसे करो फिर उठो। दस मिनट भी पर्याप्त होंगे।

रात सोने से पहले दस मिनट इसे करो। संसार को मिथ्या बना दो। और तुम्हारी नींद इतनी गहरी हो जाएगी जितनी पहले कभी न हुई होगी। यदि सोने से ठीक पहले संसार मिथ्या हो जाए तो सपने कम आएंगे। क्योंकि यदि संसार ही सपना बन जाए तो सपने नहीं चल सकते। और यदि संसार मिथ्या हो जाए तो तुम बिलकुल विश्रांत हो जाओगे, क्योंकि संसार
की वास्तविकता तुम पर चोट नहीं करेगी, असर नहीं करेगी।

यह विधि मैं उन लोगों को सुझाता हूं जो अनिद्रा से पीड़ित हैं। इससे बड़ी मदद मिलती है। यदि संसार मिथ्या है तो तनाव समाप्त हो जाते हैं। और यदि तुम परिधि से हट सको तो तुम स्वतः ही नींद की गहरी अवस्था में चले गए। इससे पहले कि नींद आए तुम उसमें गहरे चले गए। और फिर सुबह बहुत अच्छा लगेगा, क्योंकि तुम बहुत ताजा हो गए हो और युवा हो गए हो। तुम्हारी ऊर्जा तरंगायित है, क्योंकि तुम केंद्र से परिधि पर लौट रहे हो।

और जिस क्षण तुम्हें लगे कि नींद जा चुकी तो आंखें मत खोलो; पहले इस प्रयोग को दस मिनट के लिए करो, फिर अपनी आंखें खोलो। शरीर पूरी रात के बाद विश्राम में है और ताजा तथा जीवंत अनुभव कर रहा है। तुम पहले ही विश्रांत हो तो अब अधिक समय नहीं लगेगा। बस विश्राम करो। अपनी चेतना को दोनों कांखों के बीच हृदय पर ले आओ। उसे गहन शांति से भरा हुआ अनुभव करो। दस मिनट तक उस शांति में रहो, फिर आंखें खोलो।

संसार बिलकुल अलग ही नजर आएगा, क्योंकि शांति तुम्हारी आंखों से भी झलकेगी। और सारा दिन तुम्हें अलग ही अनुभव होगा। न केवल तुम्हें अलग अनुभव होगा, बल्कि तुम्हें

लगेगा कि लोग भी तुमसे अलग तरह से व्यवहार कर रहे हैं। हर संबंध में तुम कुछ सहयोग देते हो। यदि तुम्हारा सहयोग न हो तो लोग तुमसे अलग तरह से व्यवहार करेंगे, क्योंकि उन्हें लगेगा कि अब तुम भिन्न व्यक्ति हो गए हो। हो सकता है उन्हें इसका पता भी न हो, पर जब तुम शांति से भर जाओगे तो हर कोई तुमसे अलग तरह से व्यवहार करेगा। लोग अधिक प्रेमपूर्ण और अधिक विनम्र होंगे, कम बाधा डालेंगे, खुले होंगे, समीप होंगे। एक चुंबकत्व पैदा हो गया।

शांति एक चुंबक है। जब तुम शांत होते हो तो लोग तुम्हारे अधिक निकट आते हैं, जब तुम परेशान होते हो तो सब पीछे हटते हैं। और यह इतनी भौतिक घटना है कि तुम इसे सरलता से देख सकते हो। जब भी तुम शांत हो, तुम्हें लगेगा सब तुम्हारे करीब आना चाहते हैं। क्योंकि शांति विकीरित होने लगती है, चारों ओर एक तरंग बन जाती है। तुम्हारे चारों ओर शांति के स्पंदन होते हैं और जो भी आता है तुम्हारे करीब होना चाहता है, जैसे तुम किसी वृक्ष की छाया के नीचे जाकर विश्राम करना चाहते हो।

शांत व्यक्ति के चारों ओर एक छाया होती है। वह जहां भी जाएगा सब उसके पास जाना चाहेंगे, खुले होंगे, श्रद्धा होगी। जिस व्यक्ति के भीतर संघर्ष है, विषाद है, संताप है, तनाव हैं, वह लोगों को दूर हटाता है। जो भी उसके पास जाता है घबड़ाता है। तुम खतरनाक हो। तुम्हारे करीब होना खतरनाक है। क्योंकि तुम वही दोगे जो तुम्हारे पास है, लगातार तुम वही दे रहे हो।

तो हो सकता है तुम किसी को प्रेम करना चाहो, पर यदि तुम भीतर से परेशान हो तो तुम्हारा प्रेमी भी तुमसे दूर हटेगा और तुमसे भागना चाहेगा। क्योंकि तुम उसकी ऊर्जा को चूस लोगे और वह तुम्हारे साथ सुखी नहीं होगा। और जब तुम उसे छोड़ोगे, बिलकुल थका-हारा छोड़ोगे, क्योंकि तुम्हारे पास कोई जीवनदायी स्रोत नहीं है, तुम्हारे भीतर विध्वंसात्मक ऊर्जा है।

तो न केवल तुम्हें लगेगा कि तुम भिन्न हो गए हो, दूसरों को भी लगेगा कि तुम बदल गए हो। यदि तुम थोड़ा सा केंद्र के करीब सरक जाओ तो तुम्हारी पूरी जीवन-शैली बदल जाती है, सारा दृष्टिकोण, सारा प्रतिफलन भिन्न हो जाता है। यदि तुम शांत हो तो तुम्हारे लिए सारा संसार शांत हो जाता है। यह केवल एक प्रतिबिंब है। तुम जो हो वही चारों ओर प्रतिबिंबित होता है। हर कोई एक दर्पण बन जाता है।

दुसरी विधिः

*स्वयं को सभी दिशाओं में परिव्याप्त होता हुआ महसूस करो—सुदूर, समीप।*

तंत्र और योग दोनों मानते हैं कि संकीर्णता ही समस्या है। क्योंकि तुमने स्वयं को इतना संकीर्ण कर लिया है इसीलिए तुम सदा ही बंधन अनुभव करते हो। बंधन कहीं और से नहीं आ रहा है, बंधन तुम्हारे संकीर्ण मन से आ रहा है। और वह संकीर्ण से संकीर्णतर होता चला जाता है और तुम सीमित होते चले जाते हो।

वह सीमित होना तुम्हें बंधन की अनुभूति देता है। तुम्हारे पास अनंत आत्मा है और अनंत अस्तित्व है, पर वह अनंत आत्मा बंदी अनुभव करती है। तो तुम कुछ भी करो, तुम्हें सब ओर सीमाएं नजर आती हैं। तुम कहीं भी जाओ, एक बिंदु पर पहुंच जाते हो जहां से आगे नहीं

जाया जा सकता। सब ओर एक सीमा-रेखा है। उड़ने के लिए कोई खुला आकाश नहीं है।

लेकिन यह सीमा तुमने खड़ी की है, यह सीमा तुम्हारा निर्माण है। तुमने कई कारणों से यह सीमा निर्मित की है : सुरक्षा के लिए, बचाव के लिए। तुमने एक सीमा बना ली है। और जितनी संकीर्ण सीमा होती है उतने सुरक्षित तुम महसूस करते हो। यदि तुम्हारी सीमा बहुत बड़ी हो तो तुम पूरी सीमा पर पहरा नहीं दे सकते, तुम सब ओर से सावधान नहीं हो सकते। बड़ी सीमा असुरक्षित हो जाती है। सीमा को संकीर्ण करो तो तुम उस पर पहरा दे सकते हो, बंद रह सकते हो; फिर तुम संवेदनशील न रहे, सुरक्षित हो गए। इस सुरक्षा के लिए ही तुमने सीमा खड़ी की है। लेकिन फिर तुम्हें बंधन लगता है।

मन ऐसा ही विरोधाभासी है। तुम सुरक्षा भी मांगते हो और साथ ही साथ स्वतंत्रता भी। दोनों एक साथ नहीं मिल सकतीं। यदि तुम्हें स्वतंत्रता चाहिए तो सुरक्षा खोनी पड़ेगी। कुछ भी हो, सुरक्षा बस भ्रम मात्र है, वास्तविक नहीं है। क्योंकि मृत्यु तो होगी ही, तुम चाहे कुछ भी करो, तुम मरोगे ही। तुम्हारी सारी सुरक्षा ऊपर-ऊपर है, कुछ भी मदद न देगा। लेकिन असुरक्षा से डरकर तुम सीमाएं खड़ी करते हो, अपने चारों ओर बड़ी-बड़ी दीवारें खींच लेते हो, और फिर खुला आकाश बंद हो जाता है। फिर तुम कष्ट भोगते हो! और फिर तुम कहते हो, 'खुला आकाश कहां है?' और कहते हो, मैं स्वतंत्रता चाहता हूं और मैं बढ़ना चाहता हूं!' लेकिन तुमने ही ये सीमाएं खड़ी की हैं।

तो इससे पहले कि तुम यह विधि करो, यह पहली बात याद रख लेने जैसी है, वरना इसे कर पाना संभव नहीं होगा। अपनी सीमाओं को बचाकर तुम इसे नहीं कर सकते। जब तक तुम सीमाएं बनाना बंद न कर दो, तब तक तुम न तो इसे कर पाओगे, न महसूस कर पाओगे।

सभी दिशाओं में परिव्याप्त होता हुआ महसूस करो—सुदूर, समीप।'

कोई सीमाएं नहीं, अनंत हो रहे हो, अनंत आकाश के साथ एक हो रहे हो...

तुम्हारे मन के साथ तो यह असंभव होगा। तुम इसे कैसे अनुभव कर सकते हो? इसे कैसे कर सकते हो? पहले तुम्हें कुछ चीजें करना बंद करना पड़ेगा।

पहली बात यह है कि यदि तुम सुरक्षा के बारे में ज्यादा ही चिंतित हो तो बंधन में ही रहो। असल में, कारागृह सबसे सुरक्षित स्थान है। वहां तुम्हें कोई नुकसान नहीं पहुंचा सकता। कैदियों से अधिक सुरक्षित, अधिक पहरे में और कोई नहीं है। तुम किसी कैदी को मार नहीं सकते, उसकी हत्या नहीं कर सकते। बहुत कठिन है। वह राजा से भी अधिक पहरे में है। तुम किसी राष्ट्रपति या राजा की हत्या कर सकते हो, यह कठिन नहीं है। रोज लोग उनकी हत्या करते रहते हैं। लेकिन तुम किसी कैदी को नहीं मार सकते। वह इतना सुरक्षित है कि यदि किसी को इतनी ही सुरक्षा पानी हो तो उसे कारागृह में ही रहना पड़ेगा, बाहर नहीं। कारागृह से बाहर रहना खतरनाक है, मुसीबतों से भरा है। कुछ भी हो सकता है।

तो हमने अपने चारों ओर मानसिक कारागृह, मनोवैज्ञानिक कारागृह बना लिए हैं। और हम उन कारागृहों को अपने साथ ढोते हैं। तुम्हें उनमें रहने की जरूरत नहीं है, वे तुम्हारे साथ चलते हैं। जहां भी तुम जाते हो तुम्हारा कारागृह तुम्हारे साथ चलता है। तुम सदा एक दीवार के पीछे रहते हो। बस कभी-कभी किसी को छूने के लिए तुम अपना हाथ उससे बाहर निकालते हो। लेकिन बस एक हाथ, तुम अपने कारागृह से कभी बाहर नहीं आते।

तो जब भी लोग आपस में मिलते हैं, वह केवल कारागृहों से निकले हुए हाथों का मिलन होता है। डरे-डरे हम खिड़कियों से हाथ बाहर निकालते हैं और किसी भी क्षण हाथ वापस खींच लेने को तैयार रहते हैं। दोनों लोग एक ही काम कर रहे हैं, बस एक हाथ से छू रहे हैं।

और अब तो मनोवैज्ञानिक कहते हैं कि यह भी एक दिखावा ही है, क्योंकि हाथों के चारों ओर अपना एक कवच होता है। कोई भी हाथ दस्ताने के बिना नहीं है। सिर्फ क्वीन एलिजाबेथ ही दस्ताने नहीं पहनती, तुम भी दस्ताने पहनते हो ताकि तुम्हें कोई छू न सके। और यदि कोई छूता भी है तो बस एक हाथ, मुर्दा हाथ। तुम पहले से ही पीछे हटे हुए हो, भयभीत होकर। क्योंकि दूसरा व्यक्ति भय पैदा करता है।

जैसा सार्त्र ने कहा है, 'दूसरा दुश्मन है।' यदि तुम इतने बंद हो तो दूसरा तुम्हें दुश्मन की तरह ही दिखाई देगा। बंद व्यक्ति से किसी तरह की मित्रता नहीं हो सकती। उससे मित्रता असंभव है, प्रेम असंभव है, किसी तरह का संवाद असंभव है।

तुम भयभीत हो। कोई तुम पर मालकियत कर सकता है, तुम पर हावी हो सकता है, तुम्हें गुलाम बना सकता है। इससे भयभीत होकर तुमने एक कारागृह, एक सुरक्षा कवच का निर्माण अपने चारों ओर कर लिया है। तुम संभलकर चलते हो, फंक-फेंककर कदम रखते हो। जीवन एक ऊब हो जाता है। यदि तुम बहुत ज्यादा ही सावधान हो तो जीवन एक अभियान नहीं हो सकता। यदि तुम अपने को बहुत ज्यादा ही बचा रहे हो, सुरक्षा के पीछे भाग रहे हो, तो तुम पहले ही मर चुके।

तो एक आधारभूत नियम याद रखोजीवन असुरक्षा है। और यदि तुम असुरक्षा में जीने को राजी हो तभी तुम जीवंत रह पाओगे। असुरक्षा स्वतंत्रता है। यदि तुम असुरक्षित होने को, सतत असुरक्षित होने को तैयार हो तो तुम स्वतंत्र रहोगे। और स्वतंत्रता परमात्मा का द्वार है।

भयभीत, तुम एक कारागृह बना लेते हो, मुर्दा हो जाते हो। फिर तुम पुकारते हो, 'परमात्मा कहां है?' और फिर तुम पूछते हो, 'जीवन कहां है? जीवन का अर्थ क्या है? आनंद कहां है?' जीवन तुम्हारी प्रतीक्षा कर रहा है, लेकिन उसी की शर्तों के अनुसार तुम्हें उससे मिलना होगा। तुम अपनी शर्तें नहीं लगा सकते, जीवन की अपनी शर्तें हैं। और मूल शर्त है : असुरक्षित रहो। इसके बाबत कुछ किया नहीं जा सकता। तुम बस भ्रम पैदा कर सकते हो और उस भ्रम में जीवन व्यर्थ कर ले सकते हो। कुछ भी नहीं किया जा सकता। तुम जो भी करोगे एक धोखा ही होगा।

अगर तुम प्रेम में पड़ते हो तो तुम्हें भय पकड़ लेता है कि यह स्त्री तुम्हें छोड़ देगी या यह पुरुष तुम्हें छोड़ देगा। भय तत्क्षण प्रवेश कर जाता है। जब तुम प्रेम में नहीं थे तो कभी भयभीत न थे। अब तुम प्रेम में हो : जीवन का प्रवेश हुआ और उसके साथ ही असुरक्षा का भी। जो किसी से प्रेम नहीं करता उसे कोई भय नहीं होता कि कोई उसे छोड़ देगा। पूरा संसार उसे छोड़ सकता है, उसे कोई भय नहीं है। तुम उसे नुकसान नहीं पहुंचा सकते। वह सुरक्षित है। जिस क्षण तुम किसी के प्रेम में पड़ते हो, असुरक्षा शुरू हो जाती है, क्योंकि जीवन प्रवेश कर गया। और जीवन के साथ मृत्यु प्रवेश कर गई। जिस क्षण तुम प्रेम में पड़ते

हो तुम्हें भय पकड़ लेता है : यह व्यक्ति मर सकता है, छोड़कर जा सकता है, किसी और से प्रेम कर सकता है!

अब सब कुछ सुरक्षित करने के लिए तुम्हें कुछ करना पड़ेगा, तुम्हें विवाह करना पड़ेगा। फिर एक कानूनी बंधन बनाना पड़ेगा ताकि वह व्यक्ति तुम्हें छोड़ न सके। अब समाज तुम्हारी रक्षा करेगा, कानून तुम्हारी रक्षा करेगा, पुलिस, जज सब तुम्हारी रक्षा करेंगे। अब यदि वह व्यक्ति तुम्हें छोड़ना चाहे तो तुम उसे कोर्ट में घसीट सकते हो। और यदि वह तलाक लेना चाहे तो उसे तुम्हारे विरुद्ध कुछ सिद्ध करना पड़ेगा। तब भी इसमें तीन से पांच साल तक लगेंगे। अब तुमने अपने चारों ओर एक सुरक्षा खड़ी कर ली।

लेकिन जिस क्षण तुमने विवाह किया तुम मर गए, संबंध जीवित नहीं रहा। अब वह संबंध नहीं रहा, एक कानून बन गया। अब यह कोई जीवंत चीज नहीं रही, कानूनी घटना हो गई। कोर्ट जीवन को नहीं बचा सकता, बस सौदों को बचा सकता है। कानून जीवन को नहीं बचा सकता, बस नियमों को ही बचा सकता है। अब विवाह एक मरी हुई चीज है। उसकी परिभाषा की जा सकती है। प्रेम की परिभाषा नहीं की जा सकती। विवाह परिभाष्य है, प्रेम अपरिभाष्य है।

विवाह के साथ तुम परिभाषाओं के जगत में आ गए। पर पूरी बात ही समाप्त हो गई। जिस क्षण तुमने सुरक्षित होना चाहा, जिस क्षण तुमने जीवन को बंद कर लेना चाहा ताकि इसमें कुछ भी नया न हो सके, तुम उसमें कैद हो गए। फिर तुम कष्ट भोगोगे। फिर तुम कहोगे कि यह पत्नी तुम्हारे लिए बंधन बन गई है। पति कहेगा कि पत्नी ने उसे बांध लिया है। फिर तुम लड़ोगे, क्योंकि दोनों एक-दूसरे के लिए कारागृह बन गए हो। अब तुम लड़ते हो। अब प्रेम समाप्त हो गया है, बस एक कलह बची है। सुरक्षा के पीछे दौड़ने से यही होता है।

और ऐसा सब चीजों में हुआ है। इसे मूल नियम की तरह याद रखोः जीवन असुरक्षित है। यह जीवन का स्वभाव है। तो जब तुम प्रेम में पड़ो, इस भय को भले ही झेल लो कि प्रेमिका तुम्हें छोड़कर जा सकती है, पर कभी सुरक्षा मत खड़ी करो। फिर प्रेम विकसित होगा। हो सकता है प्रेमिका मर जाए और तुम कुछ भी न कर पाओ, लेकिन उससे प्रेम नहीं मरेगा। प्रेम तो और बढ़ेगा।

सुरक्षा मार सकती है। असल में यदि आदमी अमर होता तो मैं कहता हूं कि प्रेम असंभव हो जाता। यदि आदमी अमर होता तो किसी को भी प्रेम करना असंभव हो जाता। प्रेम में पड़ना बहुत खतरनाक हो जाता। मृत्यु है तो जीवन ऐसे है जैसे किसी कंपते हुए पत्ते पर पड़ी ओस की बूंद। किसी भी क्षण हवा आएगी और ओस की बूंद गिरकर खो जाएगी। जीवन बस एक स्पंदन है। उस स्पंदन के कारण, उस गति के कारण, मृत्यु सदा बनी रहती है। इससे प्रेम को त्वरा मिलती है। प्रेम इसीलिए संभव है क्योंकि मृत्यु है। मृत्यु के कारण ही प्रेम सघन हो पाता है।

सोचो, यदि तुम्हें पता हो कि तुम्हारी प्रेमिका अगले ही क्षण मरने वाली है तो सब चालाकियां, सब कलह समाप्त हो जाएगी। और यही एक क्षण शाश्वत हो जाएगा। और इतना प्रेम उमगेगा कि तुम्हारा पूरा अस्तित्व उसमें प्रवाहित हो जाएगा। लेकिन अगर तुम्हें पता हो कि अभी तुम्हारी प्रेमिका जीवित रहेगी तो फिर कोई जल्दी नहीं है। फिर अभी तुम झगड़ सकते हो

और प्रेम को आगे के लिए टाल सकते हो। यदि जीवन शाश्वत हो, शरीर अमर हो, तो तुम प्रेम नहीं कर सकते।

हिंदुओं की एक बड़ी सुंदर कथा है। वे कहते हैं कि स्वर्ग में जहां इंद्र राज्य करता है—इंद्र स्वर्ग का राजा है—वहां कोई प्रेम नहीं है। वहां सुंदर युवतियां हैं, पृथ्वी से अधिक सुंदर युवतियां हैं। वहां संभोग तो होता है पर प्रेम नहीं होता, क्योंकि वे अमर हैं।

तो एक कथा में कहा गया है कि मुख्य अप्सरा उर्वशी ने एक पुरुष से प्रेम करने के लिए कुछ दिन पृथ्वी पर जाने की अनुमति मांगी। इंद्र ने कहा, 'क्या मूर्खता है! तुम यहां प्रेम कर सकती हो। और इतने सुंदर लोग तुम्हें पृथ्वी पर नहीं मिलेंगे।' उर्वशी ने कहा, 'वे भले ही सुंदर हों, पर अमर हैं, इसमें कोई मजा नहीं आता, सच में तो वे मुर्दा हैं।'

वास्तव में वे मर्दा ही हैं, क्योंकि उन्हें जीवंत बनाने के लिए कोई मृत्यु नहीं है। वे सदा-सदा रहेंगे। वे कभी मर नहीं सकते, इसलिए वे जीवित भी कैसे हो सकते हैं? वह जीवंतता मृत्यु के विपरीत ही होती है। आदमी जीवित है, क्योंकि मृत्यु सतत संघर्ष कर रही है। मृत्यु की भूमिका में जीवन है।

तो उर्वशी ने कहा, 'मुझे पृथ्वी पर जाने की आज्ञा दो। मैं किसी को प्रेम करना चाहती हूं।' उसे आज्ञा मिल गई। तो वह नीचे पृथ्वी पर आ गई और एक युवक पुरुरवा के प्रेम में पड़ गई। लेकिन इंद्र की ओर से एक शर्त थी। इंद्र ने शर्त रखी थी कि वह पृथ्वी पर जा सकती है, किसी से प्रेम कर सकती है, पर जो पुरुष उसे प्रेम करे उसे यह पहले ही बता देना होगा कि वह उससे यह कभी न पूछे कि वह कौन है।

प्रेम के लिए यह कठिन है, क्योंकि प्रेम जानना चाहता है। प्रेम प्रेमी के विषय में सब कुछ जानना चाहता है। हर अज्ञात चीज को ज्ञात करना चाहता है। हर रहस्य में प्रवेश करना चाहता है। तो इंद्र ने बड़ी चालाकी से यह शर्त रखी, जिसकी चालबाजी को उर्वशी नहीं समझ पाई। वह बोली, 'ठीक है। मैं अपने प्रेमी को कह दूंगी कि वह मेरे बारे में कभी कुछ जानना न चाहे, कभी यह न पूछे कि मैं कौन हूं। और यदि वह पूछता है तो तत्क्षण उसे छोड़कर मैं वापस आ जाऊंगी।' और उसने पुरुरवा से कह दिया, 'कभी मुझसे यह मत पूछना कि मैं कौन हूं। जिस क्षण तुम पूछोगे, मुझे पृथ्वी को छोड़ना पड़ेगा।'

लेकिन प्रेम तो जानना चाहता है। और इस बात के कारण पुरुरवा और भी उत्सुक हो गया होगा कि वह कौन है। वह सो भी नहीं सका। वह उर्वशी की ओर देखता रहा। वह है। कौन? इतनी सुंदर स्त्री, किसी स्वप्निल पदार्थ की बनी लगती है, पार्थिव, भौतिक नहीं लगती। शायद वह कहीं और से, किसी अज्ञात आयाम से आई है। वह और-और उत्सुक होता गया। लेकिन वह और भयभीत भी होता गया कि वह जा सकती है। वह इतना भयभीत हो गया कि जब रात वह सोती, उसकी साड़ी का पल्लू वह अपने हाथ में ले लेता, क्योंकि उसे अपने पर भी भरोसा नहीं था। कभी भी वह पूछ सकता था, प्रश्न सदा उसके मन में रहता था। अपनी नींद में भी वह पूछ सकता था। और उर्वशी ने कहा था कि नींद में भी उसके बाबत नहीं पूछना है। तो वह उसकी साड़ी का कोना अपने हाथ में लेकर सोता।

लेकिन एक रात वह अपने को वश में नहीं रख पाया और उसने सोचा कि अब वह उससे इतना प्रेम करती है कि छोड़कर नहीं जाएगी। तो उसने पूछ लिया। उर्वशी को अदृश्य

होना पड़ा, बस उसकी साड़ी का एक टुकड़ा पुरुरवा के हाथ में रह गया। और कहा जाता है कि वह अभी भी उसे खोज रहा है।

स्वर्ग में प्रेम नहीं हो सकता, क्योंकि असल में वहां कोई जीवन ही नहीं है। जीवन यहां इस पृथ्वी पर है, जहां मृत्यु है। जब भी तुम कुछ सुरक्षित कर लेते हो, जीवन खो जाता है। असुरक्षित रहो, यह जीवन का ही गुण है। इसके बारे में कुछ किया नहीं जा सकता। और यह सुंदर है।

जरा सोचो, यदि तुम्हारा शरीर अमर होता तो कितना कुरूप होता। तुम आत्मघात करने के उपाय खोजने लगोगे। और यदि यह असंभव है, कानून के विरुद्ध है, तो तुम्हें इतना कष्ट होगा कि कल्पना भी नहीं कर सकते। अमरत्व एक बहुत लंबी बात है। अब पश्चिम में लोग स्वेच्छा-मरण की बात सोच रहे हैं, क्योंकि लोग अब लंबे समय तक जी रहे हैं। तो जो व्यक्ति सौ वर्ष तक पहुंच जाता है वह स्वयं को मारने का अधिकार चाहता है।

और वास्तव में, यह अधिकार देना ही पड़ेगा। जब जीवन बहुत छोटा था तो हमने आत्महत्या न करने का कानून बनाया था। बुद्ध के समय में चालीस या पचास साल का हो जाना बहुत था। औसत आयु कोई बीस साल के करीब थी। भारत में अभी बीस साल पहले तक औसत आयु तेईस साल थी। अब स्वीडन में औसत आयु तिरासी साल है। तो लोग बड़ी आसानी से डेढ़ सौ साल तक जी सकते हैं। रूस में कोई पंद्रह सौ लोग हैं जो डेढ़ सौ तक पहुंच गए हैं। अब यदि वे कहते हैं कि उन्हें स्वयं को मारने का अधिकार है क्योंकि अब बहुत हो चुका, तो हमें यह अधिकार उन्हें देना होगा। इससे उन्हें वंचित नहीं किया जा सकता।

देर-अबेर आत्महत्या हमारा जन्मसिद्ध अधिकार होगा। अगर कोई मरना चाहता है तो तुम उसे मना नहीं कर सकते—किसी भी कारण से नहीं। क्योंकि अब जीवन का कोई अर्थ नहीं रह गया, पहले ही बहुत हो चुका। सौ साल के व्यक्ति को जीने जैसा नहीं लगता। ऐसा नहीं है कि वह परेशान हो गया है, कि उसके पास भोजन नहीं है। सब कुछ है, पर जीवन का कोई अर्थ नहीं रह गया है।

तो अमरत्व की सोचो, जीवन बिलकुल अर्थहीन हो जाएगा। अर्थ मृत्यु के कारण होता है। प्रेम का अर्थ है, क्योंकि प्रेम खोया जा सकता है। तब प्रेम धड़कता है, स्पंदित होता है। प्रेम खो सकता है। तुम उसके बारे में निश्चित नहीं हो सकते। तुम उसे कल पर नहीं टाल सकते, क्योंकि हो सकता है कल प्रेम रहे ही न। तुम्हें प्रेमी या प्रेमिका को इस तरह से प्रेम करना होगा कि हो सकता है कल आए ही न। फिर प्रेम सघन होता है।

तो पहली बात, सुरक्षित जीवन पैदा करने के अपने सारे प्रयास हटा लो। बस यह प्रयास हटाने से ही तुम्हारे आस-पास की दीवारें गिरने लगेंगी। पहली बार तुम्हें लगेगा कि वर्षा तुम पर सीधी पड़ रही है, हवाएं सीधी तुम तक बह रही हैं, सूर्य सीधा तुम तक पहुंच रहा है। तुम खुले आकाश के नीचे आ जाओगे। सुंदर है यह। लेकिन तुम्हें अगर यह विचित्र लगता है तो इसलिए क्योंकि तुम कारागृह में रहने के आदी हो गए हो। तुम्हें इस नई स्वतंत्रता से परिचित होना पड़ेगा। यह स्वतंत्रता तुम्हें अधिक जीवंत, अधिक तरल, अधिक खुला, अधिक समृद्ध, अधिक जीवित बनाएगी। लेकिन तुम्हारी जीवंतता, तुम्हारे जीवन का शिखर जितना ऊंचा होगा, उतनी ही गहन मृत्यु तुम्हारे निकट होगी, एकदम करीब होगी। तुम केवल

मृत्यु के, मृत्यु की घाटी के विरुद्ध ही उठ सकते हो। जीवन का शिखर और मृत्यु की घाटी सदा पास-पास होते हैं और एक ही अनुपात में होते हैं।

इसलिए मैं कहता हूं कि नीत्शे के सूत्र का पालन करना चाहिए। यह बड़ा आध्यात्मिक सूत्र है। नीत्शे कहता है, 'खतरे में जीओ।' ऐसा नहीं कि खतरा तुम्हें खोजना है। खतरे को अपनी ओर से खोजने की कोई जरूरत नहीं है। बस सुरक्षा मत खड़ी करो। अपने चारों ओर दीवारें मत खींचो। स्वाभाविक रूप से जीओ और यही बहुत खतरनाक होगा। खतरे को खोजने की जरूरत नहीं है।

फिर तुम यह विधि कर सकते हो : 'स्वयं को सभी दिशाओं में परिव्याप्त होता हुआ महसूस करो—सुदूर, समीप।'

फिर यह बहुत आसान है। यदि दीवारें न हों तो तुम स्वयं को सब ओर व्याप्त होता हुआ अनुभव करने ही लगोगे। फिर तुम कहां समाप्त होते हो, इसकी कोई सीमा नहीं होगी। तुम बस हृदय से शुरू होते हो और कहीं भी समाप्त नहीं होते। बस तुम्हारे पास एक केंद्र है और कोई परिधि नहीं है। परिधि बढ़ती चली जाती है—आगे और आगे। पूरा आकाश उसमें समा जाता है। सितारे उसमें घूमते हैं। पृथ्वियां उसी में बनती हैं और मिटती हैं। ग्रह उगते हैं और अस्त होते हैं। पूरा ब्रह्मांड तुम्हारी परिधि बन जाता है।

इस विस्तार में तुम्हारा अहंकार कहां होगा? इस विस्तार में तुम्हारे कष्ट कहां होंगे? इस विस्तार में तुम्हारा चालाक मन कहां होगा? क्षुद्र मन कहां होगा? इतने विस्तार में मन नहीं बच सकता, विलीन हो जाता है। बस एक संकीर्ण स्थान पर ही मन बच सकता है। मन तो केवल तभी चल सकता है जब दीवारों में बंद हो, कैद हो। यह बंद होना ही समस्या है। खतरे में जीओ और असुरक्षा में जीने के लिए तैयार रहो। और मजा यह है कि अगर तुम असुरक्षा में न भी रहना चाहो तो भी असुरक्षित ही हो! तुम कुछ भी नहीं कर सकते!

मैंने एक राजा के बारे में सुना है। वह मृत्यु से बहुत डरता था... ।

राजा अधिक डरते हैं। वे अधिक डरते हैं क्योंकि उन्होंने इतने लोगों का शोषण किया है; उन्होंने इतने लोगों को दबाया है, कुचला है; इतने लोगों पर उन्होंने राजनैतिक खेल खेले हैं। उनके कई शत्रु बन जाते हैं। असली राजा का कोई मित्र नहीं होता, हो नहीं सकता। क्योंकि घनिष्ठतम मित्र भी उसका शत्रु होता है, बस अवसर की तलाश में होता है कि कब उसे मारकर उसकी जगह पर बैठ सके। सत्ता में जो व्यक्ति होता है उसका कोई मित्र नहीं हो सकता। किसी हिटलर, किसी स्टैलिन, किसी निक्सन का कोई मित्र नहीं हो सकता। उनके बस शत्र होते हैं जो मित्रों की तरह उनके आस-पास घूम रहे हैं, ताकि मौका मिलते ही उनको धक्का देकर वे स्वयं सिंहासन पर आ सकें। जब भी उन्हें मौका मिले वे कुछ भी कर सकते हैं। एक ही क्षण पहले वे मित्र थे, लेकिन उनकी मित्रता एक छलावा है। उनकी मित्रता एक दांव-पेंच है। सत्ता में जो है उसका कोई मित्र नहीं हो सकता।

इसीलिए लाओत्से कहता है, 'यदि तुम चाहते हो कि तुम्हारे मित्र हों तो सत्ता में मत आओ। फिर सारा संसार तुम्हारा मित्र होगा। यदि तुम सत्ता में हो तो बस तुम ही अकेले मित्र हो, बाकी सब शत्रु हैं।'

तो वह राजा बहुत डरा हुआ था। उसे मृत्यु का बड़ा भय था, चारों ओर मृत्यु ही मृत्यु

थी। उसे यही भय लगा रहता था कि उसके आस-पास सभी उसे मारना चाहते हैं। वह सो भी नहीं सकता था। उसने अपने सलाहकारों से पूछा कि क्या करना चाहिए। उन्होंने कहा कि वह एक ऐसा महल बनवाए जिसमें केवल एक ही द्वार हो। द्वार पर सैनिकों की सात टुकड़ियां खड़ी की जाएं: पहली टुकड़ी महल पर नजर रखे, दूसरी टुकड़ी पहली पर, तीसरी दूसरी पर। एक ही द्वार होने से कोई और भीतर नहीं आ सकता और राजा सुरक्षित रहेगा।

राजा ने एक ही द्वार वाला महल बनवाया और उस पर सैनिकों की सात टुकड़ियां तैनात करवा दीं जो एक-दूसरे पर नजर रखती थीं। यह खबर चारों ओर फैल गई और पड़ोसी राज्य का राजा उसे देखने आया। वह भी भयभीत था। उसे खबर मिली थी कि पड़ोसी राजा ने ऐसा सुरक्षित महल बनवाया है जहां उसे मार पाना असंभव है। तो वह देखने आया और दोनों ने मिलकर इस एक ही द्वार वाले महल और सुरक्षा व्यवस्था की बड़ी प्रशंसा की—कोई खतरा नहीं है।

जब वे द्वार की ओर देख रहे थे तो सड़क के किनारे बैठा एक भिखारी हंसने लगा। तो राजा ने उससे पूछा, 'तू हंस क्यों रहा है?' भिखारी ने उत्तर दिया, 'मैं इसलिए हंस रहा हूं कि तुमसे एक गलती हो गई है। तुम्हें अंदर जाकर इस द्वार को भी बंद कर लेना चाहिए। यह द्वार खतरनाक है, कोई इससे भीतर घुस सकता है। द्वार का अर्थ ही है कि कोई भीतर आ सकता है। यदि और कोई न भी आए तो कम से कम मृत्यु तो आएगी ही। तो तुम एक काम करो : अंदर चले जाओ और इस द्वार को भी बंद कर लो। तब तुम सच में सुरक्षित हो जाओगे, क्योंकि मृत्यु भी नहीं घुस सकेगी।'

लेकिन राजा ने कहा, 'अगर मैं यह द्वार भी बंद कर लें तो मैं वैसे ही मर जाऊंगा!' उस भिखारी ने कहा, 'निन्यानबे प्रतिशत तो तुम मर ही चुके हो, तुम उतने ही जीवित हो जितना यह द्वार बस इतना ही खतरा है, इतने ही तुम जीवित हो। यह जीवंतता भी छोड़ दो।'

सभी अपनी-अपनी तरह से अपने आस-पास महल बना रहे हैं, ताकि भीतर कोई न आ सके और वे शांति से रह सकें। लेकिन फिर तुम पहले ही मर गए। और शांति बस उन्हें ही घटती है जो जीवित हैं। शांति कोई मुर्दा चीज नहीं है। जीवंत रहो, खतरे में जीओ, एक संवेदनशील, मुक्त जीवन जीओ, ताकि तुम्हें सब कुछ स्पर्श कर सके। और अपने साथ सब कुछ होने दो। जितना तुम्हारे साथ कुछ घटेगा, उतने ही तुम समृद्ध होओगे।

फिर तुम इस विधि का अभ्यास कर सकते हो। फिर यह विधि बड़ी सरल है, तुम्हें इसका अभ्यास करने की जरूरत भी नहीं पड़ेगी। बस भाव करो, और तुम पूरे आकाश में परिव्याप्त हो जाओगे।

आज इतना ही।

72

# असुरक्षा में जीना बुद्धत्व का मार्ग है।

# प्रश्न सार

१. कृपया बुद्ध पुरुष के प्रेम को समझाएं।
२. क्या प्रेम गहरा होकर विवाह नहीं बन सकता?
३. क्या व्यक्ति असुरक्षा में जीते हुए निश्चिंत रह सकता है?
४. अतिक्रमण की क्या आवश्यकता है?

**पहला प्रश्नः**

***आपने कहा कि प्रेम केवल मृत्यु के साथ ही संभव है। फिर क्या आप कृपया बुद्ध पुरुष के प्रेम के विषय में समझाएंगे?***

**अज्ञानी** व्यक्ति के लिए तो प्रेम सदा घृणा का ही अंग होता है, सदा घृणा के साथ ही आता है। अज्ञानी मन के लिए तो प्रेम और घृणा एक ही सिक्के के दो पहलू हैं। अज्ञानी मन के लिए प्रेम कभी शुद्ध नहीं होता। और यही प्रेम का विषाद है, क्योंकि वह घृणा जो है, विष बन जाती है। तुम किसी से प्रेम करते हो और उसी से घृणा भी करते हो। लेकिन हो सकता है, तुम घृणा और प्रेम दोनों एक साथ न कर रहे होओ तो तुम्हें कभी इसका पता ही नहीं चलता। जब तुम किसी से प्रेम करते हो तो तुम घृणा वाले हिस्से को भूल जाते हो, वह नीचे चला जाता है, अचेतन मन में चला जाता है और वहां प्रतीक्षा करता है। फिर जब तुम्हारा प्रेम थक जाता है तो वह अचेतन में गिर जाता है और घृणा वाला हिस्सा ऊपर आ जाता है। फिर तुम उसी व्यक्ति से घृणा करने लगते हो। और जब तुम घृणा करते हो तो तुम्हें पता भी नहीं होता कि तुम प्रेम भी करते हो, अब प्रेम गहरे अचेतन में चला गया है। यह चलता रहता है, बिलकुल दिन और रात की तरह यह एक वर्तुल में चलता चला जाता है। यही विषाद बन जाता है।

लेकिन एक बुद्ध, एक जाग्रत व्यक्ति के लिए दुई, द्वैत मिट जाते हैं। सब तरफ—न केवल प्रेम के ही संबंध में, बल्कि पूरा जीवन एक अद्वैत बन जाता है। फिर कोई दुई नहीं रहती, विरोधाभास नहीं बचता।

तो वास्तव में, बुद्ध के प्रेम को प्रेम कहना ठीक नहीं है, लेकिन हमारे पास और कोई शब्द नहीं है। बुद्ध ने स्वयं कभी प्रेम शब्द का उपयोग नहीं किया। उन्होंने करुणा शब्द का उपयोग किया। लेकिन वह भी कोई बहुत अच्छा शब्द नहीं है। क्योंकि तुम्हारी करुणा सदा तुम्हारी क्रूरता के साथ संबंधित है, तुम्हारी अहिंसा सदा तुम्हारी हिंसा के साथ संबंधित है। तुम कुछ भी करो उसका विपरीत सदा ही साथ होगा। तुम विरोधाभासों में जीते हो; इसीलिए तनाव, दुख और संताप होते हैं।

तुम एक नहीं हो, तुम हमेशा बंटे हुए हो। तुम बहुत से खंडों में बंटी हुई एक भीड़ हो।

और वे सब खंड एक-दूसरे का विरोध कर रहे हैं। तुम्हारा होना एक तनाव है; बुद्ध का होना एक गहन विश्राम है। स्मरण रखो, तनाव दो विरोधी ध्रुवों के बीच में होता है, और विश्राम होता है ठीक मध्य में, जहां दो विरोधी ध्रुव विरोधी नहीं रहते। वे एक-दूसरे को काट देते हैं, और एक रूपांतरण घटित होता है।

तो बुद्ध का प्रेम उससे मूलतः भिन्न होता है, जिसे तुम प्रेम जानते हो। तुम्हारा प्रेम तो एक बेचैनी है; बुद्ध का प्रेम है पूर्ण विश्राम। उसमें मस्तिष्क का कोई भाग नहीं होता, इसलिए उसका गुणधर्म पूर्णतः बदल जाता है। बुद्ध के प्रेम में ऐसा बहुत कुछ होगा जो साधारण प्रेम में नहीं होता।

पहली बात तो यह कि वह ऊष्ण नहीं होगा। ऊष्णता आती है घृणा से। बुद्ध का प्रेम वासना नहीं, करुणा होता है; ऊष्ण नहीं, शीतल होता है। हमारे लिए तो शीतल प्रेम का अर्थ होता है कि इसमें कुछ कमी है। बुद्ध का प्रेम शीतल होता है, उसमें कोई ऊष्णता नहीं होती। वह सूर्य की तरह नहीं होता, चांद की तरह होता है। वह तुम में उत्तेजना नहीं लाता, वरन एक गहन शीतलता निर्मित करता है।

दूसरे, बुद्ध का प्रेम वास्तव में कोई संबंध नहीं होता, तुम्हारा प्रेम एक संबंध होता है। बुद्ध का प्रेम तो उनके होने की अवस्था ही है। असल में, वह तुम्हें प्रेम नहीं करते, वह प्रेम ही हैं। यह भेद स्पष्ट रूप से समझ लेना चाहिए। यदि तुम किसी व्यक्ति को प्रेम करते हो तो तुम्हारा प्रेम एक कृत्य होता है, तुम कुछ करते हो, कोई निश्चित व्यवहार करते हो, कोई संबंध, कोई सेतु निर्मित करते हो। बुद्ध का प्रेम तो बस उनका होना ही है, बस ऐसे ही वह हैं। वह तुम्हें प्रेम नहीं कर रहे, वह प्रेम ही हैं। वह तो बगीचे में खिले फूल की तरह हैं। तुम उधर से गुजरो, और सुगंध तुम तक पहुंच जाती है। ऐसा नहीं है कि फूल विशेष रूप से तुम तक सुगंध पहुंचा रहा है; जब कोई नहीं भी गुजर रहा था, तब भी वहां सुगंध थी। और यदि कभी भी कोई नहीं गुजरे, तब भी सुगंध रहेगी।

जब तुम्हारा प्रेमी तुम्हारे साथ नहीं होता, तुम्हारी प्रेमिका तुम्हारे साथ नहीं होती, प्रेम विदा हो जाता है, सुवास नहीं रहती। यह प्रेम तुम्हारा प्रयास है, तुम्हारा होना मात्र नहीं है। इसे लाने के लिए तुम्हें कुछ करना पड़ता है। जब कोई भी नहीं है और बुद्ध अकेले अपने बोधिवृक्ष के नीचे बैठे हैं तो भी वह प्रेम में होते हैं। अब यह जरा अजीब लगता है कि तब भी वह प्रेम में होते हैं। वहां कोई भी नहीं है जिसे प्रेम किया जाए, लेकिन फिर भी वह प्रेम में हैं। यह प्रेमपूर्ण होना उनकी अवस्था है। और क्योंकि यह उनकी अवस्था है, इसलिए उसमें तनाव नहीं होता। बुद्ध अपने प्रेम से थक नहीं सकते।

तुम थक जाओगे, क्योंकि तुम्हारा प्रेम ऐसा है जिसे तुम कर रहे हो। तो यदि बहुत प्रेम होता है तो प्रेमी एक-दूसरे से थक जाते हैं। वे थक जाते हैं, और दोबारा ऊर्जा से भरने के लिए उन्हें अवकाश की, अंतराल की जरूरत पड़ती है। यदि तुम चौबीस घंटे अपने प्रेमी के साथ रहो तो वह ऊब जाएगा, क्योंकि इतना ध्यान देना बहुत अधिक हो जाएगा। कुछ भी चौबीसों घंटे करते रहना अति हो जाती है।

बुद्ध कुछ कर नहीं रहे, वह अपने प्रेम से थकते नहीं हैं। यह तो उनका होना ही है, यह तो ऐसे ही है जैसे वह श्वास ले रहे हों। जैसे तुम श्वास लेने से कभी थकते नहीं, अपने होने

से कभी थकते नहीं, ऐसे ही वह भी कभी अपने प्रेम से थकते नहीं।

और तीसरी बात यह है कि तुम्हें पता चलता है कि तुम प्रेम कर रहे हो, बुद्ध को बिलकुल पता नहीं होता। क्योंकि पता चलने के लिए विपरीत की आवश्यकता होती है। बुद्ध तो प्रेम से इतने भरे हैं कि उन्हें पता ही न चलेगा। यदि तुम उनसे पूछो तो वह कहेंगे, 'मैं तुमसे प्रेम करता हूं।' लेकिन इसका उन्हें पता नहीं होगा। प्रेम इतना चुपचाप उनसे बह रहा है, उनका इतना अंतरंग हिस्सा बन गया है, कि उन्हें इसका पता हो ही नहीं सकता।

तुम्हें पता चलेगा कि वह प्रेम करते हैं, और यदि तुम खुले तथा ग्रहणशील हो तो तुम्हें अधिक पता चलेगा कि वह तुम्हें और भी प्रेम करते हैं। तो यह तुम्हारी क्षमता पर निर्भर करता है कि तुम कितना ग्रहण कर सकते हो। लेकिन उनकी तरफ से यह कोई भेंट नहीं है। वह तुम्हें कुछ दे नहीं रहे हैं, ऐसे वह हैं ही, यही उनका होना है। जब भी तुम अपने समग्र अस्तित्व के प्रति जागते हो, प्रबुद्ध होते हो, मुक्त होते हो, तो तुम्हारे जीवन से विरोधाभास मिट जाता है। फिर कोई द्वैत नहीं रहता। फिर जीवन एक लयबद्धता बन जाता है, कुछ भी किसी भी चीज के विरुद्ध नहीं होता।

इस लयबद्धता के कारण एक गहन शांति घटित होती है, कोई अशांति नहीं रहती। अशांति बाहर पैदा नहीं होती, तुम्हारे भीतर ही होती है। विरोधाभास ही अशांति पैदा करता रहता है, जब कि बहाने तुम बाहर खोज ले सकते हो। उदाहरण के लिए जरा गौर से देखो कि अपने प्रेमी या किसी मित्र, किसी गहन, अंतरंग, निकटस्थ मित्र के साथ होने पर तुम्हें क्या होता है। उसके साथ रहो और बस देखो कि तुम्हें क्या हो रहा है। जब तुम मिलते हो तो तुम बहुत उत्साहित, आनंदित और नृत्यपूर्ण होते हो। लेकिन कितना नृत्य तुम कर सकते हो? और कितने आनंदित तुम हो सकते हो?

कुछ ही मिनटों में तुम नीचे उतरने लगते हो, उत्साह चला जाता है। और कुछ घंटों बाद तो तुम ऊब जाते हो, तुम कहीं और भाग जाने की सोचने लगते हो। और कुछ दिनों बाद तो तुम लड़ने लगोगे। जरा गौर से देखो कि क्या हो रहा है। यह सब भीतर से आ रहा है, लेकिन तुम बाहर बहाने खोज लोगे। तुम कहोगे कि यह व्यक्ति अब उतना प्रेमपूर्ण नहीं रहा जितना कि जब यह आया था, तब था; अब यह व्यक्ति मुझे अशांत कर रहा है, मुझे क्रोधित कर रहा है। और तुम हमेशा ही कोई बहाना खोज लोगे कि वह तुम्हें कुछ कर रहा है, तुम्हें कभी भी पता न चलेगा कि तुम्हारा विरोधाभास, तुम्हारे मन का द्वैत या अंतर्द्वंद्व कुछ कर रहा है। हमें कभी भी हमारे अपने मन के कृत्यों का पता नहीं चल पाता।

मैंने सुना है कि एक बहुत प्रसिद्ध, सुंदर, हालीवुड अभिनेत्री एक स्टूडियो में अपना फोटो लेने गई। फोटो एक दिन पहले खींचा गया था। फोटोग्राफर ने फोटो उसे दिया, पर वह तो बहुत नाराज हो गई, तमतमा गई। उसने कहा, 'यह तुमने क्या कर डाला है? पहले भी तुमने मेरे फोटो लिए हैं, पर वे सब कितने गजब के थे!' फोटोग्राफर ने अभिनेत्री को कहा, 'हां, लेकिन आप यह भूल रही हैं कि जब मैंने वे फोटो खींचे थे तो मैं बारह वर्ष छोटा था। मैं तब बारह वर्ष छोटा था, यह आप भूल रही हैं।'

हम भीतर कभी नहीं देखते कि क्या हो रहा है। यदि फोटो तुम्हें ठीक नहीं लग रहा हो तो फोटोग्राफर में कुछ गड़बड़ है। यह नहीं कि बारह वर्ष बीत चुके हैं और अब तुम बड़ी हो

गई हो। यह तो एक आंतरिक प्रक्रिया है, फोटोग्राफर का इससे कुछ भी लेना-देना नहीं है। लेकिन फोटोग्राफर बड़ा बुद्धिमान रहा होगा! उसने कहा, 'आप भूल रही हैं कि मैं तब बारह वर्ष छोटा था।'

बुद्ध का प्रेम बिलकुल भिन्न है, लेकिन उसके लिए हमारे पास कोई और शब्द नहीं है। सबसे अच्छा शब्द जो हमारे पास है, वह प्रेम ही है। लेकिन यदि तुम यह स्मरण रख सको तो उसका गुणधर्म बिलकुल बदल जाता है।

और एक बात गांठ बांध लो, इस पर गहन विचार करोः यदि बुद्ध तुम्हारे प्रेमी हों तो क्या तुम संतुष्ट हो जाओगे? तुम संतुष्ट नहीं होओगे। क्योंकि तुम्हें लगेगा कि यह प्रेम तो शीतल है, इसमें कोई उत्तेजना नहीं है। तुम्हें लगेगा कि वह तुम्हें ऐसे ही प्रेम करते हैं जैसे वह सबको करते हैं, तुम कोई विशेष नहीं हो। तुम्हें लगेगा कि उनका प्रेम कोई भेंट नहीं है, वह तो ऐसे हैं ही, इसीलिए प्रेम कर रहे हैं। तुम्हें उनका प्रेम इतना स्वाभाविक लगेगा कि तुम उससे संतुष्ट नहीं होओगे।

भीतर विचार करो। जो प्रेम घृणा-रहित है उससे तुम कभी भी तृप्त नहीं हो सकते। और उस प्रेम से भी तुम कभी तृप्त नहीं हो सकते जिसमें घृणा हो। यही समस्या है। किसी भी तरह तुम अतृप्त ही रहोगे। यदि प्रेम घृणा के साथ है तो तुम अतृप्त रहोगे, सदा रुग्ण रहोगे, क्योंकि वह घृणा का अंश तुम्हें अशांत करेगा। यदि प्रेम घृणा-रहित है तो तुम्हें लगेगा कि यह शीतल है। और बुद्ध को यह इतने स्वाभाविक रूप से घटित हो रहा है कि तुम न भी होते तो भी होता, तो यह कोई विशेष रूप से तुम्हारे लिए नहीं है। इसलिए तुम्हारा अहंकार तृप्त नहीं होता। और मुझे ऐसा लगता है कि यदि तुम्हारे सामने किसी बुद्ध और अबुद्ध में से अपना प्रेमी चुनने का सवाल हो तो तुम अबुद्ध को चुनोगे, क्योंकि उसकी भाषा तुम समझ सकते हो। अबुद्ध कम से कम तुम्हारे जैसा तो है। तुम लड़ोगे-झगड़ोगे, सब अस्तव्यस्त हो जाएगा, सब गड़बड़ हो जाएगा, लेकिन फिर भी तुम अबुद्ध को ही चुनोगे। क्योंकि बुद्ध इतने ऊंचे होंगे कि जब तक तुम भी ऊंचे न उठो, तुम नहीं समझ पाओगे कि बुद्ध कैसे प्रेम करते हैं।

एक अबुद्ध के साथ, एक अज्ञानी के साथ, तुम्हें स्वयं को रूपांतरित करने की जरूरत नहीं होती। तुम वैसे के वैसे ही बने रह सकते हो। वह प्रेम कोई चुनौती नहीं है। वास्तव में प्रेमियों के साथ बिलकुल विपरीत ही होता है। जब दो प्रेमी मिलते हैं और प्रेम में पड़ते हैं तो वे दोनों एक-दूसरे को विश्वास दिलाने की कोशिश करते हैं कि वे बहुत महान हैं। जो भी सर्वोत्तम गुण हैं उन्हें वे बाहर लाते हैं। ऐसा लगता है कि वे शिखर पर हैं। लेकिन इसमें बहुत प्रयास करना पड़ता है! इस शिखर पर तुम टिके नहीं रह सकते। तो जब तुम थोड़े व्यवस्थित होने लगते हो तो धरती पर वापस लौट आते हो।

तो प्रेमी सदा एक-दूसरे से असंतुष्ट रहते हैं, क्योंकि उन्होंने सोचा था कि दूसरा तो बस दिव्य है और जब वे कुछ परिचित होते हैं, थोड़ा समय साथ होते हैं, तो सब कुछ धूमिल हो जाता है, साधारण हो जाता है। तो उन्हें लगता है कि दूसरा धोखा दे रहा था।

नहीं, वह धोखा नहीं दे रहा था, वह तो सर्वोत्तम रंगों में स्वयं को प्रस्तुत कर रहा था। बस इतना ही था। वह किसी को धोखा नहीं दे रहा था, वह जान-बूझकर कुछ भी नहीं कर रहा था। वह तो बस अपने सर्वोत्तम रंगों में स्वयं को प्रस्तुत कर रहा था। और ऐसा ही दूसरे ने भी

किया था। लेकिन तुम स्वयं को बहुत देर तक इसी तरह प्रस्तुत नहीं कर सकते, क्योंकि यह बड़ा दुष्कर हो जाता है, कठिन हो जाता है, बोझिल हो जाता है। तो तुम नीचे उतर आते हो।

जब दो प्रेमी व्यवस्थित हो जाते हैं, जब वे मानने लगते हैं कि दूसरा तो उपलब्ध ही है, तब वे बड़े निकृष्ट, बड़े सामान्य, बड़े साधारण दिखाई पड़ने लगते हैं। जैसे वे पहले दिखाई पड़ते थे, उसके बिलकुल विपरीत दिखाई पड़ने लगते हैं। उस समय तो वे फरिश्ते थे; अब तो बस शैतान के शिष्य नजर आते हैं। तुम नीचे गिर जाते हो, तुम अपने सामान्य तल पर लौट आते हो।

साधारण प्रेम कोई चुनौती नहीं है, लेकिन किसी बुद्ध पुरुष के प्रेम में पड़ जाना बड़ी दुर्लभ घटना है। केवल बहुत सौभाग्यशाली ही ऐसे प्रेम में पड़ते हैं। यह बड़ी दुर्लभ घटना है। ऐसा तो केवल तभी होता है जब तुम जन्मों-जन्मों से किसी बुद्ध पुरुष की खोज करते रहे होओ। यदि ऐसा हुआ हो, केवल तभी तुम बुद्ध पुरुष के प्रेम में पड़ते हो। एक बुद्ध पुरुष के प्रेम में पड़ना स्वयं में ही एक महान उपलब्धि है। लेकिन फिर एक कठिनाई होती है। कठिनाई यह है कि बुद्ध पुरुष एक चुनौती है। वह तुम्हारे तल पर तो उतर नहीं सकता, ऐसा संभव ही नहीं है, यह असंभव है। तुम्हें ही उसके शिखर पर जाना होगा; तुम्हें यात्रा करनी होगी, तुम्हें रूपांतरित होना होगा।

तो यदि तुम किसी बुद्ध पुरुष के प्रेम में पड़ जाओ तो प्रेम एक साधना बन जाता है। प्रेम साधना बन जाता है, महानतम साधना बन जाता है। इसी कारण से जब भी कोई बुद्ध होते हैं, या कोई जीसस, या कोई लाओत्से, तो उनके आस-पास बहुत से लोग एक ही जन्म में उन शिखरों पर पहुंच जाते हैं जहां वे कई जन्मों में भी न पहुंच पाते। लेकिन इसका सारा राज इतना है कि वे प्रेम में पड़ सकें। यह अकल्पनीय नहीं है, कल्पनीय है। हो सकता है तुम बुद्ध के समय में रहे होओ, तुम जरूर कहीं आस-पास रहे होओगे। बुद्ध शायद तुम्हारे गांव या नगर से गुजरे होंगे। और हो सकता है तुमने उन्हें सुना भी न हो, तुमने उन्हें देखा भी न हो। क्योंकि किसी बुद्ध को सुनने या किसी बुद्ध को देखने या उसके करीब जाने के लिए भी एक प्रेम चाहिए, तुम्हारी ओर से एक खोज चाहिए।

जब कोई बुद्ध पुरुष के प्रेम में पड़ता है तो यह बात अर्थपूर्ण होती है, बहुत अर्थपूर्ण होती है। लेकिन कठिन होता है मार्ग। बहुत सरल है किसी साधारण व्यक्ति के प्रेम में पड़ जाना, उसमें कोई चुनौती नहीं है। लेकिन बुद्ध पुरुष के साथ चुनौती बड़ी होगी, मार्ग कठिन होगा, क्योंकि तुम्हें ऊपर उठना होगा। और ये सब बातें तुम्हें दिक्कत देंगी। उसका प्रेम शीतल होगा, उसका प्रेम तो लगेगा कि सबके लिए है, उसके प्रेम में घृणा नहीं होगी।

ऐसा मेरा अनुभव रहा है। कई लोग मेरे प्रेम में पड़ जाते हैं, और फिर वे चाल चलने लगते हैं, साधारण चालें। जाने या अनजाने वे ऐसा करते हैं। एक तरह से यह स्वाभाविक भी है। वे मुझसे अपेक्षाएं करने लगते हैं—साधारण सी अपेक्षाएं—और उनका मन द्वैत की भाषा में सोचता है। उदाहरण के लिए, तुम मुझे प्रेम करते हो तो यदि तुम मुझे सुखी कर सको तो तुम सुखी अनुभव करोगे; लेकिन तुम मुझे सुखी नहीं कर सकते, मैं तो सुखी हूं ही।

इसलिए यदि तुम मेरे प्रेम में पड़ते हो तो तुम बहुत हताशा अनुभव करोगे, बहुत निराश होओगे, क्योंकि तुम मुझे सुखी नहीं कर सकते और कुछ करने को बचा नहीं। यदि तुम

मुझे सुखी न कर सको तो तुम दुखी हो जाओगे और फिर तुम मुझे दुखी करने का प्रयास करोगे! क्योंकि कम से कम यदि तुम उतना भी कर सको तो तुम्हें तृप्ति मिलेगी। तुम मुझे दुखी करने का प्रयास करोगे—अनजाने, तुम जागरूक नहीं हो, तुम्हें इसकी खबर नहीं है। यदि तुम्हें पता हो तो तुम ऐसा नहीं करोगे। लेकिन तुम प्रयास करोगे, तुम्हारा अचेतन मन मुझे दुखी करने का प्रयास करेगा।

यदि तुम मुझे दुखी कर सको तो तुम्हें पक्का हो जाएगा कि तुम मुझे सुखी भी कर सकते हो। लेकिन यदि तुम मुझे दुखी न कर सको तो तुम बिलकुल निराश हो जाते हो। फिर तुम्हें लगेगा कि तुम मुझसे संबंधित नहीं हो, क्योंकि संबंध का तुम्हारे लिए यही अर्थ है।

साधारण प्रेम तो एक रोग है, क्योंकि द्वंद्व चलता रहता है। और बुद्ध पुरुष के प्रेम को समझना कठिन है। उसे बौद्धिक रूप से समझने का कोई उपाय नहीं है। तुम्हें प्रेम में पड़ना होगा। और फिर तुम्हें अपने ही मन के प्रति सजग रहना होगा, क्योंकि वह मन उलझनें खड़ी करता रहेगा।

बुद्ध ज्ञान को उपलब्ध हुए, फिर वह अपने घर लौटे, बारह वर्षों बाद वापस लौटे। उनकी पत्नी, जिसे उन्होंने बहुत प्रेम किया था, बहुत क्रोधित थी, बहुत नाराज थी। इन बारह वर्षों में वह प्रतीक्षा ही करती रही थी कि किसी दिन यह व्यक्ति लौटेगा। और उसके मन में बदले की बड़ी भावना थी, क्योंकि इस व्यक्ति ने उसके साथ अन्याय किया था, वह उचित नहीं था। एक रात अचानक ही वह गायब हो गया था। कम से कम वह कुछ कह तो सकता था। तब बात न्यायसंगत हो जाती। लेकिन बिना कुछ कहे, उसे और अपने छोटे से बच्चे को छोड़कर वह गायब हो गया था। बारह वर्ष तक उसने प्रतीक्षा की, और फिर बुद्ध आए। वह आग-बबूला थी, पागल हो रही थी।

बुद्ध का सबसे निकट का, निकटस्थ शिष्य था आनंद। आनंद सदा छाया की तरह उनका अनुसरण करता था। जब बुद्ध महल में प्रवेश कर रहे थे तो उन्होंने आनंद से कहा, 'तू मेरे साथ मत आ।'

आनंद ने पूछा कि क्यों ? क्योंकि उसके पास तो साधारण मन था, वह संबुद्ध नहीं था। वह तो जब बुद्ध मरे तभी संबुद्ध हुआ। उसने पूछा, 'क्यों? क्या आप अभी भी पति और पत्नी की भाषा में सोच रहे हैं? कि आप अपनी पत्नी से मिलने जा रहे हैं? क्या आप अभी भी पति-पत्नी की भाषा में सोच रहे हैं?' उसे तो धक्का लगा। एक बुद्ध, एक प्रज्ञावान व्यक्ति कैसे कह सकता है कि मेरे साथ मत आ, मैं अपनी पत्नी से मिलने जा रहा हूं?

बुद्ध ने कहा, 'यह बात नहीं है। यह देखकर कि मैं किसी के साथ आया हूं, वह और भी नाराज हो जाएगी। वह बारह वर्ष से प्रतीक्षा कर रही है। उसे अकेले ही पागल हो लेने दो। वह बड़े प्रतिष्ठित, सुसंस्कृत कुल से है। तो वह तुम्हारे सामने नाराज नहीं होगी, वह कुछ भी प्रकट नहीं करेगी, और बारह वर्ष से वह प्रतीक्षा कर रही है। तो उसे विस्फोट कर लेने दो। मेरे साथ मत आओ। मैं अब उसका पति नहीं हूं, लेकिन वह तो अभी भी पत्नी है। मैं बदल गया हूं, लेकिन वह नहीं बदली है।'

बुद्ध अकेले ही गए। निश्चित ही वह नाराज थी, वह रोने और चीखने-चिल्लाने लगी और तरह-तरह की बातें कहने लगी। और बुद्ध सुनते रहे। वह बार-बार पूछती, 'यदि तुम मुझे

थोड़ा भी प्रेम करते थे तो छोड़कर क्यों चले गए? तुम क्यों चले गए? और वह भी मुझे बिना बताए। यदि तुम मुझे थोड़ा भी प्रेम करते थे तो कहो मुझे!' और बुद्ध ने कहा, 'यदि मैं तुझे प्रेम न करता तो मैं वापस क्यों आता ?'

लेकिन ये दो अलग बातें हैं, बिलकुल अलग बातें हैं। वह क्या कह रहे हैं, उसे सुनने को वह तैयार ही नहीं थी। वह पूछती ही रही, 'तुम मुझे अकेला क्यों छोड़कर गए? तुम इतना कह दो कि तुमने मुझे कभी प्रेम नहीं किया तो फिर सब ठीक है।' और बद्ध ने कहा, 'मैं तुझे प्रेम करता था, मैं तुझे अभी भी प्रेम करता हूं। इसीलिए तो बारह वर्ष बाद मैं वापस लौटा हूं।'

लेकिन यह प्रेम भिन्न है। वह क्रोधित थी और बुद्ध क्रोधित नहीं थे। यदि वह भी क्रोधित हो जाते, क्योंकि वह रो रही थी और चीख-चिल्ला रही थी तो वह समझ सकती थी। यदि वह भी क्रोधित हो जाते और उसकी पिटाई करते तो वह समझ सकती थी। तो सब कुछ ठीक हो जाता। तो वह पुराने ही व्यक्ति होते। बारह वर्ष पूरी तरह मिट जाते और वे दोबारा प्रेम करने लगते। उसमें कोई कठिनाई न थी। लेकिन वह तो चुपचाप खड़े थे और वह पागल हो रही थी। बस वही पागल हो रही थी, वह तो मुस्कुरा रहे थे। यह जरा ज्यादा था। यह कैसा प्रेम? यह समझना उसके लिए बहुत कठिन रहा होगा।

बुद्ध को ताना देने के लिए उसने अपने बेटे से, जो अब बारह वर्ष का था, कहा, 'ये तेरे पिता हैं, देख इनकी ओर, भगोड़े की ओर। तू बस एक दिन का था जब ये भाग गए थे। ये तेरे पिता हैं। ये एक भिखारी हैं और इन्होंने तुझे जन्म दिया था। अब अपना उत्तराधिकार मांग। इनके सामने अपने हाथ फैला, ये तेरे पिता हैं। पूछ इनसे कि तुझे देने के लिए इनके पास क्या है?' वह तो बुद्ध को ताना दे रही थी, वह नाराज थी, स्वभावतः।

और बुद्ध ने आनंद को बुलाया जो बाहर खड़ा था और कहा, 'आनंद, मेरा भिक्षा-पात्र ले आ।' जब भिक्षा-पात्र बुद्ध को दिया गया तो वह उन्होंने अपने बेटे राहुल को दे दिया और कहा, 'यही मेरा उत्तराधिकार है, मैं तुझे संन्यास में दीक्षित करता हूं।'

यह उनका प्रेम था। लेकिन यशोधरा तो और भी पागल हो गई। उसने कहा, 'यह तुम क्या कर रहे हो? यदि तुम अपने बेटे को प्रेम करते हो तो उसे भिखारी नहीं बनाओगे, संन्यासी नहीं बनाओगे।' बुद्ध ने कहा, 'मैं उसे इसीलिए भिखारी बना रहा हूं क्योंकि मैं उसे प्रेम करता हूं। मैं जानता हूं कि वास्तविक उत्तराधिकार क्या है और वही मैं उसे दे रहा हूं। मेरे पिता इतने बुद्धिमान नहीं थे, लेकिन मैं जानता हूं कि क्या देने योग्य है, और वही मैं दे रहा हूं।'

ये दो अलग-अलग आयाम हैं, दो अलग-अलग भाषाएं हैं, जिनका कहीं मिलन नहीं होता। वह प्रेम कर रहे हैं। उन्होंने अपनी पत्नी से जरूर प्रेम किया होगा, इसीलिए वह वापस आए। उन्होंने अपने बेटे को प्रेम किया होगा, इसीलिए उन्होंने उसे दीक्षा दी। लेकिन कोई पिता यह नहीं समझ सकता।

जब बुद्ध के पिता ने इस बारे में सुना—वह बूढ़े थे, बीमार थे—वह बाहर दौड़े आए और बोले, 'यह तूने क्या किया? क्या तू मेरे पूरे वंश को नष्ट करने पर तुला है? तू घर से भाग गया, तू मेरा इकलौता बेटा था। अब राहुल पर मेरी आशाएं टिकी हैं, वह तेरा इकलौता बेटा है। और तूने उसे भी संन्यास दे दिया! तो मेरा वंश तो अब समाप्त हो गया। अब भविष्य की कोई संभावना न रही। तू क्या कर रहा है? क्या तू मेरा शत्रु है?'

और बुद्ध ने कहा, 'क्योंकि मैं अपने बेटे को प्रेम करता हूं, इसलिए इसे वही दे रहा हूं जो देने योग्य है। न तो आपका राज्य, न आपका वंश और वंश-वृक्ष ही किसी महत्व का है। संसार को इससे कोई अंतर नहीं पड़ता कि यह वंश-वृक्ष आगे बढ़ता है या नहीं। लेकिन यह संन्यास जिसमें मैं राहुल को दीक्षित कर रहा हूं, बहुत महत्वपूर्ण है। मैं भी अपने पुत्र को प्रेम करता हूं।'

दो पिता बात कर रहे हैं! बुद्ध के पिता फिर उनसे प्रार्थना करने लगे, 'तू वापस आ जा। मैं तेरा पिता हूं। मैं बूढ़ा हूं। मैं नाराज हूं। तूने मुझे निराश किया है। लेकिन फिर भी मेरे पास पिता का हृदय है और मैं तुझे क्षमा कर दूंगा। आ जा, मेरे द्वार खुले हैं। वापस आ जा। छोड़ दे यह संन्यास, वापस आ जा, मेरे द्वार खुले हैं। यह राज्य तेरा है, मैं प्रतीक्षा कर रहा हूं। मैं बहुत बूढ़ा हूं, लेकिन मेरे मन में तेरे लिए बहुत प्रेम है और मैं क्षमा कर सकता हूं।'

यह एक प्रेम है। फिर यह दूसरे पिता, गौतम बुद्ध स्वयं हैं, जो संसार छोड़ने के लिए अपने बेटे को संन्यास दे रहे हैं। यह भी प्रेम है।

लेकिन दोनों प्रेम इतने भिन्न हैं कि दोनों को एक ही नाम से, एक ही शब्द से बुलाना ठीक नहीं है। लेकिन हमारे पास कोई दूसरा शब्द नहीं है।

**दूसरा प्रश्नः**
***कल रात आपने कहा कि प्रेम जीवंत होता है क्योंकि असुरक्षित होता है, और विवाह मृत होता है क्योंकि सुरक्षित होता है। लेकिन क्या यह सच नहीं है कि प्रेम ही आध्यात्मिक गहराई में विवाह बन जाता है?***

नहीं। प्रेम कभी विवाह नहीं बनता। वह जितना गहरा जाता है उतना ही अधिक प्रेम बन जाता है, लेकिन विवाह कभी नहीं बनता। विवाह से मेरा अर्थ है एक बाह्य बंधन, एक कानूनी स्वीकृति, एक सामाजिक समर्थन। और मैं कहता हूं कि प्रेम कभी विवाह नहीं बनता क्योंकि वह कभी सुरक्षित नहीं होता। वह प्रेम ही रहता है। वह अधिक प्रेम और अधिक प्रेम होता चला जाता है, लेकिन जितना अधिक होता है उतना ही असुरक्षित होता जाता है। कोई सुरक्षा नहीं होती। लेकिन यदि तुम प्रेम करते हो तो सुरक्षा की कोई फिक्र नहीं करते। जब तुम प्रेम नहीं करते तभी सुरक्षा की फिक्र होती है।

जब तुम प्रेम करते हो तो वह क्षण ही इतना पर्याप्त होता है कि तुम दूसरे क्षण की चिंता नहीं करते, भविष्य की चिंता नहीं करते। तुम्हें इससे कुछ मतलब नहीं होता कि कल क्या होगा, क्योंकि अभी जो हो रहा है पर्याप्त है, बहुत अधिक है। इतना अधिक है कि संभलता नहीं। तुम कोई चिंता नहीं करते।

मन में सुरक्षा की बात क्यों उठती है? यह चिंता भविष्य के कारण उठती है। वर्तमान पर्याप्त नहीं है इसलिए तुम भविष्य की चिंता करते हो। वास्तव में, तुम वर्तमान में नहीं हो। तुम वर्तमान में नहीं जी रहे। तुम इसका आनंद नहीं ले रहे। यह क्षण आनंद नहीं है। वर्तमान आनंद नहीं है। इसलिए तुम भविष्य की आशा करते हो। फिर तुम भविष्य की योजना बनाते हो, फिर तुम भविष्य के लिए हर सुरक्षा जुटा लेना चाहते हो।

▲

प्रेम कभी भी सुरक्षा जुटाना नहीं चाहता, वह स्वयं में ही सुरक्षित होता है। यही सत्य है। प्रेम स्वयं में ही इतना सुरक्षित होता है कि किसी और सुरक्षा की बात ही नहीं सोचता; भविष्य में क्या होगा, इससे कुछ मतलब ही नहीं है। क्योंकि भविष्य इसी वर्तमान से विकसित होगा, और यदि वर्तमान इतना जीवंत है, इतना आनंदपूर्ण है, तो भविष्य इसी से विकसित होगा। उसके बारे में चिंता क्यों करें ?

जब वर्तमान आनंदपूर्ण नहीं होता, विषाद होता है, तब तुम भविष्य के लिए चिंतित होते हो। तब तुम उसे सुरक्षित करना चाहते हो। लेकिन याद रखो, कोई भी कुछ भी सुरक्षित नहीं कर सकता। प्रकृति का ऐसा स्वभाव नहीं है। भविष्य तो असुरक्षित रहेगा ही। तुम केवल एक काम कर सकते हो : वर्तमान को और गहनता से जी लो। तुम इतना ही कर सकते हो। यदि उससे कोई सुरक्षा होती है तो वही एकमात्र सुरक्षा है। और यदि सुरक्षा नहीं हो रही तो नहीं हो रही, कुछ भी किया नहीं जा सकता।

लेकिन हमारा मन सदा आत्मघाती ढंग से व्यवहार करता है। वर्तमान जितना विषादयुक्त होता है, उतना ही तुम भविष्य के बारे में सोचते हो और उसे सुरक्षित करना चाहते हो। और जितने तुम भविष्य में जाओगे, वर्तमान उतना ही विषादयुक्त होता चला जाएगा। फिर तुम एक दुष्चक्र में फंस गए। यह चक्र तोड़ा जा सकता है, लेकिन इसे तोड़ने का एकमात्र उपाय यही है : वर्तमान क्षण इतनी गहनता से जीया जाए कि यह क्षण ही अपनी गहराई में शाश्वतता बन जाए। इसी से भविष्य पैदा होगा, भविष्य अपना मार्ग स्वयं बना लेगा, तुम्हें इसकी चिंता करने की जरूरत नहीं है।

तो मैं कहता हूं कि प्रेम सुरक्षा के बारे में कभी नहीं सोचता, क्योंकि वह स्वयं में ही इतना सुरक्षित होता है। प्रेम कभी असुरक्षा से भयभीत नहीं होता। यदि जरा भी प्रेम है तो वह असुरक्षा से भयभीत नहीं होता। प्रेम असुरक्षित है, लेकिन प्रेम असुरक्षा से भयभीत नहीं होता। बल्कि, प्रेम असुरक्षा का आनंद लेता है, क्योंकि असुरक्षा जीवन को रंग देती है, बदलती हुई ऋतुएं और मौसम देती है, धार देती है। यही सौंदर्य है। बदलता हुआ जीवन सुंदर होता है, क्योंकि सदा ही आविष्कृत करने के लिए कुछ शेष रहता है, सदा ही किसी ऐसी चीज से साक्षात्कार होता है जो नई है।

वास्तव में, दो प्रेमी सतत एक-दूसरे में नए-नए आविष्कार करते रहते हैं। और गहराई असीम है। एक प्रेम से भरा हृदय असीम है, अनंत है। तुम उसे कभी समाप्त नहीं कर सकते। उसका कोई अंत नहीं है। वह बढ़ता ही चला जाता है, आगे फैलता चला जाता है। वह आकाश जैसा ही विशाल है।

प्रेम असुरक्षा की परवाह नहीं करता, प्रेम उसका आनंद ले सकता है। इससे एक पुलक मिलती है। जो प्रेम नहीं कर सकते वे ही असुरक्षा से डरते हैं, क्योंकि उनकी जड़े जीवन में नहीं जमी हुई हैं। जो प्रेम नहीं कर सकते, वे जीवन में सदा सुरक्षित रहते हैं। वे सुरक्षित करने में ही अपना जीवन व्यर्थ कर देते हैं, और जीवन सुरक्षित कभी होता नहीं, हो नहीं सकता।

सुरक्षा मृत्यु का गुण है; सुरक्षा मृत्यु का गुणधर्म है। जीवन असुरक्षित है, और प्रेम इससे नहीं डरता। प्रेम जीवन से, असुरक्षा से नहीं डरता, क्योंकि वह धरती में थिर होता है।

यदि तुम धरती में थिर नहीं हो और देखो कि झंझावात आ रहा है तो तुम डर जाओगे। लेकिन यदि तुम धरती में थिर हो तो तुम झंझावात का स्वागत करोगे, वह एक पुलक बन जाएगा। यदि तुम थिर हो तो आता हुआ झंझावात एक चुनौती बन जाएगा, उससे तुम्हारी जड़े हिल जाएंगी, हर तंतु जीवंत हो उठेगा। फिर जब झंझावात गुजर जाएगा तो तुम यह नहीं सोचोगे कि यह बुरा था, कोई दुर्भाग्य था। तुम कहोगे कि यह तो सौभाग्य था, एक आशीर्वाद था, क्योंकि झंझावात ने सारी मृतवत्ता दूर कर दी। जो कुछ भी मृत था वह उसके साथ बह गया और जो भी जीवंत था वह और जीवंत हो गया।

जब झंझावात गुजर जाए तो वृक्षों की ओर देखो। वे जीवन से तरंगायित हैं, जीवन से धड़क रहे हैं, दीप्तिमान हैं, जीवंत हैं, ऊर्जा उन्हें ओत-प्रोत कर रही है। क्योंकि झंझावात ने एक अवसर दिया उन्हें अपनी जड़ों को अनुभव करने का, अपनी थिरता को अनुभव करने का। यह स्वयं के अनुभव का एक अवसर था।

तो जो प्रेम में थिर है वह किसी भी चीज से नहीं डरता। जो कुछ भी आए सुंदर है—परिवर्तन आए, असुरक्षा आए। जो भी होता है शुभ है। लेकिन प्रेम कभी विवाह नहीं बनता। और जब मैं कहता हूं कि प्रेम विवाह नहीं बन सकता तो मेरा यह अर्थ नहीं है कि प्रेमियों को विवाह नहीं करना चाहिए, लेकिन यह विवाह प्रेम का विकल्प नहीं बन जाना चाहिए। यह केवल बाहरी आवरण होना चाहिए, यह विकल्प नहीं होना चाहिए।

और प्रेम कभी विवाह नहीं बनता, क्योंकि प्रेमी कभी एक-दूसरे के प्रति सुनिश्चित धारणा नहीं रखते, कोई प्रतिमा नहीं रखते। मेरा जो अर्थ है वह गहन रूप से मनोवैज्ञानिक है, प्रेमी एक-दूसरे के प्रति कभी तय नहीं होते, कोई धारणा नहीं रखते। एक बार तुम एक-दूसरे के प्रति सुनिश्चित हो जाओ तो दूसरा एक वस्तु बन गया। अब वह व्यक्ति न रहा। तो विवाह प्रेमियों को वस्तुओं में बदल देता है। पति एक वस्तु है, पत्नी एक वस्तु है, उनके बारे में पहले से ही भविष्यवाणी की जा सकती है।

मैं पूरे देश में बहुत से परिवारों में ठहरता रहा हूं और मुझे बहुत से पति-पत्नियों को जानने का अवसर मिला है। वे व्यक्ति हैं ही नहीं। उनके बारे में पहले से सब कुछ बताया जा सकता है। यदि पति कुछ कहे तो यह बताया जा सकता है कि पत्नी क्या कहेगी, कैसे व्यवहार करेगी। और यदि पत्नी यंत्रवत रूप से कुछ कहती है तो पति भी यंत्रवत उत्तर देगा।

यह सब सुनिश्चित है। वे वही अभिनय बार-बार कर रहे हैं। उनका जीवन बस उस ग्रामोफोन रिकार्ड की तरह है जिसमें कुछ गड़बड़ी हो जाए, जिसमें सुई एक जगह अटक जाए और वह बार-बार वही दोहराता जाए। यह इतना ही सुनिश्चित है। तुम बता सकते हो कि आगे क्या होने वाला है। पति और पत्नी कहीं अटक गए हैं, वे ग्रामोफोन रिकार्ड बन गए हैं। और दोहराए चले जाते हैं। वह पुनरुक्ति ही ऊब पैदा करती है।

मैं एक घर में ठहरा हुआ था। पति ने मुझसे कहा, 'मैं तो अपनी पत्नी के साथ अकेला रहने से डरने लगा हूं। जब कोई और साथ होता है तभी हम दोनों सुखी होते हैं। हम किसी दूसरे को साथ लिए बिना छुट्टी पर भी नहीं जा सकते, क्योंकि वह दूसरा कुछ नवीनता लाता है। वरना तो हम जानते ही हैं कि क्या होने वाला है। यह सब इतना सुनिश्चित हो गया है कि किसी योग्य ही नहीं रहा। हम पहले से ही सब जानते हैं। यह ऐसे ही है जैसे तुम उसी किताब

को बार-बार और बार-बार पढ़ते जाओ।'

प्रेमियों के बारे में पहले से भविष्यवाणी नहीं की जा सकती। यही असुरक्षा है। तुम नहीं जानते कि क्या होने वाला है। और यही सौंदर्य है। तुम नए और युवा और जीवंत रह सकते हो। लेकिन हम एक-दूसरे को वस्तु बना लेना चाहते हैं, क्योंकि वस्तु आसानी से नियंत्रित की जा सकती है। और तुम्हें वस्तु से डरने की भी जरूरत नहीं होती। तुम जानते हो कि वह कहां है, उसका व्यवहार क्या है। तुम पहले से ही योजना बना सकते हो कि क्या करना है और क्या नहीं करना है।

विवाह से मेरा अर्थ है एक ऐसी व्यवस्था जिसमें दो व्यक्ति वस्तओं के तल पर गिर जाते हैं। प्रेम कोई व्यवस्था नहीं है, यह तो एक साक्षात्कार है—क्षण-क्षण, जीवंत। निश्चित ही खतरे से भरा है, पर जीवन ऐसा ही है। विवाह सुरक्षित है, उसमें कोई खतरा नहीं है; प्रेम असुरक्षित है। तुम नहीं जानते कि क्या होने वाला है, अगला क्षण अज्ञात है, और अज्ञात ही रहता है।

तो प्रेम हर क्षण अज्ञात में प्रवेश है। जब जीसस कहते हैं, 'परमात्मा प्रेम है', तो उनका यही अर्थ है। परमात्मा उतना ही अज्ञात है जितना प्रेम। और यदि तुम जीवंत होने को, प्रेम में होने को, असुरक्षित होने को तैयार नहीं हो तो तुम परमात्मा में प्रवेश नहीं कर सकते, क्योंकि वह तो परम असुरक्षा है, परम अज्ञात है।

तो प्रेम तुम्हें प्रार्थना के लिए तैयार करता है। यदि तुम प्रेम कर सको, और किसी अज्ञात व्यक्ति को बिना वस्तु बनाए, बिना यंत्रवत व्यवहार के, क्षण-क्षण जीते हुए प्रेम कर सको, तो तुम प्रार्थना के लिए तैयार हो रहे हो।

प्रार्थना और कुछ नहीं प्रेम ही है, समस्त अस्तित्व के प्रति प्रेम। तुम अस्तित्व के साथ ऐसे जीते हो जैसे अपने प्रेमी के साथ जी रहे हो। न तुम्हें भाव-दशा का पता है, न ऋतु का पता है, तुम्हें कुछ पता ही नहीं कि क्या होने वाला है। कुछ भी ज्ञात नहीं है। तुम बस उघाड़ते चले जाते हो—यह एक अनंत यात्रा है।

**तीसरा प्रश्नः**

***क्या ऐसा हो सकता है कि जो व्यक्ति संबुद्ध नहीं है वह पूर्ण असुरक्षा में जीए और फिर भी संतप्त, हताश और दुखी न हो?***

पूर्ण असुरक्षा और उसमें जीने की क्षमता बुद्धत्व के पर्याय हैं। तो जो व्यक्ति संबुद्ध नहीं है वह पूर्ण असुरक्षा में नहीं रह सकता और जो पूर्ण असुरक्षा में नहीं रह सकता वह संबुद्ध नहीं हो सकता। ये दो बातें नहीं हैं, ये एक ही बात को कहने के दो ढंग हैं। तो तुम असुरक्षा में रहने की तब तक प्रतीक्षा न करो जब तक तुम संबुद्ध न हो जाओ, नहीं। क्योंकि फिर तो तुम कभी संबुद्ध न हो पाओगे।

असुरक्षा में जीना शुरू करो, यही बुद्धत्व का मार्ग है। और पूर्ण असुरक्षा के बारे में मत सोचो। जहां तुम हो वहीं से शुरू करो। जैसे तुम हो वैसे तो किसी चीज में समग्र नहीं हो सकते, लेकिन कहीं से तो शुरू करना ही होता है। शुरू में इससे संताप होगा, शुरू में इससे

दुख होगा। लेकिन बस शुरू में ही। यदि तुम शुरुआत पार कर सको, यदि तुम शुरुआत सह सको, तो दुख मिट जाएगा, संताप मिट जाएगा।

इस प्रक्रिया को समझना पड़ेगा। जब तुम असुरक्षित अनुभव करते हो तो संतप्त क्यों होते हो? यह असुरक्षा के कारण नहीं बल्कि सुरक्षा की मांग के कारण है। जब तुम असुरक्षित अनुभव करते हो तो संतप्त हो जाते हो, संताप पैदा होता है। वह असुरक्षा के कारण पैदा नहीं हो रहा बल्कि जीवन को एक सुरक्षा बनाने की मांग से पैदा हो रहा है। यदि तुम असुरक्षा में रहने लगो और सुरक्षा की मांग न करो तो जब मांग चली जाएगी तो संताप भी चला जाएगा। वह मांग ही संताप पैदा कर रही है।

असुरक्षा जीवन का स्वभाव है। बुद्ध के लिए संसार असुरक्षित है; जीसस के लिए भी असुरक्षित है। लेकिन वे संतप्त नहीं हैं, क्योंकि उन्होंने इस तथ्य को स्वीकार कर लिया है। वे इस वास्तविकता की स्वीकृति के लिए प्रौढ़ हो गए हैं।

प्रौढ़ता और अप्रौढ़ता की मेरी यही परिभाषा है। उस व्यक्ति को मैं अपरिपक्व कहता हूँ जो कल्पनाओं और सपनों के लिए वास्तविकता से लड़ता रहता है। वह व्यक्ति अपरिपक्व है। प्रौढ़ता का अर्थ है वास्तविकता का साक्षात्कार करना, सपनों को एक ओर फेंक देना और वास्तविकता जैसी है वैसी स्वीकार कर लेना।

बुद्ध प्रौढ़ हैं। वह स्वीकार कर लेते हैं कि यह ऐसा ही है।

उदाहरण के लिए, हालांकि मृत्यु सुनिश्चित है, पर अपरिपक्व व्यक्ति सोचे चला जाता है कि बाकी सब चाहे मर जाएं लेकिन वह नहीं मरने वाला। अपरिपक्व व्यक्ति सोचता है कि उसके मरने के समय तक कुछ खोज लिया जाएगा, कोई दवा खोज ली जाएगी, जिससे वह नहीं मरेगा। अपरिपक्व व्यक्ति सोचता है कि मरना कोई नियम नहीं है। निश्चित ही, बहुत से लोग मरे हैं, लेकिन हर चीज में अपवाद होते हैं और वह सोचता है कि वह अपवाद है।

जब भी कोई मरता है तो तुम सहानुभूति अनुभव करते हो, तुम्हें लगता है, बेचारा मर गया। लेकिन तुम्हारे मन में यह कभी नहीं आता कि उसकी मृत्यु तुम्हारी मृत्यु भी है। नहीं, तुम उससे बचकर निकल जाते हो। इतनी सूक्ष्म बातों को तो तुम छूते ही नहीं। तुम सोचते रहते हो कि कुछ न कुछ तुम्हें बचा लेगा—कोई मंत्र, कोई चमत्कारी गुरु। कुछ हो जाएगा और तुम बच जाओगे। तुम कहानियों में, बच्चों की कहानियों में जी रहे हो।

प्रौढ व्यक्ति वह है जो इस तथ्य की ओर देखता है और स्वीकार कर लेता है कि जीवन और मृत्यु साथ-साथ हैं। मृत्यु जीवन का अंत नहीं है, वह तो जीवन का शिखर है। वह जीवन के साथ घटी कोई दुर्घटना नहीं है, वह तो जीवन के हृदय में विकसित होती है। विकसित होती है और एक शिखर पर पहुंचती है। तो प्रौढ़ व्यक्ति स्वीकार कर लेता है और मृत्यु का कोई भय नहीं रहता। वह समझ लेता है कि सुरक्षा असंभव है।

तुम चाहे एक चारदीवारी बना लो, बैंक बैलेंस रख लो, स्वर्ग में सुरक्षा पाने के लिए धन दान दे दो, तुम सब कर लो, लेकिन गहरे में तुम जानते हो कि असल में कुछ भी सुरक्षित नहीं है। बैंक तुम्हें धोखा दे सकता है। और पुरोहित धोखेबाज हो सकता है, वह सबसे बड़ा धोखेबाज हो सकता है, कोई नहीं जानता। वे चिट्ठियां लिख देते हैं...।

भारत में मुसलमानों का एक संप्रदाय है, उसका प्रधान पुरोहित परमात्मा के नाम

चिट्ठियां लिखता है। तुम कुछ धन दान दे दो और वह चिट्ठी लिख देगा। चिट्ठी तुम्हारे साथ तुम्हारे मकबरे में, तुम्हारी कब्र में रख दी जाएगी। वह तुम्हारे साथ रख दी जाएगी ताकि तुम उसे दिखा सको। धन पुरोहित के पास चला जाता है और चिट्ठी तुम्हारे साथ चली जाती है। लेकिन कुछ भी तो सुरक्षित नहीं हुआ।

परिपक्व व्यक्ति वास्तविकता का सामना करता है, वह उसको जैसी है वैसी ही स्वीकार कर लेता है। वह कुछ मांग नहीं करता। वह मांगने वाला नहीं होता। वह यह नहीं कहता कि यह ऐसे होना चाहिए। वह तथ्य की ओर देखता है और कहता है, 'हां, यह ऐसा है।' वास्तविकता का सीधा साक्षात्कार तुम्हारे लिए दुखी होना असंभव कर देगा। क्योंकि दुख तभी आता है जब तुम कुछ मांग करते हो। असल में, दुख और कुछ नहीं बस इसी बात का संकेत है कि तुम वास्तविकता के विपरीत चल रहे हो। और वास्तविकता तुम्हारे अनुसार नहीं बदल सकती, तुम्हें वास्तविकता के अनुसार बदलना पड़ेगा। तुम्हें स्वयं को छोड़ना पड़ेगा। तुम्हें समर्पण करना पड़ेगा।

समर्पण का यही अर्थ है: तुम्हें स्वयं को छोड़ना पड़ेगा। वास्तविकता समर्पण नहीं कर सकती, वह तो जैसी है वैसी है। जब तक तुम समर्पण न करो, तुम दुखी रहोगे। दुख तुम्हारे द्वारा ही निर्मित होता है, क्योंकि तुम संघर्ष करते हो।

यह ऐसे ही है जैसे नदी की धारा सागर की तरफ बह रही हो और तुम धारा के विपरीत तैरने की कोशिश कर रहे हो। तुम्हें लगता है कि नदी तुम्हारे विरुद्ध है। नदी तुम्हारे विरुद्ध नहीं है। उसने तो तुम्हारे बारे में सुना भी नहीं है। वह तुम्हें जानती भी नहीं है। नदी तो बस सागर की ओर बहे जा रही है। यह नदी का स्वभाव है कि सागर की ओर बहे, सागर की ओर चले और उसमें समाहित हो जाए। तुम धारा के विपरीत जाने की कोशिश कर रहे हो।

और हो सकता है किनारे पर कुछ मूर्ख खड़े हों जो तुम्हें बढ़ावा दे रहे हों : 'तुम बहुत अच्छा कर रहे हो। कोई फिक्र न करो, देर-अबेर नदी को समर्पण करना पड़ेगा। तुम तो महान हो, चलते रहो! जो महान हैं उन्होंने नदी पर विजय पाई है!' सदा ऐसे मूर्ख लोग होते ही हैं जो तुम्हें प्रेरणा देते हैं, तुम्हारा हौसला बढ़ाते हैं। लेकिन कोई सिकंदर, कोई नेपोलियन, कोई महान व्यक्ति उलटा स्रोत तक नहीं पहुंच सका। देर-अबेर नदी की विजय होती है। लेकिन मरने के बाद तुम वह आनंद नहीं ले सकते जो तब संभव था जब तुम जीवित थेः समर्पण का आनंद, स्वीकृति का आनंद, नदी के साथ ऐसे एक हो जाने का आनंद कि कोई संघर्ष न बचे।

लेकिन किनारे पर खडे वे मुर्ख लोग कहेंगे, 'तुमने समर्पण कर दिया, तुम हार गए, तुम असफल हुए।' उनकी मत सुनो, उस आंतरिक स्वतंत्रता का आनंद लो जो समर्पण से आती है। उनकी मत सुनो।

जब बुद्ध ने धारा के विपरीत तैरने की कोशिश छोड़ दी तो जो उनको जानते थे, उन्होंने कहा, तुम भगोड़े हो। तुम पराजित हो। तुमने हार मान ली। दूसरे क्या कहते हैं वह मत सुनो। भीतर के भाव को अनुभव करो। तुम्हें क्या घट रहा है उसको अनुभव करो। यदि धारा के साथ बहने में तुम्हें अच्छा लगता है तो यही मार्ग है। यही ताओ है तुम्हारे लिए। किसी की मत सुनो, बस अपने हृदय की सुनो। प्रौढ़ता है यथार्थ का स्वीकार।

मैंने एक कहानी सुनी है। एक मुसलमान, एक ईसाई और एक यहूदी से एक प्रश्न

पूछा गया। प्रश्न एक ही था। किसी ने उन तीनों से पूछा, 'यदि तूफानी लहरें सागर को जमीन पर ले आएं और तुम उसमें डूब जाओ तो तुम क्या करोगे?' ईसाई ने कहा, 'मैं अपने हृदय पर क्रास का चिह्न बनाऊंगा और परमात्मा से प्रार्थना करूंगा कि मुझे स्वर्ग में आने के लिए द्वार खोल दे।' मुसलमान ने कहा, 'मैं अल्लाह का नाम लूंगा और कहूंगा कि यही किस्मत है, यही भाग्य है, और डूब जाऊंगा।' यहूदी ने कहा, 'मैं परमात्मा को धन्यवाद दूंगा, उसकी मर्जी को स्वीकार करूंगा और पानी के नीचे रहना सीख लूंगा।'

यही करना है। अस्तित्व की मर्जी को, विराट की मर्जी को स्वीकार करना है और उसमें जीना सीखना है। यही सारी कला है। प्रौढ़ व्यक्ति यथार्थ को स्वीकार कर लेता है, कोई मांग नहीं करता, किसी स्वर्ग की बात नहीं करता। ईसाई मांग कर रहा था, वह मांग रहा था, वह कह रहा था, स्वर्ग के द्वार खोल दो। लेकिन वह भी निराशावादी है जो बस स्वीकार कर लेता है और डूब जाता है। मुसलमान भी यही कर रहा था। यहूदी ने स्वीकार किया, बल्कि स्वागत किया और कहा, यही उसकी मर्जी है, अब मुझे पानी के नीचे रहना सीखना है। यही परमात्मा की मर्जी है। वास्तविकता को ऐसा का ऐसा स्वीकार कर लो, और सीखो कि समर्पित हृदय, समर्पित चित्त के साथ उसमें कैसे जीना है।

**अंतिम प्रश्नः**

***कल आपने कहा कि जीवन और मृत्यु साथ-साथ हैं। फिर कृपया बताएं कि अतिक्रमण की क्या आवश्यकता है?***

यही आवश्यकता है। इसीलिए आवश्यकता है। जीवन मृत्यु के साथ ही है—यदि तुम इसे समझ सको तो तुमने अतिक्रमण कर लिया।

तुम जीवन को स्वीकार करते हो, मृत्यु को स्वीकार नहीं करते। या कि करते हो? तुम जीवन को स्वीकार करते हो लेकिन मृत्यु को अस्वीकार करते हो, और इसी कारण तुम सदा कठिनाई में रहते हो। तुम कठिनाई में पड़ते हो क्योंकि मृत्यु जीवन का अंग है, जब तुम जीवन को अस्वीकार करते हो तो मृत्यु तो होगी ही, लेकिन तुम मृत्यु को अस्वीकार कर देते हो। जब तुमने मृत्यु को अस्वीकार किया तो जीवन को भी अस्वीकार कर दिया, क्योंकि वे दो नहीं हैं। तो तुम कठिनाई में रहोगे। या तो पूरे को स्वीकार करो या पुरे को अस्वीकार करो। यही अतिक्रमण है।

और अतिक्रमण करने के दो उपाय हैं। या तो जीवन और मृत्यु दोनों को एक साथ स्वीकार करो, या दोनों को एक साथ अस्वीकार करो, तब तुम अतिक्रमण कर गए। यही दो उपाय हैं, विधायक और नकारात्मक। नकारात्मक कहता है, 'दोनों को अस्वीकार कर दो।' विधायक कहता है, 'दोनों को स्वीकार कर लो।' लेकिन जोर इस बात पर है कि दोनों साथ होने चाहिए, चाहे स्वीकार करो चाहे अस्वीकार करो। जब जीवन और मृत्यु दोनों होते हैं तो एक-दूसरे को काट डालते हैं। और जब वे दोनों ही नहीं रहते तो तुम अतिक्रमण कर जाते हो।

तुम या तो जीवन से जुड़े होते हो या कभी-कभी मृत्यु से, लेकिन तुम कभी दोनों को स्वीकार नहीं करते। मैं कई लोगों से मिला हूं जो जीवन से इतने हताश हो गए हैं कि वे

आत्महत्या करने की सोचने लगते हैं। पहले उनका जीवन में रस होता है, फिर जीवन उबाने लगता है। ऐसा नहीं कि जीवन उबाता है, वह मोह उबाता है, लेकिन लोग सोचते हैं कि जीवन उबा रहा है। तो वे मृत्यु में रस लेने लगते हैं। अब वे सोचने लगते हैं कि अपने को कैसे नष्ट कर लें और कैसे आत्महत्या कर लें, कैसे मर जाएं। लेकिन मोह तो है ही। पहले जीवन का था, अब मृत्यु का है। तो जो व्यक्ति जीवन के मोह में है और जो व्यक्ति मृत्यु के मोह में है, वे भिन्न नहीं हैं। मोह तो है ही और मोह ही समस्या है। दोनों को स्वीकार करो।

जरा सोचो, यदि तुम जीवन और मृत्यु दोनों को स्वीकार कर लोगे तो क्या होगा? तत्क्षण एक मौन उतर आएगा, क्योंकि वे दोनों एक-दूसरे को काट डालेंगे। जब तुम स्वीकार कर लेते हो तो जीवन और मृत्यु दोनों समाप्त हो जाते हैं, तब तुम अतिक्रमण कर गए, तुम पार चले गए। या दोनों को अस्वीकार कर दो—यह एक ही बात है।

अतिक्रमण का अर्थ है द्वैत के पार चले जाना। मोह का अर्थ है द्वैत में रहना, एक में रस लेना और दूसरे के विपरीत होना। जब तुम दोनों को स्वीकार करते हो या दोनों को अस्वीकार करते हो तो मोह गिर जाता है। तुम्हारी गांठ खुल जाती है। अचानक तुम अपने प्राणों के तीसरे आयाम पर पहुंच जाते हो, जहां न जीवन है न मृत्यु। वही निर्वाण है, वही मोक्ष है। वहां द्वैत नहीं है, अद्वैत है, तथाता है। और जब तक तुम अतिक्रमण न कर जाओ, तुम सदा दुख में ही रहोगे। भले ही तुम अपने मोह को इससे हटाकर उस पर लगा लो, लेकिन तुम दुख में ही रहोगे।

मोह दुख पैदा करता है। अस्वीकार भी दुख पैदा करता है। तुम कुछ भी चुन सकते हो, यह तुम पर निर्भर है। तुम कृष्ण की तरह विधायक मार्ग चुन सकते हो। वह कहते हैं, 'स्वीकार करो। दोनों को स्वीकार करो।' या तुम बुद्ध का मार्ग चुन सकते हो। बुद्ध कहते हैं, 'दोनों को अस्वीकार करो।' लेकिन दोनों को साथ-साथ कर लो, फिर अतिक्रमण तत्क्षण होता है। यदि तुम दोनों के बारे में सोचो भी तो भी अतिक्रमण हो जाएगा। और यदि वास्तविक जीवन में तुम यह कर पाओ तो एक नई चेतना का आविर्भाव होगा। वह चेतना द्वैत के जगत की नहीं है, वह एक अज्ञात जगत की चेतना है—निर्वाण के जगत की।

आज इतना ही।

73

# रूपांतरण का भय

# सूत्र

१००. वस्तुओं और विषयों का गुणधर्म ज्ञानी व अज्ञानी
के लिए समान ही होता है। ज्ञानी की महानता यह है
कि वह आत्मगत भाव में बना रहता है,
वस्तुओं में नहीं खोता
१०१. सर्वज्ञ, सर्वशक्तिमान, सर्वव्यापी मानो।

बहुत लोग ध्यान में उत्सुक दिखाई पड़ते हैं, लेकिन वह उत्सुकता बहुत गहरी नहीं हो सकती, क्योंकि इतने थोड़े से लोग ही उससे रूपांतरित हो पाते हैं। यदि रस बहुत गहरा हो तो वह अपने आप में ही एक आग बन जाता है। वह तुम्हें रूपांतरित कर देता है। बस उस गहन रस के कारण ही तुम बदलने लगते हो। प्राणों का एक नया केंद्र जगता है। तो इतने लोग उत्सुक दिखाई पड़ते हैं, लेकिन कुछ भी नया उनमें जगता नहीं, कोई नया केंद्र जन्म नहीं लेता, किसी क्रिस्टलाइजेशन की उपलब्धि नहीं होती। वे वैसे के वैसे ही बने रहते हैं।

इसका अर्थ हुआ कि वे स्वयं को धोखा दे रहे हैं। बहुत सूक्ष्म होगी प्रवंचना, लेकिन होगी ही। यदि तुम औषधि लेते रहो, उपचार कराते रहो, और फिर भी रोग वैसा का वैसा बना रहे—वरन बढ़ता ही जाए—तो तुम्हारी औषधि, तुम्हारे उपचार झूठे ही होंगे। शायद गहरे में तुम बदलना ही नहीं चाहते। वह भय, रूपांतरण का भय, बहुत गहरा है। तो ऊपर-ऊपर तो तुम सोचते रहते हो कि तुममें बड़ी गहन उत्सुकता है, लेकिन गहरे में तुम धोखा देते रहते हो।

रूपांतरण का भय ऐसा ही है जैसे मृत्यु का भय। वह मृत्यु ही है, क्योंकि पुराने को विदा होना पड़ेगा और नए का प्रादुर्भाव होगा। तुम नहीं बचोगे, तुम से कुछ ऐसा जन्मेगा जो तुम्हारे लिए बिलकुल अज्ञात होगा। जब तक तुम मरने को तैयार नहीं हो, ध्यान में तुम्हारी उत्सुकता झूठी है, क्योंकि जो मरने को तैयार हैं वे ही पुनरुज्जीवित होंगे। नया पुराने के सातत्य में नहीं चल सकता। पुराने के क्रम को तो तोड़ना ही होगा। पुराने को तो जाना ही होगा। केवल तभी नया जन्म ले सकता है। नया कोई पुराने का विकास नहीं है, उसका सातत्य नहीं है—नया बिलकुल नया है। और वह तभी आता है जब पुराने की मृत्यु हो जाए। पुराने और नए के बीच एक अंतराल होता है, वह अंतराल ही तुम्हें भयभीत करता है।

तुम भयभीत हो। तुम रूपांतरित तो होना चाहते हो लेकिन साथ ही साथ पुराने भी बने रहना चाहते हो। यह प्रवंचना है। तुम विकसित होना चाहते हो, लेकिन तुम तुम ही बने रहना चाहते हो। तब विकास असंभव है। तब तुम केवल स्वयं को धोखा ही दे सकते हो; तब तुम

केवल यह सोचते और सपना देखते रह सकते हो कि कुछ हो रहा है, लेकिन कुछ भी होगा नहीं, क्योंकि बुनियादी बात ही चूक गई।

तो दुनिया भर में बहुत लोग हैं जो ध्यान में, मोक्ष में, निर्वाण में उत्सुक हैं, और हो कुछ भी नहीं रहा। इस सबका इतना शोर है लेकिन वास्तव में कुछ भी नहीं हो रहा। बात क्या है ?

कई बार मन इतना चालाक होता है कि चूंकि तुम रूपांतरित होना नहीं चाहते तो मन एक नकली उत्सुकता गढ़ लेगा ताकि तुम स्वयं को कह सको, 'मैं तो उत्सुक हूं, मैं तो वह सब कर रहा हूं जो किया जा सकता है।' और तुम वैसे के वैसे बने रहते हो। और जब कुछ नहीं होता तो तुम सोचते हो कि जिस विधि का तुम उपयोग कर रहे हो वह गलत है, जिस गुरु का अनुसरण कर रहे हो वह गलत है, शास्त्र में, विधान में, विधि में कोई गलती है। यह तुम कभी नहीं सोचते कि अगर उत्सुकता वास्तविक हो तो गलत विधि द्वारा भी रूपांतरण संभव है; गलत विधि द्वारा भी तुम रूपांतरित हो जाओगे। यदि तुम सच में ही बदलना चाहते हो तो गलत गुरु के पीछे चलकर भी बदल जाओगे। यदि तुम्हारी आत्मा और तुम्हारा हृदय तुम्हारे प्रयास में है तो तुम्हारे सिवाय तुम्हें और कोई भी नहीं भटका सकता। और तुम्हारी अपनी प्रवंचनाओं के सिवाय और कुछ भी तुम्हारे विकास में बाधा नहीं है।

जब मैं कहता हूं कि कोई गलत गुरु, कोई गलत विधि, कोई गलत सिद्धांत भी तुम्हें रूपांतरण की ओर ले जा सकता है तो मेरा अर्थ है कि रूपांतरण किसी विधि द्वारा नहीं घटता, तुम्हारे समग्र प्रयास से घटता है। विधि तो बस एक बहाना है, विधि तो बस एक सहारा है, वह गौण है—बुनियादी बात है तुम्हारा उसमें समग्र होना। लेकिन तुम अधूरे-अधूरे करते हो—करते भी नहीं, करने की बात ही किए चले जाते हो। और शब्द एक भ्रम खड़ा कर देते हैं : क्योंकि तुम इस विषय में इतना सोचते हो, इस विषय में इतना पढ़ते हो, इस विषय में इतना सुनते हो कि तुम्हें लगने लगता है जैसे तुम कुछ कर रहे हो। तथाकथित धार्मिक लोगों ने धोखा देने की बहुत सी तरकीबें गढ़ ली हैं।

मैंने सुना है कि एक कार वाले को सड़क पर कार चलाते हुए दिखाई पड़ा कि स्कूल की बिल्डिंग में आग लग गई है। उस छोटे से गांव के उस छोटे से स्कूल का शिक्षक था मुल्ला नसरुद्दीन। वह एक पेड़ के नीचे बैठा हुआ था। कार वाले ने उसे आवाज दी, 'तुम वहां बैठे क्या कर रहे हो? स्कूल की बिल्डिंग में आग लगी हुई है।' मुल्ला नसरुद्दीन बोला, 'मुझे पता है। कार वाला बड़ा हैरान हुआ। वह बोला, 'तो तुम कुछ कर क्यों नहीं रहे?' मुल्ला नसरुद्दीन ने कहा, 'जब से आग शुरू हुई है मैं बारिश के लिए प्रार्थना कर रहा हूं। कुछ तो मैं कर ही रहा हूं।'

प्रार्थना ध्यान से बचने की एक तरकीब है, और तथाकथित धार्मिक चित्त ने बहुत प्रकार की प्रार्थनाएं ईजाद कर ली हैं। प्रार्थना भी ध्यान बन सकती है—जब वह केवल प्रार्थना भर ही न हो, बल्कि एक गहन प्रयास हो, एक गहन आकांक्षा हो। प्रार्थना भी ध्यान बन सकती है, लेकिन साधारणतया प्रार्थना तो बस एक पलायन है। ध्यान से बचने के लिए लोग प्रार्थना किए चले जाते हैं। कुछ करने से बचने के लिए वे प्रार्थना करते रहते हैं। प्रार्थना का अर्थ है। कि परमात्मा कुछ करे। कोई और कुछ करे।

▲

प्रार्थना का अर्थ है कि हम कुछ न करेंगे—हमारे लिए कुछ किया जाए।

ध्यान उन अर्थों में प्रार्थना नहीं है; ध्यान वह प्रयास है जो तुम स्वयं अपने साथ करते हो। और जब तुम रूपांतरित हो जाते हो तो पूरा अस्तित्व तुम्हारे साथ भिन्न ढंग से व्यवहार करता है, क्योंकि अस्तित्व और कुछ नहीं बस तुम जो हो उसके प्रति एक संवेदन है। यदि तुम शांत हो तो पूरा अस्तित्व हजारों-हजारों ढंगों से तुम्हारी शांति को प्रतिसंवेदित करता है। वह तुम्हें प्रतिबिंबित करता है। तुम्हारी शांति अनंत गुना बढ़ जाती है। यदि तुम आनंदित हो तो पूरा अस्तित्व तुम्हारे आनंद को प्रतिबिंबित करता है। यदि तुम दुख में हो तो भी वही होता है। गणित वही रहता है, नियम वी रहता है : अस्तित्व तुम्हारे दुख को बढ़ाकर तुम पर लौटा देता है। तो प्रार्थना से कुछ नहीं होगा। केवल ध्यान ही उपयोगी हो सकता है, क्योंकि ध्यान कुछ ऐसा है जो मौलिक रूप से तुम्हें करना है, वह तुम्हारी ओर से किया गया कर्म है।

तो पहली बात तो मैं तुमसे यह कहना चाहूंगा कि इस बात के प्रति सतत सावधान रहो कि कहीं तुम स्वयं को धोखा तो नहीं दे रहे हो। हो सकता है तुम कुछ करते हुए भी स्वयं को धोखा दे रहे होओ।

मैंने सुना है कि मुल्ला नसरुद्दीन एक बार दौड़ता हुआ पोस्ट आफिस में आया और पोस्ट मास्टर की कालर पकड़कर बोला, 'मैं पागल हो गया हूं। मेरी पत्नी गुम हो गई है। पोस्ट मास्टर को दुख हुआ, वह बोला, 'अच्छा, तुम्हारी पत्नी गुम हो गई है? लेकिन यह तो पोस्टल डिपार्टमेंट है—तुम्हें उसके गुम होने की खबर पुलिस स्टेशन में लिखवानी पड़ेगी।'

मुल्ला नसरुद्दीन अपना सिर हिलाते हुए बोला, 'मैं दोबारा इस धोखे में आने वाला नहीं हूं। पहले भी मेरी पत्नी खोई थी और जब पुलिस में मैंने उसकी रपट लिखवाई तो वे उसे ढूंढकर ले आए। मैं फिर से धोखा खाने वाला नहीं हूं। अगर तुम रपट लिख सको तो लिख लो, वरना मैं चला।'

वह अपने को सांत्वना देने के लिए रिपोर्ट लिखाना चाहता है, ताकि उसे लगे कि जो भी किया जा सकता था उसने किया। लेकिन वह पुलिस में खबर नहीं देना चाहता, क्योंकि उसे डर है।

तुम भी बहुत सी चीजें किए चले जाते हो ताकि तुम्हें सांत्वना रहे, ताकि तुम्हें लगे कि तुम कुछ कर रहे हो। लेकिन वास्तव में तुम रूपांतरित होने के लिए तैयार नहीं हो। तो जो कुछ भी तुम करते हो वह व्यर्थ की ऊहापोह हो जाती है—व्यर्थ ही नहीं, हानिकारक भी, क्योंकि यह समय, ऊर्जा और अवसर की बरबादी है।

शिव की ये विधियां केवल उनके लिए हैं जो कुछ करने को तैयार हैं। तुम इनके ऊपर दार्शनिक चिंतन-मनन कर सकते हो, उसका कोई अर्थ नहीं है। लेकिन यदि तुम सच में ही करने को तैयार हो, तो तुम्हें कुछ घटना शुरू होगा। ये जीवंत विधियां हैं, कोई मुर्दा सिद्धांत नहीं हैं। तुम्हारी बुद्धि की जरूरत नहीं है; तुम्हारे प्राणों की समग्रता चाहिए। और कोई भी विधि काम देगी। तुम यदि प्रयोग करने को तैयार हो तो कोई भी विधि काम देगी। तुम एक नए मनुष्य हो जाओगे।

विधियां तो मात्र उपाय हैं, मैं फिर से दोहराता हूं। तुम यदि तैयार हो तो कोई भी विधि काम दे जाएगी। वे तो बस तरकीबें हैं कि छलांग लेने में तुम्हारी मदद की जा सके—बस ऐसे

ही जैसे जंपिंग बोर्ड। किसी भी जंपिंग बोर्ड से तुम सागर में छलांग लगा सकते हो। जंपिंग बोर्डों का कोई महत्व नहीं है : वे किस रंग के हैं, किस लकड़ी के बने हैं, इस सबसे कोई फर्क नहीं पड़ता। वे तो बस जंपिंग बोर्ड हैं और उनसे तुम छलांग लगा सकते हो। ये सारी विधियां जंपिंग बोर्ड हैं। जो भी विधि तुम्हें जंचती है, उसके बारे में सोचते मत रहो, उसे करो।

और जब तुम कुछ करते हो तो कठिनाइयां आनी शुरू होंगी—अगर कुछ न करो तो कोई कठिनाई आने वाली नहीं है। सोचना तो बहुत आसान है, क्योंकि तुम सच में यात्रा नहीं कर रहे, लेकिन जब तुम कुछ करते हो तो कठिनाइयां आती हैं। तो अगर तुम पाओ कि कठिनाइयां आ रही हैं तो समझना कि तुम ठीक रास्ते पर हो—कुछ हो रहा है तुम्हें। फिर पुरानी सीमाएं टूटेंगी, पुरानी आदतें विदा होंगी, परिवर्तन आएगा, उथल-पुथल और अराजकता होगी। सारा सृजन अराजकता से ही निकलता है। तुम्हारा नया सृजन तभी होगा जब वह सब अस्तव्यस्त हो जाए जो तुम अभी हो।

तो ये विधियां पहले तुम्हें तोड़ेंगी; स्वयं को सौभाग्यशाली अनुभव करो—इससे विकास का पता चलता है। कोई भी विकास बिना कठिनाई के नहीं होता। और आध्यात्मिक विकास तो बिना कठिनाई के हो ही नहीं सकता, वह उसका स्वभाव नहीं है। क्योंकि आध्यात्मिक विकास का अर्थ है ऊपर की ओर विकसित होना, आध्यात्मिक विकास का अर्थ है अज्ञात में पहुंचना, अज्ञात में प्रवेश करना। कठिनाइयां तो आएंगी। लेकिन याद रखो कि हर कठिनाई के साथ-साथ तुम मजबूत होते हो। तुम और ज्यादा ठोस हो जाते हो, और ज्यादा प्राणवान हो जाते हो। पहली बार तुम अनुभव करोगे. कि तुम्हारे भीतर कुछ केंद्रित हो रहा है, कुछ ठोस हो रहा है।

अभी की अपनी स्थिति में तो तुम एक लहर की तरह हो, हर क्षण बदल रहे हो, कुछ भी स्थिर नहीं है। वास्तव में तुम किसी 'मैं' का दावा नहीं कर सकते—वह तुम्हारे पास है ही नहीं। तुम बहते हुए बहुत सारे 'मैं' हो, जैसे कोई नदी बह रही हो। अभी तुम एक भीड़ हो, व्यक्ति नहीं। लेकिन ध्यान तुम्हें व्यक्ति बना सकता है, इंडिविजुअल बना सकता है।

यह 'इंडिविजुअल' शब्द प्यारा है। इसका अर्थ है : इंडिविज़िबल, अविभक्त। अभी तो जैसे तुम हो, बंटे-बंटे हो। तुम बहुत सारे खंड हो जो बिना किसी केंद्र के एक साथ चिपके हुए हैं, तुम एक ऐसा घर हो जिसमें कोई मालिक नहीं है सिर्फ नौकर ही नौकर हैं। और एक क्षण के लिए कोई भी नौकर मालिक बन सकता है। हर क्षण तुम भिन्न हो, क्योंकि तुम हो ही नहीं—और जब तक तुम नहीं हो, दिव्य तुम्हें घटित नहीं हो सकता। घटित होगा किसे? तुम तो हो ही नहीं।

मेरे पास लोग आते हैं और कहते हैं, 'हम परमात्मा को देखना चाहेंगे।'

मैं उनसे कहता हूं, 'देखेगा कौन? तुम तो हो ही नहीं। परमात्मा तो हमेशा मौजूद है, लेकिन देखने के लिए तुम वहां नहीं हो। यह केवल एक उड़ता-उड़ता विचार है कि तुम परमात्मा को देखना चाहते हो।' अगले ही क्षण वे बिलकुल भी उत्सुक नहीं रह जाते; अगले ही क्षण वे सब भूल चुके होते हैं।

एक सतत, सघन प्रयास और अभीप्सा चाहिए। फिर कोई भी विधि काम दे जाएगी।

अब हम विधियों में प्रवेश करें।

पहली विधिः

*वस्तुओं और विषयों का गुणधर्म ज्ञानी व अज्ञानी के लिए समान ही होता है। ज्ञानी की महानता यह है कि वह आत्मगत भाव में बना रहता है, वस्तुओं में नहीं खोता।*

यह बड़ी प्यारी विधि है। तुम इसे वैसे ही शुरू कर सकते हो जैसे तुम हो; पहले कोई शर्त पूरी नहीं करनी है। बहुत सरल विधि है—तुम व्यक्तियों से, वस्तुओं से, घटनाओं से घिरे हो—हर क्षण तुम्हारे चारों ओर कुछ न कुछ है। वस्तुएं हैं, घटनाएं हैं, व्यक्ति हैं—लेकिन क्योंकि तुम सचेत नहीं हो, इसलिए तुम भर नहीं हो। सब कुछ मौजूद है लेकिन तुम गहरी नींद में सोए हो। वस्तुएं तुम्हारे चारों तरफ मौजूद हैं, लोग तुम्हारे चारों तरफ घूम रहे हैं, घटनाएं तुम्हारे चारों तरफ घट रही हैं, लेकिन तुम वहां नहीं हो। या, तुम सोए हुए हो।

तो तुम्हारे आस-पास जो कुछ भी होता है वही मालिक बन जाता है, तुम्हारे ऊपर हावी हो जाता है; तुम उसके द्वारा खींच लिए जाते हो। तुम केवल उससे प्रभावित ही नहीं होते, संस्कारित भी हो जाते हो, खींच लिए जाते हो। कुछ भी चीज तुम्हें पकड़ ले सकती है, और तुम उसके पीछे चलने लगोगे। कोई पास से गुजरा, तुमने देखा चेहरा सुंदर है—और तुम प्रभावित हो गए। कोई सुंदर पोशाक देखी, उसका रंग, उसका कपड़ा सुंदर है—तुम प्रभावित हो गए। कोई कार गुजरी—तुम प्रभावित हो गए। तुम्हारे आस-पास जो कुछ भी चलता है, तुम्हें पकड़ लेता है। तुम बलशाली नहीं हो। बाकी सब कुछ तुमसे ज्यादा बलशाली है। कुछ भी तुम्हें बदल देता है। तुम्हारी भाव-दशा, तुम्हारा चित्त, तुम्हारा मन, सब दूसरी चीजों पर निर्भर है। विषय तुम्हें प्रभावित कर देते हैं।

यह सूत्र कहता है कि ज्ञानी और अज्ञानी एक ही जगत में जीते हैं। एक बुद्ध पुरुष और तुम एक ही जगत में जीते हो—जगत वही रहता है। अंतर जगत में नहीं पड़ता, अंतर बुद्ध पुरुष के भीतर घटित होता है : वह अलग ढंग से जीता है। वह उन्हीं वस्तुओं के बीच जीता है। लेकिन अलग ढंग से। वह अपना मालिक है। उसकी आत्मा असंग और अस्पर्शित बनी रहती है। वही राज है। उसको कुछ भी प्रभावित नहीं कर सकता; बाहर से कुछ भी उसको संस्कारित नहीं कर सकता; कुछ भी उस पर हावी नहीं हो सकता। वह निर्लिप्त बना रहता है, स्वयं बना रहता है। यदि वह कहीं जाना चाहेगा तो जाएगा, लेकिन मालिक बना रहेगा। यदि वह किसी छाया के पीछे जाना चाहेगा तो जाएगा, लेकिन यह उसका अपना निर्णय होगा।

इस भेद को समझ लेना बहुत जरूरी है। निर्लिप्त से मेरा अर्थ उस व्यक्ति से नहीं है। जिसने संसार का त्याग कर दिया—फिर तो निर्लिप्त होने में कोई सार न रहा, कोई अर्थ न रहा। निर्लिप्त वह व्यक्ति है जो उसी जगत में जी रहा है जिसमें कि तुम—जगत में कोई भेद नहीं है। जो व्यक्ति संसार का त्याग करता है वह केवल परिस्थिति को बदल रहा है, स्वयं को नहीं। और यदि तुम स्वयं को नहीं बदल सकते तो परिस्थिति को बदलने पर ही जोर दोगे। यह कमजोर व्यक्तित्व का लक्षण है।

एक शक्तिशाली व्यक्ति, जो सतर्क और सचेत है, स्वयं को बदलना शुरू करेगा, उस परिस्थिति को नहीं जिसमें वह है। क्योंकि वास्तव में परिस्थिति को तो बदला ही नहीं जा सकता; अगर तुम एक परिस्थिति को बदल भी दो तो फिर दूसरी परिस्थितियां होंगी। हर क्षण परिस्थिति बदलती रहती है, तो हर क्षण समस्या तो बनी ही रहने वाली है।

धार्मिक और अधार्मिक दृष्टिकोण के बीच यही अंतर है। अधार्मिक दृष्टिकोण है। परिस्थिति को, परिवेश को बदलने का। वह दृष्टिकोण तुममें भरोसा नहीं करता, परिस्थितियों में भरोसा करता है : जब परिस्थिति ठीक हो जाएगी तो तुम भी ठीक हो जाओगे। तुम परिस्थिति पर निर्भर होः अगर परिस्थिति ठीक न हुई तो तुम भी ठीक नहीं होगे। तो तुम कोई स्वतंत्र इकाई नहीं हो। कम्युनिस्टों, मार्क्सवादियों, समाजवादियों, और उन सबके लिए जो परिस्थिति के बदलने में भरोसा करते हैं, तुम महत्वपूर्ण नहीं हो। असल में तुम्हारा अस्तित्व ही नहीं है, केवल परिस्थिति है और तुम बस एक दर्पण हो जो परिस्थिति को प्रतिबिंबित करता है। धार्मिक दृष्टिकोण कहता है कि अभी भले ही तुम एक दर्पण ही हो, लेकिन यह तुम्हारी नियति नहीं है—तुम कुछ और हो सकते हो, वह हो सकते हो जो किसी पर निर्भर नहीं है।

विकास के तीन चरण हैं। पहला : परिस्थिति मालिक है और तुम बस पीछे-पीछे घिसटते हो। तुम मानते हो कि तुम हो, लेकिन तुम हो नहीं। दूसराः तुम होते हो, और परिस्थिति तुम्हें घसीट नहीं सकती, परिस्थिति तुम्हें प्रभावित नहीं कर सकती, क्योंकि तुम एक संकल्प बन गए हो, तुम केंद्रित और क्रिस्टलाइज हो गए हो। तीसरा : तुम परिस्थिति को प्रभावित करने लगते हो—तुम्हारे होने मात्र से ही परिस्थिति बदलने लगती है।

पहली अवस्था अज्ञानी की है; दूसरी अवस्था उस व्यक्ति की है जो सतत सजग है। लेकिन अभी है अज्ञानी ही—उसे सजग रहना पड़ता है, सजग रहने के लिए कुछ करना पड़ता है। उसका जागरण अभी स्वाभाविक नहीं हुआ है, इसलिए उसे संघर्ष करना पड़ता है। यदि वह एक क्षण के लिए भी होश या जागरण खोता है तो वह वस्तु के प्रभाव में आ जाएगा। तो उसे सतत होश रखना पड़ता है। वह साधक है, जो साधना कर रहा है।

तीसरी अवस्था है सिद्ध की, ज्ञानी की। वह जागने की कोशिश नहीं कर रहा है, बस जागा ही हुआ है—उसमें कोई प्रयास नहीं है। जागरण उसके श्वास-प्रश्वास की तरह हो गया है : वह अपने आप सम्हला रहता है, उसे सम्हालना नहीं पड़ता। जब जागरण श्वास-प्रश्वास जैसी घटना हो जाता है—स्वाभाविक, सहज—तब इस प्रकार का व्यक्ति, इस प्रकार का केंद्रित व्यक्ति स्वतः ही परिस्थितियों को प्रभावित करने लगता है। उसके आस-पास परिस्थितियां बदलने लगती हैं; ऐसा नहीं कि वह उन्हें बदलना चाहता है, लेकिन वह शक्तिशाली है।

शक्ति स्मरण रखने जैसी चीज है। तुम कमजोर हो इसीलिए कोई भी चीज तुम पर हावी हो सकती है। और शक्ति आती है सजगता से, होश से। जितने ज्यादा सजग, उतने ही शक्तिशाली; जितने कम सजग, उतने कम शक्तिशाली।

देखोः जब तुम सोए होते हो तो एक सपना भी शक्तिशाली हो जाता है, क्योंकि तुम गहरी नींद में खोए हो, तुमने सारा होश खो दिया है। एक सपना भी शक्तिशाली हो गया है। और तुम इतने कमजोर हो कि तुम उस पर संदेह भी नहीं कर सकते।

बेतुके से बेतुके स्वप्न में भी तुम संदेह नहीं कर सकते, तुम्हें उसे मानना ही होगा। और जब तक वह चलता है, तब तक वास्तविक लगता है। सपने में भले ही तुम बेतुकी चीजें देखो, लेकिन सपना देखते समय तुम उस पर संदेह नहीं कर सकते। तुम ऐसा नहीं कह सकते कि यह वास्तविक नहीं है; तुम ऐसा नहीं कह सकते कि यह बस एक सपना है, कि यह असंभव है। तुम ऐसा कह ही नहीं सकते, क्योंकि तुम गहरी नींद में हो।

जब होश नहीं होता तो एक सपना भी तुम्हें प्रभावित करता है। जागकर तुम हंसोगे और कहोगे, 'वह सपना बेतुका था, असंभव था, ऐसा हो ही नहीं सकता। वह केवल भ्रम था।' लेकिन जब वह चल रहा था तो यह बात तुम्हारे खयाल में नहीं आई थी और तुम उससे प्रभावित थे, पूरी तरह उसमें खो गए थे। सपना इतना शक्तिशाली क्यों था? सपना शक्तिशाली नहीं था, तुम शक्तिहीन थे।

इसे स्मरण रखो : जब तुम शक्तिहीन होते हो तो एक सपना भी शक्तिशाली हो जाता है। जब तुम जागे होते हो तो कोई सपना तुम पर प्रभावी नहीं हो सकता, लेकिन यथार्थ, तथाकथित यथार्थ प्रभावी हो जाता है। जागा हुआ व्यक्ति, बुद्ध पुरुष इतना सजग हो जाता है। कि तुम्हारा यथार्थ भी उसे प्रभावित नहीं कर सकता। यदि कोई स्त्री, कोई सुंदर स्त्री पास से गुजर जाए तो तुम्हारा मन उसके पीछे हो लेता है। एक कामना उठ गई, उसे पाने की कामना। तुम अगर सजग हो तो स्त्री गुजर जाएगी लेकिन कोई कामना नहीं उठेगी—तुम प्रभावित नहीं हुए, तुम आविष्ट नहीं हुए। जब ऐसा पहली बार होगा, जब चीजें तुम्हारे आस-पास होंगी और तुम प्रभावित नहीं होओगे, तो तुम प्राणों में एक सूक्ष्म आनंद का अनुभव करोगे। पहली बार तुम्हें लगेगा कि तुम हो; कुछ भी तुम्हें तुम से बाहर नहीं घसीट सकता। तुम यदि पीछे जाना चाहो तो वह दूसरी बात है, वह तुम्हारा निर्णय है।

लेकिन स्वयं को धोखा मत दो। तुम धोखा दे सकते हो। तुम कह सकते हो, 'हां, स्त्री शक्तिशाली नहीं है, लेकिन मैं उसके पीछे जाना चाहता हूं, मैं उसे पाना चाहता हूं। तुम धोखा दे सकते हो। बहुत से लोग धोखा दिए चले जाते हैं। लेकिन तुम किसी और को नहीं स्वयं को ही धोखा दे रहे हो। फिर यह व्यर्थ है। जरा गौर से देखोः तुम कामना को वहां पाओगे। कामना पहले आती है, फिर तुम उसकी व्याख्या करनी शुरू कर देते हो।

ज्ञानी व्यक्ति के लिए, चीजें भी हैं और वह भी है, लेकिन उसके और चीजों के बीच कोई सेतु नहीं है। सेतु टूट गया है। वह अकेला चलता है, अकेला जीता है। वह अपना ही अनुसरण करता है। कुछ और उसे आविष्ट नहीं कर सकता। इस अनुभव के कारण ही हमने इस उपलब्धि को मोक्ष कहा है, मुक्ति कहा है। वह परम मुक्त है।

संसार में हर जगह मनुष्य ने मुक्ति की खोज की है; तुम ऐसा एक भी मनुष्य नहीं खोज सकते जो अपने ढंग से मुक्ति न खोज रहा हो। अलग-अलग रास्तों से मनुष्य वह अवस्था खोजने की कोशिश करता है जहां वह मुक्त हो सके, और ऐसी किसी भी चीज को वह घृणा करता है जो उसे बंधन का भाव दे। कोई भी चीज जो उसे रोकती है, बांधती है, उससे वह लड़ता है। उससे संघर्ष करता है।

इसीलिए तो इतने राजनीतिक संघर्ष हैं, इतने युद्ध हैं, इतनी क्रांतियां हैं; इसीलिए तो इतने पारिवारिक संघर्ष हैं—पति और पत्नी, बाप और बेटा, सभी एक-दूसरे से लड़ रहे हैं। लड़ाई बुनियादी है। लड़ाई है मुक्ति के लिए। पति बंधन अनुभव करता है, पत्नी ने उसे बांध लिया है—अब उसकी स्वतंत्रता कट गई। और पत्नी को भी ऐसा ही लगता है। दोनों एक-दूसरे से खिन्न हैं, दोनों लड़ते हैं, दोनों बंधन को तोड़ने की कोशिश करते हैं। बाप बेटे से लड़ता है, क्योंकि बेटे के विकास के हर कदम का अर्थ है उसके लिए और स्वतंत्रता। और बाप को लगता है कि वह कुछ खो रहा है : अपनी शक्ति, अपना अधिकार। तो परिवारों में,

देशों में, सभ्यताओं में मनुष्य केवल एक ही चीज के पीछे भाग रहा है—मुक्ति।

लेकिन राजनीतिक लड़ाइयों से, क्रांतियों से, युद्धों से कुछ भी नहीं मिलता, कुछ भी हाथ नहीं आता। क्योंकि अगर तुम स्वतंत्रता पा भी लो, तो वह ऊपर-ऊपर है—भीतर गहरे में तुम बंधन में ही रहते हो। तो हर स्वतंत्रता एक मोह-भंग सिद्ध होती है।

मनुष्य धन की इतनी कामना करता है, लेकिन जहां तक मैं समझता हूं, यह धन की कामना नहीं है, मुक्ति की कामना है। धन तुम्हें स्वतंत्रता का एक भाव देता है। अगर तुम गरीब हो तो तुम सीमित हो, तुम्हारे साधन सीमित हैं—तुम यह नहीं कर सकते, वह नहीं कर सकते। वह सब करने के लिए तुम्हारे पास धन ही नहीं है। जितना धन तुम्हारे पास हो, उतना ही तुम्हें लगता है कि तुम्हारे पास स्वतंत्रता है, तुम जो करना चाहो कर सकते हो।

लेकिन जब खूब धन तुम्हारे पास इकट्ठा हो जाता है और तुम वह सब कर सकते हो जो तुम करना चाहते हो, जिसकी कल्पना करते हो या जिसका सपना लेते हो—तो अचानक तुम पाते हो कि यह स्वतंत्रता ऊपर-ऊपर है, क्योंकि भीतर से तुम्हारे प्राण अच्छी तरह जानते हैं कि तुम शक्तिहीन हो और कुछ भी तुम्हें प्रभावित कर सकता है। तुम वस्तुओं और व्यक्तियों द्वारा प्रभावित हो जाते हो, सम्मोहित हो जाते हो।

यह सूत्र कहता है कि तुम्हें चेतना की ऐसी अवस्था पर आना है जहां कुछ भी तुम्हें प्रभावित न करे, तुम निर्लिप्त बने रह सको। यह कैसे हो ? दिन भर इसके लिए अवसर हैं। इसीलिए मैं कहता हूँ कि यह विधि तुम्हारे लिए अच्छी है। किसी भी क्षण तुम सजग हो सकते हो कि कुछ तुम्हें आविष्ट कर रहा है। तब एक गहरी श्वास लो, गहरी श्वास भीतर खींचो, गहरी श्वास बाहर छोड़ो, और उस चीज को फिर से देखो। जब तुम श्वास को बाहर छोड़ रहे हो तो उस चीज को फिर से देखो, लेकिन देखो एक साक्षी की तरह, एक द्रष्टा की तरह।

यदि तुम एक क्षण के लिए भी मन की साक्षी-दशा को पा सको तो अचानक तुम पाओगे कि तुम अकेले हो, कुछ भी तुम्हें प्रभावित नहीं कर सकता; कम से कम उस क्षण में तो कुछ भी तुममें कामना पैदा नहीं कर सकता। जब भी तुम्हें लगे कि कोई चीज तुम्हें प्रभावित कर रही है, तुम पर हावी हो रही है, तुम्हें तुमसे दूर ले जा रही है, तुमसे ज्यादा महत्वपूर्ण हो रही है—तो गहरी श्वास लो और छोड़ो। और श्वास बाहर छोड़ने से पैदा हुए उस छोटे से अंतराल में उस चीज की ओर देखो—कोई सुंदर चेहरा, कोई सुंदर शरीर, कोई सुंदर मकान, या कुछ भी। यदि तुम्हें यह कठिन लगे, अगर श्वास बाहर छोड़ने भर से ही तुम अंतराल पैदा न कर पाओ, तो एक काम और करोः श्वास बाहर छोड़ो, और एक क्षण को श्वास का भीतर लेना रोक लो ताकि पूरी वायु बाहर निकल जाए। रुक जाओ, श्वास भीतर मत लो। फिर उस चीज की ओर देखो। जब पूरी वायु बाहर है, या भीतर है, जब तुमने श्वास लेना बंद कर दिया है तो कुछ भी तुम्हें प्रभावित नहीं कर सकता। उस क्षण में तुम सेतुहीन हो जाते हो—सेतु टूट जाता है। श्वास ही सेतु है।

इसे करके देखो। केवल एक क्षण के लिए ऐसा होगा कि तुम साक्षी को महसूस करोगे, लेकिन उससे तुम्हें स्वाद मिल जाएगा, उससे तुम्हें यह अनुभव हो जाएगा कि साक्षीत्व क्या है। फिर तुम उसकी खोज में बढ़ सकते हो। दिन भर में जब भी कभी कोई चीज तुम्हें प्रभावित करती है और कोई कामना उठती है, श्वास बाहर छोड़ो, उस अंतराल में रुको, और

फिर उस चीज की ओर देखो। चीज वहां होगी, तुम वहां होओगे, लेकिन बीच में कोई सेतु नहीं होगा। श्वास ही सेतु है। अचानक तुम्हें लगेगा कि तुम शक्तिशाली हो, प्राणवान हो। और जितने शक्तिशाली तुम अनुभव करोगे उतने ही तुम केंद्रित होओगे। जितनी चीजें गिरती जाएंगी, जितनी चीजों की शक्ति तुम पर से हटती जाएगी, उतने ही अधिक केंद्रित तुम होते जाओगे। अब तुम्हारा व्यक्तित्व शुरू हुआ। अब तुम्हारे पास एक केंद्र है, और किसी भी क्षण तुम केंद्र पर सरक जा सकते हो और वहां संसार मिट जाता है। किसी भी क्षण तुम अपने केंद्र में स्थिर हो सकते हो, और तब संसार शक्तिहीन हो जाता है।

यह सूत्र कहता है, 'वस्तुओं और विषयों का गुणधर्म ज्ञानी व अज्ञानी के लिए समान ही होता है। ज्ञानी की महानता यह है कि वह आत्मगत भाव में बना रहता है, वस्तुओं में नहीं खोता।'

वह आत्मगत भाव में बना रहता है, वह स्वयं में बना रहता है, वह चेतना में केंद्रित रहता है। इस.आत्मगत भाव में बने रहने को साधना पड़ेगा। जितने भी अवसर तुम्हें मिल सकें, इसे करके देखो। और हर क्षण अवसर है, एक-एक क्षण अवसर है। कुछ न कुछ तुम्हें प्रभावित कर रहा है, बुला रहा है, बाहर खींच रहा है, भीतर धकेल रहा है।

मुझे एक पुरानी कहानी याद आती है। एक महान राजा, भर्तृहरि ने संसार का त्याग कर दिया। उसने संसार का त्याग कर दिया, क्योंकि उसने पूरी तरह उसे जीया था और पाया था कि वह व्यर्थ है। यह उसके लिए कोई सिद्धांत नहीं था, यह उसका जीया हुआ सत्य था। अपने स्वयं के जीवन से वह इस निष्कर्ष पर पहुंचा था। वह शक्तिशाली आदमी था, जीवन में जितना हो सकता था गहरे गया था, फिर अचानक उसने पाया कि यह व्यर्थ है, बेकार है। तो उसने संसार छोड़ दिया, सब त्याग दिया और जंगल चला गया।

एक दिन वह एक वृक्ष के नीचे बैठा ध्यान कर रहा था। सूर्य उग रहा था। अचानक उसने देखा कि वृक्ष के पास से जो छोटी सी पगडंडी गुजरती थी उस पर एक बहुत बड़ा हीरा पड़ा है। उगते हुए सूरज की किरणें उससे टकराकर वापस लौट रही हैं। भर्तृहरि ने भी ऐसा हीरा पहले कभी नहीं देखा था। अचानक, बेहोशी के एक क्षण में, उसे उठा लेने की एक कामना जगी। शरीर तो अचल बना रहा, लेकिन मन चल पड़ा। शरीर ध्यान की मुद्रा में, सिद्धासन में था, लेकिन ध्यान अब वहां नहीं था। केवल मृत शरीर ही वहां था, मन जा चुका था—वह हीरे की ओर चला गया था।

लेकिन इससे पहले कि राजा हिल भी पाता, दो आदमी अपने-अपने घोड़ों पर सवार अलग-अलग दिशाओं से आए और एक साथ ही दोनों की नजर राह पर पड़े हीरे पर पड़ी। दोनों ने हीरे को पहले देखने का दावा करते हुए तलवारें खींच लीं। निर्णय का और तो कोई उपाय न था तो दोनों को लड़ना पड़ा। वे दोनों जूझ पड़े और एक-दूसरे को समाप्त कर डाला। कुछ ही क्षणों में हीरे के निकट ही दो लाशें पड़ी हुई थीं। भर्तृहरि हंसा, अपनी आंखें बंद कीं, और फिर से ध्यान में डूब गया।

क्या हुआ? उसे फिर से व्यर्थता का बोध हुआ। और उन दो आदमियों को क्या हुआ? हीरा उनके जीवन से भी ज्यादा मूल्यवान हो गया। मालकियत का यही अर्थ है: एक पत्थर को पाने के लिए उन्होंने अपनी जान गंवा दी। जब कामना होती है तो तुम नहीं होते—कामना तुम्हें

आत्मघात तक ले जा सकती है। असल में हर कामना तुम्हें आत्मघात की ओर ले जा रही है। जब तुम किसी कामना के वश में होते हो तो अपनी सुध-बुध खो देते हो, पागल हो जाते हो।

मालकियत की कामना भर्तृहरि के मन में भी उठी; एक क्षणांश के लिए कामना उठी। और वह उसे लेने के लिए उठ भी गया होता, लेकिन इससे पहले कि वह हिलता भी, दो दूसरे व्यक्ति वहां आए, आपस में लड़े और अगले ही क्षण सड़क पर दो लाशें उस पत्थर के पास पड़ी थीं जो अपनी जगह पर वैसा का वैसा पड़ा था। भर्तृहरि हंसा, अपनी आंखें बंद कीं, और फिर से ध्यान में चला गया। एक क्षण के लिए उसका केंद्र खो गया। एक पत्थर, एक हीरा, एक वस्तु ज्यादा शक्तिशाली हो गई। लेकिन केंद्र फिर लौट आया। हीरे के खोते ही पूरा संसार मिट गया, और उसने अपनी आंखें बंद कर लीं।

सदियों से ध्यानी अपनी आंखें बंद करते रहे हैं। क्यों? यह केवल प्रतीकात्मक है कि संसार मिट गया, कि देखने को कुछ न रहा, कि किसी चीज का कोई मूल्य नहीं है—देखने योग्य भी नहीं। तुम्हें यह सतत स्मरण रखना पड़ेगा कि जब भी कामना उठती है, तुम अपने केंद्र से बाहर निकल जाते हो। यह बाहर जाना ही संसार है। फिर वापस लौट आओ, फिर से केंद्रित हो जाओ।

यह तुम कर पाओगे, इसकी क्षमता हर किसी के पास है। आंतरिक संभावना तो कोई भी कभी नहीं खोता, वह हमेशा रहती है। तुम वापस लौट सकते हो। अगर तुम बाहर जा सकते हो तो भीतर भी जा सकते हो। अगर मैं अपने घर से बाहर जा सकता हूं तो वापस भीतर क्यों नहीं लौट सकता? वही रास्ता तय करना है। वही पैर काम में लाने हैं। अगर मैं बाहर जा सकता हूं तो भीतर भी लौट सकता हूं।

हर क्षण तुम बाहर जा रहे हो, लेकिन जब भी तुम बाहर जाओ, स्मरण करो—और अचानक वापस लौट आओ, केंद्रित हो जाओ। अगर शुरू में थोड़ा कठिन लगे तो एक गहरी श्वास लो, श्वास बाहर छोड़ो, और रुक जाओ। इस क्षण में उस चीज की ओर देखो जो तुम्हें आकर्षित कर रही थी।

असल में तुम्हें कुछ आकर्षित नहीं कर रहा था, तुम आकर्षित हो रहे थे। उस निर्जन वन में राह पर पड़ा वह हीरा किसी को आकर्षित नहीं कर रहा था, वह तो बस वहां पड़ा हुआ था। हीरे को पता भी नहीं था कि भर्तृहरि आकर्षित हो गया, कि कोई अपने ध्यान से, अपने केंद्र से विचलित हो गया। हीरे को पता भी नहीं था कि दो लोग उसके लिए लड़े और अपनी जान गंवा बैठे।

तो कुछ भी तुम्हें आकर्षित नहीं कर रहा—तुम आकर्षित हो रहे हो। जाग जाओ और सेतु टूट जाएगा, और तुम भीतर का संतुलन वापस पा लोगे। इसे जब भी खयाल आ जाए करते रहो, जितना करो उतना अच्छा। और एक क्षण आएगा जब तुम्हें इसे करने की जरूरत नहीं पड़ेगी, क्योंकि तुम्हारी आंतरिक शक्ति तुम्हें इतना बल देगी कि चीजों का आकर्षण खो जाएगा। यह तुम्हारी कमजोरी ही है जो आकर्षित होती है। अधिक शक्तिशाली बनो, और कुछ भी तुम्हें आकर्षित नहीं करेगा। केवल तभी तुम पहली बार अपने प्राणों के मालिक होते हो।

और उससे तुम्हें वास्तविक मुक्ति मिलेगी। कोई राजनैतिक स्वतंत्रता, कोई आर्थिक स्वतंत्रता, कोई सामाजिक स्वतंत्रता बहुत सहयोगी नहीं होगी। ऐसा नहीं कि उनमें कुछ खराबी

है, वे अच्छी हैं, अपने आप में अच्छी हैं, लेकिन वे स्वतंत्रताएं तुम्हें वह सब न दे पाएंगी जिसके लिए तुम्हारा अंतरतम अभीप्सा कर रहा है—चीजों से, वस्तुओं से स्वतंत्रता, किसी वस्तु या व्यक्ति से मोहित होने की किसी भी संभावना से मुक्त स्वयं होने की स्वतंत्रता।

दूसरी विधि भी वैसी ही है, लेकिन एक भिन्न आयाम से है।

*सर्वज्ञ, सर्वशक्तिमान, सर्वव्यापी मानो।*

यह भी आंतरिक शक्ति पर, आंतरिक बल पर आधारित है। बड़ी बीज-रूप विधि है। मानो कि तुम सर्वज्ञ हो, मानो कि तुम सर्वशक्तिमान हो, मानो कि तुम सर्वव्यापी हो।

यह तुम कैसे मान सकते हो? यह असंभव है। तुम जानते हो कि तुम सर्वज्ञ नहीं हो, तुम अज्ञानी हो। तुम जानते हो कि तुम सर्वशक्तिमान नहीं हो, तुम बिलकुल अशक्त और असहाय हो। तुम जानते हो कि तुम सर्वव्यापी नहीं हो, तुम छोटी सी देह में सीमित हो। तो इस पर तुम कैसे विश्वास कर सकते हो?

और यदि भलीभांति जानते हुए कि ऐसा नहीं है तुम इस पर विश्वास करोगे तो वह विश वास निरर्थक होगा। अपने ही विपरीत तुम विश्वास नहीं कर सकते। किसी विश्वास को तुम जबरदस्ती थोप तो सकते हो, लेकिन वह व्यर्थ होगा, निरर्थक होगा। तुम जानते हो कि ऐसा नहीं है। कोई विश्वास तभी उपयोगी हो सकता है जब तुम जानते हो कि ऐसा ही है।

यह समझना जरूरी है। कोई विश्वास तभी शक्तिशाली होता है जब तुम जानते हो कि ऐसा ही है। सच या झूठ का सवाल नहीं है। अगर तुम जानते हो कि ऐसा ही है तो विश्वास सत्य हो जाता है। अगर तुम जानते हो कि ऐसा नहीं है तो सत्य भी विश्वास नहीं बन सकता। क्यों? कई चीजें समझनी पड़ेंगी।

पहली तो बात, तुम जो भी हो वह तुम्हारा विश्वास है : तुम उस ढंग में विश्वास करते हो, उस ढंग में तुम्हारा पालन-पोषण हुआ है, उस ढंग में तुम्हें संस्कारित किया गया है, तो उसी में तुम विश्वास करते हो। और तुम्हारा विश्वास तुम्हें प्रभावित करता है। यह एक दुष्चक्र बन जाता है।

उदाहरण के लिए, ऐसी जातियां हैं जहां पुरुष स्त्री से कमजोर है, क्योंकि उन जातियों का विश्वास है कि स्त्री पुरुष से अधिक मजबूत है, अधिक शक्तिशाली है। उनका विश्वास एक तथ्य बन गया है। उन जातियों में पुरुष कमजोर है और स्त्री ताकतवर है। स्त्रियां वे सब काम करती हैं जो साधारणतया दूसरे देशों में पुरुष करते हैं, और पुरुष वे सब काम करते हैं जो दूसरे देशों में स्त्रियां करती हैं। इतना ही नहीं, उनके शरीर भी कमजोर हैं, उनकी बनावट कमजोर है। वे यह मानने लगे हैं कि ऐसा ही है।

तो विश्वास ही स्थिति का सृजन करता है। विश्वास सृजनात्मक है।

ऐसा क्यों होता है? क्योंकि मन पदार्थ से ज्यादा शक्तिशाली है। यदि मन सच में ही कुछ मान लेता है तो पदार्थ को उसका अनुसरण करना पड़ेगा। पदार्थ मन के विपरीत कुछ भी नहीं कर सकता, क्योंकि पदार्थ तो जड़ है। तो असंभव भी घटता है।

जीसस कहते हैं, 'श्रद्धा पहाड़ों को भी हिला सकती है।'

श्रद्धा पहाड़ों को हिला सकती है। और यदि ने हिला पाए तो उसका अर्थ है कि तुम्हें

श्रद्धा नहीं है—ऐसा नहीं कि श्रद्धा पहाड़ों को नहीं हिला सकती। तुम्हारी श्रद्धा पहाड़ों को नहीं हिला सकती, क्योंकि तुम्हें श्रद्धा ही नहीं है।

विश्वास की घटना पर बड़ी शोध चलती है, और विज्ञान बहुत से अविश्वसनीय निष्कर्षों पर पहुंच रहा है। धर्म ने तो सदा से ही उन्हें माना है, लेकिन विज्ञान भी अंततः उन्हीं निष्कर्षों पर पहुंच रहा है। और उन निष्कर्षों पर उसे पहुंचना ही होगा, क्योंकि बहुत सी घटनाओं पर पहली बार खोज हो रही है।

जैसे, तुमने प्लैसिबो दवाइयों के बारे में सुना होगा। सैकड़ों 'पैथिया' संसार में चलती हैं—एलोपैथी, आयुर्वेदिक, यूनानी, होम्योपैथी, नेचरोपैथी—सैकड़ों। और सभी का दावा है। कि वे रोग को ठीक कर सकते हैं। और वे ठीक करते भी हैं। उनके दावे गलत नहीं हैं। यह बड़ी अदभुत बात है—उनके निदान अलग-अलग हैं, उनके उपचार अलग-अलग हैं। एक ही रोग है और उसके सैकड़ों निदान हैं और सैकड़ों उपचार हैं, और हर उपचार काम देता है। तो यह प्रश्न उठना स्वाभाविक है कि वास्तव में उपचार काम करता है या फिर रोगी का विश्वास काम करता है। और यह संभव है।

कई देशों में, कई विश्वविद्यालयों में, कई अस्पतालों में बहुत ढंगों से वे काम कर रहे हैं। वे रोगी को पानी या कुछ और दे देते हैं। और रोगी यह मानता है कि उसे दवा दी गई है। और केवल रोगी ही नहीं डाक्टर भी यही मानता है, क्योंकि उसे भी पता नहीं है। अगर डाक्टर को पता हो कि यह दवा है या नहीं है तो उसका प्रभाव पड़ेगा, क्योंकि दवा से ज्यादा वह रोगी को विश्वास देता है।

तो जब तुम बड़े डाक्टर के पास जाते हो और ज्यादा पैसे देते हो तो जल्दी ठीक हो जाते हो। यह प्रश्न विश्वास का है। डाक्टर अगर तुम्हें चार पैसे की, सिर्फ चार पैसे की दवाई दे दे तो तुम्हें पूरा विश्वास होता है कि उससे कुछ होने वाला नहीं है। इतनी बड़ी बीमारी वाला इतना बड़ा रोगी चार पैसे से कैसे ठीक हो सकता है? असंभव! इसके लिए विश्वास पैदा नहीं किया जा सकता। तो हर डाक्टर को अपने आस-पास विश्वास का एक वातावरण बनाना पड़ता है। वह वातावरण सहयोगी होता है।

तो अगर डाक्टर को पता हो कि वह जो दे रहा है वह सिर्फ पानी ही है तो वह भरोसे के साथ आश्वासन नहीं दे पाएगा। उसके चेहरे से पता चलेगा, उसके हाथों से पता चलेगा, उसके पूरे आचार-व्यवहार से पता चलेगा कि वह सिर्फ पानी दे रहा है, और रोगी का अचेतन उससे प्रभावित होगा। डाक्टर का विश्वास जरूरी है। वह जितना आश्वस्त होगा उतना ही अच्छा है, क्योंकि उसका विश्वास संक्रामक होता है।

रोगी डाक्टर की ओर देखता है। अगर डाक्टर आश्वस्त है—'बिलकुल चिंता मत करो, यह नई दवाई है और इससे तुम्हें आराम मिलेगा। यह सौ प्रतिशत निश्चित है। इसमें कोई संदेह ही नहीं है'—अगर डाक्टर का पूरा व्यक्तित्व सौ प्रतिशत आशा दर्शाता हो तो दवा लेने से पहले ही रोगी ठीक हो गया।

अब वे कहते हैं कि तुम कुछ भी दवा उपयोग करो तीस प्रतिशत रोगी तो करीब-करीब तत्क्षण ठीक हो जाएंगे; कुछ भी उपयोग करो—एलोपैथी, नेचरोपैथी, होम्योपैथी, या कोई भी पैथी—कुछ भी उपयोग करो, तीस प्रतिशत रोगी तत्क्षण ठीक हो जाएंगे।

वे तीस प्रतिशत विश्वास करने वाले लोग हैं। यही अनुपात हर जगह है। अगर मैं तुम्हारी ओर देखूं तो तुममें से तीस प्रतिशत लोग ऐसे होंगे जो तत्क्षण रूपांतरित हो जाएंगे। एक बार विश वास उनमें बैठ जाए तो वह उसी समय काम करना शुरू कर देता है। तीस प्रतिशत मनुष्यता को बिना किसी कठिनाई के तत्क्षण चेतना के नए तलों पर रूपांतरित किया जा सकता है, बदला जा सकता है। सवाल सिर्फ इतना है कि उनमें विश्वास कैसे जगाया जाए। एक बार विश्वास जग जाए तो कुछ भी उन्हें नहीं रोक सकता। हो सकता है कि तुम भी उन सौभाग्यशालियों में से, उन तीस प्रतिशत में से ही होओ। लेकिन मनुष्यता के साथ एक बड़ा दुर्भाग्य घटा है, और वह यह कि वे तीस प्रतिशत लोग निंदित हो गए हैं। समाज, शिक्षा, संस्कृति, सब उनकी निंदा करते हैं। उनको मूर्ख समझा जाता है।

नहीं, वे बड़ी संभावना वाले लोग हैं। उनके पास एक बड़ी ताकत है, लेकिन वे निंदित हैं। और थोथे बुद्धिजीवियों की प्रशंसा की जाती है। क्योंकि वे भाषा, शब्दों और तर्क के साथ खेल सकते हैं इसलिए उनकी प्रशंसा होती है। वास्तव में वे नपुंसक हैं। अंतस के वास्तविक जगत में वे कुछ नहीं कर सकते, वे बस अपना दिमाग चला सकते हैं। लेकिन यूनिवर्सिटियां उनके पास हैं, न्यूज़ मीडिया उनके पास है, एक तरह से वे लोग मालिक हैं। और निंदा करने में वे कुशल हैं। वे किसी भी चीज की निंदा कर सकते हैं। और मनुष्यता का यह तीस प्रतिशत हिस्सा जिसमें संभावना है, वे लोग जो विश्वास कर सकते हैं और रूपांतरित हो सकते हैं, वे शब्दों में इतने कुशल नहीं होते—वे हो भी नहीं सकते। वे तर्क नहीं कर सकते, विवाद नहीं कर सकते, इसी कारण तो वे विश्वास कर सकते हैं।

लेकिन क्योंकि वे स्वयं के लिए तर्क नहीं दे सकते इसलिए वे खुद ही आत्म-निंदक बन गए हैं। वे सोचते हैं कि उनमें कुछ गलत है। अगर तुम विश्वास कर सको तो तुम्हें लगता है कि तुम्हारे साथ कुछ गलत है; अगर तुम संदेह कर सको तो तुम सोचते हो कि तुम महान हो। लेकिन संदेह की कोई ताकत नहीं है। संदेह के द्वारा कभी भी कोई अंतरतम तक, परम आनंद तक नहीं पहुंच सका है।

अगर तुम विश्वास कर सकते हो तो यह सूत्र तुम्हारे लिए उपयोगी होगा।

'सर्वज्ञ, सर्वशक्तिमान, सर्वव्यापी मानो।'

तुम वह हो ही, इसीलिए तुम्हारे मान लेने मात्र से वह सब जो तुम्हें छिपाए हुए है, वह सब जो तुम्हें ढंके हुए है, तत्क्षण गिर जाएगा।

लेकिन उन तीस प्रतिशत के लिए भी यह कठिन होगा, क्योंकि वे भी वही सब मानने के लिए संस्कारित हैं जो कि सच में नहीं है। उन्हें भी संदेह के लिए संस्कारित किया गया है; उनका भी शिक्षण संदेह का है; और वे अपनी सीमाएं जानते हैं, तो वे कैसे विश्वास कर सकते हैं? या, फिर अगर वे यह मान लेते हैं तो लोग उन्हें पागल समझेंगे। अगर तुम कहो कि तुम मानते हो कि तुम्हारे भीतर सर्वव्यापी है, सर्वशक्तिमान है, दिव्य है, तो लोग तुम्हारी ओर आश्चर्य से देखेंगे और सोचेंगे कि तुम पागल हो गए हो। जब तक तुम पागल ही न होओ यह सब कैसे मान सकते हो?

लेकिन कुछ करके देखो। प्रारंभ से शुरू करो। इस घटना का थोड़ा स्वाद लो, फिर विश्वास पीछे-पीछे चला आएगा। अगर यह विधि तुम करना चाहो तो फिर पहले यह करो।

अपनी आंखें बंद कर लो और भाव करो कि तुम्हारा कोई शरीर नहीं है, भाव करो कि शरीर जैसे मिट गया है, खो गया है। तब तुम अपनी सर्वव्यापकता का अनुभव कर सकते हो।

शरीर के साथ तो यह भाव कठिन है। इसी कारण कई परंपराएं कहती हैं कि तुम शरीर नहीं हो, क्योंकि शरीर के साथ सीमा आ जाती है। तुम शरीर नहीं हो यह अनुभव करना बहुत कठिन नहीं है, क्योंकि सच में तुम शरीर नहीं हो। यह केवल एक संस्कार है, यह केवल एक विचार है जो तुम्हारे मन पर थोप दिया गया है। तुम्हारे मन में यह विचार डाल दिया गया है कि तुम शरीर हो।

बहुत सी घटनाएं हैं जो इस बात को स्पष्ट करती हैं। सिलोन में बौद्ध भिक्षु आग पर चलते हैं। भारत में भी चलते हैं, लेकिन सिलोन की घटना अदभुत है—वे घंटों आग पर चलते हैं और जलते नहीं।

कुछ वर्ष पहले ऐसा हुआ कि एक ईसाई मिशनरी यह फायर-वॉक देखने गया। यह वे पूर्णिमा की उस रात करते हैं जब बुद्ध ज्ञान को उपलब्ध हुए। क्योंकि उनका कहना है कि उस रात जगत को पता चला कि शरीर कुछ भी नहीं है, पदार्थ कुछ भी नहीं है; कि अंतरात्मा सर्वव्यापक है और आग उसे जला नहीं सकती।

लेकिन जिन भिक्षुओं को आग पर चलना होता है वे उससे पहले एक वर्ष तक प्राणायाम और उपवास द्वारा अपने शरीर को शुद्ध करते हैं। और अपने मन को शुद्ध करने के लिए, खाली करने के लिए वे ध्यान करते हैं। एक वर्ष तक लगातार वे तैयारी करते हैं। वे अपनी एकांत झोपड़ियों में यह भाव करते हुए रहते हैं कि वे शरीर में नहीं हैं। एक वर्ष तक लगातार पचास-साठ भिक्षुओं का समूह यह भाव करता रहता है कि वे अपने शरीरों में नहीं हैं।

एक वर्ष लंबा समय है। हर क्षण केवल एक ही बात सोचते हुए कि वे अपने शरीरों में नहीं हैं, लगातार एक ही बात दोहराते हुए कि शरीर एक भ्रम है, वे ऐसा ही मानने लगते हैं। तब भी उन्हें आग पर चलने के लिए बाध्य नहीं किया जाता। उन्हें आग के पास लाया जाता है। और जो भी सोचता है कि वह नहीं जलेगा, वह आग में कूद पड़ता है। कुछ संदेह करते रह जाते हैं, झिझकते हैं—उन्हें आग में नहीं कूदने दिया जाता; क्योंकि यह सवाल आग के जलाने या न जलाने का नहीं है, यह उनके संदेह का सवाल है। अगर वे जरा सा भी झिझकते हैं तो उन्हें रोक दिया जाता है। तो साठ लोग तैयार किए जाते हैं और कभी बीस, कभी तीस लोग आग में कूदते हैं और बिना जले घंटों-घंटों उसमें नाचते रहते हैं।

उन्नीस सौ पचास में एक ईसाई मिशनरी यह देखने के लिए आया। वह बड़ा चकित हुआ। लेकिन उसने सोचा कि यदि बुद्ध में भरोसा करने से यह चमत्कार हो सकता है तो जीसस में भरोसा करने से क्यों नहीं हो सकता? तो कुछ देर उसने सोचा, थोड़ा झिझका, लेकिन फिर इस विचार के साथ कि यदि बुद्ध मदद कर सकते हैं तो जीसस भी करेंगे, वह आग में कूद गया। वह जल गया, बुरी तरह जल गया; छः महीने के लिए उसे अस्पताल में भरती करवाना पड़ा। और वह इस घटना को समझ ही नहीं पाया।

यह जीसस या बुद्ध में विश्वास का सवाल नहीं था, यह किसी में विश्वास का सवाल नहीं था, यह विश्वास मात्र का सवाल था। और वह विश्वास गहन होना चाहिए। जब तक वह तुम्हारे प्राणों के केंद्र पर न पहुंच जाए, वह काम नहीं करेगा।

वह ईसाई मिशनरी, सम्मोहन व उससे जुड़ी घटनाओं का अध्ययन करने के लिए और यह जानने के लिए कि फायर-वॉकिंग के समय क्या होता है, वापस इंग्लैंड गया। फिर उन्होंने दो भिक्षुओं को प्रदर्शन के लिए आक्सफर्ड यूनिवर्सिटी बुलवाया। दो भिक्षु गए। वे आग पर भी चले। इस प्रयोग को कई बार दोहराया गया। फिर उन दो भिक्षुओं ने देखा कि एक प्रोफेसर उनकी ओर देख रहा था और वह इतना गहरा डूबकर देख रहा था कि उसकी आंखों में और उसके चेहरे पर एक मस्ती थी। वे दोनों भिक्षु उस प्रोफेसर के पास गए और उससे बोले, 'तुम भी हमारे साथ आ सकते हो।' तत्क्षण वह दौड़ता हुआ उनके साथ गया, आग में कूदा, और। उसे कुछ भी नहीं हुआ—वह बिलकुल नहीं जला।

वह ईसाई मिशनरी भी मौजूद था और भलीभांति जानता था कि वह प्रोफेसर तर्क का प्रोफेसर था, जिसका काम ही संदेह करना है, जिसका व्यवसाय ही संदेह पर टिका है। तो वह उस आदमी से बोला, 'यह क्या! तुमने तो चमत्कार कर दिया। मैं यह नहीं कर सका जब कि मैं श्रद्धालु व्यक्ति हूं।' प्रोफेसर बोला, 'उस क्षण में मैं श्रद्धालु था। वह घटना इतनी वास्तविक थी, इतने आश्चर्यजनक रूप से वास्तविक थी कि उसने मुझे वशीभूत कर लिया। यह इतना स्पष्ट था कि शरीर कुछ भी नहीं है और मन सब कुछ है, और उन भिक्षुओं के साथ मेरी ऐसी तारतम्यता बैठ गई कि जिस क्षण उन्होंने मुझे आमंत्रित किया तो मुझे जरा भी झिझक नहीं हुई। आग पर चलना इतना आसान था जैसे आग हो ही नहीं।'

उसमें उस क्षण कोई झिझक नहीं थी, कोई संदेह नहीं था—यही कुंजी है।

तो पहले इस प्रयोग को करके देखो। कुछ दिन के लिए आंखें बंद करके बैठो और बस यही सोचो कि तुम शरीर नहीं हो—केवल सोचो ही नहीं बल्कि भाव भी करो कि तुम शरीर नहीं हो। और अगर तुम आंखें बंद करके बैठो तो एक दूरी निर्मित हो जाती है। तुम्हारा शरीर दूर हो जाता है। तुम भीतर की ओर सरक जाते हो। एक दूरी बन गई। जल्दी ही तुम यह महसूस कर सकते हो कि तुम शरीर नहीं हो।

अगर तुम्हें स्पष्ट अनुभव हो कि तुम शरीर नहीं हो तो तुम मान सकते हो कि तुम सर्वव्यापक हो, सर्वशक्तिमान हो, सर्वज्ञ हो। इस सर्वशक्तिमत्ता का या सर्वज्ञता का तथाकथित जानकारी से कोई लेना-देना नहीं है। यह एक अनुभव है, एक अनुभव का विस्फोट है—कि तुम जानते हो।

यह समझ लेने जैसा है, खासकर पश्चिम में, क्योंकि जब भी तुम कहते हो कि तुम जानते हो, वे कहेंगे, 'क्या? तुम क्या जानते हो?' जानकारी किसी चीज की होनी चाहिए। कुछ होना चाहिए जिसे तुम जानते हो। और अगर सवाल कुछ जानने का है तो तुम सर्वज्ञ नहीं हो सकते, क्योंकि जानने के लिए फिर अनंत तथ्य हैं। उन अर्थों में तो कोई भी सर्वज्ञ नहीं हो सकता।

यही कारण है कि जब जैन कहते हैं कि महावीर सर्वज्ञ थे, तो पश्चिम में वे हंसते हैं। वे हंसते हैं, क्योंकि यदि महावीर सर्वज्ञ थे तो उन्हें जरूर वह सब पता होगा जो विज्ञान अब खोज रहा है और भविष्य में खोजेगा। लेकिन ऐसा लगता नहीं। वह ऐसी कई चीजें कहते हैं जो विज्ञान के विपरीत हैं, जो सत्य नहीं हो सकतीं, जो तथ्यगत नहीं हैं। उनकी जानकारी यदि सर्वव्यापक है तो उसमें कोई गलती नहीं होनी चाहिए। लेकिन उसमें गलतियां हैं।

▲

ईसाई मानते हैं कि जीसस सर्वज्ञ थे। लेकिन आधुनिक मन हंसेगा, क्योंकि वह सर्वज्ञ नहीं थे—संसार के तथ्यों को जानने के अर्थ में वह सर्वज्ञ नहीं थे। वह नहीं जानते थे कि पृथ्वी गोल है—वह नहीं जानते थे। वह तो यही मानते थे कि पृथ्वी चपटी है। वह नहीं जानते थे कि पृथ्वी लाखों वर्षों से अस्तित्व में है, वह तो यही मानते थे कि परमात्मा ने पृथ्वी को उनसे केवल चार हजार वर्ष पहले ही निर्मित किया। जहां तक तथ्यों का, विषयगत तथ्यों का संबंध है, वह सर्वज्ञ नहीं थे।

लेकिन यह शब्द 'सर्वज्ञ' बिलकुल भिन्न है। जब पूरब के ऋषि 'सर्वज्ञ' कहते हैं तो उनका अर्थ तथ्यों को जानने से नहीं है—उनका अर्थ है परिपूर्ण चेतन, परिपूर्ण जाग्रत, पूर्णतः अंतरस्थ, पूर्णतः चेतन, संबुद्ध। तथ्यात्मक जानकारी से उनका कुछ लेना-देना नहीं है, उनका रस जानने की विशुद्ध घटना में है—जानकारी में नहीं, जानने की गुणवत्ता में।

जब हम कहते हैं कि बुद्ध ज्ञानी हैं तो हमारा अर्थ यह नहीं होता कि वे वह सब भी जानते हैं जो आइंस्टीन जानता है। वह तो वे नहीं जानते। लेकिन फिर भी वे ज्ञानी हैं। वे अपनी अंतस चेतना को जानते हैं। और अंतस चेतना सर्वव्यापी है। तथाता का वह भाव सर्वव्यापी है। और उस जानने में फिर कुछ भी जानने को नहीं बचता—असली बात यह है। अब कुछ जानने की उत्सुकता नहीं रहती। सब प्रश्न गिर जाते हैं। ऐसा नहीं कि सब उत्तर मिल गए-सब प्रश्न गिर जाते हैं। अब पूछने के लिए कोई प्रश्न न रहा। सारी उत्सुकता जाती रही। सुलझाने को कोई समस्या न रही। यह शांति, भीतरी प्रकाश से भरा हुआ यह परिपूर्ण मौन ही सर्वज्ञता है। सर्वज्ञ का यही अर्थ है। यह आत्मगत जागरण है।

यह तुम कर सकते हो। लेकिन अगर तुम अपनी खोपड़ी में और जानकारी इकट्ठी करते चले जाओ तो फिर यह नहीं होगा। तुम जन्मों-जन्मों तक जानकारी इकट्ठी करते चले जा सकते हो—तुम बहुत कुछ जान लोगे, लेकिन सर्व को नहीं जानोगे। सर्व तो अनंत है; वह इस प्रकार नहीं जाना जा सकता। विज्ञान हमेशा अधूरा रहेगा, वह कभी पूरा नहीं हो सकता—यह असंभव है। यह अकल्पनीय है कि विज्ञान कभी पूरा हो जाएगा। वास्तव में, जितना अधिक विज्ञान जानता जाता है उतना ही पाता है कि जानने को अभी बहुत शेष है।

तो यह सर्वज्ञता जागरण का एक आंतरिक गुण है। ध्यान करो, और अपने विचारों को गिरा दो। जब तुममें कोई विचार नहीं होंगे तब तुम महसूस करोगे कि यह सर्वज्ञता क्या है, यह सब जान लेना क्या है। जब कोई विचार नहीं होते तो चेतना शुद्ध हो जाती है, विशुद्ध हो जाती है; उस विशुद्ध चेतना में तुम्हें कोई समस्या नहीं रहती। सब प्रश्न गिर गए। तुम स्वयं को जानते हो, अपनी आत्मा को जानते हो। और जब तुमने अपनी आत्मा को जान लिया तो सब जान लिया, क्योंकि तुम्हारी आत्मा हर किसी की आत्मा का केंद्र है। वास्तव में तुम्हारी आत्मा ही सबकी आत्मा है, तुम्हारा केंद्र पूरे जगत का केंद्र है। इन्हीं अर्थों में उपनिषदों ने अहं ब्रह्मास्मि की घोषणा की है कि मैं ब्रह्म हूं, मैं पूर्ण हूं।' एक बार तुमने अपनी आत्मा की यह छोटी सी घटना जान ली तो तुमने अनंत को जान लिया। तुम बिलकुल सागर की बूंद जैसे हो : अगर एक बूंद को भी जान लिया तो पूरे सागर के राज खुल गए।

'सर्वज्ञ, सर्वशक्तिमान, सर्वव्यापी मानो।'

लेकिन यह मानना भरोसे से ही आएगा, यह तुम अपने साथ विवाद करके नहीं मान

सकते। तुम किसी तर्क से अपने आप को नहीं समझा सकते। ऐसे भावों के लिए, ऐसे भावों के स्रोत के लिए तुम्हें अपने भीतर गहरी खुदाई करनी होगी।

यह 'मानना' शब्द बडा अर्थपूर्ण है। इसका यह अर्थ नहीं है कि तुमने कुछ स्वीकार कर लिया है, क्योंकि स्वीकार कर लेना तो बड़ी तर्कसंगत बात है। तुमने सोच-विचार किया, तुमने उसके लिए तर्क किए, तुम्हारे पास प्रमाण हैं उसके लिए। मानने का अर्थ है कि तुम्हें उस चीज के प्रति कोई संदेह नहीं है—ऐसा नहीं कि कोई प्रमाण हैं तुम्हारे पास। स्वीकार करने का अर्थ है कि तुम्हारे पास प्रमाण हैं: तुम सिद्ध कर सकते हो, तर्क दे सकते हो। तुम कह सकते हो कि 'यह ऐसा ही है। तुम उसके लिए तर्कसंगत प्रमाण दे सकते हो। मानने का अर्थ है कि तुम्हें कोई संदेह ही नहीं है। तुम उसके लिए विवाद नहीं कर सकते, तर्क नहीं दे सकते, तुम से अगर पूछा जाए तो तुम हार जाओगे। लेकिन तुम्हारे पास एक भीतरी आधार है—तुम जानते हो कि ऐसा ही है। यह एक अनुभव है, कोई बौद्धिक तर्क नहीं।

लेकिन याद रखो कि ऐसी विधियां तभी काम दे सकती हैं जब तुम अपने भावों के साथ काम करो, बुद्धि के साथ नहीं। तो ऐसा कई बार हुआ है कि बड़े अज्ञानी लोग—अनपढ़ और असंस्कृत—मानवीय चेतना की ऊंचाइयों पर पहुंच जाते हैं और जो बड़े सुसंस्कृत हैं, शिक्षित हैं, बौद्धिक हैं और तर्क में कुशल हैं, वे चूक जाते हैं।

जीसस केवल एक बढ़ई थे। फ्रेड्रिक नीत्शे ने कहीं लिखा है कि पूरे नए टेस्टामेंट में केवल एक आदमी था जिसकी सच में कोई कीमत थी, जो सुसंस्कृत था, शिक्षित था, दर्शनशास्त्र का जानकार था, बुद्धिमान था—वह आदमी था पाइलेट, रोमन गवर्नर, जिसने जीसस को सूली पर चढ़ाने की आज्ञा जारी की। वास्तव में वह सबसे ज्यादा सुसंस्कृत आदमी था-गवर्नर जनरल, वाइसरॉय। और वह जानता था कि दर्शनशास्त्र क्या है। अंतिम क्षण में, जब जीसस सूली पर चढ़ाए जाने को थे तो उसने पूछा, 'सत्य क्या है?' यह बड़ा दार्शनिक प्रश्न था। जीसस चुप रहे—इसलिए नहीं कि यह प्रश्न जवाब देने जैसा नहीं था, पाइलेट अकेला व्यक्ति था जो गहरे दर्शन को समझ सकता था—जीसस चुप रहे, क्योंकि वे सिर्फ ऐसे लोगों से बोल सकते थे जो अनुभव कर सकें। सोच-विचार किसी काम का न था। वह एक दार्शनिक प्रश्न पूछ रहा था। अच्छा होता यदि यह प्रश्न उसने किसी यूनिवर्सिटी, किसी अकादमी में पूछा होता, लेकिन जीसस से कोई दार्शनिक प्रश्न पूछना अर्थहीन था। वे चुप रहे क्योंकि उत्तर देना व्यर्थ था। कोई संवाद संभव नहीं था।

लेकिन नीत्शे, जो स्वयं एक तार्किक व्यक्ति था, जीसस की आलोचना करता है। उसने कहा है कि वे अशिक्षित थे, असंस्कृत थे, दर्शनशास्त्र में कुशल नहीं थे—और वे उत्तर नहीं दे पाए इसलिए चुप रह गए।

पाइलेट ने बड़ा प्यारा प्रश्न पूछा। यदि उसने यह प्रश्न नीत्शे से पूछा होता, तो नीत्शे वर्षों तक इस पर बोलता चला जाता। 'सत्य क्या है?' यह एक प्रश्न ही वर्षों तक बोलने और चर्चा करने के लिए पर्याप्त है। पूरा दर्शनशास्त्र इसी बात का विस्तार है: 'सत्य क्या है?' एक प्रश्न और सारे दार्शनिक इसी में जुटे हुए हैं।

नीत्शे की आलोचना तर्क द्वारा की गई आलोचना है, तर्क द्वारा की गई निंदा है। तर्क ने सदा ही भाव के आयाम की आलोचना की है, क्योंकि भाव बड़ा अस्पष्ट है, रहस्यमय है। वह

है और फिर भी तुम उसके बारे में कुछ नहीं कह सकते। भाव या तो तुम्हारे पास है, या नहीं है—उसके संबंध में तुम कुछ भी नहीं कर सकते, न ही कोई चर्चा कर सकते हो।

तुम्हारे भी कई विश्वास हैं, लेकिन वे विश्वास स्वीकार कर ली गई धारणाएं भर हैं; वे विश्वास नहीं हैं, क्योंकि तुम्हें उनके प्रति संदेह है। तुमने उन संदेहों को अपने तर्कों से कुचल डाला है, लेकिन वे अभी भी जिंदा हैं। तुम उनके ऊपर बैठे हुए हो, लेकिन वे वहीं के वहीं हैं। तुम उनसे लड़ते रहते हो, लेकिन वे अभी मरे नहीं हैं। वे मर नहीं सकते। यही कारण है कि तुम्हारा जीवन भले ही एक हिंदू का जीवन हो, या मुसलमान का, या ईसाई का, या जैन का, लेकिन वह एक धारणा ही है। श्रद्धा तुम्हें नहीं है।

मैं तुम्हें एक कहानी कहता हूं। जीसस ने अपने शिष्यों को कहा कि वे नाव से उस झील के दूसरे किनारे चले जाएं जहां वे सब ठहरे हुए थे। और वे बोले, 'मैं बाद में आऊंगा।' वे लोग चले गए। जब वे बीच मझधार में थे तो बड़ा तेज तूफान आया, उथल-पुथल मच गई और वे बड़े भयभीत हो गए। नाव थपेड़े खा रही थी और वे सब रोने व चीखने-पुकारने लगे, चिल्लाने लगे कि 'जीसस हमें बचाओ!'

वह किनारा जहां जीसस खड़े थे काफी दूर था, लेकिन जीसस आए। कहते हैं कि वे पानी पर दौड़ते हुए आ गए। और पहली बात उन्होंने शिष्यों को यह कही कि 'कम भरोसे के लोगो, क्यों रोते हो? क्या तुम्हें भरोसा नहीं है?' वे तो भयभीत थे। जीसस बोले, 'अगर तुम्हें भरोसा है तो नाव से उतरो और चलकर मेरी ओर आओ।' वे पानी पर खड़े हुए थे। शिष्यों ने अपनी आंखों से देखा कि वे पानी पर खड़े हुए थे, लेकिन फिर भी यह मानना कठिन था। जरूर अपने मन में उन्होंने सोचा होगा कि यह कोई चाल है, या हो सकता है कि यह कोई भ्रम हो, या यह जीसस ही न हों। शायद यह शैतान है जो उन्हें कोई प्रलोभन दे रहा है। तो वे एक-दूसरे का मुंह देखने लगे कि कौन चलकर जाएगा।

फिर एक शिष्य नाव से उतरकर चला। और सच में वह चल पाया। वह तो अपनी आंखों पर विश्वास न कर सका। वह पानी पर चल रहा था। जब वह जीसस के करीब आया तो बोला, 'कैसे? यह कैसे हो रहा है?' तत्क्षण पूरा चमत्कार खो गया। 'कैसे?'—और वह डूबने लगा। जीसस ने उसे बाहर निकाला और बोले, 'कम भरोसे के आदमी, तू यह कैसे का सवाल क्यों पूछता है?'

लेकिन बुद्धि 'क्यों ?' और 'कैसे ?' पूछती है। बुद्धि पूछती है, बुद्धि प्रश्न उठाती है। भरोसा है सब प्रश्नों को गिरा देना। अगर तुम सब प्रश्नों को गिरा सको और भरोसा कर सको तो यह विधि तुम्हारे लिए चमत्कार कर सकती है।

आज इतना ही।

74

# संवेदनशीलता और आसक्ति

# प्रश्न सार

१. संवेदनशील होते हुए भी विरक्त कैसे हुआ जाए?

२. आप अपने ही शरीर को ठीक क्यों नहीं कर सकते?

३. स्वयं श्रम करें या आप पर सब छोड़ दें?

४. क्या सच में जीसस को पता नहीं था कि पृथ्वी गोल है?

**पहला प्रश्नः**

***ध्यान की गहराई के साथ-साथ, व्यक्ति वस्तुओं तथा व्यक्तियों के प्रति अधिकाधिक संवेदनशील होता जाता है। लेकिन इस गहन संवेदनशीलता के कारण व्यक्ति स्वयं को हर चीज के साथ जुड़ा हुआ और एक गहन अंतरंगता में पाता है, और यह अक्सर एक सूक्ष्म आसक्ति का कारण बन जाता है। तो संवेदनशील होते हुए भी विरक्त कैसे हुआ जाए?***

# संवेदनशील

होते हुए भी विरक्त कैसे हुआ जाए?

ये दोनों बातें विरोधी नहीं हैं, विपरीत नहीं हैं। यदि तुम अधिक संवेदनशील हो तो तुम विरक्त होओगे; या तुम यदि विरक्त हो तो अधिकाधिक संवेदनशील होते जाओगे। संवेदनशीलता आसक्ति नहीं है, संवेदनशीलता सजगता है। केवल एक सजग व्यक्ति ही संवेदनशील हो सकता है। यदि तुम सजग नहीं हो तो असंवेदनशील होओगे। जब तुम बेहोश होते हो तो बिलकुल असंवेदनशील होते हो; जितनी अधिक सजगता, उतनी ही अधिक संवेदनशीलता।

बुद्ध पुरुष पूर्णतया संवेदनशील होता है, उसकी संवेदनशीलता परम होती है, क्योंकि वह अपनी परिपूर्ण क्षमता से अनुभव करेगा और सजग होगा। लेकिन जब तुम संवेदनशील होते हो और सजग होते हो तो तुम आसक्त नहीं होओगे, तुम विरक्त रहोगे। क्योंकि सजगता की यह घटना ही तुम्हारे और वस्तुओं के बीच, तुम्हारे और व्यक्तियों के बीच, तुम्हारे और संसार के बीच सेतु को तोड़ डालती है, सेतु को नष्ट कर देती है। बेहोशी और नींद ही आसक्ति के कारण हैं।

यदि तुम सजग हो तो सेतु अचानक टूट जाता है। जब तुम सजग होते हो तो संसार से जुड़ने के लिए कुछ भी नहीं बचता। संसार भी है, तुम भी हो, लेकिन दोनों के बीच का सेतु टूट गया है। वह सेतु तुम्हारी बेहोशी से बना है।

तो ऐसा मत सोचो कि तुम आसक्त हो रहे हो क्योंकि तुम अधिक संवेदनशील हो गए हो। नहीं, यदि तुम्हारी संवेदनशीलता बढ़ेगी तो तुम आसक्त नहीं होओगे। आसक्ति तो बड़ा स्थूल गुण है, सूक्ष्म नहीं है। आसक्ति के लिए तुम्हें सजग और जागरूक होने की जरूरत नहीं है। कोई जरूरत नहीं है। जानवर भी बड़ी सरलता से, बल्कि अधिक सरलता से आसक्त हो सकते हैं। किसी मनुष्य से ज्यादा एक कुत्ता अपने मालिक से आसक्त होता है। कुत्ता पूरी तरह बेहोश है इसलिए आसक्ति हो जाती है।

इसीलिए जिन देशों में मानवीय संबंध निर्बल पड़ गए हैं, जैसे कि पश्चिम में, वहां मनुष्य जानवरों से, कुत्तों से या अन्य जानवरों से संबंध स्थापित करता जा रहा है। क्योंकि मानवीय संबंध तो अब रहे ही नहीं। मानव समाज समाप्त होता जा रहा है और हर मनुष्य एकाकी, अजनबी, अकेला महसूस करता है। भीड़ है, लेकिन तुम्हारा उससे कोई संबंध नहीं है। तुम अकेले हो भीड़ में। और यह अकेलापन तुम्हें खलता है। तो आदमी भयभीत हो जाता है और डरने लगता है।

जब तुम किसी से जुड़े होते हो, आसक्त होते हो और दूसरा तुम्हारे साथ आसक्त होता है, तो तुम्हें लगता है कि इस संसार में, इस अजनबी संसार में तुम अकेले नहीं हो। कोई तुम्हारे साथ है। किसी से संबंधित होने का यह भाव तुम्हें एक तरह की सुरक्षा देता है। जब मानवीय संबंध असंभव हो जाते हैं तो पुरुष और स्त्रियां जानवरों से संबंध बनाने की कोशिश करते हैं। पश्चिम में वे कुत्तों और दूसरे जानवरों से बहुत जुड़े हुए हैं, लेकिन यहां पूर्व में चाहे तुम गौओं की पूजा करते हो लेकिन उनसे जुड़े हुए नहीं हो। तुम चाहे कहे चले जाओ कि गाय की तुम दिव्य-पशु की तरह पूजा करते हो, लेकिन तुम्हारी क्रूरता का भी कोई अंत नहीं है।

पूर्व में तुम पशुओं के साथ इतने क्रूर हो कि पश्चिम समझ ही नहीं पाता कि तुम कैसे स्वयं को अहिंसक मानते हो। संसार भर में, विशेषतः पश्चिम में, जानवरों को मनुष्यों की क्रूरता से बचाने के लिए बहुत सी समितियां हैं। पश्चिम में तुम किसी कुत्ते की पिटाई नहीं कर सकते। यदि तुम उसकी पिटाई करो तो यह एक अपराध होगा और तुम्हें उसकी सजा मिलेगी।

असल में क्या हो रहा है कि मानवीय संबंध समाप्त हो रहे हैं, लेकिन मनुष्य अकेला नहीं जी सकता। उसे कोई संबंध चाहिए, कोई नाता चाहिए, एक भाव कि उसके साथ कोई है। जानवर बहुत अच्छे मित्र हो सकते हैं, क्योंकि वे बहुत आसक्त हो जाते हैं; कोई भी मनुष्य इतना आसक्त नहीं हो सकता।

आसक्ति के लिए होश आवश्यक नहीं है; बल्कि होश उसमें बाधा है। जितने तुम होशपूर्ण होओगे उतने ही कम तुम आसक्त होओगे, क्योंकि आसक्ति की आवश्यकता नहीं रहती। तुम किसी से जुड़ना क्यों चाहते हो? क्योंकि अकेले तुम्हें लगता है कि तुम पर्याप्त नहीं हो। तुममें कुछ कमी है। तुममें कुछ अधूरा है। तुम पूर्ण नहीं हो। तुम्हें किसी की जरूरत है जो तुम्हें पूरा करे। इसीलिए आसक्ति है। यदि तुम होशपूर्ण हो तो तुम पूरे हो, तुम पूर्ण हो; वर्तुल पूरा हो गया, तुममें कुछ कमी नहीं रही, तुम्हें किसी की आवश्यकता नहीं रही। अकेले ही तुम पूरी तरह स्वतंत्र अनुभव करते हो, पूर्णता का अनुभव करते हो।

इसका यह अर्थ नहीं कि तुम लोगों से प्रेम नहीं करोगे, बल्कि केवल तुम्हीं प्रेम कर सकते हो। जो व्यक्ति तुम पर निर्भर है वह तुम्हें प्रेम नहीं कर सकता; वह तुम्हें घृणा करेगा। जिस व्यक्ति को तुम्हारी जरूरत है वह तुम्हें प्रेम नहीं कर सकता। वह तुमसे घृणा करेगा, क्योंकि तुम बंधन हो गए हो। उसे लगता है कि तुम्हारे बिना वह जी नहीं सकता, तुम्हारे बिना वह सुखी नहीं हो सकता, तो तुम ही उसके सुख और दुख के कारण हो। वह तुम्हें खो नहीं सकता। इससे वह बंदी अनुभव करेगा, वह तुम्हारा बंदी है; और वह विरोध प्रकट करेगा, इसके विरुद्ध संघर्ष करेगा। लोग घृणा और प्रेम दोनों साथ-साथ करते हैं, लेकिन यह प्रेम बहुत गहरा नहीं हो सकता।

केवल एक जाग्रत व्यक्ति ही प्रेम कर सकता है, क्योंकि उसे तुम्हारी जरूरत नहीं है। लेकिन तब प्रेम का अलग ही आयाम होता है : प्रेम आसक्ति नहीं रहता, परतंत्रता नहीं रहता। प्रेम न तो तुम पर आश्रित है न तुम को स्वयं पर आश्रित करेगा; वह स्वतंत्र रहेगा और तुमको भी स्वतंत्र रहने देगा। वह दो स्वतंत्र व्यक्तियों का, दो संपूर्णताओं का, दो पूर्ण आत्माओं का मिलन होगा। वह मिलन एक उत्सव, एक मंगल पर्व होगा, परतंत्रता नहीं। वह मिलन एक मस्ती होगा, खेल होगा।

इसीलिए तो हमने कृष्ण के जीवन को कृष्णलीला, कृष्ण का खेल कहा है। वह इतने लोगों को प्रेम करते हैं पर उनमें कोई आसक्ति नहीं है। कृष्ण की गोपियों और गोपालों की ओर से ऐसा नहीं है। कृष्ण के मित्रों की ओर से ऐसा नहीं है : वे आसक्त हो गए हैं। इसीलिए तो जब कृष्ण वृंदावन से द्वारिका चले जाते हैं तो वे लोग रोते और चिल्लाते हैं और दुखी होते हैं। उन्हें बड़ा विषाद होता है, क्योंकि वे सोचते हैं कि कृष्ण उन्हें भूल गए हैं। वह भूले नहीं हैं, लेकिन वह दुखी नहीं हैं, क्योंकि उनके लिए कोई परतंत्रता न थी; वह द्वारिका में भी उतने ही आनंदित हैं जितने वृंदावन में थे, और उनका प्रेम द्वारिका में भी उतना ही बह रहा है जितना वृंदावन में बहता था। प्रेम के पात्र बदल गए हैं लेकिन प्रेम का स्रोत वही है। तो जो भी उनके निकट आता है, उसे प्रेम का उपहार मिलता है। और यह उपहार बेशर्त है : बदले में कुछ आकांक्षा नहीं है, बदले में कुछ मांग नहीं है।

जब प्रेम एक जाग्रत चेतना से बहता है तो बेशर्त उपहार होता है। और जो व्यक्ति प्रेम बांट रहा होता है वह आनंदित होता है क्योंकि वह दे रहा है। देना मात्र ही उसका आनंद है, उसका उल्लास है।

तो याद रखो, जितना तुम महसूस करो कि ध्यान से तुम अधिक संवेदनशील हो गए हो, उसी अनुपात में तुम उतने ही कम आसक्त और अधिक विरक्त हो जाओगे। क्योंकि तुम स्वयं में अधिक थिर हो जाओगे, स्वयं में अधिक केंद्रित हो जाओगे, तुम किसी दूसरे का अपने केंद्र की तरह उपयोग नहीं करोगे।

आसक्ति का अर्थ क्या है? आसक्ति का अर्थ है कि तुम किसी दूसरे का अपने प्राणों के केंद्र की तरह प्रयोग कर रहे हो। मजनू लैला से आसक्त है; वह कहता है कि वह लैला के बिना जी नहीं सकता। इसका अर्थ है कि प्राणों का केंद्र कहीं और हो गया है। जब तुम कहते हो कि तुम इसके बिना या उसके बिना जी नहीं पाओगे तो तुम्हारी आत्मा तुम्हारे भीतर नहीं है। तब तुम स्वतंत्र इकाई की तरह नहीं जी रहे, तुम्हारा केंद्र कहीं और खिसक गया है।

तुम्हारे केंद्र का किसी दूसरे में चले जाना ही आसक्ति है। यदि तुम संवेदनशील हो तो तुम दूसरे को महसूस करोगे, लेकिन वह तुम्हारे जीवन का केंद्र नहीं बन जाएंगा। तुम अपने केंद्र पर रहोगे और इस केंद्रस्थता के कारण दूसरे को तुमसे कई आशीष मिलेंगे। लेकिन वे आशीष ही होंगे, कोई सौदा नहीं। तुम बस इसलिए दोगे कि तुम्हारे पास बहुत अधिक है, तुम अतिरेक में बह रहे हो। और तुम धन्यभागी होओगे कि दूसरे ने स्वीकार कर लिया। इतना ही पर्याप्त होगा और यही अंत होगा।

इसीलिए मैं कहे चला जाता हूं कि मन बड़ा धोखेबाज है। तुम सोचते हो कि तुम ध्यान कर रहे हो, और उसके कारण तुम संवेदनशील हो गए हो। फिर प्रश्न उठता है कि तुम

आसक्त क्यों हो जाते हो? यदि तुम आसक्त हो जाते हो तो यह इस बात का स्पष्ट सूचक है। कि यह संवेदनशीलता सजगता के कारण नहीं है। वास्तव में, यह संवेदनशीलता ही नहीं है। हां, भावुकता हो सकती है; जो कि बिलकुल अलग बात है। तुम भावुक हो सकते हो; छोटी-छोटी बातों पर रो-चीख सकते हो, उद्वेलित हो सकते हो, और बड़ी आसानी से तुम्हारे भीतर एक तूफान खड़ा किया जा सकता है। लेकिन वह भावुकता है, संवेदनशीलता नहीं।

मैं एक कहानी तुम्हें कहूं। बुद्ध एक गांव में ठहरे हुए थे। एक स्त्री उनके पास रोती और चीखती-चिल्लाती आई। उसका बच्चा, इकलौता बच्चा अचानक मर गया था। बुद्ध गांव में थे, तो लोगों ने कहा, 'रो मत। इस आदमी के पास जा। लोग कहते हैं वे महा-करुणावान हैं। यदि वे चाहें, बच्चा पुनरुज्जीवित हो सकता है। तो रो मत। इस बुद्ध के पास जा।'

वह स्त्री अपने मरे हुए बच्चे को लेकर रोती-चिल्लाती आई, और पूरा गांव उसके पीछे आया। पूरा गांव चिंतित था। बुद्ध के शिष्य भी चिंतित थे; उन्होंने मन ही मन प्रार्थना करनी शुरू कर दी कि बुद्ध करुणा कर दें। इस बच्चे को आशीर्वाद दे दें कि वह जी उठे, पुनरुज्जीवित हो जाए।

बुद्ध के कई शिष्यों ने रोना शुरू कर दिया। वह दृश्य बड़ा करुण था, हृदय-विदारक था। सब लोग मौन थे। बुद्ध भी मौन रहे। उन्होंने मरे हुए बच्चे को देखा, फिर रोती-बिलखती मां की ओर देखा और बोले, 'रो मत, बस एक काम कर और तेरा बच्चा फिर से जी उठेगा। इस मृत बालक को इधर ही छोड़ दे, वापस नगर में जा, हर घर में जा और हर परिवार से पूछ कि कभी उनके घर में, उनके परिवार में कोई मरा है या नहीं। और यदि तू वह घर ढूंढ सके जिसमें कभी कोई भी न मरा हो, उनसे तू कुछ खाने को मांग—कुछ रोटी, कुछ चावल, या कुछ भी—लेकिन उसी घर से जिसमें कभी कोई न मरा हो। और उस रोटी या चावल से बच्चा तत्क्षण जी उठेगा। तू जा। समय व्यर्थ मत गंवा।'

वह स्त्री तो प्रसन्न हो गई। उसे लगा कि अब चमत्कार घटने ही वाला है। उसने बुद्ध के पांव छुए और गांव की ओर दौड़ी, जो कि बहुत बड़ा नहीं था, कुछ ही झोपड़ियां थीं, थोड़े से परिवार थे। वह एक घर से दूसरे घर पूछती फिरी। लेकिन हर घर ने यही कहा, 'यह असंभव है। ऐसा एक भी घर नहीं है—इस गांव में ही नहीं बल्कि सारी पृथ्वी पर—ऐसा एक भी घर नहीं है जहां कोई भी न मरा हो, जहां लोगों ने मृत्यु को और उससे पैदा होने वाले दुख, पीड़ा और विषाद को न झेला हो।'

धीरे-धीरे स्त्री ने महसूस किया कि बुद्ध एक चाल चल रहे थे। यह असंभव था। लेकिन फिर भी आशा थी। वह तब तक पूछती रही जब तक पूरे गांव में न घूम ली। उसके आंसू सूख गए, उसकी आशा मर गई, लेकिन अचानक उसने महसूस किया कि एक नई शांति, एक नई सौम्यता उस पर उतर रही है। अब उसने महसूस किया कि जो भी पैदा हुआ है। वह मरेगा ही। केवल कुछ वर्षों का सवाल है। कोई जल्दी मरेगा, कोई देर से मरेगा, लेकिन मृत्यु अपरिहार्य है।

वह वापस लौटी, दोबारा बुद्ध के पांव छुए और बोली, 'लोग जैसा कहते हैं, सच में ही लोगों के प्रति आपके मन में महाकरुणा है। कोई भी समझ नहीं सका कि क्या हुआ। बुद्ध ने उसको संन्यास में दीक्षित किया, वह भिक्षुणी, संन्यासिनी बन गई। वह दीक्षित हो गई।

आनंद ने बुद्ध से पूछा, 'आप उस बच्चे को जिला सकते थे। इतना प्यारा बच्चा था और उसकी मां इतनी संतप्त थी।' लेकिन बुद्ध ने कहा, 'यदि बच्चा पुनरुज्जीवित भी हो उठता तो भी उसे मरना तो पड़ता ही। मृत्यु अपरिहार्य है।' आनंद ने कहा, 'लेकिन ऐसा लगता नहीं है। कि आप लोगों के प्रति और उनके दुख, संतापों के प्रति संवेदनशील हैं।' बुद्ध ने उत्तर दिया, 'मैं संवेदनशील हूं, तुम भावुक हो। बस इसलिए क्योंकि तुम रोने लग गए, क्या तुम सोचते हो कि तुम संवेदनशील हो? तुम बचकाने हो। तुम जीवन को नहीं समझते। तुम्हें वास्तविकता का पता नहीं है।'

ईसाइयत और बौद्ध धर्म में यही अंतर है। कहते हैं क्राइस्ट ने लोगों को जिलाने के कई चमत्कार किए। लज़ारस जब मरा तो जीसस ने उसे छुआ और वह दोबारा जी उठा। पूर्व में हम कल्पना भी नहीं कर सकते कि बुद्ध किसी को छूकर जिला दें। साधारण लोगों को, साधारण मन को, जीसस बुद्ध से अधिक प्रेमपूर्ण और अधिक करुणावान लगेंगे। लेकिन मैं तुमसे कहता हूं कि बुद्ध अधिक संवेदनशील हैं, अधिक करुणावान हैं। क्योंकि यदि लज़ारस जी भी उठा तो कोई अंतर न पड़ा। फिर भी उसे मरना पड़ा। अंततः लज़ारस को मरना पड़ा। तो यह चमत्कार किसी काम का न था, किसी परम मूल्य का न था। कोई कल्पना भी नहीं कर सकता कि बुद्ध ऐसा करेंगे।

जीसस को करना पड़ा क्योंकि वह कुछ नया कह रहे थे, इजरायल के लिए एक नया संदेश लाए थे। और संदेश इतना गहरा था कि लोग उसे समझ न पाते, इसलिए उसके आस-पास उन्हें चमत्कार खड़े करने पड़े। क्योंकि लोग चमत्कारों को समझ सकते हैं, लेकिन गहन संदेश को, रहस्यपूर्ण संदेश को नहीं समझ सकते। वे चमत्कारों को समझ सकते हैं, चमत्कारों के द्वारा वे संदेश के प्रति खुल सकते हैं और ग्रहणशील हो सकते हैं। जीसस उस धरती पर बौद्ध संदेश ले जा रहे थे जिसके पास बुद्धत्व की, बुद्ध पुरुषों की कोई परंपरा नहीं थी।

हम समझ सकते हैं कि बुद्ध अपने उन शिष्यों से अधिक संवेदनशील थे जो रो-धो रहे थे। वे लोग भावुक थे। तो अपनी भावुकता को संवेदनशीलता मत समझो। भावुकता तो सामान्य है, संवेदनशीलता असामान्य है। वह प्रयास से घटती है। वह एक उपलब्धि है। तुम्हें उसे अर्जित करना होता है। भावुकता को अर्जित नहीं करना पड़ता; उसके साथ तुम पैदा होते हो। यह तो एक पाशविक परंपरागत गुण है जो तुम्हारे शरीर और मन की हर कोशिका में है।

संवेदनशीलता एक संभावना है। अभी तुम्हारे पास संवेदनशीलता नहीं है। उसे तुम पैदा कर सकते हो, उसके लिए कुछ कर सकते हो, फिर वह तुम्हें घटित होगी। और जब भी घटित होगी, तुम विरक्त हो जाओगे।

बुद्ध पूर्णतया विरक्त थे। मृत बच्चा सामने था, लेकिन वह बिलकुल उद्विग्न नहीं दिखाई पड़े। वह स्त्री, वह मां दुखी थी, और वह उसके साथ चाल चल रहे थे। यह आदमी क्रूर दिखाई पड़ता है, और यह चाल उस मां पर जरा ज्यादती है जिसका बच्चा मर गया है। उन्होंने उसे एक पहेली पकड़ा दी। और वे अच्छी तरह जानते थे कि वह खाली हाथ वापस लौटेगी। लेकिन मैं फिर कहता हूं कि उनमें सच्ची करुणा है, क्योंकि वह उस स्त्री के विकास में, परिपक्व होने में मदद कर रहे थे। जब तक तुम मृत्यु को न जान लो तब तक तुम परिपक्व

नहीं हुए; और जब तक तुम मृत्यु को स्वीकार न कर लो, तुम्हारे प्राणों में कोई केंद्र नहीं है। जब तुम मृत्यु को एक यथार्थ की भांति स्वीकार कर लेते हो, तुम उसके पार चले जाते हो।

बुद्ध ने उस परिस्थिति का उपयोग किया। उन्हें मरे हुए बच्चे की परवाह कम थी, जीवित मां की परवाह अधिक थी; क्योंकि वह जानते थे कि मरा हुआ बच्चा तो दोबारा पैदा हो ही जाएगा, किसी चमत्कार की कोई जरूरत न थी। लेकिन यदि बच्चा जी उठता तो मां एक अवसर खो देती। हो सकता है जन्मों तक फिर किसी बुद्ध से उसका मिलन न होता।

तो पूर्व में केवल निम्न श्रेणी के साधु ही चमत्कार कर रहे हैं; श्रेष्ठ साधुओं ने तो कभी कोई चमत्कार नहीं किया, वे उच्च तल पर कार्य करते हैं। बुद्ध भी चमत्कार कर रहे हैं, लेकिन चमत्कार उच्च तल पर हो रहा है—मां रूपांतरित हो रही है।

लेकिन इसे समझ पाना कठिन है, क्योंकि हमारे मन स्थूल हैं और हम केवल भावुकता को ही समझते हैं, संवेदनशीलता को नहीं समझ सकते। संवेदनशीलता का अर्थ है एक सजगता, जो अपने चारों ओर जो भी हो रहा है उसे महसूस करे। और यह तुम तभी महसूस कर सकते हो जब तुम आसक्त न होओ। इसे याद रखोः यदि तुम आसक्त हो तो महसूस करने के लिए मौजूद न रहे, अपने से बाहर निकल गए।

तो यदि तुम किसी के विषय में सच्चाई जानना चाहते हो तो उसके मित्रों से मत पूछो। वे आसक्त हैं। और उसके शत्रुओं से भी मत पूछो। वे भी आसक्त हैं, विपरीत छोर से आसक्त हैं। किसी ऐसे व्यक्ति से पूछो जो तटस्थ हो, न मित्र हो न शत्रु हो। केवल वही सच कह सकता है।

मित्रों का विश्वास नहीं किया जा सकता, शत्रुओं का भी विश्वास नहीं किया जा सकता; लेकिन हम मित्रों या शत्रुओं का ही विश्वास करते हैं। दोनों ही गलत होंगे, क्योंकि दोनों के ही पास तटस्थ दृष्टि नहीं है, दोनों के ही पास अनासक्त दृष्टिकोण नहीं है। वे अलग खड़े होकर नहीं देख सकते, क्योंकि उस व्यक्ति में उनका स्वार्थ निहित है। मित्रों का अपना स्वार्थ है और शत्रुओं का अपना स्वार्थ है। वे अपने-अपने दृष्टिकोणों से देखते हैं और उन दृष्टिकोणों से आसक्त होते हैं।

यदि तुम आसक्त हो तो जीवन को उसकी समग्रता में अनुभव नहीं कर सकते। जिस क्षण तुम आसक्त हुए, तुमने एक दृष्टिकोण अपना लिया। समग्रता खो गई; केवल अंश तुम्हारे हाथ में बचा। और अंश हमेशा झूठे होते हैं, क्योंकि सत्य पूर्ण ही होता है।

ध्यान करो, अधिक संवेदनशील होओ, और इसे कसौटी की तरह लो कि तुम अधिकाधिक अनासक्त होते जा रहे हो। यदि तुम्हें लगे कि आसक्ति बढ़ रही है तो तुम ध्यान में कहीं भूल कर रहे हो। यही कसौटी है। और मेरे देखे, न तो आसक्ति को हटाया जा सकता है और न अनासक्ति को साधा जा सकता है। तुम केवल ध्यान साध सकते हो—और अनासक्ति एक परिणाम की तरह, एक उप-उत्पाद की तरह चली आएगी।

यदि ध्यान सच में ही तुम्हारे भीतर फलित होता है तो तुममें अनासक्ति का भाव जग जाएगा। फिर तुम कहीं भी जा सकते हो, तुम अछूते, अभय ही रहोगे। फिर जब तुम अपना शरीर छोड़ोगे तो उसे निर्विकार छोड़ोगे। तुम्हारी चेतना बिलकुल परिशुद्ध होगी, उसमें कुछ भी विजातीय नहीं होगा। जब तुम आसक्त होते हो तो अशुद्धियां तुममें प्रवेश कर जाती हैं।

यह मौलिक अशुद्धि है कि तुम अपना केंद्र खो रहे हो और कोई दूसरा तुम्हारे प्राणों का केंद्र हो रहा है।

**दूसरा प्रश्नः**
***यदि श्रद्धा पर्वतों को भी हिला सकती है तो आप अपने ही शरीर को ठीक क्यों नहीं कर सकते?***

मेरा कोई शरीर नहीं है।

यह भाव बिलकुल गलत है कि तुम्हारा कोई शरीर है। शरीर तो अस्तित्व का है; तुम्हारा नहीं है। तो यदि शरीर अस्वस्थ है अथवा शरीर स्वस्थ है तो अस्तित्व उसकी चिंता लेगा। और जो व्यक्ति ध्यान में है उसे साक्षी बने रहना चाहिए, चाहे शरीर स्वस्थ हो चाहे अस्वस्थ हो।

स्वस्थ होने की कामना भी अज्ञान का हिस्सा है। अस्वस्थ न होने की कामना भी अज्ञान का हिस्सा है। और यह कोई नया प्रश्न नहीं है, यह प्राचीनतम प्रश्नों में से एक है। यही बुद्ध से पूछा गया था; यही महावीर से पूछा गया था। अब तक जितने भी बुद्ध पुरुष हुए हैं, अज्ञानियों ने सदा उनसे यही प्रश्न पूछा है।

देखो, जीसस ने कहा कि श्रद्धा पर्वतों को भी हिला सकती है, लेकिन वह क्रास पर मरे। वह क्रास को नहीं हिला पाए। तुम या तुम्हारे जैसा कोई और वहां खड़ा प्रतीक्षा कर रहा होगा। शिष्य प्रतीक्षा कर रहे थे, क्योंकि वे जीसस को जानते थे और वह बार-बार दोहराते रहे थे कि श्रद्धा पर्वतों को भी हिला सकती है। तो वे किसी चमत्कार की प्रतीक्षा कर रहे थे, और जीसस चुपचाप क्रास पर मर गए। लेकिन यही चमत्कार थाः वह अपनी ही मृत्यु के साक्षी हो सके। और अपनी ही मृत्यु का साक्षी होना जीवंतता का महानतम क्षण है।

बुद्ध विषाक्त भोजन से मरे। छः महीने लगातार उन्होंने पीड़ा झेली। और कई शिष्य थे जो प्रतीक्षा कर रहे थे कि वे कोई चमत्कार करेंगे। लेकिन चुपचाप उन्होंने पीड़ा झेली और चुपचाप मर गए। उन्होंने मृत्यु को स्वीकार कर लिया। ऐसे शिष्य थे जो उनको ठीक करने का प्रयास कर रहे थे, उन्हें कई दवाएं दी जा रही थीं।

उन दिनों का एक बड़ा चिकित्सक, जीवक, बुद्ध का निजी चिकित्सक था। जहां भी वह जाते, वह उनके साथ ही जाता था। कई बार लोगों ने पूछा होगा, 'यह जीवक आपके साथ क्यों चलता है?' लेकिन यह जीवक की अपनी आसक्ति थी। जीवक अपनी आसक्ति के कारण बुद्ध के साथ चल रहा था। और जो शिष्य प्रयास कर रहे थे कि बुद्ध का शरीर संसार में कुछ और समय तक रह जाए, चाहे कुछ ही दिन और, वे भी आसक्त थे। स्वयं बुद्ध के लिए तो रोग और स्वास्थ्य समान थे।

इसका यह अर्थ नहीं है कि रोग पीड़ा नहीं देगा। वह तो देगा ही! पीड़ा तो शारीरिक घटना है, होगी ही। लेकिन वह आंतरिक चैतन्य को विचलित नहीं करेगी। आंतरिक चैतन्य अविचलित रहेगा, सदा की तरह संतुलित रहेगा। शरीर पीड़ित होगा, लेकिन अंतरात्मा सारी पीड़ा की साक्षी मात्र रहेगी, कोई तादात्म्य नहीं होगा।

और इसको मैं चमत्कार कहता हूं। यह श्रद्धा से ही संभव है। और तादात्म्य से बड़ा कोई पर्वत नहीं है, याद रखो। हिमालय कुछ भी नहीं है; अपने शरीर के साथ तुम्हारा तादात्म्य उससे भी बड़ा पर्वत है। श्रद्धा से हिमालय तो चाहे हिले न हिले, यह बात असंगत है, लेकिन तुम्हारा तादात्म्य उससे नष्ट किया जा सकता है।

लेकिन जो हम नहीं जानते उसको समझ ही नहीं सकते, हम केवल अपने मन के अनुसार सोच सकते हैं। हम वहीं की सोचते हैं जहां हम हैं, हमारा ढर्रा वही रहता है।

कई बार मेरा शरीर रुग्ण होता है और लोग मेरे पास आकर कहते हैं, 'आप बीमार क्यों होते हैं? आपको तो बीमार नहीं होना चाहिए; एक बुद्ध पुरुष को बीमार नहीं होना चाहिए।'

लेकिन तुम्हें किसने कहा कि ऐसा होता है? मैंने तो कभी किसी बुद्ध पुरुष के बारे में नहीं सुना जो बीमार न रहा हो। बीमारी शरीर की होती है। उसका तुम्हारी चेतना से या तुम्हारे संबुद्ध होने या न होने से कोई लेना-देना नहीं है। और कई बार ऐसा होता है कि बुद्ध पुरुष अबुद्धों से अधिक रोगग्रस्त होते हैं। कई कारण हैं...अब क्योंकि वे शरीर से हट जाते हैं, इसलिए शरीर के साथ सहयोग नहीं रह जाता; गहरे में वे स्वयं को शरीर से पृथक कर लेते हैं। तो शरीर तो रहता है लेकिन आसक्ति और सेतु टूट जाता है।

उस दूरी के कारण कई बीमारियां होती हैं। अब वे शरीर में तो हैं लेकिन उसके साथ उनका सहयोग नहीं रहा। इसीलिए हम कहते हैं कि बुद्ध पुरुष कभी दोबारा पैदा नहीं होता, क्योंकि अब वह किसी शरीर के साथ सेतु नहीं बना सकता। सेतु टूट गया है। जब वह शरीर में होता है, तब भी, वास्तव में, मर ही गया होता है।

बुद्ध जब करीब चालीस वर्ष के थे तो उन्हें बुद्धत्व की घटना घटी। जब वह अस्सी वर्ष के थे तब उनकी मृत्यु हुई, तो वह चालीस वर्ष और जीए। जिस दिन वह शरीर छोड़ रहे थे आनंद रोने लगा और बोला, 'हमारा क्या होगा? आपके बिना हम अंधकार में गिर जाएंगे आप जा रहे हैं और हम अभी संबुद्ध भी नहीं हुए। हमारी अपनी ज्योति अभी जली नहीं और आप जा रहे हैं। हमें छोड़कर न जाएं!'

कहते हैं कि बुद्ध ने कहा, 'क्या? क्या कह रहे हो, आनंद ? मैं तो चालीस वर्ष पहले ही मर गया था। यह अस्तित्व तो केवल आभास-अस्तित्व था, छाया मात्र था। किसी तरह चल रहा था, लेकिन उसमें बल नहीं था। यह तो अतीत का ही आवेग था।'

यदि तुम एक साइकिल को पैडल मार रहे हो, फिर रुक जाओ और पैडल न मारो, तुम साइकिल को कोई सहयोग नहीं दे रहे, फिर भी आवेग के कारण, अतीत में तुमने जो ऊर्जा दी है उसके कारण वह कुछ समय तक चलती रहेगी।

जिस क्षण कोई बुद्धत्व को उपलब्ध होता है, उसका सहयोग समाप्त हो जाता है। अब शरीर अपने ढंग से चलेगा उसके पास अपना आवेग है। कई जन्मों से उसे आवेग दिया गया है। उसका अपना जीवन-काल है जो पूरा होगा। लेकिन अब, क्योंकि शरीर के साथ कोई आंतरिक बल नहीं है तो वह साधारण लोगों से अधिक बीमार हो सकता है।

रामकृष्ण कैंसर से मरे। रमण कैंसर से मरे। शिष्यों को तो बड़ा धक्का लगा, लेकिन अपने अज्ञान के कारण वे समझ नहीं पाए।

एक बात और समझने जैसी है। जब कोई व्यक्ति बुद्धत्व को उपलब्ध हो जाता है तो

यह उसका अंतिम जन्म होता है। तो सारे अतीत के कर्म और पूरा लेन-देन इसी जन्म में पूरा होना है। पीड़ा—यदि उसे कोई पीड़ा होनी है तो—बहुत सघन हो जाएगी। तुम्हारे लिए कोई जल्दी नहीं है, तुम्हारी पीड़ा तो कई जन्मों पर फैल जाएगी। लेकिन एक रमण के लिए तो यह अंतिम जन्म है। जो भी अतीत से आया है उसे पूरा होना है। हर चीज में, हर कर्म में एक सघनता होगी। यह जीवन एक प्रगाढ़ जीवन हो जाएगा।

कई बार ऐसा होता है—इसे समझना थोड़ा कठिन है—एक क्षण में कई जन्मों की पीड़ा झेल लेनी पड़ती है। एक क्षण में सघनता बहुत अधिक हो जाती है, क्योंकि समय को सिकोड़ा अथवा फैलाया जा सकता है।

तुम जानते हो कि कई बार तुम्हें झपकी लग जाती है और तुम कोई सपना देखते हो, और जब तुम जागते हो तो पता चलता है कि तुम कुछ ही सेकेंड सोए हो। लेकिन तुमने इतना लंबा सपना देखा! यह संभव है कि एक छोटे से सपने में पूरा जीवन देखा हो। क्या हुआ? इतने थोड़े से समय में तुम इतना लंबा सपना कैसे देख पाए?

समय का केवल एक ही तल नहीं है जैसा कि हम साधारणतः समझते हैं, समय के कई तल हैं। स्वप्न-समय का अपना अस्तित्व है। जागते समय भी समय बदलता रहता है। घड़ी के हिसाब से चाहे न बदले, क्योंकि घड़ी तो यंत्र है, लेकिन मनोवैज्ञानिक हिसाब से समय बदलता रहता है। जब तुम सुखी होते हो, समय तेजी से बहता है। जब तुम उदास होते हो, समय धीमा हो जाता है। यदि तुम पीड़ा में हो तो रात लगता है कभी खतम नहीं होगी; और यदि तुम सुखी और आनंदित हो तो पूरी रात एक क्षण में बीत सकती है।

जब कोई व्यक्ति बुद्धत्व को उपलब्ध हो जाता है, सब लेन-देन पूरा करना होता है। दुकान बंद करने का समय आ गया। लाखों जन्मों की यात्रा है और सारे हिसाब-किताब साफ करने हैं, क्योंकि और कोई अवसर नहीं मिलेगा। बुद्धत्व के बाद बुद्ध पुरुष एक दूसरे ही समय में जीता है और उसे जो भी होता है वह गुणात्मक रूप से भिन्न होता है। लेकिन वह साक्षी बना रहता है।

महावीर पेट के दर्द से मरे, अल्सर जैसा कुछ था, कई वर्षों तक वह पीड़ित रहे। उनके शिष्य जरूर कठिनाई में पड़े होंगे, क्योंकि उन्होंने इसके आस-पास एक कहानी गढ़ ली। वे समझ ही नहीं पाए कि महावीर क्यों पीड़ा झेलें तो उन्होंने एक कहानी गढ़ ली जिससे शिष्यों के बारे में कुछ पता चलता है, महावीर के बारे में नहीं।

वे कहते हैं कि एक व्यक्ति जो बड़ी दुष्ट-आत्मा था, गोशालक, महावीर की पीड़ा का कारण था। उसने अपनी दुष्ट शक्ति महावीर पर फेंकी, और अपनी करुणा के कारण महावीर उसे पचा गए, और इसी कारण वह पीड़ित हुए। इससे महावीर के बारे में कुछ पता नहीं चलता लेकिन शिष्यों की कठिनाई के बारे में पता चलता है। वे महावीर को पीड़ित देखने की कल्पना भी नहीं कर सकते तो कारण उन्हें कहीं और खोजना पड़ा।

एक दिन मुझे जुकाम था—यह मेरा सदा का साथी है—तो कोई आया और बोला, 'आपने जरूर किसी और का जुकाम ले लिया होगा।' इससे मेरे बारे में कुछ पता नहीं चलता, उसके बारे में पता चलता है। उसके लिए यह समझ पाना कठिन है कि मैं पीड़ित हूं। तो उसने कहा, 'आपने जरूर किसी और का जुकाम ले लिया होगा।' मैंने उसे समझाने की कोशिश की,

लेकिन शिष्यों को समझाना असंभव है। जितना ही तुम उन्हें विश्वास दिलाने की कोशिश करो, उतना ही उन्हें विश्वास हो जाता है कि वे सही हैं। अंत में उसने मुझसे कहा, 'आप कुछ भी कहें, मैं नहीं सुनने वाला। मैं तो जानता हूं! आपने किसी और की बीमारी ले ली है।'

अब क्या किया जाए? शरीर का बीमार होना या स्वस्थ होना, उसके अपने मामले हैं। यदि तुम अभी भी उनके बाबत कुछ करना चाहते हो तो तुम अभी भी शरीर से आसक्त हो। वह अपने अनुसार चलेगा; तुम्हें उसके बारे में ज्यादा चिंता लेने की जरूरत नहीं है।

मैं केवल एक साक्षी हूं। शरीर पैदा हुआ है, शरीर मरेगा, केवल साक्षीत्व ही रह जाएगा। वह सदा रहेगा। केवल साक्षीत्व ही पूर्णतया शाश्वत है, बाकी सब बदलता रहता है, बाकी सब एक बहाव है।

**तीसरा प्रश्नः**

***कल रात आपने विस्तार से समझाया कि किस प्रकार साधक ध्यान के प्रति तीव्र तथा निष्ठापूर्ण प्रयास न करके स्वयं को धोखा देते हैं। लेकिन कई साधक जो निष्ठापूर्वक आपसे ध्यान की विधियों के विषय में पूछते हैं, आप उन्हें सब कुछ आप पर छोड़ देने को कहते हैं, कि आप ही उनके आध्यात्मिक विकास की फिक्र करेंगे। लेकिन कई साधक इस तरह अपने आध्यात्मिक रूपांतरण के प्रति असंतोष का अनुभव करते हैं। इसमें, कृपया समझाएं कि ये साधक किस प्रकार स्वयं को धोखा दे रहे हैं।***

पहली बात, जब वे कोई विधि की मांग करते हैं तो मैं उन्हें विधि देता हूं। यह एक विधि है: सब कुछ मुझ पर छोड़ दो। यह तो सबसे शक्तिशाली विधियों में से एक है। और ऐसा मत समझो कि यह सरल है; यह बहुत कठिन है, कई बार तो असंभव होता है। किसी पर सब छोड़ देना बहुत कठिन होता है।

लेकिन यदि तुम छोड़ सको तो उस समर्पण में ही तुम्हारा अहंकार समाप्त हो जाएगा; उस समर्पण में ही तुम्हारा अतीत समाप्त हो जाएगा; उस समर्पण में ही एक नया सूत्र जन्म लेता है, तुम दूसरे ही हो जाते हो। अब तक तुम अपने अहंकार के साथ जी रहे थे; अब से तुम अहंकार के बिना जीओगे, समर्पण के पथ पर चलोगे।

तो ऐसा मत सोचो कि यह कोई विधि नहीं है। यह एक विधि है, अति मौलिक विधियों में से एक है। और यह मैं हर किसी को नहीं दे देता। यह मैं उन्हीं को देता हूं जो बड़े अहंकारी होते हैं, क्योंकि उनके लिए कोई भी विधि कठिनाई खड़ी करेगी। उनका अहंकार उसका शोषण कर लेगा। वे उससे और अहंकारी हो जाएंगे। वे इस विधि को छोड़कर और कुछ भी साध सकते हैं। लेकिन उस साधने से उनका अहंकार नष्ट नहीं होगा, बल्कि और भी तृप्त हो जाएगा। वे महान 'ध्यानी' बन जाएंगे। वे संसार को त्याग सकते हैं, लेकिन वे कुछ भी करें, उनका अहंकार मजबूत होगा।

तो जब भी मुझे लगता है कि किसी साधक का अहंकार बड़ा सूक्ष्म है और कोई भी विधि उसके लिए विषाक्त होगी, तभी मैं कहता हूं, 'सब कुछ मुझ पर छोड़ दो।' ऐसा नहीं है। कि यह अंत होगा, बल्कि यह तो शुरुआत होगी। और यह उन सब के लिए सही शुरुआत

होगी जो अहंकार-केंद्रित हैं। यदि वे सब कुछ मुझ पर छोड़ सकें तो मैं उन्हें दूसरी विधियां देना शुरू करूंगा—लेकिन तभी। फिर दूसरी विधियां विषाक्त सिद्ध नहीं होंगी। एक बार अहंकार न रहे तो वे विधियां उन्हें रूपांतरित कर देंगी। और यदि उनका समर्पण इतना समग्र हो कि रूपांतरित होने के लिए कुछ बचे ही न तो दूसरी किन्हीं विधियों की जरूरत ही नहीं होगी। यह भी संभव है। और यह उन्हीं के लिए संभव है जो बड़े अहंकारी हैं; केवल वही पूर्णतया समर्पण कर सकते हैं।

यह बड़ा अटपटा, विरोधाभासी लगेगा। लेकिन याद रखो, तुम वही छोड़ सकते हो जो तुम्हारे पास हो। यदि तुम्हारे पास मजबूत अहंकार हो ही नहीं, तो तुम क्या छोड़ोगे? तुम क्या समर्पण करोगे? यह तो एक भिखारी से उसकी सारी संपदा छोड़ने के लिए कहने जैसा है। वह राजी हो जाएगा, वह कहेगा, 'ठीक है।' लेकिन इस 'ठीक है' का कोई अर्थ नहीं है। यह एकदम व्यर्थ है, क्योंकि उसके पास खोने के लिए कुछ नहीं है। और यदि तुम्हारे पास एक मजबूत अहंकार हो, अर्थात एक केंद्रित, सुगठित अहंकार हो तो तुम उसे पूर्णतया छोड़ सकते हो, क्योंकि उसको टुकड़ों में छोड़ना कठिन होगा। वह इतना ठोस और सुगठित होगा कि उसे हिस्सों में छोड़ना कठिन होगा। या तो तुम उसे पूरा ही छोड़ सकते हो या बिलकुल नहीं छोड़ सकते। यह जीवन के अनेक विरोधाभासों में से एक है कि समर्पण के लिए पहले बड़े मौलिक अहंकार का होना जरूरी है।

तो मेरे देखे, एक उचित शिक्षा अहंकारों को मजबूत बनाएगी, एकदम दूसरी अति पर ले जाएगी, जहां उनसे बड़ी पीड़ा पैदा हो जाए; और फिर समर्पण। तभी समर्पण संभव है।

यह मेरा अनुभव रहा है, पश्चिम से आने वाले लोगों का अहंकार पूर्व के लोगों की अपेक्षा बहुत मजबूत होता है, क्योंकि पश्चिम में समर्पण की, निष्ठा की, गुरु और शिष्य की कोई धारणा नहीं है। असल में, पाश्चात्य मन समझ ही नहीं सकता कि गुरु क्या है। और वे इसकी कल्पना ही नहीं कर सकते कि कोई किसी को समर्पण कर सकता है।

पूरी पाश्चात्य शिक्षा, संस्कृति, सभ्यता अहंकार पर, अहंकार-तृप्ति पर आधारित है। और पश्चिमी मनोवैज्ञानिक कहते हैं कि मानसिक रूप से स्वस्थ होने के लिए तुम्हारे पास एक मजबूत अहंकार होना चाहिए। तो सारा पश्चिमी मनोविज्ञान अहंकार को मजबूत करने में सहयोग देता है : बच्चे का अहंकार हर तरह से पुष्ट होना चाहिए, वरना वह मानसिक रूप से रुग्ण हो जाएगा।

लेकिन पूर्वीय धर्म कहते हैं कि जब तक तुम अहंकार को छोड़ न दो, तुम परम सत्य को नहीं जान सकते, तुम नहीं जान सकते कि जीवन का रहस्य क्या है। दोनों विपरीत दिखाई पड़ते हैं, लेकिन हैं नहीं।

मेरे देखे, जो पाश्चात्य प्रशिक्षण है, शुरुआत में वह संसार भर में हर व्यक्ति को मिलना चाहिए। हर व्यक्ति को एक मजबूत अहंकार दिया जाना चाहिए। पैंतीस वर्ष की आयु तक तुम्हें अपने अहंकार के शिखर तक पहुंच जाना चाहिए; पैंतीस वर्ष की आयु में वह अपने शिखर पर होना चाहिए, जितना मजबूत हो सके उतना मजबूत होना चाहिए। केवल तभी समर्पण संभव है।

तो जब भी पश्चिमी साधक मेरे पास आते हैं और मैं उन्हें कहता हूं कि वे सब मुझ पर

छोड़ दें तो वे बड़े हिचकते हैं, झिझकते हैं। और यह असंभव जैसा लगता है। लेकिन कभी-कभी जब समर्पण घटता है तो वे बहुत गहरी अनुभूति को उपलब्ध होते हैं।

पूर्वीय लोगों के साथ समर्पण बहुत कठिन नहीं है। वे तैयार रहते हैं। तुम कहो, 'समर्पण करो, वे कहेंगे, 'हां।' उनकी ओर से जरा भी हिचकिचाहट नहीं होती। उनके कोई बहुत मजबूत, बहुत विकसित अहंकार नहीं होते। वे समर्पण कर सकते हैं, लेकिन वह समर्पण नपुंसक है। वह काम नहीं देगा।

तो लगभग हमेशा ऐसा होता है कि पूर्वीय व्यक्ति को मैं तत्क्षण कोई विधि पकड़ा देता हूं कि इस पर काम करो, ताकि उसके अहंकार को सहयोग मिले। और पाश्चात्य व्यक्ति को मैं हमेशा कहता हूं, 'समर्पण करो।' वे अपने भीतर उस बिंदु तक पहुंच ही चुके हैं इसलिए वे समर्पण कर सकते हैं, उनकी हिचकिचाहट ही बताती है कि वे समर्पण कर सकते हैं। लेकिन उनका समर्पण एक संघर्ष होने वाला है, और जब यह संघर्ष होता है तो साधना बन जाता है। जब संघर्ष होता है तो उसका कुछ अर्थ होता है; वह उन्हें रूपांतरित कर देगा।

तो पहली बात कि जब मैं कहता हूं, 'सब कुछ मुझ पर छोड़ दो,' तो यह एक विधि है; और यह मैं उन्हीं लोगों को कहता हूं जिनके पास बड़े विकसित अहंकार होते हैं।

दूसरी बात : 'लेकिन कई साधक इस तरह से अपने आध्यात्मिक रूपांतरण के प्रति असंतोष का अनुभव करते हैं।'

ठीक है, यही तो लोग हैं जिन्हें मैं कहता हूं, 'समर्पण करो।' वे बहुत असंतुष्ट अनुभव करते हैं। वे कुछ करना चाहते हैं, समर्पण करना नहीं चाहते। मैं जानता हूं कि वे असंतुष्ट होंगे, क्योंकि उनका अहंकार प्रतिरोध करेगा; वह हर तरह से समर्पण न करने का प्रयास करेगा; लेकिन ऐसा होगा ही। उन्हें इस असंतोष से गुजरना पड़ेगा और उन्हें समझना पड़ेगा कि सब कुछ मुझ पर छोड़ देना तो बस एक शुरुआत है। यदि वे यह भी नहीं कर सकते तो अभी मैं उन्हें कोई विधि नहीं दूंगा। वे या तो मुझे छोड़ सकते हैं या सब कुछ मुझ पर छोड़ सकते हैं। कोई और विकल्प नहीं है। एक बार मैंने किसी से कह दिया कि 'सब कुछ मुझ पर छोड़ दो,' तो मैं उसे दूसरी कोई विधि नहीं दूंगा।

मैं जानता हूं कि यह कठिन और दुष्कर होगा, लेकिन इससे गुजरना ही है। जितना कठिन हो, जितना दुष्कर हो, उतना ही बेहतर है, क्योंकि इसका अर्थ है कि उसका अहंकार बहुत मजबूत है और वह संघर्ष कर रहा है। उसे एक न एक दिन आना पड़ेगा—मेरे पास या किसी और के पास, इसका सवाल नहीं है—और उसे समर्पण करना पड़ेगा।

गुरु का सवाल नहीं है; समर्पण का सवाल है। तुम कहां समर्पण करते हो इसका कोई महत्व नहीं है। तुम एक पत्थर के बुद्ध को समर्पण कर सकते हो। वह भी काम देगा। समर्पण तुम्हें रूपांतरित कर देता है। उसका अर्थ है अपने अहंकार को एक ओर रख देना, स्वयं को निर्भार कर लेना; पहली बार जीना; अतीत से नहीं बल्कि वर्तमान में जीना—ताजे, युवा और निर्भार होकर।

और तीसरी बात : 'इसमें, कृपया समझाएं कि ये साधक किस प्रकार स्वयं को धोखा दे रहे हैं।'

वे स्वयं को धोखा दे सकते हैं। वे मुझसे कह सकते हैं, 'हां, हम सब आप पर छोड़ते

हैं,' और सब बचाए रख सकते हैं। वे स्वयं को धोखा दे सकते हैं कि उन्होंने सब समर्पित कर दिया और अपने तरीके से चलते रह सकते हैं। समर्पण कभी आंशिक नहीं हो सकता, केवल समग्र ही हो सकता है; और फिर तुम अपनी धारणाएं, अपनी पसंद और नापसंद नहीं बचा सकते।

ऐसा कुछ ही दिन पहले हुआ। एक आदमी मेरे पास आया और बोला, 'मैं सब आप पर छोड़ दूंगा। आप जो भी कहेंगे, मैं करूंगा।' मैंने उसे कहा, 'जरा धीरे-धीरे दोहराओ।' 'आप जो भी कहेंगे, मैं करूंगा,' उसने दोहरा दिया। मैंने उसे और भी धीरे-धीरे दोहराने को कहा। वह थोड़ा परेशान हो गया और बोला, 'क्यों?' और तब उसे खयाल आया कि मैं धीरे-धीरे दोहराने को क्यों कह रहा था। वह बोला, 'शायद आप सही हैं। मुझे ऐसा नहीं कहना चाहिए, क्योंकि सब आप पर छोड़ देना कठिन है और आप जो कहें उस सबको मानना भी कठिन है।' तो मैंने उसे कहा कि इसे सशर्त बना लो, इसे निश्चित कर लो ताकि तुम बदल न सको। उसने कहा, 'ठीक, जो भी मैं चाहूं, मुझे चुनने की स्वतंत्रता दें।'

इसी तरह तुम धोखा दे सकते हो। भीतर तुम मालिक बने रहते हो; तुम चुनते रहते हो कि क्या करना है और क्या नहीं करना है। और जैसा अक्सर होता है, तुम जो भी चुनोगे गलत ही होगा। क्योंकि जो मन चुन रहा है वह गलत है, नहीं तो मेरे पास आने की कोई जरूरत ही न होती। जब मैं कहता हूं समर्पण करो तो इसका अर्थ है अब तुम नहीं चुनोगे, अब मैं चुनूंगा और तुम अनुसरण करोगे। और यदि तुम पूरी तरह अनुसरण कर सको तो वह दिन दूर नहीं है। जब मैं कहूंगा, 'अब कोई जरूरत नहीं है। अब तुम चुन सकते हो।'

तुम्हें मिटना है : सतह को, झूठे अहंकार को मिटना है। फिर तुम्हारी अपनी सत्ता अस्तित्व में आती है। मैं हमेशा तुम्हें अपने पीछे नहीं चलाऊंगा। यह कोई बड़ा सुखदायी काम नहीं है। जब तुम्हारा अहंकार नहीं रहता तो तुम्हारा अपना गुरु, आंतरिक गुरु अस्तित्व में आता है। बाह्य गुरु और कुछ नहीं आंतरिक गुरु का प्रतिनिधि ही है। एक बार आंतरिक गुरु आ जाए तो बाह्य की आवश्यकता नहीं रहती। और तुम्हारा गुरु स्वयं ही तुम्हें कहेगा, 'अब अपना अनुसरण करो। अकेले चलो। अब तुम्हें किसी के मार्गदर्शन की आवश्यकता नहीं है, आंतरिक मार्गदर्शन शुरू हो गया है। अब तुम्हारे पास अपना अंतर्प्रकाश है। तुम उसके द्वारा देख सकते हो। अब वह तुम्हारा पथ-प्रदर्शक होगा।'

लेकिन अभी, जैसे तुम हो, यह संभव नहीं है। तुम्हारे पास कोई प्रकाश नहीं है। तुम देख नहीं सकते। और तुम्हारा मन जहां भी ले जाएगा वह गलत ही होगा। जन्मों-जन्मों से यह मन तुम्हें चलाता रहा है और हमेशा तुम्हें बंधे-बंधाए ढर्रों में ले जाता रहा है। इसकी पुरानी आदतें हैं और उन्हीं के अनुसार यह तुम्हें चलाता रहा है। मन एक यंत्र है। इस यंत्रवत्ता में अंतराल पैदा करने के लिए समर्पण चाहिए। यदि तुम कुछ दिन के लिए भी किसी को समर्पण कर सको तो तुम्हारे वर्तमान और अतीत के बीच एक अंतराल आ जाएगा। एक नई शक्ति तुममें प्रवेश कर जाएगी। अब तुम अतीत से सातत्य नहीं रख सकते; जैसे तुम हमेशा से रहते आए हो, अब वैसे नहीं रह सकते। एक परिवर्तन होगा। इसी अंतराल का अर्थ है समर्पण।

लेकिन तुम धोखा दे सकते हो। तुम कह सकते हो, 'हां, मैं समर्पण करता हूं,' और हो सकता है तुमने समर्पण न किया हो। या हो सकता है तुम सोचते हो कि तुमने समर्पण कर

दिया है, पर अचेतन रूप से तुम संघर्ष कर रहे हो। केवल समर्पण में ही नहीं, बल्कि हर जगह जहां 'लेट गो' की, अपने को छोड़ने की जरूरत होती है, हम संघर्ष करते हैं।

पश्चिम में यौन के विषय पर बड़ी शोध चलती है, क्योंकि लोग गहन काम-शिखर में कम सक्षम होते जा रहे हैं। वे यौन में तो उतरते हैं लेकिन उससे कोई आनंद नहीं मिलता। यह बड़ा उबाने वाला कृत्य हो गया है। वे बस परेशान होते हैं, कमजोर अनुभव करते हैं। और फिर यह एक नित्यकर्म रह जाता है। उन्हें पता ही नहीं होता कि करना क्या है। काम-शिखर में जो महत्वपूर्ण है, वह है गहन आनंद। और यदि वही न मिले तो सब व्यर्थ है और निरर्थक है। और हानिकारक भी है।

मनोविज्ञान की कई शाखाएं इस प्रश्न पर खोज कर रही हैं : 'मनुष्य को क्या हो गया है? वह यौन में काम-शिखर को उपलब्ध क्यों नहीं होता ? इतना असंतोष क्यों है?'

सभी शोधकर्ता यही इंगित करते हैं कि इसका कारण है मनुष्य समर्पण नहीं कर पाता, इसीलिए वह काम-शिखर को उपलब्ध नहीं हो पाता। प्रेम करते समय, गहन संभोग के क्षण में भी तुम्हारा मन नियंत्रण करता रहता है। तुम नियंत्रण करते रहते हो। तुम अपने को छोड़ते नहीं। तुम छोड़ने से डरते हो, क्योंकि यदि तुम यौन-ऊर्जा को अनियंत्रित होने दो तो तुम्हें पता नहीं कि वह तुम्हें कहां ले जाएगी। तुम पागल हो सकते हो, तुम मर भी सकते हो। यही भय है। तो तुम नियंत्रण करते रहते हो। तुम अपने शरीर को नियंत्रित करते रहते हो।

मन का यह नियंत्रण पूरे शरीर को ऊर्जा का एक बहाव नहीं बनने देता। फिर यौन एक स्थानीय प्रक्रिया बन जाता है, पूरा शरीर उसमें संलग्न नहीं होता, पूरा शरीर एक अंतर्नृत्य में भाग नहीं लेता; और आनंद का क्षण चूक जाता है। तुम बस ऊर्जा खो देते हो और पाते कुछ भी नहीं, विक्षोभ ही होता है।

तो मनोवैज्ञानिक कहते हैं कि तुम तब तक काम-शिखर उपलब्ध नहीं कर पाओगे, जब तक गहन 'अनियंत्रण' में न होओ; जब तक मन न मिट जाए और अहंकार न मिट जाए; जब तक शरीर अपनी ऊर्जा, अपने वेग द्वारा नियंत्रण न ले ले और अपने अचेतन स्रोतों द्वारा प्रवाहित न होने लगे; जब तक 'तुम' न मिट जाओ। वह आनंद तुम्हें उस परम आनंद की झलक दे सकता है जो परमात्मा के प्रति, अस्तित्व के प्रति तुम्हारे अहंकार के संपूर्ण समर्पण से घटित होता है।

समाधि—समस्त योग और तंत्र का जो परम लक्ष्य है—एक गहन संभोग है प्रकृति के साथ, अस्तित्व के साथ। गुरु तो बस तुम्हें उस स्थिति में ले आने का प्रयास कर रहा है जहां तुम कम से कम अपने अहंकार का समर्पण कर सको। फिर तुम्हारे और तुम्हारे गुरु के बीच एक गहन आनंद घटित होगा। जहां भी 'अनियंत्रण होता है, आनंद घटता है—यह नियम है।

तो यदि तुम किसी गुरु के प्रति समर्पण कर सकते हो तो किसी की मत सुनो। यदि सारा संसार भी कहे कि यह गुरु गलत है तो मत सुनो। यदि तुम समर्पण कर सकते हो तो यह गुरु सही है। उसके द्वारा तुम एक आनंदपूर्ण क्षण उपलब्ध कर पाओगे। और यदि सारा संसार भी कहे कि यह गुरु सही है और तुम उसको समर्पण न कर पाओ तो वह तुम्हारे लिए बेकार है। तो जहां भी तुम्हें समर्पण का भाव उठे, वहीं तुम्हारा गुरु है।

ऐसी जगह खोजो, ऐसे व्यक्ति को खोजो जिसकी उपस्थिति में तुम समर्पण कर सको,

जिसकी उपस्थिति में तुम एक क्षण के लिए भी अपने मन को छोड़ सको। एक बार बाहर से यह बल तुममें प्रवेश कर जाए तो तुम्हारा मार्ग बदल जाएगा, तुम्हारा जीवन एक नयी दिशा ले लेगा।

तुम स्वयं को धोखा दे सकते हो : तुम सोचते रह सकते हो कि तुमने समर्पण कर दिया है, लेकिन भीतर से तुम अच्छी तरह जानते हो कि तुमने समर्पण नहीं किया है। और याद रखोः तुम गुरु को धोखा नहीं दे सकते; वह जानता है। और जब तक वास्तव में ही समर्पण नहीं हो जाता वह आग्रह करता रहेगा। तुम तरकीब कर सकते हो, कोई चाल चल सकते हो, लेकिन गुरु को धोखा नहीं दे सकते। तुम अपना सिर उसके चरणों में रख सकते हो, लेकिन उसका कोई अर्थ नहीं होगा। हो सकता है यह बस एक झूठा भाव हो, तुम बिलकुल भी न झुक रहे होओ। लेकिन यदि झुकना सच में ही हो जाए तो गुरु काम कर सकता है।

तो जब भी मैं कहता हूं, 'समर्पण करो,' या 'मुझ पर छोड़ दो और मैं देख लूंगा, तो मेरा यही तात्पर्य है। मैं जो भी कहता हूं मेरा बिलकुल वही तात्पर्य होता है। मैं तुम्हारे भीतर एक अंतराल पैदा करना चाहता हूं, अतीत से एक अलगाव पैदा करना चाहता हूं। एक बार अंतराल आ जाएं तो देर-अबेर तुम अपने पैरों पर चल पाओगे। लेकिन उससे पहले, यदि तुम अपने आप चले तो वही अतीत की कहानी दोहराते रहोगे। कुछ नया संभव नहीं होगा। नए के लिए, नए पथ पर चलाने के लिए कुछ बाहर से तुममें प्रवेश करना चाहिए।

**अंतिम प्रश्नः**

***आपने कहा कि जीसस को पता नहीं था कि पृथ्वी गोल है। जो ईसाई यह मानते हैं कि जीसस परमात्मा थे, उनको यह बड़ा अजीब लगता है। क्या ऐसा संभव नहीं है कि जीसस जैसा बुद्ध पुरुष, जिसे गुह्य विज्ञान का ज्ञान हो उसे ग्रहों और, ब्रह्मांड और आकाशीय तत्वों के अंतर्संबंध का खगोलीय और नक्षत्रीय ज्ञान भी हो ? कृपया समझाएं ।***

नहीं, जीसस का उसमें कोई रस नहीं था। जब जीसस ने कहा कि पृथ्वी चपटी है तो वह उसी जानकारी का उपयोग कर रहे थे जो उन दिनों प्रचलित थी। उन्हें इसमें कोई ररा नहीं था कि पृथ्वी चपटी है या गोल है; यह उनके लिए निरर्थक था। उन्हें उन लोगों में ज्यादा रस था जो 'चपटी' या 'गोल' पृथ्वी पर रह रहे थे।

यह बात समझने जैसी है। जीसस के लिए इन बातों की चर्चा करना बिलकुल व्यर्थ है। इससे क्या अंतर पड़ता है? उदाहरण के लिए भूगोल की पुस्तकों से तुम जानते हो कि पृथ्वी गोल है। यदि तुम्हारी भूगोल की पुस्तकें यह सिखातीं कि पृथ्वी चपटी है, जैसे वे पहले सिखाती थीं, तो उससे तुम्हें क्या फर्क पड़ जाएगा? क्या तुम कोई बेहतर आदमी हो जाओगे? क्या तुम 'चपटी' पृथ्वी पर या 'गोल' पृथ्वी पर ज्यादा ध्यानी हो जाओगे? इससे तुम्हारी आत्मा में और तुम्हारी चेतना की गुणवत्ता में क्या अंतर पड़ेगा? यह असंगत है।

जीसस को तुम्हारी चेतना में रस था और वह व्यर्थ में उन चीजों पर विवाद नहीं करते जो असार हैं। केवल प्रज्ञाहीन लोग बेकार की चीजों में घिसटते रहते हैं। यदि तुम जीसस को बताते कि पृथ्वी गोल है तो वह हाँ कह देते। उन्हें इससे कोई फर्क न पड़ता, क्योंकि इसमें

उनका रस ही नहीं है। यह प्रचलित धारणा थी कि पृथ्वी चपटी है। और वास्तव में, साधारण मन के लिए, पृथ्वी अभी भी चपटी है। चपटी दिखाई पड़ती है। गोलाई तो एक वैज्ञानिक तथ्य है, लेकिन जीसस कोई वैज्ञानिक नहीं थे।

उदाहरण के लिए, मैं जानता हूं यह एक वैज्ञानिक तथ्य है कि सूर्य न कभी उगता है न अस्त होता है। पृथ्वी घूम रही है, सूर्य नहीं घूम रहा। लेकिन फिर भी मैं 'सूर्यास्त' और 'सूर्योदय' शब्दों का उपयोग करता हूं। सूर्योदय मूलतः गलत है। शब्द ही गलत है, क्योंकि सूर्य कभी उदय ही नहीं होता। सूर्यास्त गलत है, सूर्य कभी 'अस्त' नहीं होता। तो दो हजार वर्ष बाद कोई कह सकता है कि यह व्यक्ति संबुद्ध नहीं था क्योंकि वह कहता था 'सूर्य उदय होता है'—'सूर्योदय', 'सूर्यास्त'। क्या उसे ये छोटी-छोटी बातें भी नहीं पता थीं?

लेकिन यदि मुझे हर शब्द बदलना पड़े तो मैं व्यर्थ संघर्ष करूंगा और उससे किसी की सहायता नहीं होगी। जीसस ने तो बस प्रचलित जानकारी का उपयोग किया, और प्रचलित धारण यह थी कि पृथ्वी चपटी है। उन्हें इससे कोई मतलब न था। यदि आज वे यहां होते तो कहते कि पृथ्वी गोल है।

लेकिन यह भी एकदम वैज्ञानिक नहीं है, क्योंकि पृथ्वी बिलकुल गोल नहीं है। अब वे कहते हैं कि यह बिलकुल गोल नहीं है, अंडे जैसी है। अंडे जैसा आकार है। लेकिन कौन जानता है? कल हो सकता है वे बदल जाएं और कहें कि ऐसा नहीं है। विज्ञान तो बदलता जाता है, क्योंकि जैसे-जैसे यह ज्यादा सही होता है, ज्यादा जानकारी उपलब्ध करता है, ज्यादा तथ्य पता चलते हैं, ज्यादा प्रयोग होते हैं, तो चीजें बदल जाती हैं। लेकिन जीसस या बुद्ध जैसे व्यक्ति को इन बातों से कोई प्रयोजन नहीं है।

एक बात याद रखो : विज्ञान की तथ्यों में रुचि है, धर्म का सत्य में रस है। तथ्यों में उसका रस नहीं है, सत्य में रस है। तथ्य तो विषयों के संबंध में होते हैं, सत्य तुम्हारे संबंध में, तुम्हारी चेतना के संबंध में है। तो हर बुद्ध पुरुष को तथ्यों के बारे में प्रचलित जानकारी का उपयोग करना पड़ता है। लेकिन जीसस या बुद्ध के बारे में तुम्हें उससे निर्णय नहीं लेना चाहिए। तुम गलत ढंग से निर्णय ले रहे हो। उनके बारे में निर्णय उसी से लिया जा सकता है। जो उन्होंने सत्य के संबंध में, मानव चेतना के आंतरिक सत्य के संबंध में कहा है। उस संबंध में वे हमेशा बिलकुल सही होते हैं, चाहे उनकी भाषाएं अलग हों।

बुद्ध एक भाषा में बोलते हैं, जीसस अलग भाषा में बोलते हैं, कृष्ण किसी और भाषा में बोलते हैं। वे अलग-अलग जानकारी का उपयोग करते हैं, अलग-अलग विधियों, उपायों का प्रयोग करते हैं, लेकिन उनकी देशना का केंद्र बिंदु एक ही है। और वह है—यदि तुम मुझे कहने दो तो—कि पूर्ण बोध को कैसे उपलब्ध हुआ जाए।

बोध सभी बुद्ध पुरुषों की मौलिक देशना है। वे कई गाथाओं, विधियों, उपायों, प्रतीकों, पुराण-कथाओं का उपयोग करते हैं, पर वे सब असंगत हैं। तुम चाहो तो उन्हें बाहर छोड़ दो, उन्हें एक ओर रख दो, लेकिन मूल केंद्र को बचा लो। सभी जाग्रत पुरुषों का मूल केंद्र बोध ही है।

तो जीसस अपने शिष्यों को बताते हैं कि कैसे और सजग हुआ जाए, मूर्च्छित नहीं हुआ जाए, सपनों में न खोएं, बल्कि कैसे होशपूर्ण, बोधपूर्ण हुआ जाए।

वह एक गाथा कहा करते थे। वह कहते थे एक बार ऐसा हुआ, एक बड़ा भूपति, एक बड़ा जमींदार, एक बड़ा धनी व्यक्ति दूर की यात्रा पर गया। उसने अपने नौकरों से कहा कि वे सदैव सजग रहें, क्योंकि वह किसी भी दिन, किसी भी क्षण वापस आ जाएगा। और जब भी वह वापस आए, घर उसके स्वागत के लिए तैयार रहे। वह किसी भी क्षण वापस आ सकता था। नौकरों को सजग रहना पड़ता, वे सो भी नहीं सकते थे। रात को भी उन्हें सजग रहना पड़ता, क्योंकि वह किसी भी क्षण आ सकता था।

जीसस कहा करते थे कि तुम्हें हर क्षण सजग रहना है, क्योंकि परमात्मा किसी भी क्षण तुममें उतर सकता है। हो सकता है तुम चूक जाओ। यदि परमात्मा तुम्हारे द्वार खटखटाए और तुम गहरी नींद में सोए हुए हो तो तुम चूक सकते हो। तुम्हें सजग रहना है। अतिथि किसी भी क्षण आ सकता है। और अतिथि तुम्हें पहले से नहीं बताएगा कि वह आ रहा है।

जीसस कहते थे कि उस गृहपति के नौकरों की भांति सतत सजग रहो, जागरूक, प्रतीक्षारत, साक्षी रहो; क्योंकि परमात्मा किसी भी क्षण तुममें प्रवेश कर सकता है। और यदि तुम सजग नहीं हो, वह आएगा, द्वार खटखटाएगा और वापस चला जाएगा। और हो सकता है फिर वह क्षण जल्दी न आए; कोई नहीं जानता कि कितने जन्म लग जाएं जब परमात्मा दोबारा तुम्हारे द्वार पर दस्तक दे। और यदि तुम सोने के आदी हो गए हो तो हो सकता है कि वह दस्तक तुम कई बार पहले भी चूके हो और बार-बार चूकते रहो।

सजग रहो। यही मूल केंद्र है। बाकी सब तो बस इस केंद्र तक पहुंचने के लिए उपयोगी होता है। तो बस यह कहने से कि पृथ्वी चपटी है, जीसस प्रज्ञाहीन नहीं हो जाते। और बस यह जानने से कि पृथ्वी गोल है, तुम प्रज्ञावान नहीं हो जाते। यह इतना आसान नहीं है।

आज इतना ही।

75

# विपरीत ध्रुवों में लय की खोज

# सूत्र

१०२. अपने भीतर तथा बाहर एक साथ आत्मा की कल्पना करो, जब तक कि संपूर्ण अस्तित्व आत्मवान न हो जाए।

१०३. अपनी संपूर्ण चेतना से कामना के, जानने के आरंभ में हो, जानो।

१०४. हे शक्ति, प्रत्येक आभास सीमित है, सर्वशक्तिमान में विलीन हो रहा है।

१०५. सत्य में रूप अविभक्त हैं। सर्वव्यापी आत्मा तथा तुम्हारा अपना रूप अविभक्त हैं। दोनों को इसी चेतना से निर्मित जानो।

# महाकवि

वाल्ट व्हिटमैन ने कहा है, 'मैं अपना ही विरोध करता हूं क्योंकि मैं विशाल हूं। मैं अपना ही विरोध करता हूं क्योंकि मैं सब विरोधों को समाहित करता हूं, क्योंकि मैं सब कुछ हूं।' शिव के संबंध में, तंत्र के संबंध में भी यही कहा जा सकता है। तंत्र है। विरोधों के बीच, विरोधाभासों के बीच लय की खोज। विरोधाभासी, विरोधी दृष्टिकोण तंत्र में एक हो जाते हैं। इसे गहराई से समझना पड़ेगा, तभी तुम समझ पाओगे कि इसमें इतनी विरोधाभासी, इतनी भिन्न विधियां क्यों हैं।

जीवन है विरोधों के बीच एक लयबद्धताः पुरुष और स्त्री, विधायक और निषेधात्मक, दिन और रात, जन्म और मृत्यु। इन दो विरोधों के बीच जीवन की धारा बहती है। किनारे विरोधी ध्रुव हैं। वे विरोधाभासी दिखाई पड़ते हैं, पर वे हैं सहयोगी। विरोध का वह आभास झूठ है। जीवन, विरोधी ध्रुवों के बीच लय के बिना नहीं रह सकता। और जीवन में सब समाहित है।

तंत्र न इसका है, न उसका है; तंत्र सबका है। असल में तंत्र का अपना कोई दृष्टिकोण ही नहीं है। जितने भी दृष्टिकोण हो सकते हैं सब इसमें समाहित हैं। यह विशाल है। तंत्र अपना ही विरोध कर सकता है क्योंकि इसमें सब समाहित है; यह आंशिक नहीं है, पूर्ण है। इसीलिए सुंदर है।

सभी आंशिक दृष्टिकोण असुंदर होंगे ही; वे सुंदर नहीं हो सकते, क्योंकि विरोधी ध्रुवों को समाहित नहीं करते। हो सकता है वे तर्कयुक्त और तर्कसंगत हों, लेकिन जीवंत नहीं हो सकते। जहां भी जीवन है, अपने विरोधी ध्रुव के कारण है। जीवन अकेला नहीं हो सकता, विरोधी ध्रुव अनिवार्य है।

ग्रीक पुराणों में दो देवता एकदम विपरीत हैं : अपोलो और डायोनीशियस। अपोलो व्यवस्था का, अनुशासन का, पुण्य का, आदर्श का, सभ्यता का देवता है; और डायोनीशियस अव्यवस्था, अराजकता, स्वतंत्रता और प्रकृति का देवता है। दोनों एकदम विपरीत हैं। लगभग सभी धर्म अपोलोनियन दृष्टिकोण पर आधारित हैं। वे तर्क में विश्वास करते हैं, व्यवस्था में

विश्वास करते हैं, पुण्य में विश्वास करते हैं, साधना में, नियंत्रण में विश्वास करते हैं। असल में वे अहंकार में विश्वास करते हैं।

लेकिन तंत्र बुनियादी रूप से भिन्न है : इसमें दोनों समाहित हैं। इसमें डायोनीशियन दृष्टिकोण भी सम्मिलित है। यह प्रकृति में विश्वास करता है, अराजकता में विश्वास करता है, हंसने और नाचने और गाने में विश्वास करता है; यह केवल गंभीर ही नहीं है, यह दोनों है। यह गंभीर और गैर-गंभीर दोनों है।

नीत्शे अपने एक पत्र में लिखता है, 'मैं केवल एक नाचते हुए परमात्मा में विश्वास कर सकता हूं।'

वह कोई नाचता हुआ परमात्मा नहीं खोज पाया। यदि वह शिव के विषय में कुछ जानता होता तो उसके जीवन की पूरी कहानी ही बिलकुल दूसरी होती। शिव नाचते हुए परमात्मा हैं। नीत्शे केवल ईसाई परमात्मा के विषय में जानता था। वही एकमात्र धारणा उसे पता थी, जो बहुत गंभीर है।

कई बार तो ईसाई परमात्मा की गंभीरता बड़ी अटपटी, बड़ी बचकानी लगती है, क्योंकि उसमें विरोधी ध्रुव का इनकार है। तुम ईसाई परमात्मा की नाचते हुए कल्पना नहीं कर सकते। असंभव! नाचना तो बड़ा लौकिक मालूम होता है। और तुम ईसाई परमात्मा की हंसते हुए कल्पना नहीं कर सकते—या कि कर सकते हो? यह असंभव है। ईसाई परमात्मा हंस नहीं सकता। हंसना तो बड़ा लौकिक लगेगा। ईसाई परमात्मा गंभीरता की आत्मा है, और नीत्शे उसमें विश्वास नहीं कर सका।

और मैं सोचता हूं कि ऐसे परमात्मा में कोई भी विश्वास नहीं कर सकता, क्योंकि वह आधा है, पूरा नहीं है। बिली ग्राहम जैसे लोग ही उसमें विश्वास कर सकते हैं। बिली ग्राहम ने बड़ी गंभीरता से कहीं कहा है कि जब तुम अश्लील पत्रिकाएं पढ़ रहे हो तो याद रखना परमात्मा तुम्हें देख रहा है। यह तो मूढ़ता लगती है। तुम अश्लील पत्रिका पढ़ रहे हो और परमात्मा तुम्हें अश्लील पत्रिका पढ़ते हुए देख रहा है। यह धारणा मूढ़तापूर्ण है। यह मूढ़तापूर्ण है, क्योंकि इसमें विरोधी ध्रुव समाहित नहीं है।

यदि विरोधी ध्रुव का निषेध हो जाएं तो तुम मूढ़ और मुर्दा हो जाओगे। लेकिन यदि तुम बिना किसी विरोधाभास के विरोधी ध्रुवों में गति कर सको, यदि तुम गंभीर हो सको और हंस भी सको, यदि तुम बुद्ध की तरह बैठ सको और कृष्ण की तरह नाच सको और इन दोनों के बीच कोई स्वाभाविक विरोध न हो—तुम आसानी से बुद्ध से कृष्ण होने की ओर गति कर सको—यदि तुम ऐसा कर सको तो तुम जीवंत रहोगे। और यदि तुम यह कर सको तो तुम तांत्रिक होओगे, क्योंकि तंत्र बुनियादी खोज है उस लयबद्धता की जो विरोधों के बीच होती है, उस धारा की जो विरोधों के बीच बहती है।

तो तंत्र हर संभव विधि पर कार्य किए चला जाता है। तंत्र किसी एक के लिए नहीं है, सबके लिए है। तंत्र से हर तरह का मन तरंगायित हो सकता है। हर तरह का मन ईसाई नहीं हो सकता, हर तरह का मन बौद्ध नहीं हो सकता। एक विशेष तरह का मन बुद्ध से आकर्षित होगा, एक विशेष तरह का मन जीसस से, एक विशेष तरह का मन मोहम्मद से। शिव में सब समाहित है। शिव हर तरह के मन को आकर्षित कर सकते हैं। इसमें समग्र को, संपूर्ण को

समाहित किया गया है, यह कोई आंशिक दृष्टिकोण नहीं है।

यही कारण है कि तंत्र का कोई संप्रदाय नहीं है। तुम संपूर्ण के आस-पास कोई संप्रदाय खड़ा नहीं कर सकते, अंश के आस-पास ही संप्रदाय खड़ा कर सकते हो। संपूर्ण को तो तुम जी सकते हो, लेकिन कोई संप्रदाय नहीं बना सकते। संप्रदाय तो तभी बन सकता है। जब तुम किसी चीज के पक्ष में होओ और किसी चीज के विपक्ष में। यदि दोनों ही विरोधी ध्रुव समाहित हों तो तुम सांप्रदायिक मन कैसे रख सकते हो? तंत्र सारभूत धर्म है, कोई संप्रदाय नहीं। इसीलिए इतनी विधियां हैं।

लोग मेरे पास आकर पूछते रहते हैं, 'इतनी विधियां हैं और एक विधि दूसरी का विरोध करती है?'

हां, एक विधि दूसरी विधि का विरोध करती है क्योंकि ये किसी विशेष मन के लिए नहीं हैं। इन एक सौ बारह विधियों में हर तरह के लोगों को, हर तरह के संभावित लोगों को समाहित कर लिया गया है। तो कृपया सारी विधियों की ओर ध्यान मत दो, नहीं तो तुम उलझन में पड़ोगे। तुम तो बस वही ढूंढ लो जो तुम्हें रास आए, जो तुम्हें आकर्षित करे। उसकी ओर तुम एक गहन समानुभूति, एक आकर्षण अनुभव करोगे; उसके तुम प्रेम में पड़ जाओगे। फिर बाकी एक सौ ग्यारह विधियों को भूल जाओ। उन्हें भूल ही जाओ। तुम तो बस उसी को पकड़े रहो जो तुम पर काम करे।

इन एक सौ बारह विधियों में केवल एक विधि तुम्हारे लिए है। यदि तुम कई विधियों का उपयोग करोगे तो उलझन में पड़ोगे, क्योंकि इतनी विधियों के उपयोग के लिए तुम्हें बड़े विशाल मन की जरूरत पड़ेगी जो विरोधाभासों को पचा सके। अभी तो ऐसा संभव नहीं है। शायद किसी दिन संभव हो जाए। तुम इतने समग्र, इतने संपूर्ण हो सकते हो कि कई विधियों के साथ एक साथ यात्रा कर सको। फिर कोई समस्या नहीं होगी। लेकिन फिर कोई जरूरत भी न रहेगी! अभी जरूरत है। तो अपनी विधि खोज लो।

तुम्हें कौन सी विधि रास आएगी यह जानने में मैं तुम्हारा सहयोगी हो सकता हूं। और यदि तुम्हें लगे कि जो विधि तुम्हें रास आ रही है, दूसरी विधियां उसके विरोध में हैं, तो उनके बारे में मत सोचो। वे विरोधाभासी हैं। लेकिन वे तुम्हारे लिए नहीं हैं। कम से कम अभी तो वे तुम्हारे लिए नहीं हैं। किसी दिन यह संभव हो सकता है, जब तुम्हारे भीतर अहंकार न रहे, कि तुम बिना किसी समस्या के विरोधी ध्रुव पर जा सको। अहंकार समस्या खड़ी करता है। वह एक जगह रुक जाता है, किसी चीज को पकड़ लेता है; अहंकार तरल नहीं है, बह नहीं सकता। और शिव हर दिशा में बह रहे हैं।

तो याद रखो, इन विधियों के बारे में सोचने मत लगो कि यह विधि उसके विपरीत है। शिव कोई व्यवस्था खड़ी करने की कोशिश नहीं कर रहे हैं, वह कोई व्यवस्थापक नहीं हैं। शिव बिना किसी व्यवस्था के सब विधियां दे रहे हैं। उन्हें व्यवस्था में नहीं बांधा जा सकता, क्योंकि व्यवस्था का अर्थ है विरोधाभासों का, विरोधों का निषेध। और यहां सभी विरोधी ध्रुव समाहित हैं। यह अपोलो और डायोनीशियस दोनों है; गंभीर और हंसता हुआ दोनों है; अंतरस्थ और पार दोनों है: लौकिक और अलौकिक दोनों है; क्योंकि यह सब कुछ है।

अब हम विधियों में प्रवेश करें।

पहली विधिः

*अपने भीतर तथा बाहर एक साथ आत्मा की कल्पना करो, जब तक कि संपूर्ण अस्तित्व आत्मवान न हो जाए।*

पहले तो तुम्हें समझना है कि कल्पना क्या है। आजकल बहुत ही निंदित शब्द है यह। जैसे ही 'कल्पना' शब्द सुनते हो, तुम कहते हो यह तो व्यर्थ है, हम कुछ वास्तविकता चाहते हैं, काल्पनिक नहीं। लेकिन कल्पना तुम्हारे भीतर की एक वास्तविकता है, एक क्षमता है, एक संभावना है। तुम कल्पना कर सकते हो, इससे पता चलता है कि तुम्हारे प्राण कल्पना करने में सक्षम हैं। यह क्षमता एक वास्तविकता है। इस कल्पना के द्वारा तुम स्वयं को नष्ट कर सकते हो और स्वयं को निर्मित भी कर सकते हो। यह तुम पर निर्भर करता है। कल्पना बहुत शक्तिशाली क्षमता है। यह छिपी हुई शक्ति है।

कल्पना क्या है? यह किसी धारणा में इतना गहरे चले जाना है कि वह धारणा ही वास्तविकता बन जाए। उदाहरण के लिए, तुमने एक विधि के बारे में सुना होगा जो तिब्बत में प्रयोग होती है। वे उसे ऊष्मा-योग कहते हैं। सर्द रात है, बर्फ गिर रही है और तिब्बतन लामा खुले आकाश के नीचे नग्न खड़ा हो जाएगा। तापमान शून्य से नीचे है। तुम तो मरने ही लगोगे, जम जाओगे। लेकिन लामा एक विधि का अभ्यास कर रहा है। विधि यह है कि वह कल्पना कर रहा है कि उसका शरीर एक लपट है और उसके शरीर से पसीना निकल रहा है। और सच ही उसका पसीना बहने लगता है जब कि तापमान शून्य से नीचे है और खून तक जम जाना चाहिए। उसका पसीना बहने लगता है। क्या हो रहा है? यह पसीना वास्तविक है, उसका शरीर वास्तव में गर्म है, लेकिन यह वास्तविकता कल्पना से पैदा की गई है।

तुम कोई सरल सी विधि करके देखो, ताकि तुम महसूस कर सको कि कल्पना से वास्तविकता कैसे पैदा की जा सकती है। जब तक तुम यह महसूस न कर लो, तुम इस विधि का उपयोग नहीं कर सकते। जरा अपनी धड़कन को गिनो। बंद कमरे में बैठ जाओ और अपनी धड़कन को गिनो। और फिर पांच मिनट के लिए कल्पना करो कि तुम दौड़ रहे हो। कल्पना करो कि तुम दौड़ रहे हो, गर्मी लग रही है, तुम गहरी श्वास ले रहे हो, तुम्हारा पसीना निकल रहा है और तुम्हारी धड़कन बढ़ रही है। पांच मिनट यह कल्पना करने के बाद फिर अपनी धड़कन गिनो। तुम्हें अंतर पता चलेगाः तुम्हारी धड़कन बढ़ जाएगी। यह तुमने कल्पना करके ही कर लिया, तुम वास्तव में दौड़ नहीं रहे थे।

प्राचीन तिब्बत में बौद्ध भिक्षु कल्पना द्वारा ही शारीरिक अभ्यास किया करते थे। और वे विधियां आधुनिक मनुष्य के लिए बड़ी सहयोगी हो सकती हैं, क्योंकि सड़कों पर दौड़ना अब कठिन है, दूर तक घूमने जाना कठिन है, कोई निर्जन जगह खोज पाना कठिन है। तुम बस अपने कमरे में फर्श पर लेट कर एक घंटे के लिए यह कल्पना कर सकते हो कि तुम तेजी से चल रहे हो। कल्पना में ही चलते रहो। और अब तो चिकित्सा विशेषज्ञ कहते हैं कि उसका प्रभाव सच में चलने के समान ही होगा। एक बार तुम अपनी कल्पना से लयबद्ध हो जाओ तो शरीर काम करने लगता है।

तुम पहले ही कितने ऐसे काम कर रहे हो जो तुम्हें पता नहीं तुम्हारी कल्पना कर रही है। कई बार तुम कल्पना से ही कई बीमारियां पैदा कर लेते हो। तुम कल्पना करते हो कि फलां

बीमारी, जो संक्रामक है, सब ओर फैली हुई है। तुम ग्रहणशील हो गए, अब पूरी संभावना है। कि तुम बीमार पड़ोगे। और वह बीमारी वास्तविक होगी। लेकिन वह कल्पना से निर्मित हुई है। कल्पना एक शक्ति है, एक ऊर्जा है और मन उससे चलता है। और जब मन उससे चलता है। तो शरीर अनुसरण करता है।

अमेरिका के एक यूनिवर्सिटी होस्टल में एक बार ऐसा हुआ कि चार विद्यार्थी सम्मोहन का प्रयोग कर रहे थे। सम्मोहन और कुछ नहीं कल्पना-शक्ति ही है। जब तुम किसी व्यक्ति को सम्मोहित करते हो तो वास्तव में वह गहन कल्पना में चला जाता है और तुम जो भी सुझाव देते हो, वह होने लगता है। तो जिस लड़के को उन्होंने सम्मोहित किया हुआ था, उसे कई सुझाव दिए। चार लड़कों ने एक लड़के पर सम्मोहन का प्रयोग किया। उन्होंने कई बातें करके देखीं, वे जो भी कहते, लड़का तत्क्षण अनुसरण करता। जब वे कहते, 'कूदो', तो लड़का कूदने लगता। जब वे कहते, 'रोओ', तो लड़का रोने लगता। जब उन्होंने कहा, 'तुम्हारी आंखों से आंसू गिर रहे हैं, तो उसके आंसू बहने लगे। फिर बस एक मजाक की तरह उन्होंने कहा, 'अब तुम लेट जाओ। तुम मर गए! और लड़का लेट गया और मर गया।

यह उन्नीस सौ बावन में हुआ। इसके बाद अमेरिका में उन्होंने सम्मोहन के विरुद्ध कानून बना दिया। जब तक कोई शोध-कार्य न चलता हो कोई सम्मोहन का प्रयोग न करे; जब तक कि कोई मेडिकल इंस्टीट्यूट, या किसी यूनिवर्सिटी का मनोविज्ञान विभाग तुम्हें अधिकृत न करे, तुम कोई प्रयोग नहीं कर सकते। वरना तो यह बड़ा खतरनाक है, उस लड़के ने तो बस विश्वास किया, कल्पना की कि वह मर गया है और वह मर गया।

यदि कल्पना से मृत्यु हो सकती है तो जीवन, अधिक जीवन क्यों नहीं मिल सकता।

यह विधि कल्पना-शक्ति पर आधारित है : 'अपने भीतर तथा बाहर एक साथ आत्मा की कल्पना करो, जब तक कि संपूर्ण अस्तित्व आत्मवान न हो जाए।

बस किसी निर्जन स्थान पर बैठ जाओ जहां तुम्हें कोई परेशान न करे, किसी एकांत कमरे से काम चलेगा। और यदि तुम कहीं बाहर जा सको तो बेहतर होगा, क्योंकि जब तुम प्रकृति के समीप होते हो तो अधिक कल्पनाशील होते हो। जब तुम्हारे आस-पास बस मनुष्य निर्मित चीजें होती हैं तो तुम कम कल्पनाशील होते हो। प्रकृति स्वप्न देख रही है और तुम्हे स्वप्न देखने की शक्ति देती है। अकेले तुम अधिक कल्पनाशील हो सकते हो।

इसीलिए तो तुम जब अकेले होते हो तो डरते हो। ऐसा नहीं है कि कोई भूत तुम्हें परेशान करेंगे, लेकिन तुम्हारी कल्पना काम कर सकती है। और तुम्हारी कल्पना भूत या जो भी तुम चाहो, पैदा कर सकती है। जब तुम अकेले होते हो तो तुम्हारी कल्पना की संभावना अधिक होती है; जब कोई और साथ होता है तो तुम्हारी बुद्धि नियंत्रण में होती है, क्योंकि बुद्धि के बिना तुम दूसरों से नहीं जुड़ सकते। जब कोई दूसरा साथ होता है तो मन काम करता रहता है। जब और कोई भी नहीं होता तो मन विश्राम करता है और तुम प्राणों के गहरे कल्पनाशील तलों की ओर लौट जाते हो। जब तुम अकेले होते हो, कल्पना काम करने लगती है।

इंद्रियगत संवेदनाओं के अभाव पर बहुत से प्रयोग किए गए हैं। यदि किसी व्यक्ति को सभी संवेदनात्मक उत्तेजनाओं से वंचित कर दिया जाए—तुम्हें किसी साउंड-प्रूफ कमरे में बंद

कर दिया जाए जिसमें कोई प्रकाश न आता हो, जिसमें दूसरे मनुष्यों से जुड़ने की कोई संभावना न हो, दीवारों पर कोई तस्वीर न हो, कुछ न हो जिससे तुम जुड़ सको—तो एक, दो या तीन घंटे बाद तुम स्वयं से जुड़ने लगोगे। तुम कल्पनाशील हो जाओगे। तुम स्वयं से बातें करने लगोगे। तुम्हीं प्रश्न पूछोगे और तुम्हीं उत्तर दोगे। एकल-संवाद शुरू हो जाएगा जिसमें तुम बंट जाओगे।

फिर तुम अचानक कई चीजें अनुभव करने लगोगे जो तुम समझ नहीं पाओगे। तुम्हें ध्वनियां सुनाई पड़ने लगेंगी, जब कि कमरा साउंड-प्रूफ है, कोई ध्वनि भीतर नहीं आ सकती। अब तुम कल्पना कर रहे हो। हो सकता है तुम्हें सुगंध आने लगे, जब कि वहां कोई सुगंध नहीं है। अब तुम कल्पना कर रहे हो। संवेदनाओं के परिपूर्ण अभाव के छत्तीस घंटे बाद तुम वास्तविक और काल्पनिक में भेद भी नहीं कर पाओगे, असंभव है। छत्तीस घंटे बाद कल्पना वास्तविक बन जाती है और वास्तविकता कल्पना लगने लगती है।

यही कारण है कि पुराने दिनों में साधक पर्वतों पर, निर्जन स्थानों पर चले जाते थे, जहां वे वास्तविक और अवास्तविक के बीच के भेद को गिरा सकते थे। एक बार भेद गिर जाए तो तुम्हारी कल्पना प्रबल हो जाती है। अब तुम इसका उपयोग कर सकते हो और इसके द्वारा कुछ भी निर्मित कर सकते हो।

इस विधि के लिए किसी एकांत स्थान पर बैठ जाओ; यदि आस-पास प्राकृतिक स्थान हो तो अच्छा है, नहीं तो कमरे से भी काम चलेगा। फिर आंखें बंद कर लो और कल्पना करो वि तुम्हारे भीतर और बाहर एक आत्मिक शक्ति का आभास हो रहा है। तुम्हारे भीतर चेतना की एक नदी बह रही है और वह सारे कमरे में भर रही है, फैल रही है। भीतर और बाहर, तुम्हारे आस-पास, सब जगह, शक्ति उपस्थित है, ऊर्जा उपस्थित है। और केवल मन में ही इसकी कल्पना मत करो, शरीर में भी अनुभव करना शुरू करो।

तुम्हारा शरीर आंदोलित होने लगेगा। जब तुम्हें लगे कि शरीर आंदोलित होने लगा तो उससे पता चलता है कि कल्पना ने काम करना शुरू कर दिया। अनुभव करो कि पूरा जगत धीरे-धीरे आत्मवान होता जा रहा है। सब कुछ—कमरे की दीवारें, तुम्हारे आस-पास के वृक्ष—सब कुछ अभौतिक हो गया है, ऊर्जा हो गया है। पदार्थ नहीं बचा।

यही वास्तविकता भी है। भौतिकविद कहते हैं कि पदार्थ भ्रम है और ऊर्जा सत्य है। और जहां भी तुम ठोस पदार्थ देखो तो ठोसपन तो मात्र एक आभास है, वास्तव में नहीं है। जैसे-जैसे विज्ञान पदार्थ के जगत में गहरा उतरता है, पदार्थ मिटता जाता है। केवल ऊर्जा, अभौतिक ऊर्जा रह जाती है, जिसमें कोई सीमाएं नहीं होतीं।

कल्पना के द्वारा तुम इस बिंदु पर पहुंच रहे हो जहां अपने चेतन प्रयास से तुम बुद्धि के ढांचे, बुद्धि के ढर्रे को नष्ट कर रहे हो। तुम अनुभव करते हो कि पदार्थ नहीं है, केवल ऊर्जा है, केवल आत्मा है—भीतर भी, बाहर भी। जल्दी ही तुम अनुभव करोगे कि भीतर तथा बाहर समाप्त हो गए हैं। जब तुम्हारा शरीर आत्ममय हो जाता है और तुम्हें लगता है कि यह ऊर्जा ही है, तो भीतर तथा बाहर में कोई भेद नहीं रहता। सीमाएं खो जाती हैं। केवल तरंगायत, आंदोलित ऊर्जा का एक महासागर बचता है। यही सत्य भी है, तुम कल्पना के द्वारा सत्य तक पहुंच रहे हो।

कल्पना क्या कर रही है? कल्पना केवल पुरानी धारणाओं को, पदार्थ को, मन के पुराने ढंगों को नष्ट कर रही है जो चीजों को एक खास दृष्टिकोण से देखते हैं। कल्पना उनको नष्ट कर रही है। और तब सत्य प्रकट होगा।

'अपने भीतर तथा बाहर एक साथ आत्मा की कल्पना करो, जब तक कि संपूर्ण अस्तित्व आत्मवान न हो जाए।'

जब तक तुम्हें यह न लगने लगे कि सब भेद समाप्त हो गए, सब सीमाएं विलीन हो गईं और जगत केवल ऊर्जा का एक महासागर रह गया है। यही वास्तविकता भी है। लेकिन विधि में तुम जितने गहरे उतरोगे, उतने ही भयभीत हो जाओगे। तुम्हें लगेगा कि तुम पागल हो रहे हो। क्योंकि तुम्हारी बुद्धि भेदों से बनी है, तुम्हारी बुद्धि इस तथाकथित वास्तविकता से बनी है, और जब यह वास्तविकता समाप्त होने लगती है तो साथ ही तुम्हें लगता है कि तुम्हारी बुद्धि भी नष्ट हो रही है।

संत और पागल दोनों ऐसे जगत में जीते हैं जो हमारी तथाकथित वास्तविकता के पार होता है। दोनों ही पार के जगत में जीते हैं, लेकिन पागल नीचे गिर जाते हैं और संत ऊपर उठ जाते हैं। भेद छोटा सा है, लेकिन बहुत बड़ा भी है। यदि बिना किसी प्रयास के तुम मन और वास्तविक तथा अवास्तविक के भेद खो दो तो तुम विक्षिप्त हो जाओगे। लेकिन यदि चेतन प्रयास से तुम धारणाओं को नष्ट कर दो तो तुम विमुक्त हो जाओगे, विक्षिप्त नहीं। यह विमुक्तता ही धर्म का आयाम है। यह बुद्धि के पार है। लेकिन चेतन प्रयास चाहिए। तुम शिकार न बनो, मालिक ही बने रहो। जब तुम्हारा प्रयास मन के सारे आकारों को नष्ट करता है तो तुम निराकार सत्य का साक्षात्कार करते हो।

निराकार सत्य ही एकमात्र यथार्थ है। आकार की वास्तविकता तो बस थोपी हुई है। इसीलिए तो अब एंथ्रोपोलोजिस्ट कहते हैं कि हर समाज, हर संस्कृति एक ही सत्य को देखती है लेकिन भिन्न-भिन्न सत्य पाती है, क्योंकि उनके दृष्टिकोण, उनकी धारणाएं भिन्न हैं। संसार में कई संस्कृतियां हैं, पुरातन संस्कृतियां हैं। वे एक ही शब्द को अलग-अलग ढंग से देखती हैं; उनकी व्याख्याएं बिलकुल भिन्न होती हैं। यथार्थ हमारे लिए और उनके लिए एक ही है, लेकिन उसको अलग-अलग दृष्टिकोणों से देखा गया है।

उदाहरण के लिए, बौद्ध कहते हैं कि संसार में कोई पदार्थ नहीं है, संसार केवल एक प्रक्रिया है। कुछ भी वास्तविक नहीं है, सब कुछ गतिमान है। या गतिमान कहना भी ठीक नहीं है, मात्र गति ही है। जब हम कहते हैं कि सब कुछ गतिमान है तो वही पुरानी भूल हो जाती है, ऐसा लगता है जैसे कि कुछ है जो गतिमान है। बुद्ध कहते हैं, कुछ भी गतिमान नहीं है, केवल गति ही है। केवल गति है, उसके अलावा कुछ नहीं है।

तो थाईलैंड या बर्मा जैसे बौद्ध देशों में, उनकी भाषा में 'है' के लिए कोई शब्द नहीं होता। जब बाइबिल पहली बार थाई में अनुवादित हुई तो उसे अनुवादित करना बड़ा कठिन हो गया, क्योंकि बाइबिल में तो कहा है 'परमात्मा है।' बर्मीज या थाई में तुम यह नहीं कह सकते कि 'परमात्मा है। तुम ऐसा कह ही नहीं सकते। तुम जो भी कहोगे उसका अर्थ होगा, 'परमात्मा हो रहा है। सब कुछ हो रहा है, कुछ भी है नहीं। जब एक बर्मा निवासी संसार की ओर देखता है तो गति की ओर देखता है। जब हम देखते हैं, विशेषतः जब ग्रीक-उन्मुख

पाश्चात्य मन देखता है, तो कोई प्रक्रिया नहीं होती, केवल वस्तु होती है। केवल मृत वस्तुएं हैं, गति नहीं है।

जब तुम नदी की ओर भी देखते हो तो नदी को 'है' की तरह देखते हो। नदी है नहीं, नदी का अर्थ तो बस एक गति है, कुछ जो सतत हो रहा है। और कोई ऐसा बिंदु नहीं आता जहां तुम कहो कि यह होना पूरा हो गया, यह एक अंतहीन प्रक्रिया है। जब हम एक वृक्ष की ओर देखते हैं तो कहते हैं कि वृक्ष 'है'। बर्मी भाषा के पास यह कहने के लिए कुछ भी नहीं है। वे केवल यही कह सकते हैं कि वृक्ष हो रहा है, वृक्ष बह रहा है, वृक्ष बढ़ रहा है, वृक्ष प्रक्रिया में है। यदि बच्चा अपने मन में इस दृष्टिकोण को लेकर बड़ा हो—कि सब कुछ प्रक्रिया है—तो संसार और यथार्थ बिलकुल भिन्न होंगे। तुम्हारे लिए यह भिन्न है। और यथार्थ तो एक ही है। लेकिन इसकी व्याख्या किस तरह करते हो, उससे सब बदल जाता है।

एक मूल बात ध्यान रखो : जब तक तुम्हारे मन के ढांचे को मिटा न दिया जाए, जब तक तुम उस ढांचे से मुक्त न हो जाओ, जब तक तुम्हारे संस्कार न पोंछ दिए जाएं और तुम निर्संस्कार न हो जाओ, तब तक तुम्हें पता नहीं चलेगा कि वास्तविकता क्या है, तुम केवल व्याख्याएं ही जानोगे। वे व्याख्याएं तुम्हारे मन के ही खेल हैं। निराकार सत्य ही एकमात्र वास्तविकता है। और यह विधि तुम्हें निर्धारणा होने में, निर्संस्कार होने में, तुम्हारे मन पर इकट्ठे हो गए शब्दों को हटाने में मदद देने के लिए है। उनके कारण तुम देख नहीं पाते। जो भी तुम्हें सत्य जैसा लगता है उसे मिट जाने दो।

ऊर्जा की कल्पना करो—पदार्थ की नहीं, जड़ की नहीं, वरन प्रक्रिया की, गति की, लय की, नृत्य की। और कल्पना करते रहो जब तक कि पूरा जगत आत्मवान न हो जाए। यदि तुम धैर्यपूर्वक लगे रहो तो तीन महीने के एक घंटा प्रतिदिन सघन प्रयास के बाद, तुम इस आभास को पा सकते हो। तीन महीने के भीतर अपने आस-पास के सारे अस्तित्व का तुम एक दूसरा ही अनुभव ले सकते हो। पदार्थ नहीं बचा, मात्र अभौतिक, महासागरीय अस्तित्व बचा—केवल लहरें, केवल कंपन।

जब यह अनुभव होता है तभी तुम जानते हो कि परमात्मा क्या है। ऊर्जा का वह महासागर ही परमात्मा है। परमात्मा कोई व्यक्ति नहीं है। परमात्मा कहीं स्वर्ग में किसी सिंहासन पर नहीं बैठा है। वहां कोई भी नहीं बैठा है। परमात्मा, सब कुछ जो है, उसकी समग्रता है। अस्तित्व की सारी सृजनात्मक ऊर्जा ही परमात्मा है। लेकिन हमारे सोचने का एक ढंग है। हम कहते हैं परमात्मा स्रष्टा है। परमात्मा स्रष्टा नहीं है। बल्कि, परमात्मा सृजनात्मक शक्ति है, स्वयं सृजन ही है।

हमारे मन पर बार-बार थोपा गया है कि कहीं अतीत में परमात्मा ने संसार की रचना की, और फिर वहीं सृजन समाप्त हो गया। ईसाइयों की कहानी है कि परमात्मा ने छः दिन में संसार बनाया और सातवें दिन उसने विश्राम किया। इसीलिए तो सातवां दिन, रविवार, छुट्टी का दिन है। परमात्मा ने उस दिन छुट्टी ली। छः दिन में उसने संसार को बनाया, हमेशा-हमेशा के लिए, और तब से कोई सृजन नहीं हुआ। छठे दिन के बाद कोई सृजन ही नहीं हुआ।

यह बड़ी मुर्दा धारणा है। तंत्र कहता है परमात्मा सृजनात्मकता ही है। सृष्टि कोई ऐतिहासिक घटना नहीं है जो कि अतीत में कभी घटी, यह हर क्षण घट रही है, परमात्मा हर

क्षण सृजन कर रहा है। लेकिन फिर भाषा के कारण दिक्कत खड़ी हो जाती है। 'परमात्मा सृजन कर रहा है' इससे ऐसा लगता है कि परमात्मा कोई व्यक्ति है जो सृजन करता रहता है। नहीं, वह सृजनात्मकता जो हर क्षण घटती रहती है, वह सृजनात्मकता ही परमात्मा है। तो तुम हर क्षण सृजन में हो।

यह बड़ी जीवंत धारणा है। ऐसा नहीं है कि परमात्मा ने कहीं कुछ बनाया और तबसे परमात्मा और मनुष्य के बीच कोई संवाद नहीं रहा, कोई संपर्क, कोई संबंध नहीं रहा; उसने सृजन किया और बात समाप्त हो गई। तंत्र कहता है कि तुम हर क्षण निर्मित हो रहे हो, हर क्षण तुम दिव्य के साथ, सृजनात्मकता के स्रोत के साथ गहन संबंध में हो। यह बहुत ही जीवंत धारणा है।

इस विधि के द्वारा तुम भीतर और बाहर सृजनात्मक शक्ति की झलक पाओगे। एक बार तुम सृजनात्मक शक्ति और उसके स्पर्श, उसके प्रभाव को महसूस कर लो तो तुम बिलकुल भिन्न हो जाओगे, तुम फिर वही नहीं रह जाओगे। परमात्मा तुममें प्रवेश कर गया। तुम उसके निवास बन गए।

दूसरी विधिः

*अपनी संपूर्ण चेतना से कामना के, जानने के आरंभ में ही, जानो।*

इस विधि के संबंध में मूल बात है 'संपूर्ण चेतना'। यदि तुम किसी भी चीज पर अपनी संपूर्ण चेतना लगा दो तो वह एक रूपांतरणकारी शक्ति बन जाएगी। जब भी तुम संपूर्ण होते हो, किसी चीज में भी, तभी रूपांतरण होता है। लेकिन यह कठिन है, क्योंकि हम जहां भी हैं, बस आंशिक ही हैं, समग्रता में नहीं हैं।

यहां तुम मुझे सुन रहे हो। यह सुनना ही रूपांतरण हो सकता है। यदि तुम समग्रता से सुनो, इस क्षण में अभी और यहीं, यदि सुनना तुम्हारी समग्रता हो, तो वह सुनना एक ध्यान बन जाएगा—तुम आनंद के अलग ही आयाम में, एक दूसरी ही वास्तविकता में प्रवेश कर जाओगे।

लेकिन तुम समग्र नहीं हो। मनुष्य के मन के साथ यही मुश्किल है, वह सदैव आंशिक ही होता है। एक हिस्सा सुन रहा है। बाकी हिस्से शायद कहीं और हों, या शायद सोए ही हुए हों, या सोच रहे हों कि क्या कहा जा रहा है, या भीतर विवाद कर रहे हों। उससे एक विभाजन पैदा होता है और विभाजन से ऊर्जा का अपव्यय होता है।

तो जब भी कुछ करो, उसमें अपने पूरे प्राण डाल दो। जब तुम कुछ भी नहीं बचाते, छोटा सा हिस्सा भी अलग नहीं रहता, जब तुम एक समग्र, संपूर्ण छलांग ले लेते हो, तुम्हारे पूरे प्राण उसमें लग जाते हैं, तभी कोई कृत्य ध्यानपूर्ण होता है।

कहते हैं एक बार रिंझाई अपने बगीचे में काम कर रहा था—रिंझाई एक झेन गुरु था—और कोई आया। वह आदमी कुछ दार्शनिक प्रश्न पूछने आया था। वह एक दार्शनिक खोजी था। उसे नहीं पता था कि जो आदमी बगीचे में काम कर रहा है वही रिंझाई है। उसने सोचा कि यह कोई माली, कोई नौकर होगा, तो उसने पूछा, 'रिंझाई कहां है?' रिंझाई ने कहा, 'रिंझाई तो हमेशा यहीं है।' स्वभावतः उस आदमी ने सोचा कि माली कुछ पागल लगता है,

क्योंकि उसने कहा रिंझाई तो हमेशा यहीं है। तो उसने सोचा कि इस आदमी से और कुछ पूछना ठीक नहीं होगा, और वह किसी और से पूछने के लिए जाने लगा। रिंझाई ने कहा, 'कहीं मत जाओ, क्योंकि तुम उसे कहीं भी न पाओगे। वह हमेशा यहीं है।' लेकिन वह तो उस पागल आदमी से बचकर भाग गया।

फिर उसने औरों से पूछा तो वे बोले, 'जिस पहले व्यक्ति से तुम मिले थे वही रिंझाई है।' तो वह वापस आया और बोला, 'मुझे क्षमा करें, बहुत खेद है मुझे, मैंने सोचा कि आप पागल हैं। मैं कुछ पूछने आया हूं। मैं जानना चाहता हूं कि सत्य क्या है। उसे जानने के लिए मैं क्या करूं?' रिंझाई ने कहा, 'तुम जो करना चाहो करो, लेकिन समग्रता से करो।'

सवाल यह नहीं है कि तुम क्या करते हो, वह बात ही असंगत है। सवाल यह है कि तुम उसे समग्रता से करो।

'उदाहरण के लिए, रिंझाई बोला, 'जब मैं जमीन में यह गड्ढा खोद रहा हूं तो मेरी समग्रता गड्ढा खोदने में लगी हुई है। पीछे कोई रिंझाई नहीं बचा। पूरा का पूरा खोदने में लग गया है। असल में कोई खोदने वाला नहीं बचा, बस खोदने की क्रिया ही बची है। यदि खोदने वाला बचे तो तुम बंट गए।'

तुम मुझे सुन रहे हो। यदि सुनने वाला बचे तो तुम समग्र नहीं हुए। यदि केवल सुनना ही हो और पीछे कोई सुनने वाला न बचे तो तुम समग्र हो गए, अभी और यहीं। फिर यह क्षण ही ध्यान बन जाता है।

इस सूत्र में शिव कहते हैं, 'अपनी संपूर्ण चेतना से कामना के, जानने के आरंभ में ही, जानो।'

यदि तुम्हारे भीतर कोई कामना उठे तो तंत्र उससे लड़ने को नहीं कहता। वह व्यर्थ है। कामना से कोई भी नहीं लड़ सकता। वह मूर्खता भी है, क्योंकि जब भी अपने भीतर तुम किसी चीज से लड़ने लगते हो तो तुम स्वयं से ही लड़ रहे हो। तुम विक्षिप्त हो जाओगे, तुम्हारा व्यक्तित्व खंडित हो जाएगा।

और इन सारे तथाकथित धर्मों ने मनुष्यता को धीरे-धीरे विक्षिप्त होने में सहयोग दिया है। हर कोई बंटा हुआ है, हर कोई खंडित है और स्वयं से लड़ रहा है। क्योंकि तथाकथित धर्मों ने तुम्हें बताया है कि यह बुरा है। यह मत करो।' लेकिन यदि कामना उठती है तो तुम क्या कर सकते हो? तुम कामना से लड़ते हो। तंत्र कहता है कि कामना से मत लड़ो।

लेकिन इसका यह अर्थ नहीं है कि तुम उसके शिकार हो जाओ। इसका यह अर्थ नहीं है कि तुम उसमें लिप्त हो जाओ। तंत्र तुम्हें बड़ी सूक्ष्म विधि देता है। जब कामना उठे तो आरंभ में ही अपनी समग्रता से जागरूक हो जाओ। अपनी समग्रता से उसको देखो। बस दृष्टि बन जाओ। द्रष्टा को पीछे मत छोड़ो। अपनी पूरी चेतना को इस उठती हुई कामना पर लगा दो। यह बड़ा सूक्ष्म उपाय है, लेकिन बहुत अदभुत है। इसके प्रभाव चमत्कारिक हैं।

तीन बातें समझने जैसी हैं। पहली, जब कामना उठ ही गई तो तुम कुछ कर नहीं सकते। तब वह अपना रास्ता पूरा करेगी, अपना वर्तुल पूरा करेगी, और तुम कुछ भी नहीं कर सकते। आरंभ में ही कुछ किया जा सकता है, बीज को तभी और वहीं जला देना चाहिए। एक बार बीज अंकुरित हो जाए और वृक्ष विकसित होने लगे तो कुछ करना कठिन होगा, लगभग

असंभव ही होगा। तुम जो भी करोगे उससे और संताप ही पैदा होगा, ऊर्जा ही नष्ट होगी, विक्षिप्तता, निर्बलता ही पैदा होगी। तो जब कामना उठे, आरंभ में ही, पहली झलक में ही, पहले आभास में ही कि कामना उठ रही है, अपनी संपूर्ण चेतना को, अपने प्राणों की समग्रता को उसे देखने में लगा दो। कुछ भी मत करो। और कुछ करने की जरूरत भी नहीं है। समग्र प्राणों से देखने पर दृष्टि इतनी आग्नेय हो जाती है कि बिना किसी संघर्ष के, बिना किसी विवाद के, बिना किसी विरोध के, बीज जल जाता है। समग्र प्राणों से गहरे देखने की बात है। और उठती हुई कामना पूरी तरह दग्ध हो जाती है।

और जब कोई कामना बिना किसी संघर्ष के समाप्त हो जाती है तो वह तुम्हें इतना शक्तिशाली कर जाती है, इतनी ऊर्जा से, इतने गहन होश से भर देती है कि तुम कल्पना भी नहीं कर सकते। यदि तुम लड़ोगे तो हारोगे। यदि तुम न भी हारो और कामना ही हार जाए तब भी बात वही होगी। कोई ऊर्जा नहीं बचेगी। चाहे तुम जीतो चाहे हारो, तुम थके-हारे ही अनुभव करोगे। दोनों ही बातों में तुम अंत में कमजोर हो जाओगे, क्योंकि कामना तुम्हारी ऊर्जा से लड़ रही थी और तुम भी उसी ऊर्जा से लड़ रहे थे। ऊर्जा एक ही स्रोत से आ रही थी, तुम एक ही स्रोत से उलीच रहे थे। तो कुछ भी परिणाम हो, स्रोत निर्बल ही होगा।

लेकिन यदि कामना आरंभ में ही समाप्त हो जाए, बिना किसी विरोध के—याद रखो, यह मूल बात है—बिना किसी संघर्ष के, बस देखने भर से, विरोध भरी दृष्टि से नहीं, नष्ट करने वाले मन से नहीं, शत्रुता से नहीं, बस देखने भर सेः उस समग्र दृष्टि की सघनता से ही बीज जल जाता है। और जब कामना, उठती हुई कामना, आकाश में धुएं की तरह विलीन हो जाती है तो तुम एक अदभुत ऊर्जा से भर जाते हो। वह ऊर्जा ही आनंद है। वह तुम्हें एक सौंदर्य, एक गरिमा देगी।

तथाकथित संत जो अपनी कामनाओं से लड़ रहे हैं, कुरूप हैं। जब मैं कहता हूं कुरूप तो मेरा अर्थ है वे सदैव क्षुद्र से उलझे हैं, संघर्ष कर रहे हैं। उनका पूरा व्यक्तित्व गरिमाहीन हो जाता है। और वे हमेशा कमजोर होते हैं, हमेशा ऊर्जा की कमी होती है, क्योंकि उनकी सारी ऊर्जा अंतर्युद्ध में नष्ट हो जाती है।

बुद्ध पुरुष बिलकुल भिन्न होता है। और बुद्ध के व्यक्तित्व में जो गरिमा प्रकट हुई है वह बिना किसी संघर्ष या युद्ध के, बिना किसी अंतर्हिंसा के नष्ट हो गई कामनाओं के कारण है।

'अपनी संपूर्ण चेतना से कामना के, जानने के आरंभ में ही, जानो।'

उसी क्षण में बस जानो, अवलोकन करो, देखो। कुछ भी मत करो। और कुछ भी नहीं चाहिए। बस इतना ही चाहिए कि तुम्हारे समग्र प्राण वहां उपस्थित हों। तुम्हारी पूर्ण उपस्थिति चाहिए। बिना किसी हिंसा के परम बुद्धत्व उपलब्ध करने का यह एक राज है।

और याद रखो, परमात्मा के राज्य में तुम हिंसा से प्रवेश नहीं कर सकते। नहीं, वे द्वार तुम्हारे लिए कभी नहीं खुलेंगे, भले तुम कितनी ही दस्तक दो। खटखटाओ और खटखटाते ही जाओ। तुम अपना सिर फोड़ ले सकते हो लेकिन वे द्वार कभी नहीं खुलेंगे। लेकिन जो भीतर गहरे में अहिंसक हैं और किसी चीज से नहीं लड़ रहे, उनके लिए वे द्वार सदा खुले हैं, कभी बंद ही नहीं थे।

जीसस कहते हैं, 'दस्तक दो और तुम्हारे लिए द्वार खुल जाएंगे।' मैं तुमसे कहता हूं कि दस्तक देने की भी जरूरत नहीं है। देखो, द्वार खुले ही हुए हैं। वे सदा से ही खुले हुए हैं। वे कभी बंद नहीं थे। बस एक गहन, समग्र, संपूर्ण, अखंड दृष्टि से देखो।

तीसरी विधिः

*हे शक्ति, प्रत्येक आभास सीमित है, सर्वशक्तिमान में विलीन हो रहा है।*

जो कुछ भी हम देखते हैं सीमित है, जो कुछ भी हम अनुभव करते हैं सीमित है, सभी आभास सीमित हैं। लेकिन यदि तुम जाग जाओ तो हर सीमित चीज असीम में विलीन हो रही है। आकाश की ओर देखो। तुम केवल उसका सीमित भाग देख पाओगे, इसलिए नहीं कि आकाश सीमित है, बल्कि इसलिए कि तुम्हारी आंखें सीमित हैं, तुम्हारा अवधान सीमित है। लेकिन यदि तुम पहचान सको कि यह सीमा अवधान के कारण है, आंखों के कारण है, आकाश के सीमित होने के कारण नहीं है, तो फिर तुम देखोगे कि सीमाएं असीम में विलीन हो रही हैं। जो कुछ भी हम देखते हैं, वह हमारी दृष्टि के कारण ही सीमित हो जाता है। वरना तो अस्तित्व असीम है, वरना तो सब चीजें एक-दूसरे में विलीन हो रही हैं। हर चीज अपनी सीमाएं खो रही है, हर क्षण लहरें महासागर में विलीन हो रही हैं। और न किसी का कोई अंत है, न आदि। सभी कुछ, शेष सब कुछ भी है।

सीमा हमारे द्वारा आरोपित की गई है। यह हमारे कारण है, क्योंकि हम अनंत को देख नहीं पाते, इसलिए उसको विभाजित कर देते हैं। ऐसा हमने हर चीज के साथ किया है। तुम अपने घर के आस-पास बाड़ लगा लेते हो और कहते हो, 'यह जमीन मेरी है और दूसरी तरफ किसी और की जमीन है।' लेकिन गहरे में तुम्हारी जमीन और तुम्हारे पड़ोसी की जमीन एक ही है। वह बाड़ केवल तुम्हारे ही कारण है। जमीन बंटी हुई नहीं है, पड़ोसी और तुम बंटे हुए हो अपने-अपने मन के कारण।

देश बंटे हुए हैं तुम्हारे मन के कारण। कहीं भारत समाप्त होता है और पाकिस्तान शुरू होता है। लेकिन जहां अब पाकिस्तान है कुछ वर्ष पहले वहां भारत था। उस समय भारत पाकिस्तान की आज की सीमाओं तक फैला हुआ था। लेकिन अब पाकिस्तान बंट गया, सीमा आ गई। लेकिन जमीन वही है।

मैंने एक कहानी सुनी है जो तब घटी जब भारत और पाकिस्तान में बंटवारा हुआ। भारत और पाकिस्तान की सीमा पर ही एक पागलखाना था। राजनीतिज्ञों को कोई बहुत चिंता नहीं थी कि पागलखाना कहां जाए, भारत में कि पाकिस्तान में, लेकिन सुपरिन्टेंडेंट को बड़ी चिंता थी। तो उसने पूछा कि पागलखाना कहां रहेगा, भारत में रहेगा कि पाकिस्तान में जाएगा। दिल्ली से किसी ने उसे सूचना भेजी कि वह वहां रहने वाले पागलों से ही पूछ ले और मतदान ले ले कि वे कहां जाना चाहते हैं।

सुपरिन्टेंडेंट अकेला आदमी था जो पागल नहीं था और उसने उनको समझाने की कोशिश की। उसने सब पागलों को इकट्ठा किया और उन्हें कहा, 'अब यह तुम्हारे ऊपर है, तुम जहां चाहो वहीं जा सकते हो। यदि तुम भारत में जाना चाहते हो तो भारत में जा सकते हो। यदि तुम पाकिस्तान में जाना चाहते हो तो पाकिस्तान में जा सकते हो।'

लेकिन पागलों ने कहा, 'हम यहीं रहना चाहते हैं। हम कहीं भी नहीं जाना चाहते।' उसने उन्हें समझाने की बहुत कोशिश की। उसने कहा, 'तुम यहीं रहोगे। उसकी चिंता मत करो। तुम यहीं रहोगे, लेकिन तुम जाना कहां चाहते हो?' वे पागल बोले, 'लोग कहते हैं कि हम पागल हैं, पर तुम तो और भी पागल लगते हो। तुम कहते हो कि तुम भी यहीं रहोगे और हम भी यहीं रहेंगे तो कहीं जाने की क्या चिंता करनी ?'

सुपरिन्टेंडेंट तो मुश्किल में पड़ गया कि इन्हें पूरी बात किस तरह समझाई जाए। एक ही उपाय था। उसने एक दीवार खड़ी कर दी और पागलखाने को दो बराबर हिस्सों में बांट दिया। एक हिस्सा भारत बन गया और दूसरा हिस्सा पाकिस्तान। और कहते हैं कि कई बार पाकिस्तान वाले पागलखाने के कुछ पागल दीवार पर चढ़ आते हैं और भारत वाले पागल भी दीवार कूद जाते हैं और वे अभी भी हैरान हैं कि क्या हो रहा है। 'हम हैं उसी जगह पर और तुम पाकिस्तान चले गए हो, हम भारत चले गए हैं, और गया कोई भी कहीं नहीं है!'

वे पागल समझ ही नहीं सकते, वे कभी भी नहीं समझ पाएंगे, क्योंकि दिल्ली और कराची में और भी बड़े पागल हैं।

हम बांटते चले जाते हैं। जीवन, अस्तित्व, बंटा हुआ नहीं है। सभी सीमाएं मनुष्य की बनाई हुई हैं। वे उपयोगी हैं यदि तुम उनके पीछे पागल न हो जाओ और यदि तुम्हें पता हो कि वे बस कामचलाऊ हैं, मनुष्य की बनाई हुई हैं, मात्र उपयोगिता के लिए हैं; असली नहीं हैं, यथार्थ नहीं हैं, बस मान्यता मात्र हैं, कि वे उपयोगी तो हैं, लेकिन उनमें कोई सच्चाई नहीं है।

'हे शक्ति, प्रत्येक आभास सीमित है, सर्वशक्तिमान में विलीन हो रहा है।'

तो तुम जब भी कुछ सीमित देखो तो हमेशा याद रखो कि सीमा के पार वह विलीन हो रहा है, सीमा तिरोहित हो रही है। हमेशा पार और पार देखो।

इसे तुम एक ध्यान बना सकते हो। किसी वृक्ष के नीचे बैठ जाओ और देखो, और जो भी तुम्हारी दृष्टि में आए, उसके पार जाओ, पार जाओ, कहीं भी रुको मत। बस यह खोजो कि यह वृक्ष कहां समाप्त हो रहा है। यह वृक्ष, तुम्हारे बगीचे में यह छोटा सा वृक्ष पूरा अस्तित्व अपने में समाहित किए हुए है। हर क्षण यह अस्तित्व में विलीन हो रहा है।

यदि कल सूर्य न निकले तो यह वृक्ष मर जाएगा, क्योंकि इस वृक्ष का जीवन सूर्य के जीवन के साथ जुड़ा हुआ है। उनके बीच दूरी बड़ी है। सूर्य की किरणें पृथ्वी तक पहुंचने में समय लगता है, दस मिनट लगते हैं। दस मिनट बहुत लंबा समय है, क्योंकि प्रकाश बहुत तेज गति से चलता है। प्रकाश एक सेकेंड में एक लाख छियासी हजार मील चलता है और सूर्य से इस वृक्ष तक प्रकाश के पहुंचने में दस मिनट लगते हैं। दूरी बड़ी है, विशाल है। लेकिन यदि सूर्य न रहे तो वृक्ष तत्क्षण मर जाएगा। वे दोनों एक साथ हैं। वृक्ष हर क्षण सूर्य में विलीन हो रहा है और सूर्य हर क्षण वृक्ष में विलीन हो रहा है। हर क्षण सूर्य वृक्ष में प्रवेश कर रहा है, उसे जीवंत कर रहा है।

दूसरी बात, जो अभी विज्ञान को ज्ञात नहीं है, लेकिन धर्म कहता है कि एक और घटना घट रही है, क्योंकि प्रतिसंवेदन के बिना जीवन में कुछ भी नहीं रह सकता। यदि सूर्य वृक्ष को जीवन दे रहा है तो वृक्ष भी सूर्य को जीवन लौटा रहा होगा, क्योंकि जीवन में सदा एक प्रतिसंवेदन होता है। और ऊर्जा बराबर हो जाती है। वृक्ष भी सूर्य को जीवन दे रहा होगा।

वे एक ही हैं। फिर वृक्ष समाप्त हो जाता है, सीमा समाप्त हो जाती है।

जहां भी तुम देखो, उसके पार देखो, और कहीं भी रुको मत। देखते जाओ, देखते जाओ, जब तक कि तुम्हारा मन न खो जाए, जब तक तुम अपने सारे सीमित आकार न खो बैठो। अचानक तुम प्रकाशमान हो जाओगे।

पूरा अस्तित्व एक है। वह एकता ही लक्ष्य है। और अचानक मन आकार से, सीमा से, परिधि से थक जाता है। और जैसे-जैसे तुम पार जाने के प्रयत्न में लगे रहते हो, पार और पार जाते चले जाते हो, मन छूट जाता है, अचानक मन गिर जाता है और तुम अस्तित्व को विराट अद्वैत की तरह देखते हो, सब कुछ एक-दूसरे में समाहित हो रहा है, सब कुछ एक-दूसरे में परिवर्तित हो रहा है।

'हे शक्ति, प्रत्येक आभास सीमित है, सर्वशक्तिमान में विलीन हो रहा है।'

इसे तुम एक ध्यान बना ले सकते हो। एक घंटे के लिए बैठ जाओ और इसे करके देखो। कहीं कोई सीमा मत बनाओ। जो भी सीमा हो उसके पार खोजने का प्रयास करो और चलते चले जाओ। जल्दी ही मन थक जाता है, क्योंकि मन असीम के साथ नहीं चल सकता। मन केवल सीमित से ही जुड़ सकता है। असीम के साथ मन नहीं जुड़ सकता; मन ऊब जाता है, थक जाता है, कहता है, 'बहुत हुआ, अब बस करो!' लेकिन रुको मत, चलते जाओ। एक क्षण आएगा जब मन पीछे छूट जाता है और केवल चेतना ही बचती है। उस क्षण में तुम्हें अखंडता का, अद्वैत का ज्ञान होगा। यही लक्ष्य है। यह चेतना का सर्वोच्च शिखर है। और मनुष्य के मन के लिए यह परम आनंद है, गहनतम समाधि है।

चौथी विधिः

*सत्य में रूप अविभक्त हैं। सर्वव्यापी आत्मा तथा तुम्हारा अपना रूप अविभक्त हैं। दोनों को इसी चेतना से निर्मित जानो।*

'सत्य में रूप अविभक्त हैं।'

वे विभक्त दिखाई पड़ते हैं, लेकिन हर रूप दूसरे रूपों के साथ संबंधित है। वह दूसरों के साथ अस्तित्व में है—बल्कि यह कहना अधिक सही होगा कि वह दूसरे रूपों के साथ सह-अस्तित्व में है। हमारी वास्तविकता एक सह-अस्तित्व है। वास्तव में यह एक पारस्परिक वास्तविकता है, पारस्परिक आत्मीयता है। उदाहरण के लिए, जरा सोचो कि तुम इस पृथ्वी पर अकेले हो। तुम क्या होओगे? पूरी मनुष्यता समाप्त हो गई हो, तीसरे विश्वयुद्ध के बाद तुम्हीं अकेले बचे हो—संसार में अकेले, इस विशाल पृथ्वी पर अकेले। तुम कौन होओगे?

पहली बात तो यह है कि अपने अकेले होने की कल्पना करना ही असंभव है। मैं कहता हूं, अपने अकेले होने की कल्पना करना ही असंभव है। तुम बार-बार कोशिश करोगे और पाओगे कि कोई साथ ही खड़ा है—तुम्हारी पत्नी, तुम्हारे बच्चे, तुम्हारे मित्र—क्योंकि तुम कल्पना में भी अकेले नहीं रह सकते। तुम दूसरों के साथ ही हो। वे तुम्हें अस्तित्व देते हैं। वे तुम्हें सहयोग देते हैं। तुम उन्हें सहयोग देते हो और वे तुम्हें सहयोग देते हैं।

तुम कौन होओगे? तुम अच्छे आदमी होओगे या बुरे आदमी होओगे? कुछ भी नहीं कहा जा सकता, क्योंकि अच्छाई और बुराई सापेक्ष होती हैं। तुम सुंदर होओगे कि कुरूप

होओगे? कुछ भी नहीं कहा जा सकता। तुम पुरुष होओगे कि स्त्री होओगे? कुछ भी नहीं कहा जा सकता, क्योंकि तुम जो भी हो, दूसरे के संबंध में हो। तुम बुद्धिमान होओगे कि मूढ़?

धीरे-धीरे तुम पाओगे कि सब रूप समाप्त हो गए। और उन रूपों के समाप्त होने के साथ तुम्हारे भीतर के भी सब रूप समाप्त हो गए हैं। न तुम मूर्ख हो न बुद्धिमान, न अच्छे न बुरे, न कुरूप न सुंदर, न पुरुष न स्त्री। फिर तुम क्या होओगे? यदि तुम सब रूपों को हटाते चलो तो जल्दी ही तुम पाओगे कि कुछ भी नहीं बचा। हम रूपों को अलग-अलग देखते हैं, लेकिन वे अलग हैं नहीं। हर रूप दूसरों के साथ जुड़ा है। रूप एक श्रृंखला में होते हैं।

यह सूत्र कहता है, 'सत्य में रूप अविभक्त हैं। सर्वव्यापी आत्मा तथा तुम्हारा अपना रूप अविभक्त हैं।'

तुम्हारा रूप और संपूर्ण अस्तित्व का रूप भी अविभक्त है। तुम उसके साथ एक हो। तुम उसके बिना नहीं हो सकते। और दूसरी बात भी सच है, लेकिन उसे समझना थोड़ा कठिन है : जगत भी तुम्हारे बिना नहीं हो सकता। जगत तुम्हारे बिना नहीं हो सकता, जैसे कि तुम जगत के बिना नहीं हो सकते। तुम अलग-अलग रूपों में सदैव रहे हो और अलग-अलग रूपों में सदैव रहोगे। लेकिन तुम रहोगे ही। तुम इस जगत के एक अभिन्न अंग हो। तुम बाहरी नहीं हो, कोई अजनबी नहीं हो, कोई परदेसी नहीं हो। तुम एक अंतरंग, अभिन्न अंग हो। और जगत तुम्हें खो नहीं सकता, क्योंकि यदि वह तुम्हें खोता है तो स्वयं को खो देगा। रूप विभक्त नहीं हैं, अविभक्त हैं। वे एक हैं। केवल आभास ही सीमाएं और परिधियां खड़ी करते हैं।

यदि तुम इस पर मनन करो, इसमें प्रवेश करो, तो यह एक अनुभूति बन सकती है। यह एक अनुभूति बन जाती है, कोई सिद्धांत नहीं, कोई विचार नहीं, बल्कि एक अनुभूति कि 'हां, मैं जगत के साथ एक हूं और जगत मेरे साथ एक है।'

यही जीसस यहूदियों से कह रहे थे। लेकिन वे नाराज हुए, क्योंकि जीसस ने कहा, 'मैं और स्वर्ग में मेरे पिता एक ही हैं।' यहूदी नाराज हुए। जीसस क्या दावा कर रहे थे? क्या वह यह दावा कर रहे थे कि वह और परमात्मा एक ही हैं? यह तो ईश्वर-विरोधी बात हो गई। उन्हें दंड मिलना चाहिए। लेकिन वह तो मात्र एक विधि दे रहे थे और कुछ भी नहीं। वह मात्र यह विधि दे रहे थे कि रूप विभक्त नहीं हैं, कि तुम और पूर्ण एक ही हो—'मैं और स्वर्ग में मेरे पिता एक ही हैं।' लेकिन यह कोई दावा नहीं था, यह मात्र एक विधि थी।

और जब जीसस ने कहा कि 'मैं और मेरे पिता एक ही हैं,' तो उनका यह अर्थ नहीं था कि तुम और पिता परमात्मा अलग-अलग हो। जब उन्होंने कहा 'मैं' तो उसमें हर 'मैं' आ गया। जहां भी 'मैं' है वह 'मैं' और परमात्मा एक ही है। लेकिन इसे गलत समझा जा सकता है। और यहूदी तथा ईसाइयों, दोनों ने ही इसे गलत समझा। ईसाइयों ने भी गलत समझा, क्योंकि वे कहते हैं कि जीसस परमात्मा के इकलौते बेटे थे—परमात्मा के इकलौते बेटे—ताकि कोई और यह दावा न कर सके कि वह भी परमात्मा का बेटा है।

मैं एक बड़ी मजेदार पुस्तक पढ़ रहा था। उसका शीर्षक है, 'तीन क्राइस्ट।' एक पागलखाने में तीन आदमी थे और तीनों ही यह दावा करते थे कि वे क्राइस्ट हैं। यह एक सच्ची घटना है, कोई कहानी नहीं। तो एक मनोविश्लेषक ने तीनों का अध्ययन किया। फिर उसके मन में एक विचार आया कि यदि उन तीनों को आपस में मिलवाया जाए तो देखें क्या

होता है, बड़ी दिल्लगी रहेगी। वे एक-दूसरे को कैसे परिचय देंगे और क्या उनकी प्रतिक्रिया होगी। तो उसने उन तीनों को इकट्ठा किया और आपस में परिचय करने के लिए एक कमरे में छोड़ दिया।

पहला बोला, 'मैं इकलौता बेटा हूं, जीसस क्राइस्ट।'

दूसरा हंसा और उसने अपने मन में सोचा कि यह जरूर कोई पागल होगा! वह बोला, 'तुम कैसे हो सकते हो? जीसस क्राइस्ट तो मैं हूं। तुम भी उस समग्र के अंश हो। उस चेतना का एक अंश तुममें भी है। लेकिन जीसस क्राइस्ट, परमात्मा का इकलौता बेटा, वह तो मैं ही हूं।'

तीसरे ने सोचा कि दोनों मूर्ख हैं, कि दोनों पागल हो गए हैं। उसने कहा, 'तुम क्या बात करते हो? मेरी ओर देखो। परमात्मा का बेटा यहां है।'

फिर उस मनोविश्लेषक ने उनसे अलग-अलग पूछा, 'तुम्हारी प्रतिक्रिया क्या है?'

उन तीनों ने कहा, 'बाकी दोनों पागल हैं, दोनों ही पागल हो गए हैं।'

और ऐसा केवल पागलों के साथ ही नहीं है। यदि तुम ईसाइयों से पूछो कि वे कृष्ण के विषय में क्या सोचते हैं, क्योंकि वह तो दावा करते हैं कि वह परमात्मा हैं, तो वे कहेंगे कि उस पार से केवल एक ही आगमन हुआ है, वे हैं जीसस क्राइस्ट। इतिहास में केवल एक ही बार परमात्मा संसार में उतरा और वह जीसस क्राइस्ट के रूप में। कृष्ण भले हैं, महान हैं, लेकिन परमात्मा नहीं हैं।

यदि तुम हिंदुओं से पूछो, वे जीसस पर हंसेंगे। वही पागलपन चलता है, और वास्तविकता यह है कि सब परमात्मा के बेटे हैं—सब। इससे अन्यथा संभव ही नहीं है। तुम एक ही स्रोत से आते हो, चाहे तुम जीसस हो, कि कृष्ण हो, कि अ, ब, स कुछ भी हो, या कुछ भी नहीं हो, तुम एक ही स्रोत से आते हो। और हर 'मैं', हर चेतना, हर क्षण दिव्य से संबंधित है। जीसस केवल एक विधि दे रहे थे। वह गलत समझे गए।

यह विधि वही है: 'सत्य में रूप अविभक्त हैं। सर्वव्यापी आत्मा तथा तुम्हारा अपना रूप अविभक्त हैं। दोनों को इसी चेतना से निर्मित जानो।'

न केवल यह अनुभव करो कि तुम इस चेतना से बने हो, बल्कि अपने आस-पास की हर चीज को इसी चेतना से निर्मित जानो। क्योंकि यह अनुभव करना तो बड़ा सरल है कि तुम इस चेतना से बने हो, इससे तुम्हें बड़े अहंकार का भाव हो सकता है, अहंकार को इससे बड़ी तृप्ति मिल सकती है। लेकिन अनुभव करो कि दूसरा भी इसी चेतना से बना है, फिर यह एक विनम्रता बन जाती है।

जब सब कुछ दिव्य है तो तुम्हारा मन अहंकारी नहीं हो सकता। जब सब कुछ दिव्य है तो तुम विनम्र हो जाते हो। फिर तुम्हारे कुछ होने का, कुछ श्रेष्ठ होने का प्रश्न नहीं रह जाता, फिर पूरा अस्तित्व दिव्य हो जाता है और जहां भी तुम देखते हो, दिव्य को ही देखते हो। देखने वाला द्रष्टा और देखा गया दृश्य, दोनों दिव्य हैं, क्योंकि रूप विभक्त नहीं हैं। सब रूपों के पीछे अरूप छिपा हुआ है।

आज इतना ही।

# 76

काम-ऊर्जा ही जीवन-ऊर्जा है।

# प्रश्न सार

१. तंत्र की विधियां काम से ज्यादा संबंधित नहीं लगती है।

२. ज्ञान और अज्ञान आपस में किस प्रकार संबंधित है?

३. कृष्णमूर्ति विधियों के विरोध में क्यों हैं?

४. व्यवस्था के हानि-लाभ क्या हैं?

पहला प्रश्नः

***हमने सदा यहीं सुना है कि तंत्र मूल रूप से काम-ऊर्जा तथा काम-केंद्र की विधियों से संबंधित है, लेकिन आप कहते हैं कि तंत्र में सब समाहित है। यदि पहले दृष्टिकोण में कोई सच्चाई है तो विज्ञान भैरव तंत्र में अधिकांश विधियां अतांत्रिक मालूम होती हैं। क्या यह सच है?***

**पहली** बात जो समझने की है, वह है काम-ऊर्जा। जैसा तुम इसे समझते हो, वह तो बस एक अंश है, जीवन-ऊर्जा का एक हिस्सा है, लेकिन तंत्र जानता है। कि यह जीवन का ही पर्याय है। यह जीवन का कोई अंश, कोई हिस्सा नहीं है, स्वयं जीवन ही है। तो जब तंत्र कहता है काम-ऊर्जा तो उसका अर्थ होता है जीवन-ऊर्जा।

काम-ऊर्जा की फ्रायडियन धारणा के बारे में भी यही सत्य है। फ्रायड को भी पश्चिम में बहुत गलत समझा गया। लोगों को ऐसा लगा कि वह जीवन को काम तक ही सीमित कर रहा है, लेकिन वह वही कर रहा था जो तंत्र इतने समय से करता रहा है। संपूर्ण जीवन काम है। काम शब्द प्रजनन तक ही सीमित नहीं है, जीवन-ऊर्जा का पूरा खेल ही काम है। प्रजनन उस खेल का बस एक हिस्सा है। जहां भी दो ऊर्जाएं मिलें, निगेटिव और पाजिटिव, काम का प्रवेश हो गया।

इसे समझना कठिन है। उदाहरण के लिए: तुम मुझे सुन रहे हो। यदि तुम फ्रायड से पूछो, या तंत्र-गुरुओं से पूछो, वे कहेंगे कि सुनना पैसिव है, स्त्रैण है और बोलना पुरुष जैसा है। बोलना तुममें प्रवेश करता है और तुम उसके प्रति ग्रहणशील होते हो। वक्ता और श्रोता के बीच एक काम-कृत्य हो रहा है, क्योंकि वक्ता तुममें प्रवेश करने की कोशिश कर रहा है और श्रोता ग्रहण कर रहा है। श्रोता की ऊर्जा स्त्रैण हो गई है। और श्रोता स्त्रैण न हो तो सुनने की घटना नहीं घटेगी।

इसीलिए श्रोता को बिलकुल शांत होना पड़ता है। सुनते समय उसे सोचना नहीं चाहिए, क्योंकि सोचना उसे सक्रिय कर देगा। उसे अपने भीतर विवाद नहीं करते रहना चाहिए, क्योंकि विवाद उसे सक्रिय कर देगा। सुनते समय उसे बस सुनना ही चाहिए और कुछ भी नहीं करना चाहिए। तभी संदेश ग्रहण किया जा सकता है और समझा जा सकता है। लेकिन तब श्रोता स्त्रैण हो जाता है।

संवाद तभी हो पाता है जब एक पक्ष पुरुष होता है और एक पक्ष स्त्री, वरना तो कोई

संवाद नहीं हो सकता। जहां भी निगेटिव और पाजिटिव मिले, काम घटित हो गया। चाहे यह भौतिक तल पर ही हो, निगेटिव और पाजिटिव विद्युत मिली, और काम हो गया। जहां भी दो ध्रुव मिलते हैं, विपरीत ऊर्जाएं मिलती हैं, वहीं काम है। तो काम एक बहुत विशाल, बहुत विराट शब्द है, केवल प्रजनन से ही नहीं जुड़ा है। प्रजनन तो केवल एक प्रक्रिया है जो काम में समाहित है।

तंत्र कहता है, जब परम आनंद और उल्लास तुम्हारे भीतर घटता है तो उसका अर्थ है। कि तुम्हारे पाजिटिव और निगेटिव ध्रुवों का मिलन हो गया। क्योंकि हर पुरुष, पुरुष और स्त्री दोनों है और हर स्त्री भी पुरुष और स्त्री दोनों है। तुम केवल स्त्री से या केवल पुरुष से पैदा नहीं हुए हो, दोनों विरोधी ध्रुवों के मिलन से पैदा हुए हो। तुम्हारे पिता का भी योगदान है, तुम्हारी मां का भी योगदान है। तुम आधे अपनी मां हो और आधे अपने पिता; दोनों तुम्हारे भीतर साथ-साथ हैं। जब भीतर वे दोनों मिलते हैं तो आनंद घटता है।

बुद्ध अपने बोधिवृक्ष के नीचे बैठे हुए एक गहन आर्गाज्म में हैं। आंतरिक शक्तियों का मिलन हो गया है, वे एक-दूसरे में समाहित हो गई हैं। अब बाहर किसी स्त्री को खोजने की जरूरत नहीं होगी क्योंकि भीतर की स्त्री से मिलन हो गया है। और बुद्ध बाहर की स्त्री से अनासक्त हैं, विरक्त हैं, इसलिए नहीं कि वह स्त्री के विरुद्ध हैं, बल्कि इसलिए कि भीतर परम घटना घट गई है। अब कोई जरूरत न रही। एक आंतरिक वर्तुल पूरा हुआ, संपूर्ण हुआ। यही कारण है कि बुद्ध के चेहरे पर इतनी गरिमा उतर आती है। यह पूर्ण होने की गरिमा है। अब कुछ कमी न रही, एक गहन परितृप्ति हो गई, अब आगे कोई यात्रा न रही। उन्होंने परम लक्ष्य पा लिया। आंतरिक शक्तियों का मिलन हो गया और कोई संघर्ष न बचा।

लेकिन यह एक कामुक घटना है। ध्यान एक कामुक घटना है, इसीलिए तंत्र को काम-आधारित, काम-उन्मुख कहा जाता है। और ये सभी एक सौ बारह विधियां कामुक हैं। असल में कोई भी ध्यान की विधि गैर-कामुक नहीं हो सकती। लेकिन तुम्हें काम शब्द की विशालता को समझना पड़ेगा। यदि तुम इसे नहीं समझते हो तो परेशान ही रहोगे और गलतफहमी बनी रहेगी।

तो जब भी तंत्र कहता है काम-ऊर्जा तो उसका अर्थ है जीवन-ऊर्जा, स्वयं जीवन की ऊर्जा। वे पर्यायवाची हैं। जिसे भी हम काम कहते हैं, वह जीवन-ऊर्जा का एक आयाम ही है। उसके और भी आयाम हैं। और ऐसा होना भी चाहिए। तुम किसी बीज को अंकुरित होते देखते हो, कहीं किसी वृक्ष पर फूल खिल रहे हैं, पक्षी गीत गा रहे हैं—पूरी की पूरी घटना कामुक है। यह जीवन है जो कई रूपों में अपने को अभिव्यक्त कर रहा है। जब कोई पक्षी गा रहा है तो यह एक कामुक आमंत्रण है, एक निमंत्रण है। जब एक फूल तितलियों को और मधु-मक्खियों को आकर्षित कर रहा है तो यह भी एक निमंत्रण है, क्योंकि मक्खियां और तितलियां प्रजनन के लिए बीजों को ले जाएंगी।

अंतरिक्ष में तारे घूम रहे हैं। अभी तक किसी ने इस पर कार्य नहीं किया है, लेकिन यह तंत्र की प्राचीन धारणा है कि पुरुष ग्रह होते हैं और स्त्रैण ग्रह होते हैं, वरना कोई गति न होती। ऐसा होना ही चाहिए क्योंकि चुंबकीय खिंचाव पैदा करने के लिए, आकर्षण पैदा करने के लिए विपरीत ध्रुवों की जरूरत होती है। ग्रह भी पुरुष और स्त्रैण होने ही चाहिए। सभी कुछ दो

ध्रुवों में बंटा होना चाहिए। और जीवन इन ध्रुवों के बीच एक लयबद्धता है। विकर्षण और आकर्षण, निकट आना और दूर जाना—यह सब लयबद्धता है।

जहां भी विपरीत का मिलन होता है, तंत्र 'काम' शब्द का उपयोग करता है। यह एक 'कामुक' घटना है। और तुम्हारे भीतर के विरोधी ध्रुवों का कैसे मिलन हो जाए, ध्यान का सारा उद्देश्य यही है। तो ये सारी एक सौ बारह विधियां कामुक हैं। और कुछ नहीं हो सकता, कोई संभावना नहीं है। लेकिन काम शब्द की विराटता को समझने की कोशिश करो।

**दूसरा प्रश्नः**

***आपने कहा कि अस्तित्व एक समग्रता है, कि हर चीज जुड़ी हुई है, कि सब कुछ एक-दूसरे में समाहित हो रहा है, कि वृक्ष सूर्य के बिना नहीं हो सकता और सूर्य भी वृक्ष के बिना नहीं हो सकता। इस संदर्भ में कृपया यह बताएं कि ज्ञान और अज्ञान एक-दूसरे से किस प्रकार जुड़े हुए हैं।***

वे जुड़े हैं। ज्ञान और अज्ञान दो विपरीत ध्रुव हैं। ज्ञान तभी संभव है जब अज्ञान हो। यदि संसार से अज्ञान विदा हो जाए तो साथ ही साथ ज्ञान भी विदा हो जाएगा। लेकिन अपनी द्वैतवादी विचारधारा के कारण हम सदा यही सोचते हैं कि वे विपरीत हैं। असल में वे एक-दूसरे के परिपूरक हैं, विपरीत नहीं हैं। वे परिपूरक हैं, क्योंकि एक-दूसरे के बिना नहीं रह सकते। तो वे शत्रु नहीं हैं। जीवन और मृत्यु शत्रु नहीं हैं क्योंकि यदि जन्म न हो तो मृत्यु भी नहीं हो सकती। जन्म मृत्यु के लिए आधार बनाता है। परंतु यदि मृत्यु न होती तो जन्म भी नहीं हो सकता था। मृत्यु आधारशिला है।

तो जब भी कोई मर रहा होता है तो कोई और पैदा हो रहा होता है। एक क्षण मृत्यु होती है और तत्क्षण अगले ही क्षण जन्म होता है। वे विपरीत दिखाई पड़ते हैं, जहां तक परिधि का सवाल है वे विपरीत दिशा में कार्य करते हैं, लेकिन गहरे में वे मित्र हैं जो एक-दूसरे की मदद कर रहे हैं।

अज्ञान और ज्ञान के बारे में समझना कठिन है क्योंकि हम सोचते हैं कि जब कोई व्यक्ति ज्ञान को उपलब्ध होता है तो अज्ञान पूरी तरह मिट जाता है। ज्ञान के बारे में यह सामान्य धारणा है कि अज्ञान पूरी तरह मिट जाता है।

नहीं, यह सही नहीं है, बल्कि इसके विपरीत, जब कोई व्यक्ति ज्ञान को उपलब्ध होता है तो ज्ञान और अज्ञान दोनों ही मिट जाते हैं। क्योंकि यदि एक हो तो दूसरा भी होगा ही, एक दूसरे के बिना नहीं हो सकता। या तो वे एक साथ होते हैं या एक साथ मिट जाते हैं। वे एक ही चीज के दो पहलू हैं, एक ही सिक्के के दो पहलू हैं। तुम सिक्के के एक पहलू को मिटाकर दूसरे पहलू को नहीं बचा सकते।

तो जब कोई व्यक्ति बुद्ध होता है, उस क्षण वास्तव में दोनों ही मिट जाते हैं—ज्ञान और अज्ञान दोनों मिट जाते हैं। केवल चैतन्य बचता है, शुद्ध आत्मा बचती है; और दोनों संघर्षरत, विरोधी, सहयोगी विपरीत ध्रुव मिट जाते हैं। इसीलिए तो जब बुद्ध से पूछा जाता है। कि बुद्धपुरुष को क्या होता है तो कई बार वह मौन रह जाते हैं। वह कहते हैं, 'यह मत पूछो

क्योंकि मैं जो भी कहूंगा झूठ होगा। जो कुछ भी कहूंगा झूठ होगा। यदि मैं कहूं कि वह मौन हो जाता है, तो मौन का विपरीत भी होना चाहिए, वरना वह मौन कैसे अनुभव करेगा? यदि मैं कहूं वह आनंदित हो जाता है, तो उसके साथ-साथ विषाद भी होना ही चाहिए। विषाद के बिना तुम आनंदित कैसे हो सकते हो ?' बुद्ध कहते हैं, 'मैं जो भी कहूंगा झूठ होगा।'

तो बुद्धपुरुष की अवस्था के बारे में वह सतत मौन ही रहते हैं, क्योंकि हमारे सभी शब्द द्वैतवादी हैं। यदि तुम कहो प्रकाश और कोई आग्रह करे कि इसकी परिभाषा करो, तो तुम उसकी परिभाषा कैसे करोगे? तुम्हें अंधकार को लाना ही पड़ेगा, तभी परिभाषा कर सकोगे। तुम कहोगे कि जहां अंधकार नहीं होता वह प्रकाश है—या ऐसा ही कुछ।

संसार का एक महानतम चिंतक, वोल्टेयर, कहा करता था कि यदि पहले तुम अपने शब्दों को परिभाषित कर सको तभी कोई बातचीत कर सकते हो। लेकिन यह असंभव है। यदि तुम्हें प्रकाश की परिभाषा करनी पड़े तो अंधकार को लाना पड़ेगा। और फिर यदि यह पूछा जाए कि अंधकार क्या है तो उसकी परिभाषा तुम्हें प्रकाश से देनी पड़ेगी, जो कि अपरिभाषित है। सभी परिभाषाएं वर्तुलाकार हैं।

यदि पूछो, मन क्या है? तो परिभाषा होगी, जो पदार्थ नहीं है। और पदार्थ क्या है? तो परिभाषा होगी, जो मन नहीं है। दोनों ही शब्द अपरिभाषित हैं और तुम अपने ही साथ एक चाल चल रहे हो। तुम एक शब्द की परिभाषा दूसरे शब्द से करते हो जिसके लिए स्वयं ही परिभाषा की जरूरत है। पूरी भाषा वर्तुलाकार है और विपरीत अनिवार्य है।

तो बुद्ध कहते हैं, 'मैं तो यह भी नहीं कहूंगा कि बुद्धपुरुष होता है।' क्योंकि होने का अर्थ है कि न-होना भी मौजूद है। तो वह यह भी नहीं कहेंगे कि बुद्धत्व के बाद तुम मौजूद होते हो क्योंकि होने को न-होने से परिभाषित करना पड़ेगा। तब कुछ भी नहीं कहा जा सकता क्योंकि पूरी भाषा ही विपरीत ध्रुवों से बनी हुई है।

इसीलिए तो उपनिषदों में कहा गया है कि यदि कोई कहे कि वह ज्ञानी है तो भली प्रकार जानना कि वह ज्ञानी नहीं है। क्योंकि वह यह अनुभव ही कैसे कर सकता है कि वह ज्ञानी है? थोड़ा अज्ञान जरूर बच रहा होगा क्योंकि विपरीत की जरूरत है।

यदि तुम काली दीवार पर सफेद खड़िया से लिखो, दीवार जितनी काली होगी लिखाई उतनी ही सफेद होगी। सफेद दीवार पर तुम सफेद खड़िया से नहीं लिख सकते। यदि तुम लिखो तो कुछ भी नहीं लिखा जाएगा। विपरीत चाहिए। यदि तुम्हें लगे कि तुम ज्ञानी हो तो उससे पता चलता है कि काली दीवार भी वहीं है, तभी तुम्हें पता लग सकता है। यदि काली दीवार वास्तव में ही समाप्त हो गई है तो लिखाई भी मिट जाएगी। यह एक साथ होता है।

तो एक बुद्ध न तो अज्ञानी होता है न ज्ञानी होता है, वह बस होता है। तुम उसे द्वैत के किसी ध्रुव पर नहीं रख सकते। दोनों ही ध्रुव समाप्त हो गए।

जब दोनों ध्रुव समाप्त हो जाते हैं तो क्या घटता है? जब दोनों ध्रुव मिल जाते हैं तो वे एक-दूसरे को काट देते हैं और समाप्त हो जाते हैं। दूसरे ढंग से तुम यह कह सकते हो कि बुद्ध सबसे अज्ञानी व्यक्ति और सबसे ज्ञानी व्यक्ति दोनों हैं। ध्रुव अपनी अति पर आ गए हैं, वहां एक मिलन हुआ है, और मिलन ने दोनों को ही काट दिया है। ऋण और धन इकट्ठे हो गए हैं। न अब ऋण रहा न धन रहा, क्योंकि वे एक-दूसरे को काट देते हैं। ऋण ने धन को

काट दिया और धन ने ऋण को काट दिया, दोनों समाप्त हो गए और एक शुद्ध आत्मा, एक निर्दोष आत्मा बच रही। तुम न तो यह कह सकते हो कि आत्मा ज्ञानी है, न कह सकते हो कि अज्ञानी है—या तुम कह सकते हो कि यह दोनों ही एक साथ है।

बुद्धत्व का अर्थ है वह बिंदु, जहां से तुम अद्वैत में छलांग ले लेते हो। उस बिंदु से पहले द्वैत होता है। सब कुछ बंटा होता है।

किसी ने बुद्ध से पूछा, 'आप कौन हैं?'

वह हंसे और बोले, 'यह कहना तो कठिन है।'

लेकिन उस आदमी ने बहुत आग्रह किया। उसने कहा, 'कुछ तो कहा ही जा सकता है। क्योंकि आप सामने मौजूद हैं। कुछ अर्थपूर्ण कहा जा सकता है। आप कुछ तो हैं।' लेकिन बुद्ध ने कहा, 'कुछ भी नहीं कहा जा सकता। मैं हूं, लेकिन यह कहना भी मुझे असत्य में ले जाता है।' फिर उस आदमी ने दूसरा रास्ता निकाला। उसने पूछा, 'आप पुरुष हैं या स्त्री ?'

बुद्ध ने कहा, 'यह कहना भी कठिन है। कभी मैं पुरुष था, लेकिन तब मेरे सारे प्राण स्त्रियों की ओर आकर्षित थे। जब मैं पुरुष था तो मेरा मन स्त्रियों से भरा हुआ था और जब मेरे मन से स्त्रियां विदा हो गईं तो उनके साथ-साथ मेरा पुरुष भी विदा हो गया। अब मैं नहीं कह सकता। मैं जानता ही नहीं कि मैं कौन हूं। और इसकी परिभाषा करना कठिन है।'

जब द्वैत नहीं रहता तो किसी चीज की परिभाषा नहीं की जा सकती। तो यदि तुम्हें लगे कि तुम बुद्धिमान हो तो इसका अर्थ है कि अभी मूढ़ता भी है। यदि तुम्हें लगे कि तुम आनंदित हो तो इसका अर्थ है तुम अभी भी संसार में हो, विषाद के जगत में हो। यदि तुम कहते हो कि तुम गहन स्वास्थ्य अनुभव करते हो तो इसका अर्थ है कि अभी रोग भी संभव है। विपरीत तुम्हारा पीछा करेगा, तुम एक को पकड़ोगे तो दूसरा पीछा करेगा। तुम्हें दोनों को छोड़ना होगा। और छोड़ना तभी होता है जब दोनों मिलते हैं।

तो सभी धर्मों का मूल विज्ञान यही है कि कैसे तुम्हारे अंतर के विपरीत ध्रुवों का मिलन हो, ताकि वे समाप्त हो जाएं और कोई चिह्न भी न बचे। उन विपरीत ध्रुवों के मिटने के साथ ही तुम भी मिट जाओगे। जैसे तुम अभी हो, वैसे नहीं रहोगे और कुछ बिलकुल नया और अज्ञात, कुछ बिलकुल अकल्पनीय अस्तित्व में आएगा। उसे ही ब्रह्म कहा गया है, तुम उसे परमात्मा कह सकते हो। बुद्ध निर्वाण शब्द का उपयोग करते हैं। निर्वाण शब्द का बस इतना ही अर्थ है कि जो कुछ भी था उसका मिट जाना, अतीत का बिलकुल मिट जाना। और इस नए को परिभाषित करने के लिए तुम अपने अतीत के अनुभव और ज्ञान का उपयोग नहीं कर सकते। यह जो नया है, अपरिभाष्य है।

अज्ञान और ज्ञान भी द्वैत के हिस्से हैं। हमें बुद्ध ज्ञानी लगते हैं क्योंकि हम अज्ञान में हैं। स्वयं बुद्ध तो अपनी दृष्टि में दोनों ही नहीं रहे। उनके लिए द्वैत की भाषा में सोचना असंभव है।

**तीसरा प्रश्नः**

***क्या आप कृपया हमें बताएंगे कि कृष्णमूर्ति विधियों के इतने विरोध में क्यों हैं, जब कि शिव तो बहुत सी विधियों के पक्ष में हैं?***

विधियों के विरोध में होना भी एक विधि ही है। केवल कृष्णमूर्ति ही इस विधि का उपयोग नहीं कर रहे हैं, पहले भी कई बार इसका उपयोग किया गया है। यह तो प्राचीनतम विधियों में से एक है, इसमें कुछ नया नहीं है।

दो हजार वर्ष पहले बोधिधर्म ने इसका उपयोग किया। चान या झेन बुद्धिज्म के नाम से जिस धर्म को जाना जाता है, उसे वह चीन लेकर गया था। वह एक हिंदू भिक्षु था, भारत से था। वह अ-विधि में विश्वास करता था। झेन अ-विधि पर आधारित है। झेन गुरु कहते हैं कि यदि तुमने कुछ भी किया तो तुम चूक जाओगे, क्योंकि करेगा कौन? तुम! तुम्हीं तो रोग हो और तुमसे कुछ और पैदा नहीं हो सकता। प्रयास कौन करेगा? तुम्हारा मन! और तुम्हारा मन ही नष्ट होना है। और तुम मन की मदद से ही मन को नष्ट नहीं कर सकते। तुम जो भी करोगे, उससे तुम्हारा मन और मजबूत होगा।

तो झेन कहता है कि कोई विधि नहीं है, कोई उपाय नहीं है, कोई शास्त्र नहीं है और कोई गुरु नहीं हो सकता। लेकिन सौंदर्य यह है कि झेन ने महानतम गुरु पैदा किए हैं, और झेन गुरुओं ने संसार के सर्वोत्तम शास्त्र लिखे हैं, और झेन के माध्यम से हजारों-हजारों लोग निर्वाण को उपलब्ध हुए हैं, लेकिन वे कहते हैं कि कोई विधि नहीं है।

तो यह समझने जैसा है कि अ-विधि वास्तव में बुनियादी विधियों में से एक है। 'नकार' पर बल है ताकि तुम्हारे मन का निषेध हो जाए। मन के दो दृष्टिकोण हो सकते हैं, हां या न। यही दो संभावनाएं हैं, दो विकल्प हैं, जैसे कि सब चीजों में होते हैं। 'न' स्त्रैण है और 'हां' पुरुष। तो तुम चाहो तो न की विधि प्रयोग में ला सकते हो, या हां की विधि प्रयोग में ला सकते हो। यदि तुम हां की विधि अपनाओ तो कई विधियां होंगी; लेकिन तुम्हें हां कहना होगा और हां कई हो सकते हैं। यदि तुम न को अपनाओ तो कई विधियां नहीं हैं, बस एक ही विधि है, क्योंकि बहुत न नहीं हो सकते।

इस बात को देखो: संसार में इतने धर्म हैं, इतने तरह के आस्तिक हैं। अभी कम से कम तीन सौ धर्म हैं। तो आस्तिकता के तीन सौ मंदिर, चर्च और शास्त्र हैं। लेकिन नास्तिकता केवल एक ही तरह की है, दो नास्तिकताएं नहीं हो सकतीं। नास्तिकों का कोई संप्रदाय नहीं है। जब तुम कहते हो कि कोई परमात्मा नहीं है तो बात समाप्त हो गई। तुम दो न में भेद नहीं कर सकते। लेकिन जब तुम कहते हो, 'हां परमात्मा है,' तो भेद की संभावना है। क्योंकि मेरी हां मेरा अपना परमात्मा पैदा करेगी और तुम्हारी हां तुम्हारा परमात्मा पैदा करेगी। तुम्हारी हां जीसस के लिए हो सकती है, मेरी हां कृष्ण के लिए हो सकती है; लेकिन जब तुम न कहते हो तो सभी न एक जैसी होती हैं।

यही कारण है कि पृथ्वी पर नास्तिकता के कोई संप्रदाय नहीं हैं। नास्तिक एक जैसे हैं। उनका कोई शास्त्र नहीं है, उनका कोई चर्च नहीं है। जब उनका कोई विधायक दृष्टिकोण है नहीं है तो असहमत होने के लिए कुछ बचता ही नहीं, एक साधारण सी न ही पर्याप्त है। ऐसा ही विधियों के साथ है : न की केवल एक विधि है, हां की एक सौ बारह हैं, या और भी बहुत सी संभव हैं। तुम नई-नई विधियां पैदा कर सकते हो।

किसी ने कहा है कि मैं जो विधि सिखाता हूं, सक्रिय ध्यान, वह इन एक सौ बारह विधियों में नहीं है। वह इनमें नहीं है क्योंकि वह एक नया मिश्रण है, लेकिन जो कुछ भी उसमें

है वह इन एक सौ बारह विधियों में है। कोई भाग किसी विधि में है, कोई भाग किसी दूसरी विधि में है। ये एक सौ बारह बुनियादी विधियां हैं। उनसे तुम हजारों विधियां बना ले सकते हो। उसका कोई अंत नहीं है। कितने ही जोड़ संभव हैं।

लेकिन जो कहते हैं कि कोई विधि नहीं है, उनकी बस एक ही विधि हो सकती है। निषेध से तुम कुछ बहुत अधिक पैदा नहीं कर सकते। तो बोधिधर्म, लिंची, बोकोजू, कृष्णमूर्ति की केवल एक ही विधि है। असल में कृष्णमूर्ति ठीक झेन गुरुओं की श्रृंखला में ही आते हैं। वह झेन बोल रहे हैं। उसमें कुछ भी नया नहीं है। लेकिन झेन सदा नया दिखाई पड़ता है। और कारण यह है कि झेन शास्त्रों में विश्वास नहीं करता, परंपरा में विश्वास नहीं करता, विधियों में विश्वास नहीं करता।

तो जब भी न उठता है तो वह ताजा और नया होता है। 'हा' परंपरा में, शास्त्रों में, गुरुओं में विश्वास करता है। जब भी 'हां' होगा उसकी एक लंबी, आरंभहीन परंपरा होगी। जिन्होंने भी हां कहा है, कृष्ण हों कि महावीर, वे कहे चले जाते हैं कि वे कुछ नया नहीं कह रहे। महावीर कहते हैं, 'मुझसे पहले तेईस तीर्थंकरों ने यही सिखाया है।' और कृष्ण कहते हैं, 'मुझसे पहले एक ऋषि ने दूसरे ऋषि को संदेश दिया, दूसरे ऋषि ने तीसरे को दिया, और यह चलता चला आ रहा है। मैं कुछ भी नया नहीं कह रहा।' ।

'हां' सदा पुराना होगा, शाश्वत होगा। 'न' सदा नया लगेगा, जैसे अचानक अस्तित्व में आ गया हो। 'न' की कोई पारंपरिक जड़े नहीं हो सकतीं। वह बिना जड़ों के है। इसीलिए कृष्णमूर्ति नए लगते हैं। नए वह हैं नहीं।

विधियों से इनकार करने की यह विधि क्या है? इसका उपयोग किया जा सकता है। यह मन को मारने और नष्ट करने का एक सूक्ष्मतम उपाय है। मन किसी ऐसी चीज को पकड़ना चाहता है जो सहारा बने। मन के होने के लिए सहारे की जरूरत है, वह शून्य में नहीं हो सकता। तो वह कई तरह के सहारे बनाता है—चर्च, शास्त्र, बाइबिल, कुरान, गीता—तब वह सुखी होता है कि पकड़ने को कुछ है। लेकिन फिर इस पकड़ने के कारण मन भी बना रहता है।

अ-विधि की यह विधि सब सहारे नष्ट कर देने पर बल देती है। तो वह बल देगी कि कोई शास्त्र नहीं होना चाहिए। कोई बाइबिल मदद नहीं कर सकती, क्योंकि बाइबिल शब्दों के सिवाय और कुछ भी नहीं है। कोई गीता किसी तरह की मदद नहीं कर सकती क्योंकि गीता से तुम जो भी जानोगे वह उधार होगा और सत्य उधार नहीं हो सकता। कोई परंपरा किसी काम की नहीं है क्योंकि सत्य को मौलिक रूप से, निजी रूप से उपलब्ध करना होता है। तुम्हें उसे पाना पड़ता है, उसे हस्तांतरित नहीं किया जा सकता। कोई गुरु तुम्हें सत्य नहीं दे सकता क्योंकि वह संपदा जैसी कोई वस्तु नहीं है। वह हस्तांतरित नहीं किया जा सकता, सिखाया नहीं जा सकता क्योंकि वह कोई जानकारी नहीं है। यदि कोई गुरु तुम्हें सिखाता है तो तुम केवल शब्द, धारणाएं, सिद्धांत सीख सकते हो। कोई गुरु तुम्हें आत्मबोध नहीं दे सकता। वह आत्मबोध तुम्हें होगा और बिना किसी सहयोग के होगा। यदि वह किसी सहयोग से हुआ तो वह दूसरे पर आश्रित है और तुमको परम मुक्ति की ओर, मोक्ष की ओर नहीं ले जा सकता।

ये अ-विधि के अंग हैं। इन आलोचनाओं, निषेधों और विवादों से सहारे नष्ट हो जाते

हैं। फिर तुम बिना किसी गुरु, बिना शास्त्र, बिना परंपरा, बिना चर्च के अकेले रह जाते हो, न कहीं आना है, न कहीं जाना है, न कहीं आश्रित होना है। तुम एक शून्य बच रहे। और वास्तव में यदि तुम इस शून्य की कल्पना कर सको और उसमें होने को तैयार होओ तो तुम रूपांतरित हो जाओगे।

लेकिन मन बड़ा चालाक है। यदि कृष्णमूर्ति कहते हैं कि न गुरु को पकड़ना है, न शास्त्र को, न विधि को; तो तुम कृष्णमूर्ति को पकड़ लोगे। कई लोगों ने उन्हें पकड़ा हुआ है। मन ने फिर एक सहारा बना लिया और फिर पूरी बात ही बिगड़ गई।

कई लोग मेरे पास आते हैं और कहते हैं, 'हमारे मन अशांत हैं। आंतरिक शांति कैसे पाएं? आंतरिक मौन कैसे पाएं?' और यदि मैं उन्हें कोई विधि देता हूं तो वे कहते हैं,' लेकिन विधियां काम नहीं दे सकतीं क्योंकि हम कृष्णमूर्ति को सुनते रहे हैं।' तब मैं उनसे पूछता हूँ, 'फिर तुम मेरे पास क्यों आए हो? और जब तुम पूछते हो कि शांति कैसे पाएं, तो तुम्हारा अर्थ क्या है ? तुम विधि मांग रहे हो और अभी भी कृष्णमूर्ति को सुन रहे हो। क्यों? यदि कोई गुरु नहीं है और सत्य सिखाया नहीं जा सकता तो तुम उन्हें सुनने क्यों जा रहे हो? वह तुम्हें कुछ भी नहीं सिखा सकते। लेकिन तुम उन्हें सुनते चले जाते हो और वही तुम सीखते जा रहे हो। और अब तुमने यह अ-विधि पकड़ ली है। तो जब भी तुम्हें कोई विधि देगा तुम कहोगे, नहीं, हम विधियों में विश्वास नहीं करते। और तुम अभी भी शांत नहीं हो। तो क्या हुआ है? तुम कहां चूक गए हो? यदि सच में ही तुम्हें अ-विधि की जरूरत है, यदि अ-विधि ही तुम्हारी विधि है, तो जरूर तुम उपलब्ध हो गए होओगे। लेकिन तुम उपलब्ध नहीं हुए।'

मूल बात पर ही चूक हो गई, इस अ-विधि की विधि के सफल होने के लिए बुनियादी बात यह है कि तुम्हें सब सहारे नष्ट कर देने चाहिए, तुम्हें कुछ भी नहीं पकड़ना चाहिए। और यह बड़ा कठिन है। लगभग असंभव ही है। यही कारण है कि चालीस-चालीस वर्षों से लोग कृष्णमूर्ति को सुनते रहे हैं लेकिन उन्हें कुछ भी उपलब्ध नहीं हुआ। किसी सहारे के बिना बिलकुल अकेले रहना और इतने होश में रहना कि मन को कोई सहारा नहीं बनाना है, इतना कठिन है, इतना दुष्कर है, कि लगभग असंभव ही है। क्योंकि मन बहुत चालाक है, बार-बार सूक्ष्म सहारे खड़े कर सकता है। तुम गीता फेंक सकते हो, लेकिन फिर तुम कृष्णमूर्ति की पुस्तकों से वही जगह भर लेते हो। तुम मोहम्मद पर हंस सकते हो, महावीर पर हंस सकते हो, लेकिन यदि कोई कृष्णमूर्ति पर हंसे तो तुम्हें क्रोध आ जाता है। फिर दूसरी तरह से तुमने सहारा बना लिया, कुछ पकड़ लिया।

कोई पकड़ न होना ही इस विधि का राज है। यदि तुम इसे कर सको तो ठीक है, यदि न कर सको तो स्वयं को धोखा मत दो। फिर विधियां हैं, उनका उपयोग करो! फिर स्पष्ट समझ लो कि तुम अकेले नहीं हो सकते और तुम्हें किसी का सहयोग चाहिए। सहयोग संभव है। सहयोग से भी रूपांतरण संभव है।

ये विरोधी हैं; हां और न विरोधी हैं। तुम किसी से भी शुरू कर सकते हो, लेकिन तुम्हें अपने मन और उसके कार्य करने के ढंग का निश्चय करना पड़ेगा। यदि तुम्हें लगे कि तुम अकेले हो सकते हो...।

एक बार ऐसा हुआ कि मैं किसी गांव में ठहरा हुआ था तो एक आदमी आया और

मुझसे बोला, 'मैं बड़ा परेशान हूं। मेरे घर वाले मेरी शादी करना चाहते हैं।' वह जवान आदमी था, अभी-अभी विश्वविद्यालय से आया था। वह बोला, 'मैं इस सब में पड़ना नहीं चाहता। मैं संन्यासी बनना चाहता हूं, सब कुछ त्याग देना चाहता हूं। तो आपकी सलाह क्या है?' मैंने उसे कहा, 'मैं तो किसी से भी पूछने नहीं गया, लेकिन तुम मेरी सलाह मांगने आए हो। और तुम सलाह मांगने आए हो इससे पता चलता है कि तुम्हें सहारे की जरूरत है। तुम्हारे लिए पत्नी के बिना जीना कठिन होगा। वह भी एक सहारा है।'

तुम अपनी पत्नी के बिना नहीं जी सकते, तुम अपने पति के बिना नहीं जी सकतीं, लेकिन क्या तुम सोचते हो गुरु के बिना जी सकते हो? असंभव! तुम्हारा मन हर तरह से सहारा खोजता है। तुम कृष्णमूर्ति के पास किसलिए जाते हो? तुम सीखने जाते हो, सिखाए जाने के लिए जाते हो, ज्ञान उधार मांगने जाते हो। वरना तो कोई जरूरत नहीं है।

कई बार मित्रों ने मुझे कहा है, 'अच्छा होता यदि आप और कृष्णमूर्ति मिलते।' तो मैंने उनसे कहा, 'कृष्णमूर्ति से पूछो और यदि वह मिलना चाहें तो मैं आ जाऊंगा। लेकिन वहां होगा क्या? हम करेंगे क्या? हम क्या बातचीत करेंगे? हम मौन रहेंगे। तो जरूरत ही क्या है?' लेकिन वे कहते हैं, 'यदि आप दोनों मिलते तो बहुत अच्छा होता। हमारे लिए अच्छा होता। आप जो कहेंगे उसे सुनकर हमें बड़ा सुख होगा।'

तो मैं उन्हें एक कहानी कहता हूं। एक बार ऐसा हुआ कि एक मुसलमान फकीर, फरीद, यात्रा कर रहे थे। जब वे दूसरे संत कबीर के गांव के निकट पहुंचे तो फरीद के शिष्यों ने कहा कि यदि वे दोनों मिलें तो बहुत अच्छा होगा। और जब कबीर के शिष्यों को यह पता चला तो उन्होंने भी आग्रह किया कि जब फरीद गुजर रहे हैं तो उन्हें निमंत्रित करना चाहिए। तो कबीर ने कहा, 'ठीक है।' फरीद ने भी कहा, 'ठीक है। हम चलेंगे, लेकिन जब मैं कबीर की कुटिया में प्रवेश करूं तो कुछ भी कहना मत, बिलकुल मौन रहना।'

दो दिन तक फरीद कबीर की कुटिया में रहे। दो दिन तक वे मौन बैठे रहे। और फिर कबीर गांव की सीमा तक फरीद को विदा करने आए, और मौन में ही वे विदा हुए। जैसे ही वे विदा हुए दोनों के शिष्य पूछने लगे।

कबीर के शिष्यों ने उनसे पूछा, 'यह क्या हुआ? यह भी खूब रही! आप दो दिन तक मौन ही बैठे रहे, एक शब्द भी नहीं बोले, और हम सुनने को इतने उत्सुक थे!' फरीद के शिष्यों ने भी कहा, 'यह क्या हुआ? बड़ा अजीब लगा। हम दो दिन तक देखते ही रहे, देखते ही रहे, इंतजार करते रहे कि इस मिलन से कुछ निकले। लेकिन कुछ हुआ नहीं।'

कहते हैं फरीद ने कहा, 'तुम्हारा मतलब क्या है? दो ज्ञानी बात नहीं कर सकते; दो अज्ञानी बहुत बात कर सकते हैं, लेकिन सब व्यर्थ है, बल्कि हानिकारक है। एकमात्र संभावना यह है कि एक ज्ञानी अज्ञानी से बात करे।' और कबीर ने कहा, 'जो कोई एक शब्द भी बोलता वह यही सिद्ध करता कि वह अज्ञानी है।' ।

तुम सलाहें मांगे चले जाते हो, सहारे खोजते रहते हो। इसे अच्छी तरह से समझ लो कि यदि तुम सहारे के बिना नहीं रह सकते तो अच्छा है कि समझ-बूझ कर कोई सहारा, कोई मार्गदर्शक चुन लो। यदि तुम सोचते हो कि कोई जरूरत नहीं है, कि तुम स्वयं ही पर्याप्त हो, तो कृष्णमूर्ति या किसी और से पूछना बंद करो। आना-जाना बंद करो और अकेले हो रहो।

ऐसे लोगों को भी घटना घटी है जो अकेले थे। लेकिन यह कभी-कभार ही होता है, करोड़ों में किसी एक व्यक्ति को। वह भी बिना किसी कारण के नहीं। वह व्यक्ति कई जन्मों से खोजता रहा होगा; वह कई सहारे, कई गुरु, कई मार्गदर्शक खोज चुका होगा और अब ऐसे बिंदु पर पहुंच गया है जहां अकेला हो सकता है। केवल तभी ऐसा होता है। लेकिन जब भी किसी व्यक्ति के साथ ऐसा होता है कि अकेला ही वह परम को उपलब्ध कर लेता है तो वह कहने लगता है कि ऐसा तुम्हें भी हो सकता है। यह स्वाभाविक है।

क्योंकि कृष्णमूर्ति को यह अकेले हुआ तो वह कहे चले जाते हैं कि तुम्हें भी हो सकता है। तुम्हें ऐसा नहीं हो सकता। तुम सहारे की खोज में हो और उससे पता चलता है कि तुम यह अकेले नहीं कर सकते। तो अपने से ही धोखा मत खाओ! हो सकता है तुम्हारे अहंकार को अच्छा लगे कि मुझे किसी सहारे की जरूरत नहीं है! अहंकार सदा इसी भाषा में सोचता है कि 'मैं अकेला ही पर्याप्त हूं।' लेकिन वह अहंकार काम नहीं आएगा। वह तो सबसे बड़ी बाधा बन जाएगा।

अ-विधि भी एक विधि है, लेकिन कुछ खास लोगों के लिए। उनके लिए, जो कई जन्मों में संघर्ष किए हैं और अब ऐसे बिंदु पर पहुंच गए हैं जहां अकेले हो सकते हैं, यह विधि काम देगी। और यदि तुम उस तरह के व्यक्ति हो तो मैं अच्छी तरह जानता हूं कि तुम यहां नहीं होओगे। तो मुझे उस व्यक्ति की चिंता नहीं है, वह यहां होगा ही नहीं। वह यहां हो ही नहीं सकता। यहां पर ही नहीं, कहीं पर भी, किसी भी गुरु को सुनता हुआ, पूछता, खोजता, अभ्यास करता वह नहीं होगा। वह कहीं नहीं मिलेगा। तो उसे तो हम छोड़ सकते हैं, हमें उसकी बात भी करने की जरूरत नहीं है।

ये विधियां तुम्हारे लिए हैं। तो अंत में मैं यही कहना चाहूंगा कि कृष्णमूर्ति उस व्यक्ति के लिए बोल रहे हैं जो वहां जाएगा ही नहीं, और मैं उन लोगों के लिए बोल रहा हूं जो यहां हैं। कृष्णमूर्ति जो भी कह रहे हैं वह बिलकुल सही है, लेकिन जिन लोगों से कह रहे हैं वे बिलकुल गलत हैं। जो आदमी अकेला हो सकता है, जो बिना किसी विधि, बिना किसी सहारे, बिना किसी शास्त्र, बिना किसी गुरु के पहुंच सकता है, वह कृष्णमूर्ति को सुनने नहीं जाएगा क्योंकि कोई जरूरत ही नहीं है, कोई अर्थ ही नहीं है। और जो लोग सुनेंगे, वे उस तरह के नहीं हैं, उन्हें बड़ी कठिनाई होगी।

और वे कठिनाई में हैं। उन्हें सहारे की जरूरत है और उनका मन सोचता है की उन्हें सहारे की कोई जरूरत नहीं है। उन्हें गुरु की जरूरत है और उनका मन कहता है कि गुरु तो एक बाधा है। उन्हें विधियों की जरूरत है और तर्कपूर्ण ढंग से उन्होंने निष्कर्ष निकाल लिया है कि विधियां मदद नहीं कर सकतीं। वे बड़ी दुविधा में हैं, लेकिन दुविधा उन्होंने ही खड़ी की है।

तुम कुछ भी करना शुरू करो उससे पहले तुम्हें यह समझ लेना चाहिए कि तुम्हारा मन किस तरह का है, क्योंकि अंततः गुरु अर्थपूर्ण नहीं है, अंततः तुम्हारा मन ही अर्थपूर्ण है। अंतिम निर्णय तुम्हारे मन से ही आएगा, लक्ष्य तुम्हारे मन से ही प्राप्त होगा। तो बिना किसी अहंकार में उलझे इसे समझो।

बस इतना समझ लो कि कहीं तुम्हें सहारा, मार्गदर्शन या उपाय तो नहीं चाहिए। यदि तुम्हें उनकी जरूरत है तो खोज लो। यदि तुम्हें उनकी जरूरत नहीं है तो कोई प्रश्न ही नहीं है;

अकेले रहो, बिना किसी सहारे के; अकेले चलो, बिना कुछ पकड़े। दोनों बातों से वही होगा। हां और न दो विपरीत ध्रुव हैं और तुम्हें खोज लेना है कि तुम्हारा मार्ग क्या है।

**अंतिम प्रश्नः**
***आपने कहा कि शिव कोई व्यवस्था बिठाने वाले नहीं थे और उनकी शिक्षाओं के आस-पास कोई संप्रदाय नहीं खड़ा किया जा सकता। लेकिन बुद्ध, महावीर, जीसस और गुरजिएफ जैसे लोग तो बड़ी व्यवस्था बिठाने वाले लोग लगते हैं। उन्हें व्यवस्था क्यों बिठानी पड़ती है? कृपया व्यवस्था के लाभ और हानियां बताएं और क्या आप बहु-व्यवस्था के रचयिता हैं?***

दो संभावनाएं हैं : तुम लोगों की मदद के लिए कोई व्यवस्था बिठा सकते हो, लोगों की मदद के लिए बहुत सी व्यवस्थाएं बिठा सकते हो; या फिर, लोगों की मदद के लिए व्यवस्थाओं को नष्ट करने की कोशिश कर सकते हो। फिर वही हां और न, फिर वही विपरीत ध्रुव। और दोनों तरह से तुम लोगों की मदद कर सकते हो।

बोधिधर्म व्यवस्था तोड़ने वाले हैं, कृष्णमूर्ति व्यवस्था तोड़ने वाले हैं, झेन की पूरी परंपरा व्यवस्था तोड़ने वालों की है। महावीर, मोहम्मद, जीसस, गुरजिएफ बड़े व्यवस्था बनाने वाले हैं। समस्या सदैव यही है कि हम दो विरोधाभासों को एक साथ नहीं समझ सकते। हम सोचते हैं कि दोनों में से एक ही सही हो सकता है, लेकिन दोनों सही नहीं हो सकते। यदि व्यवस्था बनाने वाले सही हैं तो हमारा मन कहता है कि व्यवस्था तोड़ने वाले गलत ही होने चाहिए। और यदि व्यवस्था तोड़ने वाले सही हैं तो व्यवस्था बनाने वाले गलत होने चाहिए।

नहीं, दोनों ही सही हैं। व्यवस्था का अर्थ है अनुसरण करने के लिए एक मार्ग, अनुसरण करने के लिए एक स्पष्ट मार्ग ताकि कोई संदेह न उठे, कोई अनिर्णय न उठे और तुम पूर्ण विश्वास के साथ अनुसरण कर सको। इसे याद रखोः व्यवस्था का निर्माण भरोसा पैदा करने के लिए, श्रद्धा पैदा करने के लिए होता है। यदि सब कुछ स्पष्ट हो तो अधिक सरलता से श्रद्धा पैदा हो जाएगी। यदि बड़े हिसाब से तुम्हारे सब प्रश्नों के उत्तर दे दिए जाएं तो तुम असंदेह की स्थिति में आ जाओगे। और आगे बढ़ सकोगे।

तो कई बार महावीर तुम्हारे बेतुके प्रश्नों का उत्तर भी देते हैं। वे बेकार के प्रश्न हैं, व्यर्थ हैं, लेकिन वह उत्तर देंगे। और वह इस तरह से उत्तर देंगे कि वह उत्तर तुम्हें श्रद्धा पाने में सहयोग दे, क्योंकि श्रद्धा बहुत जरूरी होती है। जब भी कोई अज्ञात में प्रवेश करने का प्रयास करता है तो एक गहन श्रद्धा की जरूरत होती है, वरना तो आगे बढ़ना ही असंभव हो जाएगा। यह इतना खतरनाक होगा कि तुम डर जाओगे। वहां अंधकार है, मार्ग स्पष्ट नहीं है, सब कुछ अनिश्चित है और हर कदम तुम्हें और-और असुरक्षा में ले जाता है।

इसलिए व्यवस्था की जरूरत है ताकि सब कुछ सुनियोजित हो जाएः तुम्हें स्वर्ग और नर्क और परम मोक्ष के बारे में सब पता हो; और तुम कहां से चलोगे, कहां से गुजरोगे, इंच-इंच सुनिश्चित हो। उससे तुम्हें सुरक्षा मिलती है, एक भाव होता है कि सब कुछ ठीक-ठाक है। तुमसे पहले भी लोग वहां गए हैं, और तुम निर्जन में नहीं जा रहे, अज्ञात में

नहीं जा रहे। व्यवस्था से ऐसा लगता है कि सब ज्ञात है। वह तुम्हें मदद देने के लिए, बस एक सहारा देने के लिए है। और यदि तुममें भरोसा हो तो आगे बढ़ने के लिए तुम्हारे पास ऊर्जा होगी। यदि तुम्हें संदेह है तो तुम ऊर्जा व्यर्थ गंवाओगे और आगे बढ़ना कठिन होगा।

तो व्यवस्था बनाने वालों ने हर तरह के प्रश्नों के उत्तर देने का प्रयास किया है और उन्होंने एक साफ और स्पष्ट नक्शा बना दिया है। उस नक्शे को हाथ में लेकर तुम्हें लगता है। कि सब ठीक है, तुम आगे बढ़ सकते हो।

लेकिन मैं तुम्हें कहता हूं कि हर व्यवस्था कामचलाऊ है। हर व्यवस्था बस तुम्हारी मदद करने के लिए है। वह वास्तविक नहीं है। कोई भी व्यवस्था वास्तविक नहीं हो सकती। वह बस एक उपाय है। लेकिन वह इसीलिए तुम्हारी मदद करती है क्योंकि तुम्हारा पूरा व्यक्तित्व ही इतना झूठा है कि केवल झूठे उपाय ही मदद कर सकते हैं। तुम झूठ में जीते हो, सत्य को नहीं समझ सकते। व्यवस्था का अर्थ होता है थोड़ा कम झूठ, फिर और भी कम झूठ, और फिर धीरे-धीरे, धीरे-धीरे सत्य के करीब और करीब आते जाना। जब सत्य तुम पर प्रकट होगा तो व्यवस्था तुम्हारे लिए व्यर्थ हो जाएगी, छूट ही जाएगी।

जब सारिपुत्त बुद्धत्व को उपलब्ध हुआ, परम लक्ष्य पर पहुंचा, तो उसने वहां से पीछे मुड़कर देखा और पाया कि सारी व्यवस्था विदा हो गई है। जो कुछ भी उसे सिखाया गया था, कुछ भी नहीं बचा था। तो उसने बुद्ध से कहा, 'मुझे जो भी व्यवस्था सिखाई गई थी, सब विदा हो गई है।'

बुद्ध ने उसे कहा, 'मौन रह, दूसरों को मत बता! वह विदा हो गई है, उसे विदा होना ही था, क्योंकि वह कभी थी ही नहीं, बस एक कल्पना थी। लेकिन उसने तुझे इस बिंदु तक पहुंचने में मदद की। उनको मत बताना जो अभी पहुंचे नहीं हैं, क्योंकि यदि उन्हें पता लग गया कि जहां वे जा रहे हैं वहां कोई ज्ञान नहीं है तो वे रुक जाएंगे। अज्ञात में वे बिना सुरक्षा के नहीं जा सकते, अकेले नहीं जा सकते।'

ऐसा कई बार होता है। यह मेरा अपना अनुभव रहा है कि लोग मेरे पास आते हैं और कहते हैं, 'अब ध्यान गहरा हो रहा है लेकिन हमें डर लगता है।' जब तुम्हें मर जाने जैसा डर लगता है, जैसे कि मृत्यु पास आ रही हो, तो एक परम अनुभूति आएगी ही। जब ध्यान अपने शिखर पर पहुंचता है तो मृत्यु जैसा लगता है। मैं उन्हें कहता हूं, 'चिंता मत करो, मैं तुम्हारे साथ हूं।' फिर उन्हें ठीक लगता है। मैं वहां हो नहीं सकता, असंभव है। कोई भी वहां साथ नहीं जा सकता। यह एक झूठ है। कोई भी वहां नहीं जा सकता, तुम अकेले ही जाओगे। वह बिलकुल एकाकी स्थान है। लेकिन जब मैं कहता हूं कि मैं वहां होऊंगा, तुम चिंता मत करो, तुम आगे बढ़ो, तो उन्हें अच्छा लगता है और वे आगे बढ़ जाते हैं।

यदि मैं कहूं कि तुम अकेले ही होओगे और कोई भी वहां नहीं होगा, तो वे पीछे हट जाएंगे। वह बिंदु आ गया है जहां भय उठेगा ही। खाई सामने है और वे गिरने वाले हैं, गिरने में मुझे उनकी मदद करनी ही चाहिए। तो मैं कहता हूं कि मैं वहां हूं, तुम बस छलांग ले लो। और वे छलांग ले लेते हैं! छलांग लेने के बाद उनको पता चलेगा कि वहां कोई भी नहीं था। लेकिन अब तो सारी बात ही समाप्त हो गई, वे वापस नहीं आ सकते।

तो यह एक उपाय है। सभी व्यवस्थाएं मदद करने के उपाय हैं: उन लोगों की मदद के

लिए जो संदेह से भरे हैं, उन लोगों की मदद के लिए जिनमें श्रद्धा नहीं है, उन लोगों की मदद के लिए जिनमें भरोसा नहीं है। व्यवस्थाएं इसलिए खड़ी की जाती हैं कि लोग निश्चित होकर अज्ञात में प्रवेश कर सकें। उन व्यवस्थाओं में सब कुछ कहानियों जैसा होता है।

इसीलिए तो इतनी व्यवस्थाएं हैं। महावीर अपनी व्यवस्था बनाते हैं। वह व्यवस्था उनके शिष्यों की आवश्यकताओं के अनुसार बनाई गई है। तो वह एक व्यवस्था बनाते हैं। यह एक कल्पना है, लेकिन बड़ी सहयोगी है, क्योंकि इसके द्वारा कई लोग चले और सत्य तक पहुंचे। और जब वे पहुंचे तो उन्हें पता चल गया कि व्यवस्था झूठ थी, लेकिन उसने काम किया।

बुद्ध सत्य की परिभाषा ही यही करते हैं कि 'जो काम दे'। सत्य की उनकी परिभाषा ही यही है कि 'जो काम दे'। यदि झूठ भी काम आ जाए तो वह सत्य है और यदि कोई सत्य भी काम न आ सके तो झूठ ही है।

इतनी व्यवस्थाएं हैं और हर व्यवस्था मदद करती है। लेकिन सब व्यवस्थाएं सबकी मदद नहीं कर सकतीं। इसीलिए तो पुराने धर्म इस बात पर बल देते थे कि व्यक्ति को अपना धर्म नहीं बदलना चाहिए, क्योंकि समय के साथ मन को तो किसी व्यवस्था में संस्कारित किया जा सकता है और बदला जा सकता है, लेकिन गहरे में तुम नहीं बदलोगे और नई व्यवस्था तुम्हारे लिए कभी उपयोगी नहीं होगी।

एक हिंदू ईसाई बन सकता है, एक ईसाई हिंदू बन सकता है, लेकिन सात वर्ष की उम्र के बाद मन लगभग जड़ हो जाता है, संस्कारित हो जाता है। तो यदि कोई हिंदू ईसाई बन जाए तो गहरे में वह हिंदू ही रहेगा और ईसाई व्यवस्था उसकी मदद नहीं करेगी। और स्वयं की व्यवस्था से उसने संबंध खो दिया है जो काम आ सकती थी।

हिंदू और यहूदी हमेशा धर्म-परिवर्तन के विरुद्ध रहे हैं। धर्म-परिवर्तन के विरुद्ध ही नहीं, यदि कोई अपने आप उनके धर्म में भी आना चाहे तो वे विरोध करेंगे। वे कहेंगे, 'नहीं, अपने ही मार्ग पर चलो।' क्योंकि व्यवस्था बड़ी अचेतन घटना है; उसे गहरे अचेतन में होना चाहिए, तभी मदद कर सकती है। वरना वह मदद नहीं कर सकती और वह ऊपर-ऊपर ही होगी। यह भाषा की तरह ही है। तुम कोई भाषा इस तरह नहीं बोल सकते जिस तरह अपनी मातृभाषा बोलते हो, यह असंभव ही है। इसके बाबत कुछ किया नहीं जा सकता। किसी और भाषा में तुम कितने ही कुशल हो जाओ, वह उथली-उथली ही रहेगी। गहरे में तुम्हारी मातृभाषा तुमको प्रभावित करती रहेगी। तुम्हारे सपने तुम्हारी मातृभाषा में ही होंगे, अचेतन तुम्हारी मातृभाषा से चलेगा। कुछ भी ऊपर से लादा जा सकता है, लेकिन उसे हटाकर कुछ और नहीं लाया जा सकता।

धार्मिक व्यवस्थाएं भाषा की तरह हैं, वे भाषा ही हैं। लेकिन यदि वे गहरे प्रवेश कर जाएं तो मदद करती हैं क्योंकि तुम्हें भरोसा आ जाता है। व्यवस्था अर्थपूर्ण नहीं है, लेकिन भरोसा अर्थपूर्ण है। तुम्हें भरोसा होता है तो तुम एक निश्चित कदम उठा लेते हो। तुम्हें पता होता है कि तुम कहां जा रहे हो। और यह पता होना मदद करता है।

लेकिन व्यवस्था तोड़ने वाले भी होते हैं और वे भी मदद करते हैं। इसमें एक लयपूर्ण वर्तुल होता है, बिलकुल दिन और रात की तरह—फिर से दिन होता है, फिर रात आती है। वे भी मदद करते हैं। क्योंकि कई बार ऐसा होता है कि जब इतनी व्यवस्थाएं होती हैं तो लोग

उलझन में पड़ जाते हैं, और नक्शों से चलने की बजाय, नक्शे इतने बोझिल हो जाते हैं कि वे उन्हें ढो भी नहीं सकते। ऐसा हमेशा होता है।

उदाहरण के लिए, कोई परंपरा, कोई बहुत लंबी परंपरा सहयोगी होती है क्योंकि वह भरोसा देती है कि वह इतनी लंबी है। लेकिन क्योंकि वह इतनी लंबी है, इसलिए बोझिल भी होती है, वह एक मृत बोझ बन जाती है। तो चलने में तुम्हारी मदद करने के बजाय उसके ही कारण तुम चल नहीं सकते। तुम्हें भारमुक्त होना पड़ेगा। तो परंपरा तोड़ने वाले होते हैं जो तुम्हारे मन से व्यवस्था को हटाते हैं और चलने में तुम्हारी मदद करते हैं।

वे दोनों ही मदद करते हैं, लेकिन यह निर्भर करता है। यह युग पर निर्भर करता है, उस व्यक्ति पर निर्भर करता है जिसकी मदद की जानी है।

इस युग में व्यवस्थाएं बहुत बोझिल और उलझन भरी हो गई हैं। कई कारणों से पूरी बात ही खो गई है। पहले हर व्यवस्था अपने ही जगत में सीमित थी : जैन पैदा भी जैन की तरह होता था, जीता भी जैन की तरह था और मरता भी जैन की तरह ही था। वह हिंदू शास्त्रों का अध्ययन नहीं करता था, इसका निषेध था। वह मस्जिद या चर्च में नहीं जाता था, वह पाप था। वह अपनी ही व्यवस्था की चारदीवारी में रहता था। कुछ भी विजातीय उसके मन में प्रवेश नहीं करता था। तो कोई उलझन नहीं होती थी।

लेकिन वह सब नष्ट हो गया है और सभी लोग सब बातों से परिचित हैं। हिंदू कुरान पढ़ रहे हैं और मुसलमान गीता पढ़ रहे हैं। ईसाई पूर्व की ओर आ रहे हैं और पूर्व पश्चिम की ओर जा रहा है। सब कुछ गड्डमड्ड हो गया है। व्यवस्था से जो भरोसा आता था, वह अब नहीं रहा। सब कुछ तुम्हारे मन में प्रवेश कर गया है और सब कुछ गड्डमड्ड हो गया है। अब अकेले जीसस ही नहीं हैं, कृष्ण भी प्रवेश कर गए हैं, मोहम्मद भी प्रवेश कर गए हैं। और तुम्हारे भीतर एक-दूसरे का विरोध कर रहे हैं। अब कुछ भी निश्चित नहीं है।

बाइबिल एक बात कहती है और गीता बिलकुल उसके विपरीत बोलती है। मोहम्मद एक बात कहते हैं और महावीर उनके बिलकुल विपरीत बोलते हैं। उन दोनों ने एक-दूसरे का विरोध किया है। तुम कहीं के भी न रहे। तुम कहीं के भी नहीं हो, बस उलझन में खड़े हो। कोई भी मार्ग तुम्हारा नहीं है। मन की ऐसी दशा में व्यवस्था तोड़ना सहयोगी हो सकता है।

इसीलिए पश्चिम में कृष्णमूर्ति का इतना आकर्षण है। पूर्व में उनका इतना आकर्षण नहीं है क्योंकि पूर्व अभी भी उतना उलझन में नहीं है, जितना कि पश्चिम, क्योंकि पूर्व अभी भी दूसरों के बारे में इतना परिचित नहीं है। पश्चिम दूसरों के बारे में जानने से अभिभूत है। वे बहुत अधिक जानते हैं। अब कोई व्यवस्था वास्तविक नहीं है, उन्हें पता है कि सब कुछ मान्यता है। और एक बार तुम्हें यह पता चल जाए तो वह काम नहीं देगी।

कृष्णमूर्ति उनको आकर्षित करते हैं क्योंकि वह कहते हैं कि सब व्यवस्थाएं छोड़ दो। यदि तुम सब व्यवस्थाएं छोड़ दोगे तो उलझन से मुक्त हो जाओगे। लेकिन यह तुम पर निर्भर करेगा। ऐसा हो सकता है, जैसा कि लगभग हमेशा ही होता रहा है, कि सब व्यवस्थाएं तो बनी ही रहेंगी, व्यवस्थाओं को छोड़ने की यह व्यवस्था और आ जाएगी। एक रोग और जुड़ जाएगा।

जीसस बोले चले जाते हैं, कृष्ण बोले चले जाते हैं और फिर कृष्णमूर्ति भी आ जाते

हैं—तुम्हारा मन बेबल की मीनार बन जाता है। इतनी आवाजें हैं और तुम समझ नहीं सकते कि क्या हो रहा है। तुम्हें लगता है कि तुम पागल हो गए हो।

यदि तुम किसी व्यवस्था में विश्वास कर सको तो अच्छा है; यदि तुम किसी भी व्यवस्था में विश्वास नहीं कर सकते तो सभी छोड़ दो। फिर बिलकुल स्वच्छंद, बोझमुक्त हो जाओ। लेकिन इन दो विकल्पों के बीच में मत लटके रहो। और ऐसा लगता है कि जैसे सब बीच में ही हैं। कभी तुम दाईं ओर चले जाते हो, कभी बाईं ओर, फिर दाईं ओर, फिर बाईं ओर। घड़ी के पेंडुलम की तरह तुम एक ओर से दूसरी ओर जाते रहते हो। इस गति से तुम्हें लग सकता है कि तुम आगे बढ़ रहे हो।

तुम कहीं भी नहीं बढ़ रहे हो। हर कदम दूसरे को काट देता है, क्योंकि जब तुम दाईं ओर जाते हो और फिर बाईं ओर जाते हो तो अपना ही विरोध करते रहते हो। अंत में बस तुम उलझ जाते हो, परेशान होते हो, ऊहापोह में पड़ जाते हो।

तो या तो पूरी तरह बोझमुक्त हो जाओ। वह सहयोगी होगा। तुम स्वच्छ, निर्दोष और बालवत हो जाओगे और उड़ान भर सकोगे। या फिर, यदि वह बात तुम्हें बहुत खतरनाक लगती है, यदि तुम बोझमुक्त होने से डरते हो क्योंकि उससे तुम एक खालीपन में, एक रिक्तता में पहुंच जाओगे, यदि वह बोझमुक्त होना तुम्हें खतरनाक लगता है और तुम भयभीत हो, तो फिर कोई व्यवस्था चुन लो।

लेकिन कई ऐसे लोग हैं जो तुम्हें बताए चले जाते हैं कि सब कुछ एक ही है, कुरान भी वही कहती है, बाइबिल भी वही कहती है, गीता भी वही कहती है, उनका संदेश एक ही है। ये लोग बड़े उलझन में डालने वाले हैं। कुरान, बाइबिल, गीता एक ही बात नहीं कहतीं, वे व्यवस्थाएं हैं, स्पष्ट व्यवस्थाएं हैं, बिलकुल भिन्न हैं। न केवल भिन्न हैं, बल्कि कई जगह विपरीत और विरुद्ध हैं।

उदाहरण के लिए, महावीर कहते हैं कि अहिंसा ही कसौटी है। यदि तुम हिंसक हो, थोड़े से भी हिंसक हो, परम सत्य का द्वार तुम्हारे लिए बंद हो जाता है। यह एक विधि है। पूर्णतया अहिंसक होने के लिए तुम्हारे मन और शरीर दोनों की परिपूर्ण शुद्धि जरूरी है। तुम्हें पूर्णतया शुद्ध होना पड़ेगा, तभी तुम अहिंसक हो पाओगे। अहिंसक होने की यह प्रक्रिया तुम्हें इतना शुद्ध कर देगी कि प्रक्रिया ही परिणाम बन जाएगी।

इससे ठीक उलटा कृष्ण का संदेश है। वह अर्जुन से कहते हैं, 'तू मारने से मत डर, क्योंकि आत्मा को नहीं मारा जा सकता। तू शरीर को तो मार सकता है लेकिन आत्मा को नहीं मार सकता। तो किसलिए डरना? और शरीर तो मरा ही हुआ है। तो जो मरा ही हुआ है वही मरेगा और जो जीवित है वह जीवित ही रहेगा। तुझे चिंता करने की जरूरत नहीं है। यह तो बस एक लीला है।

वह भी सही हैं, क्योंकि यदि तुम इस सूत्र को समझ सको कि आत्मा को नष्ट नहीं किया जा सकता तो फिर पूरा जीवन एक लीला, एक कल्पना, एक नाटक बन जाता है। और यदि पूरा जीवन एक नाटक बन जाए, हत्या और आत्महत्या तक तुम्हारे लिए नाटक बन जाएं—विचार में ही नहीं, बल्कि तुम यह अनुभव कर लो कि सब कुछ स्वप्न मात्र ही है—तो मृत्यु भी तुम्हें साक्षी ही बनाएगी। और वह साक्षित्व अतिक्रमण बन जाएगा, तुम संसार के

ऊपर उठ जाओगे। पूरा जीवन एक नाटक बन जाता है; न कुछ अच्छा है, न बुरा है, बस एक सपना है। तुम्हें उसकी चिंता करने की जरूरत नहीं है।

लेकिन ये दो बातें बिलकुल भिन्न हैं। अंततः वे एक ही बिंदु पर ले जाती हैं, पर उनको आपस में मत मिलाना। यदि तुम उन्हें मिलाओगे तो तुम पीड़ित होओगे। व्यवस्था बनाने वाले भी तुम्हारी मदद के लिए हैं और व्यवस्था तोड़ने वाले भी तुम्हारी मदद के लिए हैं। लेकिन ऐसा लगता है कि कोई भी मदद नहीं कर पाया। तुम ऐसे हो, इतने हठी और इतने चालाक हो कि तुम बच निकलने के लिए सदा ही कोई न कोई उपाय खोज लेते हो।

बुद्ध और कृष्ण और जीसस, हर सदी में वे कुछ बातें सिखाते चले जाते हैं। तुम सुनते रहते हो, लेकिन तुम बड़े चालाक हो। तुम सुनते हो और फिर भी नहीं सुनते। तुम सदा कुछ न कुछ खोज लेते हो, कोई जगह, जहां से तुम बचकर निकल सको। अब आधुनिक मन ने एक चाल खोज ली है कि यदि कोई व्यवस्था है—यदि गुरजिएफ सिखा रहा है—तो लोग उसके पास जाएंगे और कहेंगे, 'कृष्णमूर्ति कहते हैं कि कोई व्यवस्था नहीं होनी चाहिए।' यही लोग कृष्णमूर्ति के पास जाएंगे—कृष्णमूर्ति अव्यवस्था सिखाते हैं—और वे कहेंगे, 'लेकिन गुरजिएफ कहते हैं कि व्यवस्था के बिना कुछ भी नहीं हो सकता।'

तो गुरजिएफ के पास वे कृष्णमर्ति का एक तरकीब की तरह उपयोग करते हैं और कृष्णमूर्ति के पास वे गुरजिएफ से बचने के लिए एक चाल की तरह उपयोग करते हैं। लेकिन वे किसी और को धोखा नहीं दे रहे, वे स्वयं को ही नष्ट कर रहे हैं।

गुरजिएफ मदद कर सकते हैं, कृष्णमूर्ति मदद कर सकते हैं, लेकिन तुम्हारे सहयोग के बिना वे मदद नहीं कर सकते। तुम्हें कुछ बातों के विषय में निश्चित होना चाहिए। एक, तुम्हें मदद चाहिए या नहीं चाहिए। दूसरे, तुम बिना किसी भय के अज्ञात में अकेले प्रवेश कर सकते हो या नहीं कर सकते। और तीसरे, तुम बिना किसी उपाय, बिना किसी विधि, बिना किसी व्यवस्था के एक भी इंच चल सकते हो या नहीं। इन तीन बातों का तुम्हें अपने भीतर निर्णय ले लेना है। अपने मन का विश्लेषण करो, उसे खोलो, उसमें झांको और निर्णय लो कि किस तरह का मन तुम्हारे पास है।

यदि तुम यह निर्णय लो कि तुम इसे अकेले नहीं कर सकते हो तो तुम्हें किसी व्यवस्था, किसी गुरु, किसी शास्त्र, किसी विधि की जरूरत है। यदि तुम सोचते हो कि तुम इसे अकेले ही कर सकते हो तो तुम्हें किसी और चीज की जरूरत नहीं है। तुम ही गुरु हो, तुम ही शास्त्र हो, तुम ही विधि हो।

लेकिन ईमानदार बनो और यदि तुम्हें लगे कि निर्णय करना असंभव है—निर्णय लेना इतना सरल नहीं है—यदि तुम्हें उलझन महसूस हो तो किसी गुरु के पास जाकर देखो, किसी विधि, किसी व्यवस्था का उपयोग करके देखो। और उसको पूरी ताकत से बिलकुल अति से करके देखो, ताकि यदि कुछ होने वाला है तो हो जाए। यदि कुछ भी नहीं होने वाला तो तुम एक ऐसे बिंदु पर पहुंच जाते हो जहां यह निर्णय कर सको कि अब तुम्हें ही सब करना होगा, तुम अकेले होओगे। वह भी अच्छा होगा।

लेकिन मेरा सुझाव है कि हमेशा शुरुआत तो तुम्हें किसी गुरु, किसी व्यवस्था, किसी विधि से ही करनी चाहिए, क्योंकि दोनों तरह से यह अच्छा ही होगा। यदि तुम उससे उपलब्ध

हो सको तो अच्छा है; यदि उससे उपलब्ध न हो सको, तो फिर पूरी बात ही व्यर्थ हो जाती है और तुम उसे छोड़कर अकेले आगे बढ़ सकते हो। फिर कृष्णमूर्ति को तुम्हें यह बताने की जरूरत नहीं पड़ेगी कि किसी गुरु की जरूरत नहीं है, तुम जानते ही हो। फिर तुम्हें किसी झेन-देशना के यह बताने की जरूरत नहीं रहेगी कि अपने शास्त्र फेंक दो और जला दो, तुम उन्हें अपने आप ही जला दोगे।

तो किसी गुरु के साथ, किसी व्यवस्था के साथ, किसी विधि के साथ शुरू करना अच्छा है, लेकिन निष्ठावान रहो। जब मैं कहता हूं निष्ठावान तो मेरा यह अर्थ है कि गुरु के साथ तुम जो भी कर सकते हो, करो; ताकि जो भी होना हो, हो जाए। यदि कुछ नहीं होता तो तुम यह निष्कर्ष निकाल सकते हो कि यह मार्ग तुम्हारे लिए नहीं है और तुम अकेले आगे बढ़ सकते हो।

आज इतना ही।

77

# चेतना का विस्तार

# सूत्र

१०६. हर मनुष्य की चेतना को अपनी ही चेतना जानो। अतः आत्मचिंता को त्यागकर प्रत्येक प्राणी हो जाओ।

१०७. यह चेतना ही प्रत्येक प्राणी के रूप में है, अन्य कुछ भी नहीं है।

१०८. यह चेतना ही प्रत्येक की मार्गदर्शक सत्ता है, यही हो रहो।

**अस्तित्व** स्वयं में अखंड है। मनुष्य की समस्या मनुष्य की स्व-चेतना के कारण पैदा होती है। चेतना सबको यह भाव देती है कि वे पृथक हैं। और यह भाव, कि तुम अस्तित्व से भिन्न हो, सब समस्याओं का निर्माण करता है। मूलतः यह भाव झूठा है, और जो कुछ भी झूठ पर आधारित होगा वह संताप पैदा करेगा, समस्याएं, उलझनें निर्मित करेगा। और तुम चाहे जो भी करो, यदि वह इस झूठी पृथकता पर आधारित है तो गलत ही होगा।

तो मनुष्य के संताप की समस्या को शुरू से ही सुलझाना पड़ेगाः वह निर्मित कैसे होती है? चेतना तुम्हें यह भाव देती है कि तुम अपने अस्तित्व के केंद्र हो और अन्य लोग 'अन्य' हैं, कि तुम उनसे अलग हो। यह दूरी इसीलिए है क्योंकि तुम चेतन हो। जब तुम सोए होते हो तो कोई भिन्नता नहीं होती, तुम वापस ब्रह्मांड में मिल जाते हो। इसीलिए नींद से इतना आनंद आता है। सुबह तुम फिर ताजे, जीवंत और ऊर्जा से भरे होते हो।

गहरी नींद में क्या होता है? तुम अपना अहंकार खो देते हो, स्वयं को खो देते हो, ब्रह्मांड के साथ एक हो जाते हो। वह एक हो जाना ही तुम्हें ताजा और जीवंत कर देता है और सुबह तुम आनंदित अनुभव करते हो। सब संताप मिट जाते हैं; सब विवाद, सब अशांतियां समाप्त हो जाती हैं; सब भय, मृत्यु आदि विदा हो जाते हैं, क्योंकि मृत्यु तभी संभव है जब तुम पृथक हो। यदि तुम पृथक नहीं हो तो मृत्यु असंभव है। यदि तुम पृथक नहीं हो तो मरेगा कौन? यदि तुम पृथक नहीं हो तो कष्ट कौन भोगेगा?

तो सभी तंत्र, योग और ध्यान की दूसरी विधियां केवल तुम्हें यही बताने के लिए हैं कि भिन्नता झूठ है और अभिन्नता यथार्थ है। और यदि तुम यह जान सको तो तुम दूसरे ही हो जाओगे, क्योंकि केंद्र तुममें से हटकर ब्रह्मांड में अपना सही स्थान ले लेगा। तुम इस महासागर में बस एक लहर मात्र रह जाओगे। तुम भिन्न नहीं होओगे, इसलिए तुम्हें कोई भय नहीं होगा। तुम असुरक्षित अनुभव नहीं करोगे। तुम मृत्यु के भय से पीड़ित नहीं होओगे। वह सब अहंकार के साथ समाप्त हो जाता है।

▲

हिंदू सदा से मानते रहे हैं कि समाधि एक चेतन निद्रा है। नींद में स्वतः ही ऐसा होता है कि तुम नहीं रहते। केवल अस्तित्व ही होता है, तुम नहीं; लेकिन तुम गहन बेहोशी में होते हो इसलिए तुम्हें पता नहीं होता कि क्या हो रहा है। यदि यही सजगता के साथ हो सके तो तुम संबुद्ध हो जाते हो। बुद्ध उसी स्रोत पर पहुंच जाते हैं जहां तुम हर रात गहरी नींद, स्वप्न-रहित नींद में पहुंचते हो। लेकिन बुद्ध उस स्रोत पर सचेत, जाग्रत, होशपूर्वक पहुंचते हैं। वह जानते हैं कि वह कहां जा रहे हैं, उन्हें पता है कि क्या हो रहा है। और जब वह उस गहन स्रोत से वापस लौटते हैं तो वह दूसरे ही होते हैं। पुराना विदा हो जाता है और एक नई चेतना, एक नई ऊर्जा उससे पैदा होती है।

इस चेतना का केंद्र ब्रह्मांड है; और केंद्र के इस परिवर्तन से तुम्हारी सारी चिंता, तुम्हारा सारा संताप, सब नर्क मिट जाता है। ऐसा नहीं है कि उनका समाधान हो जाता है, बस वे मिट ही जाते हैं, अहंकार के बिना वे रह ही नहीं सकते।

तो जागते हुए कैसे गहरी नींद में हुआ जाए? कैसे चैतन्य होकर सोया जाए? अहंकार को छोड़ते समय कैसे होशपूर्ण रहा जाए? अहंकार परिणाम है तुम्हारी सारी व्यवस्था का, तुम्हारे पालन-पोषण का, तुम्हारी जीवन शैली का। अहंकार जरूरी है। और कोई उपाय नहीं है। कोई भी व्यक्ति बिना अहंकार के विकसित नहीं हो सकता। लेकिन एक सीमा आती है जब अहंकार छोड़ा जा सकता है और छोड़ दिया जाना चाहिए, चेतना को उसका अतिक्रमण कर जाना चाहिए। अहंकार अंडे के खोल की तरह है। उसकी जरूरत है, वह तुम्हारी रक्षा करता है। एक बीज के खोल की तरह उसकी जरूरत है, वह रक्षा करता है। लेकिन यह सुरक्षा खतरनाक भी हो सकती है, अगर वह कुछ ज्यादा ही रक्षा करने लगे तो। यदि आवरण रक्षा ही करता चला जाए और बीज को अंकुरित न होने दे तो बाधा बन जाएगा। उसे धरती में मिटना ही होगा, ताकि आंतरिक जीवन उससे विकसित हो सके। उसे मरना ही होगा।

बीज को मरना ही होता है। हर मनुष्य बीज की तरह पैदा होता है। अहंकार बाहरी आवरण है; वह बच्चे की रक्षा करता है। यदि बच्चा अहंकार के बिना, या बिना इस भाव के पैदा होता है कि 'मैं हूं' तो वह जीवित नहीं रह सकता। वह स्वयं को बचा नहीं पाएगा। वह संघर्ष नहीं कर पाएगा, किसी भी तरह से जी नहीं पाएगा। लेकिन एक क्षण आता है जब यह मदद बाधा बन जाती है। बाहर से तो वह रक्षा करती है, लेकिन इतनी मजबूत हो जाती है कि तुम्हें, तुम्हारी आंतरिक सत्ता को फैलने ही नहीं देती, बाहर आने के लिए, अंकुरित होने के लिए मार्ग नहीं देती।

तो अहंकार की जरूरत है—और फिर अहंकार के अतिक्रमण की भी जरूरत है। यदि कोई अहंकार के साथ मर गया तो वह बीज की तरह ही मर गया। वह संभावना को साकार किए बिना ही मर गया, वह चैतन्य होकर अस्तित्व को उपलब्ध न हो सका।

ये विधियां इसीलिए हैं कि बीज को कैसे तोड़ा जाए।

पहली विधिः

*हर मनुष्य की चेतना को अपनी ही चेतना जानो। अतः आत्मचिंता को त्यागकर प्रत्येक प्राणी हो जाओ।*

'हर मनुष्य की चेतना को अपनी ही चेतना जानो।'

वास्तव में ऐसा ही है, पर ऐसा लगता नहीं। अपनी चेतना को तुम अपनी चेतना ही समझते हो और दूसरों की चेतना को तुम कभी अनुभव ही नहीं करते। अधिक से अधिक तुम यही सोचते हो कि दूसरे भी चेतन हैं। ऐसा तुम इसलिए सोचते हो क्योंकि जब तुम चेतन हो तो तुम्हारे ही जैसे दूसरे प्राणी भी चेतन होने चाहिए। यह एक तार्किक निष्कर्ष है; तुम्हें लगता नहीं कि वे चेतन हैं। यह ऐसे ही है जैसे जब तुम्हें सिर में दर्द होता है तो तुम्हें उसका पता चलता है, तुम्हें उसका अनुभव होता है। लेकिन यदि किसी दूसरे के सिर में दर्द है तो तुम केवल सोचते हो, दूसरे के सिर-दर्द को तुम अनुभव नहीं कर सकते। तुम केवल सोचते हो कि वह जो कह रहा है सच ही होना चाहिए। और उसे तुम्हारे सिर-दर्द जैसा ही कुछ हो रहा होगा। लेकिन तुम उसे अनुभव नहीं कर सकते।

अनुभव केवल तभी आ सकता है जब तुम दूसरों की चेतना के प्रति भी जागरूक हो जाओ, अन्यथा यह केवल तार्किक निष्पत्ति मात्र ही रहेगी। तुम विश्वास करते हो, भरोसा करते हो कि दूसरे ईमानदारी से कुछ कह रहे हैं; और वे जो कह रहे हैं वह भरोसा करने योग्य है, क्योंकि तुम्हें भी ऐसे ही अनुभव होते हैं।

तार्किकों की एक धारा है जो कहती है कि दूसरे के बारे में कुछ भी जानना असंभव है। अधिक से अधिक माना जा सकता है, पर निश्चित रूप से कुछ भी जाना नहीं जा सकता। यह तुम कैसे जान सकते हो कि दूसरे को भी तुम्हारे जैसी ही पीड़ा हो रही है, कि दूसरों को तुम्हारे ही जैसे दुख हैं? दूसरे सामने हैं पर हम उनमें प्रवेश नहीं कर सकते, हम बस उनकी परिधि को छू सकते हैं। उनकी अंतस चेतना अनजानी रहती है। हम अपने में ही बंद रहते हैं।

हमारे चारों ओर का संसार अनुभवगत नहीं है, बस माना हुआ है। तर्क से, विचार से, मन तो कहता है कि ऐसा है, पर हृदय इसे छू नहीं पाता। यही कारण है कि हम दूसरों से ऐसा व्यवहार करते हैं जैसे वे व्यक्ति न होकर वस्तुएं हों। लोगों के साथ हमारे संबंध भी ऐसे होते हैं जैसे वस्तुओं के साथ होते हैं। पति अपनी पत्नी से ऐसा व्यवहार करता है जैसे वह कोई वस्तु हो : वह उसका मालिक है। पत्नी भी पति की इसी तरह मालिक होती है जैसे वह कोई वस्तु हो। यदि हम दूसरों से व्यक्तियों की तरह व्यवहार करते तो हम उन पर मालकियत न जमाते, क्योंकि मालकियत केवल वस्तुओं पर ही की जा सकती है।

व्यक्ति का अर्थ है स्वतंत्रता। व्यक्ति पर मालकियत नहीं की जा सकती। यदि तुम उन पर मालकियत करने का प्रयास करोगे तो उन्हें मार डालोगे, वे वस्तु हो जाएंगे। वास्तव में दूसरों से हमारे संबंध कभी भी 'मैं-तुम' वाले नहीं होते, गहरे में वह बस 'मैं-यह' (यह यानी वस्तु) वाले होते हैं। दूसरा तो बस एक वस्तु होता है जिसका शोषण करना है, जिसका उपयोग करना है। यही कारण है कि प्रेम असंभव होता जा रहा है। क्योंकि प्रेम का अर्थ है। दूसरे को व्यक्ति समझना, एक चेतन-प्राणी, एक स्वतंत्रता समझना, अपने जितना ही मूल्यवान समझना।

यदि तुम ऐसे व्यवहार करते हो जैसे सब लोग वस्तु हैं तो तुम केंद्र हो जाते हो और दूसरे उपयोग की जाने वाली वस्तुएं हो जाते हैं। संबंध केवल उपयोगिता पर निर्भर हो जाता है। वस्तुओं का अपने आप में कोई मूल्य नहीं होता; उनका मूल्य यही है कि तुम उनका

उपयोग कर सकते हो, वे तुम्हारे लिए हैं। तुम अपने घर से संबंधित हो सकते हो; घर तुम्हारे लिए है, वह एक उपयोगिता है। कार तुम्हारे लिए है। लेकिन पत्नी तुम्हारे लिए नहीं है, न पति तुम्हारे लिए है। पति अपने लिए है और पत्नी अपने लिए है।

एक व्यक्ति अपने लिए ही होता है; यही व्यक्ति होने का अर्थ है। और यदि तुम व्यक्ति को व्यक्ति ही रहने दो और उसे वस्तु न बनाओ तो धीरे-धीरे तुम उसे महसूस करना शुरू कर दोगे। अन्यथा तुम महसूस नहीं कर सकते। तुम्हारा संबंध बस धारणागत, बौद्धिक, मन से मन का, मस्तिष्क से मस्तिष्क का ही रहेगा, कभी हृदय से हृदय का नहीं हो पाएगा।

यह विधि कहती है, 'हर मनुष्य की चेतना को अपनी ही चेतना जानो।'

कठिन होगा, क्योंकि पहले तो तम्हें व्यक्ति को एक व्यक्ति की तरह, एक चेतन प्राणी की तरह महसूस करना पड़ेगा। वह भी कठिन है।

जीसस कहते हैं, 'अपने पड़ोसियों से वैसे ही प्रेम करो जैसे तुम स्वयं से करते हो।'

यह भी वही बात है। लेकिन पहले दूसरा तुम्हारे लिए एक व्यक्ति की तरह होना चाहिए, वह स्वयं के लिए होना चाहिए, किसी शोषण या उपयोग के लिए नहीं, किसी साधन की तरह नहीं, उसे स्वयं में एक साध्य की तरह होना चाहिए। पहले वह व्यक्ति होना चाहिए; वह 'तुम' होना चाहिए, तुम्हारे जितना ही मूल्यवान। केवल तभी यह विधि उपयोग की जा सकती है।

'हर मनुष्य की चेतना को अपनी ही चेतना जानो।

पहले अनुभव करो कि दूसरा भी चेतन है, तब यह हो सकता है कि तुम महसूस करो कि दूसरे में भी वही चेतना है जो तुममें है। वास्तव में दूसरा खो जाता है और तुम्हारे तथा उसके बीच चैतन्य लहराता है। तुम चेतना की एक धारा के दो ध्रुव बन जाते हो।

गहन प्रेम में ऐसा होता है कि दो व्यक्ति दो नहीं रहते। दोनों के बीच कुछ बहने लगता है और वे दोनों दो ध्रुव बन जाते हैं। दोनों के बीच में कुछ आंदोलित होने लगता है। जब यह बहाव घटित होता है तो तुम आनंद से भर उठते हो। यदि प्रेम आनंद देता है तो इसी कारण; दो व्यक्ति केवल एक क्षण के लिए अपने अहंकार खो देते हैं, 'दूसरा' खो जाता है और बस एक क्षण के लिए अद्वैत अंतस में उतर जाता है। यदि ऐसा होता है तो अहोभाग्य है, सौभाग्य है, तुम स्वर्ग में प्रवेश कर गए। केवल एक क्षण, और वही क्षण तुम्हें रूपांतरित कर देता है।

यह विधि कहती है कि यह प्रयोग तुम सबके साथ कर सकते हो। प्रेम में तुम एक व्यक्ति के साथ हो सकते हो परंतु ध्यान में सबके साथ हो सकते हो। जो भी तुम्हारे पास आए उसमें डूब जाओ और अनुभव करो कि तुम दो जीवन नहीं, बस एक ही प्रवाहित जीवन हो। केवल गेस्टाल्ट बदलने की बात है। एक बार तुम जान जाओ कि कैसे यह होता है, एक बार तुम प्रयोग कर लो तो बहुत आसान है। शुरू-शुरू में यह असंभव लगता है क्योंकि हम अपने अहंकार से बहुत जुड़े हुए हैं। अहंकार को छोड़ना और प्रवाह में बहना कठिन लगता है। तो अच्छा होगा कि पहले तुम किसी ऐसी चीज से शुरू करो जिससे तुम भयभीत नहीं हो।

तुम वृक्ष से ज्यादा भयभीत नहीं होओगे इसलिए वहां से शुरू करना सरल रहेगा। किसी वृक्ष के पास बैठकर महसूस करो कि तुम उसके साथ एक हो गए हो, कि तुम्हारे भीतर एक प्रवाह, एक संप्रेषण हो रहा है, तुम तिरोहित हो रहे हो। किसी बहती हुई नदी के किनारे

बैठ जाओ और प्रवाह को अनुभव करो, महसूस करो कि तुम और नदी एक हो गए हो। आकाश के नीचे लेटकर महसूस करो कि तुम और आकाश एक हो गए हो। शुरू-शुरू में तो यह कल्पना-मात्र होगी, लेकिन धीरे-धीरे तुम्हें लगने लगेगा कि तुम कल्पना के माध्यम से वास्तविकता को छूने लगे हो।

और फिर व्यक्तियों के साथ प्रयोग करो। शुरू में तो यह कठिन होगा क्योंकि भय लगेगा। क्योंकि तुम व्यक्तियों को वस्तु बनाते रहे हो, तुम भयभीत हो कि यदि तुम किसी को इतने पास आने दोगे तो वह तुम्हें वस्तु बना लेगा। यही भय है। तो कोई भी इतनी घनिष्ठता नहीं होने देता। एक अंतराल हमेशा बनाए रखना पड़ता है। बहुत अधिक निकटता खतरनाक है क्योंकि दूसरा तुमको वस्तु बना ले सकता है, वह तुम पर मालकियत करने की कोशिश कर सकता है। यह डर है। तुम दूसरों को वस्तु बनाने का प्रयास कर रहे हो और दूसरे तुम्हें वस्तु बनाने का प्रयास कर रहे हैं। और कोई भी वस्तु बनना नहीं चाहता, कोई भी किसी का साधन बनना नहीं चाहता, कोई भी नहीं चाहता कि कोई उसका उपयोग करे। किसी का साधन बन जाना, स्वयं में मूल्यवान न रहना, सबसे निकृष्ट घटना है। लेकिन हर कोई प्रयास कर रहा है। इसी कारण इतना गहन भय है कि इस विधि को व्यक्तियों के साथ शुरू करना कठिन होगा।

तो किसी नदी के साथ, किसी पहाड़ी के साथ, तारों के साथ, आकाश के साथ, वृक्षों के साथ शुरू करो। एक बार तुम जान जाओ कि जब तुम वृक्ष के साथ एक हो जाते हो तो क्या होता है; एक बार तुम जान जाओ कि नदी के साथ जब तुम एक हो जाते हो तो कितना आनंद उतरता है, कैसे बिना कुछ खोए तुम पूरे अस्तित्व को पा लेते हो—तब तुम इसे व्यक्तियों के साथ शुरू कर सकते हो।

और यदि एक वृक्ष के साथ, एक नदी के साथ इतना आनंद आता है तो तुम कल्पना भी नहीं कर सकते कि एक व्यक्ति के साथ कितना अधिक आनंद आएगा, क्योंकि मनुष्य उच्चतर घटना है, अधिक विकसित चेतना है। एक व्यक्ति के साथ तुम अनुभव के उच्चतर शिखरों पर पहुंच सकते हो। यदि तुम एक पत्थर के साथ भी आनंदित हो सकते हो तो एक मनुष्य के साथ तुम परम आनंद अनुभव कर सकते हो।

लेकिन किसी ऐसी चीज से शुरू करो जिससे तुम अधिक भयभीत नहीं हो, या यदि कोई व्यक्ति है जिसे तुम प्रेम करते हो—कोई मित्र, कोई प्रेयसी, कोई प्रेमी—जिससे तुम भयभीत नहीं हो, जिसके साथ तुम बिना भय के करीब हो सकते हो, पास आ सकते हो, जिसके साथ तुम्हें यह भय न हो कि वह तुम्हें वस्तु बना लेगा और जिसमें तुम अपने को मिटा सको—यदि तुम्हारे पास ऐसा कोई है तो यह विधि करके देखो। स्वयं को होशपूर्वक उसमें मिटा दो।

जब तुम होशपूर्वक स्वयं को किसी में मिटा देते हो तो वह भी स्वयं को तुममें मिटा देगा; जब तुम खुले होते हो और दूसरे में बहते हो तो दूसरा भी तुममें बहने लगता है और एक गहन मिलन, एक संवाद घटित होता है। दो ऊर्जाएं एक-दूसरे में समाहित हो जाती हैं। उस स्थिति में कोई अहंकार, कोई व्यक्ति नहीं बचता, बस चेतना बचती है। और यदि यह एक व्यक्ति के साथ संभव है तो यह पूरे ब्रह्मांड के साथ संभव है। जिसे संतों ने परमानंद कहा है, समाधि कहा है, वह पुरुष और प्रकृति के बीच गहन प्रेम की घटना है।

'हर मनुष्य की चेतना को अपनी ही चेतना जानो। अतः आत्मचिंता को त्यागकर प्रत्येक प्राणी हो जाओ।'

हम सदा अपने से मतलब रखते हैं। जब हम प्रेम में भी होते हैं तो अपने में ही उत्सुक होते हैं। यही कारण है कि प्रेम एक विषाद बन जाता है। प्रेम स्वर्ग बन सकता है, लेकिन नर्क बन जाता है, क्योंकि प्रेमी भी अपने ही स्वार्थों में लगे होते हैं। दूसरे को इसलिए प्रेम किया जाता है क्योंकि वह तुम्हें सुख देता है, क्योंकि उसके साथ तुम्हें अच्छा लगता है। लेकिन दूसरे को तुमने ऐसे प्रेम नहीं किया कि वह अपने आप में ही मूल्यवान हो। मूल्य तुम्हारी प्रसन्नता से आता है। एक तरह से तुम परितुष्ट होते हो, संतुष्ट होते हो, इसलिए दूसरा महत्वपूर्ण है। यह भी दूसरे का उपयोग करना ही है।

आत्मचिंता का अर्थ है दूसरे का शोषण। और धार्मिक चेतना केवल तभी उतर सकती है जब स्वयं की चिंता खो जाए, क्योंकि तब तुम अ-शोषक हो जाते हो। अस्तित्व के साथ तुम्हारा संबंध शोषण का नहीं रहता, बल्कि बांटने का, आनंद का रह जाता है। न तुम किसी का उपयोग कर रहे हो, न कोई तुम्हारा उपयोग कर रहा है, बस होने का उत्सव रह जाता है।

लेकिन इस आत्मचिंता को दूर करना है—और वह बहुत गहरे में जमी हुई है। यह इतनी गहरी है कि तुम्हें उसका पता भी नहीं है। एक उपनिषद में कहा गया है कि पति अपनी पत्नी को पत्नी के लिए नहीं, बल्कि अपने लिए प्रेम करता है; और मां अपने बेटे को बेटे के लिए नहीं, बल्कि अपने लिए प्रेम करती है। स्वार्थ की जड़ें इतनी गहरी हैं कि तुम जो भी करते हो अपने ही लिए करते हो। इसका अर्थ है कि तुम सदा अहंकार का ही पोषण कर रहे हो। तुम सदा अहंकार को, एक झूठे केंद्र को पोषित कर रहे हो जो कि तुम्हारे और अस्तित्व के बीच बाधा बन गया है।

स्वयं की चिंता छोड़ दो। यदि कभी कुछ क्षण के लिए भी तुम स्वयं की चिंता छोड़ सको और दूसरे से, दूसरे के अस्तित्व से जुड़ सको तो तुम एक भिन्न वास्तविकता में, एक भिन्न आयाम में प्रवेश कर जाओगे। इसीलिए सेवा, प्रेम, करुणा पर इतना बल दिया जाता है। क्योंकि करुणा, प्रेम, सेवा का अर्थ है दूसरे से संबंध, अपने से नहीं।

लेकिन देखो, मनुष्य का मन इतना चालाक है कि उसने सेवा, करुणा और प्रेम को भी स्वार्थ में बदल लिया है। ईसाई मिशनरी सेवा करता है और अपनी सेवाओं में ईमानदार होता है। वास्तव में कोई और इतनी गहनता और लगन से सेवा नहीं कर सकता जितना कि एक ईसाई मिशनरी। कोई हिंदू, कोई मुसलमान ऐसे नहीं कर सकता, क्योंकि जीसस ने सेवा पर बहुत बल दिया है। एक ईसाई मिशनरी गरीबों की, बीमारों की, रोगियों की सेवा कर रहा है। लेकिन गहरे में उसे अपने से ही मतलब है, उन लोगों से कोई लेना-देना नहीं है। यह सेवा बस स्वर्ग पहुंचने का एक उपाय है। उसे उनसे कुछ भी लेना-देना नहीं है, बस अपने स्वार्थ से मतलब है। सेवा से वह श्रेष्ठ जीवन पा सकता है। इसलिए वह सेवा कर रहा है। लेकिन वह मूल बात ही चूक जाता है, क्योंकि सेवा का अभिप्राय है दूसरे को महत्व देना, दूसरा केंद्र है और तुम परिधि बन गए।

कभी ऐसा करके देखो। किसी को केंद्र बना लो। फिर उसका सुख तुम्हारा सुख हो जाता है, उसका दुख तुम्हारा दुख हो जाता है। जो भी होता है, उसको होता है, लेकिन तुम तक

प्रवाहित होता है। वह केंद्र है। यदि एक बार, बस एक बार भी तुम अनुभव कर सको कि कोई और तुम्हारा केंद्र है और तुम उसकी परिधि बन गए, तो तुम एक भिन्न अस्तित्व में, अनुभव के एक भिन्न आयाम में प्रवेश कर गए। क्योंकि उस क्षण तुम एक गहन आनंद अनुभव करोगे, जो पहले कभी नहीं जाना होगा, पहले कभी महसूस न किया होगा। दूसरे पर ध्यान देने से ही तुम दुख से छूट जाओगे। उस क्षण में तुम्हारे लिए कोई नर्क नहीं होगा; तुम स्वर्ग में प्रवेश कर गए।

ऐसा क्यों होता है? ऐसा इसलिए होता है क्योंकि अहंकार दुख का मूल है। यदि तुम उसे भूल सको, उसे मिटा सको तो सभी दुख उसी के साथ मिट जाते हैं।

'हर मनुष्य की चेतना को अपनी ही चेतना जानो। अतः आत्मचिंता को त्यागकर प्रत्येक प्राणी हो जाओ।'

वृक्ष बन जाओ, नदी बन जाओ, पत्नी बन जाओ, पति बन जाओ, बच्चा बन जाओ, मां बन जाओ, मित्र बन जाओ—इसका जीवन के हर क्षण में अभ्यास किया जा सकता है। लेकिन शुरू में यह कठिन होगा। तो कम से कम इसे एक घंटा रोज करो। उस एक घंटे में तुम्हारे करीब से जो भी गुजरे, वही बन जाओ। तुम सोचोगे कि यह कैसे हो सकता है! इसे जानने का और कोई उपाय नहीं है, तुम्हें करके ही देखना पड़ेगा।

किसी वृक्ष के साथ बैठो और महसूस करो कि तुम वृक्ष बन गए हो। और जब हवा चलती है और पूरा वृक्ष डोलता है, झूमता है, तो उस कंपन को अपने भीतर महसूस करो। जब सूरज उगता है और पूरा वृक्ष जीवंत हो जाता है, तो उस जीवंतता को अपने भीतर महसूस करो। जब वर्षा होती है और पूरा वृक्ष संतुष्ट और तृप्त हो जाता है, एक लंबी प्यास, एक लंबी प्रतीक्षा समाप्त हो जाती है और वृक्ष परितृप्त हो जाता है, तो वृक्ष के साथ तृप्त और संतुष्ट अनुभव करो। और तब तुम वृक्ष के सूक्ष्म भाव-भंगिमाओं के प्रति सजग हो जाओगे।

तुम उस वृक्ष को अभी तक कई वर्षों से देखते रहे हो, पर तुम उसके भावों को नहीं जान पाए। कभी वह प्रसन्न होता है; कभी दुखी होता है; कभी उदास, संतप्त, चिंतित, व्यथित होता है; कभी बहुत आनंदित और अहोभाव से भरा होता है। उसके भाव होते हैं। वृक्ष जीवंत है और महसूस करता है। और यदि तुम उसके साथ एक हो जाओ तो तुम भी वे अनुभव ले सकते हो। तब तुम अनुभव कर पाओगे कि वृक्ष जवान है या बूढ़ा; वृक्ष अपने जीवन से संतुष्ट है या नहीं; वृक्ष अस्तित्व के साथ प्रेम में है या नहीं; या कि विरुद्ध है, विपरीत है, क्रोधित है; वृक्ष हिंसक है या उसमें गहन करुणा है। जैसे तुम हर क्षण बदल रहे हो वैसे ही वृक्ष भी हर क्षण बदल रहा है, यदि तुम उसके साथ गहन आत्मीयता अनुभव कर सको, जिसे समानुभूति कहते हैं...।

समानुभूति का अर्थ है तुम किसी के साथ इतनी सहानुभूति से भर जाओ कि उसके साथ एक ही हो जाओ। वृक्ष के भाव तुम्हारे भाव हो जाएं। और यदि यह गहरे से गहरा होता चला जाए तो तुम वृक्ष से बात भी कर सकते हो। एक बार तुम्हें उसकी भावदशाओं का पता लगना शुरू हो जाए तो तुम उसकी भाषा समझना शुरू कर सकते हो। और वृक्ष अपने मन की बातें तुम्हें बताने लगेगा, अपने सुख-दुख वह तुम्हारे साथ बांटने लगेगा।

और यह पूरे जगत के साथ हो सकता है।

हर रोज कम से कम एक घंटे के लिए किसी भी चीज के साथ समानुभूति में चले जाओ। शुरू में तो तुम्हें लगेगा तुम पागल हो रहे हो। तुम सोचोगे, 'मैं किस तरह की मूर्खता कर रहा हूं?' तुम चारों ओर देखोगे और महसूस करोगे कि यदि कोई देख ले या किसी को पता लग जाए तो वह सोचेगा कि तुम पागल हो गए हो। लेकिन केवल शुरू में ही ऐसा होगा, एक बार समानुभूति के इस जगत में तुम प्रवेश कर जाओ तो सारा संसार तुम्हें पागल नजर आएगा। वे लोग बेकार में ही इतना कुछ चूक रहे हैं। जीवन इतने अतिरेक में देता है और वे उसे चूक रहे हैं। वे इसलिए चूक रहे हैं क्योंकि वे बंद हैं : वे जीवन को अपने भीतर प्रवेश नहीं करने देते। और जीवन तुममें केवल तभी प्रवेश कर सकता है जब कई-कई मार्गों से, कई-कई आयामों से तुम जीवन में प्रवेश करो। कम से कम एक घंटा हर रोज समानुभूति को साधो।

प्रारंभ में हर धर्म की प्रार्थना का यही अर्थ था। प्रार्थना का अर्थ था ब्रह्मांड के साथ होना, ब्रह्मांड के साथ गहन संवाद में होना। प्रार्थना का अर्थ है पूर्णता। कभी तुम परमात्मा से नाराज हो सकते हो, कभी धन्यवाद दे सकते हो, पर एक बात पक्की है कि तुम संवाद में हो। परमात्मा केवल एक बौद्धिक धारणा नहीं रही, एक गहन और घनिष्ठ संबंध हो गया। प्रार्थना का यही अर्थ है।

लेकिन हमारी प्रार्थनाएं सड़-गल गई हैं क्योंकि हमें तो यह भी नहीं पता कि प्राणियों से कैसे जुड़ें। तुम किसी प्राणी से नहीं जुड़ सकते, तुम्हारे लिए यह असंभव है। यदि तुम किसी वृक्ष से नहीं जुड़ सकते तो पूरे अस्तित्व के साथ कैसे जुड़ सकते हो? और यदि एक वृक्ष से बात करना तुम्हें पागलपन लगता है तो परमात्मा से बात करना और भी ज्यादा पागलपन लगेगा।

मन की प्रार्थनापूर्ण दशा के लिए हर रोज एक घंटा अलग से निकाल लो और अपनी प्रार्थना को शाब्दिक मत बनाओ, उसमें भाव भरो। खोपड़ी से बोलनें की बजाय अनुभव करो। जाओ और वृक्ष को छुओ, उसे गले लगाओ, चूमो; अपनी आंखें बंद कर लो और वृक्ष के साथ ऐसे हो जाओ जैसे तुम अपनी प्रेमिका के साथ हो। उसे महसूस करो। और शीघ्र ही तुम्हें एक गहन बोध होगा कि अपने आप को छोड़ कर दूसरा बन जाने का क्या अर्थ है।

'हर मनुष्य की चेतना को अपनी ही चेतना जानो। अतः आत्मचिंता को त्यागकर प्रत्येक प्राणी हो जाओ।'

दुसरी विधिः

*यह चेतना ही प्रत्येक प्राणी के रूप में है, अन्य कुछ भी नहीं है।*

अतीत में वैज्ञानिक कहा करते थे कि केवल पदार्थ ही है और कछ भी नहीं है। केवल पदार्थ के ही होने की धारणा पर बड़े-बड़े दर्शन के सिद्धांत पैदा हुए। लेकिन जिन लोगों की यह मान्यता थी कि केवल पदार्थ ही है वे भी सोचते थे कि चेतना जैसा भी कुछ है। तब वह क्या था? वे कहते थे कि चेतना पदार्थ का ही एक बाइ-प्रोडक्ट है, एक उप-उत्पाद है। वह परोक्ष रूप में, सूक्ष्म रूप में पदार्थ ही था।

लेकिन इस आधी सदी ने एक महान चमत्कार होते देखा है। वैज्ञानिकों ने यह जानने का बहुत प्रयास किया कि पदार्थ क्या है, लेकिन जितना उन्होंने प्रयास किया उतना ही उन्हें

लगा कि पदार्थ जैसा तो कुछ भी नहीं है। पदार्थ का विश्लेषण किया गया और पाया गया कि वहां कुछ नहीं है।

अभी सौ वर्ष पूर्व नीत्शे ने कहा था कि परमात्मा मर गया है। परमात्मा के मरने के साथ ही चेतना भी बच नहीं सकती क्योंकि परमात्मा का अर्थ है समग्र-चेतना। लेकिन इन सौ सालों में ही पदार्थ मर गया है। और पदार्थ इसलिए नहीं मरा क्योंकि धार्मिक लोग ऐसा सोचते हैं, बल्कि वैज्ञानिक एक बिलकुल दूसरे निष्कर्ष पर पहुंच गए हैं कि पदार्थ केवल आभास है। यह केवल ऐसा दिखाई पड़ता है क्योंकि हम बहुत गहरे नहीं देख सकते। यदि हम गहरे में देख सकें तो पदार्थ समाप्त हो जाता है, बस ऊर्जा बच रहती है।

यह ऊर्जा, यह अभौतिक ऊर्जा-शक्ति संतों द्वारा बहुत पहले से ही जान ली गई है। वेदों में, बाइबिल में, कुरान में, उपनिषदों में—संसार भर में संतों ने जब भी अस्तित्व में गहरे प्रवेश किया है तो पाया है कि पदार्थ केवल भासता है; गहरे में कोई पदार्थ नहीं है केवल ऊर्जा है। अब इस बात से विज्ञान सहमत है। और संतों ने एक और भी बात कही है जिससे विज्ञान को अभी राजी होना है—एक दिन उसे राजी होना ही पड़ेगा—संत एक दूसरे निष्कर्ष पर भी पहुंचे हैं, वे कहते हैं कि जब तुम ऊर्जा में गहरे प्रवेश करते हो तो ऊर्जा भी समाप्त हो जाती है। और बस चेतना बचती है।

तो ये तीन पर्तें हैं। पदार्थ पहली पर्त है, परिधि है। परिधि के भीतर प्रवेश कर जाओ तो दूसरी पर्त दिखाई पड़ती है। तुम ऊर्जा को देख सकते हो। फिर तुम यदि ऊर्जा में प्रवेश करो तो तीसरी पर्त प्रकाशित होती है, वह तीसरी पर्त चेतना है।

शुरू-शुरू में विज्ञान कहता था कि संत बस सपने देख रहे हैं, क्योंकि विज्ञान को पदार्थ के अलावा और कुछ दिखाई नहीं पड़ता था। फिर विज्ञान ने भीतर प्रवेश करने का प्रयास किया और संतों की दूसरी पर्त की पुष्टि हो गई। पदार्थ केवल भासता है, गहरे में वह बस ऊर्जा है। और संतों का दूसरा दावा है : ऊर्जा में भी गहरे प्रवेश करो तो ऊर्जा भी समाप्त हो जाती है, बस चेतना बचती है। वह चेतना ही परमात्मा है, वह अंतरतम केंद्र है।

यदि तुम अपने शरीर में प्रवेश करो तो वहां भी ये तीन पर्तें हैं। केवल सतह पर तुम्हारा शरीर है। शरीर भौतिक दिखाई पड़ता है, पर उसके भीतर प्राण की, जीवंत ऊर्जा की धाराएं बहती हैं। उस जीवंत ऊर्जा के बिना तुम्हारा शरीर बस एक लाश रह जाएगा। इसके भीतर कुछ बह रहा है, उसके कारण ही यह जीवित है। वही ऊर्जा है। लेकिन गहरे और गहरे में तुम द्रष्टा हो, साक्षी हो। तुम अपने शरीर और ऊर्जा दोनों को देख सकते हो। वह द्रष्टा ही तुम्हारी चेतना है।

हर अस्तित्व की तीन पर्तें हैं। गहनतम पर्त साक्षी चेतना की है, मध्य में जीवन-ऊर्जा है और सतह पर पदार्थ है, भौतिक शरीर है।

यह विधि कहती है, 'यह चेतना ही प्रत्येक प्राणी के रूप में है, अन्य कुछ भी नहीं है।'

तुम क्या हो? तुम कौन हो? यदि तुम अपनी आंखें बंद करो और खोजो कि तुम कौन हो तो अंततः तुम इसी निष्कर्ष पर पहुंचोगे कि तुम चेतना हो। बाकी सब कुछ तुम्हारा हो सकता है, पर तुम वह नहीं हो। शरीर तुम्हारा है, पर तुम शरीर को देख सकते हो, और जो शरीर को देख रहा है वह पृथक हो जाता है। शरीर जानी जाने वाली वस्तु हो जाता है और तुम

जानने वाले हो जाते हो। तुम अपने शरीर को जान सकते हो। न केवल तुम जान सकते हो, बल्कि अपने शरीर को आज्ञा दे सकते हो, उसे सक्रिय कर सकते हो, निष्क्रिय कर सकते हो। तुम पृथक हो। तुम अपने शरीर के साथ कुछ भी कर सकते हो।

और न केवल तुम अपना शरीर नहीं हो, बल्कि तुम अपना मन भी नहीं हो। यदि विचार आते हैं तो तुम उन्हें देख सकते हो और उनके साथ तुम कुछ कर सकते हो। तुम उन्हें बिलकुल मिटा सकते हो, तुम विचारशून्य हो सकते हो। या, तुम अपने मन को एक ही विचार पर एकाग्र कर सकते हो। तुम स्वयं को वहां केंद्रित कर सकते हो। या, तुम विचारों को नदी की तरह प्रवाहित होने दे सकते हो : तुम अपने विचारों के साथ कुछ भी कर सकते हो, उन्हें बिलकुल समाप्त भी कर सकते हो, लेकिन तब भी तुम हो। तुम्हें पता चलेगा कि अब कोई विचार नहीं रहे, अंतस में एक खालीपन आ गया है; लेकिन तुम फिर भी होओगे और उस खालीपन को देखोगे।

केवल एक चीज जिसे तुम अपने से अलग नहीं कर सकते, वह तुम्हारा साक्षीत्व है। इसका अर्थ है कि तुम वही हो। तुम स्वयं को उससे अलग नहीं कर सकते। तुम बाकी हर चीज से स्वयं को अलग कर सकते हो। तुम जान सकते हो कि तुम न शरीर हो, न मन हो, लेकिन तुम यह नहीं जान सकते कि तुम अपने साक्षी नहीं हो। क्योंकि तुम जो भी करोगे वह साक्षी ही होगा। तुम साक्षी से स्वयं को अलग नहीं कर सकते। वह साक्षी ही चेतना है। और जब तक तुम उस अवस्था पर न पहुंच जाओ जहां से अब और पीछे जाना असंभव हो, तब तक तुम स्वयं तक नहीं पहुंचे।

तो ऐसे उपाय हैं जिनसे साधक संबंध काटता चला जाता है—पहले शरीर, फिर मन और फिर वह उस बिंदु पर पहुंचता है जहां कुछ नहीं छोड़ा जा सकता। उपनिषदों में वे कहते हैं, नेति-नेति। यह बड़ी गहरी विधि है : न यह, न वह। तो साधक कहता चला जाता है, 'यह मैं नहीं हूं, यह मैं नहीं हूं', जब तक कि वह ऐसी जगह न पहुंच जाए जहां यह न कहा जा सके कि 'यह मैं नहीं हूं'। केवल एक साक्षी बचता है। शुद्ध चेतना बचती है। यह शुद्ध चेतना ही प्रत्येक प्राणी है।

अस्तित्व में जो कुछ भी है इस चेतना का ही प्रतिफलन है, इसी की एक लहर, इसी का एक सघन रूप है, और कुछ भी नहीं है। लेकिन इसे अनुभव करना है। विश्लेषण सहयोगी हो सकता है, बौद्धिक समझ सहयोगी हो सकती है, लेकिन इसे अनुभव करना है कि और कुछ भी नहीं है, बस चेतना है। फिर व्यवहार भी ऐसा करो कि बस चेतना ही है।

मैंने एक झेन गुरु लिंची के बारे में सुना है। एक दिन वह अपनी झोपड़ी में बैठा था कि कोई उससे मिलने आया। जो आदमी मिलने आया था वह बहुत गुस्से में था—हो सकता है। उसका अपनी पत्नी से, या अपने मालिक से, या किसी और से झगड़ा हुआ हो—पर वह बहुत गुस्से में था। उसने गुस्से से दरवाजा खोला, गुस्से से अपने जूते उतारकर फेंके और भीतर आकर बड़े आदर से वह लिंची के सामने झुका।

लिंची ने कहा, 'पहले जाओ और जाकर दरवाजे से तथा जूतों से क्षमा मांगो।'

उस आदमी ने बड़ी हैरानी से लिंची की ओर देखा। वहां दूसरे लोग भी बैठे थे, वे सभी हंसने लगे।

लिंची बोला, 'चुप रहो!' और उस आदमी से बोला, 'अगर तुम क्षमा नहीं मांगना चाहते हो तो यहां से चले जाओ। मुझे तुमसे कुछ लेना-देना नहीं है।' वह आदमी बोला, 'दरवाजे और जूतों से माफी मांगना तो बड़ा विचित्र लगेगा।' लिंची ने कहा, 'जब तुम उन पर गुस्सा निकाल रहे थे तो विचित्र नहीं लगा। अब विचित्र लगेगा? हर चीज में एक चेतना है। तो तुम जाओ और जब तक दरवाजा तुम्हें माफ न कर दे, मैं तुम्हें भीतर नहीं आने दूंगा।'

उस आदमी को बड़ा अजीब लगा, पर उसे जाना पड़ा। बाद में वह भी फकीर बन गया और ज्ञान को उपलब्ध हुआ। जब वह ज्ञान को उपलब्ध हुआ तो उसने सारी कहानी सुनाई, 'जब मैं दरवाजे के सामने खड़ा होकर माफी मांग रहा था तो मुझे बड़ा विचित्र लग रहा था। लेकिन फिर मैंने सोचा कि अगर लिंची ऐसा कहता है तो इसमें जरूर कोई बात होगी। मुझे लिंची में भरोसा था। तो मैंने सोचा चाहे यह पागलपन ही क्यों न हो इसे कर ही डालो। पहले-पहले तो जो मैं दरवाजे से कह रहा था, वह झूठा था, दिखावटी था; लेकिन धीरे-धीरे मैं भाव में आने लगा, और लिंची ने कहा था कि वह सब देखेगा। और वह प्रतीक्षा कर रहा था, जब दरवाजा मुझे माफ करेगा तभी मैं भीतर जा सकता था; वरना जब तक मैं दरवाजे को मना न लेता और जूते मुझे माफ न कर देते, मुझे वहीं रुकना पड़ता। तो धीरे-धीरे मैं भाव से भर गया। मैं भूल ही गया कि बहुत से लोग मुझे देख रहे हैं, मैं लिंची के बारे में भी भूल गया—और फिर मेरा भाव वास्तविक हो गया, सच्चा हो गया। मुझे लगने लगा कि दरवाजा और जूता अपनी मनोदशा बदल रहे हैं। और जिस क्षण मुझे लगा कि दरवाजा और जूता अब खुश हैं, लिंची ने उसी समय आवाज दी कि अब मैं भीतर आ सकता हूं, मुझे माफ कर दिया गया है।'

यह घटना उसके जीवन में रूपांतरण ले आई क्योंकि पहली बार उसे पता चला कि हर चीज वास्तव में घनीभूत चेतना है। यदि तुम इसे नहीं देख पाते तो इसका कारण यह है कि तुम अंधे हो। यदि तुम नहीं सुन पाते तो इसका कारण यह है कि तुम बहरे हो। तुम्हारे चारों ओर पदार्थ नहीं है, हर चीज घनीभूत चेतना है। समस्या तुम्हारे साथ है, तुम खुले हुए नहीं हो, संवेदनशील नहीं हो।

यह विधि कहती है, 'यह चेतना ही प्रत्येक प्राणी के रूप में है, अन्य कुछ भी नहीं है।'

इसी भाव के साथ जीओ। इसके प्रति संवेदनशील होओ। और जहां भी तुम जाओ, इसी मन और हृदय के साथ जाओ कि सब कुछ चेतना है, और कुछ भी नहीं है। देर-अबेर संसार अपना चेहरा बदल लेगा। देर-अबेर पदार्थ मिटने लगेंगे और प्राणी नजर आने लगेंगे। देर-अबेर पूरा संसार प्रकाशित हो जाएगा और तुम्हें पता चलेगा कि अभी तक तुम अपनी असंवेदनशीलता के कारण मुर्दा पदार्थ के संसार में रह रहे थे। वरना तो सब कुछ जीवंत है, न केवल जीवंत है, बल्कि चेतन है।

सब कुछ गहरे में चेतना ही है। लेकिन यदि तुम एक सिद्धांत की तरह ही इसमें विश्वास करते हो तो कुछ भी नहीं होगा। तुम्हें इसे जीवन की एक शैली बनाना पड़ेगा, जीवन का ढंग बनाना पड़ेगा, ऐसे व्यवहार करना पड़ेगा जैसे कि सब कुछ चेतन है। शुरू में तो यह 'जैसे कि' ही होगा और तुम्हें पागलपन लगेगा, लेकिन अगर तुम अपने पागलपन पर डटे ही रहो और यदि तुम पागल होने का साहस कर सको तो जल्दी ही संसार अपने रहस्य प्रकट करने लगेगा।

▲

इस अस्तित्व के रहस्यों में प्रवेश करने का एकमात्र उपाय विज्ञान ही नहीं है। वास्तव में तो यह सबसे अपरिष्कृत ढंग है, सबसे धीमी विधि है। संत तो एक क्षण के भीतर अस्तित्व में प्रवेश कर सकता है। विज्ञान तो उतना भीतर उतरने में लाखों वर्ष लगाएगा। उपनिषद कहते हैं कि संसार माया है, कि पदार्थ केवल भासता है, लेकिन विज्ञान पांच हजार साल बाद कह सका है कि पदार्थ झूठ है। उपनिषद कहते हैं कि गहरे में यह ऊर्जा चेतना ही है, विज्ञान को अभी पांच हजार साल और लगेंगे। धर्म एक छलांग है; विज्ञान बहुत धीमी प्रक्रिया है। बुद्धि छलांग नहीं ले सकती; उसे तर्क से चलना पड़ता है—हर तथ्य पर तर्क देना पड़ता है, सिद्ध करना पड़ता है, प्रयोग करना पड़ता है—लेकिन हृदय छलांग ले सकता है।

याद रखो, बुद्धि के लिए एक प्रक्रिया जरूरी है, फिर निष्कर्ष निकलता है—पहले प्रक्रिया, फिर तर्कपूर्ण निष्पत्ति। हृदय के लिए निष्कर्ष पहले आता है, फिर प्रक्रिया आती है। यह बिलकुल विपरीत है। यही कारण है कि संत कुछ सिद्ध नहीं कर सकते। उनके पास निष्कर्ष है, पर प्रक्रिया नहीं है।

शायद तुम्हें पता न हो, शायद तुमने ध्यान न दिया हो, कि संत सदा निष्कर्षों की बात करते हैं। यदि तुम उपनिषद पढ़ो तो तुम्हें केवल निष्कर्ष ही मिलेंगे। जब पहली बार उपनिषदों को पश्चिमी भाषाओं में अनुवादित किया गया तो पश्चिमी दार्शनिक समझ ही नहीं पाए, क्योंकि उनके पीछे कोई तर्क नहीं था। उपनिषद कहते हैं, 'ब्रह्म है।' और इसके लिए कोई तर्क नहीं देते। तुम इस निष्कर्ष पर पहुंचे कैसे? क्या प्रमाण है? किस आधार पर तुम घोषणा करते हो कि ब्रह्म है? नहीं, उपनिषद कुछ नहीं कहते, बस निष्कर्ष देते हैं।

हृदय तत्क्षण निष्कर्ष पर पहुंच जाता है। और जब निष्कर्ष आ जाए तो तुम प्रक्रिया शुरू कर सकते हो। दर्शन का यही अर्थ है।

संत निष्कर्ष देते हैं और दार्शनिक उसकी प्रक्रिया बनाते हैं। जीसस निष्कर्ष पर पहुंचे और फिर संत अगस्तीन, थामस अकीनस ने प्रक्रिया पैदा की। वह बाद की बात है। निष्कर्ष पहले आ गया, अब तुम्हें प्रमाण जुटाने होंगे। प्रमाण संत के जीवन में है। वह इसके लिए विवाद नहीं कर सकता। वह स्वयं ही प्रमाण है, यदि तुम उसे देख सको। यदि तुम देख न सको, तब तो कोई प्रमाण नहीं है। तब धर्म व्यर्थ है।

तो इन विधियों को सिद्धांत मत बनाओ। ये सिद्धांत नहीं हैं। ये तो छलांगें हैं—अनुभव में, निष्कर्ष में।

तीसरी विधिः

*यह चेतना ही प्रत्येक की मार्गदर्शक सत्ता है, यही हो रहो।*

पहली बात, मार्गदर्शक तुम्हारे भीतर है, पर तुम उसका उपयोग नहीं करते। और इतने समय से, इतने जन्मों से तुमने उसका उपयोग नहीं किया है कि तुम्हें पता ही नहीं है कि तुम्हारे भीतर कोई विवेक भी है। मैं कास्तानेद की पुस्तक पढ़ रहा था। उसका गुरु, डान जुआन उसे एक सुंदर सा प्रयोग करने के लिए देता है। यह प्राचीनतम प्रयोगों में से एक है।

एक अंधेरी रात में, पहाड़ी रास्ते पर कास्तानेद का गुरु कहता है, 'तू भीतरी मार्गदर्शक पर भरोसा करके दौड़ना शुरू कर दे!' यह खतरनाक था। पहाड़ी रास्ता था, अनजान था,

वृक्षों-झाड़ियों से भरा था, खाइयां भी थीं। वह कहीं भी गिर सकता था। वहां तो दिन में भी संभल-संभलकर चलना पड़ता था, और यह तो अंधेरी रात थी। उसे कुछ सुझाई नहीं पड़ता था। और उसका गुरु बोला, 'चल मत, दौड़!'

उसे तो भरोसा ही न आया! यह तो आत्महत्या करने जैसा हो गया। वह डर गया। लेकिन गुरु दौड़ा। वह बिलकुल वन्य प्राणी की तरह दौड़ता हुआ गया और वापस आ गया। और कास्तानेद को समझ नहीं आया कि वह कैसे दौड़ रहा था; और न केवल वह दौड़ रहा था बल्कि हर बार दौड़ता हुआ वह सीधा उसी के पास आता जैसे कि वह देख सकता हो। फिर धीरे-धीरे कास्तानेद ने साहस जुटाया। जब यह बूढ़ा आदमी दौड़ सकता है तो वह क्यों नहीं दौड़ सकता! उसने कोशिश की, और धीरे-धीरे उसे लगा कि कोई आंतरिक प्रकाश उठ रहा है। फिर वह दौड़ने लगा।

तुम केवल तभी होते हो जब तुम सोचना बंद कर देते हो। जिस क्षण तुम सोचना बंद करते हो, अंतस घटित होता है। यदि तुम न सोचो तो सब ठीक है। यह ऐसे ही है जैसे कोई भीतरी मार्गदर्शक कार्य कर रहा हो। तुम्हारी बुद्धि ने तुम्हें भटकाया है। और सबसे बड़ा भटकाव यह है कि तुम अंतर्विवेक पर भरोसा नहीं कर सकते।

तो पहले तुम्हें अपनी बुद्धि को राजी करना पड़ेगा। यदि तुम्हारा विवेक कहता भी है। कि आगे बढ़ो तो तुम्हें अपनी बुद्धि को राजी करना पड़ता है, और तब तुम अवसर चूक जाते हो। क्योंकि कई क्षण होते हैं, या तो तुम उनका उपयोग कर ले सकते हो, या उन्हें चूक जाओगे। बुद्धि समय लगाती है; और जब तक तुम सोचते हो, विचार करते हो, तब तक अवसर हाथ से निकल जाता है। जीवन तुम्हारे लिए इंतजार नहीं करेगा। तुम्हें तत्क्षण जीना होता है। तुम्हें योद्धा बनना पड़ता है—जैसे झेन में कहते हैं—क्योंकि जब तुम रणभूमि में तलवार लेकर लड़ रहे हो तो तुम सोचते नहीं, तुम्हें बिना सोचे-विचारे लड़ना होता है।

झेन गुरुओं ने तलवार का ध्यान की विधि की तरह उपयोग किया है। और जापान में कहते हैं कि यदि दो झेन गुरु, दो ध्यानस्थ व्यक्ति तलवारों से युद्ध कर रहे हों तो परिणाम कभी निकल ही नहीं सकता। न कोई हारेगा न कोई जीतेगा, क्योंकि दोनों ही विचार नहीं कर रहे। तलवारें उनके हाथों में नहीं हैं, उनके अंतर्विवेक, विचारशून्य भीतरी मार्गदर्शक के हाथों में हैं। और इससे पहले कि दूसरा आक्रमण करे, विवेक जान लेता है और प्रतिरक्षा कर लेता है। तुम उसके बारे में सोच नहीं सकते क्योंकि समय ही नहीं है। दूसरा तुम्हारे हृदय का निशाना बना रहा है। एक ही क्षण में तलवार तुम्हारे हृदय में घुस जाएगी। इस विषय में सोचने का समय ही नहीं है कि क्या करना है। जैसे ही उसके मन में यह विचार उठता है कि 'हृदय में तलवार घुसा दो' उसी समय तुममें विचार उठना चाहिए कि 'बचो'—उसी क्षण, बिना किसी विलंब के—केवल तभी तुम बच सकते हो। वरना तो तुम समाप्त हो जाओगे।

तो वे तलवारबाजी को ध्यान की तरह सिखाते हैं और कहते हैं, 'हर क्षण अंतर्विवेक से जीओ, सोचो मत। अंतस जो चाहे, उसे करने दो। मन के द्वारा हस्तक्षेप मत करो।'

यह बहुत कठिन है, क्योंकि हम तो अपने मन से ही इतने प्रशिक्षित हैं। हमारे स्कूल, हमारे कालेज, हमारे विश्वविद्यालय, हमारी संस्कृति, सभ्यता, सभी हमारे मस्तिष्क को भरते हैं। हमारा अपने अंतर्विवेक से संबंध टूट गया है। सब उस अंतर्विवेक के साथ ही पैदा होते

हैं, लेकिन उसे काम नहीं करने दिया जाता। वह करीब-करीब अपंग हो जाता है। पर उसे पुनरुज्जीवित किया जा सकता है। यह सूत्र इसी अंतर्विवेक के लिए है।

'यह चेतना ही प्रत्येक की मार्गदर्शक सत्ता है, यही हो रहो'।

खोपड़ी से मत सोचो। सच में तो, सोचो ही मत। बस बढ़ो। कुछ परिस्थितियों में इसे करके देखो। यह कठिन होगा, क्योंकि सोचने की पुरानी आदत होगी। तुम्हें सजग रहना पड़ेगा कि सोचना नहीं है, बस भीतर से महसूस करना है कि मन में क्या आ रहा है। कई बार तुम उलझन में पड़ सकते हो कि यह अंतर्विवेक से उठ रहा है या मन की सतह से आ रहा है। लेकिन जल्दी ही तुम्हें अंतर पता लगना शुरू हो जाएगा।

जब भी कुछ तुम्हारे भीतर से आता है तो वह नाभि से ऊपर की ओर उठता है। तुम उसके प्रवाह, उसकी ऊष्णता को नाभि से ऊपर उठते हुए अनुभव कर सकते हो। जब भी तुम्हारा मन सोचता है तो वह ऊपर-ऊपर होता है, सिर में होता है और फिर नीचे उतरता है। यदि तुम्हारा मन कुछ सोचता है तो उसे नीचे धक्का देना पड़ता है। यदि तुम्हारा अंतर्विवेक कोई निर्णय लेता है तो तुम्हारे भीतर कुछ उठता है। वह तुम्हारे अंतरतम से तुम्हारे मन की ओर आता है। मन उसे ग्रहण करता है। पर वह निर्णय मन का नहीं होता, वह पार से आता है। और यही कारण है कि मन उससे डरता है। बुद्धि उस पर भरोसा नहीं कर सकती, क्योंकि वह गहरे से आता है—बिना किसी तर्क के, बिना किसी प्रमाण के बस उभर आता है।

तो किन्हीं परिस्थितियों में इसे करके देखो। उदाहरण के लिए, तुम जंगल में रास्ता भटक गए हो तो इसे करके देखो। सोचो मत, बस अपनी आंख बंद कर लो, बैठ जाओ, ध्यान में चले जाओ और सोचो मत। क्योंकि वह व्यर्थ है; तुम सोच कैसे सकते हो? तुम कुछ जानते ही नहीं हो। लेकिन सोचने की ऐसी आदत पड़ गई है कि तुम तब भी सोचते चले जाते हो जब सोचने से कुछ भी नहीं हो सकता। सोचा तो उसी के बारे में जा सकता है, जो तुम पहले से जानते हो। तुम जंगल में रास्ता खो गए हो, तुम्हारे पास कोई नक्शा नहीं है, कोई मौजूद नहीं है जिससे तुम पूछ लो। अब तुम क्या सोच सकते हो? लेकिन तुम तब भी कुछ न कुछ सोचोगे। वह सोचना बस चिंता करना ही होगा, सोचना नहीं होगा। और जितनी तुम चिंता करोगे उतना ही अंतर्विवेक कम काम कर पाएगा।

तो चिंता छोड़ो, किसी वृक्ष के नीचे बैठ जाओ और विचारों को विदा हो जाने दो। बस प्रतीक्षा करो, सोचो मत। कोई समस्या मत खड़ी करो, बस प्रतीक्षा करो। और जब तुम्हें लगे कि निर्विचार का क्षण आ गया है, तब खड़े हो जाओ और चलने लगो। जहां भी तुम्हारा शरीर जाए, उसे जाने दो। तुम बस साक्षी बने रहो, कोई हस्तक्षेप मत करो। खोया हुआ रास्ता बड़ी सरलता से पाया जा सकता है, लेकिन एकमात्र शर्त है कि मन के द्वारा हस्तक्षेप न हो।

ऐसा कई बार अनजाने में हुआ है। महान वैज्ञानिक कहते हैं कि जब भी कोई बड़ी खोज हुई है मन के द्वारा नहीं हई, सदा अंतःप्रज्ञा के ही कारण हुई है।

मैडम क्यूरी गणित की एक समस्या को सुलझाने में लगी हुई थी। जो कुछ भी संभव था, उसने सब किया। फिर वह ऊब गई। कई दिन से, हफ्तों से वह उस पर कार्य कर रही थी और कुछ हल नहीं निकल रहा था, वह पागल हुई जा रही थी। हल का कोई उपाय ही नजर नहीं आ रहा था। फिर एक रात थक कर वह लेट गई और सो गई। और रात को सपने में

उसका उत्तर एकदम उभर आया। वह उससे इतनी जुड़ी हुई थी कि उसका सपना टूट गया, वह जाग गई। उसी क्षण उसने उत्तर लिख डाला, क्योंकि सपने में यह तो आया नहीं था कि करना कैसे है, बस उत्तर सामने आ गया। उसने एक कागज पर उत्तर लिख लिया और फिर सो गई।

सुबह वह हैरान हुई; उत्तर बिलकुल ठीक था, पर वह जानती नहीं थी कि उसे निकाला कैसे गया था। कोई प्रक्रिया, कोई तरीका नहीं दिया हुआ था। फिर उसने प्रक्रिया खोजने की कोशिश की। अब यह आसान बात थी क्योंकि उत्तर हाथ में था और उत्तर लेकर पीछे बढ़ना सरल था। इस सपने के कारण उसने नोबल पुरस्कार जीता। लेकिन वह सदा ही हैरान रही कि यह हुआ कैसे!

जब तुम्हारा मन थक जाता है और आगे नहीं बढ़ सकता, तो वह थक कर रुक जाता है; थकने के उस क्षण में अंतर्विवेक इशारे दे सकता है, हल दे सकता है, कुंजियां दे सकता है। जिस व्यक्ति को मनुष्य की कोशिका की आंतरिक संरचना की खोज के लिए नोबल पुरस्कार मिला, उसने भी उसकी संरचना को एक सपने में देखा। उसने मानवीय-कोशिका की पूरी आंतरिक संरचना को सपने में देखा और सुबह उठकर उसकी पिक्चर बना दी। उसे खुद भी भरोसा नहीं था कि यह ठीक है, तो उसे कई वर्षों तक उस पर काम करना पड़ा। कई वर्ष उस पर काम करने के बाद वह इस निष्कर्ष पर पहुंचा कि सपना सच्चा था।

मैडम क्यूरी के साथ ऐसा हुआ कि जब उसे अंतःप्रज्ञा की इस प्रक्रिया का पता चला तो उसने निश्चय कर लिया कि वह प्रयोग करके देखेगी। एक बार एक समस्या आ गई जिसे वह हल करना चाहती थी, तो उसने सोचा, 'इसके लिए क्यों व्यर्थ ही चिंता करूं और श्रम करूं? बस सो जाती हूं।' वह मजे से सो गई, पर कोई हल नहीं आया। तो वह थोड़ी परेशान हुई। कई बार उसने कोशिश की, जब भी कोई समस्या आती तो वह सो जाती। लेकिन कोई हल न निकलता। पहले बुद्धि को पूरी तरह से थकाना होता है, तभी हल आता है। खोपड़ी को पूरी तरह से थका देना होता है, नहीं तो वह स्वप्न में भी चलती रहती है।

तो अब वैज्ञानिक कहते हैं कि सभी बड़ी खोजें अंतःप्रज्ञा से आती हैं, बौद्धिक नहीं होतीं। भीतरी मार्गदर्शन का यही अर्थ है।

'यह चेतना ही प्रत्येक की मार्गदर्शक सत्ता है, यही हो रहो।'

मस्तिष्क को छोड़ दो और इस अंतःप्रज्ञा में उतर जाओ। पुराने शास्त्र कहते हैं कि बाह्य गुरु केवल तुम्हें भीतर के गुरु से मिलवाने में मदद कर सकता है। बस इतना ही। एक बार बाह्य गुरु तुम्हें भीतरी गुरु से मिलवा दे तो उसका काम समाप्त हो जाता है।

गुरु के द्वारा तुम सत्य तक नहीं पहुंच सकते; गुरु के द्वारा तुम बस भीतर के गुरु तक पहुंच सकते हो। और तब वह भीतर का गुरु तुम्हें सत्य तक ले जाएगा। बाह्य गुरु तो बस एक प्रतिनिधि है, एक विकल्प है। उसने अपना भीतरी मार्गदर्शक खोज लिया है और वह तुम्हारे मार्गदर्शक को देख सकता है, क्योंकि वे दोनों एक ही तल पर हैं; एक ही लय में, एक ही आयाम में हैं। यदि मैंने अपना अंतर्विवेक खोज लिया है तो मैं तुममें झांक कर तुम्हारे अंतर्विवेक को महसूस कर सकता हूं। और यदि मैं वास्तव में तुम्हारा पथ-प्रदर्शक हूं तो मेरा सारा सहयोग तुम्हें तुम्हारे अंतर्विवेक तक पहुंचाने के लिए होगा।

एक बार तुम्हारा अपने अंतर्विवेक से संबंध बन जाए तो मेरी कोई जरूरत नहीं है।

अब तुम अकेले चल सकते हो। तो गुरु बस इतना ही कर सकता है कि वह तुम्हें खोपड़ी से नाभि पर ढकेल दे, तुम्हारी तार्किक बुद्धि से तुम्हें आस्थावान मार्गदर्शक की ओर धक्का दे दे। और ऐसा केवल मनुष्यों में ही नहीं है, ऐसा पशु-पक्षियों, वृक्षों, सबके साथ होता है। सब में अंतःप्रज्ञा होती है। और अब तो कई नई बातें पता चली हैं जो बहुत रहस्यमय हैं।

बहुत सी घटनाएं हैं। उदाहरण के लिए, एक मादा मछली अंडे देते ही मर जाती है। पिता अंडों को सेता है और फिर वह भी मर जाता है। अंडे बिना माता-पिता के रहते हैं। वे परिपक्व हो जाते हैं। नई मछलियां पैदा हो जाती हैं। ये मछलियां अपने माता-पिता के बारे में कुछ नहीं जानतीं; उन्हें नहीं पता होता कि वे कहां से आई थीं। लेकिन ये मछलियां समुद्र के किसी भी हिस्से में हों, वे अंडे देने उसी जगह पहुंच जाएंगी जहां उनके माता-पिता अंडे देने आए थे। वे स्रोत पर लौट जाएंगी। ऐसा बार-बार होता रहा है। और जब भी उन्हें अंडे देने होंगे वे इसी किनारे पर लौट आएंगी, अंडे देंगी और मर जाएंगी।

तो मां-बाप और बच्चों के बीच कोई संपर्क नहीं है पर किसी तरह बच्चे जानते हैं कि उन्हें कहां जाना है, और वे कभी चूकते नहीं। और तुम उन्हें भटका नहीं सकते। ऐसा करने की कोशिश की गई है। लेकिन तुम उन्हें भटका नहीं सकते, वे स्रोत पर लौट ही जाएंगे। कोई अंतर्प्रेरणा काम कर रही है।

सोवियत रूस में वे बिल्लियों, चूहों और बहुत से छोटे जानवरों के साथ प्रयोग करते रहे हैं। एक बिल्ली को उसके बच्चे से अलग कर लिया गया और बच्चों को समुद्र में गहरे ले जाया गया; उसे पता नहीं लग सकता था कि उसके बच्चों के साथ क्या हो रहा है। हर तरह के वैज्ञानिक यंत्र बिल्ली के साथ लगा दिए गए थे, ताकि यह पता चल सके कि बिल्ली के मन में और हृदय में क्या चल रहा है। फिर उसके एक बच्चे को मारा गया, गहरे समुद्र में—एकदम से मां को पता चल गया। उसका रक्तचाप बदल गया। वह चिंतित हो गई, उसके दिल की धड़कन बढ़ गई—जैसे ही बच्चे को मारा गया, और वैज्ञानिक यंत्रों ने बताया कि उसे बड़ी पीड़ा हुई। फिर कुछ समय बाद सब कुछ सामान्य हो गया। फिर दूसरा बच्चा मारा गया, फिर परिवर्तन हुआ। और तीसरे बच्चे के साथ भी ऐसा ही हुआ। हर बार बिलकुल उसी समय ही ऐसा हुआ। क्या हो रहा था?

अब रूसी वैज्ञानिक कहते हैं कि मां के पास एक अंतर्प्रेरणा होती है, अनुभूति का एक अंतर्केंद्र होता है, और वह बच्चों के साथ जुड़ा होता है, चाहे वे कहीं भी हों। और वह तत्क्षण एक टेलीपैथिक संवेदना अनुभव करती है। मनुष्यों में मां इतना अनुभव नहीं कर सकती। यह बड़ी हैरानी की बात है; मनुष्य को अधिक अनुभव करना चाहिए क्योंकि वह अधिक विकसित है। लेकिन वह नहीं कर पाती क्योंकि मस्तिष्क ने सब कुछ अपने हाथों में ले लिया है और सारे आंतरिक केंद्र अपंग पड़ गए हैं।

'यह चेतना ही प्रत्येक की मार्गदर्शक सत्ता है, यही हो रहो।'

जब भी तुम किसी परिस्थिति में बहुत परेशान होओ और तुम्हें पता न चले कि उसमें से कैसे निकलना है तो सोचो मत, बस गहरे निर्विचार में चले जाओ और अपने अंतर्विवेक को अपना मार्गदर्शन करने दो। शुरू-शुरू में तो तुम्हें भय लगेगा, असुरक्षा महसूस होगी, पर जल्दी ही जब तुम हर बार ठीक निष्कर्ष पर पहुंचोगे, जब तुम हर बार ठीक द्वार पर पहुंच

जाओगे, तुममें साहस आ जाएगा और तुम भरोसा करने लगोगे।

यदि यह भरोसा आता है तो उसे ही मैं श्रद्धा कहता हूं। यह वास्तव में आध्यात्मिक श्रद्धा है, अंतर्विवेक में श्रद्धा। बुद्धि तुम्हारे अहंकार का हिस्सा है। वह तो अपने आप पर ही भरोसा है। जिस क्षण तुम अपने में गहरे उतरते हो, तुम ब्रह्मांड की आत्मा में पहुंच जाते हो। तुम्हारी अंतःप्रज्ञा परम विवेक का अंश है। जब तुम अपना ही अनुसरण करते हो तो सब कुछ उलझा देते हो और तुम्हें कुछ पता नहीं चलता कि तुम क्या कर रहे हो। तुम अपने को बहुत ज्ञानी समझ सकते हो, पर हो नहीं।

ज्ञान तो हृदय से आता है, बुद्धि से नहीं। ज्ञान तुम्हारी आत्मा के अंतरतम से उठता है, मस्तिष्क से नहीं। अपनी खोपड़ी को अलग हटा कर रख दो और आत्मा का अनुसरण करो, चाहे वह जहां भी ले जाए। अगर वह खतरे में भी ले जाए तो खतरे में जाओ क्योंकि वही तुम्हारे लिए और तुम्हारे विकास के लिए मार्ग होगा। खतरे से तुम विकसित होओगे और पकोगे। यदि अंतर्विवेक तुम्हें मृत्यु की ओर भी ले जाए तो भी उसके पीछे जाओ, क्योंकि वही तुम्हारा मार्ग होगा। उसका अनुसरण करो, उसमें श्रद्धा करो और उस पर चल पड़ो।

आज इतना ही।

78

# अंतःप्रज्ञा से जीना

# प्रश्न सार

१. कुछ विधियां बहुत विकसित लोगों के लिए लगती हैं।

२. अंतर्विवेक को कैसे पहचानें ?

३. क्या अंतःप्रज्ञा से जीने वाला व्यक्ति बौद्धिक रूप से कमजोर होगा?

पहला प्रश्नः

***इन एक सौ बारह विधियों में से कुछ विधियां ऐसे लगती हैं जैसे विधियां नहीं परिणाम हों, जैसे कि 'जागतिक चेतना बन जाओ' या 'यहीं एक हो रहो' आदि। ऐसा लगता है जैसे इन विधियों को उपलब्ध होने के लिए भी हमें विधियों की जरूरत है। क्या ये विधियां बहुत विकसित लोगों के लिए थीं जो कि इंगित मात्र से ही ब्रह्मांडीय बन सकते थे?***

ये विधियां बहुत विकसित लोगों के लिए नहीं थीं, बड़े निर्दोष लोगों के लिए थीं—भोले-भाले, सीधे-सादे, श्रद्धा से भरे लोगों के लिए थीं। फिर एक इशारा काफी है, एक इंगित पर्याप्त है। तुम्हें कुछ करना पड़ता है क्योंकि तुम श्रद्धा नहीं कर सकते। तुम्हें भरोसा नहीं है। जब तक तुम कुछ करो न, तुम्हारे साथ कुछ हो नहीं सकता क्योंकि तुम कृत्य में विश्वास करते हो। यदि अचानक तुम्हारे बिना किए कुछ हो जाए तो तुम बहुत भयभीत हो जाओगे और उस पर विश्वास नहीं करोगे। तुम उसे नजर-अंदाज भी कर सकते हो; हो सकता है तुम अपने मन में इसकी छाप भी न बनने दो कि कभी ऐसा भी हुआ।

जब तक तुम कुछ करो न, तुम महसूस ही नहीं कर सकते कि तुम्हें कुछ हो रहा है। यह अहंकार का ढंग है। लेकिन एक सीधे-सादे आदमी के लिए, एक निर्दोष, खुले मन के लिए बस एक सुझाव पर्याप्त है। क्यों? क्योंकि वास्तव में अंतरतम अस्तित्व कोई भविष्य में पाई जाने वाली वस्तु नहीं है, वह अभी और यहां है, वह तो मौजूद ही है।

जो भी पाना है वह पाया ही हुआ है, ठीक अभी इसी क्षण में तुममें मौजूद है। यदि तुम बिना किसी प्रयास के श्रद्धा कर सको तो वह प्रकट हो सकता है। इसके लिए समय का, तुम्हारे प्रयास का सवाल ही नहीं है। वह कोई बहुत दूर नहीं है जहां तुम्हें यात्रा करके जाना पड़े, तुम ही हो वह। तुम इसे परमात्मा कह सकते हो, निर्वाण कह सकते हो, या जो तुम कहना चाहो, यह तुम ही हो।

तो एक सुझाव पर भी अगर पूरी तरह से भरोसा कर लिया जाए तो यह प्रकट हो सकता है। इसीलिए श्रद्धा को इतना महत्व दिया गया है। यदि कोई व्यक्ति गुरु में श्रद्धा कर सके तो बस एक संकेत, एक सुझाव, एक इंगित—और सब कुछ प्रकट हो जाएगा।

मूल बात जो समझने की है वह यह है। कुछ चीजें ऐसी हैं जिन्हें तुम ठीक अभी प्राप्त नहीं कर सकते क्योंकि उन्हें पैदा करने में समय लगेगा। वे तुम्हारे साथ ही नहीं हैं। यदि मैं तुम्हें एक बीज दूं तो वह तत्क्षण एक वृक्ष नहीं बन सकता। समय की जरूरत होगी और तुम्हें

प्रतीक्षा करनी पड़ेगी, श्रम करना पड़ेगा। बीज एकदम से वृक्ष नहीं बन सकता। लेकिन तुम तो पहले से ही वृक्ष हो।

यह कोई बीज नहीं है जिस पर श्रम करना पड़े। यह एक वृक्ष है जो अंधेरे में छिपा है, जो ढंका है, जिसकी ओर तुम्हारा ध्यान नहीं है—बस इतना ही। तुम्हारा ध्यान न देना ही आवरण है। तुम बस उसकी ओर देख नहीं रहे। तुम कहीं और देख रहे हो इसलिए चूक रहे हो। श्रद्धा के किसी क्षण में गुरु तुम्हें बस एक इशारे से ही बता सकता है, कि यह देखो। और यदि तुम भरोसा कर सको, यदि तुम श्रद्धा से उस आयाम में देख सको तो वह तुम पर प्रकट हो जाएगा।

ये विधियां कोई विकसित लोगों के लिए नहीं हैं; ये भोले-भाले और सीधे-सादे लोगों के लिए हैं। विकसित लोग एक प्रकार से जटिल होते हैं। वे निर्दोष नहीं होते, उन्होंने श्रम किया है, कुछ पाया है और उसके पीछे उनका एक सूक्ष्म अहंकार होता है। वे बहुत कुछ जानते हैं इसलिए सरल नहीं हैं, वे श्रद्धा नहीं कर सकते। तुम्हें विवाद करना पड़ेगा और उन्हें राजी करना पड़ेगा, और फिर भी उन्हें कुछ प्रयास करना पड़ेगा।

एक निर्दोष मन से मेरा अर्थ है ऐसा मन जो विवाद नहीं करता, बिलकुल छोटे बच्चे जैसा है। बच्चा अपने पिता का हाथ पकड़ कर चलता है और उसे कोई भय नहीं होता। पिता जहां भी ले जा रहा है ठीक ही ले जा रहा होगा। पिता जानता है तो बच्चे को इसकी चिंता करने की जरूरत नहीं है। वह भविष्य की नहीं सोचता, क्या होने वाला है इसकी उसे चिंता ही नहीं है। वह यात्रा का ही आनंद ले रहा है; परिणाम कोई समस्या नहीं है। पिता के लिए समस्या हो सकती है। वह हो सकता है भयभीत हो। हो सकता है वह सोच रहा हो कि कहीं वे रास्ता तो नहीं भूल गए हैं, कि वे ठीक रास्ते पर चल रहे हैं कि नहीं। लेकिन बच्चे के लिए यह कोई समस्या नहीं है। उसे पता है कि पिता जानता है। इतना पर्याप्त है। और जहां भी पिता जाएगा, वह उसके पीछे जाएगा, और वह इसी क्षण में आनंदित है।

एक श्रद्धायुक्त शिष्य, एक सरल मन, बच्चे की तरह है—और गुरु पिता से अधिक है। एक बार शिष्य समर्पण कर देता है तो फिर श्रद्धा करता है। फिर किसी भी क्षण जब गुरु को लगता है कि शिष्य तैयार है, कि शिष्य लयबद्ध हो गया है, तो वह बस एक संकेत दे देगा।

मैंने एक झेन गुरु बोकोजू के बारे में सुना है। उसने बुद्धत्व पाने के लिए बड़ा श्रम किया, पर कुछ भी न हो पाया। वास्तव में कभी-कभी श्रम से कुछ भी नहीं हो पाता क्योंकि श्रम अहंकार के द्वारा होता है। और कठोर संघर्ष से अहंकार और भी मजबूत हो जाता है। जो भी किया जा सकता था उसने किया, लेकिन लक्ष्य जरा भी पास न आया। बल्कि और दूर ही होता गया, जहां से उसने शुरू किया था उससे भी दूर होता गया। वह परेशान था, हैरान था। तो वह अपने गुरु के पास आया।

गुरु ने कहा, 'कुछ वर्षों के लिए सब प्रयास, सब लक्ष्य, सब गंतव्य छोड़ दो। सब कुछ भूल जाओ और मेरे पास ही क्षण-क्षण जीओ। कुछ भी मत करो। बस खाओ, सोओ, चलो, और बस मेरे पास रहो। और कोई प्रश्न मत उठाओ—बस मुझे देखो, मेरी उपस्थिति को अनुभव करो। और कोई प्रयास मत करो क्योंकि कुछ भी पाना नहीं है। इस पाने वाले मन को भूल जाओ क्योंकि कुछ पाने वाला मन सदा भविष्य में होता है, इसीलिए वह वर्तमान को

चूकता चला जाता है। बिलकुल भूल ही जाओ कि तुम्हें कुछ पाना है।'

बोकोजू ने अपने गुरु में भरोसा किया। उसने गुरु के साथ ही रहना शुरू कर दिया। कुछ दिन, कुछ महीने विचार आए। विचार आते, धारणाएं आतीं, वह परेशान हो जाता और सोचता, 'मैं समय व्यर्थ गंवा रहा हूं। मैं कुछ भी नहीं कर रहा। बिना कुछ किए भला क्या हो सकता है? यदि इतने कठोर श्रम से न हो सका तो बिना कुछ किए इतनी आसानी से और क्या हो सकता है?' लेकिन फिर भी उसने गुरु में श्रद्धा रखी। धीरे-धीरे मन शिथिल हो गया और गुरु की उपस्थिति में उसे एक सूक्ष्म शांति का अनुभव होने लगा, गुरु की ओर से एक मौन उस पर बरसने लगा। उसे लगने लगा कि वह विलीन हो रहा है। कई वर्ष बीत गए। वह भूल ही गया कि वह था भी। गुरु केंद्र बन गया और वह छाया की भांति जीने लगा।

फिर चमत्कार संभव होता है, यह घटना अपने आप में ही एक चमत्कार है। एक दिन अचानक गुरु ने उसका नाम पुकारा, 'बोकोजू, तुम यहां हो?' बस इतना ही कहा, 'बोकोजू, तुम यहां हो ?' और उसने कहा, 'हां, गुरुदेव।' और कहा जाता है कि वह बुद्धत्व को उपलब्ध हो गया। इसमें तो कोई विधि भी नहीं थी, कोई संकेत तक नहीं था; बस, 'बोकोजू, तुम यहां हो ?' उसके पूरे अस्तित्व को पुकारा गया था, 'क्या तुम यहीं हो, कहीं और नहीं घूम रहे? कहीं और नहीं गए हुए? क्या तुम पूरी समग्रता से यहां उपस्थित हो?' और बोकोजू ने कहा, 'हा, गुरुदेव।' उस 'हा' में वह पूरी तरह वहां उपस्थित हो गया।

कहते हैं कि गुरु हंसने लगा और बोकोजू भी हंसने लगा और गुरु ने कहा, 'अब तुम जा सकते हो। अब तुम बाहर जाकर अपनी उपस्थिति से लोगों की मदद कर सकते हो।'

बोकोजू ने कभी कोई विधि नहीं सिखाई। वह बस इतना ही कहता, 'बस मेरे पास रहो, उपस्थित रहो।' और जब भी कोई शिष्य समस्वरता में होता वह शिष्य का नाम लेकर कहता, 'क्या तुम यहां हो?' यही एकमात्र विधि थी।

लेकिन इस विधि के लिए तुम्हारे मन के ठहराव की, एक सरलता की जरूरत होगी। कई विधियां हैं जो सरल हैं, सरलतम हैं। जैसे, 'यही एक हो रहो।' बस एक संकेत। लेकिन यह गरु द्वारा किसी विशेष क्षण में कहा गया होगा। यही एक हो रहो' सदा नहीं कहा जा सकता। यह एक विशेष लयबद्धता गें कहा गया होगा जब शिष्ण पूरी तरह से गुरु के साथ होगा, या पूरी तरह से अस्तित्व में लीन होगा। फिर गुरु कहता है, 'यही एक हो रहो', और अचानक पूरा अवधान बदल जाता है और अहंकार की अंतिम कड़ी भी समाप्त हो जाती है।

ये विधियां अतीत में काम करती थीं, पर अब कठिन हो गई हैं, बहुत कठिन हो गई हैं, क्योंकि तुम बहुत हिसाब-किताबी, बहुत चालाक हो गए हो। और चालाक होना निर्दोष होने के बिलकुल विपरीत है। तुम बहुत हिसाबी हो, तुम बहुत गणित जानते हो। यह हिसाब मन में चलता रहता है: तुम जो भी करो, सदा नपा-तुला होता है, योजनाबद्ध होता है। तुम कभी निर्दोष, खुले, ग्रहणशील नहीं होते; तुम अपने में जरूरत से ज्यादा विश्वास करते हो। इसीलिए तुम चूकते चले जाते हो। ये विधियां तुम्हारे लिए तब तक सहयोगी न होंगी जब तक तुम तैयार न हो जाओ। वह तैयारी बहुत लंबी भी हो सकती है और तुममें धैर्य बिलकुल नहीं है।

यह युग मूलतः पृथ्वी पर सबसे अधैर्यवान युग है। सब जल्दबाजी में हैं, समय के प्रति जागरूक हैं, सब चाहते हैं कि सब कुछ एकदम से हो जाए। ऐसा नहीं कि किया नहीं जा

सकता, तत्क्षण भी सब कुछ किया जा सकता है। लेकिन इतने अधैर्य से यह असंभव है। मेरे पास लोग आते हैं और कहते हैं कि वे बस एक ही दिन के लिए आए हैं। अगले दिन वे साईंबाबा के पास जा रहे हैं, उसके बाद वे ऋषिकेश जाएंगे और फिर कहीं और जाएंगे। फिर वे बड़े निराश होकर लौटते हैं कि भारत के पास तो देने के लिए कुछ भी नहीं है।

इस बात का सवाल नहीं है कि भारत कुछ दे सकता है या नहीं, सवाल सदा इस बात का है कि तुम ले सकते हो या नहीं। तुम इतनी जल्दी में हो और सब कुछ एकदम से चाहते हो। बिलकुल इंस्टैंट काफी की तरह तुम इंस्टैंट ध्यान और इंस्टैंट निर्वाण की बात सोचते हो। यह संभव नहीं है। निर्वाण को किसी पैकेट में नहीं दिया जा सकता, इंस्टैंट नहीं दिया जा सकता। ऐसा नहीं है कि तत्क्षण इसे प्राप्त करना असंभव है, यह तत्क्षण मिल सकता है, लेकिन तत्क्षण केवल तभी मिल सकता है जब मन में जरा भी जल्दबाजी न हो। यही समस्या है। यह तत्क्षण, इसी क्षण घट सकता है। एक क्षण की भी जरूरत नहीं है। लेकिन बस उसे, जो समय के प्रति एकदम निश्चिंत है, जो अनंत तक प्रतीक्षा कर सकता है, उसके लिए यह तत्क्षण हो सकता है।

यह विरोधाभासी लगता है, पर ऐसा ही है। यदि तुम अनंत तक प्रतीक्षा कर सको तो प्रतीक्षा करने की जरूरत ही न रहेगी। लेकिन यदि तुम एक क्षण भी प्रतीक्षा न कर सको तो तुम्हें अनंत तक प्रतीक्षा करनी पड़ेगी। तुम्हें प्रतीक्षा करनी पड़ेगी, क्योंकि जो मन कहता है, 'अभी तत्क्षण होना चाहिए,' वह मन इस क्षण से तो हट ही गया। वह दौड़ रहा है, वह कहीं भी रुकता नहीं है, बस हमेशा चल रहा है। जो मन हमेशा ही भाग रहा है वह निर्दोष नहीं हो सकता।

हो सकता है तुम्हें इसका पता न हो, लेकिन भोले-भाले लोग सदा समय से निश्चिंत होते हैं। समय उनके लिए धीरे चलता है। कहीं जाने की जल्दी नहीं है, वे दौड़ नहीं रहे। वे हर क्षण का आनंद ले रहे हैं। हर क्षण का सार निचोड़ रहे हैं। और हर क्षण के पास देने के लिए अपना आनंद है। लेकिन तुम इतनी जल्दी में हो कि तुम्हें दिया नहीं जा सकता। जबकि तुम यहां हो, तुम्हारे हाथ भविष्य में हैं, तुम्हारा मन भविष्य में है—तुम इस क्षण को चूक जाओगे। और सदा ऐसा ही होता रहेगाः तुम 'अभी' को हमेशा ही चूक जाओगे। और 'अभी' ही एकमात्र समय है। भविष्य झूठ है, अतीत बस एक स्मृति है। अतीत अब नहीं रहा, भविष्य अभी होना है; और हमेशा जो होता है वह अभी होता है। अभी एकमात्र समय है।

तो अगर तुम थोड़े शिथिल होने को, गैर-हिसाबी होने को, बच्चों की तरह खेलने को, अभी और यहीं होने को तैयार हो जाओ तो ये सरल विधियां चमत्कार कर सकती हैं। लेकिन यह सदी बहुत समय-बोध से भरी हुई है, बहुत टाइम कांशस है। इसीलिए तुम पूछते हो, 'ऐसा लगता है इन विधियों को उपलब्ध करने के लिए भी हमें और विधियों की जरूरत है।'

नहीं, ये विधियां ही हैं, परिणाम नहीं। ये परिणाम जैसी लगती हैं क्योंकि तुम कल्पना भी नहीं कर सकते कि वे काम कर सकती हैं। वे केवल एक विशेष मन में काम कर सकती हैं। वे दूसरे तरह के मन में काम नहीं कर सकतीं। और वास्तव में, जिन्होंने जाना है उन्होंने कहा है कि ये विधियां अंततः तुम्हें ऐसी निर्दोषता में ले जाएंगी जहां घटना घट सकती है। जब घटना घटती है तो इन विधियों के कारण घटती है क्योंकि ये विधियां तुम्हें उस निर्दोषता में ले जाएंगी—यदि निर्दोषता है तो।

▲

लेकिन अब यह कठिन है क्योंकि कहीं भी निर्दोषता सिखाई ही नहीं जाती; सब जगह हम चालाकी सिखा रहे हैं। विश्वविद्यालय तुम्हें निर्दोष बनाने के लिए नहीं हैं, वे तुम्हें चालाक, धूर्त, हिसाबी-किताबी बनाने के लिए हैं। तुम जितने चालाक हो, जीवन के संघर्ष में उतने ही सफल होओगे। यदि तुम निर्दोष हो तो बेवकूफ सिद्ध होओगे। यदि तुम निर्दोष हो तो इस प्रतियोगी संसार में कहीं खड़े न रह पाओगे।

यही समस्या है, इस प्रतियोगी संसार में हो सकता है तुम कहीं न टिक पाओ, लेकिन निर्वाण के उस अप्रतियोगी जगत में अगर तुम निर्दोष हो तो ही तुम टिक पाओगे। यदि तुम हिसाब-किताबी हो तो निर्वाण के जगत में प्रवेश नहीं पा सकोगे, लेकिन इस संसार में सफल होओगे। और इस संसार को ही हमने अपना लक्ष्य चुना है।

पुराने विश्वविद्यालय बिलकुल भिन्न थे, उनके दृष्टिकोण बिलकुल भिन्न थे। नालंदा, तक्षशिला, वे हिसाब नहीं सिखाते थे, वे चालाकी नहीं सिखाते थे। वे निर्दोषता सिखा रहे थे। उनके ढंग आक्सफर्ड या काशी या केम्ब्रिज से भिन्न थे। वे बिलकुल भिन्न थे, वे एक अलग तरह के मन का निर्माण कर रहे थे।

तो अक्सर ऐसा होता था कि जो व्यक्ति तक्षशिला या नालंदा में पढ़ता था वह भिक्षु या संन्यासी हो जाता था। जब तक वह विश्वविद्यालय से स्नातक होता था, संसार का त्याग कर देता था। वे विश्वविद्यालय संसार से विपरीत थे; वे तुम्हें किसी और आयाम के लिए तैयार कर रहे थे, वे तुम्हें किसी और चीज के लिए तैयार कर रहे थे। जिसे तुम इस संसार की भाषा में नहीं तौल सकते। ये विधियां उस तरह के लोगों के लिए थीं। या तो वे स्वभाव से निर्दोष थे, या वे निर्दोष होने के लिए स्वयं को तैयार कर रहे थे।

जब जीसस ने अपने शिष्यों से कहा, 'यदि कोई तुम्हें एक गाल पर मारे तो दूसरा गाल उसके सामने कर दो,' तो वह क्या कहना चाह रहे हैं? वह तुम्हें निर्दोष बनाना चाह रहे हैं। कोई मूर्ख ही ऐसा करेगा। जब कोई तुम्हें एक गाल पर मारता है तो हिसाब-किताबी मन कहेगा, 'तत्क्षण उसे और जोर से मारो।' और असली हिसाबी-किताबी मन कहेगा, 'इससे पहले कि कोई तुम्हें मारे, तुम उसे मार दो।' क्योंकि आक्रमण सर्वोत्तम सुरक्षा है। मैक्यावेली से पूछो—वह सबसे चालाक मस्तिष्क है—वह कहता है, इससे पहले कि कोई तुम पर आक्रमण करे, तुम उस पर आक्रमण कर दो क्योंकि आक्रमण सर्वोत्तम बचाव है। एक बार किसी ने तुम पर आक्रमण कर दिया तो तुम कमजोर पड़ गए; वह तुम पर पहले ही हावी हो गया। अब मुकाबला बराबरी का न रहा। वह तुमसे आगे है। तो शत्रु को आगे मत बढ़ने दो। इससे पहले कि कोई तुम पर आक्रमण करे, तुम आक्रमण कर दो।'

यह एक हिसाब-किताबी मन है, एक चालाक मस्तिष्क है। मध्य यूरोप में हर राजा और हर राजकुमार ने मैक्यावेली को पढ़ा था; लेकिन वह इतना चालाक आदमी था कि कोई राजा उसे काम नहीं देता था। वह पढ़ा जाता था, उसकी किताब सत्ता की राजनीति की बाइबिल थी। सब राजकुमार उसकी पुस्तक 'दि प्रिंस' पढ़ते थे और उसका अनुसरण करते थे, लेकिन कोई राजा उसे काम पर रखने को तैयार नहीं था। क्योंकि वह बड़ा चालाक आदमी था, उसे दूर ही रखना अच्छा था। वह खतरनाक था; वह बहुत ज्यादा जानता था।

वह कहता था, 'पुण्य करना अच्छा नहीं है, पर पुण्यात्मा दिखाई देना अच्छा है।

पुण्यात्मा बनो मत, पर हमेशा ऐसा दिखाओ कि तुम पुण्यात्मा हो। फिर बड़ा लाभ होता है क्योंकि तब तुम दोनों ही ओर से लाभान्वित होते होः पाप और पुण्य दोनों का लाभ उठाते हो।' यह है हिसाब-किताबी मन। ऐसा दिखावा करते रहो कि तुम पुण्यात्मा हो और सदा पुण्य की प्रशंसा करो, लेकिन वास्तव में कभी पुण्यात्मा मत बनो। सदा पुण्य की प्रशंसा करो, ताकि दूसरे सोचें कि तुम बड़े पुण्यात्मा हो। हमेशा पाप की निंदा करो, लेकिन पाप करने से डरो मत।

जीसस कहते हैं, 'जब कोई तुम्हें एक गाल पर मारे तो उसके सामने दूसरा गाल कर दो। और अगर कोई तुम्हारा कोट छीन ले तो उसे अपनी कमीज भी दे दो। और अगर कोई एक मील तक तुम्हें अपना बोझ ढोने को कहे तो तुम दो मील तक बोझ ढो देना।'

यह एकदम मूर्खता है, लेकिन बड़ी अर्थपूर्ण। यदि तुम इसे कर सको तो यह विधि तुम्हारे लिए है। जीसस अपने शिष्यों को तत्काल-समाधि के लिए तैयार कर रहे हैं। जरा सोचो इस बारे में। यदि तुम इतने निर्दोष हो सको, इतने श्रद्धा से भर सको कि दूसरा अगर तुम्हें मार रहा है तो तुम्हारे भले के लिए ही मार रहा होगा, तो दूसरा गाल भी उसके आगे कर दो और उसे मारने दो। दूसरे की सज्जनता में तुमने विश्वास किया, श्रद्धा की। कोई भी तुम्हारा शत्रु नहीं है। जब जीसस कहते हैं, 'अपने शत्रुओं को प्रेम करो,' उनका यही अर्थ है। कोई भी तुम्हारा शत्रु नहीं है; कहीं भी शत्रु मत देखो।

इसका यह अर्थ नहीं है कि शत्रु नहीं होंगे, या ऐसे लोग नहीं होंगे जो तुम्हारा शोषण नहीं करेंगे। ऐसे लोग होंगे। वे तुम्हारा शोषण करेंगे। लेकिन शोषित हो जाओ, पर चालाक मत होओ। जरा इस आयाम से देखोः शोषित हो जाओ, चालाक मत होओ। शोषित हो जाओ, पर संदेह मत करो, अश्रद्धा मत करो, अपना भरोसा मत खोओ। यह उस बात से ज्यादा मूल्यवान है जिसके लिए दूसरे तुम्हें धोखा दे सकते हैं। कुछ भी इतना मूल्यवान नहीं है।

लेकिन हमारा मन कैसे काम करता है? अगर एक आदमी तुम्हें धोखा दे देता है तो पूरी मनुष्यता बेईमान हो जाती है। अगर एक आदमी बेईमान है—या तुम सोचते हो कि वह बेईमान है—तो तुम किसी आदमी में भरोसा नहीं कर सकते। फिर पूरी मनुष्यता बेईमान हो जाती है। अगर एक यहूदी कंजूस है तो पूरी यहूदी जाति कंजूस हो गई। अगर एक मुसलमान धर्मांध है तो सभी मुसलमान धर्मांध हैं। केवल एक आदमी काफी है सबसे हमारा भरोसा उठा लेने के लिए।

जीसस कहते हैं, 'अगर सब भी बेईमान हों, तब भी तुम्हें भरोसा नहीं खोना चाहिए क्योंकि भरोसा उस सबसे मूल्यवान है जो बेईमान लोग अपनी बेईमानी द्वारा तुमसे छीन सकते हैं।' तो अगर तुम भरोसा खो देते हो तो वास्तव में तुम सब कछ खो देते हो; वरना कछ भी नहीं खोता।

ऐसे निर्दोष लोगों के लिए ये विधियां पर्याप्त हैं, वे कुछ और नहीं मांगेंगे। तुम कहो, और उनके साथ ऐसा हो जाता है। कई लोग बस गुरु को सुनकर ही समाधि को उपलब्ध हो गए हैं। लेकिन अतीत में, आज के युग में नहीं।

मैंने रिंझाई की एक कहानी सुनी है। वह एक गरीब भिक्षु, एक गरीब संन्यासी था। एक रात वह अपनी झोपड़ी में सो रहा था, तभी एक चोर घुस आया। वहां एक कंबल को छोड़कर और कुछ भी नहीं था, जो उसने ओढ़ा हुआ था। वह जमीन पर उस कंबल को ओढ़कर सो

रहा था। वह बड़ी परेशानी में पड़ गया और सोचने लगा, 'बेचारा! इतनी दूर गांव से आया है कि उसे कुछ मिल जाए और मेरे झोपड़े में कुछ भी नहीं है। कितने दुख की बात है! अब इसकी मदद कैसे की जाए? बस एक यह कंबल ही है।' और वह कंबल में ही लेटा हुआ था, चोर में इतना साहस नहीं था कि कंबल उससे खींच ले। तो वह कंबल में से खिसक कर एक अंधेरे कोने में सरक गया। चोर कंबल लेकर चला गया। रात बड़ी सर्द थी, लेकिन रिंझाई खुश था कि चोर खाली हाथ नहीं गया।

फिर वह अपने झोपड़े की खिड़की में बैठ गया। रात सर्द थी और आकाश में पूरा चांद निकला हुआ था। उसने एक छोटी सी कविता लिखी। कविता में उसने कहा, 'अगर यह चांद भी मैं उस चोर को दे सकता तो दे देता।'

ऐसा हृदय! उसने खोया क्या? बस एक कंबल। और उसे मिला क्या? पूरा जगत, सब कुछ। उसे सरलता मिली, श्रद्धा मिली, प्रेम मिला। इस आदमी के लिए किसी विधि की जरूरत नहीं है। उसका गुरु कहेगा, 'बस देख, जाग, होश में आ।' और वह ऐसा ही करेगा।

**दूसरा प्रश्नः**

***अचेतन मन और अंतर्विवेक में कैसे अंतर करें? यह कैसे जाना जा सकता है कि अंतर्विवेक कार्य करने लगा है?***

पहली बात, फ्रायड के कारण संसार में बड़ी गलतफहमियां पैदा हुई हैं, जैसे कि यह 'अचेतन'। फ्रायड ने इसे बिलकुल गलत समझा, इसकी बिलकुल गलत व्याख्या की। और वह आधुनिक मनोविज्ञान का आधार बन चुका है। फ्रायड के लिए अचेतन का अर्थ है चेतन का दमित हिस्सा। तो जो भी बुरा है, गंदा है, असभ्य है, वह दमित हो गया है। क्योंकि समाज उसकी आज्ञा नहीं देता, इसलिए उसे भीतर दबाना पड़ता है। फ्रायड कोई संत नहीं है; उसने अपने अचेतन में प्रवेश नहीं किया है। उसने बस मरीजों को देखा है। बीमार, असामान्य, पागल, विक्षिप्त मन के इस अध्ययन से—वह भी बाहर-बाहर से—उसने निष्कर्ष निकाला कि चेतन मन के नीचे अचेतन मन है। उस अचेतन मन में वह सब कुछ दबा पड़ा है जो बचपन से दबाया गया है, जिसकी संसार ने निंदा की है। मन ने उसकी उपस्थिति को भूल जाने के लिए उसे दबा लिया है।

लेकिन वह है, और कार्य में रत है। और वह बहुत बलशाली है : तुम्हारे चेतन को बदलता रहता है, तुम्हारे चेतन के साथ चालें चलता रहता है। चेतन अचेतन के सामने बिलकुल नपुंसक है, क्योंकि जो भी दबाया गया है वह इतना शक्तिशाली है कि समाज उसे नहीं झेल सकता। समाज ने बस उसका दमन किया है, और समाज को पता भी नहीं है कि उसका क्या किया जाए।

उदाहरण के लिए, काम वासना इतनी शक्तिशाली है कि अगर तुम उसे दबाओ नहीं तो तुम्हें पता ही नहीं चलेगा कि इसका करना क्या है। वह तुम्हें खतरनाक रास्तों पर ले जाएगी। और यह इतनी शक्तिशाली ऊर्जा है कि यदि इसे पूरी स्वतंत्रता दे दी जाए तो सारा समाज अराजक हो जाएगा। कोई विवाह नहीं ठहर सकेगा, कोई प्रेम नहीं ठहर सकेगा। अगर इसे

मुक्त कर दिया जाए तो सब ओर अराजकता फैल जाएगी, क्योंकि तब मनुष्य पशुओं की तरह व्यवहार करने लगेगा। यदि कोई विवाह न हो, कोई परिवार न हो, तो पूरा समाज नष्ट हो जाएगा। समाज परिवार की इकाई पर निर्भर है; परिवार विवाह पर निर्भर है; विवाह काम के दमन पर निर्भर है।

तो जो भी स्वाभाविक है, शक्तिशाली है, उसे निंदित कर दिया गया है, ताकि तुम जबरदस्ती उसके लिए ग्लानि अनुभव करो और उससे लड़ते रहो। समाज ने केवल बाहर ही सिपाही नहीं बैठाए, भीतर भी सिपाही बैठा दिए हैं—तुम्हारा अंतःकरण। एक दोहरा इंतजाम है ताकि तुम बच न सको, ताकि तुम स्वाभाविक न रह सको, तुम्हें अस्वाभाविक होना ही पड़े।

अब आधुनिक मनोवैज्ञानिक कहते हैं कि विक्षिप्तता सभ्यता का अंग है, कोई भी सभ्यता पागलपन के बिना नहीं हो सकती। लेकिन पागल लोग कष्ट भोग रहे हैं क्योंकि तुमने ऐसे नियम उन पर लाद दिए हैं कि उनकी नैसर्गिक प्रवृत्तियां कुचल दी गई हैं। वे अपंग हो गए हैं। ऐसा संभव है कि तुम्हारे पागल तुमसे अधिक शक्तिशाली हों, इसीलिए उनकी आंतरिक प्रवृत्तियों ने विद्रोह कर दिया है और उन्होंने अपनी बुद्धि, अपना मन, सब कुछ उतार फेंका है, इसीलिए वे पागल हो गए हैं।

समाज की एक बेहतर व्यवस्था, एक बेहतर संगठन, एक बेहतर प्रणाली, जो अधिक ज्ञान और समझ से भरी होगी, पागलों का उपयोग कर सकती है। वे जीनियस सिद्ध हो सकते हैं, वे बड़े प्रतिभाशाली लोग सिद्ध हो सकते हैं। वे प्रतिभाशाली हैं। लेकिन उनमें इतनी ऊर्जा है कि वे अपना दमन नहीं कर सकते। और समाज उन्हें स्वतंत्र रहने की आज्ञा नहीं देता क्योंकि वे खतरनाक हैं। फ्रायड इस निष्कर्ष पर पहुंचा कि समाज के लिए अचेतन एक जरूरत है, एक दमित हिस्सा अनिवार्य है।

लेकिन तंत्र या योग के लिए यह अचेतन वास्तव में अचेतन नहीं है, बस चेतन और अचेतन के बीच एक छोटी सी पर्त है। यह अवचेतन है। चेतन ने उसे नीचे दबा लिया है, पर उसके बारे में तुम जानते हो। शायद तुम इसे पहचानना न चाहो, शायद तुम इसकी ओर ध्यान न देना चाहो, क्योंकि तुम्हें भय है कि तुमने अगर ध्यान दिया तो कहीं यह ऊपर न आ जाए। तो तुमने उसे अंधेरे में धकेल दिया है, पर उसके बारे में तुम जानते तो हो। फ्रायडियन अचेतन वास्तव में अचेतन नहीं है, बस अवचेतन है। यह अंधेरी रात नहीं है, प्रकाश में है, इसे तुम देख सकते हो।

तंत्र असली अचेतन की बात करता है, जिसे तुमने नहीं दबाया है बल्कि जो तुम्हारे अंतरतम में है। और तुम्हारा चेतन बस उसका एक हिस्सा है जो प्रकाश में आ गया है, उसका दसवां हिस्सा जो प्रकाश में आ गया है, चेतन बन गया है। नौ हिस्से नीचे छिपे हुए हैं। अचेतन वास्तव में तुम्हारी जीवन-ऊर्जा का, तुम्हारे अस्तित्व का स्रोत है। तुम्हारा चेतन मन पूरे मन का दसवां हिस्सा है, और इस चेतन मन ने अपना एक केंद्र निर्मित कर लिया है : वह केंद्र है अहंकार। यह केंद्र झूठा है क्योंकि इसका पूरे मन से कोई संबंध नहीं है, यह पूरे मन का केंद्र नहीं है। यह बस चेतन हिस्से का, एक अंश का केंद्र है। अंश ने अपना केंद्र निर्मित कर लिया है और वह केंद्र माने चला जाता है कि वह पूरे अस्तित्व का केंद्र है।

नहीं, तुम्हारे पूरे मन का एक केंद्र हैः वह केंद्र विवेक है। वह केंद्र अचेतन है और

केवल तभी प्रकट होगा जब पांच भाग, या आधा मन प्रकाश में आ जाए। फिर वह केंद्र, जो विवेक है, प्रकट होगा। वह अचेतन में छिपा है।

तो तुम्हें अचेतन से डरने की जरूरत नहीं है। फ्रायडियन अचेतन से तुम डरे हुए हो। वह डरने की चीज है। लेकिन इस फ्रायडियन अचेतन को रेचन के समय बाहर फेंका जा सकता है। इसीलिए रेचन पर मेरा इतना जोर है। इस फ्रायडियन अचेतन को रेचन में बाहर फेंका जा सकता है : जो भी तुम करना चाहते थे और कर नहीं पाए, उसे ध्यानपूर्वक करो। किसी और के साथ कुछ मत करो, क्योंकि इससे एक श्रृंखला बन जाएगी और तुम नियंत्रण में नहीं रहोगे। बस हवा में करो। यदि क्रोधित महसूस कर रहे हो तो हवा में क्रोध कर लो। अगर कामुक महसूस कर रहे हो तो उसे आकाश में फेंक दो। तुम्हें जो भी महसूस हो रहा हो, उसे भीतर से बाहर निकलने दो। उसे अभिव्यक्त करो। एक ध्यानपूर्ण रेचन तुम्हें फ्रायडियन अचेतन से मुक्त कर देगा।

जो विधि मैं सिखा रहा हूं, अगर उसका अनुसरण किया जाए, तो फ्रायडियन अचेतन समाप्त हो जाएगा। और एक बार यह फ्रायडियन अचेतन मिटे केवल तभी तुम वास्तविक अचेतन में प्रवेश कर सकते हो। अवचेतन केवल बीच में है: चेतन और अचेतन के बीच। जैसे तुम कमरे को बंद कर लो और अपना कूड़ा उसमें फेंकते जाओ, ऐसे ही मन में तुम कूड़ा इकट्ठा करते जाते हो, कचरेघर की तरह। फ्रायडियन अचेतन बस एक कचराघर है।

कूड़े को भीतर मत फेंको, मैं कहता हूं, बाहर फेंको। जब वह भीतर जाता है तो तुम विक्षिप्त हो सकते हो, पागल हो सकते हो। जब कूड़ा बाहर निकल जाएगा तो तुम ताजे हो जाओगे, युवा, निर्भार हो जाओगे।

इस युग के लिए रेचन अनिवार्य है। कोई भी बिना रेचन के अंतर्विवेक तक नहीं पहुंच सकता। और एक बार तुम गहन रेचन में पहुंच जाओ तो तुम्हें डरने की जरूरत नहीं है। फिर वास्तविक अचेतन स्वयं को प्रकट करना शुरू कर देगा; फिर वह तुम्हारे चेतन में प्रवेश कर जाएगा और तुम पहली बार अपने विशाल साम्राज्य को जानोगे। तुम इतने छोटे अंश नहीं हो, तुम्हारा एक विशाल अस्तित्व है; और इस विशाल अस्तित्व का एक केंद्र है, वह केंद्र अंतर्विवेक है।

अचेतन और अंतर्विवेक में अंतर कैसे करें ? फ्रायडियन अचेतन और अंतर्विवेक में अंतर कैसे करें?

यदि तुम रेचन न करो तो कठिन होगा। लेकिन धीरे-धीरे तुम्हें अंतर स्पष्ट हो सकता है क्योंकि फ्रायडियन अचेतन बस एक दमन है। यदि उद्दाम वेग से तुममें कुछ उठ रहा है तो जानना कि यह उद्दाम वेग इसीलिए है कि पहले तुमने उसे दबाया है। यदि कुछ अचानक तुममें उठे, बिना किसी वेग के, बस चुपचाप, शांति से, बिना किसी शोर के उठ आए, तो जानना कि यह तुम्हारा वास्तविक अचेतन है। अंतर्विवेक से तुम्हारी ओर कुछ आ रहा है।

लेकिन तुम तभी कुशल होओगे जब रेचन से गुजरो। फिर तुम्हें स्पष्ट पता चलेगा कि क्या हो रहा है। जब भी फ्रायडियन अचेतन से कुछ आएगा, तुम अशांत हो जाओगे, बेचैन हो जाओगे। और जब भी कुछ तुम्हारे अंतर्विवेक से आता है, उससे तुम्हें बड़ी शांति, बड़ी पवित्रता अनुभव होगी। इतना सुख, इतनी स्थिरता मिलेगी कि तुम कल्पना भी नहीं कर

सकते। तुम्हें स्पष्ट अनुभव होगा कि बस यही है। तुम्हारा पूरा अस्तित्व उसके साथ लय में होगा, कोई प्रतिरोध नहीं होगा। तुम्हें पता होगा कि यह सही है, यह अच्छा है, यह सत्य है, अन्यथा तो तुम्हें कोई भी विश्वास नहीं दिला सकता। फ्रायडियन अचेतन के साथ तुम कभी मौन नहीं हो सकते, तुम कभी शांत और निश्चल नहीं हो सकते; अशांत ही रहोगे। यह एक तरह का रोग है जो उठ रहा है, और उसके साथ एक संघर्ष चलेगा।

तो बेहतर होगा यदि तुम गहन रेचन करो, फिर फ्रायडियन अचेतन धीरे-धीरे शांत हो जाएगा। और जैसे नदी में बुलबुले उठते हैं, पानी की सतह तक पहुंच जाते हैं, तुम्हे लगेगा तुम्हारे अस्तित्व के तल से बुलबुले उठ रहे हैं। वे तुम्हारे चेतन मन तक आ जाएंगे। लेकिन उनका आना ही तुम्हें एक स्पष्टता दे जाएगा, एक भाव, कि इससे सही और कुछ भी नहीं हो सकता। लेकिन इससे पहले कि यह हो सके तुम्हें फ्रायडियन अचेतन से स्वयं को मुक्त करना होगा। और यह केवल तभी हो सकता है जब तुम जैसा हो रहा है वैसा होने देने की स्थिति में हो, क्योंकि यह अंतरतम इतना अहिंसक है कि स्वयं को जबरदस्ती आरोपित नहीं करेगा। तुम्हें उसे आमंत्रित करना होगा। इसे याद रखो, वह स्वयं को आरोपित नहीं करेगा।

फ्रायडियन अचेतन स्वयं को आरोपित करना चाहेगा। हर क्षण वह स्वयं को आरोपित करने का प्रयास कर रहा है और तुम उसे पीछे धकेल रहे हो। यही अंतर है। यह स्वयं को आरोपित करना चाहता है, सक्रिय होना चाहता है, तुम्हें कहीं ले जाना चाहता है, तुम्हारा शोषण करना चाहता है। और तुम उससे बचने की कोशिश कर रहे हो, उससे लड़ रहे हो।

वास्तविक अचेतन, अंतर्विवेक, आक्रामक नहीं है। यदि तुम उसे स्वतंत्रता दो, प्रार्थनापूर्वक उसे आमंत्रित करो तो एक निमंत्रित अतिथि की तरह तुम पर प्रकट होगा। तुम्हें होने देने की स्थिति में आना होगा। केवल तभी वह आएगा। जब उसे लगेगा कि तुम तैयार हो, जब उसे लगेगा कि वह अस्वीकृत नहीं होगा, जब उसे लगेगा कि उसका स्वागत होगा, तब वह तुम्हारे पास आएगा।

तो तुम्हें दो चीजें करनी हैं: फ्रायडियन अचेतन का रेचन और अंतर्विवेक के प्रति समर्पण का प्रशिक्षण। ये दो चीजें करने से तुम्हें अंतर पता चल जाएगा। अंतर तुम्हें सिखाया नहीं जा सकता, तुम्हें पता चल जाएगा। जब तुम्हें कुछ होगा, तुम्हें पता चल जाएगा।

तुम्हें कैसे पता चलता है कि कब तुम्हारे शरीर में दर्द है और कब तुम्हारा शरीर ठीक है? जब तुम्हारा पूरा शरीर स्वस्थ है और सिर में दर्द हो रहा है तो तुम्हें कैसे पता चलता है? तो तुम्हें कैसे अंतर पता चलता है? तुम्हें बस पता चलता है। तुम बता नहीं सकते, तुम बस जानते हो : तुम्हें पता है सिर-दर्द क्या है और स्वास्थ्य क्या है।

अंतर्विवेक तुम्हें सदा स्वास्थ्य की अनुभूति देगा और फ्रायडियन अचेतन सदा सिर-दर्द की। फ्रायडियन अचेतन एक अराजकता है, एक अंतर्संघर्ष है, एक विषाद है, एक दमित पीड़ा है। तो यह जब भी प्रकट होगा, सामने आएगा, तुम्हें सब ओर से पीड़ा की अनुभूति देगा।

इस फ्रायडियन अचेतन के कारण कई चीजें पीड़ादायी हो गई हैं, जो कि स्वाभाविक रूप से पीड़ादायी नहीं हैं। उदाहरण के तौर पर, काम। क्योंकि समाज ने काम को दबाया है, वह पीड़ादायी हो गया है। नैसर्गिक जीवन की सबसे आनंदपूर्ण अनुभूतियों में से काम भी एक है। यदि तुम काम में जाते हो तो बेचैनी अनुभव करोगे, ग्लानि अनुभव करोगे, अंत में

कमजोरी अनुभव करोगे। और तुम दोबारा कभी इसमें न जाने की कसम खाओगे। यह स्वाभाविक काम के कारण नहीं है, यह अचेतन के कारण है। काम पीड़ादायी हो गया है। उसे इतना दबाया गया है कि वह गंदा और पीड़ादायी हो गया है। अन्यथा यह सबसे नैसर्गिक सुख है। यदि किसी बच्चे को कभी भी न सिखाया जाए कि काम बुरा है और पाप है तो वह उसका आनंद लेगा, और हर बार वह पूरे शरीर में एक स्वास्थ्य उतरता हुआ अनुभव करेगा।

पुरुषों को स्त्रियों की अपेक्षा अधिक स्वास्थ्य अनुभव होता है, क्योंकि स्त्रियां अधिक दमित हैं। कोई यह नहीं कहता कि लड़का कुंवारा होना चाहिए, लेकिन सभी चाहते हैं, वह लड़का भी चाहता है, कि जिस लड़की से वह विवाह करने वाला है वह कुंवारी होनी चाहिए। प्लेबॉय भी सोचते हैं कि लड़की कुंवारी होनी चाहिए। स्त्रियों के अचेतन को पुरुषों के अचेतन की अपेक्षा अधिक दबाया गया है, यही कारण है कि बहुत कम स्त्रियां ही काम के शिखर पर पहुंचती हैं। और वह भी पश्चिम में, पूर्व में तो पांच प्रतिशत से अधिक स्त्रियां काम से कोई आनंद प्राप्त नहीं कर पातीं। पंचानबे प्रतिशत स्त्रियां तो इससे ऊब चुकी हैं।

इसीलिए तो जब साधु-संत कहते हैं कि काम पाप है तो स्त्रियां सहमत हो जाती हैं। वे संतों के पास झुंड बना लेती हैं क्योंकि बात उन्हें जमती है, कि ठीक है। क्योंकि वे इतनी दमित हैं कि उन्हें इससे कभी कोई आनंद नहीं मिला। भारत में, प्रेम करते समय, यह माना जाता है। कि स्त्रियों को हिलना भी नहीं चाहिए, बस लाश की तरह पड़े रहना चाहिए। यदि वे हिलती-डुलती हैं तो उनके पतियों को संदेह हो जाएगा कि वे काम का आनंद ले रही हैं, और यह भली स्त्रियों का लक्षण नहीं है। भली स्त्री तो वह है जो कोई रस नहीं लेती।

पूरब में कहते हैं कि अगर तुम विवाह करना चाहते हो तो किसी भली स्त्री से विवाह करो; और अगर आनंद लेना चाहते हो तो किसी बुरी स्त्री से मित्रता कर लो, क्योंकि केवल कोई बुरी स्त्री ही आनंद ले सकती है। यह दुर्भाग्य है। स्त्री से हिलने-डुलने की, सक्रिय होने की अपेक्षा नहीं है, उसे बस मुर्दे की तरह पड़े रहना है। वह आर्गाज्म के शिखर पर कैसे पहुंच सकती है, जब ऊर्जा गति ही नहीं कर रही?

और यदि वह उसका आनंद न ले सके तो निश्चित ही पति के विरुद्ध हो जाएगी और सोचेगी कि पति बुरा है। रोज भारतीय स्त्रियां मेरे पास आती हैं और कहती हैं कि वे काम से ऊब चुकी हैं और उनके पति उनको बार-बार संभोग के लिए बाध्य करते हैं। उन्हें यह अच्छा नहीं लगता, बहुत बुरा लगता है। और पतियों को इतना बुरा क्यों नहीं लगता? स्त्रियों को ही क्यों बुरा लगता है? इसका कारण है कि उनका अचेतन पुरुषों से अधिक काम-दमित है।

तो काम पीड़ादायी हो जाएगा। यदि तुमने उसे दबाया है तो वह एक पीड़ा बन जाएगा। कुछ भी पीड़ा बन सकता है; बस उसे दबा लो, यही एक युक्ति है, वह पीड़ा बन जाएगा। और कुछ भी आनंदपूर्ण बन सकता है; उसे बस अभिव्यक्ति दे दो, उसे दबाओ मत।

अभी तो तुम्हें बस इस फ्रायडियन अचेतन का ही पता है। तुम्हें वास्तविक अचेतन का, तंत्र जिसे अचेतन कहता है उसका कोई पता नहीं है, इसीलिए तुम भयभीत हो। और भयभीत होने के कारण तुम समर्पण नहीं कर सकते, तुम नियंत्रण नहीं छोड़ सकते। तुम्हें पता है कि अगर तुमने नियंत्रण छोड़ा तो एकदम तुम्हारी दमित प्रवृत्तियां उठ खड़ी होंगी। तत्क्षण, जो भी तुमने दबाया है, तुम्हारे मन में उठ खड़ा होगा और तुम्हें कृत्य में उतरने के लिए मजबूर करेगा।

इसीलिए तुम इतने भयभीत हो।

तो पहले रेचन की जरूरत है ताकि भय जा सके। और फिर तुम समर्पण कर सकते हो। और यदि तुम समर्पण कर दो तो एक बहुत शांत शक्ति तुम्हारे चेतन की ओर बहनी शुरू हो जाएगी। और तुम्हें एक स्वास्थ्य का अनुभव होगा, तुम्हें लगेगा जैसे तुम घर पहुंच गए, तुम्हें लगेगा जैसे सब ओर सौंदर्य है, तुम अहोभाव से भर जाओगे।

'यह कैसे जाना जा सकता है कि अंतर्विवेक कार्य करने लगा है?'

यह पहला संकेत होगाः तुम्हें अच्छा लगने लगेगा, तुम्हें स्वयं के प्रति अच्छा लगने लगेगा। याद रखो, तुम्हें हमेशा अपने बारे में बुरा ही लगता है। हर कोई अपनी निंदा कर रहा है, हर कोई सोचता है कि वह बुरा है। और जब तुम खुद सोचते हो कि तुम बुरे हो तो तुम यह कैसे सोच सकते हो कि कोई और तुम्हें प्रेम करेगा? और जब तुम्हें कोई प्रेम नहीं करता, तुम दुःखी हो जाते हो।

लेकिन तुम स्वयं ही अपने को प्रेम नहीं करते। तुमने कभी अपने हाथ को प्रेम से नहीं छुआ, तुमने कभी अपने शरीर को प्रेम से अनुभव नहीं किया। तुमने कभी परमात्मा को धन्यवाद नहीं दिया कि उसने तुम्हें इतना सुंदर शरीर दिया है, इतनी सुंदर संरचना दी है। नहीं, तुम्हें बस बुरा लगता है। और धर्मों ने तुम्हें निंदा ही सिखाई है, यह शरीर पाप की गठरी है। तुम एक गठरी ढो रहे हो।

जब अचेतन मुक्त होगा, अचानक तुम पाओगे कि तुम स्वीकृत हो, तुम बुरे नहीं हो। कुछ भी बुरा नहीं है, पूरा जीवन एक गहन आशीर्वाद बन जाता है। तुम अहोभाव अनुभव करते हो। और जिस क्षण तुम धन्यभागी अनुभव करते हो, तुम्हारे आस-पास भी सभी अहोभाव से भर जाते हैं। तुम उन्हें आशीर्वाद दे सकते हो, तुम सुखी हो सकते हो। क्योंकि तुम स्वयं को निंदित समझते हो, इसीलिए तुम्हें अपने बारे में बुरा लगता है और वही तुम दूसरों के बारे में भी सोचते हो। तुम किसी दूसरे के शरीर को कैसे प्रेम कर सकते हो, जब तुम अपने ही शरीर को प्रेम नहीं करते? यदि तुम अपने ही शरीर के विरुद्ध हो तो दूसरे के शरीर को कैसे प्रेम कर सकते हो?

तुम निंदा ही करोगे, गहरे में तुम निंदा ही करोगे। असल में, धर्मों ने तुम्हें बस भूत-प्रेत बनने को तैयार कर दिया है। वे नहीं चाहते कि तुम शरीर से प्रेम करो, वे बस तुम्हें अशरीरी आत्माएं बनाए रखना चाहते हैं। हर चीज की निंदा करनी है—और तुमने समझ लिया है कि जीवन ऐसा ही है।

मैंने बहुत से शास्त्रों में देखा है, उनमें लिखा है कि तुम्हारे शरीर में और कुछ नहीं है, बस रक्त-मांस-मज्जा ही है—बस इसकी निंदा करने के लिए। मुझे नहीं मालूम कि जिन लोगों ने ये शास्त्र लिखे, वे क्या चाहते थे। क्या वे चाहते थे कि इसमें सोना भरा हो ? चांदी भरी हो? हीरे भरे हों? या कुछ और? रक्त की निंदा क्यों है? रक्त में क्या बुराई है? रक्त तो जीवन है! लेकिन उन्होंने निंदा की है और हमने निंदा स्वीकार कर ली है। वे निश्चित पागल रहे होंगे, विक्षिप्त रहे होंगे।

जैन हमेशा कहते हैं कि उनके तीर्थंकरों ने कभी मल-मूत्र का त्याग नहीं किया। ये बुरी चीजें हैं। लेकिन मूत्र बुरा क्यों है? मूत्र की जगह तुम और क्या करना चाहते हो? और इसमें

बुरा क्या है? लेकिन यह बड़ी बुरी बात है। और मनोवैज्ञानिक कहते हैं क्योंकि पुरुष में काम-केंद्र और मूत्रांग एक ही है, इसलिए काम निंदित है। और स्त्रियों में काम-केंद्र बीच में है, एक तरफ मल-त्याग का केंद्र है दूसरी तरफ मूत्र-त्याग का, इसीलिए काम अच्छा नहीं हो सकता यदि वह दो गंदे बिंदुओं के बीच में हो। काम की निंदा इसीलिए हुई है क्योंकि मल की निंदा है। लेकिन हम निंदा को स्वीकार कर लेते हैं, और जब स्वीकार कर लेते हैं तो समस्याएं खड़ी हो जाती हैं।

विक्षिप्त लोगों द्वारा तुम्हारे सारे शरीर की निंदा की गई है। हो सकता है उन्होंने शास्त्र लिखे हों, पर इससे कोई अंतर नहीं पड़ता। हो सकता है, वे बड़े महान नेता रहे हों। विक्षिप्त लोग हमेशा ही नेता होते हैं, इतने धर्मांध होने के कारण ही वे महान नेता हैं, क्योंकि उन्हें तुरंत ही अनुयायी मिल जाते हैं।

और दुनिया में हमेशा ऐसे लोग होते हैं जो धर्मांधता की पूजा करते हैं। कोई भी अगर बड़े जोर से कुछ कहता है तो लोग उसके पांव में गिर जाते हैं और कहते हैं कि यही असली नेता है। और हो सकता है कि वह बस विक्षिप्त हो, पागल हो। इन विक्षिप्त लोगों ने तुम्हारी निंदा की है, और तुमने उन्हें स्वीकार कर लिया है, तुम उनके द्वारा संस्कारित हो गए हो।

जब अचेतन तुममें बहेगा तो एक सूक्ष्म स्वास्थ्य उतर जाएगा। तुम्हें अच्छा लगेगा : जैसे सब कुछ स्वच्छ हो गया हो और सब कुछ दिव्य हो गया हो। तुम्हारा शरीर दिव्य से आता है और तुम्हारा रक्त भी, तुम्हारा मूत्र भी। सब कुछ दिव्य है। जब अचेतन तुममें बहता है तो सब कुछ दिव्य हो जाता है, आध्यात्मिक हो जाता है। कुछ भी बुरा नहीं है, कुछ भी निंदनीय नहीं है। यह तुम्हारा भाव होगा और तब तुम उड़ने लगोगे। तुम इतने हलके हो जाओगे कि तुम्हारे पांव जमीन पर नहीं पड़ेंगे। फिर तुम्हारे सिर पर कोई बोझ नहीं होगा। फिर तुम छोटी-छोटी बातों में भी बड़ा आनंद ले सकते हो। फिर हर सामान्य वस्तु सुंदर हो जाती है। लेकिन वह सौंदर्य तुम्हारा ही दिया हुआ है। तुम जो भी छुओगे सोना हो जाएगा, क्योंकि गहरे में तुम आनंद से भरे हुए हो।

यह पहली घटना तुम्हारे साथ घटेगी: अपने बारे में तुम्हें अच्छा लगने लगेगा। और जब अचेतन तुम्हारे चेतन में बहने लगेगा तो दूसरी बात यह घटेगी कि तुम संसार-उन्मुख कम हो जाओगे, कम बौद्धिक हो जाओगे और अधिक समग्र हो जाओगे। फिर जब तुम सुखी होओगे तो तुम बस इतना ही नहीं कहोगे कि तुम सुखी हो, तुम नाचोगे। 'बस इतना कहना कि मैं सुखी हूं' बड़ा नपुंसक है, अर्थहीन है। मैं ऐसे लोगों को देखता हूं जो कहते हैं, 'मैं सुखी हूं।' लेकिन जरा उनके चेहरे देखो! मैं ऐसे लोगों को जानता हूं, जो कहते हैं, 'मैं आपसे प्रेम करता हूं,' लेकिन उनका शरीर कुछ भी अभिव्यक्त नहीं कर रहा। शब्द मुर्दा हैं, लेकिन हमने उन्हें जीवन के विकल्प के रूप में मान लिया है।

जब अचेतन तुममें बहता है तो यह अंतर होगाः तुम अपने समग्र अस्तित्व से जीओगे। जब तुम सुखी होओगे, तुम नाचोगे। तब तुम बस इतना ही नहीं कहोगे कि मैं सुखी हूं, तुम सुखी होओगे। यह अंतर है। तुम यह नहीं कहोगे कि मैं सुखी हूं; लेकिन यह कहने की जरूरत नहीं है, क्योंकि तुम सुखी होगे ही। फिर किसी को यह कहने की जरूरत नहीं रहेगी कि मैं तुमसे प्रेम करता हूं, तुम प्रेम हो जाओगे। तुम्हारा पूरा अस्तित्व इस भाव को प्रकट करेगा,

तुम प्रेम से थिरकोगे। जो भी पास से गुजरेगा वह अनुभव करेगा कि तुम प्रेम करते हो; किसी को तुम्हारा हाथ भी छू जाएगा तो उसे लगेगा कि कोई सूक्ष्म ऊर्जा उसमें प्रवेश कर गई। तुम्हारी उपस्थिति में एक ऊष्णता होगी, एक सुख होगा।

यह दूसरी बात होगीः तुम समग्र हो जाओगे। जब विवेक तुम्हारा मार्गदर्शन करेगा, तुम समग्र हो जाओगे।

**तीसरा प्रश्नः**

***जब अंतःप्रज्ञा काम करने लगती है तो क्या उस अंतःप्रज्ञा, उस अंतर्विवेक के प्रति समर्पण ही एकमात्र उपाय है? क्या अंतःप्रज्ञा के द्वारा जीता हुआ व्यक्ति सदा सफल होता है? आप सफलता और असफलता का मूल्यांकन कैसे करते हैं? क्या यह सत्य नहीं है कि अंतःप्रज्ञा से जीने वाला व्यक्ति बौद्धिक रूप से कमजोर हो जाएगा?***

अंतस को सक्रिय करने का एकमात्र उपाय समर्पण ही है।

'क्या अंतःप्रज्ञा के द्वारा जीता हुआ व्यक्ति सदा सफल होता है?'

नहीं, लेकिन वह सदा सुखी होता है, चाहे वह सफल हो या न हो। और अंतःप्रज्ञा से न जीता हुआ व्यक्ति सदा दुखी होता है चाहे वह सफल हो या न हो। सफलता कसौटी नहीं है। क्योंकि सफलता कई चीजों पर निर्भर करती है। सुख है कसौटी, क्योंकि सुख केवल तुम पर निर्भर करता है। हो सकता है तुम सफल न हो सको क्योंकि दूसरे प्रतिद्वंद्वी भी होंगे। तुम चाहे अंतःप्रज्ञा से कार्य कर रहे हो, दूसरे हो सकता है कि अधिक धूर्तता से, चालाकी से, हिसाब से, हिंसा से कार्य कर रहे हों। शायद तुम सफल न हो सको।

कौन कह सकता है कि जीसस सफल हुए? सूली कोई सफलता नहीं है, सबसे बड़ी असफलता है। एक व्यक्ति जो मात्र तैंतीस वर्ष का हो, उसे सूली लग जाए, यह किस तरह की सफलता है? कोई उनके बारे में नहीं जानता था। बस थोड़े से अनपढ़ गंवार लोग उनके शिष्य थे। उनकी कोई पद-प्रतिष्ठा, कोई ताकत नहीं थी। यह किस तरह की सफलता है? सूली को सफलता नहीं कहा जा सकता।

लेकिन वे खुश थे। वे पूर्णतः आनंदित थे, जब उन्हें सूली पर चढ़ाया गया, तब भी। और उनको सूली देने वाले वर्षों जीवित रहे, पर वे दुखी रहे। तो वास्तव में सूली पर कौन था? सवाल यह है। जिन्होंने जीसस को सूली पर चढ़ाया, क्या वे सूली पर थे? या जीसस, जिन्हें चढ़ाया गया? वह तो खुश थे। तुम सुख को कैसे सूली पर चढ़ा सकते हो? वह आनंदित थे। तुम आनंद को कैसे सूली पर चढ़ा सकते हो? तुम शरीर को तो मार सकते हो पर आत्मा को नहीं मार सकते। जिन्होंने उन्हें सूली पर चढ़ाया वे जीवित रहे, लेकिन उनका जीवन और कुछ नहीं बस एक लंबी घिसटने वाली सूली थी—दुख, घुटन और पीड़ा।

तो पहली बात, मैं यह नहीं कहता कि तुम अंतर्विवेक का अनुसरण करोगे तो सदा सफल होओगे—उन अर्थों में जिनमें संसार सफलता को मानता है; लेकिन जिन अर्थों में बुद्ध या जीसस सफलता मानते हैं उन अर्थों में तुम सफल होओगे। लेकिन वह सफलता तुम्हारे सुख, तुम्हारे आनंद से नापी जाती है। जो भी हो, उससे कोई फर्क नहीं पड़ता है, तुम सुखी

रहोगे। चाहे संसार कहे कि तुम असफल रहे, चाहे संसार तुम्हें सफल कहे, हीरो बना दे, इससे कोई अंतर नहीं पड़ता। चाहे कुछ भी हो, तुम सुखी रहोगे; तुम आनंदित रहोगे। मेरे देखे, आनंद ही सफलता है, इसीलिए मैं कहता हूं कि तुम हमेशा सफल होओगे।

लेकिन तुम्हारे लिए आनंद सफलता नहीं है, तुम्हारे लिए सफलता कुछ और है। चाहे वह दुख ही हो। चाहे तुम्हें पता हो कि सफलता दुख लाएगी, तुम सफलता ही चाहोगे। राजनेताओं से पूछो, वे दुख में हैं। मैंने एक भी राजनेता नहीं देखा जो सुखी हो, वे दुखी हैं; और फिर भी ऊंची कुर्सी पर पहुंचने का प्रयास कर रहे हैं, सीढ़ी पर ऊंचे से ऊंचे चढ़ने का प्रयास कर रहे हैं। और जो ऊपर हैं वे भी दुखी हैं, और यह वे जानते हैं। लेकिन सफलता मिले तो हम दुखी होने के लिए तैयार हैं।

तो हमारे लिए सफलता क्या है? हमारे लिए सफलता है अहंकार की तृप्ति, आनंद नहीं। बस इतना ही कि लोग तुम्हें कहेंगे तुम सफल हो गए। चाहे तुमने सब खो दिया हो, चाहे तुमने अपनी आत्मा खो दी हो; चाहे तुमने वह सारी निर्दोषता खो दी हो जो तुम्हें आनंद देती है; शायद तुमने सारी शांति, सारा मौन खो दिया हो जो तुम्हें परमात्मा तक ले जाता है; शायद तुमने सब खो दिया हो और बस पागल हो गए हो—लेकिन संसार यही कहेगा कि तुम सफल हो गए हो।

संसार के लिए अहंकार का तृप्त होना ही सफलता है; मेरे लिए ऐसा नहीं है। मेरे लिए आनंदित होना सफलता है—चाहे कोई तुम्हारे बारे में जानता हो या न जानता हो। इसका कोई सवाल ही नहीं है कि कोई तुम्हें जानता है या नहीं, चाहे तुम बिलकुल अज्ञात, अनसुने, अनदेखे जीते हो। लेकिन यदि तुम आनंदित हो तो तुम सफल हो।

तो इस अंतर को याद रखो क्योंकि कई लोग होंगे जो अंतःप्रज्ञा से जीना चाहेंगे, अंतर्विवेक को खोजना चाहेंगे, ताकि संसार में सफल हो सकें। उनके लिए अंतर्विवेक एक विक्षिप्तता बन जाएगा। पहली बात तो वे उसे खोज ही न पाएंगे। दूसरे, अगर वे खोज भी लें तो वे दुखी रहेंगे। क्योंकि उनका लक्ष्य है संसार की ओर से एक प्रत्यभिज्ञा, अहंकार की तृप्ति—आनंद नहीं।

अपने मन में स्पष्ट कर लो, सफलता-उन्मुख नहीं बनना है। सफलता संसार में सबसे बड़ी असफलता है। तो सफल होने का प्रयास मत करो, वरना तुम असफल हो जाओगे। आनंदित होने की सोचो। हर क्षण और-और आनंदित होने की सोचो। फिर चाहे पूरा संसार कहे कि तुम असफल हो, लेकिन तुम असफल नहीं होओगे। तुम सब कुछ पा लोगे।

बुद्ध अपने मित्रों, परिजनों, पत्नी, पिता, शिक्षकों और समाज की नजरों में असफल थे, पूरी तरह असफल थे। बस एक भिखारी बन गए थे। यह किस तरह की सफलता है? वह महान सम्राट हो सकते थे : उनमें वे सब गुण थे, उनके पास व्यक्तित्व था, उनके पास प्रतिभा थी। वे महान सम्राट बन सकते थे, लेकिन बस एक भिखारी बन गए। वह असफल थे, निश्चित ही। लेकिन मैं तुम्हें कहता हूं कि वह असफल नहीं थे। यदि वे सम्राट बन जाते तो असफल होते क्योंकि वे वास्तविक जीवन से चूक जाते। बोधिवृक्ष के नीचे उन्होंने जो पाया वह वास्तविक था और जो खोया वह अवास्तविक था।

वास्तविक के साथ तुम अंतर्जीवन में सफल होते हो; अवास्तविक के साथ...मैं नहीं

जानता। यदि तुम अवास्तविक में सफल होना चाहते हो तो उन लोगों के मार्ग का अनुसरण करो जो चालाकी, धूर्तता, प्रतियोगिता, ईर्ष्या, हिंसा से काम कर रहे हैं। फिर उनके मार्ग पर चलो, अंतर्विवेक तुम्हारे लिए नहीं है। यदि तुम संसार में कुछ पाना चाहते हो तो अंतर्विवेक की मत सुनो। लेकिन तत्क्षण तुम्हें लगेगा कि चाहे तुम पूरा संसार भी जीत गए, तुमने स्वयं को खो दिया।

जीसस कहते हैं, 'और अगर कोई मनुष्य अपनी आत्मा को खोकर सारा संसार भी पा लेता है तो उसे क्या मिला?'

तुम सफल किसे कहोगे: सिकंदर महान को या सूली पर चढ़े जीसस को ?

तो यदि—और यह 'यदि' भलीभांति समझने जैसा है—यदि तुम संसार में उत्सुक हो तो अंतर्विवेक तुम्हारे लिए नहीं है। यदि तुम अस्तित्व के आंतरिक आयाम में उत्सुक हो तो अंतर्विवेक, और केवल अंतर्विवेक ही, तुम्हारी सहायता कर सकता है।

आज इतना ही।

79

# शून्यता का दर्शन

# सूत्र

१०९. अपने निष्क्रिय रूप को त्वचा की दीवारों का
एक रिक्त कक्ष मानो—सर्वथा रिक्त
११०. हे गरिमामयीं, लीला करो। यह ब्रह्मांड एक
रिक्त खोल है जिसमें तुम्हारा मन अनंत रूप से
कौतुक करता है।
१११. हे प्रिये, ज्ञान और अज्ञान, अस्तित्व और
अनस्तित्व पर ध्यान दो।
फिर दोनों को छोड़ दो ताकि तुम हो सको।
११२. आधारहीन, शाश्वत, निश्चल आकाश में
प्रविष्ट होओ।

▲

ये विधियां रिक्तता से संबंधित हैं। ये सर्वाधिक कोमल, सर्वाधिक सूक्ष्म हैं, क्योंकि खालीपन की परिकल्पना भी असंभव प्रतीत होती है। बुद्ध ने इन चारों विधियों का अपने शिष्यों और भिक्षुओं के लिए प्रयोग किया है। और इन चारों विधियों के कारण ही वे बिलकुल गलत समझ लिए गए। इन चारों विधियों के कारण ही भारत की धरती से बौद्ध धर्म पूरी तरह उखड़ गया।

बुद्ध कहते थे कि परमात्मा नहीं है। यदि परमात्मा है तो तुम पूरी तरह खाली नहीं हो सकते। हो सकता है तुम न रहो पर परमात्मा तो रहेगा ही, दिव्य तो रहेगा ही। और तुम्हारा मन तुम्हें धोखा दे सकता है, क्योंकि हो सकता है तुम्हारा परमात्मा तुम्हारे मन की ही चाल हो। बुद्ध कहते थे कि कोई आत्मा नहीं है, क्योंकि यदि आत्मा हो तो तुम अपने अहंकार को उसके पीछे छिपा सकते हो। यदि तुम्हें लगे कि तुममें कोई आत्मा है तो तुम्हारे अहंकार का छूटना कठिन हो जाएगा। तब तुम पूरी तरह खाली नहीं हो पाओगे क्योंकि तुम तो रहोगे ही।

इन चारों विधियों की भूमिका तैयार करने के लिए ही बुद्ध ने सब कुछ नकार दिया। वे कोई नास्तिक नहीं थे, बस नास्तिक लगते हैं, क्योंकि उन्होंने कहा कि कोई परमात्मा नहीं है, कोई आत्मा नहीं है, इस अस्तित्व में कुछ भी सार-तत्व नहीं है, अस्तित्व एक खालीपन है। लेकिन यह सब इन विधियों की भूमिका तैयार करने के लिए ही था। एक बार तुम इस रिक्तता में प्रविष्ट हो गए तो तुमने सब कुछ जान लिया। तुम उसे दिव्य कह सकते हो, परमात्मा कह सकते हो, आत्मा कह सकते हो, या जो भी तुम चाहो कह सकते हो। लेकिन सत्य में तुम तभी प्रवेश कर सकते हो जब तुम पूर्णतया खाली हो जाओ। पीछे कुछ भी नहीं बचना चाहिए।

हिंदुओं को लगा कि बुद्ध धर्म को नष्ट कर रहे हैं, अधार्मिकता सिखा रहे हैं। और जिन लोगों ने उन्हें सुना वे भी समझ नहीं पाए। क्योंकि जब भी तुम कहीं जाते हो तो कुछ खोजने के लिए ही जाते हो, तुम कभी खालीपन की तलाश में नहीं जाते। तो जो लोग उन्हें सुनने गए थे वे कुछ खोज रहे थे—निर्वाण, मोक्ष, परा-जगत, स्वर्ग, सत्य—लेकिन कुछ ढूंढ रहे थे। वे अपनी परम अभिलाषा—सत्य की खोज—को पूरा करने आए थे। यह अंतिम

कामना है। और जब तक तुम पूरी तरह कामना से मुक्त न हो जाओ, तुम सत्य को नहीं जान सकते। उसे जानने की शर्त ही पूर्णतया कामना-रहित हो जाना है।

तो एक बात निश्चित है, तुम सत्य की कामना नहीं कर सकते। यदि तुम उसकी कामना करते हो तो तुम्हारी कामना ही उसमें बाधा बन जाएगी। बुद्ध से पहले ऐसे गुरु हुए जो सिखाते थे, 'कामना मत करो, कामना से मुक्त हो जाओ।' लेकिन वे लोग बात कर रहे थे परमात्मा की, परमात्मा के राज्य की, स्वर्ग की, मोक्ष की, परम मुक्ति की, और कह रहे थे, 'कामना से मुक्त हो जाओ।' बुद्ध को लगता था कि यदि कुछ भी पाने को है तो तुम कामना से मुक्त नहीं हो सकते। तुम दिखावा कर सकते हो कि तुम कामना से मुक्त हो, लेकिन वह दिखावा, वह कामनामुक्ति भी किसी कामना से ही आ रही है। वह झूठ है।

सभी गुरु कहते हैं कि तुम कामना के द्वारा परम आनंद प्राप्त नहीं कर सकते। और परम आनंद तुम प्राप्त करना चाहते हो, तो तुम कामना-रहित होना शुरू कर देते हो, कामना से मुक्त होने का प्रयास करने लगते हो, ताकि तुम परम आनंद पा सको। लेकिन कामना तो बनी ही है। कामना के कारण ही तुम कामना से मुक्त होना चाहते हो।

तो बुद्ध ने कहा कि कोई परमात्मा ही नहीं है जिसे पाना है। तुम पाना चाहो भी तो पाने का कोई उपाय नहीं है। इसलिए कामना से ही मुक्त हो जाओ। कहीं कोई मोक्ष नहीं है, कोई लक्ष्य नहीं है, जीवन अर्थहीन और लक्ष्यहीन है।

उनका यह कथन सुंदर है, अदभुत है—किसी ने इस तरह से प्रयास ही नहीं किया। उन्होंने वे सब लक्ष्य नष्ट कर दिए ताकि कामना से मुक्त होने में तुम्हारी सहायता की जा सके। यदि कोई लक्ष्य हो तो तुम कामना से कैसे मुक्त हो सकते हो? और यदि तुम कामना-रहित नहीं हो तो तुम लक्ष्य को प्राप्त नहीं हो सकते। यही विरोधाभास है। उन्होंने सब लक्ष्य नष्ट कर डाले, इसलिए नहीं कि कोई लक्ष्य नहीं है, लक्ष्य तो है और तुम पा भी सकते हो। लेकिन यदि तुम उन्हें पाना चाहो, यदि तुम उन्हें पाने की कामना करो तो फिर यह असंभव हो जाता है। पहली शर्त ही यह है कि तुम कामना-रहित होओ, तब परम घटना घटती है।

तो बुद्ध कहते हैं कि कामना करने के लिए कुछ भी नहीं है, कामना-मात्र ही व्यर्थ है। सब कामनाएं छोड़ दो। और जब कोई कामना न रहेगी, तुम रिक्त हो जाओगे।

जरा कल्पना करो, यदि तुममें कोई कामना न हो तो तुम क्या होओगे? तुम और कुछ नहीं बस कामनाओं की गठरी हो। यदि सब कामनाएं समाप्त हो जाएं तो तुम भी समाप्त हो जाओगे। ऐसा नहीं कि तुम नहीं रह जाओगे, तुम रहोगे, लेकिन एक रिक्तता की भांति। तुम एक खाली कक्ष की तरह होओगे: जिसमें कोई नहीं है, बस एक शून्य है। बुद्ध ने इस शून्य को अनात्मा, अनत्ता कहा है। तुम किसी केंद्र का अनुभव नहीं करोगे कि 'मैं हूं', बस 'हूं-भाव' होगा, उसके साथ कोई 'मैं' नहीं होगा। क्योंकि मैं और कुछ नहीं बस इकट्ठी की हुई, घनीभूत कामनाओं का जोड़ है; बहुत सी कामनाएं घनीभूत होकर तुम्हारा 'मैं' बन गई हैं।

यह ऐसा ही है जैसे विज्ञान में होता है। वैज्ञानिक कहते हैं कि यदि तुम पदार्थ का विश्लेषण करो तो पदार्थ और कुछ नहीं बस अणुओं से बना है; और अणुओं को जोड़ने के लिए कुछ भी नहीं है, हर अणु एक रिक्त स्थान से घिरा हुआ है। यदि तुम्हारे हाथ में कोई पत्थर है तो वह पत्थर नहीं है, बस ऊर्जा के अणु हैं और दो अणुओं के बीच अनंत आकाश

है। एक चट्टान भी ठोस नहीं है, उसमें बहुत खाली जगह है। वे कहते हैं कि जल्दी ही वह खाली जगह, वह स्पेस हम किसी भी वस्तु में से निकाल पाने में सक्षम हो जाएंगे।

एच.जी.वेल्स ने एक कहानी लिखी है। इक्कीसवीं सदी में, एक बड़े स्टेशन पर एक यात्री कुली को बुला रहा है। दूसरे यात्री जो उसी के डिब्बे में यात्रा कर रहे हैं समझ नहीं पा रहे, क्योंकि उसके पास सिगरेट की डिब्बी और माचिस को छोड़कर और कुछ भी सामान नहीं है। वही उसका कुल सामान है। और वह कुलियों को आवाज दे रहा है। बड़ी भीड़ इकट्ठी हो जाती है और एक यात्री पूछता है, 'क्यों? कुली को क्यों बुला रहे हो? तुम्हारे पास कुछ भी नहीं है। यह माचिस और सिगरेट की डिब्बी तुम स्वयं ही उठा सकते हो। इन दो दर्जन कुलियों का तुम क्या करोगे?' वह यात्री हंसता है और कहता है, 'जरा यह माचिस उठा कर देखो, यह माचिस साधारण नहीं है। एक रेलवे इंजन इसमें ठूंसा हुआ है।

जल्दी ही यह भी संभव होगा। आकाश, स्पेस खींचा जा सकता है और फिर दोबारा वापस डाला जा सकता है। और इंजन फिर से अपना आकार ले लेगा। फिर बड़ी चीजें बिना कठिनाई के इधर-उधर लाई जा सकेंगी। भार तो वही रहेगा, लेकिन आकार, आकृति छोटी से छोटी होती चली जाएगी। एक माचिस में एक रेलवे इंजन आ सकेगा। लेकिन उसका भार वही रहेगा, क्योंकि स्पेस में कोई भार नहीं होता। तुम स्पेस तो निकाल सकते हो, लेकिन भार नहीं। भार तो वही रहेगा, क्योंकि भार अणुओं के कारण है, स्पेस के कारण नहीं।

वे कहते हैं कि पूरी पृथ्वी एक सेब के आकार में सघनीभूत की जा सकती है, लेकिन भार वही रहेगा। और यदि तुम इन अणुओं को बिखरा दो; यदि तुम पहले एक अणु निकालो, फिर दूसरा और फिर तीसरा; यदि तुम सब अणुओं को निकाल लो तो पीछे कुछ भी नहीं रह जाएगा। तो पदार्थ केवल भासता है।

बुद्ध ने मनुष्य के मन का विश्लेषण और भी सरल तरीके से किया है, वह महानतम वैज्ञानिकों में से एक हैं। बुद्ध कहते हैं कि तुम्हारा अहंकार और कुछ नहीं बस कामनाएं हैं; वे कामनाएं ही तुम्होरा निर्माण करती हैं। यदि तुम एक-एक करके सभी कामनाएं निकालते चले जाओ तो एक क्षण आएगा जब कोई कामना शेष नहीं रह जाएगी। तुम समाप्त हो जाओगे, बस आकाश, खाली स्पेस रह जाएगा। और बुद्ध कहते हैं कि यही निर्वाण है। यही तुम्हारे व्यक्तित्व का पूरी तरह समाप्त हो जाना है; तुम नहीं रहे।

और बुद्ध कहते हैं कि यही मौन है—जब तक तुम पूरी तरह मिट न जाओ, मौन तुम पर नहीं उतर सकता। बुद्ध कहते हैं कि तुम मौन नहीं हो सकते क्योंकि तुम्हीं समस्या हो; तुम शांत नहीं हो सकते क्योंकि तुम्हीं रोग हो; और तुम कभी आनंदित नहीं हो सकते क्योंकि तुम्हीं बाधा हो। आनंद तो किसी भी क्षण उतर सकता है पर तुम बाधा हो। जब तुम नहीं होते तो आनंद होता है; जब तुम नहीं होओगे तो शांति होगी; जब तुम नहीं होओगे तो मौन होगा। जब तुम्हारी अंतरात्मा पूर्णतया रिक्त होती है तो वह रिक्तता ही आनंद होती है। यही कारण है कि बुद्ध की शिक्षाओं को शून्यवाद कहा गया है।

ये चार विधियां आत्मा—या तुम कह सकते हो अनात्मा—की इसी अवस्था को प्राप्त करने के लिए हैं। इन दोनों में कोई अंतर नहीं है। तुम इसे विधायक नाम दे सकते हो, जैसे हिंदुओं और जैनों ने इसे आत्मा कहा है; या तुम इसे अधिक उचित लेकिन नकारात्मक नाम दे

सकते हो, जैसे बुद्ध ने इसे अनत्ता कहा है। यह तुम पर निर्भर करता है। लेकिन तुम उसे जो भी कहो, वह कुछ है नहीं जिसे तुम कोई नाम दे सको, कुछ कह कर पुकार सको, वह बस अनंत आकाश है, स्पेस है।

यही कारण है कि मैं कहता हूं ये परम विधियां हैं, सर्वाधिक सूक्ष्म और सर्वाधिक कठिन विधियां हैं—लेकिन बहुत अदभुत भी हैं। और यदि तुम इन चारों में से किसी एक विधि पर भी काम कर सको तो तुम अप्राप्य को प्राप्त कर लोगे।

पहली विधिः

*अपने निष्क्रिय रूप को त्वचा की दीवारों का एक रिक्त कक्ष मानो—सर्वथा रिक्त।*

अपने निष्क्रिय रूप को त्वचा की दीवारों का एक रिक्त कक्ष मानो, लेकिन भीतर सब कुछ रिक्त हो। यह सुंदरतम विधियों में से एक है। किसी भी ध्यानपूर्ण मुद्रा में, अकेले, शांत होकर बैठ जाओ, तुम्हारी रीढ़ की हड्डी सीधी रहे और पूरा शरीर विश्रांत, जैसे कि सारा शरीर रीढ़ की हड्डी पर टंगा हो। फिर अपनी आंखें बंद कर लो। कुछ क्षण के लिए विश्रांत से विश्रांत अनुभव करते चले जाओ, लयबद्ध होने के लिए कुछ क्षण ऐसा करो। और फिर अचानक अनुभव करो कि तुम्हारा शरीर त्वचा की दीवारें मात्र है और भीतर कुछ भी नहीं है, घर खाली है, भीतर कोई नहीं है। कई बार तुम विचारों को गुजरते हुए देखोगे, विचारों के मेघों को विचरते पाओगे, लेकिन ऐसा मत सोचो कि वे तुम्हारे हैं। तुम हो ही नहीं। बस ऐसा सोचो कि वे रिक्त आकाश में घूम रहे हैं, वे किसी के भी नहीं हैं, उनकी कोई जड़े नहीं हैं।

वास्तव में ऐसा ही है: विचार केवल आकाश में घूमते मेघों के समान हैं। न तो उनकी कोई जड़े हैं, न आकाश से उनका कोई संबंध है, वे बस आकाश में इधर से उधर घूमते रहते हैं। वे आते हैं और चले जाते हैं, और आकाश अस्पर्शित, अप्रभावित बना रहता है। अनुभव करो कि तुम्हारा शरीर बस त्वचा की दीवारें है और भीतर कोई भी नहीं है। विचार जारी रहेंगे, पुरानी आदत, पुरानी लय, पुराने सहयोग के कारण विचार आते रहेंगे। लेकिन इतना ही सोचो कि वे आकाश में घूमते हुए आधारहीन मेघ हैं। वे तुम्हारे नहीं हैं, वे किसी के भी नहीं हैं। भीतर कोई भी नहीं है जिससे वे संबंधित हों, तुम तो रिक्त हो।

यह कठिन होगा, लेकिन केवल पुरानी आदतों के कारण कठिन होगा। तुम्हारा मन किसी विचार को पकड़कर उससे जुड़ना चाहेगा, उसके साथ बहना, उसका आनंद लेना, उसमें रमना चाहेगा। थोड़ा रुको! कहो कि न तो यहां बहने के लिए कोई है, न लड़ने के लिए कोई है, इस विचार के साथ कुछ भी करने के लिए कोई नहीं है।

कुछ ही दिनों में, या कुछ हफ्तों में, विचार कम हो जाएंगे, वे कम से कम होते जाएंगे। बादल छंटने लगेंगे, या यदि वे आएंगे भी तो बीच-बीच में मेघ-रहित आकाश के बड़े अंतराल होंगे जब कोई भी विचार न होगा। एक विचार गुजर जाएगा, फिर कुछ समय के लिए दूसरा विचार नहीं आएगा। फिर दूसरा विचार आएगा और फिर एक अंतराल होगा। उन अंतरालों में ही तुम पहली बार जानोगे कि रिक्तता क्या है। और उसकी एक झलक ही तुम्हें इतने गहन आनंद से भर जाएगी कि तुम कल्पना भी नहीं कर सकते।

असल में, इसके बारे में कुछ भी कहना असंभव है, क्योंकि भाषा में जो भी कहा

जाएगा वह तुम्हारी ओर इशारा करेगा और तुम हो ही नहीं। यदि मैं कहूं कि तुम सुख से भर जाओगे तो यह बेतुकी बात होगी। तुम तो होगे ही नहीं, तो मैं कैसे कह सकता हूं कि तुम सुख से भर जाओगे? सुख होगा। तुम्हारी त्वचा की चारदीवारी में आनंद का स्पंदन होगा, लेकिन तुम नहीं होओगे। एक गहन मौन तुम पर उतर आएगा, क्योंकि यदि तुम ही नहीं हो तो कोई भी अशांति पैदा नहीं कर सकता।

तुम सदा यही सोचते हो कि कोई और तुम्हें अशांत कर रहा है। सड़क से गुजरते हुए ट्रैफिक की आवाज, चारों ओर खेलते हुए बच्चे, रसोईघर में काम करती हुई पत्नी—हर कोई तुम्हें अशांत कर रहा है।

कोई तुम्हें अशांत नहीं कर रहा है, तुम ही अशांति के कारण हो। क्योंकि तुम हो, इसलिए कुछ भी तुम्हें अशांत कर सकता है। यदि तुम नहीं हो तो अशांति आएगी और तुम्हारी रिक्तता को बिना छुए गुजर जाएगी। तुम ऐसे हो कि सब कुछ बहुत जल्दी तुम्हें छू जाता है, एक घाव जैसे हो; कुछ भी तुम्हें तत्क्षण चोट पहुंचा जाता है।

मैंने एक वैज्ञानिक कहानी सुनी है। तीसरे विश्वयुद्ध के बाद ऐसा हुआ कि सब मर गए, अब पृथ्वी पर कोई भी नहीं था बस वृक्ष और पहाड़ियां ही बची थीं। एक बड़े वृक्ष ने सोचा कि चलो खूब शोर करूं, जैसा कि वह पहले किया करता था। वह एक बड़ी चट्टान पर गिर पड़ा, जो भी किया जा सकता था उसने सब किया, लेकिन कोई शोर नहीं हुआ। क्योंकि शोर के लिए तुम्हारे कानों की जरूरत है, आवाज के लिए तुम्हारे कानों की जरूरत है। यदि तुम नहीं हो तो आवाज पैदा नहीं की जा सकती। यह असंभव है।

मैं यहां बोल रहा हूं। यदि यहां कोई न हो तो मैं बोलता रह सकता हूं, लेकिन आवाज पैदा नहीं होगी। लेकिन मैं आवाज पैदा कर सकता हूं क्योंकि मैं स्वयं तो उसे सुन ही सकता हूं। यदि सुनने के लिए कोई भी न हो तो आवाज पैदा नहीं की जा सकती, क्योंकि आवाज तुम्हारे कानों की प्रतिक्रिया है।

यदि पृथ्वी पर कोई भी न हो तो सूरज उग सकता है, लेकिन प्रकाश नहीं होगा। यह बात अजीब लगती है। हम ऐसा सोच भी नहीं सकते क्योंकि हम तो सदा ही सोचते हैं कि सूरज उगेगा और प्रकाश हो जाएगा। लेकिन तुम्हारी आंखें चाहिए, तुम्हारी आंखों के बिना सूरज प्रकाश पैदा नहीं कर सकता। वह उगता रह सकता है, लेकिन सब व्यर्थ होगा, क्योंकि उसकी किरणें रिक्तता से ही गुजरेंगी। कोई भी नहीं होगा जो प्रतिक्रिया कर सके और कह सके कि यह प्रकाश है।

प्रकाश तुम्हारी आंखों के कारण है। तुम प्रतिक्रिया करते हो। ध्वनि तुम्हारे कानों के कारण है। तुम प्रतिक्रिया करते हो। तुम क्या सोचते हो, किसी बगीचे में एक गुलाब का फूल खिला है, लेकिन यदि उधर से कोई भी न गुजरे तो क्या उसमें सुगंध होगी? अकेला गुलाब ही सुगंध पैदा नहीं कर सकता। असंभव है। तुम और तुम्हारी नाक जरूरी है, कोई होना चाहिए जो प्रतिक्रिया कर सके और कह सके कि यह सुगंध है, यह गुलाब की सुगंध है। चाहे गुलाब कितनी ही कोशिश करे, बिना किसी नाक के वह गुलाब न होगा।

तो अशांति वास्तव में सड़क पर नहीं है, वह तुम्हारे अहंकार में है। तुम्हारा अहंकार प्रतिक्रिया करता है और कहता है कि यह अशांति है। यह तुम्हारी व्याख्या है। कभी किसी

दूसरी स्थिति में तुम उसका आनंद भी ले सकते हो, तब वह अशांति नहीं होगी। किसी दूसरे मनोभाव में तुम उसका आनंद लोगे और तब तुम कहोगे, 'कितना सुंदर, क्या संगीत है!' लेकिन किसी उदासी के क्षण में संगीत भी अशांति बन जाएगा।

लेकिन यदि तुम नहीं हो, बस एक स्पेस है, एक रिक्तता है, तब न तो अशांति हो सकती है न संगीत। सब कुछ बस तुमसे होकर गुजर जाएगा, बिलकुल अनजाना, क्योंकि अब कोई घाव नहीं है जो प्रतिक्रिया करे, भीतर कोई नहीं है जो प्रत्युत्तर दे; किसी अहंकार का निर्माण भी नहीं होगा। इसी को बुद्ध निर्वाण कहते हैं।

और यह विधि तुम्हारी सहायता कर सकती है।

'अपने निष्क्रिय रूप को त्वचा की दीवारों का एक रिक्त कक्ष मानो—सर्वथा रिक्त।

किसी भी निष्क्रिय अवस्था में बैठ जाओ, कुछ भी न करो क्योंकि जब भी तुम कुछ करते हो तो कर्ता बीच में आ जाता है। वास्तव में कोई कर्ता नहीं है। केवल क्रिया के कारण ही तुम समझते हो कि कर्ता है। बुद्ध को समझ पाना इसीलिए कठिन है। केवल भाषा के कारण ही समस्याएं खड़ी हुई हैं।

हम कहते हैं कि व्यक्ति चल रहा है। यदि हम इस वाक्य का विश्लेषण करें तो इसका अर्थ हुआ कि कोई है जो चल रहा है। लेकिन बुद्ध कहते हैं कि कोई चल नहीं रहा, बस चलने की क्रिया हो रही है। तुम हंस रहे हो। भाषा के कारण ऐसा लगता है कि जैसे कोई है जो हंस रहा है। बुद्ध कहते हैं कि हंसी तो हो रही है, लेकिन भीतर कोई नहीं है जो हंस रहा है।

जब तुम हंसते हो, इसे स्मरण करो और खोजो कि कौन हंसता है। तुम कभी किसी को न पाओगे। बस हंसी मात्र है, उसके पीछे कोई हंसने वाला नहीं है। जब तुम उदास हो तो भीतर कोई नहीं है जो उदास है, बस उदासी है। उसको देखो। बस उदासी है। यह एक प्रक्रिया है : हंसी, सुख, दुख; इनके पीछे कोई मौजूद नहीं है।

केवल भाषा के कारण ही हम द्वैत में सोचते हैं। यदि कुछ होता है तो हम कहते हैं कि कोई होना चाहिए जिसने किया, कोई कर्ता होना चाहिए। हम क्रिया को अकेले नहीं सोच सकते। लेकिन क्या तुमने कभी कर्ता को देखा है? क्या तुमने कभी उसे देखा है जो हंसता है?

बुद्ध कहते हैं कि जीवन है, जीवन की प्रक्रिया है, लेकिन भीतर कोई भी नहीं है जो जीवंत है। और फिर मृत्यु होती है, लेकिन कोई मरता नहीं। बुद्ध के लिए तुम बंटे हुए नहीं हो। भाषा द्वैत निर्मित करती है। मैं बोल रहा हूं। ऐसा लगता है कि मैं कोई हूं जो बो ल रहा है। लेकिन बुद्ध कहते हैं कि केवल बोलना हो रहा है, बोलने वाला कोई नहीं है। यह एक प्रक्रिया है, जो किसी से संबंधित नहीं है।

लेकिन हमारे लिए यह कठिन है क्योंकि हमारा मन द्वैत में गहरा जमा हुआ है। हम जब भी किसी क्रिया की बात सोचते हैं तो हम भीतर किसी कर्ता के बारे में सोचते हैं। यही कारण है कि ध्यान के लिए कोई शांत, निष्क्रिय मुद्रा अच्छी है क्योंकि तब तुम खालीपन में अधिक सरलता से उतर सकते हो।

बुद्ध कहते हैं, 'ध्यान करो मत, ध्यान में होओ।'

अंतर बड़ा है। मैं दोहराता हूं, बुद्ध कहते हैं, 'ध्यान करो मत, ध्यान में होओ।' क्योंकि यदि तुम ध्यान करते हो तो कर्ता बीच में आ गया, तुम यही सोचते रहोगे कि तुम ध्यान कर रहे

हो। तब ध्यान एक कृत्य बन गया। बुद्ध कहते हैं, 'ध्यान में होओ।' इसका अर्थ है पूरी तरह निष्क्रिय हो जाओ, कुछ भी मत करो, मत सोचो कि कहीं कोई कर्ता है।

इसीलिए कई बार जब कर्ता क्रिया में खो जाता है तो तुम अचानक सुख का एक स्फुरण अनुभव करते हो। ऐसा इसलिए होता है क्योंकि तुम क्रिया में खो गए। नृत्य में ऐसा एक क्षण आता है जब नृत्य रह जाता है और नर्तक खो जाता है, तब तत्क्षण एक आशीर्वाद, एक सौंदर्य, एक आनंद बरस उठता है। नर्तक एक अज्ञात आनंद से भर उठता है। क्या हुआ? केवल क्रिया ही रह गई और कर्ता विलीन हो गया।

युद्ध-भूमि में सैनिक कई बार बड़े गहन आनंद को उपलब्ध हो जाते हैं। यह सोच पाना भी कठिन है क्योंकि वे मृत्यु के इतने निकट होते हैं कि किसी भी क्षण वे मर सकते हैं। शुरू-शुरू में तो वे भयभीत हो जाते हैं, भय से कांपते हैं, लेकिन तुम रोज-रोज लगातार कांपते और भयभीत नहीं रह सकते। धीरे-धीरे आदत पड़ जाती है, मनुष्य मृत्यु को स्वीकार कर लेता है, तब भय समाप्त हो जाता है।

और जब मृत्यु इतनी करीब हो और जरा सी चूक से मृत्यु घटित हो सकती है तो कर्ता भूल जाता है और केवल कर्म रह जाता है, केवल क्रिया रह जाती है। और वे क्रिया में इतने गहरे डूब जाते हैं कि वे सतत याद नहीं रख सकते कि 'मैं हूं'। वह 'मैं हूं' तो परेशानी खड़ी करेगा। तुम चूक जाओगे। तुम क्रिया में पूरे नहीं हो पाओगे। और जीवन दांव पर लगा है, इसलिए तुम द्वैत को नहीं ढो सकते। कृत्य समग्र हो जाता है। और जब भी कृत्य समग्र होता है तो अचानक तुम पाते हो कि तुम इतने आनंदित हो जितने तुम पहले कभी भी न थे।

योद्धाओं ने आनंद के इतने गहरे झरनों का अनुभव किया है जितना कि साधारण जीवन तुम्हें कभी नहीं दे सकता। शायद यही कारण हो कि युद्ध इतने आकर्षित करते हैं। और शायद यही कारण हो कि क्षत्रिय ब्राह्मणों से अधिक मोक्ष को उपलब्ध हुए हैं; क्योंकि ब्राह्मण हमेशा सोचते ही रहते हैं, बौद्धिक ऊहापोह में उलझे रहते हैं। जैनों के चौबीस तीर्थंकर, राम, कृष्ण, बुद्ध, सभी क्षत्रिय थे, सभी योद्धा थे। उन्होंने उच्चतम शिखर को छुआ है।

किसी दुकानदार को कभी इतने ऊंचे शिखर छूते नहीं सुना गया। वह इतनी सुरक्षा में जीता है कि वह द्वैत में जी सकता है। वह जो भी करता है कभी पूरा-पूरा नहीं होता। लाभ कोई समग्र कृत्य नहीं हो सकता। तुम उसका आनंद ले सकते हो, लेकिन वह कोई जीवन-मृत्यु का सवाल नहीं हो सकता। तुम उसके साथ खेल सकते हो, लेकिन कुछ भी दांव पर नहीं लगा है। वह एक खेल है। दुकानदारी एक खेल ही है, धन का खेल है। खेल कोई बहुत खतरनाक बात नहीं है, इसलिए दुकानदार सदा कुनकुना रहता है। एक जुआरी भी दुकानदार से अधिक आनंद को उपलब्ध हो सकता है, क्योंकि जुआरी खतरे में उतरता है। उसके पास जो कुछ है वह दांव पर लगा देता है। पूरे दांव के उस क्षण में कर्ता खो जाता है।

शायद यही कारण है कि जुए में इतना आकर्षण है, युद्ध में इतना आकर्षण है। जहां तक मैं समझता हूं, जो भी कुछ आकर्षक है कहीं उसके पीछे कुछ आनंद भी छिपा होगा, कहीं अज्ञात का कोई इशारा छिपा होगा, कहीं जीवन के गहन रहस्य की झलक छिपी होगी। अन्यथा कुछ भी आकर्षक नहीं हो सकता।

निष्क्रियता...और ध्यान में तुम जो मुद्रा लो वह शांत होनी चाहिए। भारत में हमने

सबसे निष्क्रिय आसन, सबसे शांत मुद्रा विकसित की है, सिद्धासन। और इसका सौंदर्य यह है कि सिद्धासन की मुद्रा में, जिसमें बुद्ध बैठे हैं, शरीर गहनतम निष्क्रियता की अवस्था में होता है। लेट कर भी तुम इतने क्रियाशून्य नहीं होते; सोते समय भी तुम्हारी मुद्रा निष्क्रिय नहीं होती, क्रियाशील होती है।

सिद्धासन इतना शांत क्यों होता है? कई कारण हैं। इस मुद्रा में शरीर की विद्युत-ऊर्जा एक वर्तुल में घूमती है। शरीर का एक विद्युतीय वर्तुल होता है : जब वर्तुल पूरा हो जाता है तो ऊर्जा शरीर में चक्राकार घूमने लगती है, बाहर नहीं निकलती। अब यह वैज्ञानिक रूप से सिद्ध तथ्य है कि कई मुद्राओं में तुम्हारे शरीर से ऊर्जा बाहर निकलती रहती है। जब शरीर ऊर्जा को बाहर फेंकता है तो उसे लगातार ऊर्जा पैदा करनी पड़ती है, वह सक्रिय रहता है। शरीर-तंत्र को लगातार कार्य करना पड़ता है क्योंकि तुम ऊर्जा फेंक रहे हो। जब ऊर्जा शरीर से बाहर निकल रही है तो उसे पूरा करने के लिए भीतर से शरीर को सक्रिय होना पड़ता है। तो सबसे शांत मुद्रा वह होगी जब कोई ऊर्जा बाहर नहीं निकल रही।

अब पाश्चात्य देशों में, विशेषकर इंग्लैंड में वे रोगियों का इलाज उनके शरीर के विद्युतीय वर्तुल बनाकर करने लगे हैं। कई अस्पतालों में इन विधियों का उपयोग होता है, और वे बहुत सहयोगी हैं। व्यक्ति फर्श पर तारों के एक जाल पर लेट जाता है। तारों का वह जाल बस उसके शरीर की विद्युत का एक वर्तुल बनाने के लिए होता है। बस आधा घंटा ही पर्याप्त है—और वह इतना विश्रांत, इतना ऊर्जा से भरा हुआ, इतना शक्तिशाली अनुभव करेगा कि वह विश्वास भी नहीं कर पाएगा कि जब वह आया था तो इतना कमजोर था।

सभी पुरानी सभ्यताओं में लोग रात को एक विशेष दिशा में सोते थे, ताकि ऊर्जा बाहर न बहे। क्योंकि पृथ्वी में एक चुंबकीय शक्ति है; उस चुंबकीय शक्ति का उपयोग करने के लिए तुम्हें एक विशेष दिशा में लेटना पड़ेगा, तब पृथ्वी की शक्ति सारी रात तुम्हें चुंबकत्व में रखेगी। यदि तुम इससे विपरीत लेटे हुए हो तो वह शक्ति तुमसे संघर्ष में रहेगी और तुम्हारी ऊर्जा नष्ट होगी।

कई लोग सुबह बड़ा तनाव, बड़ी कमजोरी अनुभव करते हैं। ऐसा होना नहीं चाहिए, क्योंकि नींद तुम्हें तरो-ताजा करने के लिए, तुम्हें अधिक ऊर्जा देने के लिए है। लेकिन कई लोग हैं जो रात सोते समय ऊर्जा से भरे होते हैं, पर सुबह वे लाश की तरह होते हैं। इसके कई कारण हो सकते हैं, पर यह भी उनमें से एक कारण हो सकता है कि वे गलत दिशा में सोए हैं। यदि वे पृथ्वी के चुंबकत्व के विपरीत लेटे हुए हैं तो वे बुझा-बुझा महसूस करेंगे।

तो अब वैज्ञानिक कहते हैं कि शरीर का अपना एक विद्युत यंत्र है और ऐसे आसन हो सकते हैं जिनमें ऊर्जा संरक्षित हो। और उन्होंने सिद्धासन में बैठे हुए कई योगियों का अध्ययन किया है। उस अवस्था में शरीर न्यूनतम ऊर्जा बाहर फेंकता है; ऊर्जा संरक्षित रहती है। जब ऊर्जा संरक्षित होती है तो आंतरिक यंत्रों को कार्य नहीं करना पड़ता, किसी क्रिया की कोई जरूरत ही नहीं रहती। इसलिए शरीर अक्रिय होता है। इस अक्रियता में, तुम सक्रिय अवस्था से अधिक रिक्त हो सकते हो।

इस सिद्धासन की मुद्रा में तुम्हारी रीढ़ की हड्डी और पूरा शरीर सीधा होता है। अब कई अध्ययन हुए हैं। जब तुम्हारा शरीर पूरी तरह सीधा होता है तो तुम पृथ्वी के गुरुत्वाकर्षण

से न्यूनतम प्रभावित होते हो। यही कारण है कि जब तुम किसी असुविधाजनक मुद्रा में बैठते हो—जिसे तुम असुविधाजनक कहते हो—वह असुविधाजनक इसीलिए होती है क्योंकि तुम्हारा शरीर अधिक गुरुत्वाकर्षण से प्रभावित हो रहा है। यदि तुम सीधे बैठे हुए हो तो गुरुत्वाकर्षण न्यूनतम प्रभावी होता है, क्योंकि वह मात्र तुम्हारी रीढ़ की हड्डी को खींच सकता है और कुछ भी नहीं।

इसीलिए तो खड़े रहकर सोना कठिन है। शीर्षासन में, सिर के बल खड़े होकर सोना तो लगभग असंभव ही है। सोने के लिए तुम्हें लेटना पड़ता है। क्यों? क्योंकि तब धरती का खिंचाव तुम पर अधिकतम होता है, और अधिकतम खिंचाव तुम्हें अचेतन कर देता है। न्यूनतम खिंचाव तुम्हें जगाता है; अधिकतम खिंचाव अचेतन कर देता है। सोने के लिए तुम्हें लेटना पड़ता है, ताकि पृथ्वी का गुरुत्वाकर्षण तुम्हारे सारे शरीर को छुए और उसकी प्रत्येक कोशिका को खींचे। तब तुम अचेतन हो जाते हो।

पशु मनुष्य से अधिक अचेतन होते हैं, क्योंकि वे सीधे खड़े नहीं हो सकते। विकासवादी, इवोल्यूशनिस्ट कहते हैं कि मनुष्य इसीलिए विकसित हो सका क्योंकि वह दो पांवों पर सीधा खड़ा हो सका। गुरुत्वाकर्षण का खिंचाव कम होने के कारण वह थोड़ा अधिक चैतन्य हो पाया।

सिद्धासन में गुरुत्वाकर्षण शक्ति न्यूनतम होती है। शरीर निष्क्रिय और क्रिया-रहित होता है, भीतर से बंद होता है। स्वयं में एक संसार बन जाता है। न कुछ बाहर जाता है, न कुछ भीतर आता है। आंखें बंद हैं, हाथ जुड़े हुए हैं, पांव जुड़े हुए हैं—ऊर्जा वर्तुल में गति करती है। और जब भी ऊर्जा वर्तुल में गति करती है, वह एक आंतरिक लय, एक आंतरिक संगीत निर्मित करती है। जितना तुम उस संगीत को सुनते हो, उतने ही तुम विश्रांत अनुभव करते हो।

'अपने निष्क्रिय रूप को त्वचा की दीवारों का एक रिक्त कक्ष मानो'—बिलकुल जैसे कोई खाली कमरा होता है—'सर्वथा रिक्त।'

उस रिक्तता में गिरते जाओ। एक क्षण आएगा जब तुम अनुभव करोगे कि सब कुछ समाप्त हो गया; कि अब कोई भी नहीं बचा, घर खाली है, घर का स्वामी मिट गया, तिरोहित हो गया। उस अंतराल में, जब तुम नहीं होओगे तो परमात्मा प्रकट होगा। जब तुम नहीं होते, परमात्मा होता है। जब तुम नहीं होते, आनंद होता है। इसलिए मिटने का प्रयास करो। भीतर से मिटने का प्रयास करो।

दूसरी विधिः

*हे गरिमामयी, लीला करो। यह ब्रह्मांड एक रिक्त खोल है जिसमें तुम्हारा मन अनंत रूप से कौतुक करता है।*

यह दूसरी विधि लीला के आयाम पर आधारित है। इसे समझें। यदि तुम निष्क्रिय हो तब तो ठीक है कि तुम गहन रिक्तता में, आंतरिक गहराइयों में उतर जाओ। लेकिन तुम सारा दिन रिक्त नहीं हो सकते और सारा दिन क्रियाशून्य नहीं हो सकते, तुम्हें कुछ तो करना ही पड़ेगा। सक्रिय होना एक मूल आवश्यकता है, अन्यथा तुम जीवित नहीं रह सकते। जीवन का

अर्थ ही है सक्रियता। तो तुम कुछ घंटों के लिए तो निष्क्रिय हो सकते हो, लेकिन चौबीस घंटे में बाकी समय तुम्हें सक्रिय रहना पड़ेगा।

और ध्यान तुम्हारे जीवन की शैली होनी चाहिए, उसका एक हिस्सा नहीं। अन्यथा पाकर भी तुम उसे खो दोगे। यदि एक घंटे के लिए तुम निष्क्रिय हो तो तेईस घंटे के लिए तुम सक्रिय होओगे। सक्रिय शक्तियां अधिक होंगी और निष्क्रियता में तुम जो भी पाओगे वे उसे नष्ट कर देंगी। सक्रिय शक्तियां उसे नष्ट कर देंगी। और अगले दिन तुम फिर वही करोगेः तेईस घंटे तुम कर्ता को इकट्ठा करते रहोगे और एक घंटे के लिए तुम्हें उसे छोड़ना पड़ेगा। यह कठिन होगा।

तो कार्य और कृत्य के प्रति तुम्हें दृष्टिकोण बदलना होगा। इसीलिए यह दूसरी विधि है। कार्य को खेल समझना चाहिए, कार्य नहीं। कार्य को लीला की तरह, एक खेल की तरह लेना चाहिए। इसके प्रति तुम्हें गंभीर नहीं होना चाहिए, बस ऐसे ही जैसे बच्चे खेलते हैं। यह निष्प्रयोजन है, कुछ भी पाना नहीं है, बस कृत्य का ही आनंद लेना है।

यदि कभी-कभी तुम खेलो तो अंतर तुम्हें स्पष्ट हो सकता है। जब तुम कार्य करते हो तो अलग बात होती है। तुम गंभीर होते हो, बोझ से दबे होते हो, उत्तरदायी होते हो, चिंतित होते हो, परेशान होते हो, क्योंकि परिणाम तुम्हारा लक्ष्य होता है। स्वयं कार्य मात्र ही आनंद नहीं देता, असली बात भविष्य में, परिणाम में होती है। खेल में, वास्तव में कोई परिणाम नहीं होता। खेलना ही आनंदपूर्ण होता है। और तुम चिंतित नहीं होते, खेल कोई गंभीर बात नहीं है। यदि तुम गंभीर दिखाई भी पड़ते हो तो वह बस दिखावा होता है। खेल में तुम प्रक्रिया का ही आनंद लेते हो।

कार्य में प्रक्रिया का आनंद नहीं लिया जाता, लक्ष्य, परिणाम महत्वपूर्ण होता है। प्रक्रिया को किसी न किसी तरह झेलना पड़ता है। कार्य करना पड़ता है क्योंकि परिणाम पाना होता है। यदि परिणाम को तुम इसके बिना भी पा सकते तो तुम क्रिया को एक ओर सरका देते और परिणाम पर कूद पड़ते।

लेकिन खेल में तुम ऐसा नहीं करोगे, यदि परिणाम को तुम बिना खेले पा सको तो परिणाम व्यर्थ हो जाएगा। उसका महत्व ही प्रक्रिया के कारण है। उदाहरण के लिए, दो फुटबाल की टीमें खेल के मैदान में हैं, बस एक सिक्का उछाल कर वे तय कर सकते हैं कि कौन जीतेगा और कौन हारेगा। इतने श्रम, इतनी लंबी प्रक्रिया से क्यों गुजरना? इसे बड़ी सरलता से एक सिक्का उछाल कर तय किया जा सकता है। परिणाम सामने आ जाएगा। एक टीम जीत जाएगी और दूसरी टीम हार जाएगी। उसके लिए मेहनत क्या करनी?

लेकिन तब कोई अर्थ नहीं रह जाएगा, कोई मतलब नहीं रह जाएगा। परिणाम अर्थपूर्ण नहीं है, प्रक्रिया का ही अर्थ है। यदि न कोई जीते और न कोई हारे तब भी खेल का मूल्य है। उस कृत्य का ही आनंद है।

लीला के इस आयाम को तुम्हारे पूरे जीवन में जोड़ना है : तुम जो भी कर रहे हो, उस कृत्य में इतने समग्र हो जाओ कि परिणाम असंगत हो जाए। शायद वह आ भी जाए, उसे आना ही होगा, लेकिन वह तुम्हारे मन में न हो। तुम बस खेल रहे हो और आनंद ले रहे हो।

कृष्ण का यही अर्थ है जब वे अर्जुन को कहते हैं कि भविष्य परमात्मा के हाथ में छोड़

दे। तेरे कर्मों का फल परमात्मा के हाथ में है, तू तो बस कर्म कर। यही सहज कृत्य लीला बन जाता है। यही समझने में अर्जुन को कठिनाई होती है, क्योंकि वह कहता है कि यदि यह सब लीला ही है तो हत्या क्यों करें? युद्ध क्यों करें? वह समझ सकता है कि कार्य क्या है, पर वह यह नहीं समझ सकता कि लीला क्या है। और कृष्ण का पूरा जीवन ही एक लीला है।

तुम इतना गैर-गंभीर व्यक्ति कहीं और नहीं ढूंढ सकते। उनका पूरा जीवन ही एक लीला है, एक खेल है, एक अभिनय है। वे सब चीजों का आनंद ले रहे हैं, लेकिन उनके प्रति गंभीर नहीं हैं। वे सघनता से सब चीजों का आनंद ले रहे हैं, पर परिणाम के विषय में बिलकुल भी चिंतित नहीं हैं। जो होगा वह असंगत है।

अर्जुन के लिए कृष्ण को समझना कठिन है। क्योंकि वह हिसाब लगाता है, वह परिणाम की भाषा में सोचता है। वह गीता के आरंभ में कहता है, 'यह सब असार लगता है। दोनों ओर मेरे मित्र तथा संबंधी लड़ने के लिए तैयार खड़े हैं। कोई भी जीते, नुकसान ही होगा, क्योंकि मेरा परिवार, मेरे संबंधी, मेरे मित्र ही नष्ट होंगे। यदि मैं जीत भी जाऊं तो भी कोई अर्थ नहीं होगा क्योंकि अपनी विजय मैं किसे दिखाऊंगा? विजय का अर्थ ही तभी होता है जब मित्र, संबंधी, परिजन उसका आनंद लें। लेकिन कोई भी न होगा, केवल लाशों के ऊपर विजय होगी। कौन उसकी प्रशंसा करेगा? कौन कहेगा कि अर्जुन, तुमने बड़ा काम किया! तो चाहे मैं जीतू, चाहे मैं हारूं, सब असार लगता है, सारी बात ही बेकार है।'

वह पलायन करना चाहता है। वह बहुत गंभीर है। और जो भी हिसाब-किताब लगाता है वह उतना ही गंभीर होगा। गीता की पृष्ठभूमि अदभुत है: युद्ध सबसे गंभीर घटना है। तुम उसके प्रति खेलपूर्ण नहीं हो सकते क्योंकि जीवन-मरण का प्रश्न है, लाखों जानों का प्रश्न है, तुम खेलपूर्ण नहीं हो सकते। और कृष्ण आग्रह करते हैं कि वहां भी तुम्हें खेलपूर्ण होना है। तुम यह मत सोचो कि अंत में क्या होगा, बस अभी और यहीं जीओ। तुम बस योद्धा का अपना खेल पूरा करो। फल की चिंता मत करो क्योंकि परिणाम तो परमात्मा के हाथों में है। और इससे भी कोई फर्क नहीं पड़ता कि परिणाम परमात्मा के हाथों में है या नहीं। असली बात यह है कि परिणाम तुम्हारे हाथों में नहीं है। तुम्हें उसे नहीं ढोना है। यदि तुम उसे ढोते हो तो तुम्हारा जीवन ध्यानपूर्ण नहीं हो सकता।

यह दूसरी विधि कहती है : 'हे गरिमामयी, लीला करो।'

अपने पूरे जीवन को लीला बन जाने दो।

'यह ब्रह्मांड एक रिक्त खोल है जिसमें तुम्हारा मन अनंत रूप से कौतुक करता है।'

तुम्हारा मन अनवरत खेलता चला जाता है। पूरी प्रक्रिया एक खाली कमरे में चलते हुए स्वप्न जैसी है। ध्यान में अपने मन को कौतुक करते हुए देखना होता है, बिलकुल ऐसे ही जैसे बच्चे खेलते हैं और ऊर्जा के अतिरेक से कूदते-फांदते हैं। इतना ही पर्याप्त है। विचार उछल रहे हैं, कौतुक कर रहे हैं, बस एक लीला है। उनके प्रति गंभीर मत होओ। यदि कोई बुरा विचार भी आता है तो ग्लानि से मत भरो, या यदि कोई शुभ विचार उठता है—कि तुम मानवता की सेवा करना चाहते हो और पूरे संसार को बदल डालना चाहते हो और तुम पृथ्वी पर स्वर्ग उतार लाना चाहते हो—तो इसके कारण बहुत अधिक अहंकार से मत भर जाओ, ऐसा मत सोचो कि तुम बहुत महान हो गए हो। केवल उछलता हुआ मन है। कभी नीचे जाता

है, कभी ऊपर आता है। यह तो बस ऊर्जा का बहता हुआ अतिरेक है जो भिन्न-भिन्न रूप और आकार ले रही है। मन तो उमड़कर बहता हुआ एक झरना मात्र है, और कुछ भी नहीं।

खेलपूर्ण होओ। शिव कहते हैं: 'हे गरिमामयी, लीला करो।'

खेलपूर्ण होने का अर्थ होता है कि वह कृत्य का आनंद ले रहा है, कृत्य ही स्वयं में पर्याप्त है, पीछे किसी लाभ की आकांक्षा नहीं है; वह कोई हिसाब नहीं लगा रहा है। जरा एक दुकानदार की ओर देखो, वह जो भी कर रहा है उसमें लाभ-हानि का हिसाब लगा रहा है, कि इससे मिलेगा क्या। एक ग्राहक आता है, ग्राहक कोई व्यक्ति नहीं बस एक साधन है। उससे क्या कमाया जा सकता है, कैसे उसका शोषण किया जा सकता है, गहरे में वह हिसाब लगा रहा है कि क्या कहना है, क्या करना है। बस शोषण के लिए वह हर चीज का हिसाब लगा रहा है। उसे इस आदमी से कुछ लेना-देना नहीं है, बस सौदे से मतलब है, किसी और चीज से नहीं। उसे बस भविष्य से, लाभ से मतलब है।

पूर्व में देखो: गांवों में अभी भी दुकानदार बस लाभ ही नहीं कमाते और ग्राहक बस खरीदने ही नहीं आते। वे सौदे का आनंद लेते हैं। मुझे अपने दादा की याद है, वह कपड़ों के दुकानदार थे। और मैं तथा मेरे परिवार के लोग हैरान थे, क्योंकि इसमें उन्हें बहुत मजा आता था। घंटों-घंटों ग्राहकों के साथ यह खेल चलता। यदि कोई चीज दस रुपए की होती तो वह उसके पचास रुपए मांगते और वह जानते थे कि यह झूठ है। और उनके ग्राहक भी जानते थे कि वह चीज दस रुपए के आस-पास की होनी चाहिए और वे दो रुपए से शुरू करते, फिर घंटों तक लंबी बहस होती। मेरे पिता और चाचा गुस्सा होते कि 'यह क्या हो रहा है? आप सीधे-सीधे कीमत क्यों नहीं बता देते?' लेकिन उनके भी अपने ही ग्राहक थे। जब वे लोग आते तो पूछते, 'दादा कहां हैं? क्योंकि उनके साथ तो खेल हो जाता है। चाहे हमें एक-दो रुपए कम-ज्यादा देने पड़े, इससे कोई अंतर नहीं पड़ता!'

उन्हें इसमें आनंद आता, वह कृत्ये ही अपने आप में आनंद था। दो लोग बात कर रहे हैं, दोनों खेल रहे हैं और दोनों जानते हैं कि यह एक खेल है, क्योंकि स्वभावतः एक निश्चित मूल्य ही संभव था।

पश्चिम में अब मूल्यों को निश्चित कर लिया गया है। क्योंकि लोग अधिक हिसाबी और लाभ-उन्मुख हो गए हैं, समय क्यों व्यर्थ करना? जब बात को मिनटों में निपटाया जा सकता है तो कोई जरूरत नहीं है। तुम सीधे-सीधे निश्चित मूल्य लिख सकते हो। घंटों तक क्यों जद्दोजहद करना? लेकिन तब सारा खेल खो जाता है और एक दिनचर्या रह जाती है। इसे तो मशीनें भी कर सकती हैं। दुकानदार की जरूरत ही नहीं है, न ग्राहक की जरूरत है।

मैंने एक मनोविश्लेषक के संबंध में सुना है कि वह इतना व्यस्त था और उसके पास इतने मरीज आते थे कि हर किसी से व्यक्तिगत संपर्क रख पाना कठिन था। तो वह अपने टेप रिकार्डर में मरीजों के लिए सब संदेश भर देता था जो स्वयं उनसे कहना चाहता था।

एक बार ऐसा हुआ कि एक बहुत अमीर मरीज का सलाह के लिए मिलने का समय था। मनोविश्लेषक एक होटल में भीतर जा रहा था। अचानक उसने उस मरीज को वहां बैठे देखा। तो उसने पूछा, 'तुम यहां क्या कर रहे हो? इस समय तो तुम्हें मेरे पास आना था।' मरीज ने कहा, 'मैं भी इतना व्यस्त हूं कि मैंने अपनी बातें टेप रिकार्डर में भर दी हैं। दोनों टेप

रिकार्डर आपस में बातें कर रहे हैं। जो आपको मुझसे कहना है वह मेरे टेप रिकार्डर में भर गया है और जो मुझे आपको कहना है वह मेरे टेप रिकार्डर से आपके टेप रिकार्डर में रिकार्ड हो गया है। इससे समय भी बच गया है और हम दोनों खाली हैं।'

यदि तुम बहुत हिसाबी हो जाओ तो व्यक्ति समाप्त होते जाते हैं और मशीनें आती जाती हैं। भारत के गांवों में अभी भी मोल-तोल होता है, यह एक खेल है और रस लेने जैसा है। तुम खेल रहे हो। दो प्रतिभाओं के बीच एक खेल चलता है और दोनों व्यक्ति गहरे संपर्क में आते हैं। लेकिन फिर समय नहीं बचता। खेलने से तो कभी भी समय की बचत नहीं हो सकती। और खेल में तुम समय की चिंता भी नहीं लेते। तुम चिंतामुक्त होते हो और जो भी होता है उसी समय तुम उसका रस लेते हो। खेलपूर्ण होना ध्यान प्रक्रियाओं के गहनतम आधारों में से एक है। लेकिन हमारा मन दुकानदार है, हमें उसके लिए प्रशिक्षित किया गया है। तो जब हम ध्यान भी करते हैं तो परिणाम उन्मुख होते हैं। और चाहे जो भी हो, तुम असंतुष्ट ही रहोगे।

मेरे पास लोग आते हैं और कहते हैं, 'हां, ध्यान तो गहरा हो रहा है। मैं अधिक आनंदित हो रहा हूं, अधिक मौन और शांत अनुभव कर रहा हूं, लेकिन और कुछ भी नहीं हो रहा।'

और क्या नहीं हो रहा? मैं जानता हूं ऐसे लोग एक दिन आएंगे और पूछेंगे, 'हां, मुझे निर्वाण का अनुभव तो हो रहा है, पर और कुछ नहीं हो रहा! मैं आनंदित हूं, पर और कुछ नहीं हो रहा!' और क्या चाहिए? वह कोई लाभ ढूंढ रहा है, और जब तक कोई बहुत ठोस लाभ उसके हाथों में नहीं आ जाता, जिसे वह बैंक में जमा कर सके, वह संतुष्ट नहीं हो सकता। मौन और आनंद इतने अदृश्य हैं कि तुम उन पर मालकियत नहीं कर सकते, तुम उन्हें किसी को दिखा नहीं सकते।

रोज मेरे पास लोग आते हैं और कहते हैं कि वे उदास हैं। वे किसी ऐसी चीज की आशा कर रहे हैं जिसकी आशा दुकानदारी में भी नहीं होनी चाहिए। और ध्यान में वे उसकी आशा कर रहे हैं! दुकानदार, हिसाबी-किताबी मन ध्यान के भी बीच में आ जाता है—इससे क्या लाभ हो सकता है?

दुकानदार खेलपूर्ण नहीं होता। और यदि तुम खेलपूर्ण नहीं हो तो तुम ध्यान में नहीं उतर सकते। अधिक से अधिक खेलपूर्ण होते जाओ। खेल में समय व्यतीत करो। बच्चों के साथ खेलना ठीक रहेगा। यदि कोई और न भी हो तो तुम कमरे में अकेले उछल-कूद कर सकते हो, नाच सकते हो। और खेल सकते हो, आनंद ले सकते हो।

लेकिन तुम्हारा मन कहता रहेगा, 'क्या कर रहे हो, समय बरबाद कर रहे हो? इतने समय में तुम कुछ कमा सकते हो। तुम कुछ कर सकते हो। और तुम बस उछल रहे हो, नाच, रहे हो, गा रहे हो, तुम क्या कर रहे हो? क्या तुम पागल हो गए हो?'

यह प्रयोग करके देखो। दुकानदारी में से जितना समय निकाल सको, निकाल कर जरा खेल में लगाओ, जो भी चाहो करो। चित्र बना सकते हो, सितार बजा सकते हो—तुम्हें जो भी अच्छा लगे—लेकिन खेलपूर्ण होओ। किसी लाभ की आकांक्षा मत करो, भविष्य की ओर मत देखो, वर्तमान की ओर देखो। और तब तुम भीतर भी खेलपूर्ण हो सकते हो। तब तुम अपने विचारों पर उछल सकते हो, उनके साथ खेल सकते हो, उन्हें इधर-उधर फेंक सकते

हो, उनके साथ नाच सकते हो, लेकिन उनके प्रति गंभीर नहीं होओगे।

दो प्रकार के लोग हैं। एक वे जो मन के संबंध में पूर्णतया अचेत हैं। उनके मन में जो भी होता है उसके प्रति वे मूर्च्छित होते हैं, उन्हें नहीं पता कि कहां उनका मन उन्हें भटकाए जा रहा है। यदि मन की किसी भी चाल के प्रति तुम सचेत हो सको तो तुम हैरान होओगे कि मन में क्या हो रहा है।

मन एसोसिएशन से चलता है। राह पर एक कुत्ता भौंकता है। भौंकना तुम्हारे मस्तिष्क तक पहुंचता है और वह कार्य करना शुरू कर देता है। कुत्ते के इस भौंकने को लेकर तुम संसार के अंत तक जा सकते हो। हो सकता है कि तुम्हें किसी मित्र की याद आ जाए जिसके पास एक कुत्ता है। अब यह कुत्ता तो तुम भूल गए पर वह मित्र तुम्हारे मन में आ गया। और उसकी एक पत्नी है जो बहुत सुंदर है—अब तुम्हारा मन चलने लगा। अब तुम संसार के अंत तक जा सकते हो और तुम्हें पता नहीं चलता कि एक कुत्ता तुम पर चाल चल गया; वह बस भौंका और तुम्हें रास्ते पर ले आया, तुम्हारे मन ने दौड़ना शुरू कर दिया।

तुम्हें बड़ी हैरानी होगी यह जानकर कि वैज्ञानिक इस बारे में क्या कहते हैं। वे कहते हैं। कि यह मार्ग तुम्हारे मन में सुनिश्चित हो जाता है। यदि यही कुत्ता इसी परिस्थिति में दोबारा भौंके तो तुम इसी पर चल पड़ोगे : वही मित्र, वही कुत्ता, वही सुंदर पत्नी। दोबारा उसी रास्ते पर तुम घूम जाओगे।

अब मनुष्य के मस्तिष्क में इलेक्ट्रोड डालकर उन्होंने कई प्रयोग किए हैं। वे मस्तिष्क में एक विशेष स्थान को छूते हैं और एक विशेष स्मृति उभर आती है। अचानक तुम पाते हो कि तुम पांच वर्ष के हो, एक बगीचे में खेल रहे हो, तितलियों के पीछे दौड़ रहे हो। फिर पूरी की पूरी श्रृंखला चली आती है : तुम्हें अच्छा लग रहा है; हवा, बगीचा, सुगंध, सब कुछ जीवंत हो उठता है। वह मात्र स्मृति ही नहीं होती, तुम उसे दोबारा जीते हो। फिर इलेक्ट्रोड वापस निकाल लिया जाता है और स्मृति रुक जाती है। यदि इलेक्ट्रोड पुनः उसी स्थान को छू ले तो पुनः वही स्मृति शुरू हो जाती है : तुम पुनः पांच साल के हो जाते हो, उसी बगीचे में, उसी तितली के पीछे दौड़ने लगते हो, वही सुगंध और वही घटना-चक्र शुरू हो जाता है। जब इलेक्ट्रोड निकाल लिया जाता है तब स्मृति समाप्त हो जाती है; लेकिन इलेक्ट्रोड को वापस उसी जगह रख दो तो स्मृति वापस आ जाती है।

यह ऐसे ही है जैसे यांत्रिक रूप से कुछ स्मरण कर रहे हो। और पूरा क्रम एक निश्चित जगह से प्रारंभ होता है और निश्चित परिणति पर समाप्त होता है; फिर पुनः प्रारंभ से शुरू होता है। ऐसे ही जैसे तुम टेप रिकार्डर में कुछ भर देते हो। तुम्हारे मस्तिष्क में लाखों स्मृतियां हैं, लाखों कोशिकाएं स्मृतियां इकट्ठा कर रही हैं, और यह सब यांत्रिक है।

मनुष्य के मस्तिष्क के साथ किए गए ये प्रयोग अदभुत हैं और इनसे बहुत कुछ पता चलता है। स्मृतियां बार-बार दोहरायी जा सकती हैं। एक प्रयोगकर्ता ने एक स्मृति को तीन सौ बार दोहराया और स्मृति वही की वही रही—वह संगृहीत थी। जिस व्यक्ति पर यह प्रयोग किया गया उसे तो बड़ा विचित्र लगा क्योंकि वह उस प्रक्रिया का मालिक नहीं था, वह कुछ भी नहीं कर सकता था। जब इलेक्ट्रोड उस स्थान को छूता तो स्मृति शुरू हो जाती और उसे देखना पड़ता।

तीन सौ बार दोहराने पर वह साक्षी बन गया। स्मृति को तो वह देखता रहा, पर इस बात के प्रति वह जाग गया कि वह और उसकी स्मृति अलग-अलग हैं। यह प्रयोग ध्यानियों के लिए बहुत सहयोगी हो सकता है, क्योंकि जब तुम्हें पता चलता है कि तुम्हारा मन और कुछ नहीं बस तुम्हारे चारों ओर एक यांत्रिक संग्रह है तो तुम उससे अलग हो जाते हो।

इस मन को बदला जा सकता है। अब तो वैज्ञानिक कहते हैं कि देर-अबेर हम उन केंद्रों को काट डालेंगे जो तुम्हें विषाद और संताप देते हैं, क्योंकि बार-बार एक ही स्थान छुआ जाता है और पूरी की पूरी प्रक्रिया को दोबारा जीना पड़ता है।

मैंने कई शिष्यों के साथ प्रयोग किए हैं। वही बात दोहराओ और वे बार-बार उसी दुष्चक्र में गिरते जाते हैं, जब तक कि वे इस बात के साक्षी न हो जाएं कि यह एक यांत्रिक प्रक्रिया है। तुम्हें इस बात का पता है कि यदि तुम अपनी पत्नी से हर सप्ताह वही-वही बात कहते रहो तो वह क्या प्रतिक्रिया करेगी। सात दिन में जब वह भूल जाए तो फिर वही बात कहो : वही प्रतिक्रिया होगी।

इसे रिकार्ड कर लो, प्रतिक्रिया हर बार वही होगी। तुम भी जानते हो, तुम्हारी पत्नी भी जानती है, एक ढांचा निश्चित है। और यही चलता रहता है, एक कुत्ता भी भौंक कर तुम्हारी प्रक्रिया की शुरुआत कर सकता है। कहीं कुछ छू जाता है, इलेक्ट्रोड प्रवेश कर जाता है, तुमने एक यात्रा शुरू कर दी।

यदि तुम जीवन में खेलपूर्ण हो तो भीतर तुम मन के साथ भी खेलपूर्ण हो सकते हो। फिर ऐसा समझो जैसे टेलीविजन के पर्दे पर तुम कुछ देख रहे हो : तुम उसमें सम्मिलित नहीं हो, बस एक द्रष्टा हो, एक दर्शक हो। तो देखो और उसका आनंद लो। न कहो अच्छा है, न कहो बुरा है, न निंदा करो, न प्रशंसा करो, क्योंकि वे गंभीर बातें हैं।

यदि तुम्हारे पर्दे पर कोई नग्न स्त्री आ जाती है तो यह मत कहो कि यह गलत है, कि कोई शैतान तुम पर चाल चल रहा है। कोई शैतान तुम पर चाल नहीं चल रहा, इसे ऐसे देखो जैसे फिल्म के पर्दे पर कुछ देख रहे हो।

और इसके प्रति खेल का भाव रखो। उस स्त्री से कहो कि प्रतीक्षा करो। उसे बाहर धकेलने की कोशिश मत करो, क्योंकि जितना तुम उसे बाहर धकेलोगे उतना ही वह भीतर घुसेगी— अब महिलाएं तो हठी होती हैं। और उसका पीछा भी मत करो। यदि तुम उसके पीछे जाते हो तो भी तुम मुश्किल में पड़ोगे। न उसके पीछे जाओ, न उससे लड़ो, यही नियम है। बस देखो और खेलपूर्ण रहो। बस हेलो या नमस्कार कर लो और देखते रहो, और उससे बेचैन मत होओ। उस स्त्री को इंतजार करने दो।

जैसे वह आई थी वैसे ही अपने आप चली जाएगी, वह अपनी मर्जी से चलती है। उसका तुमसे कोई लेना-देना नहीं है, वह बस तुम्हारे स्मृतिपट पर है। किसी परिस्थिति वश वह चली आई, बस एक चित्र की भांति। उसके प्रति खेलपूर्ण रहो।

यदि तुम अपने मन के साथ खेल सको तो वह शीघ्र ही समाप्त हो जाएगा, क्योंकि मन केवल तभी हो सकता है जब तुम गंभीर होओ। गंभीरता बीच की कड़ी है, सेतु है।

'हे गरिमामयी, लीला करो। यह ब्रह्मांड एक रिक्त खोल है जिसमें तुम्हारा मन अनंत रूप से कौतुक करता है।'

तीसरी विधिः

*हे प्रिये, ज्ञान और अज्ञान, अस्तित्व और अनस्तित्व पर ध्यान दो। फिर दोनों को छोड़ दो ताकि तुम हो सको।*

'ज्ञान और अज्ञान, अस्तित्व और अनस्तित्व पर ध्यान दो।'

जीवन के विधायक पहलू पर ध्यान करो और फिर ध्यान को नकारात्मक पहलू पर ले जाओ, फिर दोनों को छोड़ दो क्योंकि तुम दोनों ही नहीं हो।

'फिर दोनों को छोड़ दो ताकि तुम हो सको।'

इसे इस तरह देखो: जन्म पर ध्यान दो। एक बच्चा पैदा हुआ, तुम पैदा हुए। फिर तुम बढ़ते हो, जवान होते हो—इस पूरे विकास पर ध्यान दो। फिर तुम बूढ़े हो जाते हो और मर जाते हो। बिलकुल आरंभ से, उस क्षण की कल्पना करो जब तुम्हारे पिता और माता ने तुम्हें धारण किया था और मां के गर्भ में तुमने प्रवेश किया था। बिलकुल पहला कोष्ठ। वहां से अंत तक देखो, जहां तुम्हारा शरीर चिता पर जल रहा है और तुम्हारे संबंधी तुम्हारे चारों ओर खड़े हुए हैं। फिर दोनों को छोड़ दो, वह जो पैदा हुआ और वह जो मरा। फिर दोनों को छोड़ दो और भीतर देखो, वहां तुम हो, जो न कभी पैदा हुआ और जो न कभी मरेगा।

'ज्ञान और अज्ञान, अस्तित्व और अनस्तित्व...फिर दोनों को छोड़ दो ताकि तुम हो सको।'

यह तुम किसी भी विधायक-नकारात्मक घटना से कर सकते हो। तुम यहां बैठे हो, मैं तुम्हारी ओर देखता हूं, मेरा तुमसे संबंध होता है; जब मैं अपनी आंखें बंद कर लेता हूं तो तुम नहीं रहते और मेरा तुमसे कोई संबंध नहीं हो पाता। फिर संबंध और असंबंध दोनों को छोड़ दो। तुम रिक्त हो जाओगे। क्योंकि जब तुम ज्ञान और अज्ञान दोनों का त्याग कर देते हो तो तुम रिक्त हो जाते हो।

दो तरह के लोग हैं: कुछ ज्ञान से भरे हैं और कुछ अज्ञान से भरे हैं। ऐसे लोग हैं जो कहते हैं कि हम जानते हैं; उनका अहंकार उनके ज्ञान से बंधा हुआ है। और ऐसे लोग हैं जो कहते हैं, 'हम अज्ञानी हैं', वे अपने अज्ञान से भरे हुए हैं। वे कहते हैं, 'हम अज्ञानी हैं, हम कुछ नहीं जानते।' एक ज्ञान से बंधा हुआ है दूसरा अज्ञान से, लेकिन दोनों के पास कुछ है, दोनों कुछ ढो रहे हैं।

ज्ञान और अज्ञान दोनों को हटा दो, ताकि तुम दोनों से अलग हो सको, न अज्ञानी, न ज्ञानी। विधायक और नकारात्मक दोनों को हटा दो। फिर तुम कौन हो? अचानक वह 'कौन' तुम्हारे सामने प्रकट हो जाएगा। तुम उस अद्वैत के प्रति बोधपूर्ण हो जाओगे जो दोनों के पार है। विधायक और नकारात्मक दोनों को छोड़कर तुम रिक्त हो जाओगे। तुम कुछ भी नहीं रहोगे, न ज्ञानी और न अज्ञानी। घृणा और प्रेम दोनों को छोड़ दो, मित्रता और शत्रुता दोनों को छोड़ दो। और जब दोनों ध्रुव छूट जाते हैं, तुम रिक्त हो जाते हो।

और यह मन की एक चाल है : वह छोड़ तो सकता है, लेकिन दोनों को एक साथ नहीं। एक चीज को छोड़ सकता है। तुम अज्ञान को छोड़ सकते हो, फिर तुम ज्ञान से चिपक जाओगे। तुम पीड़ा को छोड़ सकते हो, फिर तुम सुख को पकड़ लोगे। तुम शत्रुओं को छोड़ दोगे तो मित्रों को पकड़ लोगे। और ऐसे लोग भी हैं जो बिलकुल उलटा करेंगे : वे मित्रों को

छोड़कर शत्रुओं को पकड़ लेंगे, प्रेम को छोड़कर घृणा को पकड़ लेंगे, धन को छोड़कर निर्धनता को पकड़ लेंगे और ज्ञान तथा शास्त्रों को छोड़कर अज्ञान से चिपक जाएंगे। ये लोग बड़े त्यागी कहलाते हैं। तुम जो कुछ भी पकड़े हो वे उसे छोड़कर विपरीत को पकड़ लेते हैं, लेकिन पकड़ते वे भी हैं।

पकड़ ही समस्या है। क्योंकि यदि तुम कुछ भी पकड़े हो तो तुम रिक्त नहीं हो सकते। पकड़ो मत। इस विधि का यही संदेश है। किसी भी विधायक या नकारात्मक चीज को मत पकड़ो क्योंकि न पकड़ने से ही तुम स्वयं को खोज पाओगे। तुम तो हो ही, पर पकड़ के कारण छिपे हुए हो। पकड़ छोड़ते ही तुम उघड़ जाओगे, प्रकट हो जाओगे।

चौथी विधिः

*आधारहीन, शाश्वत, निश्चल आकाश में प्रविष्ट होओ।*

इस विधि में आकाश के, स्पेस के तीन गुण दिए गए हैं। आधारहीनः आकाश में कोई आधार नहीं हो सकता। शाश्वतः वह कभी समाप्त नहीं हो सकता। निश्चलः वह सदा ध्वनि-रहित व मौन होगा। इस आकाश में प्रवेश करो, यह तुम्हारे भीतर ही है।

लेकिन मन सदा आधार खोजता है। मेरे पास लोग आते हैं और मैं उनसे कहता हूं, 'आंखें बंद करके मौन बैठो और कुछ भी मत करो।' और वे कहते हैं, 'हमें कोई अवलंबन दो, सहारा दो, सहारे के लिए कोई मंत्र दो, क्योंकि हम खाली बैठ नहीं सकते।' खाली बैठना कठिन है। यदि मैं उन्हें कोई मंत्र दे दूं तो ठीक है, वे मंत्र दोहराते रह सकते हैं। तब सरल है।

आधार के होते तुम कभी रिक्त नहीं हो सकते। यही कारण है कि वह सरल है। कुछ न कुछ होना चाहिए, तुम्हारे पास करने के लिए कुछ न कुछ होना चाहिए। करते रहने से कर्ता बना रहता है; करते रहने से तुम भरे रहते हो—चाहे तुम ओंकार से भरे हो, ओम से भरे हो, राम से भरे हो, जीसस से, आवमारिया से, किसी भी चीज से—किसी भी चीज से भरे हो, लेकिन तुम भरे हो। तब तुम ठीक रहते हो। मन खालीपन का विरोध करता है। वह सदा किसी चीज से भरा रहना चाहता है, क्योंकि जब तक यह भरा है तब तक चल सकता है। यदि वह रिक्त हुआ तो समाप्त हो जाएगा। रिक्तता में तुम अ-मन को उपलब्ध हो जाओगे। यही कारण है कि मन आधार की खोज करता है।

यदि तुम अंतर-आकाश, इनर स्पेस में प्रवेश करना चाहते हो तो आधार मत खोजो। सब सहारे—मंत्र, परमात्मा, शास्त्र—जो भी तुम्हें सहारा देता है वह सब छोड़ दो। यदि तुम्हें लगे कि किसी चीज से तुम्हें सहारा मिल रहा है तो उसे छोड़ दो और भीतर आ जाओ—आधारहीन।

यह भयपूर्ण होगा; तुम भयभीत हो जाओगे। तुम वहां जा रहे हो जहां तुम पूरी तरह खो सकते हो। हो सकता है तुम वापस ही न आओ क्योंकि वहां सब सहारे खो जाएंगे। किनारे से तुम्हारा संपर्क छूट जाएगा और नदी तुम्हें कहां ले जाएगी, किसी को पता नहीं। तुम्हारा आधार खो सकता है। तुम एक अनंत खाई में गिर सकते हो। इसलिए तुम्हें भय पकड़ता है और तुम आधार खोजने लगते हो। चाहे वह झूठा ही आधार क्यों न हो, तुम्हें उससे राहत मिलती है। झूठा आधार भी मदद देता है क्योंकि मन को कोई अंतर नहीं पड़ता कि आधार

झूठा है या सच्चा है, कोई आधार होना चाहिए।

एक बार एक व्यक्ति मेरे पास आया। वह ऐसे घर में रहता था जहां उसे लगता था कि भूत-प्रेत हैं, और वह बहुत चिंतित था। चिंता के कारण उसका भ्रम बढ़ने लगा। चिंता से वह बीमार पड़ गया, कमजोर हो गया। उसकी पत्नी ने कहा, 'यदि तुम इस घर में जरा और रुके तो मैं तो जा रही हैं।' उसके बच्चों को एक संबंधी के घर भेजना पड़ा।

वह आदमी मेरे पास आया और बोला, 'अब तो बहुत मुश्किल हो गयी है, मैं उन्हें साफ-साफ देखता हूं। रात वे चलते हैं, पूरा घर भूतों से भरा हुआ है। आप मेरी मदद करें।'

तो मैंने उसे अपना एक चित्र दिया और कहा, 'इसे ले जाओ। अब उन भूतों से मैं निपट लूंगा। तुम बस आराम से सो जाओ, तुम्हें चिंता करने की जरूरत नहीं है। उनसे मैं निपट लूंगा, उन्हें मैं देख लूंगा। अब यह मेरा काम है और तुम बीच में मत आना। अब तुम्हें चिंता नहीं करनी है।'

वह अगले ही दिन आया और बोला, 'बड़ी राहत मिली, मैं आराम से सोया! आपने तो चमत्कार कर दिया!' और मैंने कुछ भी नहीं किया, बस एक आधार दिया। आधार से मन भर गया। वह खाली न रहा; वहां कोई उसके साथ था।

सामान्य जीवन में तुम कई झूठे सहारों को पकड़े रहते हो, पर वे मदद करते हैं; और जब तक तुम स्वयं शक्तिशाली न हो जाओ, तुम्हें उनकी जरूरत रहेगी। इसीलिए मैं कहता हूं कि यह परम विधि है—कोई आधार नहीं।

बुद्ध मृत्युशय्या पर थे और आनंद ने उनसे पूछा, 'आप हमें छोड़कर जा रहे हैं, अब हम क्या करेंगे? हम कैसे उपलब्ध होंगे? हम अब आगे कैसे बढ़ेंगे? जब आप ही चले जाएंगे तो हम जन्मों-जन्मों तक अंधकार में भटकते रहेंगे, हमारा मार्गदर्शन करने के लिए कोई भी नहीं रहेगा, प्रकाश तो विदा हो रहा है।'

तो बुद्ध ने कहा, 'तुम्हारे लिए यह अच्छा रहेगा। जब मैं नहीं रहूंगा तो तुम अपना प्रकाश स्वयं बनोगे। अकेले चलो, कोई सहारा मत खोजो, क्योंकि सहारा ही अंतिम बाधा है।'

और ऐसा ही हुआ। आनंद संबुद्ध नहीं हुआ था। चालीस वर्ष से वह बुद्ध के साथ था, वह निकटतम शिष्य था, बुद्ध की छाया की भांति था, उनके साथ चलता था, उनके साथ रहता था; उसका बुद्ध के साथ सबसे लंबा संपर्क था। चालीस वर्ष तक बुद्ध की करुणा उस पर बरसती रही थी। लेकिन कुछ भी न हुआ। आनंद सदा की भांति अज्ञानी ही रहा। और जिस दिन बुद्ध ने शरीर छोड़ा उसके दूसरे ही दिन आनंद संबुद्ध हो गया—दूसरे ही दिन।

वह आधार ही बाधा था। जब बुद्ध न रहे तो आनंद कोई आधार न खोज सका। यह कठिन है। यदि तुम किसी बुद्ध के साथ रहो और वह बुद्ध चला जाए, तो कोई भी तुम्हें सहारा नहीं दे सकता। अब कोई भी ऐसा न रहेगा जिसे तुम पकड़ सको। जिसने किसी बुद्ध को पकड़ लिया वह संसार में किसी और को न पकड़ पाएगा। यह पूरा संसार खाली होगा। एक बार तुमने किसी बुद्ध के प्रेम और करुणा को जान लिया हो तो कोई प्रेम, कोई करुणा उसकी तुलना नहीं कर सकती। एक बार तुमने उसका स्वाद ले लिया तो और कुछ भी स्वाद लेने जैसा न रहा।

तो चालीस वर्ष में पहली बार आनंद अकेला हुआ। किसी भी सहारे को खोजने का

कोई उपाय ही न रहा। उसने परम सहारे को जाना था; अब छोटे-छोटे सहारे किसी काम के न थे। दूसरे दिन ही वह संबुद्ध हो गया। वह निश्चित ही आधारहीन, शाश्वत, निश्चल अंतर-आकाश में प्रवेश कर गया होगा।

तो स्मरण रखो, कोई सहारा खोजने का प्रयास मत करो। आधारहीन हो जाओ। यदि इस विधि को करने का प्रयास कर रहे हो तो आधारहीन हो जाओ। यही कृष्णमूर्ति सिखा रहे हैं, 'आधारहीन हो जाओ, किसी गुरु को मत पकड़ो, किसी शास्त्र को मत पकड़ो। किसी भी चीज को पकड़ो ही मत।'

सब गुरु यही करते रहे हैं। हर गुरु का सारा प्रयास ही यह होता है कि पहले वह तुम्हें अपनी ओर आकर्षित करे, ताकि तुम उससे जुड़ने लगो। और जब तुम उससे जुड़ने लगते हो, जब तुम उसके निकट और घनिष्ठ होने लगते हो, तब वह जानता है कि पकड़ छुड़ानी होगी। और अब तुम किसी और को नहीं पकड़ सकते—यह बात ही खतम हो गई। तुम किसी और के पास नहीं जा सकते—यह बात असंभव हो गई। तब वह पकड़ को काट डालता है और अचानक तुम आधारहीन हो जाते हो। शुरू-शुरू में तो बड़ा दुख होगा। तुम रोओगे और चिल्लाओगे और चीखोगे, और तुम्हें लगेगा कि सब कुछ खो गया। तुम दुख की गहनतम गहराइयों में गिर जाओगे। लेकिन वहां से व्यक्ति उठता है, अकेला और आधारहीन।

'आधारहीन, शाश्वत, निश्चल आकाश में प्रविष्ट होओ।'

उस आकाश का न कोई आदि है न कोई अंत। और वह आकाश पूर्णतः शांत है, वहां कुछ भी नहीं है—कोई आवाज भी नहीं, कोई बुलबुला तक नहीं, सब कुछ निश्चल है।

वह बिंदु तुम्हारे ही भीतर है। किसी भी क्षण तुम उसमें प्रवेश कर सकते हो। यदि तुममें आधारहीन होने का साहस है तो इसी क्षण तुम उसमें प्रवेश कर सकते हो। द्वार खुला है। निमंत्रण सबके लिए है। लेकिन साहस चाहिए—अकेले होने का, रिक्त होने का, मिट जाने का और मरने का। और यदि तुम अपने भीतर आकाश में मिट जाओ तो तुम ऐसे जीवन को पा लोगे जो कभी नहीं मरता, तुम अमृत को उपलब्ध हो जाओगे।

आज इतना ही।

80

पूर्णता एवं शून्यता का एक हीं अर्थ है।

# प्रश्न सार

१. यदि भीतर शन्य है तो इसे आत्मा क्यों कहते हैं ?

२. बुद्ध पुरुष निर्णय कैसे लेता है?

३. संत लोग शांत जगहों पर ही क्यों रहते हैं?

४. आप कैसे जानते हैं कि चेतना शाश्वत है?

५. मेरे बुद्धत्व से संसार में क्या फर्क पड़ेगा?

**पहला प्रश्नः**

***आपने कहा कि हमारे भीतर वास्तव में कोई भी नहीं है। बस एक शून्य है, एक रिक्तता है। परंतु फिर आप इसे प्रायः आत्मा अथवा केंद्र कह कर क्यों पुकारते हैं?***

**आत्मा** या अनात्मा, ना-कुछ या सब कुछ, विरोधाभासी लगते हैं, पर दोनों का एक ही अर्थ है। पूर्ण और शून्य का एक ही अर्थ है। शब्दकोश में वे विपरीत हैं, पर जीवन में नहीं। इसे इस तरह समझो : यदि मैं कहूं कि मैं सबको प्रेम करता हूं या मैं कहूं कि मैं किसी को भी प्रेम नहीं करता तो इसका एक ही अर्थ होगा। यदि मैं किसी एक व्यक्ति को ही प्रेम करूं तभी अंतर पड़ेगा। यदि मैं सबको प्रेम करूं तो वह किसी को भी प्रेम न करने जैसा ही है। फिर कोई अंतर नहीं है। अंतर सदा माला में होता है, सापेक्ष होता है। और ये दोनों ही दो अतियां हैं, उनमें कोई माला नहीं है। पूर्ण और शून्य की कोई माला नहीं होती। इसलिए तुम पूर्ण को शून्य और शून्य को पूर्ण कह सकते हो।

इसीलिए तो कुछ बुद्ध पुरुषों ने अंतर-आकाश को शून्य कहा है, अनात्मा कहा है; और कुछ ने उसे ब्रह्म कहा है, आत्मा कहा है। यह उसे अभिव्यक्त करने के दो ढंग हैं। एक विधायक ढंग है, दूसरा नकारात्मक ढंग है। या तो तुम्हें सब सम्मिलित कर लेना है या सब हटा देना है; तुम किसी सापेक्ष रूप में उसे अभिव्यक्त नहीं कर सकते। एक आत्यंतिक अभिव्यक्ति चाहिए। दोनों विपरीत ध्रुव आत्यंतिक हैं।

लेकिन ऐसे भी प्रज्ञा पुरुष हुए हैं जो मौन ही रह गए हैं। उन्होंने कुछ भी नहीं कहा, क्योंकि तुम जो भी कहो—चाहे आत्मा कहो, चाहे अनात्मा कहो—जिस क्षण तुम उसे एक नाम देते हो, एक शब्द देते हो, उस समय तुम गलती कर रहे हो क्योंकि उसमें तो दोनों ही समाहित हैं।

उदाहरण के लिए यदि तुम कहो कि 'परमात्मा जीवंत है' या 'परमात्मा जीवन है तो उसका कोई अर्थ नहीं होगा, क्योंकि फिर मृत्यु कौन है? उसमें सब कुछ समाहित है। उसमें मृत्यु भी उतनी ही परिपूर्ण होगी जितना कि जीवन है। अन्यथा मृत्यु किसकी होगी? और यदि मृत्यु किसी और की है और जीवन परमात्मा का है, तो फिर तो दो परमात्मा हो गए। और फिर ऐसी-ऐसी समस्याएं खड़ी होंगी जिन्हें सुलझाया नहीं जा सकता।

परमात्मा जीवन और मृत्यु दोनों ही होना चाहिए। परमात्मा स्रष्टा और संहारक दोनों ही होना चाहिए। यदि तुम कहो कि परमात्मा स्रष्टा है, तो फिर संहारक कौन है? यदि तुम कहो कि परमात्मा अच्छा है, तो फिर बुरा कौन है? इसी कठिनाई के कारण ईसाइयों, पारसियों और अन्य कई धर्मों ने परमात्मा के साथ-साथ एक शैतान का निर्माण भी कर लिया है, नहीं तो बुराई किसकी होगी? उन्होंने शैतान का निर्माण कर लिया है।

लेकिन इससे कुछ हल नहीं हुआ, बस समस्या को जरा पीछे धकेल दिया गया। क्योंकि यह भी पूछा जा सकता है, 'शैतान को किसने बनाया?' अगर परमात्मा ने शैतान को बनाया है तो फिर उसी की जिम्मेवारी है। और शैतान यदि स्वतंत्र है, परमात्मा से उसका कुछ लेना-देना नहीं है तो फिर वह भी एक परमात्मा हो गया, परम-शक्ति बन गया। और अगर परमात्मा ने शैतान को बनाया ही नहीं है तो उसे नष्ट कैसे कर सकता है? असंभव है फिर। दार्शनिक इस प्रश्न के कुछ उत्तर देते हैं, परंतु वे उत्तर और प्रश्न खड़े कर देते हैं।

ऐसा कहा जाता है कि परमात्मा ने आदम को बनाया, और फिर वह बुरा हो गया। उसे बाहर निकाल दिया गया। उसने परमात्मा की अवज्ञा की और उसे स्वर्ग से निकाल दिया गया। यह बार-बार पूछा जाता रहा है कि आदम बुरा क्यों हो गया? उसकी संभावना परमात्मा ने ही उसमें निर्मित की होगी; बुरा होने की, गुमराह होने की, अवज्ञा करने की संभावना उसी ने निर्मित की होगी। यदि कोई संभावना ही नहीं थी, कोई अंतर्निहित प्रवृत्ति ही नहीं थी तो फिर आदम कैसे गुमराह हुआ? परमात्मा ने ही वह प्रवृत्ति पैदा की होगी। और यदि बुराई की प्रवृत्ति उसमें थी तो एक बात निश्चित है कि उससे बाहर आने की, उससे संघर्ष करने की प्रवृत्ति इतनी प्रबल नहीं थी, बुराई की प्रवृत्ति अधिक प्रबल थी। किसने यह प्रबलता पैदा की ? परमात्मा के अतिरिक्त और कोई भी जिम्मेवार नहीं हो सकता।

फिर तो पूरी बात ही नासमझी की लगती है। परमात्मा आदम को बनाता है, उसमें बुराई की प्रवृत्ति पैदा करता है जिसे वह नियंत्रित नहीं कर सकता; फिर वह भटक जाता है; फिर उसे सजा मिलती है। सजा परमात्मा को मिलनी चाहिए, आदम को नहीं! या तुम्हें यह स्वीकार करना होगा कि परमात्मा के साथ-साथ कोई दूसरी शक्ति भी है। और फिर दूसरी शक्ति परमात्मा से अधिक प्रबल होनी चाहिए, क्योंकि बुराई आदम को लुभा सकती है और परमात्मा उसे नहीं बचा सकता! शैतान उसे भटका सकता है, वश में कर सकता है, और परमात्मा उसकी रक्षा नहीं कर सकता ! शैतान परमात्मा से अधिक बलशाली मालूम होता है।

अमेरिका में अभी हाल ही में एक नया चर्च बना है जिसे शैतान का चर्च कहते हैं। जैसे वेटिकन में पोप है, वैसे ही उनका भी प्रमुख पादरी है। और वे कहते हैं कि इतिहास सिद्ध करता है कि शैतान ही असली परमात्मा है। और उनकी बात जंचती है। वे कहते हैं, 'तुम्हारे परमात्मा, भलाई के परमात्मा की सदा हार हुई है और शैतान सदा विजयी हुआ है। इतिहास इसे प्रमाणित करता है। तो ऐसे कमजोर परमात्मा की पूजा क्यों करते हो जो तुम्हारी रक्षा भी नहीं कर सकता? इससे तो बेहतर है कि अधिक बलशाली परमात्मा की पूजा करो जो तुम्हें वश में कर सकता है लेकिन तुम्हारी रक्षा भी कर सकता है, क्योंकि अधिक बलशाली है।' शैतान के चर्च को मानने वालों की संख्या अब बढ़ रही है। और वे तर्कसंगत लगते हैं, इतिहास भी यही कहता है।

परमात्मा के नकारात्मक अंश के अस्वीकार के कारण यह द्वैत की समस्या खड़ी हुई है। भारत में हमने दूसरे ध्रुव का निर्माण ही नहीं किया। हम कहते हैं कि परमात्मा दोनों है—स्रष्टा भी, संहारक भी, भला भी और बुरा भी। इसे सोच पाना भी कठिन है क्योंकि जब हम कहते हैं 'परमात्मा' तो हम उसके बुरे होने की कल्पना भी नहीं कर सकते। लेकिन भारत में हमने अस्तित्व के गहनतम रहस्य में प्रवेश करने का प्रयास किया है, वह है अद्वैत। कैसे भी हो, भलाई और बुराई, जीवन और मृत्यु, विधायक और निषेधात्मक कहीं न कहीं मिलते हैं। और वह मिलन-स्थल ही अस्तित्व है, अद्वैत है।

तुम उस मिलन-स्थल को क्या कहोगे? या तो तुम विधायक भाषा प्रयोग करोगे या नकारात्मक, क्योंकि और कोई भाषा हमारे पास है ही नहीं। यदि तुम विधायक भाषा प्रयोग करो तो उसे आत्मा कहोगे, परमात्मा कहोगे, ब्रह्म कहोगे। और यदि नकारात्मक भाषा उपयोग करते हो तो निर्वाण, शून्य, अनात्मा कहोगे। दोनों में से कुछ भी कह सकते हो, दोनों का एक ही अर्थ है। वह दोनों है और तुम्हारी आत्मा भी दोनों है। कभी मैं उसे आत्मा कह देता हूं, कभी शून्य। यदि विधायक तुम्हें अच्छा लगता है तो आत्मा कहो। यदि नकार अच्छा लगता है तो अनात्मा कह लो। तुम पर निर्भर करता है। जो भी तुम्हें अच्छा लगे, जो भी तुम्हें परिपक्वता दे, तुम्हारा विकास करे, उसी नाम से पुकारो।

दो तरह के लोग हैं: एक वे जो नकारात्मक के साथ किसी तरह की निकटता अनुभव नहीं कर सकते, और दूसरे वे जो विधायक के साथ कोई लगाव नहीं रख सकते। बुद्ध निषेधात्मक प्रकृति के हैं, उन्हें विधायक के साथ कोई तालमेल अनुभव नहीं होता, निषेधात्मक ही उन्हें जंचता है। वह निषेधात्मक भाषा का उपयोग करते हैं। शंकर का निषेधात्मक से कोई लगाव नहीं बनता। वह परम सत्य की चर्चा विधायक भाषा में करते हैं। दोनों एक ही बात कहते हैं। बुद्ध उसे शून्य कहते हैं और शंकर उसे ब्रह्म कहते हैं। लेकिन वे दोनों एक ही बात कह रहे हैं।

शंकर के सबसे बड़े आलोचक रामानुज ने कहा है कि शंकर एक प्रच्छन्न बौद्ध हैं। वे हिंदू नहीं हैं, बस दिखाई पड़ते हैं क्योंकि विधायक भाषा का उपयोग करते हैं। जहां बुद्ध कहते हैं शून्य, वे कहते हैं ब्रह्म, बाकी सब वही है। रामानुज ने कहा है कि शंकर ने हिंदू धर्म को बड़ी हानि पहुंचायी है, क्योंकि जरा सी तरकीब से वह बौद्ध धर्म को पीछे के दरवाजे से अंदर ले आए हैं। बस जहां भी निषेधात्मक भाषा का प्रयोग हुआ है वहां उन्होंने विधायक भाषा उपयोग कर ली है। रामानुज ने उन्हें प्रच्छन्न बौद्ध कहा है। और एक तरह से यह सही भी है, क्योंकि अंतर तो कुछ भी नहीं है, संदेश एक ही है।

तो यह तुम पर निर्भर करता है। यदि तुम्हें मौन के साथ, शून्य के साथ निकटता अनुभव होती है तो आत्मा को शून्य कह लो; और अगर उससे सामीप्य नहीं बनता, भय लगता है, तो शून्य को आत्मा कह लो। लेकिन तब तुम्हारी विधियां भिन्न होंगी। यदि तुम्हें रिक्तता से, एकांत से, शून्य से भय लगता है तो जिन चार विधियों की बात मैंने कल रात की, वे तुम्हारे लिए बहुत उपयोगी न होंगी, उन्हें भूल जाओ। और भी विधियां हैं जिनकी मैंने चर्चा की है। फिर तुम विधायक विधियों का उपयोग करो।

लेकिन यदि तुम तैयार हो और तुममें साहस है आधारहीन होने का, शून्य में अकेले

प्रवेश करने का, बिलकुल मिट जाने का, तो ये चार विधियां तुम्हारे लिए बहुत सहयोगी होंगी। यह तुम पर निर्भर करता है।

**दूसरा प्रश्नः**
***यदि एक बुद्ध पुरुष के भीतर परिपूर्ण शून्यता ही है तो ऐसा कैसे प्रतीत होता है कि वह निर्णय ले रहा है, चुनाव कर रहा है, पसंद-नापसंद का भेद कर रहा है, हां या न कह रहा है?***

यह विरोधाभासी लगेगा। एक बुद्ध पुरुष यदि मात्र शून्यता ही है तो बात हमारे लिए विरोधाभासी हो जाती है। फिर वह हां या न कैसे कहता है? फिर वह चुनाव कैसे करता है? फिर वह किसी चीज को पसंद और किसी चीज को नापसंद कैसे करता है? वह बोलता कैसे है? वह चलता कैसे है? वह कैसे जीवित है?

हमारे लिए यह कठिनाई है; लेकिन बुद्ध पुरुष के लिए कोई कठिनाई नहीं है, सब कुछ शून्यता से होता है, बुद्ध पुरुष चुनाव नहीं करता। हमें यह चुनाव लगता है, लेकिन बुद्ध पुरुष बस सीधे एक दिशा में चलता है। वह दिशा शून्य से ही उठती है।

यह ऐसे ही है जैसे तुम टहल रहे हो, और अचानक तुम्हारे सामने एक कार आ जाती है और तुम्हें लगता है कि दुर्घटना हो जाएगी। तुम फिर निर्णय नहीं लेते कि क्या करना है। क्या तुम निर्णय लेते हो? निर्णय तुम कैसे ले सकते हो? तुम्हारे पास समय ही नहीं है। निर्णय लेने में समय लगता है। तुम्हें सोच-विचार करना पड़ेगा, नापना-तौलना पड़ेगा, कि इस तरफ कूदना है या उस तरफ। नहीं, तुम निर्णय नहीं लेते, बस छलांग लगा देते हो। यह छलांग कहां से आती है? तुम्हारे और छलांग के बीच कोई विचार प्रक्रिया नहीं है। बस अचानक तुम्हें पता चलता है कि कार तुम्हारे सामने है और तुम छलांग लगा देते हो। छलांग पहले लगती है। सोचते तुम बाद में हो, उस क्षण तुम उसी शून्यता से कूद पड़ते हो। तुम्हारा पूरा अस्तित्व बिना निर्णय के छलांग लगा देता है।

याद रखो, निर्णय सदा अंश का ही हो सकता है, पूर्ण का नहीं। निर्णय का अर्थ है कि कोई द्वंद्व था, तुम्हारा एक हिस्सा कह रहा था कि 'ऐसा करो' और एक हिस्सा कह रहा था कि 'ऐसा मत करो' इसीलिए निर्णय की जरूरत पड़ी। तुम्हें निर्णय करना पड़ा, तर्क-वितर्क करना पड़ा और एक हिस्से को दबाना पड़ा। निर्णय का यही अर्थ होता है। जब तुम्हारी पूर्णता प्रकट होती है तो निर्णय की जरूरत नहीं होती, कोई और विकल्प ही नहीं होता।

एक बुद्ध पुरुष स्वयं में पूर्ण होता है, पूर्णतया शून्य होता है। तो जो भी होता है उस पूर्णता से आता है, किसी निर्णय से नहीं। यदि वह हां कहता है तो वह कोई उसका चुनाव नहीं है : उसके सामने 'न' कहने का कोई विकल्प ही नहीं था। 'हां' उसके पूरे अस्तित्व का प्रतिसंवेदन है। यदि वह 'न' कहता है तो 'न' उसके पूरे अस्तित्व का प्रतिसंवेदन है। यही कारण है कि बुद्ध पुरुष कभी पश्चात्ताप नहीं कर सकता।

तुम सदा पश्चात्ताप करोगे। तुम जो भी करो, उससे कोई अंतर नहीं पड़ता, तुम जो भी करो, पछताओगे। तुम किसी स्त्री से विवाह करना चाहते हो, यदि 'हां' का निर्णय लोगे तो

पछताओगे और 'न' का निर्णय लोगे तो भी पछताओगे। क्योंकि तुम जो भी निर्णय लेते हो वह आंशिक निर्णय है, दूसरा हिस्सा सदा ही उसके विरुद्ध रहता है। यदि तुम निर्णय लो कि 'हां, मैं इस स्त्री से विवाह करूंगा।' तो तुम्हारा एक हिस्सा कहेगा, 'अरे ऐसा मत करो, पछताओगे।' तुम पूरे नहीं हो।

जब कठिनाइयां आती हैं...और कठिनाइयां तो आएंगी ही क्योंकि दो बिलकुल भिन्न लोग एक साथ रहने लगे। झगड़े होंगे, मालकियत का संघर्ष चलेगा, राजनीति चलेगी, तब तुम्हारा दूसरा हिस्सा कहेगा, 'देखा! मैंने क्या कहा था? मैं बार-बार कह रहा था कि ऐसा मत करो और तुम करके बैठ गए।' और ऐसा नहीं है कि अगर तुमने दूसरे हिस्से की मानी होती तो तुम न पछताते। नहीं! पश्चात्ताप तो होता ही, क्योंकि तब तुमने किसी और स्त्री से विवाह किया होता और उससे झगड़ा-फसाद हुआ होता। तब दूसरा हिस्सा कहता, 'मैं तो पहले ही कह रहा था कि पहले वाली स्त्री से विवाह कर लो। तुम मौका चूक गए। एक स्वर्ग हाथ से निकल गया और नर्क से तुमने शादी कर ली।'

चाहे कुछ भी हो, तुम पछताओगे, क्योंकि तुम्हारा निर्णय कभी पूर्ण नहीं होता। सदा एक अंश के विपरीत निर्णय होता है, वह अंश बदला लेगा। तो तुम चाहे जो भी निर्णय लो, अच्छा करो तो पछताओगे और बुरा करो तो पछताओगे। अगर तुम अच्छा करोगे तो तुम्हारे मन का एक हिस्सा सोचेगा कि एक मौका हाथ से निकल गया। बुरा करोगे तो ग्लानि से भर जाओगे।

बुद्ध पुरुष कभी नहीं पछताता। सच में तो वह कभी पीछे मुड़ कर देखता ही नहीं। पीछे देखने को कुछ है ही नहीं। जो भी होता है उसकी समग्रता से होता है।

तो पहली बात समझने की यह है कि वह कभी चुनाव नहीं करता। चुनाव उसके शून्य में घटता है; वह कभी निर्णय नहीं करता। इसका यह अर्थ नहीं है कि वह अनिर्णय में होता है। वह पूर्णतः निश्चित होता है, लेकिन कभी निर्णय नहीं करता। मुझे समझने की कोशिश करो। निर्णय उसके शून्य में घटित होता है। यही उसके पूरे प्राणों की आवाज है। वहां और कोई स्वर नहीं होता।

यदि तुम कहीं जा रहे हो और तुम्हारे रास्ते में सांप आ जाता है तो तुम अचानक छलांग लगाकर हट जाते हो, बस इतना ही। तुम कोई निर्णय नहीं लेते। तुम किसी गुरु से सलाह नहीं लेते। तुम लाइब्रेरी में किताबें देखने नहीं जाते कि जब रास्ते में कोई सांप आ जाए तो क्या करना चाहिए, कैसे करना चाहिए, क्या विधि है। तुम बस छलांग लगा देते हो। और याद रखो कि वह छलांग तुम्हारे पूरे अस्तित्व से आ रही है, यह कोई निर्णय नहीं है। तुम्हारे समग्र अस्तित्व ने ऐसा किया है। बस इतना ही है, इससे रत्तीभर भी अधिक नहीं है।

तुम्हें ऐसा लगता है कि बुद्ध पुरुष चुनाव कर रहा है, निर्णय ले रहा है, क्योंकि तुम हर क्षण यही कर रहे हो। और जिस बात का तुम्हें पता ही न हो वह तुम समझ नहीं सकते। एक बुद्ध पुरुष बिना निर्णय के, बिना प्रयास के, बिना चुनाव के सब कुछ करता है, वह चुनाव-रहित जीता है। लेकिन इसका अर्थ यह नहीं है कि तुम उसे भोजन और पत्थर दो तो वह पत्थर खाने लगेगा। वह भोजन ही खाएगा। तुम्हें ऐसा लगेगा जैसे उसने निर्णय लिया है। कि वह पत्थर नहीं खाएगा, परंतु उसने कोई निर्णय नहीं लिया है। यह तो मूर्खता की बात है।

उसे ऐसा भाव ही नहीं हुआ। वह भोजन ले लेता है। यह कोई निर्णय नहीं है। कोई मूढ़ ही निर्णय करेगा कि भोजन खाना है या पत्थर। मूढ़-मन निर्णय करते हैं; बुद्ध-मन बस कृत्य करते हैं। और जो मन जितना ही मूढ़ होगा उसे निर्णय करने में उतनी ही मुश्किल होगी। चिंता का यही अर्थ है।

चिंता क्या है? दो विकल्प हैं और दोनों के बीच चुनाव का कोई उपाय नहीं है, और मन कभी इधर जाता है, कभी उधर जाता है—यही चिंता है। चिंता का अर्थ है कि तुम्हें चुनाव करना है और निर्णय लेना है, पर ले नहीं पा रहे। तो तुम चिंतित हो, परेशान हो, दुष्चक्र में पड़े हो। बुद्ध पुरुष कभी चिंतित नहीं होता, वह अखंड होता है।

इसे समझने की कोशिश करो। वह बंटा हुआ नहीं है। वह विभाजित नहीं है, वह खंडित व्यक्तित्व नहीं है। लेकिन तुम तो एक भीड़ हो; न केवल दो, बल्कि बहुत सारे लोग तुममें रह रहे हैं, बहुत सारी आवाजें हैं, पूरी एक भीड़ है। बुद्ध पुरुष एक अखंड इकाई है, वह एक है, यूनिवर्स है। तुम अनेक हो, मल्टीवर्स हो।

दूसरी बात समझने की यह है कि तुम जो भी करते हो उसे करने से पहले तुम सोचते-विचारते हो। बुद्ध पुरुष जो भी करता है उसके लिए कोई सोच-विचार नहीं करता। बस वह सहज करता है।

याद रखो, सोचने की जरूरत इसीलिए पड़ती है क्योंकि तुम्हारे पास देखने के लिए आंखें नहीं हैं। सोचना एक विकल्प है। यह ऐसे ही है जैसे कोई अंधा आदमी लकड़ी से अपना रास्ता टटोल रहा हो। अंधा आदमी आंख वालों से पूछेगा कि वे कैसे अपना रास्ता टटोलते हैं, कैसी लकड़ियों का उपयोग करते हैं। और आंख वाले तो हंसने लगेंगे, वे कहेंगे कि उन्हें लकड़ियों की जरूरत ही नहीं है, उनके पास आंखें हैं। उन्हें पता है कि दरवाजा कहां है, उसके लिए टटोलने की जरूरत ही नहीं है। और वे कभी इस बारे में सोचते ही नहीं कि दरवाजा कहां है। उन्हें दिखाई पड़ता है और वे दरवाजे से निकल जाते हैं।

लेकिन अंधे को तो भरोसा ही नहीं आ सकता कि दरवाजों में से सीधे-सीधे भी निकला जा सकता है। पहले तुम्हें सोचना पड़ेगा कि दरवाजा कहां है। पहले तुम्हें पता करना पड़ेगा। कोई हो तो तुम्हें उससे पूछना पड़ेगा कि दरवाजा कहां है। और तुम्हें दिशा भी बता दी जाए तो भी अपनी लकड़ी से टटोलना पड़ेगा, और फिर भी कई गड्ढे आ सकते हैं। लेकिन अगर तुम्हारे पास आंखें हैं तो बाहर जाने के लिए बस तुम्हें देखना पड़ता है—तुम सोचते नहीं कि दरवाजा कहां है, तुम निर्णय नहीं लेते। तुम बस देखते हो कि वह रहा दरवाजा और उसमें से निकल जाते हो। तुम यह नहीं सोचते कि यह दरवाजा है। तुम बस उसका उपयोग करते हो।

अज्ञानी मन और ज्ञानी मन के साथ भी यही स्थिति है। ज्ञानी मन बस देखता है। सब कुछ स्पष्ट है। उसके पास एक स्पष्टता है। उसका पूरा अस्तित्व ही प्रकाश है। वह बस देखता है और कृत्य करता है, कभी सोचता नहीं। तुम्हें सोचना पड़ता है क्योंकि तुम्हारे पास आंखें नहीं हैं। केवल अंधे सोचते हैं। उन्हें सोचना पड़ता है क्योंकि उनके पास आंखें नहीं हैं। उन्हें वैकल्पिक आंखों की जरूरत है, जो सोचने से आती हैं।

मैं कभी नहीं कहता कि बुद्ध या महावीर या जीसस महान विचारक हैं। वह कहना नासमझी होगी। वे बिलकुल भी विचारक नहीं हैं। वे द्रष्टा हैं, विचारक नहीं। उनके पास आंखें

हैं, वे देख सकते हैं और उस देखने से कृत्य कर सकते हैं। एक बुद्ध से जो निकलता है वह उनके शून्य से निकलता है, विचारों भरे मन से नहीं। वह शून्य आकाश से निकलता है। वह शून्य का ही प्रतिसंवेदन है।

हमारे लिए यह कठिन है क्योंकि हमें तो ऐसा कुछ भी नहीं होता। हमें सोचना पड़ता है। यदि हमसे कोई प्रश्न पूछे तो हमें उसके बारे में सोचना पड़ता है, और फिर भी तुम्हें पक्का नहीं होता कि तुम जो कह रहे हो वही उत्तर है। एक बुद्ध सीधे उत्तर देता है; वह सोचता नहीं। तुम उससे प्रश्न पूछते हो, और उसका शून्य प्रतिसंवेदित होता है। वह प्रतिसंवेदन कोई सोच-विचार नहीं है, वह एक समग्र प्रतिसंवेदन है। उसका पूरा अस्तित्व उसमें होता है।

इसीलिए तो तुम किसी बुद्ध से संगति की, कंसिस्टेंसी की मांग नहीं कर सकते। विचारक कंसिस्टेंट हो सकते हैं—विचारक को कंसिस्टेंट होना ही पड़ता है—लेकिन बुद्ध पुरुष कभी कंसिस्टेंट नहीं हो सकता, क्योंकि हर क्षण परिस्थिति बदल जाती है। और हर क्षण उसके शून्य से ही कुछ घटित होता है। उसे यह भी पता नहीं होता कि कल उसने क्या कहा था। हर प्रश्न एक नया उत्तर पैदा कर देता है। यह प्रश्नकर्ता पर निर्भर करता है।

बुद्ध एक गांव में आते हैं। एक आदमी पूछता है, 'क्या परमात्मा है?' बुद्ध कहते हैं, 'नहीं।' दोपहर को दूसरा आदमी आता है और पूछता है, 'क्या परमात्मा है?' बुद्ध कहते हैं, 'हां।' फिर शाम को एक तीसरा आदमी पूछता है, 'क्या परमात्मा है?' और बुद्ध मौन रहते हैं। एक ही दिन में : सुबह में नहीं; दोपहर को हां; शाम को मौन—न हां, न ना।

बुद्ध का शिष्य, आनंद, बहुत परेशान हुआ। उसने तीनों उत्तर सुने थे। रात जब सब सो गए तो उसने बुद्ध से पूछा, 'क्या मैं आपसे एक प्रश्न पूछ सकता हूं? एक ही दिन में आपने एक ही प्रश्न का तीन तरह से उत्तर दिया, और वह भी न केवल अलग-अलग ढंग से बल्कि बिलकुल विपरीत। मेरा मन हैरान है। यदि आप मुझे उत्तर नहीं देंगे तो मैं सो नहीं पाऊंगा। आपका अभिप्राय क्या है? सुबह आप हां कहते हैं, दोपहर को नहीं कहते हैं, शाम को मौन रह जाते हैं। और प्रश्न एक ही था।'

बुद्ध ने कहा, 'लेकिन प्रश्नकर्ता तो अलग थे। और अलग-अलग प्रश्नकर्ता एक ही प्रश्न कैसे पूछ सकते हैं?' यह सचमुच बड़ी गहरी और सुंदर बात है। उन्होंने कहा, 'अलग-अलग प्रश्नकर्ता एक ही प्रश्न कैसे पूछ सकते हैं? प्रश्न एक जीवंत अस्तित्व से उठता है, वह उसका विकास है। यदि अस्तित्व ही भिन्न हो तो प्रश्न वही कैसे हो सकता है? सुबह जब मैंने कहा हां तो जो आदमी पूछ रहा था वह नास्तिक था। वह मुझसे पुष्टि करवाने आया था कि परमात्मा नहीं है। और मैं उसकी नास्तिकता की पुष्टि नहीं कर सकता था, क्योंकि वह उसके कारण ही कष्ट में था। और मैं उसके कष्ट का हिस्सा नहीं बन सकता था, मैं उसकी मदद करना चाहता था। इसीलिए मैंने कहा कि हां, परमात्मा है। इस तरह मैंने उसकी तथाकथित नास्तिकता को नष्ट करने का प्रयास किया। दोपहर को जो दूसरा आदमी आया, वह आस्तिक था और अपनी आस्तिकता के कारण कष्ट में था। मैं उसे हां नहीं कह सकता था क्योंकि वह उसके लिए प्रमाण बन जाता—उसी के लिए वह आया था। तब वह जाता और कहता कि हां, जो मैं कहता था वही ठीक था। बुद्ध भी ऐसा ही कहते हैं। और वह आदमी गलत था। मैं किसी भ्रांत आदमी की भ्रांति में सहयोग नहीं दे सकता। तो मुझे उसके मन को

तोड़ने और नष्ट करने के लिए न कहना पड़ा। और शाम को जो आदमी आया था वह दोनों में से कुछ भी नहीं था। वह सीधा-सादा आदमी था और किसी बात के लिए मेरा समर्थन लेने नहीं आया था। उसकी कोई विचारधारा नहीं थी; वह वास्तव में धार्मिक आदमी था। तो मुझे मौन रहना पड़ा। मैंने उसे कहा, इस प्रश्न के बारे में मौन रह जाओ, इसके बारे में सोचो मत। यदि मैंने हां कहा होता तो गलत होता क्योंकि वह कोई धारणा खोजने नहीं आया था। यदि मैंने न कहा होता तो गलत होता, क्योंकि वह कोई अपनी नास्तिकता मनवाने नहीं आया था। वह विचारों में, धारणाओं में, व्याख्याओं में उत्सुक नहीं था; वह वास्तव में एक धार्मिक आदमी था। उसके सामने मैं एक शब्द भी कैसे बोल सकता था? मुझे मौन रहना पड़ा। और उसने मेरे मौन को समझा। जब वह वापस गया तो उसकी धार्मिकता और गहरी हो चुकी थी।'

बुद्ध ने कहा, 'तीन आदमी एक ही बात नहीं पूछ सकते। उनके शब्द वही हो सकते हैं, यह दूसरी बात है। प्रश्न यही थे, क्या परमात्मा है? उनकी संरचना एक ही थी। लेकिन जिस अस्तित्व से प्रश्न उठ रहा था वह बिलकुल अलग था। तो उनके अलग-अलग मतलब थे; उनके मूल्य अलग थे; शब्दों के साथ उनके अर्थ अलग थे।'

मुझे याद आता है, एक शाम मुल्ला नसरुद्दीन अपने घर लौटा। सारा दिन वह एक फुटबाल मैच में लगा रहा था। वह फुटबाल का बड़ा शौकीन था। शाम जब वह घर में घुसा, उसकी पत्नी अखबार पढ़ रही थी। वह बोली, 'देखो नसरुद्दीन, तुम्हारे लिए एक खबर है। इसमें लिखा है कि एक आदमी ने फुटबाल मैच का सीजन टिकट खरीदने के लिए अपनी पत्नी बेच डाली। तुम भी फुटबाल के बड़े शौकीन हो, पर मैं यह सोच भी नहीं सकती कि तुम भी ऐसा कर सकते हो, या कि कर सकते हो? क्या तुम भी मुझे फुटबाल मैच के एक सीजन टिकट के बदले में बेच सकते थे?'

नसरुद्दीन ने गंभीरता से सोचा और फिर बोला, 'निश्चित ही मैं ऐसा न करता, क्योंकि यह तो हद हो गई, यह तो अपराध है। सीजन तो आधा समाप्त भी हो चुका।'

हर मन के अपने स्रोत हैं। हो सकता है तुम उन्हीं शब्दों का प्रयोग करो, पर तुम भिन्न हो इसलिए उनके अर्थ भी भिन्न होंगे।

फिर बुद्ध ने एक और बात कही और वह और भी महत्वपूर्ण है। उन्होंने कहा, 'आनंद, तू क्यों परेशान है? तेरा तो कोई लेना-देना ही नहीं था। तुझे तो सुनना ही नहीं चाहिए क्योंकि एक भी उत्तर तुझे नहीं दिया गया था। तुझे तो निष्पक्ष बने रहना चाहिए, नहीं तो तू पागल हो जाएगा। मेरे साथ मत घूम क्योंकि मैं तो बहुत तरह के लोगों से मिलूंगा। और जो भी मैं कहता हूं अगर तू वह सब सुनता है तो तू पागल हो जाएगा। तू मुझे छोड़ दे। या फिर याद रख कि मुझे तभी सुन जब मैं तुझसे कुछ कहूं, अन्यथा कुछ मत सुन। जो मैं कह रहा हूं उससे तेरा कोई मतलब नहीं है। न यह तुझे कहा गया था, न यह तेरा प्रश्न था। तो तू क्यों चिंता करता है? तेरा कोई संबंध ही न था। किसी ने पूछा, किसी और ने उत्तर दे दिया। तू बेकार में इसकी चिंता क्यों करता है? यदि तेरे पास भी वही प्रश्न है तो तू पूछ और मैं उत्तर दे दूंगा। लेकिन याद रख, मेरे उत्तर प्रश्नों के नहीं, प्रश्नकर्ताओं के लिए होते हैं। मैं प्रतिसंवेदित होता हूं। मैं उस व्यक्ति को देखता हूं, उसके पार देखता हूं, वह पारदर्शी हो जाता है, और वही मेरा प्रतिसंवेदन है। प्रश्न महत्वपूर्ण नहीं है; प्रश्नकर्ता ही महत्वपूर्ण है।'

तुम किसी बुद्ध पुरुष से संगति की मांग नहीं कर सकते। केवल अज्ञानी लोग ही संगत हो सकते हैं, क्योंकि उन्हें देखना नहीं होता, वे बस कुछ धारणाओं का पालन करते रहते हैं। वे मृत धारणाओं को एक तरह से ढोते रहते हैं। सारा जीवन वे उसे ढोते रहेंगे और उसके प्रति संगत बने रहेंगे। वे मूर्ख हैं इसीलिए वे संगत रह सकते हैं। वे जीवित नहीं हैं, मुर्दा हैं। जीवंतता कभी एक जैसी नहीं हो सकती। इसका अर्थ यह नहीं है कि वह गलत है, जीवंतता में भी एक संगति होती है, परंतु बहुत गहरे में, सतह पर नहीं।

बुद्ध तीनों उत्तरों में संगत हैं, लेकिन उनकी संगति उत्तरों में नहीं है। उनकी संगति सहायता के प्रयास में है, वह पहले आदमी की भी सहायता करना चाहते थे, दूसरे आदमी की भी सहायता करना चाहते थे और तीसरे आदमी की भी सहायता करना चाहते थे। तीनों के लिए ही करुणा थी, प्रेम था। वह उनकी सहायता करना चाहते थे, यह उनकी संगति थी। लेकिन यह बड़ी गहन धारा है। उनके शब्द भिन्न हैं, उनके उत्तर भिन्न हैं, पर उनकी करुणा वही है।

तो जब एक बुद्ध पुरुष बोलता है, उत्तर देता है, तो वह उत्तर उसके शून्य का, उसके अस्तित्व का समग्र प्रतिसंवेदन होता है। वह तुम्हें प्रतिध्वनित करता है, तुम्हें प्रतिबिंबित करता है, वह एक दर्पण है। उसका अपना कोई चेहरा नहीं है। तुम्हारा चेहरा उसके हृदय में प्रतिबिंबित हो जाता है।

तो अगर कोई मुर्ख बुद्ध से मिलने आता है तो वह मुर्ख से मिलेगा—बुद्ध तो दर्पण मात्र हैं—और वह आदमी जाकर अफवाह फैला देगा कि बुद्ध तो मूर्ख हैं। उसने स्वयं को बुद्ध में देख लिया। यदि कोई संवेदनशील, समझदार, परिपक्व, प्रौढ़ व्यक्ति आता है तो वह बुद्ध में कुछ और देख लेगा—वह अपना चेहरा देखेगा। और कोई उपाय भी नहीं है। जो लोग पूर्णतः शून्य हैं उनमें तुम दर्पण देख लेते हो। फिर तुम जो भी साथ ले जाओ वह तुम्हारी ही व्याख्या है।

पुराने शास्त्रों में कहा गया है कि जब तुम किसी बुद्ध पुरुष के पास जाओ तो बिलकुल मौन रहो। सोचो मत, वरना तुम उससे मिलने का अवसर चूक जाओगे। बस मौन रहो। सोचो मत। उसे पचाओ। लेकिन उसे मस्तिष्क से समझने की कोशिश मत करो। पचाओ उसे, पीओ उसे, अपने पूरे अस्तित्व को उसके प्रति खुलने दो, उसे अपने भीतर जाने दो, लेकिन उसके बारे में सोचो मत, क्योंकि यदि तुम सोचते हो तो तुम्हारा मन ही प्रतिध्वनित होगा। अपने पूरे अस्तित्व को उसकी उपस्थिति में स्नान करने दो। केवल तभी तुम्हें इसकी झलक मिलेगी कि किस तरह के अस्तित्व, किस तरह की घटना के संपर्क में तुम आ गए हो।

बुद्ध के पास बहुत से लोग आए और गए। वे अपनी धारणाएं साथ लेकर गए और जाकर उन्होंने वही धारणाएं फैलाई। बहुत ही थोड़े से लोग उन्हें समझ पाए। और ऐसा ही होना भी चाहिए, क्योंकि तुम अपने अनुसार ही समझ सकते हो। यदि तुम मिटने और बदलने और रूपांतरित होने को राजी हो, केवल तभी तुम समझ सकते हो कि एक बुद्ध पुरुष क्या है, एक जाग्रत चेतना क्या है।

**तीसरा प्रश्नः**

***आपने कहा कि शोरगुल और व्यवधान बाहर संसार में नहीं हैं, बल्कि हमारे अपने ही***

***अहंकार और मन के कारण हैं। लेकिन संत और रहस्यदर्शी हमेशा शांत और निर्जन स्थानों पर ही क्यों रहते हैं?***

क्योंकि वे अभी तक संत एवं रहस्यदर्शी नहीं हैं। वे अभी भी खोज रहे हैं, श्रम कर रहे हैं। वे साधक हैं, सिद्ध नहीं। वे अभी पहुंचे नहीं हैं। शोरगुल उन्हें व्यवधान देगा, भीड़ उन्हें व्यवधान देगी। भीड़ उन्हें वापस अपने तल पर खींचेगी। वे अभी भी कमजोर हैं, उन्हें सुरक्षा चाहिए। उनमें अभी आत्म-विश्वास नहीं है। उन्हें लोभ पकड़ सकता है। उन्हें एकांत निर्जन में अपनी रक्षा करनी पड़ती है, जहां वे विकसित और मजबूत हो सकें। जब वे मजबूत हो जाएंगे तो कोई समस्या न रहेगी।

महावीर जंगलों में चले गए। बारह वर्ष तक वह अकेले और मौन रहे, न किसी से बात की न गांवों-शहरों में गए। फिर वह संबुद्ध हुए। तब वह संसार में वापस आ गए। बुद्ध छह वर्ष तक बिलकुल मौन में रहे। फिर वह संसार में वापस आ गए। जीसस, या मोहम्मद, या कोई भी, जब वे साधना में होते हैं तो उन्हें सुरक्षा की आवश्यकता होती है, जब वे सिद्ध हो जाते हैं तो कोई समस्या नहीं रहती।

तो यदि तुम किसी संत को भीड़ में जाने से भयभीत पाओ तो समझना कि अभी वह बच्चा ही है, अभी वह बढ़ रहा है। वरना कोई संत भीड़ में जाने से क्यों डरेगा? भीड़-भाड़ से, शोरगुल से, संसार से, सांसारिक चीजों से उसका कुछ नहीं बिगड़ सकता। उसके चारों ओर का पागलपन उसका कुछ नहीं बिगाड़ सकता। उसको कुछ छू नहीं सकता। वह अपने ढंग से जी सकता है; उसका शून्य जहां जीना चाहे, वहीं जी सकता है।

लेकिन प्रारंभ में अकेले होना, सुंदर प्राकृतिक वातावरण में होना बेहतर है। तो ऐसा मत सोचो कि तुम शोरगुल वाली बंबई में रहते हो इसलिए तुम संत हो, या प्रौढ़ हो गए हो और सिद्ध हो गए हो। यदि तुम विकसित होना चाहते हो तो तुम्हें भी कभी-कभी कुछ समय के लिए एकांत में जाना पड़ेगा—भीड़ से बाहर, संसार की चिंताओं, संसार के संबंधों, संसार की चीजों से परे—किसी ऐसे स्थान पर जहां तुम अकेले हो सको और दूसरे तुम्हें परेशान न कर सकें।

अभी तो तुम्हें परेशान किया जा सकता है, पर एक बार तुममें बल आ जाए, एक बार तुम्हें आंतरिक शक्ति मिल जाए, एक बार तुम सुस्पष्ट हो जाओ और तुम्हें पता लग जाए कि अब कोई तुम्हारे आंतरिक केंद्र को नहीं हिला सकता तो तुम कहीं भी जा सकते हो। तब पूरा संसार एकांत है, तब जहां भी तुम जाओ जंगल ही है। तब मौन का आकाश तुम्हारे साथ चलता है क्योंकि तुम उसके रचयिता हो। तब अपने चारों ओर तुम एक आंतरिक मौन निर्मित कर लेते हो और जहां भी तुम जाते हो, तुम मौन में ही होते हो। कोई उस मौन में प्रवेश नहीं कर सकता। कोई शोर उसमें व्यवधान नहीं डाल सकता।

लेकिन जब तक तुम केंद्रित नहीं हुए हो तब तक यह मत मानो कि तुम अशांत नहीं होओगे। चाहे तुम्हें पता हो या न पता हो, तुम अशांत तो हो ही, असल में तुम इतने अशांत हो कि तुम्हें पता भी नहीं लग सकता। तुम व्यवधान के आदी हो गए हो। नस-नस अशांति से भरी है, तुम लगातार अशांत रहते हो। अभी तुम्हें कोई परेशानी नहीं हो रही, क्योंकि परेशानी

को अनुभव करने के लिए भी कभी-कभी परेशान न होने की जरूरत होती है। केवल तभी तुलना में तुम देख सकते हो। तुम सतत ही अशांत हो। पर तुम इसके आदी हो गए हो। तुम सोचते हो कि जीवन ऐसा ही है।

अच्छा होगा अगर कभी-कभी तुम हिमालय चले जाओ। किसी सुदूर गांव में, वन में जाकर कुछ दिन मौन में रहना अच्छा रहेगा, जैसे कि पूरी मनुष्यता समाप्त हो गई हो। फिर बंबई वापस लौट आओ। फिर तुम्हें पता लगेगा कि तुम कितने व्यवधानों में जी रहे थे। अचानक तुम अशांत हो जाओगे। अब तुम्हारे पास विपरीत अनुभव है।

तो साधकों के लिए एकांत अच्छा है; सिद्धों के लिए व्यर्थ है। और दो तरह के गलत लोग होते हैं। पहले तरह के लोगों को अगर कहो कि वे ही अशांत हैं, परिस्थिति से कोई अंतर नहीं पड़ता, तो वे मौन का स्वाद लेने कभी एकांत में नहीं जाएंगे। फिर वे यहीं रहेंगे और कहेंगे कि 'हमें तो कुछ अशांत नहीं करता। वास्तव में परिस्थिति से कोई अंतर नहीं पड़ता। तो हम यहीं रहेंगे।' और वे हैं तो अशांत, लेकिन उनका सिद्धांत एक बौद्धिक व्याख्या बन जाएगा। फिर दूसरे लोग हैं, दूसरी तरह के गलत लोग, जिन्हें तुम मौन में, एकांत में जाने को कहो जिससे कि आगे बढ़ने में सहायता मिले, लेकिन फिर वे कभी वापस ही नहीं लौटेंगे। फिर वह एक नशा बन जाएगा और वे हमेशा के लिए कमजोर रह जाएंगे, वे हमेशा संसार में वापस आने से डरेंगे। फिर उनका एकांत कोई बहुत सहयोगी नहीं हुआ; बल्कि एक बाधा बन गया। इससे वे अधिक मजबूत नहीं हुए, और कमजोर हो गए। अब वे संसार में नहीं जा सकते।

ये दोनों ही गलत हैं। तीसरी तरह के होना है, जो कि सम्यक है। पहले ठीक से जान लो कि तुम परिस्थिति के कारण अशांत हो; तो कभी-कभी उससे बाहर निकलने की चेष्टा करो, प्रयास करो। फिर जब तुम उससे बाहर हो जाओ तो जो भी मौन तुम्हें उपलब्ध हो उसे अपनी परिस्थिति में लौटा लाओ और उसे बचाए रखो। यदि तुम उस परिस्थिति में भी उसे बचा सको, केवल तभी तुम्हारा सिद्धांत तुम्हारा अनुभव बना। तब तुम जानते हो कि कुछ भी तुम्हें परेशान नहीं कर सकता। तब तुम जानते हो कि अंततः तुम ही अशांत या शांत होते हो। लेकिन इसे एक अनुभव बनाओ, सिद्धांत की तरह यह व्यर्थ है।

**चौथा प्रश्नः**

***इस पृथ्वी पर ब्रह्मांडीय चेतना को जान लेना और शरीर के पार चले जाना और बात है, लेकिन ज्ञानीजन यह कैसे जानते हैं कि यह चेतना शाश्वत है और शरीर की मृत्यु होने के पश्चात भी रहेगी?***

पहली बात तो यह है कि वे इसकी चिंता ही नहीं करते। उन्हें इसकी चिंता नहीं होती कि यह चेतना रहेगी या नहीं। तुम ही चिंता करते हो। वे तो अगले क्षण की भी नहीं सोचते। अगला जन्म तो बिलकुल ही असंगत है; अगला क्षण भी चिंता का विषय नहीं है। तुम्हीं भविष्य की चिंता करते रहते हो। क्यों? क्योंकि तुम्हारा वर्तमान रिक्त है, तुम्हारा वर्तमान कुछ भी नहीं है, सड़ा-गला है, इतनी पीड़ा है कि तुम उसे तभी झेल सकते हो जब तुम भविष्य की और स्वर्ग की और आगे के जीवन की सोचते रहो। अभी तो कोई जीवन नहीं है, इसलिए तुम

अपने मन को भविष्य में लगाए रखते हो—वर्तमान से, कुरूप वर्तमान से बचने के लिए।

जो जाग्रत होता है वह पूर्णतः जीवंत होकर अभी और यहीं जीता है। जो कुछ हो सकता है, हो चुका। उसका कोई भविष्य नहीं बचा। मृत्यु उसे मिटाएगी या नहीं, इसकी उसे कोई चिंता नहीं है। एक ही बात है। कुछ बचता है या सब मिट जाता है, इससे कोई अंतर नहीं पड़ता। यह क्षण इतना समृद्ध है, इतना समग्रतः समृद्ध है, इतना सघन है कि उसका पूरा अस्तित्व अभी और यहीं होता है।

आनंद बुद्ध से बार-बार पूछता है, 'जब आपका शरीर छूटेगा तो क्या होगा?' और बुद्ध बार-बार कहते हैं, 'आनंद, तू भविष्य की इतनी चिंता क्यों करता है? तू मेरी ओर क्यों नहीं देखता कि अभी क्या हो रहा है?' लेकिन फिर थोड़े दिनों बाद वह पूछता है, जब किसी बुद्ध पुरुष का शरीर छूट जाता है तो क्या होता है?'

वह अपने बारे में डरा हुआ है। वह भयभीत है। वह जानता है कि जब शरीर मर जाता है तो उसे पुनरुज्जीवित करने का कोई उपाय नहीं है। फिर बचने की, बने रहने की कोई संभावना नहीं है। और उसे कुछ उपलब्ध नहीं हुआ। दीया ऐसे ही बुझ जाएगा, यह सब व्यर्थ ही रहा। यदि बिना कुछ उपलब्ध हुए ही मृत्यु हो गई तो वह मिट ही जाएगा। तो फिर सब व्यर्थ हो जाएगा। वह चिंतित था; वह जानना चाहता था कि शरीर के बाद भी कुछ बचता है या नहीं। लेकिन बुद्ध कहते हैं, 'मैं अभी और यहां हूं। भविष्य में क्या होगा इसकी चिंता ही नहीं करनी है।'

तो पहली बात है कि जाग्रत व्यक्ति इसकी चिंता ही नहीं करता। यह जाग्रत लोगों की पहली पहचान है, उन्हें भविष्य की चिंता नहीं होती।

और दूसरी बात, तुमने पूछा, वह कैसे निश्चित रूप से जानता है?

ज्ञान सदा निश्चित होता है। ज्ञान के लिए निश्चित होना अंतर्निहित है। तुम्हें सिर में दर्द हो रहा है। मैं पूछ सकता हूं, 'तुम्हें कैसे पता है कि तुम्हारे सिर में दर्द हो रहा है?' तुम कहोगे, 'मैं जानता हूं।' मैं पूछ सकता हूं, लेकिन तुम्हें कैसे पता है कि तुम्हारी जानकारी सही ही है, गलत नहीं है?' लेकिन कोई भी ऐसे नासमझी के प्रश्न नहीं पूछता। जब सिर-दर्द होता है तो होता है, तुम जानते हो।

ज्ञान भीतर से निश्चित होता है। जब कोई जाग्रत होता है तो वह जानता है कि वह जाग्रत हो गया; वह जानता है कि वह यह शरीर नहीं है; वह जानता है कि भीतर वह विस्तीर्ण अवकाश, स्पेस है। और वह स्पेस मर नहीं सकती। वस्तुएं मर सकती हैं, वह अवकाश नहीं मर सकता।

जरा इस कक्ष के बारे में सोचो। हम इस भवन 'वुडलैंड्स' को नष्ट कर सकते हैं, लेकिन हम इस कक्ष की कक्षता को, स्पेस को नष्ट नहीं कर सकते। क्या तुम इसे नष्ट कर सकते हो ? दीवारें नष्ट की जा सकती हैं, लेकिन हम इस कमरे में खालीपन में, स्पेस में बैठे हुए हैं। दीवारें नष्ट की जा सकती हैं, लेकिन तुम इस कमरे को, दीवारों को नहीं, इस स्पेस को कैसे नष्ट कर सकते हो? पूरा का पूरा 'वुडलैंड्स' समाप्त हो सकता है—और एक दिन होगा भी—लेकिन यह स्पेस तो बचेगी ही।

तुम्हारा शरीर समाप्त होता है। क्योंकि तुम्हें इनर स्पेस का पता नहीं है, इसलिए तुम

भयभीत हो। तुम निश्चित रूप से जानना चाहते हो। लेकिन बुद्ध पुरुष जानता है कि वह स्पेस है, शरीर नहीं—दीवारें नहीं, बल्कि अंतर-आकाश। दीवारें गिर जाएंगी, वे कई बार गिरी हैं, लेकिन आंतरिक अवकाश तो रहेगा ही। इसके लिए उसे प्रमाण नहीं जुटाने होते, यह उसका अपना ज्ञान होता है। वह इसे जानता है। ज्ञान में सुनिश्चितता अंतर्निहित है।

यदि तुम्हारा ज्ञान अनिश्चित है तो जानना कि वह ज्ञान नहीं है। मेरे पास लोग आते हैं। वे कहते हैं, 'हमारा ध्यान बहुत अच्छा चल रहा है। हम बड़े खुश हैं। और फिर अचानक वे मुझसे पूछते हैं, 'आप इसके बारे में क्या कहते हैं? क्या यह खुशी सच है? क्या हम सच में सुखी हैं?'

वे मुझसे पूछते हैं! वे अपने सुख के विषय में निश्चित नहीं हैं। यह कैसा ज्ञान है? वे बस दिखावा कर रहे हैं। लेकिन वे स्वयं को धोखा नहीं दे सकते। वे सोच रहे हैं, वे आशा कर रहे हैं—लेकिन सुखी हैं नहीं। नहीं तो मुझसे पूछने की जरूरत क्या है!

मैं कभी किसी से पूछने नहीं जाता कि मैं सुखी हूं या नहीं। मैं क्यों जाऊं? अगर मैं सुखी हूं तो सुखी हूं, अगर नहीं हूं तो नहीं हूं। और कौन इसका प्रमाण दे सकता है? यदि मैं गवाह नहीं हो सकता तो फिर मेरे लिए और कौन गवाह बनेगा? और दूसरा कैसे गवाह बन सकता है?

तो कभी-कभी मैं खेल खेलता हूं। कभी-कभी मैं कह देता हूं, 'हां, तुम सुखी हो, बिलकुल सुखी हो।' और वे मेरी बात सुनकर और खुश हो जाते हैं। और कभी-कभी मैं कह देता हूं, 'नहीं, तुममें कुछ नजर नहीं आता, कोई संकेत नहीं है। तुम सुखी नहीं हो। तुम सपना देख रहे होओगे।' और वे बुझ जाते हैं, उनका सुख समाप्त हो जाता है, वे उदास हो जाते हैं। यह कैसा सुख है? बस इतना कहने से कि तुम सुखी हो, तुम्हारा सुख बढ़ जाता है; और इतना कहने से कि तुम सुखी नहीं हो, सुख गायब हो जाता है!

वे सुखी होने की कोशिश कर रहे हैं, पर सुखी हैं नहीं। यह ज्ञान नहीं है, बस वे अपनी इच्छा पूरी कर रहे हैं। वे आशा कर रहे हैं और सोचते हैं कि वे दूसरों को धोखा दे सकते हैं। यह सोचने से कि वे सुखी हैं, विश्वास करने से कि वे सुखी हैं, कोई प्रमाण खोजकर, किसी से प्रमाणपत्र पाकर कि वे सुखी हैं, वे सोचते हैं कि वे सुख पैदा कर लेंगे। यह आसान नहीं है।

जब अंतर्जगत में कुछ होता है तो तुम्हें पता चल जाता है कि हो गया। तुम्हें किसी प्रमाणपत्र की जरूरत नहीं रहती। किसी की भी सहमति पाने की मांग ही बचकानी है। इससे पता चलता है कि तुम सुख चाहते हो, लेकिन तुमने सुख पाया नहीं है। तुम उसे जानते नहीं। अभी सुख तुम्हें घटित नहीं हुआ।

जो ज्ञान को उपलब्ध हो जाता है वह सदा निश्चित होता है। और जब मैं कहता हूं निश्चित, सुनिश्चित, तो मेरा यह अर्थ नहीं है कि उसे कुछ अनिश्चित है और उस अनिश्चित के विरुद्ध वह निश्चित अनुभव करता है। नहीं, वह बस निश्चित होता है। अनिश्चय का कोई प्रश्न ही नहीं है। मैं जीवित हूं। क्या मुझे इसका निश्चय है? निश्चय का कोई प्रश्न ही नहीं है। निश्चय का कोई प्रश्न ही नहीं उठता। यह बात निर्विवाद रूप से स्पष्ट है। इसका निर्णय नहीं होना है। मैं जीवित हूं।

सुकरात मृत्युशय्या पर था और किसी ने उससे पूछा, 'सुकरात तुम इतनी सरलता से, इतनी खुशी से मर रहे हो। क्या बात है? क्या तुम भयभीत नहीं हो? क्या तुम्हें डर नहीं है?'

सुकरात ने एक बड़ी सुंदर बात कही। उसने कहा, 'मेरे मर जाने के बाद दो ही संभावनाएं हैं: या तो मैं रहूंगा, या नहीं रहूंगा। यदि मैं नहीं रहता तो कोई प्रश्न नहीं है, यह जानने के लिए भी कोई नहीं होगा कि मैं नहीं हूं। पूरी बात ही समाप्त हो गई। और यदि मैं रहता हूं तो फिर कोई प्रश्न ही नहीं उठता, मैं हूं ही। केवल दो ही संभावनाएं हैं : या तो मैं रहूंगा या नहीं रहेगा, और दोनों ही बातें ठीक हैं। यदि मैं हूं तो सब ठीक ही है। यदि मैं नहीं हूं तो जानने के लिए भी कोई नहीं होगा, तो चिंता क्यों?'

वह कोई बुद्ध पुरुष नहीं है, पर बहुत बुद्धिमान व्यक्ति है। याद रखो, बुद्ध पुरुष और बुद्धिमान व्यक्ति के बीच यही अंतर है। बुद्धिमान व्यक्ति हर चीज को गहराई से सोचता है, मनन करता है, गहराई में प्रवेश करता है और निष्कर्ष पर पहुंचता है। वह बहुत समझदार आदमी है। वह कहता है कि बस दो विकल्प हैं। तर्कसंगत रूप से वह मृत्यु में प्रवेश करता है: 'केवल दो संभावनाएं हैं: या तो मैं समाप्त हो जाऊंगा, नहीं बचूंगा; या मैं बचूंगा।' क्या कोई तीसरा विकल्प है? तीसरा कोई विकल्प नहीं है। तो सुकरात कहता है, 'मैंने दोनों के बारे में सोचा है। यदि मैं बचता हूं तो चिंता करने का कोई प्रश्न ही नहीं उठता। यदि मैं नहीं बचता तो चिंता करने के लिए बचेगा कौन! तो अभी क्यों चिंता करूं? जो होगा उसे देख लूंगा।'

वह जानता नहीं है, उसे पता नहीं है कि क्या होने वाला है, लेकिन बड़ी बुद्धिमानी से उसने इसके विषय में सोचा है। वह कोई बुद्ध नहीं है, पर बहुत प्रतिभाशाली है। लेकिन तुम यदि बुद्धिमान भी हो सको—बुद्ध नहीं, क्योंकि बुद्धत्व तो न ज्ञान है न अज्ञान, बुद्धत्व तो द्वैत का अतिक्रमण है—यदि तुम बुद्धिमान भी हो सको तो तुम विश्रांत हो जाओगे; यदि तुम बुद्धिमान भी हो सको तो बड़े तृप्त हो जाओगे।

लेकिन तंत्र अथवा योग का लक्ष्य ज्ञान नहीं है। तंत्र और योग का लक्ष्य तो वह परम अवस्था है, जहां ज्ञान और अज्ञान दोनों का अतिक्रमण हो जाता है। जहां व्यक्ति बस जानता है, सोचता नहीं, बस देखता है, द्रष्टा है, होशपूर्ण है।

**अंतिम प्रश्नः**

***मैं निश्चित ही बुद्धत्व को उपलब्ध होना चाहता हूं। लेकिन यदि मैं उपलब्ध हो भी जाता हूं तो इससे बाकी संसार को क्या अंतर पड़ेगा?***

लेकिन तुम बाकी संसार की चिंता क्यों कर रहे हो ? संसार को अपनी चिंता स्वयं करने दो। और तुम्हें इसकी चिंता नहीं है कि यदि तुम अज्ञानी रह गए तो बाकी संसार का क्या होगा...।

यदि तुम अज्ञानी हो तो बाकी संसार का क्या होता है? तुम दुख पैदा करते हो। ऐसा नहीं कि तुम जान-बूझ कर करते हो, पर तुम ही दुख हो; तुम जो भी करो, सब ओर दुख के ही बीज बोते हो। तुम्हारी आकांक्षा व्यर्थ हैं; तुम्हारा होना महत्वपूर्ण है। तुम सोचते हो कि तुम दूसरों की सहायता कर रहे हो, पर तुम बाधा ही डालते हो। तुम सोचते हो कि तुम दूसरों से

प्रेम करते हो, पर शायद तुम उनकी हत्या ही कर रहे हो। तुम सोचते हो कि दूसरों को कुछ सिखा रहे हो, पर हो सकता है तुम सदा अज्ञानी ही बने रहने में उनकी मदद कर रहे हो। क्योंकि तुम जो चाहते हो, तुम जो सोचते हो, तुम जो आकांक्षा करते हो, वह महत्वपूर्ण नहीं है। तुम क्या हो, यह महत्वपूर्ण है।

प्रतिदिन मैं लोगों को देखता हूं जो एक-दूसरे को प्रेम करते हैं, लेकिन वे मार रहे हैं। एक-दूसरे को। वे सोचते हैं वे प्रेम कर रहे हैं, वे सोचते हैं वे दूसरे के लिए जी रहे हैं और उनके बिना उनके परिवार, उनके प्रेमियों, उनके बच्चों, उनकी पत्नियों, उनके पतियों का जीवन दुख से भर जाएगा। लेकिन वे लोग इनके साथ दुखी हैं। और वे हर तरह से सुख देने की कोशिश करते हैं, पर वे जो भी करें गलत हो जाता है।

ऐसा होगा ही, क्योंकि वे गलत हैं। करना अधिक महत्वपूर्ण नहीं है, जिस व्यक्तित्व से वह उठ रहा है, वह अधिक महत्वपूर्ण है। यदि तुम अज्ञानी हो तो तुम संसार को नर्क बनाने में मदद दे रहे हो। यह पहले ही नर्क है—यह तुम्हारी ही निर्मिति है। जहां भी तुम स्पर्श करते हो नर्क बना लेते हो।

यदि तुम बुद्धत्व को उपलब्ध हो जाते हो तो तुम कुछ भी करो—या तुम्हें कुछ करने की भी जरूरत नहीं है—बस तुम्हारे होने से, तुम्हारी उपस्थिति से दूसरों को खिलने में, सुखी होने में, आनंदित होने में सहायता मिलेगी।

लेकिन उसकी चिंता तुम्हें नहीं लेनी है। पहली बात तो यह है कि बुद्धत्व को कैसे उपलब्ध होना है। तुम मुझसे पूछते हो, 'मैं बुद्धत्व को उपलब्ध होना चाहता हूं।' लेकिन यह चाह बड़ी नपुंसक मालूम होती है, क्योंकि इसके तुरंत बाद तुम कहते हो 'लेकिन'। जब भी लेकिन बीच में आ जाता है तो उसका अर्थ है अभीप्सा नपुंसक है। 'लेकिन संसार का क्या होगा?' तुम हो कौन? अपने बारे में तुमने सोच क्या रखा है? क्या संसार तुम पर निर्भर है? क्या तुम इसे चला रहे हो? तुम इसकी देख-भाल कर रहे हो? तुम उत्तरदायी हो? स्वयं को इतना महत्व क्यों देते हो? इतना महत्वपूर्ण क्यों समझते हो?

यह भाव अहंकार का हिस्सा है। और दूसरों की यह चिंता तुम्हें कभी भी अनुभव के शिखर पर नहीं पहुंचने देगी, क्योंकि वह शिखर तभी उपलब्ध होता है जब तुम सब चिंताएं छोड़ देते हो। और तुम चिंताएं इकट्ठी करने में इतने कुशल हो कि बस अदभुत हो। अपनी ही नहीं दूसरों की भी चिंताएं इकट्ठी किए चले जाते हो, जैसे कि तुम्हारी अपनी चिंता पर्याप्त नहीं है। तुम दूसरों के बारे में सोचते रहते हो। और तुम कर क्या सकते हो? तुम बस और अधिक चिंतित और पागल हो सकते हो।

मैं एक वाइसराय, लार्ड वैवेल की डायरी पढ़ रहा था। वह आदमी बड़ा ईमानदार मालूम होता है क्योंकि उसके कई वक्तव्य बहुत अदभुत हैं। एक वक्तव्य में वह कहता है, 'जब तक ये तीन बूढ़े, गांधी, जिन्ना और चर्चिल नहीं मर जाते तब तक भारत मुसीबत में ही रहेगा।' ये तीन लोग—गांधी, जिन्ना और चर्चिल—और ये ही हर तरह से मदद कर रहे थे! चर्चिल का अपना वाइसराय लिखता है कि इन तीन लोगों को जल्दी मर जाना चाहिए। और बड़ी आशा से वह उनकी उम्र भी लिखता है—गांधी 75, जिन्ना 65 और चर्चिल 68। क्योंकि यही तीन समस्याएं हैं।

क्या तुम गांधी जी के बारे में यह कल्पना कर सकते हो कि वे ही समस्या हैं? या जिन्ना? या चर्चिल? तीनों ही इस देश की समस्याओं को सुलझाने की पूरी कोशिश कर रहे थे! और वैवेल कहता है कि यही तीनों समस्या हैं, क्योंकि ये तीनों बड़े हठी हैं; तीनों में से हर-एक के पास पूरा-पूरा सत्य है और बाकी दोनों को बिलकुल गलत समझते हैं। ये तीनों कहीं नहीं मिल सकते, बाकी दो बस गलत हैं। मिलने का कोई प्रश्न ही नहीं उठता।

हर कोई यही सोचता है कि जैसे वही केंद्र है और उसे ही पूरे संसार की चिंता करनी है। और पूरे संसार को बदलना है, रूपांतरित करना है, आदर्श संसार बनाना है। तुम बस इतना ही कर सकते हो कि स्वयं को बदल लो। तुम संसार को नहीं बदल सकते। इसे बदलने के चक्कर में तुम और गड़बड़ कर सकते हो, और अराजकता बढ़ा सकते हो; और हानि पहुंचा सकते हो और परेशान हो सकते हो। पहले ही संसार इतना परेशान है और तुम उसकी परेशानी बढ़ा दोगे, उसकी उलझन बढ़ा दोगे।

संसार को कृपा करके उसके हाल पर ही छोड़ दो। तुम बस एक ही बात कर सकते हो, वह यह कि आंतरिक मौन, आंतरिक आनंद, आंतरिक प्रकाश को उपलब्ध हो जाओ। यदि तुम यह उपलब्ध कर लो तो तुमने संसार की बहुत सहायता कर दी। अज्ञान के केवल एक बिंदु को प्रकाश की लौ में बदलकर, केवल एक व्यक्ति के अंधकार को प्रकाश में बदलकर, तुमने संसार के एक हिस्से को बदल दिया। और उस बदले हुए हिस्से से बात आगे बढ़ेगी। बुद्ध मरे नहीं हैं। जीसस मरे नहीं हैं। वे मर नहीं सकते, क्योंकि एक श्रृंखला चलती है—ज्योति से ज्योति जले। फिर एक उत्तराधिकारी पैदा होता है और यह क्रम आगे चलता रहता है, वे सदा जीवित रहते हैं।

लेकिन यदि तुममें प्रकाश नहीं है, तुम्हारे दीए में ज्योति ही नहीं है, तो पहले तुम अपनी अंतर्ज्योति को प्राप्त करो। तभी दूसरे भागीदार हो सकते हैं। तभी तुम दूसरों की ज्योति जला सकते हो। फिर यह एक श्रृंखला बन जाती है। फिर तुम्हारी देह खो सकती है, पर तुम्हारी ज्योति एक हाथ से दूसरे हाथ में पहुंच जाएगी। अनंत तक यह क्रम चलता चला जाता है। बुद्ध कभी नहीं मरते, बुद्ध पुरुष कभी नहीं मरते, क्योंकि उनका प्रकाश एक श्रृंखला बन जाता है। और अज्ञानी कभी नहीं जीते, क्योंकि वे कोई श्रृंखला पैदा नहीं कर सकते, उनके पास बांटने के लिए कोई ज्योति नहीं है।

तो बस अपनी ही चिंता कर लो। मैं कहता हूं स्वार्थी बनो, क्योंकि स्व से मुक्त होने का यही एक उपाय है, संसार की सहायता करने का यही एक उपाय है। संसार की चिंता मत करो; उससे तुम्हारा कुछ लेना-देना नहीं है। जितनी बड़ी तुम्हारी चिंताएं होती हैं, उतने ही बड़े तुम सोचते हो कि तुम्हारे उत्तरदायित्व हैं; और जितने बड़े तुम्हारे उत्तरदायित्व होते हैं उतना ही तुम स्वयं को महान समझते हो। महान तुम हो नहीं, बस विक्षिप्त हो। दूसरों की सहायता करने के पागलपन से बाहर निकलो। बस अपनी सहायता कर लो। बस इतना ही किया जा सकता है।

और फिर बहुत कुछ होगा—लेकिन वह सब एक परिणाम की तरह होता है। एक बार तुम प्रकाश के एक स्रोत बन जाओ तो घटनाएं घटने लगती हैं। कई लोग इसमें भागीदार बनेंगे, बहुत लोग इससे बुद्धत्व को उपलब्ध होंगे, बहुत लोग इससे जीवन को, महा-जीवन

को उपलब्ध होंगे। लेकिन इस बारे में सोचो मत। सीधे-सीधे तुम इस बारे में कुछ भी नहीं कर सकते। केवल एक चीज की जा सकती है : तुम जाग्रत हो सकते हो। फिर सब कुछ अपने आप होता है।

जीसस ने कहीं कहा है, 'पहले प्रभु के राज्य में प्रवेश कर जाओ, पहले प्रभु के राज्य को खोज लो, फिर और सब कुछ तुम्हें उपलब्ध हो जाएगा। मैं भी यही दोहराता हूं।

आज इतना ही।